万古暖阳

郭严隶 著

中国出版集团
中译出版社

图书在版编目（CIP）数据

万古暖阳 / 郭严隶著．—北京：中译出版社，2022.12
ISBN 978-7-5001-7343-4

Ⅰ．①万… Ⅱ．①郭… Ⅲ．①长篇小说－中国－当代 Ⅳ．①I247.5

中国国家版本馆 CIP 数据核字（2023）第 027581 号

万古暖阳
WANGU NUANYANG

出版发行 / 中译出版社
地　　址 / 北京市西城区新街口外大街 28 号普天德胜科技园主楼 4 层
电　　话 /（010）68005858, 68358224（编辑部）
传　　真 /（010）68357870
邮　　编 / 100088
电子邮箱 / book@ctph.com.cn
网　　址 / http://www.ctph.com.cn

责任编辑 / 范　伟
文字编辑 / 吕百灵
封面设计 / 柒拾叁号工作室

排　　版 / 北京竹页文化传媒有限公司
印　　刷 / 北京顶佳世纪印刷有限公司
经　　销 / 新华书店

规　　格 / 710 毫米 ×1000 毫米　1/16
印　　张 / 31.625
字　　数 / 450 千字
版　　次 / 2022 年 12 月第一版
印　　次 / 2022 年 12 月第一次

ISBN 978-7-5001-7343-4　定价：68.00 元

书引

文明的密码

中华文明是世界上唯一没有中断过的文明。在传统的农业社会，我们的先人生活在东临海洋，西部是高山和高原阻隔的天然屏障里，在走向大一统的过程中，有过流血漂橹，有过田园牧歌，有过万国来朝，有过丧权辱国，有过慷慨悲歌，经历了分分合合，但始终是一个统一的多民族国家。

中华文明源远流长，在八千年前诞生了伏羲易学，在相隔约五千年后，所谓人类文明的轴心时代产生了诸子百家，经历了百家争鸣，其后又吸收了北方游牧民族、古印度、古波斯等各种文明的精粹，不断吐故纳新，海纳百川，而形成了自己独特的价值观和文明体系。在对自然和自身的直观把握过程中，我们的先人很早便有了“天人合一”的理念，并根据对自然和生命的观察，总结出“天行健，君子以自强不息；地势坤，君子以厚德载物”的思想。儒家的仁爱宽容、天下大同，道家的道法自然、顺应天时，佛家的淡泊名利、与世无争等思想构成了中华文明的底色。

在民族融合的艰难时世中，在文明演进的跌宕起伏中，中国的传统知识分子始终以天下为己任，抱定修身齐家治国平天下的理想，抱定“人之初性本善”“四海之内皆兄弟”的理念，内外兼修，追求身心的和谐。

中国的政治家则推崇内圣外王之道，谨记水则载舟水则覆舟的古训，对外则协和万邦，追求天下大同的理想。

中国的普通百姓则追求温饱小康、诗书传家，享受日出而作日入而息的田园生活。中国传统文化的精髓已如空气、阳光和水一样浸入他们的生活，日用而不自知，他们勤劳质朴、坚韧顽强，不到万不得已，绝不揭竿而起。

近代以来，随着西方的崛起，中华民族经历了百年屈辱，百年苦难，百年求索，可谓艰难困苦，玉汝于成。中华文明优秀的基因再次显示了其威力，我们艰难探索，吸收人类文明成果，深刻反省自身，终于找到了马克思列宁主义，并将之深刻地与中国实际和中国优秀传统文化相结合，经过几代人的奋斗，实现了中华民族新的历史飞跃。

星河谷是华夏大地上一个极普通极平凡的地方，又是一个人间烟火中韵味无穷的所在，谭春阳、孟千秋、白星昱……他们在星河谷演绎了一生的传奇，也用他们的一生诠释了生命、生活的意义。

万古暖阳，谁能须臾离开那光照万古的暖阳呢?

纳兰容若

目　录

上

卷

W A N G U N U A N Y A N G

1

隔在谭春阳和孟千秋两家之间的大沟，在这个清早，让谭春阳如此突出地感觉到它的存在。他须得跨过这条大沟，才能如期站在孟千秋家的院门口。这是条干河沟，宽约五百米的样子，从前是一条波流滔滔的大河。这条河叫星星河，通常被老乡们亲切地称为星河。星河从矗立在谷原北缘的罕图坝山那边广袤的土地奔流而来。那片土地叫西倾草原，一度碧草连天，森林密布。星河应该是自从有了这片草原就有了的古老河流，它是联系草原和星河谷以及谷外南部广阔的土地的纽带。历史上它曾经有过几次枯竭断流不得而知，最近的一次干涸发生在七八年前，给星河谷带来了万物凋敝的荒凉景象。

谭春阳站在沟堰上细细地打量眼前的干河沟，发现想跨过它去到对面的土地上，不是件容易的事。此刻脚下的这段沟堰竟陡得像峭壁一般，要是一失足掉下去，不丢命也得摔个半死。这是后来一年一年发大洪水淘的，还是起先就这样？起先这干河沟是大河的时候这里水就有这么深？从这里直接下去是不可能的了，只有绕道儿了。他放眼往南边望去，寻找着石桥曾经在的地方，他当西邑生产小队队长的时候，有一年，大队举所辖的四个小队全体之力，在从他家往南一里多处修建了一座连接两岸的石桥，虽然很窄，勉强只能通过一辆马车，但东西两邑的人过河就很方便了。村民们欢喜不禁，用两个村庄共有的称谓给那桥起名叫天王星桥，可惜几年前一次下大暴雨发洪水，把天王星桥给端走了，只剩下光秃秃几根础柱立在那儿，叫人看着伤心，打那以后他就不愿意往河堰这边来了。

他看见了那几根灰白色的石础柱，依旧凄凉地兀立在河道间，它们两边的河堰也一样地陡峭壁立，不易上下。这真是出人意料！他挎着用崭新的蓝花大毛巾覆着的柳条篮子从自家院里往外走的时候，还不知道自己即将面临这样一个困难呢。他盘算，就是用平常的速度走路，把这篮子里的三个陶瓷饭罐摆在孟千秋面前时，里边的饭菜还会是热的，吃着刚刚好。然后他返回来，自家蒸笼里的饭食也不会凉呢。

因为站在他家的院门口，侧身朝东望，一眼就能看见孟千秋家的房顶。从这条干河沟横穿过去，两家相隔大约三里地远的样子吧。

是顺着沟堰往上走找地方过去呢，还是往下走？往下是顺着自己村的村东边儿一路走，往上的话，如果找到合适地方过了沟，那就是傍了东邑的村西边儿往孟千秋家走。自己家的院子是把在西邑的村北头儿，孟千秋家的院子是把在东邑的村南头儿，这两个傍依河堰铺开着的村庄，是隔河道交错着的。谭春阳朝北瞭望了一下，又转身往南瞭望了一下，决定顺着沟堰往下找，自己村庄这边的路总归走着熟些，再说，往下走应该能更快些找到过沟的地方。他就往南边走去了。

谭春阳因为腰没佝，背没驼，看上去并不显老，人们常常就像忘记了他的年龄似的，并不把他当成古稀之年的老翁看待。此刻，朝阳从侧面映射过来，亮亮地涂在他身上，整个给他打了道光，使他浑身上下明闪闪的，越发看着不像是位七十三岁的老人了。他的内心也受到了这份清早阳光的沐照吧？或者他由此更深地感受到了体内生命的活力，就见他的腰板更端挺了，步子更稳健有力了，他大步朝前走着，一副去拥抱光明的样子。

他其实是在这条顺河边蜿蜒着的石子路上，走着走着忽然间跌入了忘川，回到了往昔岁月中去，而浑然间忘记了自己和当下的时空。

是这清晨的阳光不期然地触动了他记忆的开关，使他倏然间回到了五十多年前初见老伴白星昱的日子，仿佛电影里的特效镜头那般，眼前涂抹在草尖儿树叶上的朝阳，叠化成了他二十一岁那年冬天里，那个对他具有特殊意义的日子的朝阳……

2

朝阳斜射在细碎的谷秸上，把它们镀得像金箔片似的闪闪有光。谭春阳蹲在那儿觑眼瞧着，不由赞叹，真是好看呢，老牛吃它们的时候，知不知道它们曾经这么好看呢？老牛若是能够知道，是会舍不得吃它们了呢，还是越发吃得欢实起来呢？这么一走神儿，续谷秸的手就慢了，惹来侧旁俯身按铡刀的父亲一声敦促："麻利点儿哟！"青年的心思就"嗖"地收回来，飞快地抓起一大把谷秸齐齐铺在铡槽上，等着父亲"唰"地将刀片压下来，恰在这当儿，背后传来谭春晖的喊声："爸，哥，妈让你们回屋来下啊。"

谭春晖是这家唯一的女孩，今年十一岁，比哥哥谭春阳小整整十岁，他们还有一个弟弟，叫谭春明，方六岁。

谭春阳边答应着边站起身来。谭景熙停住手，朝女儿瞅去，问道："来客了呀？"谭春晖"嗯"了一声。谭景熙又问："谁呢？"谭春晖说："塞曲班儿的冯伯啊。"谭景熙就对大儿子说："是来找你的。"谭春阳奇异："找我？"谭景熙不再言语，迈步往前院走了。谭春阳也就既疑惑又好奇地跟在后边往前院走。父子俩先在堂屋倚后墙架着的脸盆里洗了手，随后一前一后迈进东屋来。

确实冯清溪是来找谭春阳的，想叫谭春阳去给救个急。他班儿里扮弥尔的温宝林昨夜接到信儿，家里老娘不行了，要看最后一眼，他日夜兼程赶回老家去了。那是两百里外的地方，一时没法回得来了，可今晚上就要到白家去应场子，白家的定钱半月前就已经收下，这样钱不好退的。咋个办呢？没人担弥尔这个角色了呀，这场剧就演不了呀。头两个月班儿里还有个临时能顶替温宝林的，可是那个人前几天走了呀。这可不让人一刻急白了头吗？忽然有人想起谭家的春阳是能唱的，冯清溪就跟头流星地跑了来，无论如何请大侄子帮这个忙啊！

谭景熙和钟淳兰对眼瞅着，这样的急能救的话哪个都不可推，可是，春阳行吗？春阳会唱《塞曲》，这个都知道，但那就是个小孩子家唱着玩耍哦，跟上台扮角儿是两码事呀。凡请唱《塞曲》的人家，都是图个吉利，要是唱砸了，那可就不如不去啊。

冯清溪见两位家长眼睛干瞪着不开口，明白了他们的心思，站起身跨上一步，一把攥住谭春阳的手，急急地说："大侄子，要不你这就给唱一段。你一开嗓儿我就能知道行不行。你要是真的不行，我也就只好去跟白家退场去了，这事儿越耽搁得久越不好啊。"

谭春阳朝爸妈看，见都点头，就说："好的冯伯，那我唱一段您老指教呀。"谭春阳扶冯清溪坐回到窗前椅子上去，自己退回到刚才站立的位置，直了直脖颈，抻了抻肩臂，略凝下神，他开口唱起来："纵然此去路陌途荒多艰险，弥尔我怎能退缩畏惧不前！正当故乡热土大旱罹苦患，义勇男儿慨然挺身为承担……"

一字一腔地，唱了一段，听得父母脸上都不禁浮出笑意，冯清溪更是乐开了花儿，拍手赞道："唱得真好！这嗓儿！比我那班儿上的人听着还透亮呢！行呀！"

钟淳兰忽然又起忧色，看着丈夫，低声说："春阳唱的这只是开头儿的一段，那一出剧里有好些个弥尔的唱段呀，弥尔是主角儿嘛，得把全剧里弥尔的唱段全都能字字不差地唱下来才行的呀！"谭景熙跟着点头："是是。"朝冯清溪看去。冯清溪说："这个你们就不用急，我听说的是，大侄子能把整出《塞曲》从头到尾唱下来，里头儿哪个角色的唱段他都来得，那还不能把弥尔演完吗？"

母亲和父亲都询问地朝大儿子看去，见他腼腆地站在那儿笑，不言语。母亲刚要开口，忽然门外传来小儿子春明的稚声儿："想听哥唱歌，想听哥唱歌。"谭春晖搂着弟弟正站在堂屋地上瞪大着眼睛往这屋里望呢。母亲就喝斥女儿："叫你教弟弟在西屋写字，你带他跑到这儿来搅人！"谭春晖赶忙拉着谭春明跑进了西屋去。

冯清溪央求似的瞅着谭春阳："大侄子，你要不是只会唱这些，就再给唱几段？"

谭春阳还是先看父母，见允了，轻咳了下，拉开嗓儿，一段一段唱起来，把整出《塞曲》里头弥尔的唱段依着顺序全唱了一遍。待他一落腔儿，冯清溪忽地站起来："好呀，今晚就春阳上了！"说着，抢上一步去跪在供着观音菩萨像的木橱子前，嘴里叨叨咕咕着连磕了三个头。站起来要给谭景熙和钟淳兰行大礼，被谭景熙使劲儿拉住了："当不起，当不起噢！谢承菩萨就是了。还不知道春阳上了台啥样儿呢。"

钟淳兰笑着说："这就让春阳跟着冯伯去吧，总得把大伙儿聚拢了排练两遍不？他这只是个会唱，他会不会跟别人衔接配合哟？！"

冯清溪"啧啧"连声："真是有好父母才有好儿郎！瞧你们这家长当的，虑事周全，通情达理啊！那我这就领着大侄子走了，晚上回来得指定晚，最末一场完了总得二更天，你们别担心啊。"

谭景熙和钟淳兰笑眯眯地一起说："去吧去吧。"钟淳兰上前帮着大儿子戴棉帽，穿棉袍。

冯清溪也拿起旁边椅子上自己的棉帽棉袍一一穿戴起来，见谭春阳穿戴好了，他就伸手从衣兜里掏出仨银圆放在桌子上，说："身上带的就是这些，您二老别嫌少。就辛苦大侄子这回了。等下次再有劳扰处，再添。"谭景熙钟淳兰撕掳着不肯收，被冯清溪强摁下："这是行当里的规矩，不能坏了的。别嫌少也就是照顾了。"然后就往外走。到了院子里，冯清溪顿住步，说："我得拜拜你家先人，谢承一番。这《塞曲》本就是你家祖上给咱这趟川儿创的，现在又是你家子弟给我这班儿救大急，恩重如山啊！"

这个不能辞，谭景熙就引着他到房子西侧权作祠堂的木架子前，对着供在上边的谭家祖宗神位双膝跪下念叨着磕了头。这才领着谭春阳出院门去了。

冯家在东邑村的西北角儿上，是个约占三亩地的大院子。前后两栋房子被一堵白石墙分开了，里院自己居住，五开间的大瓦房南向迎阳；外院是戏班日常议事排练的地方，六间小些的屋子，窗户都朝北开；居中一个穿堂屋是设了南门的，同时做着院门，这算是个办公场所。这唱《塞曲》是他家的祖业，一代一代不知传了多久了。

冯清溪回来时一班人在巴眼望睛地等着，见领了谭春阳来，都松了口气，能领来那就是好！立刻各就各位，彩排起来，虽然都是给谭春阳陪练，却也个个不马虎。这出戏原来是个民间本，自哪一朝开始在这趟川儿兴起的，不能知道了，在冯家祖上开演之前，还有什么人组班儿演唱过，不能知道了。剧情是个神话故事：说是在很久以前，这趟川儿曾经遍覆森林，鸟语花香，风调雨顺，居住在此的人们过着丰衣足食的生活。忽然有一年太阳火烈晒人，炙烤大地，偏又从春到夏滴雨不见，天空上片云难觅，没挨到秋天，大河小汊的水全干涸了，田里寻不见一棵庄稼，树木大片大片旱死，飞鸟无踪，野兽绝迹，到后来井也接连枯掉了，眼看人和万物都将饥渴而绝。

正在这时，忽然紧傍星星河旁的弥尔家水缸里长出了一棵树，虽然不高，却枝繁叶茂，看着分明是棵千年古树样子，不能断定是松还是柏、槐，这树谁都认不出。从此这水缸里的水就总是满满的，任凭水瓢不停地往外舀，它总是丝毫不见少。更奇异者，这水不仅能解渴，而且能解饥，饥肠辘辘的人喝下后顿时不再感觉饿了，还日益变得肌肤润泽，精神焕发。确认了这些后，弥尔夫妻就广施乡里，于是每天到他家来取水的人排成了长龙，昼夜不息。如此一来，人一时渴不死、饿不死了，但树木花草怎么办呢？这水缸里的水最多够供给人饮用，不可能用来浇灌大地的。要是有个什么法子，能把旱魔赶跑，让井水河水都回来，大地上重新长出花草树木，那就好了。

弥尔苦思冥想无计，心生一念，或许水缸里的神树会有办法。他就跪在水缸前，对着里边的树磕起头来，一边磕一边祷诉心里的愿望。如是一连七日，忽夜里得梦，一位白髯飘飘的老者对他说，你若志心救这块土地，那就往西北方向走，去找一棵老松树，你莫问路途多远，只管往前行，就一定能够找到它，那就有救济的法子了。弥尔认定这是神仙赐福，决心依言而行，次日就出发了，照梦里老者教的，朝西北方向径直行去。穿越罕图坝山西侧窄长的峡谷，穿行西倾草原，一连走了七日七夜。这天实在感觉累了，脚步停下来，站在那儿张目四望，只见自己置身在一个杳无人迹的大荒原中，天苍苍，野茫茫，朝哪个方向都望不到边际。一路行来，所见只是些平常树木，并没有形貌奇伟的古松，一时不由心下茫然，自己这样走下去，何时是个终了呢？这荒原上难辨南北东西，一旦去得太远了，转不回家乡去可就麻烦了。这么想着，偏又心生疑虑，或许那个梦并不真是神仙点化，自己还是别犯傻了吧。竟就动了回转的念头，不想再往前走了。心想找个地方去坐下歇一歇，垫个饥，再上回程。又转身四顾，一眼瞅见不远处孤零零立着的一棵松树，较为高茂，颇可借到阴凉，他就径直朝松树走去。到跟前对着松树恭恭敬敬作个揖，聊为问候致意，然后就倚树干坐了下来。取下背囊，掏出干粮和水，饱饱一餐。背靠树干闭眼假寐。醒来见日已西斜，连忙立起，收拾起东西就要往回走。举步之际，忽想起什么似的，又停住脚，抬手解下脖颈儿间系着的红头绳，这是临出门前妻子给系上保平安的，扭身觑眼打量了下松树，他就把红头绳结结实实地拴在松树的一根大杈子上，又蹲下身子在地上抓了几把新鲜松子塞进背囊里，这才迈大步走了。

归途顺利。一进家门，妻子满脸是笑地迎上来，问候一路辛苦，祝贺凯旋。弥尔惭愧地摇头，这一趟路程辛苦是不假，可惜却是白干，啥也没找着，落空回来了。妻子奇异："啥也没找着？可我看见你坐在那棵神树底下歇息的呀？"弥尔睁大眼睛，难以置信的样子，指着自己鼻子，问妻子："你看见我？坐在那棵神树底下歇息？"妻子连连点头，十分确定的样子："是呀是呀。""你咋看见的？在梦里头？"妻子摇头："不是梦。是在咱家水缸里。你走后第七天过晌，我去水缸舀水，一眼瞧见你倚在缸里那棵神树底下闭眼酣睡呢。害得我干举着水瓢不敢往缸里伸，怕惊了你。你睡了有一个时辰吧。对了，我还看见你往那棵神树上拴红头绳了呢。""我拴红头绳你也看见了？"弥尔简直匪夷所思。"是呀，你拴的那根红头绳现在还在呢，不信你来看。"妻子拉住弥尔的袖子就往水缸跟前走。来到水缸前，弥尔往里一瞅，不由愣住了，缸里那棵树上触眼分明地拴着一根红头绳！真的就是自己七天前拴在西北方大荒原上那棵孤松枝子上的那根哦！

弥尔就疑惑了，莫非这就是梦里神仙告诉自己去找的那树？自己找到了它竟没认出它？！他就把自己所经历的情形原原本本讲给了妻子，追悔莫及地说：“要是我遇到的这棵松树就是神仙指给的树，我白白走到了它跟前，竟没有讨来救咱这地方的妙法儿啊！”妻子听了，也觉得确实遗憾，没奈何，只得随口劝慰几句，说就当作是天意罢。嗟叹着，去拾掇着做了饭，二人吃下。妻子去打理背囊，看见了松子，说：“把这松子种到房后山上去吧，也是个留念不是？”她就舀了一桶水拎着去种下了。谁知这竟是些神种子，第二天小树苗儿就纷纷拱出地面来，数一数，有一百多棵，随后一天长出一大截，到第二十一天停住不长了，棵棵都已拔地参天，枝柯盘旋，遍枝杈结缀着累累松子。弥尔夫妻惊喜无极，一时有悟，这就是神仙老头儿给咱的妙方吧？赶忙唤乡邻来帮忙把松子全部采下，又一颗一颗都撒种下去，转眼就又一片更大的松林长了起来。

人们就忙碌起来，一茬儿松子结出，采下，种进地里去，跟着另一茬儿松子又结出，就又采，又种。几个月工夫，好大一片松林长起来了。就见林间往外冒泉水了，这里，那里，泉眼越来越多，水越来越旺，汩汩地，汇成了溪，汇成了河，可怕的旱情解除了。

来年春天，遍地花草繁艳，田野里稼禾茁壮，鸟飞鱼跃，清水扬波，幸福又降临了人们的生活。弥尔家水缸里的神树悄悄不见了，一切都恢复了原样。人们感念救苦救难的神树，和那个点化弥尔的神仙老头儿，也感念为了乡亲故土至诚祈求神树赐福并不辞辛苦远途跋涉去找回救命种子的弥尔，就编了这出戏剧，来歌颂和铭记，取名《塞曲》。开始就是个感恩戴德的意思，谁知这出剧一开演，一趟川儿里忽地树更绿，花更红，水更清，天更蓝。若是春夏间天有些旱了，连着演几场，细雨就淅淅沥沥落下来，秋冬时节遇到大风或暴雪天气，连着演几场，风就息了，雪就停了。渐渐地，就演变成了祈福方式，每年春节从正月初九直到十五元宵节，连演七场，固定不变，这是沿星河上下几个村庄集体出资为整个一趟川儿祈福的。平时哪家有祭奠祖宗先人、祝寿庆生婚娶喜庆等事宜，便要请班儿来热闹一场，惠及自家和乡邻土地，当然得是富裕人家。就这么形成了习俗，一代一代传了下来。

全剧共九位演员，白发白髯的神仙老头儿、凶神恶煞的黑脸魔王（旱魔）、水缸里的神树、草原上的松树、英俊的弥尔、美丽的弥尔妻子、三个淳朴乡人（一个中年男子，一个中年妇女和一个十来岁的少年）。

开始是用绢纱或纸张糊制面具，制了只能用一回，再演时再糊制，说唱的调子是本地土腔儿与坝后西倾草原蒙古长调混杂，就是个类似二人转和大鼓书融汇的摹本。谭春阳的祖上搬来落户后，下了一番辛苦给改善了，紫铜上精涂细抹地烧色做了一套面具固定下来，一次用完了擦拭干净收起，下次演出时拿出来再用，省事了许多。曲调糅进了许多京剧腔儿，每个角色都重新有了念唱做打类表演，内容也在突出颂扬神树、神仙的善德嘉举，弥尔的善良勇敢的同时，增加了警醒人们要爱护树木，珍惜水源，善待自然万物等意思，一出剧霎时精彩起来。但是演唱的难度更大了，不能再是剧班儿里的人员平时散着，各自种田卖菜干自己营生，有演出时一声招呼聚起来就上，得“曲儿不离口”地天天练着才行，便正规了许多。冯家也从村子中间搬到村庄西北边儿上，为的是排练时候弄出的动静能够不搅扰邻居。

谭春阳就是起头儿时候显得拘谨，脸孔通红，声音绷着，额上一粒一粒冒起汗珠儿，跟别人搭戏也涩，唱了一会儿，就慢慢活泛了，到下半场，灵活婉转，简直看不出是新手，动作也都能配得上，本来剧里主角儿的动作类戏不多，一场演下来，人人夸赞。谭春阳腼腆地笑着说，是因为叔叔姨姨们演得好，自己爱看，年年正月间演的一场不落，看的次数多不觉间就学会了。听得一班儿人愈加眉开眼笑，愿意拉衬他。吃完午饭，歇了一会儿，谭春阳嗫嚅着说想再排练一遍，免得他晚上出漏儿，连累大伙儿。没一个不乐意的。说好了别人就是或坐或站着串个词儿就行，不用真演，只谭春阳一人来真格的就行。嘴上都答应了，却仍是个个认真地又来了一回。

戴面具没问题，就是行头穿着有难处，谭春阳的个头儿够高了，但显单细，温宝林的那套行头穿在他身上显得太空荡。一霎儿都发起愁来，忽一人说：“穿夏天的那套。”真就解了难题，谭春阳一身棉袄棉裤外边套上温宝林夏天的行头，看着还算合身。

按规矩原本这天是去白家吃晚饭，怕被认出是由谭春阳串主角儿的戏，冯清溪就找了个由头不去吃饭了，说好他们踩着时辰去，到了就开演。大伙儿就在冯家食堂里用了饭，饭后，两副挑子挑着全副行头，一班人往白家走。行没多远，忽然冯清溪站住了，这样一起到还是不行，得分成两拨才好，自己带着个人儿先到，把白家老少都引到客堂去围着自己。趁这当儿，谭春阳跟着大伙儿混进去，就直奔演剧的花厅，到了就都掩护着赶紧换装，下人不会注意到今儿没有温宝林的，等穿上戏装，那就谁也认不出来了。演完再说，或是他家见谭春阳唱得好就是发现了替演这事儿也没关碍了。就这么做了。冯清溪领着个杂役还是往前走，其他人返回去略坐会儿再出来，这大冬天待在街上忒冷。

白家在东邑槐树巷里，把在巷子最北头儿，也是占地近三亩的大院落，前后两排房子都起的两层楼，前一栋楼临街，兼做了前院墙，底层隔成一溜儿三间屋子，居中一间略小，安着高轩坚实的铁门，当过道用，楼前门就是院门，两旁的两间大屋子都用作商铺，左边一间里倚墙放着直抵顶棚的高大货架上是各样生活用品，右边一间里满满堆放的是粮食、农具等物品。二楼整个拉抻是一间大屋子，也是商铺，却是卖布匹衣服的，土布、洋布、绫罗绸缎应有尽有。后边一栋楼是居室，楼上是一大一小两个套间，白老爷和白太太住大套间，星昱小姐住小套间。楼下是三间屋格式，居中的一间较大，设作客厅，两旁一样大的两个屋子都是套间格式，分别住着两位少爷。两栋楼之间宽敞的院坝里这儿一棵那儿一棵地栽着沙枣树、桂花树、丁香树，院坝两侧是长长两栋平房，分别是饭厅、花厅、仓库、佣工宿舍等。

当地的讲究，不拘民家、官家，请塞曲班儿来演唱，主人届时须得前往接应，越迎得远越显虔诚越好。这日白家老爷领着两位少爷直迎出去有半里地，见只是冯清溪带着个随从远远地走过来，说演员们要迟一些才来得到。都是熟络了的人，白老爷也不多问，寒暄着往回去了。进院门，径直入了客厅，太太和小姐候在里面，冯清溪见过太太，受了小姐的礼，相互说了吉祥话，坐在棠木圈椅上喝茶。正说着话，有下人来请去花厅里坐，说剧要开演了。白老爷不禁吃惊："角儿们都来到了？咋不告诉我去接呢？这不是怠慢吗？"下人说是角儿们不让劳扰老爷，说是都熟惯了的人了，不用客气了。接了冯爷就算是接了。白老爷作势地嗔斥了下人几句，也不追究，大家纷纷起身出了客厅。

白老爷和太太循例领着少爷小姐一家人先去祠堂拜了列祖列宗，念叨说这次白老爷四十八岁庆生延请塞曲班儿来家演唱，主要是为表感恩上苍、感恩祖宗、祈愿苍天长佑世间、祖宗尽登九天福荫子孙的意思，也愿自家人丁兴旺、福寿安康，家乡风调雨顺、连年有余。冯清溪仍是一路跟随着，也一样虔诚恳切地跟着祝祷。完了才直奔花厅去看剧。

谭春阳这是第一次进白家院落，不免处处新奇，直想东张西望看个够，却管住了自己，须得把心思凝住，扮好角儿才是正格儿的。每走一步都有人切切教给着，这里该当这样，那里该当那样，他只要安静听话就好。很快戏服上身，面具遮颜，他成了剧里人物。

一时院里屋里灯烛都亮了，辉耀得整座院子流光溢彩，喜气洋洋，就像一座神仙宫阙一般，谭春阳从没经历过这么阔气的夜晚，一时觉得自己身上仿佛也飘萦着一股仙气似的，从头到脚脱了俗，谁知嗓音一开，比白天里听着更加透落，竟像是镶了珠嵌了玉一般，他演得也入戏，经他这么一熏染，台上人个个精神倍增，引来连阵的鼓掌叫好，赞声不绝。

白家人一下就听出了今晚主唱不是温宝林，但听着这人唱得这么好，一声儿没追问，只当是唱班儿换了主角儿。一场演罢，立刻将一袋钱交到冯清溪手捧间，一分不少。皆大欢喜。白老爷留冯爷一班人吃宵夜，说累了这一晚上，都乏了，喝碗甲鱼汤补补元气吧。冯清溪连忙推辞："这晚了，不敢叨扰，太太小姐该歇息了的。"白老爷"呵呵"笑着说："你总得让我们一睹新角儿的庄严宝相吧？"这就把事儿点破了，不用再有顾虑，冯清溪也"呵呵"一笑，站起来，两手胸前一拱："那就谢承白老爷了！"

一时都朝台上看去。这花厅平时只是给家里佣工们集体训话时用一下，再就是摆放花卉、杂物。这请演剧的时候把花卉一溜儿贴墙摆放，杂物都搬到了院子里去，大厅被居中长长一座屏风分作两大间，左半边老爷少爷在前，男佣工们在后，右半边太太小姐在前，女佣工们在后。今天戏完了人都不走，是都在等演员们卸装，想看看今天晚上唱弥尔的人是谁。所有人都当成是温宝林走了，来了新人接替的，都没往临时替演上头儿想。

星昱小姐本是从软椅上站起来，要离开的，却被母亲唤住了，母亲说："这大晚上，女孩儿家别急着到院子里头去，让他们男人先走，等会儿咱们再走。"白家的规矩，女孩儿平常没事儿不允许出院门去外头乱跑，在自家院子里却是不拘管的，想什么时候到哪处遛达玩耍可以随意，凡进这院子来的外人，可以不用回避。因为很少能出家门去的缘故吧，白星昱小姐对这出《塞曲》剧兴趣浓郁，家里每次请演都兴致勃勃地来观看，跟这一班儿人早都熟惯了，她也学会了些唱段，时常在家里让丫鬟给打着节拍唱来玩儿，都是自己扮弥尔的。所以她今晚格外注意到了弥尔一角儿换了人，也愿意看看新演员模样儿，听见了母亲的话，就没移步，却也没再坐下，就站在那儿一只手扶着桌沿，直眼往前台上看去。台上近里墙从顶棚上拉下一匹大红呢子幕布，后边就是演员们换衣服歇场的地方。这时谢完幕，演员们一溜儿走进幕布后去卸装了。每次这个时候台下人就散了，只等唱班儿人们走的时候，白老爷带着少爷们赶到院门口相送一下，表个意思，今天却都不散，老爷少爷们是等着陪冯爷和演员们吃宵夜，下人们也耽延着不肯走，显然都是想看看今天扮弥尔的人是谁。

一时花厅里静静悄悄，众人眼睛仍旧往台上盯着。就见演员们卸完装一个一个从幕侧出来了，前边八个人都是寻常，最后走出来的谭春阳脸往外一露，就听星昱小姐"呀"了一声，冲口叫道："是你！"声音本不大，但因这一刻满屋子人都屏息静气，就都听了个清晰，眼光都"唰"地移到了她这儿来。

星昱小姐全不理会，只管那么样站着，眼睛痴望着台上。

人们都已经看见了谭春阳，就想，小姐认识这个小伙子啊。

谭春阳也看见了星昱小姐，一下就呆了似的，定在那儿，痴痴地说："你在这里！"

唱班儿里的人睹见这一幕，也都惊异地想，谭春阳认识这家小姐啊！

白老爷和太太更是惊奇，星昱跟这后生认识啊？两个人却是啥时候认识的呢？

星昱小姐一霎儿回过神儿来，脸忽地红了，急急收回目光，眼睛落下来觑着身侧的小小红木茶桌，待要再坐回软椅上，又不想坐，隔桌瞅着母亲说：“妈，我先回了，有娟儿跟着呢，没事儿，院子里到处是灯笼嘛。”也不等母亲应允，扭身迈步朝门口走去。丫鬟苗娟儿小跑着先去掀门帘了。就听太太身边的管家媳妇高声唤：“大军！领两个人送小姐回屋去。”屏风那边一个二十多岁的男佣应声站起来，一拽自己身旁的青年，说：“海林你跟我去。”那个小伙子也站起来，两人飞快追出了花厅。

随后人们熙熙哄哄散了，白老爷和冯爷在前，两位少爷陪着唱班儿人员在后，说着话朝饭厅走去。太太就不去了，在花厅门外跟冯清溪一班人道辛苦告别。饭厅里汤菜恰正摆好，腾腾冒着热气，十分丰盛，大家推让着分宾主坐了，宵夜不上酒，白老爷一套赞叹谢承话，冯清溪一套逢迎祝福话后，举箸开席。席间话题自然就是换了谭春阳演弥尔这桩事，得知并不是就此换人，谭春阳只是临时抓来救场子帮忙的，白老爷和两位少爷惊奇不已，轮流着问起谭春阳，什么时候学的唱《塞曲》？就是自学自悟没有拜师父吗？咋把那么多词句都记住的？平时自己在家里总是唱吗？谭春阳一脸腼腆，却声音朗朗，一一作答，众人赞扬着，无不高兴。谭春阳家是这趟川儿里唯一的祖上挣了旌表、立了节孝牌坊的人家，堪称给一方土地民众增添了光彩，所以不拘在哪里，人们对他家的人都另眼相看些，尽管他家日子过得并不富裕，比那些给地主乡绅家当租户的贫穷人家强不了多少，却也能得到乡人的敬戴，这是白老爷识知谭春阳代演主角儿后更加高兴的缘故吧。这样人家的子弟来唱主角儿，这出剧祈福的力道会更加强大些呢。

也是这个原因吧，后来苗娟儿进来，捧着小姐给大家的赏，白老爷“呵呵”笑着，显得十分赞成悦意的样子。这几年春秋两节祭祀祖先家里请唱班儿，唱完后太太小姐都会给演员们发赏，所以这发赏之举并不稀奇，只是白老爷庆生时候这么做属头一遭。及至见到给别人的都是一个玉石扇坠儿，唯独给谭春阳的是个小小金指箍儿时，白老爷脸上的笑模样儿也一点儿没改。给主角儿的赏自当有所不同，何况这孩子唱得是真好！指箍儿是这星河谷里颇具地方特色的一种古老饰物，跟戒指一样，是佩戴在手指上的，却并没有戒指的一应文化涵义，在人们的理解中，它跟发卡、扇坠儿一样，只是一种装饰品。

在座人人都没露异色，却是谭春阳似触了电般反应强烈，满脸惊喜不禁，又隐隐含有一抹畏惧，两种情愫肯定都不由乎这物件儿材质作为黄金的昂贵。这却是不遑遐思的。也许他循理应该辞不敢受，但他哪里做得到？他的心催促着，使他不禁地伸出手，接了过来，捧在手心里。他得了这件东西，再吃啥也吃不出味儿来了，连别人闹哄哄地又说了些啥，他也听不进耳朵里去了。

回去的路上，班儿里有人问：“你早就跟白家小姐认识吗？”谭春阳摇头说没，自己这是头次进白家院门，也是头次见到星昱小姐。“咦？那你咋说了那么样一句话？”人人都觉得奇异了。谭春阳红涨着脸，说自己也不知是咋回事儿，那一刻就像是做梦似的整个人忽地迷惘了。大伙儿又想起了星昱小姐说的那句话，奇异感更甚。有人说了声有缘！这才觉察到谭春阳独得的金指箍儿里头应该是蕴藏着意味的，就闹哄起来，说：“你这后生交上好运了！日后当真招赘你到白家去做了东床快婿，别忘了咱们在一个台上演过剧的爷儿几个哦。”因见冯清溪严肃地一言不发，很快就都闭了嘴。谭春阳的脸更红了，一边心里突突地跳，一边又漾啊漾的，思绪乱涌，满心间一种莫名的熏然微妙意趣。

到家已快半夜，不敢搅扰父母，简单叙了下刚才演出的情形，让他们放心，就拾掇着睡下了。次日早饭后，父亲出门做工去了，又让妹妹哄着弟弟在西屋里学写字，谭春阳才把金指箍儿拿给母亲看，低低地如实讲了自己跟白家星昱小姐碰见时的情景。母亲听罢，叹息一声，道：“他家的小姐，是天上的云彩儿呀，咱们这样的人家，只能是仰头看看罢了。”摩挲着金指箍儿，又说：“这个东西你好好留着，遇到合适的主儿卖了够给你娶媳妇用的。就这样吧。”

谭春阳哪里甘心，追问母亲：“为啥？”母亲长叹一声：“咱家穷啊！”

谭春阳眨眼思忖着，又问：“白家为啥那般富呀？”

母亲告诉他说：“白家祖上跑坝后草原，收了那里的羊绒羊毛皮革药材什么的，运去卖给敦伦城里的商铺，再把敦伦城里商铺的针线绸缎等物拉回来，搭柜台卖给这村庄上的人家，也拉些到坝后草原去卖给那里的蒙古族人，就是这么慢慢发旺起来的。他家在咱这一趟川儿里也是数一数二的大户啊。要不昨儿冯班主咋急成那样呢？这是他唱班儿的一个大主顾啊，丢不得的呀！”

谭春阳想起了《塞曲》故事中弥尔循着神仙指引前去寻找松树的位于西北方的草原，问母亲：“白家去跑买卖的那坝后草原，是在西北方吗？”

母亲想了想，说：“那草原应该是在咱星河谷的正北边，罕图坝山是在咱的正北边嘛，它的后边，可不是正北边嘛？”

谭春阳就想，如果那草原很大很大，一直朝西边铺展过去，那它也可以说是在罕图坝山的西北边，就是这星河谷的西北边了。啥时候自己能翻过罕图坝山去看一看就好了。这么一想，心里一动，就问道：“咱家为啥不也去坝后做买卖呢？”

母亲叹息一声，不开口了。

谭春阳就知道这应该是关着祖上定下的规矩了，就不再追问。默了一下，他又问母亲：“冯伯昨儿说《塞曲》是咱祖上在这地方原来民间传本上改作的，这是咋回事儿呢？咱家哪位先祖给改的？为啥咱家的先祖能做这桩事儿呢？”

就这样他倾听了自己的家族故事。谭春阳爷爷的爷爷是从京城漂来落脚在这星河谷的外来户，他本是高奶奶家管家的儿子。高奶奶的父亲是那时朝廷的礼部侍郎，遭牵连被削官褫职全家流放到东北齐齐哈尔。两百多口人拖拖拉拉走到敦伦城外时，病累死去者已一小半。幸亏在这座城的守备早年受过高奶奶父亲的恩惠，目睹这个情形，生了报恩的心。高奶奶的父母和家中儿郎是不敢搭救的，琢磨着可以巧计救下小姐，上头对女孩儿盯得总是疏松些，何况小姐确实生了病，娇弱身躯已再耐不得罪旅的风霜劳累，不设法的话用不了几天，必香消玉殒，所以这样做也可不算枉法欺上。守备就跟高奶奶的父母商量了个法儿，偷偷放小姐去自寻活路，上报时就说她是走到这里就死了。这敢情好！这就能给这家族留下个后了，一旦这群老小都死在流放路上，日后也好有人在四时八节给烧些纸钱，并循礼祭祀父母宗祖。高奶奶的父母千恩万谢一番罢，不禁发起愁来，小姐自幼长在深宅大院，完全不识民间生计，就是放了她出去，在这天遥地远两眼抹黑儿的蛮夷地方怕是也活不出来啊，枉费咱们担惊受怕辛苦一场。就算能活下来，一旦遭遇不堪，倒不如死了干净。商议了半天，最后只好决定，就一同把管家的儿子也放了随侍她，权作个保护人。就这么定了。于是趁黑夜从别处搬来两具尸首充数，然后报说小姐和管家的儿子病故了。给他二人都换上厚实棉衣，又给了一张五千两银子的票单和一袋银圆，嘱咐顺着星星河畔往上游走，越远越好，寻个人迹不到的偏僻地方隐姓埋名住下来，务必要活下去，保住家族一脉香火不断。

高奶奶由管家儿子照护着，先寻个乡下人家住下医病。病症见好了，两人就依照父母和守备的嘱咐顺着星星河畔往北走，晓行夜宿地直走了一个多月，在腊月下旬来到这几乎是星河谷最北边的村庄，那时把谷原最里头儿的海王星邑只有五六户人家，在人们的心目中还算不上一个村庄。正是鹅毛大雪天，地上积雪有半尺厚，天上仍纷纷扬扬飘着，不见有收止样儿。高奶奶实在走不动了，觉得这应该就是到了天边了，就不肯走了。这时她跟管家儿子对外谎称是夫妻的，当时的处境，这算唯一的安全策略吧。那时这里只有河东边一个村子，叫天王星邑，散散地住着几十户人家，都关门闭户地肃静着，前后远近不见有人影儿。两人只好敲开把在村南边儿一户人家的院门，央求让他们歇歇脚，暖一暖。这就是孟大地主家。当时孟家还没发繁，只是个有几亩田地的寻常农户。孟家的祖上也算厚道，听见这两个人说是自家城里的房屋遭火烧了，没有存身处，这是要去坝后草原投奔亲戚家路过此地，热心地迎进了门，给拾掇了热汤热饭吃下，问是只吃餐饭歇歇脚就继续走呢，还是住下来等雪停了再走？这里离坝后草原还远，再往前没啥人家了的，冒着这大雪行路可是很危险的。两个人赶紧说能住下来最好，等雪停了再走最好。说着高奶奶示意管家儿子拿出了钱袋子，大大方方抓了把银圆放在桌上，说以后看住多少天再酌情添加。主人家不是为的贪图钱财，但见了这白闪闪的东西不免心里喜欢，就殷勤起来，着力打扫了西厢房，挂上厚毡帘子，烧起个大火盆，把二人安置了下来。

偏巧孟家幺儿胎里带来的病犯了，管家儿子身上带着一坨烟土，是在敦伦城买下预备给高奶奶治症候用的，拿出来如法给幺儿用上了，慢慢竟治好了病，孟家欢喜得不得了。几天后雪停了，也留着不让走，说这寒冬腊月靠两条腿无论如何是走不到坝后草原去的，更翻不过罕图坝山去，高奶奶又不会骑马，索性安心住下，等明年开春再说吧。

这正合高奶奶的意思，两个人就住了下来。孟家祖上惊奇这烟土的效用，跟管家儿子探询它的来处，得知是出自一种叫罂粟的花儿，就问管家儿子可会种植这种花儿？炼制这烟膏？管家儿子本是没有接触过，但他自小在京城高奶奶家的豪府里长大，见识过太多奇花异草的种植栽培，他又是个绝顶聪明的人，相信自己若是下决心种这罂粟，不会种不活的。至于炼烟膏，也是一样，只要用心摸索，不会学不来的，就点头说能行。孟家祖上大喜过望，跟他商量可否夫妻二人就不去坝后了，索性就在这儿落脚扎根过日子吧？看你媳妇儿也不是强壮泼辣的人儿，去了坝后怕是也难以习惯那里的生活，那可纯粹是蒙古族的地方，日日饭食就是吃牛羊肉、喝牛羊奶，蔬菜瓜果难以觅寻。

这也正合高奶奶心意，只是明摆着想在这个地方落脚，就得给这孟家种罂粟炼烟土才行，可这是个违禁的活儿，官府明令不允许。怎么办呢？不肯的话，那他二人恐怕就在这里住不下去了。孟家一个不乐意，可能第二天就会撵他们出门。那他俩想在这上下村庄里落脚就颇难了。照孟家人的话，这再往北就没啥人烟了，然后就是蒙古族的地方了，那就是大草原了吧，看来这星星河是从蒙古草原上流过来的了。他俩肯定不能漂到蒙古草原上去，语言不通、生活习惯迥异这些都是其次的，他俩不好藏匿身份的呀。两个人商量了半宿，定下主意，跟孟家挑明种罂粟这桩事儿的危险，约好冒险种植的话，不能贪多，限定在一亩地以内，收获了烟土只能给人医病用，绝不可以拿来抽享。另外，他们只给种三年，这三年里孟家派伶俐踏实的人跟着学种植、熬炼等一系列技术。三年之后他们就抽身出来再不跟这桩事儿有关了。

孟家全部同意。高奶奶和管家儿子就留了下来。又商量了一下，就开始对外宣称他们夫妻俩是孟家亲戚，城里的房屋遭火灾尽烧了，没有存身处，来投奔孟家。原本天高地远的地方，人心不乐追究，又有这孟家的一篇说辞，更没人起疑。高奶奶和管家儿子数些钱给孟家祖上，让去转送村保，容他们在村边儿买块地筑房屋院落，再给几亩生荒地，让他们垦来做农田。村保还是头次见有人捧了钱来跟自己买地，又知是两个落难的人，哪能放刁耍难？咨询规令了一番，就应允了。孟家正好在天王星邑最南头儿，就让这亲戚挨着他家筑院子就行，也是寻常农户家的样子，占三分地吧。至于田地，有些不好弄，这村庄旁边的土地都是有主儿的，不可能分让给他们，也恐怕一时不会有哪家卖地的，即便碰巧有卖的，也是须先计着本地户，除非老地户都说了不买才能卖给他们。老地户哪有不买的呢？现在村庄里几户手头阔绰的人家，都想着多买地当大地主。除非他们顺着河边儿往北走，过了天王星邑的地界，到罕图坝山脚下那片荒草甸子上开荒去，那是星河谷北缘耕地的尽头处，可那离村子有五六十里地远不说，那里的土壤盐碱重，又含沙子，十分贫瘠啊。

孟家祖上早已有了主意儿，眼眸亮亮地说，就让他们去河西岸垦荒好不好？村保“哦”了一声，这倒是个法儿，但河西岸没有人家的哦，过河也很难，那河上就是根独木桥，空手走都悬着心，咋运家伙什物？

“就让他们把房屋院落筑在那边，居住在西岸就好。”孟家祖上说。村保没有不可，只要他们肯，这样他最没难处。天王星邑的人家是顺河东岸逶迤铺开着的，河虽不宽，河水却够深够急，自古这个河段上没有修石桥，人们很少到河对岸去，只有牛羊倌儿时常不惜绕五六里路从下游三星邑村北边的石桥上过河去放牧。习惯上人们也不把河那边当作是自己村庄的地方。

就这么说定了。孟家祖上图的正是这个僻静，没有人过去搅扰，正好踏踏实实地种罂粟。他想过了，要是高奶奶俩人不愿意，嫌那边孤远荒僻，他家就搬过去跟他们做邻居去，罂粟收成了，得了钱，就受些孤僻也值得！谁知高奶奶巴不得似的，一口应下来，两人难得见到的欢天喜地的样子。转眼冰融雪化，春意回归，孟家祖上带领人去河西岸给高奶奶两人平土墁地筑了座屋院安顿下来，又圈了大大一块荒野地，一锹一镐地开垦出来，耙成长垄，让他们有了田地。这块田共八亩多，靠河堰的一半，一垄一垄地撒下玉米谷豆等种子去，做了庄稼地，那边的一小半用来做棉田，留了中间一块地空着，声称等时节到了种药材，却是悄悄撒下了罂粟种子。那是管家儿子在正月间骑马到敦伦城里买回来的罂粟种子。那次他在城里盘桓了二十多天，说是等待商家从外地往回运种子，实则是偷偷寻访拜师，想学习罂粟的种法和烟土的熬炼法。最终是搜罗到一本书，花高价买下来，回家来用心地读，全照着书上教给的法儿自己摸索着开种的。幸在竟获成功，第一年到年底就得了整整十斤烟土。那时候，一斤烟土卖得的钱，能在这趟川儿里买十亩最好的田地。

在那房子里居住半年后，管家的儿子成了高爷爷。

高爷爷怜惜高奶奶一家的遭际，怕去了东北的一个也活不出来，就让儿子随了高奶奶的姓，就是这个谭。

“那咱家年年清明大祭宗祖就是这个缘故了。”谭春阳恍然大悟似的说。

母亲点头：“高奶奶立下的规矩，年年要把家里存钱的三分之二拿来买纸扎牲畜作祭奠，都是得连那些家仆并他们的祖先宗亲也一起祭奠的。”

谭春阳就明白自己家为啥这么清贫了。

母亲说：“高奶奶这么做是对的，人活在这个世上，头一桩就是报祖宗先人的恩，后世儿孙能做的也就是这个了啊！”

谭春阳没言语。他对这祭奠之事尚不能深懂，祖宗立的规矩自然是有道理的吧。何况高奶奶是饱读诗书的大家闺秀，那时候礼部侍郎的女儿，从小得受到多好的熏陶教育，不是他这山沟沟儿里长大没见过世面的后生能够猜想的。

这就知道为啥自己家的院子跟孟家的院子隔星星河正对着了。想来孟家的院子是后来重修扩建的，现在这东西两邑里，数他家的院落最大。

略默了一会儿，他问道：“那最开始这西邑就光咱家一户，别的那些人家是后来才慢慢地一家一家搬过来的？”

母亲说：“是。”

他又问：“他们都是给孟家当佃户才搬来住在这边的吗？”

母亲摇头：“孟家是买了那些人家各自的田地，又把地反租给他们耕种的。天王星邑自古的规矩，每户人家的田地有定数，任凭谁也不可以擅自开荒垦地。但是自己名下的田地可以买卖，谁家急着用钱，实在没法可想了，可以把地卖给愿意购买的人家。这西邑的人家，多半是东邑里的老地户们娶媳妇生孩子人口增多，老院落渐渐住不下了，须得分出一房另筑院子，河东边再难寻地，人们见已有咱家住到这河西边来，而且在这边划地修房筑院、圈地建圃种田都比河东边大方，就也申请往这边搬过来。就是这样一家一家多起来的。一晃已经一百多年了。这西邑里也有外地迁来的人家，少。”

“这西邑也是不许自己随意开垦田地，也是要经村保允许，按人头儿给划分了地方才行吗？”谭春阳问。

母亲点头。

谭春阳咧嘴笑着道：“孟家后来把这些人家的田地都买下来了？那现在这西邑只咱一家不是他的佃农了呀。”

母亲也笑了：“是。钱这东西喜扎堆儿，哪家一旦有了，别处的钱就都往他家里聚。要不你看，有钱的人家越过越有钱，没钱的人家越过越没钱。”忽然想起了什么似的，摇着头，说：“不对，咱村里还有几户是土星邑韩家的佃农，说是在你父亲十来岁的时候，土星邑韩家从孟家购了一百多亩地，随后迁了他家的几户佃农来居住在这里，经管耕种这些田地。”

谭春阳也想起来了，笑着道：“对对，咱村里有韩家的佃户，就是靠河堰的寇旺、赵喜那几家呀，离咱家不远的。”忽然发现了问题的端倪，他眼睛紧眨巴着，不解地问道：“土星邑韩家为啥要跑到咱这儿来买地呢？咱这儿离土星邑一百多里地噢，离得这么远，他家管理着多不方便呀。”

母亲摇头刚要说不知道，忽又点头，说：“嗯，韩家是为了种棉花吧，他家是开纺织坊的，咱这趟川儿里的布坊，连同敦伦城里的好多布坊，都是从他家里取货。生意做得大，原料得供应上不是？织布的原料就是棉花。指定他们是在自家附近买不到田地了，不得已跑到这儿来的。”

谭春阳“嗯”了一声，说：“想来是孟家跟韩家有啥生意上的来往，先有了交情，然后才有的这个交易，不然孟家咋肯把田地卖给他家呀？”

母亲思忖了下，说：“或许是孟家见韩家给的钱多，自己家又用不了那许多田地，就卖了些给他家，也是有可能的。总之这些跟咱贫家小户是无关的，不必细询。”

“嗯嗯。”谭春阳连忙点头。默了一霎儿，话头拉回到孟家，问：“孟家的钱都是卖烟土得的吗？”

母亲又恢复了悠悠的语气，说：“开始的时候是。后来就不全是了，他家有了底金之后就开起药铺来，这一趟川儿里的药铺不都是他家开的？药铺的进项那不是小数儿啊！他家后来又酿酒，他家的酒往南直卖到敦伦城里，往北直卖到坝后草原，咱这趟川儿里富家大户不是都只喝他家酿的酒吗？这就是他家喜欢买田地的缘故吧，酿酒需要粮食啊，他有足够的田地，就不怕缺少原料啊。”

“这孟家的祖上真也是会盘算日子的能人儿啊。”谭春阳说：“咱家跟他家也算相互有恩哪。”

母亲说：“是呀。孟家祖上仁义。当初跟你高爷爷定的约一句没违，满三年期你高爷爷就利利索索抽了身出来，耕种自家的田地老实本分过日子了。后来你高爷爷没了，扔下你高奶奶独自拉把年幼的儿子过日子，在这没亲没故的地方，得有多难！孟家应是帮护了的呀。”

母亲又说：“孟家一代一代的人都守规矩，当年你高爷爷跟孟家祖上定的约，孟家后人一直守着的，年年种罂粟不超过一亩地，收成的烟土只用来给人医病，绝不当享烟抽。要不他家咋能越来越发繁，历百年不衰呢？他种大烟就积下了功德嘛，这事儿从官府说虽是违禁犯忌，他把它做成了好事老天就不阻他了。这不他家就持续下来了，一百多年了也没被揪被查。由这事儿上你也要学到一个理儿，世上的事儿但看你怎么样个发心做法，好事坏事并不是就一下拘定死了的。”

“那高爷爷就也功德无量呢！”谭春阳喜滋滋地说。

“是呀。要不你大爷爷咋能中了榜呢？十九岁就做了县太爷哦。”母亲神色自豪。

“高爷爷走的时候，曾爷爷才八岁吗？”谭春阳问。

母亲“唉”了一声说：“是呀，你曾爷爷八岁那年，你高奶奶守的寡。孤儿寡母熬了十多年，给你曾爷爷娶了媳妇，家里这才慢慢热闹起来。你曾奶奶接连生下两个男孩儿，谭家总算有了些儿旺相了。”

“就是高奶奶教的爷爷和大爷爷读书吗？”

“是呀，你高奶奶了不起！她靠自己硬是一个字一个字地教出了这趟川儿自古到今独一个上了金榜的人。你大爷爷去参加乡试时候，你高奶奶都六十多岁了，脑筋一点儿也不迟钝，记性也好，一般青壮年都赶不上……你高奶奶不许你大爷爷再往上考，中了举人后就不许他再应试了，要不你大爷爷说不准能中个状元呢。”

谭春阳不解：“为啥不许再往上考？”

母亲深深一声叹息：“为啥？你高奶奶的父亲要不是做当朝侍郎，能遭逢那样的大难吗？！”

谭春阳紧眨巴几下眼睛，不吱声儿了。这个他不是很懂。

母亲接着说：“你高奶奶不叫你爷爷去应试，任凭书念得再通，就老守田园在这山谷里度日月，安稳是最要紧的。现在看，明智啊！你看咱们家，老房子老地，一辈人一辈人在这儿熬活，这活得多踏实！任凭外头世道咋变，不关咱们的事儿。你看这些年日本鬼子糟蹋遍了中国的土地，他没窜进咱这趟川儿里来啊。”

谭春阳说：“大爷爷要是也不去考，那就当不上县太爷，那就不能给曾奶奶挣下一座节孝牌坊啊。”

母亲说：“你高奶奶容你大爷爷去考一回，为的是给祖上正个名儿吧。她家里那不是被削官褫职的吗？背着这么个名儿，祖宗先人受辱没，后代儿孙也没法儿立世做人。她亲养亲教的孙儿登了皇榜，一下就把先前的晦气扫除了，这一族人就又归到正途正路上了啊。她就是这么个意思吧。

“这座节孝牌坊要说也给咱家带来了说不尽的好处，自它立起，咱家就免了征丁征税这些事儿，时常还得些官家的补贴，这样咱的日子就好过呀。咱不欺负别人，别人也不来欺负咱，仗的是这座节孝牌坊的护佑呢。咱家人只要勤快，田地里的收成够吃饭，纺的布够穿衣，你爸农闲时候去给人家干杂役得些钱够买油盐酱醋，这不是挺好吗？人得知足啊！”

谭春阳问：“后来有没有去东北寻找过咱祖上？”

母亲说：“去了的，唉，哪里找得到啊！一丝线索也没寻觅到。那些年自京城流放去的人，能活着走到齐齐哈尔的少，就算走到了，那样天寒地冻的地方也活不出来呀，熬不了几年就完了。”

一时母子二人俱黯然。默了好半天，谭春阳问母亲为啥到现在才告给自己这些事。母亲说：“给你讲早了，你年幼不懂得轻重，若到外面去乱说了，不是招祸啊？”

母亲一脸郑重地叮嘱，万万不可以说给弟弟妹妹知道，必得他们个个满二十一岁成人之后，再酌情告知。谭春阳点头。

谭春阳忽然想起了什么似的，说：“高爷爷那时咋个自己不搭班儿唱《塞曲》呢？”

母亲叹息一声：“他两人那个身份，藏还藏不及，敢抛头露面啊？”

谭春阳眼睛亮亮的，说：“妈，现在没人追查了，我赶明儿去冯伯班儿上唱去行吗？”

“不行！”母亲斩钉截铁地说：“现有人家温宝林唱得好好的，何苦你去抢人家饭碗？再说了，你高奶奶立有规矩，后代儿孙只可以耕读度世，不可别务。”

谭春阳又问：“那我跟着白家的人跑坝后行吗？我已经二十一岁了，啥都能干得了啦，我想多挣点儿钱，咱家以后也宽裕些，把房屋翻修一下……”

母亲笑了：“难得你有志向！可是，刚刚不是说了吗，你高奶奶立了规矩的，后代儿孙只能耕读的呀。再说，白家早就不跑坝后了呀，自从日本鬼子打进来，他家就不去了。现在这趟川儿里的人，孟家、白家、韩家这些，连敦伦城都不去了，没见他们商铺里卖的都是几年前的旧货？现下人们都是躲战乱，保平安啊！”

谭春阳“噢”了声，脸上失望的样子。忽然眼神儿一亮，问道：“我那当县官的大爷爷呢？他家住在哪儿？咋不见你和爸提起他们？咋个不跟咱们来往呢？”

母亲一叹：“唉，你大爷爷后来辞官不做，隐居了。”

“隐居了？！”谭春阳十分震惊：“大爷爷他，他为啥呀？”

母亲摇头：“也不知道为啥。听你奶奶说，就是接到他托人捎来的一封信，短短的几行字，告诉说他辞官隐居了，以后就遁世隐踪，飘泊不定，叫不要寻找他。嘱咐你爷爷奶奶安守本分，守着土地过日子，不要有妄求。”

“那大奶奶呢？也隐居了吗？他们的孩子呢？”谭春阳一连声地追问。

母亲面无表情：“你大奶奶生病走了。她走后没多久，你大爷爷辞官的。他俩没有孩子，你大奶奶没生养。”

“噢。”谭春阳若有所思，心里想，大爷爷一定是很爱很爱大奶奶，不期大奶奶没寿，早早走了。她一走，把大爷爷的心带走了，之后大爷爷万念俱灰，觉得这世上万般已无趣，就去隐居寻清净了。应该就是这样吧。那时候曾奶奶一定已经去世了，他母恩已报，没有牵挂了，他才这样的。他就问母亲：“大爷爷辞官时曾奶奶不在了吧？”

母亲点头：“是。”

谭春阳暗暗慨叹，这爱情真是个奇异物啊，能让人……不期这么一动念，忽然星昱小姐的面庞浮现在眼前，她远远地看着他，惊奇地冲口道：“是你！”

母亲没察觉到大儿子的一时出神，举起金指箍儿问：“这个东西是我替你保存，还是你自己保存呀？”

谭春阳回过神儿来，腼腆一笑，伸手去接，说：“我想自己保存呢。我就戴着它呀，就当护身符呀。”脸倏地红了。

母亲看在眼里，深深叹息一声，说：“那你留神别弄丢了啊。这黄金东西倒是不怕磨，可是你干活儿时戴着总也是……”

谭春阳已经小心地把金指箍儿套进了左手中指，它只有戴在中指上大小合适。边戴着，他说：“我戴在左手上，干活儿就不妨碍了。”

金指箍儿戴上去后，他的手越发显得修长了。

母亲心里感觉很不妥，但看儿子的样儿，是不能立时就阻的，也不舍得下狠心阻止，心想就随他高兴吧，过了这股新鲜劲儿，或许他就自动退下它不戴着了。她就没说什么。

这天晚上，钟淳兰边做着针线活儿边把这件事讲给了丈夫，谭景熙听得满怀忧虑，皱起眉头说：“春阳不会是对白家小姐动了心思吧，这可不是啥好事儿哟，那不是咱可以想的呀！这你得阻止他，掐了这个念想才好！”

钟淳兰笑着点点头，这个不难的，这过了年就得给春阳张罗娶媳妇了，等新媳妇过门儿来，小两口儿一黏糊，他自然就啥都忘了。她眨巴眼睨着丈夫，说：“这未尝不是一件好事儿呢，春阳经这么一触要是晓得动儿女情了，咱翻过年去给他娶媳妇儿就会更好办些啊。”

谭景熙没立即应声，依这山里习俗，大儿子早到了娶亲年龄，只因祖上立有规矩，家族中男子须满二十一周岁，女子满十六周岁，方可谈婚论嫁，故一直拖延着。看看这也就到时候了，明年仲春就是春阳二十一周岁的生日了。这么想着，“嗯”了一声，说：“翻过年去就请媒人，给他张罗婚事。”

他拿起烟袋装了一锅烟丝，划火柴点燃，默默抽了几口，又说：“让他把那金指箍儿摘了，不能戴。天天干庄院活儿的小子，手上戴那么明晃晃个东西，不是招眼啊？！”

钟淳兰应了下来，却没有照做。她是有个痴想，世上的事儿本难意料，谁知道大儿子跟白家小姐是不是有缘啊？论相貌品行儿子足够般配她的，节孝牌坊后人的这个身份也不低，咱家只差在没有她家那么有钱。自古尽有不嫌贫爱富的阔家小姐愿意嫁给所中意的贫家儿郎，恰好儿子遇上了也未可知噢。

她想出了一个法儿，缝个布套儿裹上春阳的金指箍儿，遮掩一下。她就从柜子里拿出装零碎儿的包袱，从里边挑了块深灰色薄麻布布头儿，剪下小小一条，叫来春阳，要过金指箍儿，拈针线紧紧贴贴给缝了个外套儿裹住了。这金指箍儿戴在谭春阳中指上原本微有些空荡，这般包裹了，再戴上去倒是正好。

从此这物件儿就时刻不离谭春阳的手了，吃饭也戴着，睡觉也戴着，干活儿也戴着，打湿了退下来轻轻擦拭干，沾上污迹舀瓢清水刷洗干净。他忽然有了使不完的劲儿似的，好像这金指箍儿是个能量块，可以随时给他补充生命能量一般。去白家演《塞曲》那个晚上他从幕布后出来一眼看见的星昱小姐的面庞在脑海里越发清晰了，完全不需要忆起，它总在那里，忽然就浮现了。多么想再见到她啊！多么想能够再听见她跟自己说一句话啊！那晚星昱小姐咋会说了那么句话呢？好像她跟自己早就认识似的，难道她也跟自己一样是那一刻做梦似的整个人忽地迷惘了？这就是人们所说的有缘吗？那她送给自己这个金指箍儿，就是如剧班儿里的几个人所说的那样是有意的了啊！自己要是不领会可就辜负了她的一片情意啊！这想法儿日益坚执，弄得他浑身燥热，渐渐饭也吃不下了，觉也睡不着了。

想跟母亲说一说，又觉得不会有用，白白地让母亲为自己焦心挂虑罢了。母亲已经表过态了呀。

就是钱啊！他想，自己和星昱小姐之间的差距就是钱，如果能挣到一笔钱，那就可以设法实现心愿了。是的，他想娶星昱小姐，想能够天天看见她，一辈子跟她在一起。这心愿越来越强烈，根本没办法克制。他得去做，付出努力，达成梦想。

筹谋再三，还是只有去跑坝后做买卖一条路，没有人带领，就自己去。既然白家跑过坝后，肯定就是有道路能通过去的啊。自己就沿着那条路往北边寻去就是了。《塞曲》里的弥尔，在完全没有路径可循的情况下，都能够勇敢地向着西北荒原走去嘛，自己岂可怯懦！这趟川儿里这些年没有人往坝后草原上去，正好那边的生意容易做啊。日本鬼子已经滚出了中国，不用再惧怕战乱了。做买卖须得有本金，家里是拿不出这个钱的，就得自己去赚。自己就去给地主家扛活吧，辛苦干上一两年，应该就能攒够跑一趟坝后草原的本钱了。几趟跑下来，自己或许就具备了去跟白家提亲的底气呢。

他想，只要不一辈子都经商，等赚够了娶星昱小姐的钱，就收手不干，回来像父祖一样守着田园静静地度日，就不算违背祖训了啊。

打定主意，就痴盼起来，巴望日脚走快些，眼下就要过年，是不能外出做工的了，年后家里活计就会“哗”地堆上来，起粪备耕，紧接着是播种、锄耘、收割、打场，加上侍弄叶烟瓜菜，浑难得闲，要一直忙到秋后才得腾出身子。

谭家祖上颇遗留了些书籍给后人，可惜谭景熙钟淳兰夫妇不曾发心攻学这些书，只把它们当作祖传之物束之高阁。这是跟祖上那后代儿孙只可耕读不得别务的规训有关的，他们想，既然不出仕做官，何苦耗那个心血呢？如此，他们也就没有教几个孩子学读，甚至没有送孩子们去村上的学堂里受学识字，只是他俩在家里简单地教了教，教材不过《弟子规》《百家姓》两册书，这是父祖严令后代儿孙必须学习的书目。尤其《弟子规》这本书他们教得谨细，要求孩子们不仅要会读会写会背诵，还须日常间句句都能够实际做到，也就是会应用于生活。这就几乎每天都要提及这本书。待谭春阳学透了，就由他给弟弟妹妹当老师，敦促春晖和春明有工夫就念诵书写。

这天晚上谭春阳在灯下教弟弟念《弟子规》，念着念着，忽然想起，自己不光是没钱，书也读得少呀，这也是个跟星昱小姐不般配的地方啊！须得赶紧补起才好。这么一想，不由得就扭头朝摆放着存书的木橱望去。抿唇思忖了一下，他禀过父母，去打开木橱，轻轻取出里边的藏书，一一拭去灰尘，翻看起来。父母不知大儿子怎地忽然对这些古书动了兴致，却也不问，心想，随他去翻弄，想是读不懂的，自幼并没教他学识这上头儿的字啊。

果然谭春阳立刻就陷入了字多不识、意奥难解的苦恼。想罢手，却又不能，星昱小姐一定是饱读诗书的啊，自己若白丁一个，哪里配得上她？就是将来赚够了钱，这一项上差了，也难如愿的，自己哪能以一个文盲的样貌去委屈星昱小姐啊！他就顽强地一行一行往下认去，识得多少算多少。连猜带蒙地，总算把一摞书的序言读完了，弄清其中的《尚书》是国家最早的一本书，他就只留下它，把其余的又都送回了木橱里。

自此，有空儿他就啃这本《尚书》，近邻里没有识字更多的人，无从请教。打听到三星邑学堂里执教的先生肯教人读书，他就每隔一段时间跑一趟三星邑，或带着家里出产的谷豆瓜果，或带着一篮子鸡蛋，一块猪、羊肉等作为贽仪，把一些天里阅读所攒下的生字，去向先生讨教。这总归是艰难的，毕竟每次须往返十多里路，而他并没有多少这类空余工夫。他就喟叹着想，只有等跑买卖的时候再设法儿了，到那时自己就会常常出星河谷，进敦伦城了，一定会有办法的！

冬去春来，已是新载。这年从开春，谭景熙和钟淳兰就殷请媒妁，给大儿子张罗亲事。谭春阳是上下村邑的媒婆们早就悄悄登记在册的出挑人选，一直碍着他家刻板的祖训，不得前来联姻。见时节终于到了，纷纷快嘴巧舌地给牵起线儿来，所介绍的，都是要品行有品行，要长相有长相，年貌相宜，门当户对的闺女，只要谭家中意，立刻可以递庚帖，下彩礼，择日迎娶。谭景熙和钟淳兰眼里，媒婆儿们给说合的闺女，个个都是好的，只看春阳乐意，挑选一个就可循礼下聘。奈何谭春阳全都不肯点头，他压根儿就不去相亲，甭管父母怎么催促，媒婆们怎么把女方夸得地上没有，天上难寻，他就是一丝儿不动心，也不顶嘴辩驳，就是捎着脑袋不吱声儿。忙活了小半年光景，一趟川儿里门户相当的人家中出挑的闺女都介绍了一遍，见春阳这儿一时是打不通关了，谭景熙和钟淳兰只好摇头叹息，暂且搁下。夫妻俩不免每晚灯下相对吁叹，不言而喻，大儿子所以这么个样儿，就是心系在了白家那个小姐身上的缘故。却也无计，总不能强逼着他娶亲呀？唉，只好等等吧。

一晃就上秋了。秋收后，自家田地园圃里的活计都干完了，父亲去给别人家扛佣了，谭春阳就道给母亲自己也想去地主家当佣工的心思，说想去河那岸的孟家干活儿去，孟家给工钱大方。母亲不知道他暗存的心思，以为就是想去找工做，就应了。她想，儿子身板儿已长硬实，该去寻地方做工了，娶媳妇得用钱啊。再者，他出去多接触些人，没准儿就被哪个一起做工的人看中，给撮合成门儿亲事呢。

她赞成春阳去孟家做工，并不是因着两家过往曾有那么一段渊源，以为春阳去了总能得些方便，不是这个缘故，自家跟孟家之间早已不再论啥亲戚了。她在意的是离家近，只隔着一条河，让她可以不那么为他悬心。毕竟长这么大，孩子这是头一遭离开家去外边做工啊。只可恨这河上近处没有桥，那根古老的独木桥几年前断掉了，没有人再重新搭建，东西两邑的人们想过河必得绕到下游去走三星邑北边的枫石桥才行。不由蹙起眉头，这么远的路，儿子每天来回跑，咋吃得消噢！

她叹息一声，说："你就得住在孟家呀。"

谭春阳说："想的就是住在他家呀，反正地主家都有专给佣工住的屋舍。住在那儿，每天起早贪黑些，还可以多干活儿，多得些工钱。"

母亲叮嘱了些去后要会看眼色、听话音儿、多干活儿、少说话、晓得加减衣裳等，切切告诉无论如何不能跟人说自己祖上来星河谷的始末，不得跟孟家人提起两家的过往。谭春阳点头一一答应，择了个日子，拎着母亲给收拾的包裹，出了门。

恰值孟家磨油坊里一个佣工家里有事儿告离，急需人去顶缺。管家上上下下打量了谭春阳两眼，简单地问了几句话，就收下他，派去了磨油坊。

这个活儿不累，就是吆着牛一圈儿一圈儿绕溜圆的石磨转圈儿，时而拿水瓢舀些清水淋在磨盘间正碾着的油料上，那或是甜瓜籽，或是棉籽，或是杏仁。谭春阳是给一位被唤作曹老头儿的耳背老人打下手，得扯起嗓子吼才能让老人明白自己的意思，这就不免闷得慌。

磨油坊在孟家大院东北角，十分僻静，长天老日不见有人来，谭春阳闷了时就唱《塞曲》，开始时小声哼唱，渐渐地就大声起来，老人听见了，就不让谭春阳干活儿，站在那儿一段一段唱《塞曲》给他听，直听出他没见过的一种眉开眼笑。磨油坊里的日月一下欢快起来。

不期歌声引来好多听众，都是这院子里的劳务佣工，个个啧赞："唱得这么好啊！"但都是跑过来确认一下唱歌的人，听几句就匆忙跑开了，都不敢耽误自己手上的活计。唯独孟家二少爷来了后迟迟不去，坐在那儿津津有味地听。

千秋少爷夸赞谭春阳唱得好，拉过谭春阳来面对面坐着笑呵呵询问，咋能把《塞曲》唱得这么好？谁教给的？神情举止间完全没有少爷架子。听见说完全是靠的自学，并无师承，更加赞叹。自此，千秋少爷隔三岔五就遛达过来，听谭春阳唱段《塞曲》，两人拉一会儿话，彼此越来越显得投机了。

这引得好多人不禁心下奇异。这孟家也是两个男孩，一个女孩，却是两个少爷为兄，后边一个妹妹年龄最小。大少爷孟千瑞比二少爷孟千秋虽然只大三岁，却老成持重得多，看举止神态俨然二弟的一位长辈似的。人们认为这是因为两人的成长历程不一样的缘故，大少爷打从十四五岁起就跟着父亲学习操持家业，不厌琐屑，真学实干，风里来雨里去，摔打历练成了父亲的好帮手。二少爷却一直是活在书堆里，厌闻俗务，尤其十三四岁时，被孟老爷送到山外的大都城里上了几年学，回来后更是一副两眼不看人，两手不沾土的样儿，难得他竟能这般瞧得起个当佣务工的人！

谭春阳憨直，见千秋少爷对自己好，就掏心捧肝地对他好。两人本就同年，谭春阳是仲春时节出生，千秋少爷是仲秋时候出生，年龄上只差半岁，又都生得丰颐饱庭，眉浓目炯，高挺俊朗，很快两个青年简直似好朋友一般，不可一日不见了。见谭春阳识字能读，记性好，通篇背诵得了《弟子规》，凡事颇有见地，千秋少爷就想叫他来跟自己一块儿读书，他一直为没有能在学识上相切磋的人深觉寂寞。一本书读完了，身边有个能听懂的人说一说，评议一下，方为尽兴啊。他就去找到管家，让往磨油坊再派个人去，谭春阳就好随时抽出身来，跟他一块儿读书。

就这么，谭春阳进了千秋少爷的书房。乍一走进那摆满着书籍和古董的大屋子，他一时两眼放光，惊喜不禁，这么多书啊！这么多古董啊！古今所有的书都在这里了吧？这些古董有几千年前的吗？千秋少爷笑了，古董虽千年以前的不少，书却不是搜尽古今，这大都是近几百年间人们著写的。“太古老的书字句艰奥，读着费劲啊。再说里头儿都是老旧的调调儿，赶不上趟儿的了，嚼之何用！”他说。

谭春阳想起自己啃读《尚书》的艰难，感同身受地连连点头：“是呀是呀，古书难读。”对千秋少爷末后一句话的意思他不甚了了，古书里的学问都过时了吗？一时思及家里祖传的书都当了摆设，父母并不教读，想来是这个缘故了。越发渴慕阅读近代些的书，想来星昱小姐也是只读年代近的书籍吧。

他径直走到倚西墙立着的高抵顶棚占了整面墙的大书架前，看上边层层摆放的各样装订的书，《隋唐演义》《儿女英雄传》《醒世恒言》《初刻拍案惊奇》《二刻拍案惊奇》《水浒传》《三国演义》……正觑眼认着，千秋少爷跟过来，指着书架慷慨地说："这上边的书你都可以看，想看哪本就取哪本。"

谭春阳喜从天降似的，展颜欣笑，口不释谢，暗叹天遂人愿。却瞬而愁上心来，自己识字有限的啊，读不懂呀，如之奈何！嗯，若是千秋少爷肯教给自己，那就最好了！这么一想，就扭过头，瞅着千秋少爷，刚要开口求乞，见千秋少爷忽然想起什么似的，龇牙一笑，抬眼朝书架顶层望去，说："那个包袱里的书例外的哟，得我允许了你才能看。"

"包袱里的？"谭春阳的心思被引过来，好奇地循着千秋少爷的目光也朝高处看去，果然最高一层把左边儿摆放着一个黄锦包袱，他眼睛就停顿在那包袱上，心想啥书这么金贵，独独地拢在包袱里？为啥这书不能看啊？

似是猜知了他的心曲，千秋少爷"嘻嘻"一笑，说："那是《金瓶梅》。"

"《金瓶梅》？"谭春阳问，更好奇了。

千秋少爷嗓子压下来，告诉谭春阳说，这是他几年前在敦伦城中一个小胡同的书铺里花八个银圆买下的。那铺主开始死活不肯卖，说这书不是年轻少爷们看的。好说歹说，最后让他赌咒发誓，必得等到娶妻生子之后，方可以读阅，这才收下银圆，把书给了他。

"必须娶妻生子之后？"谭春阳思忖着问，满脸疑窦的样子。

千秋少爷嘴角一扯，怪怪地笑道："嗯，我猜里边写的不过是男女那回事儿了……"

谭春阳一霎儿明白了，脸忽地涨红，不言语了。他也知道有那种书，子弟不宜读的。这个不要谈论为好，他就又去认书架上那些写在书脊上的字了。

千秋少爷一脸不以为然，说："其实没那么严重。都说'老不看三国，少不看西游'，我看了《西游记》，也没见咋着嘛……听说这《金瓶梅》写得好呢！"

见谭春阳不接话，他也就打住了，转身往靠窗的书案跟前走，边说："凡我读过的书，你也要读啊。书本里的东西，总要有个人能探讨，才会更出趣味儿。"半晌听不见应声，眼神儿变了，朝谭春阳盯过来，问道："咋？你不愿意？"

谭春阳艰涩地笑了一下:“我求之不得啊少爷，只是……”

“只是什么？”

谭春阳叹息一声，道出自己识字不够的苦楚。

“你不是说在读《尚书》吗？”千秋少爷面有不悦，质问的语气。

“我，我就是读不动呀。好多字都不认识呀。”谭春阳窘迫地低下了头。

“你只认识《弟子规》上头儿的那些字？”千秋少爷冷冷地看着他。

谭春阳低声道:“还有《百家姓》，也能认下来。”

千秋少爷眉毛拧起，疑惑又不耐烦的样子:“那你咋能把整出《塞曲》唱下来?《塞曲》的戏文那么长啊！”

“我只是会唱，写不出它们呀。那些唱词儿我听了就记住了的。”谭春阳抬头迎着千秋少爷的目光。

“那唤你来有啥用！”

千秋少爷懊恼地一挥手，让谭春阳回了磨油坊。谭春阳不免垂头丧气，曹老头和刚来的狄玉海却乐得拍手跳脚，这样他们就好尽兴听《塞曲》了啊。却是只乐了不到三天，千秋少爷的书童祖庆又来把谭春阳喊走了。千秋少爷不甘心，想试一试，看能不能把谭春阳教出来，他那么灵透的一个人，应是不难教的。

千秋少爷递给谭春阳一本《康熙字典》，耐心地教给他查字的方法，叫他还是在门口旁的书案前坐下来，学着读书。千秋少爷说:“遇到不认识的字你就查字典啊。”他叫谭春阳先学读《三字经》和《幼学琼林》，这两本蒙学读物是父亲规定他每日必诵的功课。他想以后每天让谭春阳跟他一起朗诵，就像幼时在塾师看管下跟哥哥一起念诵那样，如此每日例行功课的时候就不会那么枯燥了。

三天不到黑，《三字经》和《幼学琼林》两本书谭春阳就都通读无碍了，千秋少爷放了心，这样自己的想望达成就没问题了，脸上有了笑模样儿。又一次指着大书架说:“你刻苦些，快点儿赶进啊。凡我读过的书，你也要读啊。”

谭春阳朗声答应了，抿唇思忖了一下，问道:“少爷，这些书，嗯，除了那

《金瓶梅》，你都看过了啊？”千秋少爷望向书架，眼里闪出骄傲的神色，说：“嗯，差不多吧。”

“那你是咱星河谷里读书最多的人了啊。”谭春阳冲口道，由衷歆羡的样子。

“星河谷算什么？我要做整个敦伦县读书最多的人，做全天下读书最多的人。”千秋少爷挥着手，眸光闪射，豪气干云：“我要读尽世间书，做最有知识的人！”

“真好！我佩服你！”谭春阳大声说，神态诚恳。

千秋少爷满意地点点头：“你就开始读吧，随意从书架里取，读完一本就告诉我。”

谭春阳“嗯”了一声，又捧起了《幼学琼林》，他想逐句弄懂里边文字的含义，被千秋少爷阻止了：“这是教小孩子的，能流利读诵就行了啊，没必要深啃。你赶紧去看那些写给大人看的书去。”

谭春阳顺从地搁下手里的书册，走到书架跟前，仰高俯低地打量了一会儿，决定从最底下一层读起，就伸手取出底层右侧把边儿竖立着的《资治通鉴》，爱惜地抚了抚书脊，端坐在小书案前，埋头读了起来。才读没几页，千秋少爷又过来瞧视，见他读的是《资治通鉴》，嚷道：“不忙读这个啊。我也还没读呢。”听见谭春阳说想从书架底下一层一层依序往上读，他眉头皱起，嗔道：“哪有你这么样的！按顺序的话，也应是从最上边一层往下来嘛！”他把谭春阳拉到书架前，指着摆放在中间的一层书说：“你先看这些小说吧，我就正在看古代小说呢。”谭春阳就把《资治通鉴》放回原处，觑眼瞧了瞧，从千秋少爷指给的书中抽了一本出来，是《封神演义》上册，坐回到小书案前，读了起来。

这个好读，不唯字句通俗，认着容易，内容简直抓人，尽是连环套儿的精彩故事，新鲜热闹，起伏跌宕，惊心动魄，叫人开卷就放不下。尤其里边的男女情爱描写，时时穿插，段段不同，每唤他强烈地想起星昱小姐，越发不食不饮，不眠不休。他速度越来越快，两册读下来，差不多可以脱离字典了。这合了千秋少爷心意，就毫不拘束，任他浑然自忘，酣游书乡。眨眼半个冬天过去，千秋少爷指给的一层书谭春阳囫囵吞枣地读了近半。每读完一本，千秋少爷有兴致的，两人就研讨一番，果然他每每出言独到，令千秋少爷展颜得意。

千秋少爷又教他下棋，去山上打野兔时也唤他同去，自己骑白马，给他一匹黑马，两人并辔驰骋，纵横山野。满载而归时，常常让坐骑"嗒嗒"地慢跑着，一起兴高采烈，高声吟咏，以抒快意。

谭春阳一往前院来，孟老爷和孟太太就知晓了，唤来管家询问了因由，又问了谭春阳来到后的种种，细细观量了他的相貌举止，便放任了这桩事儿。谭家和自己家族过往有交谊，这他们隐隐知晓一些，早已经不论了，眼下只说一样，他们是节孝牌坊人家，所出后人品性上不会差，这后生的敦厚不是做作出来的。二少爷身旁有这么个人相陪着，不失为一件好事，或能弥补他聪敏有余心智不足的短处哪。知子莫如父，二儿子的不足之处，孟老爷是深知的。果真如此，就是老天赐福了吧！

孟老爷的心事所在，就是两个儿子的不尽如人意，大儿子千瑞对生意颇上心，头脑行做都够，可惜不喜读书，更可恼的是志不在承续祖业，一心想着到山外去闯荡，干经天纬地的大事业，任凭怎样劝责都无用，只好任其自然。二儿子倒是喜读书，也没听见说嫌弃星河谷天地窄小的话，偏偏他厌烦经商，一提家里的生意就耷拉眼皮佯呆装傻，这就同样也没啥指望了。若在从前，可以巴望他走读书求仕的路子，像谭家祖上那样，去考取个功名，荣身利家，可现在不兴这个了呀。当下的世道，似他这般，就只能一辈子当个居家书生，形同一条蛀书虫罢了。若他恪守规矩，倒也犹可，就把希望寄托在孙儿辈上。奈何他不是，骄狂叛逆，我行我素，婚姻大事上竟也毫不例外，从他满了十八岁，家里就给他物色媳妇儿，却是这一趟川儿上上下下村庄里门户齿岁相当的小姐差不多寻遍了，无一个入得他眼。又不能硬给他包办，非得他自己先看了乐意才行。眼看着一岁岁光阴虚度，一载载年龄徒添，竟愁煞人！由此他每每悔恨当年送他到省城的学堂里读了那几年书，定是因为濡染了那大地方的光光色色，自以为有了见识，心更浮了的！

大少爷孟千瑞也曾审慎旁观过谭春阳。孟千瑞对弟弟的看法跟父母差不多，你喜欢读书，原本是件好事，年少时候你多多读书，积攒学识，下一步再扎到坊间来实干，磨炼本领，你就会是个文武全才的人，将来这份家业由你担承起来，必定能够振兴！只要你铆足劲儿干，咱孟家有朝一日做成这星河谷里第一富裕大户是甚有指望的。偏你不着道儿，啥正经事儿都不着心，一味迷在滥书里。又仗着自己嚼的字文多，眼睛长在额头上，人皆不放在眼里，连父母兄长的话也一概鄙夷，张嘴是不怕扇牙的大话，明摆着一纨绔子弟！似这样下去，不知道将来会干出啥败家辱祖的行径来！说不定孟家会毁在你手上也未可知！是以对千秋少爷一应做派越来越懒得正眼看。他也是跟父亲一样，认为二弟就是出去上那几年学坏了事的，这他每每想起来就比父亲的后悔情绪更严重，当年是他带着父母的殷殷希望一路把他送到那座省城的学堂里去的。家里不惜大把大把的银圆送你去读书，原本是想叫你开阔眼界，增长见识，凡事更能打开格局，将来稳稳地把家业挑起来，谁知你竟学成了这样！正怨恼着，忽一日见二弟身边换了跟随的人，新来的小伙子浑身一股淳朴气，一眼能看出是个实诚本分的，不禁感到新奇，暗自揣想，弟弟竟能选这般一个人来跟着自己，或是孟家祖德冥冥中感召的缘故？但愿这个谭春阳能够给千秋带来好处罢。如此一念，他朝弟弟投去的目光不觉有些变了。

小姐孟千盈的眼睛同样好奇地朝谭春阳看过来。这女子面容清丽，脑聪心颖，琴棋书画、针黹女红皆好，只是一样，颇似二哥千秋少爷的性情，心高气傲，人不入眼，远村近庄捧金奉银络绎来求亲的少爷尽都看不上，已满十九岁，仍待字闺中，不免也成父母一忧。难得地，她能够对谭春阳不嫌恶，渐渐地显得颇有好感似的。

这些千秋少爷察得，不免心下又添一种得意，总算我做了件家人都认同的事情啊！自是对谭春阳期许更深，誓要把他打造成得力辅翼，日后能够助自己游历天下拥抱梦想。他其实同样立志要出星河谷的，跟哥哥一般，也是只等着战乱结束就要动身。不同者，他的目标，更在于寻一个自己满意的女子为妻。他不要这深山僻谷里的闺女为人生伴侣，任凭家里再有钱，总归是村野土气，令人望之乏味。必得去逢个大世界里姿质超绝的佳人，跟自己缠绵恩爱，相伴一世，方不枉这一世为人。尤其有了在省城学府里就读的经历，目睹了那里的女子之后，这个意念更加坚定！不惜耗资搜罗书籍，广读博览，毋庸讳言，这是一个重要原因。他相信饱读之士，所行方远，硕学之人，自会感召绝代红颜，在大都大城里，可望稀罕美色。

再有不同，就是这份心思他从不曾道与人知，不能让父母知晓的，哥哥已经心不在故土祖业了，若自己也表明要出外远游的态度，岂不是父母要愁绝？必定想方设法阻挡，无端增添烦恼。他就暗中筹计，想着待时机一到，背起行囊就走。他又不是一去不回，届时跟父母讲好，一旦遇到了心仪的女子，结成夫妇，便带着妻子回来，此后老守星河谷，孝养父母，安居乐业。他也是想，或许见他走了，哥哥就打消了远去的心思也未可知呢。一旦哥哥不再图远了，有他在家操持祖业，侍奉爹娘，自己就可以随意逍遥，在外边遇到了入眼的大官大富家小姐，对方定要自己入赘为婿的，也无不可。

如此这般的不利在于，须得忍受没完没了相亲的苦楚，不管酷暑严寒，路途远近，父母叫去就得去。唯一的好处，就是通过一次又一次相亲，验证了自己的猜判，这星河谷一趟川儿里确实没有一个能叫自己愿意看第二眼的小姐。

毕竟频繁的相亲惹人心烦，这天在去土星邑韩家相亲回来后，他忍不住向谭春阳说出了烦恼。谭春阳听着，“呵呵”地笑，不知该咋安慰。他尚没有相过亲，父母请媒婆给介绍的那些闺女他一个也没去相看过。他一下想起了星昱小姐，相亲当是如同自己跟她的那场见面？忽地脸通红，下意识地低头瞅向自己的左手。这模样儿引得千秋少爷奇异，不禁循着他的眼光看去，两眼落定在他左手中指戴着的小物件儿上。这东西他早就注意到了，不免有过好奇的，像是个指箍儿样子，却为啥用布包裹着？想来是家里一个祖传物了，因为颇珍重，怕磨损了，这般用布条儿包缝了起来，如此一猜，觉得可笑，也就没问。此时不觉就问了出来：“你戴的那是个啥东西？为啥用布条儿包裹着啊？”

谭春阳支支吾吾，一时回答不得，怎能如实说出这指箍儿的来处哦。但若不实说，又咋说？他窘迫地瞅了眼千秋少爷，又低下头去瞅手上的心爱物，脸孔更红涨了。

千秋少爷见状，不禁疑窦丛生，咋这么难得慌？有啥不好道出的吗？或者是关着他家祖上的一个隐秘？这么一想，就打算不追究了。眼珠儿转了转，笑道：“不会是你的定情物吧？”这本是句打趣儿的玩笑话，偏谭春阳一时发痴，觉得自己的心事被点破了，他就想，千秋少爷凡事跟自己敞开心扉，无话不讲，自己若对他遮遮掩掩，哪里对得起人！原本好朋友之间这类事儿是不相互瞒着的。他就抿起唇，轻轻退下指箍儿，侧身拿起方木几上的一把小剪刀，小心地剪断母亲密密缝着的细线，一霎儿灰色布条儿裂开，金灿的指箍儿露了出来。

“好秀气的指箍儿！”千秋少爷啧赞，觑眼打量着，脸上掩不住的惊奇：“金子成色也好，这是你祖上传下来的吧？”谭春阳摇头，腼腆地笑着，告诉了这金指箍儿得来始末。

千秋少爷越发吃惊：“白家小姐发给的赏？就是住在村子北头儿开商铺的白家吗？记得那家的女儿是叫白星昱，对吧？”这样问着，他的脑海里闪出一个脸蛋儿白里透红七八岁小女孩儿娇袅的身影。他临去省城上学前，被母亲带着去村东的城隍庙进香，在那大院子里，曾远远地看见过白星昱，脑子里留下了印痕。算来她现在也十四五岁的年纪了。

见谭春阳点头，他又问：“只你一个人得的是金指箍儿？”

再次得到肯定的回答后，他“嗤嗤”地笑起来，说：“从来听见的都是男人送戒指给女人，这是头遭听说女人送戒指给男人呢。这金指箍儿在咱星河谷就相当是金戒指的噢。看来这位小姐她是……”忽地话头顿住了，脸上的嬉笑也倏然收了。他是想说那这位小姐她是对你有意思的哟。但心上猛地莫名起了一种情绪，之前从没有过的，他却知道这是嫉妒，他就把后半截话吞住了。一时不免又是警惕又是奇异，暗暗审问自己，咋个你会心生嫉妒？咋个你竟嫉妒起自己的这个随从来噢！

谭春阳没有觉察到他这情绪变化，沉浸在由说起星昱小姐而引发的快乐中，能有一个人和自己这样地话及星昱小姐，真好呀。他仔细地端详着金指箍儿，一时觉得它多么好看！如果是别的东西，如果这不是星昱小姐送给自己的，那见千秋少爷这么样啧赞询问，肯定会递过去给他细看的，甚至就忍痛割爱赠送给他了，但这是星昱小姐送给自己的啊，他觉得纵是好朋友，他也不能。他就把布条儿小心地塞进衣兜里，又把金指箍儿戴回到左手中指上。只有先这样戴着了，等回家去送工钱时，让母亲把布条儿再给包裹缝上吧。

千秋少爷默着，平了平心绪，没有表情地又开口问道："你再见到过星昱小姐吗？"

谭春阳摇头："没。我妈不让我去《塞曲》班儿里扮角儿啊，咋能再有机会见哪。"

隔了一霎儿，千秋少爷又问："你咋不去白家做工啊？他家不是也雇很多佣工吗？你若去了，不是就可以天天见到星昱小姐了？"

谭春阳低下头去，不吱声儿。

千秋少爷诡诡一笑，觑着他："你喜欢星昱小姐？"

谭春阳头更加低下去。

"听说白星昱小姐长得很漂亮，是吗？"千秋少爷眏着眼，语气里一丝揶揄。他确实听见人这么说过，只是他不以为意，他不相信这山谷里的女子能有多漂亮，不过是乡下人的眼光罢了。而且他想，果真这位白家小姐出落得容颜出众，那些媒婆岂会不给自己提亲啊？

谭春阳一下抬起头，眼睛里漾着格外的一种欣喜明亮，使劲儿点点头，又飞快低下去了。

这傻小子惦记上了那个小姐。千秋少爷见状，诡笑着想。忽而面容严肃起来，说："别眼目那么浅，见到个女人就搁在心里。更好的多了！别就急着定情，日后累赘啊。"他就道出了自己想等山外打完仗消停些后要去闯荡大都大城的志向，说想到时候叫谭春阳跟着一起去。"到那时你也寻一个城里的美貌女子结缡，岂不是好啊！"

本以为谭春阳听了会喜得两眼放光，点头不迭，不期看见的竟是头摇得似拨浪鼓一般，这家伙竟急得语謇起来："我，我……千秋少爷，我不能跟你一起去山外的噢！"

千秋少爷闻言，脸陡然沉下，眼神咄咄盯过来，问："为啥？"

谭春阳语謇得更厉害了，他不能去外边闯荡世界，那样就娶不到星昱小姐了呀！他不相信这世上会有比星昱小姐更美更好的女子，就算有，他也不要。他只要她。

“我，我……”他费劲儿地一口一口地咽唾沫，脸孔涨得似块红布一般。

“你是舍不下那白星昱小姐！”千秋少爷“嗤”地一声冷笑：“真是应了那句老话，癞蛤蟆想吃天鹅肉！青天白日做大梦！还是醒醒吧！白家是富裕大户呀，你们家呢？门不当户不对的，人家会把女儿嫁给你个穷光蛋啊？！”

“我可以赚钱发家的呀！”谭春阳争辩道：“这星河谷里的好多地主，都是从贫寒小户干起来的嘛，我家也能呀！”

千秋少爷一时气得不知说啥好，嘴巴努起，两个眼珠儿直打圈儿，你以为发家那么容易啊？！哪个富家大户不是几辈人连轴苦干发繁起来的？至少也得苦干几十载，一户人家才能过得像点儿样。那还得是有本事、有秘笈的，比如自己家，是靠了种大烟，才得发旺的呀。待要讲出这些，忽懒得开口了，何必跟这个愣头青费唇舌！倒像是自己求着他啥似的！

他就黑了脸，狠瞪着谭春阳，问：“你到底愿不愿意跟着我到山外去？”

“我不能！”谭春阳更加使劲儿地摇头，一脸歉窘：“少爷，请你原谅，我不能跟着你去山外啊。”急中生智般地，他脑子里一闪，想起了自己家“后代儿孙只可耕读不许别务”的祖训，一时犹如捞到了救命稻草一般，冲口说道：“少爷，我家祖上留有祖训哪，我家人不得到山谷外去混大城市的呀！”

千秋少爷刹那间只觉一股无名火“嗖”地蹿到头顶，脸越发黑得如冰似铁，心里恨道：竟打谎谎应付我！谁家祖上会留下不许后代儿孙出山谷去大城市谋发繁的训诫？分明是瞎说！他崭利地一挥手，厉声道：“你回磨油坊去吧！我这儿不需要你了！”

“少爷，我……”谭春阳简直窘呆了，眼巴巴瞅着千秋少爷，一时不知该说啥好，他没想到千秋少爷会生这么大气，没想到事情竟至于此！回磨油坊去没啥，但不能这样惹少爷动怒着，自己就走呀。

见他犹疑着不动，千秋少爷更觉来气，声色俱厉地喝道：“赶紧走！别在这儿添烦！”他转头朝门外吼道：“祖庆，送谭春阳回磨油坊！”

书房门应声被推开了，祖庆大步抢进屋里来，满脸掩不住欣喜之色，直冲到谭春阳跟前，冷冷一声喝：“走！”他满心对谭春阳存着忌恨，自从这小子来了，就夺了自己的宠，二少爷竟让他坐在那儿跟他一块儿读书，到哪儿去也是都叫他跟着，自己简直就靠边儿站了，这样子不定哪天就会被支派到别处去的呀，这大院子里哪有比跟着千秋少爷更轻省的差使哦！正惶惶着，不期竟来了这小子失宠的一天！怎不叫人喜笑开颜！他对谭春阳的态度就格外显出一种冷酷。

情势至此，谭春阳的心寒了下来，千秋少爷如此翻脸无情呀！也就不再说什么，站起来，垂着头步出门去。他一回磨油坊，狄玉海立刻被调走了，日子又回到了只有他和曹老伯吆喝着老牛绕圈儿碾磨的单调枯燥。郁闷了几日，在曹老伯的劝解下，慢慢愁绪舒散开了，就是呀，原本自己跟人家就不是一样的身份，先前以好朋友处本就是自己的不自量力。佣舍里同屋的齐顺大哥早就提醒过自己这个的，前次回去送工钱时，聊到这个事儿，母亲也切切有过叮嘱，只恨那时自己听不进心里去。这样经历到了，也算了然了。

他心里犹疑，似这样惹二少爷不快了，自己是不是就应当辞工离开，不要再在这儿做下去了？请教曹老伯，曹老伯眯眼儿笑着，说：“东家跟佣工发脾气是常事儿，在哪儿干都免不了这个的。眼看十月这就过去大半了，你离开这儿，年前怕是不好再找到工了啊。再者，像孟家付工钱上这么不含糊的人家，谷原里不好寻的啊。”

谭春阳点一点头，这些都在理，那就踏下心来在这儿接着干吧，思量自己也没有啥大错，料想千秋少爷也不会就跟自己过不去，顶多就是日后不搭理自己罢了，这也没什么要紧，原本自己是为挣钱而来，并没想过攀高枝儿的。只是一时不能那么畅快地读书了，只好等将来自己去买了书再读罢。

他又寻思，是否自己应该做点儿什么，消了千秋少爷的气？却又如何做呢？拿不定主意，又请教曹老伯。曹老伯叹息一声，道：“咱帮佣的人，做好手里的活计就是了，甭虑那么多！少爷们哪里会跟佣工没完没了地置气？不过气头儿上那一阵儿……没准儿人家早忘到脑后去了啊。啥时候再碰面儿，你尽可量儿地谦卑些就是了。”谭春阳听着在理，心就踏实下来，扑下身干活儿了。磨油坊的工序他早已熟悉，腿脚跑快些，他独自就能行，叫曹老伯坐到一旁去抽烟歇着。今冬较往年冷，刚交十月就冻得人搓手跺脚，磨油坊挂起了大厚毡帘，坊屋里空气浑浊了许多，不能深吸缓吐地唱《塞曲》了，加之现下也心情不宜，他不能给曹老伯唱来听。曹老伯悉知这些，也就不拗着，去坐到门口火炉旁的板凳上，慢悠悠地抽烟打瞌睡。

又到了发工钱的日子，谭春阳领了钱，仍旧是告半天假回家去交给母亲，算来这是他第三次回家送钱了。他喜欢看见母亲接过自己递上的工钱时，脸上漾开的笑意，那能够一瞬间里驱走他所有的烦恼和劳累。他没有跟母亲说自己又回了磨油坊，何苦给母亲添忧虑呢？这又不是啥大不了的事儿。

从家里返回来时，带了母亲磨制的豆粉和自己珍藏的一个杏木小根雕。豆粉送给曹老伯，这个可以每天早上冲开水喝，很是滋补。小根雕是要找机会送给千秋少爷的，他还是觉得该做点儿什么，叫千秋少爷能够开心的，解开两人之间的结儿，人可以不在一堆儿，但心里互相不要有埋怨才好。这是曾经跟父亲去罕图坝山上挖药材时刨得的一个树根，自己拿刀锉慢慢雕成的，放在桌子上，竖立着看是一只小猴子，横过来看，又分明是个长腿青蛙，是自己极心爱之物，相信千秋少爷肯定也会喜欢的。

有了这个想送玩意儿的心，就开始寻找跟千秋少爷碰面的机会，才发现有多么难。他日常就是往返在佣舍、磨油坊、饭堂之间，佣舍和磨油坊都在后院，除非千秋少爷到后院来，否则行走在这条路上，是没办法看见他的。唯一就是从磨油坊去饭堂吃饭的时候，要从前院东侧的游廊穿过，这时候如果千秋少爷在院子里，那就可以远远地瞧见。奈何总不能见到千秋少爷的身影。日子显得漫长起来。正心焦着，喜从天降地，千秋少爷竟又来了磨油坊。这天上午，谭春阳一手举着水瓢，一手扒拉着豆渣，正在磨盘跟前忙着，忽然门口大厚毡帘被掀开，挟着股冷风，一个人推门跨了进来。坐在门口的曹老伯一眼认出是千秋少爷，情知是来找谭春阳的，忙扭头大声喊：“春阳，千秋少爷来了！”

边喊着，边站起身来，眯眼儿笑瞅着千秋少爷，他因为耳背，见人是不寒暄的。谭春阳应声扭过头来，看见真的是千秋少爷，一时激动万分，竟至眼睛湿润了。赶忙去放下水瓢，飞快抹了下眼睛，扯毛巾边擦着手，大步往千秋少爷跟前走来，嗓音微微发颤地说："少爷，你来了。"

千秋少爷站在那儿，仿佛什么都没发生过似的，浑闲地四下瞧望着，说："这坊屋里不冷啊。""不冷不冷。"谭春阳连声说："少爷你快来火炉旁暖暖，今儿冷得很，你一路走来肯定挨冻了啊。"说着抢步过去把火炉旁边的板凳摆端正。千秋少爷却不往火炉跟前去，迈前一步，站在了倚西墙摆放着的木架子前。谭春阳忙不迭地去里边墙角篮子里取出杏木根雕，边讲说着这根雕得来的经过和趣处，走上前，一脸真诚地捧奉给千秋少爷。千秋少爷接过，觑了一眼，问道："你自己雕的？"随手放在了旁边的木架子上，他兴致不在这类玩意儿上头，今天他来，是想让谭春阳教他唱《塞曲》的。他直截道出，谭春阳听了，微一打愣儿，忙连连点头答应："行！行！"

那就还得再到千秋少爷的书房里去，这磨油坊的浊重味儿千秋少爷受不得的。这就得让曹老伯独自干活儿受累了。千秋少爷略思忖了下，伸手从衣兜里掏出一把钱，让谭春阳给曹老伯，跟他把事儿讲明白。谭春阳依言做了，老人不肯接，大声说："你们去！你们去！这里的活儿我一个人干就行！哪能要少爷的钱啊！"没法儿，谭春阳只好把钱悄悄塞进挂在木架子上老人的皮袄兜里，心想等教完千秋少爷回来后自己抢着多干吧。两人朝前院走去。

千秋少爷是为了赢得星昱小姐的芳心，才这般下定决心要学唱《塞曲》的。

那天一气之下赶走了谭春阳，千秋少爷颇不自在起来，发现没有谭春阳陪坐在旁，自己身心就难能那么安静。尤其读诵《幼学琼林》和《三字经》的时候，缺了谭春阳共诵，情形大不相同。想去把谭春阳找回来，又觉得不能就这么轻易宽纵了他。不禁皱眉苦恼，推寻造成这情形的原因，想到了白星昱小姐，不由心里腾地生出一股恨意，都是你这个丫头片子闹的！却就眼前闪出了储存记忆中的那个脸蛋儿白里透红七八岁小女孩儿娇袅的身影，不禁心里动了一动，一时耳边又响起了曾经听过的夸赞白星昱美貌的话音，越发生出好奇，或是这个女子真的出落成了个美人儿？这般一想，忽地坐直了身子，瞅着门口大声招呼祖庆。祖庆应声小跑着进屋来，机灵地眨巴眼看着小主人，等候吩咐。“你这几年间见过咱村北头儿白家的星昱小姐吗？”千秋少爷看着他，直截了当地问。祖庆摇头，转着眼珠儿忆想着，说：“就是二少爷你临上学走那年，咱们去城隍庙时，远远看见过白小姐，就只见过那一次。”

“你也是只见过那一次！”千秋少爷不掩失望的样子，说着，又将身子后倾靠到了椅背上。

祖庆琢磨着小主子的神色，声音压下来，神秘兮兮地说：“都说星昱小姐长得好看呢！说是咱星星河这趟川儿里最俊俏的闺女噢！说是敦伦城里的那些富家小姐也没法儿比哩！”

此言入耳，千秋少爷不禁心里越发大动了一下，就起了埋怨，为啥家里不给我提这门亲哟?！又想，或许人言只是讹传，并不真吧。百闻不如一见，还是去亲眼看一看再论处为好。他就低声对祖庆说：“你想法儿去看一眼星昱小姐去，是不是真的有说的那么美？”祖庆面起难色：“咋个见哟，星昱小姐不出门的哟，听说她就只是跟她妈去城隍庙上香的时候才会出门呢，咋能知道她啥时候去上香啊？”千秋少爷嘴角抿起，眨巴眼睛思琢了下，说：“你去白家当佣工，明儿就去。你待在那座院子里，总能见到星昱小姐啊。一旦见到了，你就退工回来告诉我。”“嗯，这是个法儿。”祖庆龇牙一笑，使劲儿点头答应：“行！”随即猛地想起了什么似的，眉头一皱，摇着头说：“白家的人怕是会认出我的噢！都知道我是贴身伺候你的呀。”

“哎呀，就不能灵透点儿吗?！”千秋少爷不耐烦的样子，也拢起眉头，说：“一旦被哪个认出来，你就说在我这儿辞工不干了，不就完了吗？”

“噢，对对！！”祖庆眉头一下舒展开，高兴地连连点头，恭维说：“还是二少爷聪明！”

“你这就回家去，准备一下，明儿就去白家，记着换一身破旧些的衣裳啊。”千秋少爷说。祖庆“哎”了一声，扭身快步去了。

祖庆在白家做工的第二日下午就见到了星昱小姐，他是从后院的辘轳井里摇起一桶水拎着往前院厨房去时，半路碰上了领着丫鬟往太太房里走去的星昱小姐。只见她穿着长及脚踝的深咖色底子的锦面上绣着疏疏几枝浅咖色大花儿的细锦棉袍，脚上一双小巧的褐色短筒雪地靴，颈间戴一条藕荷色羊毛线手工编织长条围巾，身材秀颀，容颜娟丽，那娇模俏样直看得祖庆目瞪口呆。这确实是他所见过的最好看的姑娘，感觉天上下来的仙女也不过如此。一霎儿明醒了千秋少爷打发自己来看星昱小姐的用意，心里欢喜起来，巴不得少爷快点儿把这位小姐娶回家去，那她就是自己往后日日服侍的少奶奶了，自己就天天都可以看见她了。一时就巴望天快点儿晚，自己下了工好跑去告诉千秋少爷。总算挨到了下工时候，他脚步“嗖嗖”地出了白家院门，浑忘了跟管家说自己明儿不来了的话。直奔孟家，进门正碰上往饭厅走的千秋少爷，他就跑上前附在千秋少爷耳边把自己见星昱小姐的情形讲了，眼珠子都要瞪出来似的，瞅着小主子说：“少爷，就是这个小姐才跟你最般配哎！她现在可不是咱们七八年前在城隍庙里看见时的那个小小女娃儿样了，端端是位大姑娘了！女大十八变呀！嘿！”千秋少爷笑微微地听着，思忖着说：“怎样我也能见她一眼才好。”祖庆听了，眼珠儿转了几转，有了主意，凑上前更悄声地说：“正好我刚才没跟白家辞工，明儿早上少爷也换身旧衣裳跟我一起去，我就跟他家管家说自己家里有事儿今天不能在这儿干了，让我哥帮我顶工，等我把家里事儿弄妥了就返来。他想是没法不准的，他不准的话临时他到哪里找人干我那份活儿去？只是这样就得辛苦少爷劳累一天了。反正也不累，就是扫院子、提水啥的。你干活儿时留神院子里的动静，那小姐每天总是要到院子里去的，她只要出现了，你就找由头溜到离她近的地方使劲儿看她几眼。这样行不行啊？”千秋少爷抿起唇，眨巴眼想了下，点头“嗯”了一声：“就这样吧。”这是能想到最快的法儿了。忽然微蹙眉头，说道：“也存在着这个难题呀，一旦给白家人认出来咋办？”祖庆连连摇晃手，说：“没事儿的没事儿的，我领着你从角门进去，谁都碰不着，就是面对个管家。你在那儿最多就是待一天，你自己再躲着点儿，没人能见着你。”“那管家认出了我咋办？”千秋少爷说。“你跟他面对面说过话吗？”祖庆问。千秋少爷摇头：“面对面说话是没有过，记忆中，就不曾认识这个人。但他有没有在什么地方见过我啊？”祖庆一咬牙：“不管那么多吧，明儿早上你睡起后别洗脸，也别梳头发，我这就去找一套我的破旧衣裳拿给你，委屈你明天穿一下，临进他家门前我再给你脸上点几个大黑痦子，化化装，他哪里能想到这上头儿来？他最多就是看着你眼熟罢了。到时候你别多讲话，就闷着头干活儿，他一转身就把你忘了，他事儿多啊。”千秋少爷点点头：“就这样吧。”

次日，主仆二人依计而行，果然顺利，白家管家之前都是远远瞭见孟千秋少爷，没有多深的印象，无论如何也想不到这上头儿，见祖庆领着来的哥比他更英俊雅净，没多问就允了。祖庆领着小主子，一一指给了一日要干的活计，把脏重些的活儿帮着干了，才磨蹭着离去。也是午后两点多钟，千秋少爷见到了星昱小姐。今日小姐是由丫鬟陪着到院子里晒太阳，这是冬日里难得的好天气，晴空似刚刚洗过一般的蓝靓，阳光直直洒下来真如金子似的，一丝儿风都没有，院子里的沙枣树静悄悄地立在那儿浑身闪光，宛似天庭里的布景一样。想是这景色吸引了小姐，站到了树下。她仍旧是昨日那身穿戴，只是围巾没有紧裹在头上，随意地搭在颈项间顺着两边肩膀长长地垂下，白玉似的面庞整个露了出来，那藕荷色围巾衬饰着，深咖色长棉袍裹着的身躯看着越发纤袅玲珑，说不尽的一种婉约妩媚风度。这时千秋少爷正在厨房擦灶台上的油渍，他是有意寻摸了这么个活儿，站在这儿一抬头就可以瞭见整个院子，谁从院子里经过他撩眼都能看见。他低头擦一会儿就抬起头看一眼，也不知低头抬头了多少次，忽然他这次头抬起就定住了不再低下，眼光棍儿似的直瞪着外面再不能打弯，他是一眼看见了站在树下的星昱小姐，可巧小姐站向正跟他迎面，那一张花朵脸庞无遮无掩地直现在他眼前。过了多久他才又会呼吸的呢？回过神儿来他就快步奔水缸走去，他是去拎木桶，它就放在水缸边，他想去井台提水，这样就可以从小姐身边经过，他就可以很近地细细看那张动人的美丽面庞，却是水缸里和两只木桶里的水都是满满的，这就没有去井台提水的理由啊。怎么办呢？他脑筋飞转，忽地有了主意，扫院子去呀，就可以离小姐很近了。于是快步奔出门外，直去抓起倚放在山墙旮旯的扫帚。他握着扫帚踅摸了一会，径直去东厢房窗下，弯腰扫了起来。这儿离那棵枝条婆娑立在院中央的沙枣树近些，很快就能扫到跟前儿去。谁知他在这边一起扫帚，小姐和丫鬟就像两只听见了动静的鸟儿似的，倏地飞了，直让他傻了眼，只好胡乱扫了几下，又回伙房去了。却再干不下活儿了，拿起刚才用的抹布，直觉得冰冷刺手，万分难耐，这时若有谁支使自己去干啥活儿，他会烦躁得跳起来的。挨不过，只好去跟管家告假说忽然头疼得厉害，得立时回家看医生去，工钱不要了，这就放自己走便好。管家无法不应允，千秋少爷就回了家。

当晚就央告母亲请媒婆去白家求亲，说自己想娶星昱小姐。这时刻，把曾经的定要去搜寻外面大都大城中的佳丽婚配的初衷尽抛到了九霄云外。

母亲眉开眼笑，谢天谢地总算自己这幺儿有中意的闺女了！不免就自责起来，咋先前没想起去求问白家呢？只顾着往远处去搜寻，竟把这近在身侧的村邻给忽略了，真是啊！母亲笑着问千秋：“可已看好了？”见到儿子脸上显露出从没有过的羞赧样儿，使劲儿点了点头，母亲就说：“那我可就跟你爸说了，明天就央媒人呀。”千秋少爷忙又点头，少见的懂事样儿，说：“那让爸妈劳心了啊！”

次日就请了媒婆来，细细托付了。媒婆胜券在握而去，却垂头丧气而归。白家老爷太太都乐意的，却是小姐星昱不肯。孟太太惊异：“跟她说了是给我家千秋提亲吗？”“说了的呀。”媒婆挤着眼睛，摇着头，也一脸匪夷所思的样子，道：“我那个夸千秋少爷呀，长得最英俊！直溜溜儿的大高个儿，端正白净，鼻直口方，说话好听。自小用功读书，家塾里先生教念的书一本一本都背熟了的。自己多大一个书房，里头儿堆满了书，天天黑夜白日地苦读。字儿写得那个好！年年过年家里门上贴的对子都是二少爷拿毛笔写的，那大字儿一个一个那个精神！还画一手好画，画的那些个鸟儿看着似是张开翅膀就能飞走一样……这些一句大话夸口都没有啊，这么近的邻居多年住着，能瞎吹吗？咱家二少爷白家老爷早就多少次看见过的，早就喜爱着呢。咱家这家业那就不用说的呀，白家老爷太太咋能不知道啊？咱这东邑西邑两村儿里，能跟他白家比富贵的，也就只有咱孟家呀，眼见得咱家的事业必是比他家的长久呀。”

孟太太问：“星昱小姐今年多大？”

“这就满十五岁了呀，正是花朵乍开的好时候。”媒婆眼睛睐起来：“要说那闺女确实也是个俊儿，说是这星星河一趟川儿里最出眼的闺女，这话儿确真的呢！我都是亲眼见过的啦。要说能配得上她的，论品貌家业，那也就是咱家二少爷了，这是良心话！我早也心里想着呢，等到了时候，我就来跟你和孟老爷提说，求亲去。我是想等她满了十五岁再嘈议这桩事儿，忒早了去说怕是不好啊。”

孟太太连连谢承，心上焦急起来：“你话都说到了？那请再费心想想啊，看还能有啥法儿没有？”

“嗐，都说到了呀！要不咋个我这去了六七天才返来呢？那天我在你这儿领了命出去就直奔白家，在那儿跟白太太、白老爷直说到天傍黑儿我才走。第二天吃了早上饭我就又去了，听白太太告诉了星昱小姐的心思我哪甘心呀，坐在那儿直劝到天晌午，教给了白太太好多法儿，我才离开。这次我隔了两天才又去，为的是给些时间，让白太太劝她闺女听话。哪知却是个白搭儿！我还是不甘心呀，我就又坐在白家不走，又教给白太太一些法儿，这次我隔了三天才又去……唉，没法儿啊，终是个白搭儿啊！”

孟太太蹙着眉想不通：“这可真是的！先前牵线儿的那些都是咱家二少爷不愿意，好不容易这次咱家二少爷乐意了，人家又不干！”

媒婆也眉头蹙得紧实，嗔叹道：“是呀是呀，真是的！”

这也没法儿，只得递上两块银圆、一包铜钱，重谢了媒婆，让她去了。

媒婆拿了钱，越发叹息起来，掏心窝子地跟孟太太说：“告诉千秋少爷别着急，更好的小姐有呢！这就再去寻，出星河谷去寻，外头宽敞着呢，不行托人到敦伦城里寻去，凭咱这样的人家，咱家二少爷的条件，啥样的寻不着？！”这才往外走了。

偏是千秋少爷不肯歇休，央磨母亲另外再请媒婆去说，定是先前的这个嘴巴不够，没有说到的缘故！他是一定要娶星昱小姐的，他就认定了她！

母亲被磨得没法儿，只好又托了个媒人，再往白家求亲。她也是赞成二儿子的想法儿，从来好事难成，不能碰到困难就退缩，百折不回，千方百计，才能满愿。二儿子一眼把人儿看到了心里，媒婆又是这样一篇言辞，看来这白家小姐是个百里挑一的人物儿，难得她家又阔，跟自己家离得又近，做了亲不必说好处多多。这回请的媒人也是去了六七天才返来，说的话儿跟上次的也是差不多，没办法呀，星昱小姐不肯嫁呀。

“为啥她不肯嫁啊？”孟太太满面愁容，问了句多余的话。

媒婆眨巴着眼睛，说：“许是年龄小，还不知道事儿呢？”

“满十五岁，不小了啊！”孟太太说，叹了口气，心想，自己就是十五岁上跟千秋他爸定的亲，女孩儿家哪能在这桩事儿上拖呢？可不就得趁早啊？！

这也无可奈何，只好还是递了一包钱给媒婆，谢承一番，让她去了。

媒婆攥着钱往外走时，巴心巴肝的样子，说：“跟二少爷说，非得娶星昱小姐，那就别着急，耐着性儿再等等，这闺女家的心性儿就跟那树上的桃似的，慢慢地就熟了，等长熟了，她就想找婆家了，到那时去跟她一说，保准成！”

千秋少爷哪里肯等！让别人求了去咋办？定是媒婆话没到！对了加彩礼呀，再寻一个媒婆去白家，跟白老爷白太太说，咱家多几倍给他家彩礼。“好妈妈，儿子求您了！要是白老爷白太太逼着他家小姐嫁，他家小姐是没法不听的啊。再说，精诚所至，金石为开，三国时候刘备请诸葛亮还三顾茅庐呢，咱们也来个三请三求嘛，咱这么殷勤用心，应是能感动得她点头了。”

一句话点醒了母亲，连忙又请了一位媒人来，细细地说与了，让去跟白家老爷太太说，自己家二少爷实在是昼思夜想地盼望跟他家小姐喜结良缘，彩礼上可以比先前说的增加几倍，白家喜欢要钱，就给现钱，喜欢要地，就尽着挑几块好田地过给他们。俯首在媒婆耳边小声儿教给，去了鼓唆白太太，让她和白老爷动强，自古这婚姻大事是父母之命，哪能就依着孩子家呢？她个十五岁的闺女知道啥轻啥重？错过了好姻缘不就是误掉了一辈子吗？

媒婆使劲儿点头，应着去了。还是去了六七天返来，回给的话儿还是跟前两次的差不多，白老爷白太太早就硬逼过了呢，没用呀，再逼得紧了，那小姐怕是会寻短见哪。“那么好的闺女，谁舍得呀！白老爷白太太让我跟你道歉呀。”

这位媒婆攥着钱走时，叹息着劝：“实在求不到就另外再寻吧，婚姻这事儿讲究的是个缘法，跟品貌家计也不是总相关的，两个人儿要有缘才得行啊。”

千秋少爷纵是仍不肯休歇，一时却也无计。事不过三，暂时不能再央媒婆去求说了，总不能死缠烂打啊，只好告一段落。他却怎能就此放下？站着要想星昱小姐，坐着也想星昱小姐，歪在椅子上，躺到炕上，更是在想星昱小姐，那个花朵白玉似的面庞印在脑海里，挥之不去。于是一下子理解了谭春阳为啥见星昱小姐一眼就着了魔。这就想起了谭春阳手上戴着的金指箍儿，是他去白家唱《塞曲》时得的星昱小姐的赏赐，不必说星昱小姐是爱听《塞曲》的了，那自己也学会唱《塞曲》，也混在冯家唱班儿里去白家演回场子，不是就能赢得星昱小姐的芳心了吗？没准儿也能得机会跟星昱小姐说上一句话，也能得她赠个什么物件呢，不是就跟她结了缘吗？自己的长相总比谭春阳抢眼吧！嗯，星昱小姐不肯应允自己的求婚，不过是因为没见过自己罢了，要是她一朝看见了，芳心一动，就好办了。妄念痴心弄得他日不得安，夜不成眠，这夜在炕上翻来覆去直滚腾到天亮，爬起来洗脸吃饭，完了就直奔后院磨油坊而来。

做这些时他丝毫没往这是在跟谭春阳横刀夺爱上头儿想，他的认识是，谭春阳对白星昱小姐的爱是错误的、可笑的，也就是可以忽略不计的。他认定谭春阳不过是一厢情愿，可怜的单相思而已，星昱小姐发了那么个赏儿给他，啥都说明不了的，不是说她常常给塞曲班儿里的角儿们发赏吗？她当晚一高兴就大方地赏了，随后就把这事儿忘了，不过就是这么回事儿罢了，凭她堂堂豪富人家的大小姐咋可能对一个穷娃子动心用情呢！所以他生念跟谭春阳学唱《塞曲》，不计前嫌地前来磨油坊相寻，做这一切时是坦然从容的。

谭春阳对此浑不知情，只是为千秋少爷来找自己学唱《塞曲》这件事而满心高兴，走在院子里，脚步轻快，不觉得冷似的。很快两人来到了千秋少爷的书房。在这里不能声儿太高，得不要吵到老爷太太方好。谭春阳跟千秋少爷斜对着坐在椅子上，压低嗓子一句一句地教唱起来。竟是出乎意料得费劲，并不复杂的旋律，千秋少爷无论如何也学不会，一开口，调儿就跑到一边去，好像他没办法咬准音符一样。这时两个青年都尚不知道世上有“五音不全”这样一个词语，表示着某些人天生对于歌唱的无奈。弄得谭春阳额上冒出汗珠子来，他想出个办法，先把歌词一段一段写到纸上，千秋少爷把它们都记熟，然后在每个字上标下只他俩懂得的记号，是表示这个字在唱段里头的发音，千秋少爷照着这个标记苦练，自当会有成效。

就这么做了。一连好几天，颇费了些功夫，两人扎在书房里练，却终是白忙一场，可以确认了，千秋少爷在唱《塞曲》这件事情上是没有办法的。这真让人沮丧啊！世界上的事儿至于这样不合人意吗！却如之何！千秋少爷愤懑地把手里写满字的本子使劲儿摔在书案上，心道：算了，不学了！

“那我回磨油坊呀。”谭春阳说着站起来，无精打采地看着千秋少爷，好像少爷学不来唱《塞曲》，是自己的罪过似的。“你回吧。”千秋少爷耷拉着眼，没好气儿地说。他内心陡然生起嫉妒，恨谭春阳能把《塞曲》唱得那么好！恨他靠唱《塞曲》赢得了星昱小姐的芳心。一念至此，忽地醒了腔儿，真的，他是赢得了她的心呀！要不咋个她独赏了他一个金指箍儿？他俩乍一相见还都说了那样一句让人摸不着头脑的话！她一个大门不出二门不迈的富家小姐，平常难得见到人，一眼看见了这家伙一张小白脸儿，又刚刚听完他唱的曲儿，不由一下把他印在了心上，从此再就容不下别人了，就是这样的，就是这样的呀！

没准儿那个金指箍儿是星昱小姐自己打小戴着的，那天特意从手指上退下来，送给这个穷小子的呢，要不它咋会那么秀气呢？

一刹那间，心里的怨恨顶了脖颈儿。都是因为这个穷小子抢先一步占据了星昱小姐的心，她才这么拒自己于千里之外的。不行，得把那个金指箍儿夺过来，据为己有！它应该是属于自己的，只有自己才配拥有它！

他猛地转过头去，冲着谭春阳背影，冷冷唤道：“谭春阳！”

谭春阳听了这声唤，本能地心一下绷紧，是感觉到了这声音里从没有过的冰冷。这时他已走到书房门口，就倏地收住步，转过身站在那儿，望着千秋少爷，疑惑不安地问：“少爷，你还有事儿？”千秋少爷眼盯着谭春阳左手中指上戴着的金指箍儿，说：“把你手上戴的那东西卖给我吧。”

谭春阳心里又一紧，似是有人要谋摘自己的心似的，陡然感觉一种恐惧，脸上歉惶惶笑着，说：“这个不能卖的哦，少爷。”

“咋个不能卖？”千秋少爷眼角斜着，满脸恼恨。

“这个是，是……”

“我知道是星昱小姐给你的赏儿。”千秋少爷不耐烦的样子，冷腔狠调：“你有没有想过你戴着它不般配呀？你天天干些脏活儿累活儿，把它都给弄腌臜了啊。”

谭春阳低下头去。

“你不是缺钱花吗？我多给你些钱就是。你说吧，要多少？”

“少爷我不卖它。我往后干活儿的时候不戴着它了，我把它放回家里让我妈给存起来啊。”

“你个稀穷的人家，存这么个金指箍儿做什么？”千秋少爷一脸揶揄：“就算你心里惦记上了星昱小姐，不是说过了吗？你就是癞蛤蟆想吃天鹅肉，不可能的！你哪块儿配得上人家呀？就你家那几间破屋几亩薄田，你去给人家里当长工还差不多！”

谭春阳低声说：“那也得赶明儿我回家问问我妈才行。”他这是想了个权宜之计，先过了眼前这道坎儿，离了这屋子吧。过几天没准儿千秋少爷就把这事儿忘了，少爷啥好东西没有呢，不会就把这么个小金指箍儿当回事的。实在不行自己就赶紧退工离开这儿就完了。

“那我等你的信儿啊！”千秋少爷白着眼睛，说：“你戴着这么个东西当个啥？我多给你些钱，你拿着去娶个媳妇儿是正经。你家里这不就要给你娶亲了吗？到时候多下点儿彩礼，挑个好些的女子。你去吧。”

得了这句话，谭春阳像得了赦书似的，连忙拉开门走了。已经下晚工了，他就不再去磨油坊，直回了佣舍，坐在炕沿上皱眉细想刚才的事儿，咋个千秋少爷又忽然对自己变了脸呢？咋个他竟这么想要自己的这个金指箍儿呢？想来想去弄不明白，隐隐地有种不好的感觉，像是哪里潜伏着祸似的。赶紧把金指箍儿摘下来吧，别再戴着了。他跟自己说。却是做不到，抬起左手看着中指上的金指箍儿，想着那天星昱小姐在台下远远望着自己的那双星星一般闪亮的眼睛，无论如何也做不到把她送给自己的这宝贝从手指上退下来装进衣兜里，他已经戴惯了它，这个手指上不能没有它了。他视它为护身符的呀！咋能摘下来呢？那就赶紧回家去吧，不要再待在这儿了。正心里想着，忽然厚毡门帘一撩，齐顺进来了，见他独自坐在那儿犯愁，问："咋的啦？咋不去吃饭？"谭春阳说自己今晚上不饿，不想吃饭，想着明天回家去不在这儿干了。

"咋的啦？跟你一块儿干活儿那曹老头子刁难你了？还是东家找碴儿了？"齐顺问。

谭春阳低下头不吱声儿。

"我开始就跟你说，别跟东家走得太近，咱是做帮佣的人，守住自己的本分，干好手里的一份儿活，那就没祸。"齐顺厚道的眼睛里满是忧惕，看着谭春阳，语气剀切："你跟二少爷好，你就不怕……嗐，'伴君如伴虎'，这话儿不假的啊！"

谭春阳头更低了下去。

齐顺叹一声，劝道："没啥大不了的事儿就忍忍，人得学会忍，在哪儿谋生计都不容易，都得先练一个忍性。要是觉得实在忍不了，不想待下去了，那也苦熬几天，等拿到这个月的工钱后再走，这眼看就到发工钱的日子了嘛，还有六天吧？你要是这就走了，可是吃大亏啊！"

谭春阳想想这话对，记起了自小爸妈教给的"祸从口出，闭嘴第一"八字真经，就脱了棉衣鞋袜钻进被窝儿里，现在就蒙头睡觉，啥也别说最好。任凭齐顺大哥一片好心相对，自己的事儿万万不能兜底儿讲给他的。何况这屋里住着这么多的人，一旦正说着时门里门外被别人听了去那可不好。就照齐大哥说的，苦挨过这六天，拿到个不打折扣的工钱就赶紧走。

“这么早你就睡下？”齐顺粗声粗气，冲谭春阳说：“睡得忒早了，夜间你可是会醒了再睡不着哟。”

“我今儿不知怎的犯困，我就先睡了吧。”谭春阳说，心里想趁着现在同屋那几个人都还没回来自己赶紧躺下，待会儿闹哄哄时就是个闭眼装睡，最好。

随后的几日，谭春阳早睡早起，在佣舍里不多与人言，到了磨油坊里埋头干活儿，也是一句多余的话不说。这时害怕见到千秋少爷了。好在千秋少爷再没来磨油坊，让他渐渐心松了一些。他就寻思，那天少爷是因为总学不会唱《塞曲》感到烦闷才一时脾气不好的吧，想来过后他就把那些都忘掉了，现在他肯定是去忙别的事了呢。不再想学唱《塞曲》，自然他就不会再来找自己了。自己也不要总把这事儿搁在心上才对啊。饶是这样自说自解把紧紧蜷在一起的心舒伸开了，还是不改变拿到工钱就走的心思，不在这里干了，去别处再寻工吧，总能够寻到的。往后记着不管到了哪里，再不随兴任趣地唱《塞曲》就是了。

这却是想简单了。如此大的一桩心事，千秋少爷怎可能随后就把它忘了啊！若不是志在必得要把谭春阳手指上的金指箍儿拿到手，当晚他就会被撵出去了，哪里容他继续在孟家做工？留着他没动，也是希望他回去后前思后想掂算一番，有个回心转意。自己想要的东西在他手上，他若执意不肯放手，会是啥结果？在这东西两邑里，就是在这星星河畔整趟川儿里，找得到几户比他孟家财大势大的人家？自己若不容他，往后他还能在这个地方生活吗？

谁知这穷小子楞就不知好歹，回去后竟然没事儿人似的继续过起了自己的好日子，两天过去了，丝毫没见他有懂事儿了的表现。他这根本就是不知死活啊！看来自己得想点儿法儿才行的了。询问跟谭春阳睡一铺大通炕的王喜财，得知谭春阳这两天早出晚归，见不着人影儿，跟大伙儿都不咋说话了，把自个儿东西捡拾得利利索索的，似是就要走人的样子。千秋少爷想，那他这是想等发了月钱就要辞工不干了啊。想得真美！怎能就这么放你走了呢？若就这么放走了你，还咋弄到你手上那个宝贝啊？

自己咋能就放下对星昱小姐的一片痴心呢？做不到的啊！

赶巧孟老爷带着管家和大少爷去巡察散落在沿河各村自家的药铺、酒肆，这要三四天时间才能回转，家里就扔给太太和千秋少爷暂时主事。孟太太一来觉得在求娶星昱小姐的事儿上自己幺儿窝了心，得让他得空儿舒展舒展，二来也是存心想历练他操持家业的能力，丈夫和大儿子一出家门，家里的大事小情她就让佣工都去跟二少爷讨主意，有二少爷拿不了章程的才来回自己，这样孟家一时间就成了千秋少爷当家。

当天晚上千秋少爷就想出了算计谭春阳手上金指箍儿的办法，却是隔了一日才付诸行动。这日午饭后，他把王喜财喊到书房来，紧关上门，用低得只有他俩能听到的小声儿在王喜财耳边"嘁嘁"了一番，塞了个纸包在王喜财手上，让他去了。一两个时辰后，忽然院子里响起骤急的云板声，这是紧急召集令，凡是在孟家院子里劳务的佣工，听见这令声必须即刻放下手上的活计赶到议事厅里集聚。云板声一起，就见帮佣的长短工们从各自干活儿的地方纷纷向敞厅跑，眨眼间十几个男人高高低低地站在了宽敞的厅房里，管家儿子德辉拿眼溜了溜，只差磨油坊的一老一少了。就问坐在前边太师椅上的千秋少爷，要不要去喊后院磨油坊的二人？

"喊去！咋个不喊？这是召集全体佣工的嘛！"千秋少爷一脸寒霜地说。

德辉转过身一眼看见了王喜财，让他去后院喊人，王喜财咧嘴"哎哟"一声，说自己刚才跑得快扭了脚脖子，这会儿动不得呢。千秋少爷一指在王喜财身旁站着的后生："你去。"那后生飞跑走了。半袋烟工夫，谭春阳扶着曹老伯，和那后生三人进了敞厅。主要得把那拉磨的牛拴牢实，让它站住动不了，人才能离开，是故拖沓了工夫。谭春阳听见了云板响的，却不知是召集令，毕竟他来的时日浅，还没人告诉过他这个。曹老伯是因为耳朵背没听见，所以这样劳人去喊唤了他俩才来。进门来见大伙儿拉溜儿成一排跟千秋少爷对面站着，两人就也排进去，挨肩把边儿站在了靠近门口处。

谭春阳是头次见到这阵仗儿，不免感觉稀奇，探着头儿往里瞅，见人人一脸少有的严肃样儿，似是要面对生死考验一般，连一向关爱照应自己的齐顺大哥此刻也忽然像不认识了似的，一眼不朝自己看，不解其意，想请教曹老伯，场合又不宜，只好收起好奇心，朝前边千秋少爷望去。

就听千秋少爷威凛地说：“年尾，人手不够，多用了几个人，就出现手脚不干净的了。你们是自己拿出来，还是等我翻出来啊？”

只见一排人起了骚动，都转着头，你瞅我，我瞧你，交碰眼神儿，一时都会意了，这是东家丢了值钱东西，认为贼在家中的雇工里头。不由群情激愤，哪个干了这坏事儿，丢大伙儿的脸！只有站在队列中间的王喜财脑袋一动不动，目视前方，两只手微微攥起着。

谭春阳也听明白了千秋少爷话里的意思，正待看看大伙儿的反应，曹老伯扭头问他二少爷说的啥，让他为难起来，这场合咋扯起嗓子给他大吼着复述少爷说的话呢？这当儿，少管家说话了：“太太屋里的福寿膏那是有数儿的，你们拿了不是害自己个儿吗？趁早交出来，老东家明儿就回来了，别拖到那时候，更不好看啊！”

话落音，站在王喜财旁边的狄玉海圆瞪着两眼抢先发声道：“我在东家这儿，这些年了，怀疑不到我！”一语既出，惹恼了紧挨着他的耿小春，就见这矮壮的小伙子立时扭过头来盯住他，满脸恼怒地反击道：“你啥意思？我们临时帮佣的就是贼了啊？！”

“是呀，把话说清楚！”几个打短工的人一时都帮腔儿，个个眉毛横起，厉声质问。狄玉海更恼的样子，直吼到耿小春的脸上去：“你没做贼你趁啥心啊？我就那么说一句我就是指摘你啦？”

就嚷成了一团，一个更比一个声高，气狠，纷纷捋袖奋臂，就要开打的架势。

千秋少爷“霍”地站起来，一脸怒色，大喝道：“没人承认就翻！翻出来可就别怪我不客气了啊！”说着眼睛看向少管家，命令说：“让郝妈带两个人到佣工宿舍去搜，犄角旮旯都搜到，就晌间睡觉的工夫，东西肯定还在这院子里！”说完坐回椅子上。

满屋子人都不吱声了，空气里有一股躁气在搅撞，气氛像是比众口争吵还紧绷似的。

郝妈叫上两个妇人出了敞厅门，径奔佣舍走去。这大屋子门向来不锁，只是掩着，一推就开了。三个半老妇人撩开毡帘子，推门进了屋。这是西厢房，一铺大通炕靠里墙顺着，占了屋子一半面积，炕上依墙根儿一个挨一个摆放着佣工的行李卷儿，窗子开在东墙上，抵窗立着长长一张高及人腰的杨木桌子，桌子上放着水壶、茶盅等物，桌子底下摆着脸盆、鞋子之类。郝妈吩咐两个佣妇说："你俩一人从一头儿开始搜，要搜仔细啊。老东家没在家，出了这样事儿，少东家憋着劲儿呢，咱别往枪口上撞啊！"

两个佣妇爬上炕去，一人打开一个铺盖卷，细细地翻检起来。郝妈站在那儿紧盯着看，防着有漏处。眼看炕上就要翻完了，无所获。郝妈折身踅摸，上前一步，弯下腰去查看桌子底下，把摆放着的东西一一挪动着。很快就弄了一遍，只差靠里头儿放着的一双褐色纳底棉鞋了，她下意识地伸手去挪那鞋，手指触到鞋帮上，不由"呀"地叫了一声。

炕上的两个人同时转过头来问："翻着了？"

"可不是翻着了啊。"郝妈叹了口气，举起手里的棉鞋，给她俩看。两个佣妇"噌噌"下炕来，蹲在郝妈身边，愣愣地看着那只悬空举着的鞋，只见一个灰色的小小布包儿紧塞在鞋壳里，分明是个藏匿物。

一个佣妇恨恨骂起来："哪个丧天良的坏种干这龌龊事！"

另一个也跟着骂："他一个人造这孽牵连得大伙儿都脸上无光！"

郝妈手指伸进去把小布包儿抠出来，鞋"啪"地扔回地上。轻轻解开布包儿，鹌鹑蛋大一坨儿深褐色的烟膏呈现在眼前。

"唉，干这糊涂事儿啊！"郝妈摇头叹着，站起身来，把小灰布包儿还原样塞进棉鞋里。让一个佣妇去炕上扯来个包枕头的布巾，把一双棉鞋包了，三人快步朝敞厅走回来。

敞厅里佣工们本都泥雕木塑似的站着，见她三个转来了，一下都活泛起来，个个瞪大眼睛盯着她们。郝妈抱着包袱径直走到站在千秋少爷身旁的少管家德辉跟前，嘴巴凑过去在德辉耳边“嘁嘁”低语。

千秋少爷转过头看着两人，阴冷地问：“找着了吗？”

德辉看着少爷，满脸为难和无法相信的样子，一时语蹇起来：“这，这……”

千秋少爷生气地看向郝妈，厉声道：“拿过来！”

郝妈满脸惶急无奈，上前两步，手臂微微打战，把包裹递给了千秋少爷。

千秋少爷打开包裹，一眼看见小灰布包儿，冷笑了一声，拎起空着的一只棉鞋，“啪”地扔到地上，厉声说：“谁的？认认！”

大伙儿瞪眼看着前边地上的鞋，没人吱声儿。谭春阳觑眼瞧去，不由吃惊地叫道：“这是我的鞋啊！”

人们“唰”地朝他看来，有的眼光讶异，有的憎恶，有的愤恨，有的疑窦复杂。

千秋少爷满面冰霜，把塞着烟膏包儿的鞋也“啪”地扔到众人面前，怒喝道：“你还有什么好说的？人赃俱在啊！”

佣工们面面相觑，没人言语，都想起了谭春阳近几天行为举动的古怪，就说刚才吧，明明云板敲了那半天，别人都飞似的跑来了，就他拖延着不到，要人去唤了这才挪蹭着走来，分明是心里有鬼的样子啊。再说了，太太的屋子寻常佣工哪里能进得去呢？只有像他这样整天扎在少爷身旁，能够在前院东家的屋子里随意出入的人，才能得便利啊。

本来齐顺是无论如何不相信谭春阳会做出这种事的，但想起几天前那晚谭春阳突然要辞工的古怪，心里一时不禁迷惘起来，今儿这事儿难道跟那有关啊？要是真的，就是谭春阳那时事儿就干下了？随即摇头，不对不对，千秋少爷明明说事儿是今儿晌午间出的嘛，跟那晚哪里扯得上干系？到底咋回事呢？苦苦琢磨着，一下想起谭春阳热火火地跟着千秋少爷两三个月，前些日子忽然又回了磨油坊的事，便就见到了情况复杂，不由暗自倒吸了口凉气，心道：这里头儿明摆着有蹊跷啊！这可就不是善事噢！却也是随即摇头叹息而已，自己看出了蹊跷又能怎样？咋个替谭春阳开脱？证据就明摆在眼前啊！似眼前这阵势，自己若不谨慎的话，只会被牵连进去，多一个人跟着遭殃罢了。

明白人都懂得的，越是这般藏了蹊跷的事儿越不能往里掺和呀！齐顺探头朝谭春阳看着，陡然为他捏一把汗。

谭春阳极度遭受了刺激的样子，脸孔涨得通红，眼睛瞪得就要爆出来似的，气愤无极地大喊道：“我没干这事！这不是我拿的！”

千秋少爷皱紧眉头，怒吼：“不是你拿的咋会在你鞋里？看着人模人样儿的，做下这样不干净事儿！”

德辉满脸焦灼，眼睛紧张地眨巴着，一时无措的样子，忽地有了主意似的，俯过去对郝妈耳语了几句，郝妈即转身朝门口疾走去了。

谭春阳一脸理直气壮，愤声大喊：“你少冤枉我！我没拿就是没拿！这是有人栽赃！”

千秋少爷像是猝不及防被人打了眼珠子而剧痛难忍一般，猛地从太师椅上弹起，暴跳如雷，烈声咆哮：“人赃俱获还这么嘴硬！你也太不把我放在眼里了！给我把他摁住，剁了他的手！”

德辉连忙劝说：“少东家你消消气，先别着急啊。谭春阳我也算是知道的。我们再查一查，被人冤枉也是有的！”

齐顺见情势危急，顾不得许多，也赶忙出言搭救，哀求说：“少东家开开恩啊！春阳这孩子我天天看着的，不至于做出这个事儿……”

“你们的意思，我是个糊涂虫，是我冤枉他这好人了？！”千秋少爷烈怒更甚，狠狠瞪着少管家和齐顺，一副要扑过去吃人的凶恶老虎样子。两人顿时噤了声儿，低下了头。

千秋少爷又愤愤地朝谭春阳瞪去。

谭春阳毫无惧色，迎着他的目光，大声喊：“你少仗着自己是财主的儿子就冤枉我！我没偷你们家的东西！”

千秋少爷的忍耐显然达到了极限，只见他一脚踹倒了身边的凳子，眼光似箭射向少管家，怒吼道：“别因为是冲着你爸来的人，你就袒护他！赶紧去给我摁住！”

听了这话，德辉不好再袒护了，只好冲站在旁边的家丁一使眼色，两个家丁接令，猛地冲上前去，一起出手狠劲儿扭住了谭春阳。谭春阳奋力拼挣，边迸声叫喊："我没偷！你们欺负人呀！"曹老伯终于明白了要发生什么，发疯般扑上去拼死护着谭春阳，大声吼道："你们不能欺负这个孩子！别糟害人啊！"千秋少爷恼怒地对德辉吼："还不去把那个老头子轰走！"德辉连忙带人上前死劲儿拽住曹老伯，往厅房门外拖拉过去。

"去拿斧子来！"千秋少爷对站在不远处一个家丁吼道。那家丁应声跑过去，从倚东墙放着的工具箱里拿起锋利的大铁斧子，倒拎着疾步返回来。

"把他的左手摁到木凳子上！砍了！！"千秋少爷声如狼嗥，面孔扭曲，已全然不是他本人了似的。在这可怕声音的震慑下，再没有人敢说情了。谭春阳被强迫地跪到了柳木板凳跟前，左手被按压到了凳子上。他中指上戴着的金指箍儿此刻显得那么触目，所有人都惊异地盯着它，好像不知道它是什么东西似的。空气凝固了，在场的人们好像一时都不会思考了，都丧失了心理活动能力似的。

谭春阳疯了似的，抗拒着，大吼着："放开我！不是我干的！我没偷东西！放开我！"但这抗拒辩争显得那么徒劳，不能产生一丁点儿作用。院子里，郝妈搀扶着孟太太正快步往敞厅赶来着，孟太太满脸焦灼，边走边气喘吁吁地喊："千秋！不许胡来！不许胡来啊！"可惜这声音被谭春阳的叫喊声遮住了，没有传进敞厅里人们的耳朵。

握着斧头的家丁一眼看见那个金指箍儿，一时不免犹疑，朝千秋少爷望去，是请示是否把这指箍儿取下来的意思，惹得千秋少爷吼声更加凶狠："砍！砍呀！"似是这个金指箍儿深深刺激了他一般。

家丁应声举起斧头，对着柳木凳子上年轻人的手，猛地砍了下去。

"唰"的一下，木凳上的手，四根好看的手指齐齐掉落，随即四股鲜血喷泉一样射出。谭春阳撕心裂肺地惨叫一声，昏了过去。

3

谭春阳猛一激灵，思绪从记忆深处拉回到当下。神儿回来了，那种锥心挖髓的疼痛感却仍在似的，就好像那场失却手指的悲惨是刚刚发生的事情一般。好在他现在不似早些年那样，每当这时，便会控制不住地浑身战栗，仿佛猝不及防间被上刑了一样，极度刺激下陡生的狂躁、烈怒一霎时兜头罩来，简直逼得人要疯掉。但他还是本能地闭上眼睛，在心里全神贯注地念起自己的“四字真言”来：“安住当下，安住当下……”这是他此类时刻每每赖以熬过的“救命丸”，当年就是靠了它，挺过了那场横祸。也是靠了它，他熬过了后来人生旅途中一个一个要命关口儿，活出了自己这一辈子。

他慨叹自己没有忘记使用这四个字，而它们对自己神效仍在。

唉，一晃已经过去五十多年了，一切竟都还记得这么清楚。“忘记”这个词原来是不存在的啊，一桩事情只要发生了，就不可消泯了，只不过是被后来又发生的事一层一层覆压到了底下去，人一时不去想它罢了，却是哪刻一经触及，顿时就似按了电视机的开关一般，种种画面都“嗖”的一下原样放映出来。比如此刻，自己仿佛还能闻到左手四根手指的鲜血一霎儿喷涌出来时，所散发的那股奇异的腥味儿。他举起左手看着，只有大拇指是正常的，其余四根手指都大半截是橡胶做的假肢，虽然现时假肢做得很逼真了，毕竟看着诡异。这还是那个行刑的家丁手下留了情，没依着孟千秋的话把自己的手指齐齐剁掉，刀刃一个错闪，给自己四根指头都留下了小半截儿，才能这样各套上截假肢，看着不那么瘆人得慌。

这么多年里，自己克制着不去回想这桩事儿，百般使劲儿地想把它忘掉，终究不成功啊，看来想靠忘记来解决心里的事儿，是不中的。中用的还是“安住当下”这个四字“救命丸”，只要念起，心里的狂躁怒潮总能息止。止住狂躁，就好办了，仇怨、委屈、痛苦这些感受慢慢都能平抚掉。人只要能够正常地思维，只要不失心疯，就好救啊。

但这四个字也不是一遇到当即就管用了的，自己苦苦地念了它们多久，它们才渐渐显了效的啊！唉，感激知无先生啊，是他救了自己的命，给予自己新生的啊！

感激老天爷慈心安排，让自己在那个危险渡劫时候遇逢了知无先生啊！

是心里的仇恨支使着自己，走到了知无先生面前去的。

不错，仇恨，对孟千秋的切齿仇恨。不能否认，其中也蓄有对星昱的爱，但这爱的成分，是使得仇恨火焰更炙烈了的，它也就转化成了一种仇恨的力量。

当年是孟千秋布局下套儿糟害自己，只因为他想买自己的金指箍儿没能如愿。这是在悲惨发生的当晚自己就省悟了的。当场自己怖痛得昏死过去，直到天落黑时才苏醒过来，醒来时已在自己家里了。幸亏孟太太督促着少管家德辉立刻给用上了孟家祖传的方药，细心包扎了，把自己送回了家。自己醒来后头件事，就是找金指箍儿，却哪里找得到呢？少管家一行人只交了自己的衣物用品铺盖卷儿当月工钱等诸物给爸妈，压根没有什么金指箍儿。一霎儿就知道金指箍儿已落在了千秋少爷手里，他如愿得了它了。自己不由打了个冷战，心里大大一个问号横空画出，难道千秋少爷就是为了得到金指箍儿挖下的这个陷阱吗？

谭春阳心里一个切换，又不觉地，意识闪回了。

4

油灯昏黄的光晕洒在炕席上，使那葛编的席子看着像是覆上了一层薄纱似的，漫出些许温馨，却可惜没人留意到它，此刻谭景熙和钟淳兰的心整个萦系在大儿子身上，遑无他顾。

他俩一边一个守坐在大儿子身旁，不错眼儿地盯着那张年轻的脸孔，心里疼惜焦忧，感觉直如身遭油烹一般，可怕的念头秃鹫似的在脑子里盘旋不去，春阳可别疯痴了啊！遭了这样大的难，疼得昏了过去，苦挨这么久，终于醒转来，头一个关心，不是自己残失的手指，却是那个曾经戴在手指上的金指箍儿，这忒不正常啊！听见说送回来的东西里没有金指箍儿，登时就两眼发直，呆愣了去，这分明就是失心疯了啊！

他们不敢道出心里的悬忧，甚至二人的目光不敢交碰，就那样愁眉苦脸，提心吊胆，似两尊木塑般地对坐着，耳聆时光“嘀嗒”流逝，等待着命运的宣判。

这担忧非为多余，谭春阳确实正在精神悬线上苦苦挣扎，他两眼紧闭，躺在那里，翻越着内心的万水千山。

谭春阳细细地回想着与孟千秋相处的一段时间里的点点滴滴：初见面时的情景；孟千秋初见自己手上戴着的金指箍儿，听自己讲述与星昱小姐相遇经过时的情景；孟千秋说想跟自己学唱《塞曲》时的情景；自己在孟千秋的书房里千方百计地教他唱《塞曲》时的情景；孟千秋表示要买自己金指箍儿时的情景……

回忆定格在这个地方。凝视孟千秋把纸本子一摔说不学了时脸上的神情，自己离去时将及书房门口，背后响起的他奇异冰冷的话音，自己转过身去一眼瞅见的他眼睛里奇异的神色，他盯着自己手上的金指箍儿劝自己卖给他时的样子……

他确认了残酷事实，祸根就是这个金指箍儿。孟千秋想得到它。看看用正当法儿得不到了，就使心用计，下了歹招。

一霎儿，他直觉胸腔里怒气冲冲，烈焰旋涌，整个人似要炸裂一般，不由猛地睁开眼睛，就要翻身爬起，冲出家门，去找孟千秋报仇。奈何却动不得，浑身软瘫得竟似棉花一般，全然不受意识支配。一时明醒到是自己受创太重，体力尚未恢复的缘故，不禁如焚如煎，急得眸珠喷火。

见他总算又睁开了眼睛，谭景熙和钟淳兰急忙一起开口，一个问："春阳！你好些吗？"一个说："来，春阳，快喝点儿水。"钟淳兰边说着，忙不迭地扭身去端放在旁边小方桌上的茶缸，作势要往前递。

却不闻大儿子应声，只见他刚刚睁开的眼睛一下又闭合上，重回了闷默。

他是心里太难受，还不能够说话，更喝不下水。知道父母心里的苦，但他此时无力顾及他们，他的精神状况是如此岌岌可危啊！他得全神应对，以使自己不崩坍掉。

竭力按捺，让自己平静下来。

挣扎了半天，总算好了些，脑筋又能运转了。他不禁心下狐疑起来，孟千秋为啥这么想要自己的金指箍儿呢？他家里千金万银都不缺呀，为何在乎这么小小一个东西？

蹙眉想着，猛地一点头，捉到了谜底，因为它是星昱小姐给自己的啊。孟千秋真正在乎的并非金指箍儿本身，而是它曾经的主人星昱小姐！

思绪及此，不由倒抽一口凉气，暗自冲口惊叫道：孟千秋惦记上了星昱小姐！

一霎儿，孟千秋初听见金指箍儿是星昱小姐赏给自己的那刻眼睛里闪起的光，他询问自己星昱小姐长相时脸上的神情，他之后每每谈及星昱小姐时的语气，诸多情景犹如放电影般一幕幕闪现在眼前。这一切使谭春阳越发确认了孟千秋是由自己的介绍而对星昱小姐起了邪念。

之前他家里托的媒人四处给他物色说亲，却不曾去拜访过白家，所以他忽略了星昱小姐的存在。一经知道了，他就……

就是这样！

一颗心猛地缩紧了，这家伙一定会去搅扰星昱小姐的，他一定会去她家求亲的！他家富有豪势，跟星昱小姐家可谓门当户对，他又与星昱小姐年貌相当……

天呀，这可怎么办呀！是自己害了星昱小姐呀！孟千秋一定会去求亲的！星昱小姐要是嫁给这么恶毒的一个人，她这一辈子就完了啊！

猛然间只觉浑身燥炙，急怒交迸，不由“哇”地一声大哭起来，其状哀绝，痛彻心扉，竟至要喘不上气来了的样子。

这哭声一出，谭景熙和钟淳兰不觉都松了口气，谢天谢地，哭出来了！哭出来了就好，这就不会失心疯了啊。

钟淳兰俯身将大儿子抱在怀里，轻抚着他的鬓发，蔼声哄劝，就像他儿时哭闹她百般哄慰的情形一般。她的泪水似断线的珠子，滚落在他的脸颊上，脖颈儿间，与他的泪水混在一起。

谭景熙在旁看着，心疼得一阵阵战栗，默默垂泪。

他们接受不了这个飞来横祸，风华正茂的宝贝儿子竟突然被硬生生斩掉四根手指，成了残疾！春阳才二十二岁啊，他以后的日子可怎么过啊！他们都不相信自己的孩子会做贼，会去偷东家的烟膏。这桩事儿里一定有鬼！这么想着，他们急盼儿子快点儿清醒过来，好弄清真相。

“儿子，别哭，跟爸妈说到底是咋回事儿？那些人说的那通话，爸妈不信。爸妈不相信你会干那样的坏事，一定是他们冤枉了你！你说了，我们弄明白，去给你讨公道去！”钟淳兰和谭景熙轮番说着。

“是我害了星昱小姐啊！是我害了她呀！”

谭春阳哭喊着，越发痛不欲生的样子。

听见这句，钟淳兰心里“咯噔”一下，凉了。这事儿跟星昱小姐有关？那春阳是为给星昱小姐弄烟膏吗？那么说他并不是遭了冤枉啊？！

她焦眼朝丈夫望去，迎了同样狐疑的目光，两人一时俱灰了，要是儿子真干了这事儿，那这往后不光是他自己，全家都跟着没脸面了啊！

“春阳，你咋个说害了星昱小姐？你难道是给她……嗯，你是为的给她，去弄那玩意儿吗？”钟淳兰强按捺住心里的气恼绝望，努力显得和气地询问大儿子，仍旧把他抱得紧紧的。

“不是！不是！我没弄那玩意儿，没偷！是孟千秋栽赃！是他设陷阱害我！”谭春阳迸声大喊。

钟淳兰的心这才松了，跟丈夫又碰了下眼神。只要儿子没做贼就好！做贼是比丢了手指更不幸的祸啊！丢手指伤损的只在身体，做贼伤损的却是良心，是祖宗的脸啊！

“春阳，你别急，慢慢地说，咋扯上了星昱小姐呢？”她慈声蔼语地问道。

谭景熙见儿子干瞪着眼，急得喉结上下跳动，显然一时不知从何说起，就教给道：“从头儿说，到底是咋回事儿。”

钟淳兰附和：“对，从头儿说，你细细讲给爸妈，爸妈好帮你拿主意。跟孟家去算账！”

谭春阳总算安静了些，边哭着，边把自己到孟家去帮工，自从进门，直到今儿午后所发生的一切细细地述了一遍。然后下钉砸铆地说：“孟千秋就是因为那个金指箍儿作的恶！他想得到它。他一定去骚扰过星昱小姐了！咋办啊，星昱小姐若是落在孟千秋手里，这辈子可就毁了啊！”

钟淳兰已经止住泪了，倾耳听着。由儿子的一篇话，可以确认他是被冤枉的，他没有偷烟膏。这是此刻的大事。她相信春阳的每一句话，这是个打小不撒谎的孩子。

可怜的孩子，他这样把星昱小姐放在首位，可见他是热恋着她，也可见他还没识得失去手指这事儿对自己后头人生的影响多么恶劣，总归他还年轻啊！唉！

祸根就是那个金指箍儿！春阳的判断没错。这么想着，钟淳兰一时悔痛难当，都怨自己啊！第一眼见到它，自己就隐隐有不祥感的，却咋个不予以重视呢?！儿子恋上了那个只匆匆见过一面的小姐，这自己和景熙都立时就有了觉察。景熙见到了不虞的，只恨自己犯糊涂，没有依他所说斩决地让春阳把金指箍儿摘下来，不准戴！当时自己真应该立刻把它收了啊！

说到底是自己心里存的那个异想天开的痴念作祟，唉，痴心害人啊！

现在看，儿子是动了真心地恋着星昱小姐，可怜的孩子啊！

这下好了，不用再为这个发愁了，出了这桩事儿，春阳的这个心自然就死了，他已经是残疾人了，无论如何不配星昱小姐了啊！一念及此，忽地明白了儿子为啥笃定说千秋少爷是为了得到星昱小姐而设计陷害他了，没错，那个恶棍少爷一定是察知了儿子对星昱小姐的情意！他怕儿子跟他竞争，就使了这个毒招儿，这样一来，儿子自然就不会再跟他争了啊！唉！

可怜儿子只知为星昱小姐着想，竟不顾及自己的处境。没错，千秋少爷是个恶棍！哪家的小姐落在这个恶棍手里都不会得好的！唉，眼下要紧的是先消掉儿子的忧虑，止了他心里的疼啊。

一时倒庆幸起儿子还没有预见到这个陡灾对自己后头儿人生的破坏性来，如此眼前这道关就能稍微好过去些儿啊！她耷拉着眼皮思忖着，一时有了主意，瞅着大儿子，胸有成竹地说："春阳，你不用为星昱小姐担心，孟千秋那坏种的好梦没做成！"

就见大儿子眼神儿不由跳了下，定睛朝自己瞅来。

钟淳兰更觉有了信心，脸上神情一忽严正起来，说："现在妈问话，你一句一句如实答，你就知道妈为啥这么说了。"

谭春阳点点头。

母子开始了问答。

"你说千秋少爷在跟你打听了星昱小姐，把你赶回磨油坊后，挺长一段时间里你没再见到他？"

"是，有二十多天吧。"

"后来他又去找你，就直接说，要跟你学唱《塞曲》？"

"嗯。"

"你教了他好几天他学不会，放弃了，才对你提出要买金指箍儿的？"

"嗯。"

钟淳兰神色坚定，瞅着大儿子的眼睛，说："春阳，现在还不知道吗？"

见大儿子仍旧一脸迷惘，她就把自己的推断讲给了他："孟千秋确实去星昱小姐家求亲过，你见不着他的那些天里，他应就是央告父母去做这件事的。但落了空，他家使尽法子，求亲都没成。一定是星昱小姐不肯。于是孟千秋就想跟你一样，靠唱《塞曲》去赢得星昱小姐的心。这就是他会去找你教他的缘故了。偏偏他天生唱不了曲儿，咋使劲也没用。愤恨、痛苦、绝望之下，他迁怒于你。由这个金指箍儿，他认定星昱小姐不肯应允他是因为心里有了你的缘故，于是他就想毁掉你，让星昱小姐绝了念想……”

谭春阳听着，抿嘴、点头，嗯，母亲说得对，一定是星昱小姐不允他，他着急之下发了恶心的。这样就好，星昱小姐不允他就好！却忽地又急起来，看着自己层层包扎被固定在木板上的残手，这下自己是配不上星昱小姐了！这孟千秋就又有希望了呀！这么一想，不禁又伤绝地哭了起来。

母亲像是全懂他的心曲似的，含泪劝慰：“儿子，星昱小姐不允他，不一定真的是因为心里装了你呀。你要知道，咱是寒门小户，跟白家门不当户不对的呀。她一位富家大小姐是万万不可能下嫁到咱家来的呀。”

谭春阳的悲声这才略止了些。

母亲又说：“这下你就放心吧。孟千秋这畜牲得逞不了！这么糟害了你，他更加得逞不了啦。你想嘛，若是星昱小姐并不是心里有你，她由此知道了孟千秋是个恶人，她会嫌恶他，越发不会嫁给他。若她心里有你，那她就会恨孟千秋的，恨透了他，怎么可能嫁给他呢？

“孟千秋他是做了蠢事啊！”

谭春阳眨巴眼思忖着，仍旧忧虑难解，不安地说道：“可是星昱小姐咋会知道这件事呢？她‘大门不出二门不迈’的哟。”

“嗐，孟千秋咋会不去白家说呢？他一定会飞快地让星昱小姐知道这桩事儿的。”谭景熙大声说。

“是呀。”钟淳兰愁郁地点头。

谭春阳又伤心欲绝地哭起来。他想，白家人会听信孟千秋的话呀，星昱小姐就会误以为自己真的是贼，她就会，就会……

“呜呜呜，爸，妈，你们想想法儿，证明我是清白的呀！要给我洗刷耻辱啊！我没做贼没做贼啊！”他大声哭喊。

钟淳兰泪如雨下，身子摇晃着，连连哄慰：“好儿子，别哭！别哭了，爸妈会想法儿给你洗清的，咱会洗清的！”

谭景熙忽然音声铿锵，说：“你不是说，明天孟家老爷和大少爷就回来了吗？明天我就去找他们去，跟他们要个说法儿，给你伸冤！”

“对！叫你爸明天去找他们！”钟淳兰腔调也陡然壮起：“儿子，别哭了，哭坏了身子咱就啥指望也没有了。‘留得青山在不怕没柴烧’。咱只要有这个人在，有朝一日就能叫他偿还咱！”

显见这话起了作用，谭春阳开始努力克制哭泣。总算渐渐止住了，抽抽搭搭着说：“爸，妈，要赶紧把那个金指箍儿找回来呀，它不能落在孟千秋手里啊！”

“好好，明天就叫你爸去找去，一定要给你找回来！”母亲连忙说。

父亲也忙说：“明儿一早我就去孟家。儿子你放心，这个东西他没有理由不还给咱。”

谭春阳翘头侧脸朝窗外瞅了瞅，确认已经夜深只能等待明日了，这才作罢。

“你去躺下等着，妈给你煮面条去，还没吃晚上饭呢。”钟淳兰说，边让丈夫帮着，作势要把谭春阳放下去平躺在炕上。谭春阳说：“妈你别去忙了，我不吃，我啥也不吃！”钟淳兰哪里肯听呢？她放下大儿子后，叫丈夫仍在旁守候着，自己麻利地下炕，出屋去了。

她先去推开西屋房门看了春晖春明一眼，见姐弟俩静悄悄伏在炕上睡着了，都两眼肿得老高，显然哭过好久的样子。她也不喊唤，轻手轻脚爬上炕去，各自给他俩扯被子盖了，让他俩就那么睡下去。夜这么深了，索性他俩就这么睡吧，明儿早上起来再吃饭吧。这才去灶间忙活了。

很快她端着一大碗热气腾腾的面条走进了东屋。谭春阳却任凭咋劝也一口不肯吃，只好作罢了。也是啊，吃不下去啊。孩子能止住哭，不闹了，已经不错了啊。那就快点儿睡吧，要是能踏实地睡一夜觉，就最好了，比吃饭还强呢。见春阳不再说话，静静躺在那里，钟淳兰和谭景熙也都不作声，悄悄偎在旁边。两人没法吃饭，也没法睡觉——吃不下，睡不着啊。

看看快到半夜了。春阳终于起了轻鼾。等他睡沉了，钟淳兰和谭景熙才压了火盆，熄了油灯，和衣躺下，悄声嘀咕起来。

这就不能不直面现实了，刚才二人所有的声音铿力，不过是为的解劝儿子，让他存个念想，熬过眼前的坎儿罢了。他们心里清楚，这个冤是任凭怎样都难以伸解的。

谭景熙叹息复叹息，说："纵然孟老爷讲理，也终能搞清楚是自己小儿子栽赃害人，他会承认吗？他能不知道若是承认了会是啥结果吗？那将不仅是他孟家家门受辱连累祖宗，那样的话孟千秋就得去坐大牢的呀。他只有两个儿子，咋舍得呢？"

钟淳兰泪水肆流，说："是呀，这个冤咱伸不了啊，咱家没那个气力呀。今儿过晌孟千秋是把家里所有佣工集到一起，当着大伙儿的面做的这事儿，这就摆明不会有能够站出来给咱做证的人，也没人能做得了这个证。唉，可怜的春阳，年纪轻轻就遭这个大罪！只求菩萨保佑别把他这一辈子给毁掉啊！

"孟家财大势大，人多势众，咱争不过人家呀！哪能去以卵击石噢！咱俩都是半辈子人了不惧他没啥，咱的孩子还都小啊！要是闹起来，到最后让他给咱斩草除了根，那咱这支人脉就断了啊！那咱祖上当年九死一生逃命出来的那个苦心不是就白费了啊！"

话到此处，猛见到自己家族更大的苦衷，乃是从王法里偷出来的一条命，只宜藏藏隐隐度日月的，偏偏孟家又是约略知道自己家有隐情的一户人家，一旦闹起来，逼急了，他们翻腾出自己家的老底儿，那可就难以收拾了。虽说事情已过去一百多年了，朝廷早已经更换掉，官府或许对此不予追究了。但一旦官府不肯罢休呢？何况孟家想来会豁出银圆去从中鼓捣，誓要把自己家逼上绝路。那样的话，自己一家人活不活得是一桩，势必会牵连到节孝牌坊，说不定就会遭褫夺拆毁掉，那可就殃及祖宗，罪过大极啊！所以，毕竟不声张为好。

这就想到了孟千秋用来糟害春阳的烟膏，恰是当年自家祖上带进这山坳里来，手把手教给孟家祖上种植、炼制的，不由心里"咯噔"一下子，一怔，难道这是报应？两个人探询半天，认为应该不是。当时咱祖上跟他交代得清清楚楚，明明白白，种下的罂粟只能用于给人医病，不可以当享烟抽，孟家祖上应承了，咱祖上才教给他的。咱祖上这么样的一个发心，并不是恶的，就不存在感应恶果这一说。这一百来年，孟家没曾违过规约，他没用烟膏干坏事，咱家祖上就更没错了嘛。他用这烟膏医好了那么多人的病，这就有功德的呀。

“嗐，总归这烟膏不是好东西罢！”钟淳兰深深叹息。

谭景熙愁郁地想，是呀。偏偏孟家这个恶少爷是拿这烟膏来害咱家孩子，他这就是开始要把这个东西恶用了啊，他一旦恶用它，可不咱身上就有过失了啊？合着就该咱家先遭这个殃啊。这心想偏就被妻子道了出来，只听钟淳兰冷冷地“哼”一声，说：“这就是开头儿了，往后这个烟膏的恶性要发作了。孟家要败在这上头儿了！等着瞧吧！”

由烟膏，夫妻俩又想到《塞曲》，春阳要不是会唱这个《塞曲》，就不会招上白家星昱小姐和她的那个金指箍儿，也就不会有这场大难了。难道这也是报应吗？《塞曲》也是咱家祖上给改作的啊！一时不由都悚然惊心！随即又摇头，不对，《塞曲》是纯粹的祝祷喜庆戏剧，是给人送吉祥的，要说到报应，那也应该是应在好运上头儿才对，不会是这般的一个劫。唯一的可能就是，春阳这样去登台扮角儿乃是违背了祖上不许后代儿孙做演艺的规矩，所以就遭受了惩罚。唉，人真的要知畏惧啊！

这都是咱俩的错啊，咱俩为啥不拦着他呢？为啥不从小教给他这些知畏惧的道理呢！

二人就不由得都默默流泪，这当父母的要是不会当，真是罪过啊！孩子知道啥？他投着你们来了，来到这个世界上他啥也不知道啊，一点一滴都是要你们教给他呀。要说起来，孩子是没有错的，一切的错，都在父母身上啊！

由是又想到一个大疏忽，就是没有叮嘱春阳明醒自己的身份，无论何时何地，要跟那些有钱有势的人离开着点儿，别走太近喽，没好处。比如这孟家少爷，哪里是春阳可以跟他相与的呢？对待这样的人那得像是跟对待狗一样的法子，我敬奉你，但要离你远远儿的，防着你哪会儿性发了咬我一口。

正是那句话，“伴君如伴虎”啊！可叹咱的春阳，见孟家少爷对自己好，就一片真心真意地去对他，恨不得把心掏给人家，这才让人家轻而易举地就糟害了啊！唉！

这一点上悔痛自责最甚的是钟淳兰，春阳回来送工钱时，是把在孟家的事儿一五一十都讲给了自己的，却是自己没有严阻力止，让他悬崖勒马，只是不关痛痒地提醒他几句就罢了。记得听见他说跟孟家少爷相与得好，自己还暗自心里高兴，这就是那个攀高枝儿的心使怪啊！唉！日后务必教导儿孙要断除攀高枝儿的心，不要去攀高借势，那会落得身不由己，保不住就是个没好下场。就踏踏实实一步一步走自己脚下的路，守着多大碗吃多大饭最对，人一辈子安生第一啊！

就这么夫妻俩把不能接受的事儿慢慢接受了。咱就认了，啥也不说了，日子该咋过还咋过吧。这不是窝囊，这是明智啊。

窗外晨光渐渐透进，天就亮了，却是仍旧丝毫没有睡意。索性就不睡了，给春阳熬小米粥去，待会儿他醒了让他热乎乎地喝一大碗。钟淳兰想着，翻身坐起，边捋着散乱的鬓发，豪狠地说：“咱吃了这个亏，咽下去，让它变成咱的一个养分，长出智来！”

谭景熙用沉默表示认同。默了会儿，他用另一种豪狠说：“日月还长呢，现下说啥都嫌早。要是春阳前辈子欠了他的，那没说的，这就是还人家了。要不是，那他这就是欠下春阳的了，看他日后咋个还吧！任凭他再咋个财大势大，在老天眼里，人都一样的，老天不会偏一个向一个的！”

“就是！老天不会偏一个向一个的！”钟淳兰重复着丈夫的话，一时似得了加持般，就觉身上陡然来了股劲，她转身往炕沿挪去，边说：“那只山羊不卖了，咱自家杀了给春阳熬汤补身子，尽快养好伤复原是大事！”

见她要下地，谭景熙忙唤止住，还有个大事儿没商量呢，春阳现在的心思就在这个金指箍儿上，急迫着想讨回来，却谈何容易呢？孟千秋那个孬种就是为了得到它才作的这场恶啊！他费尽心机终于到手的东西哪里肯交还来噢！去孟家讨要这个必是落空的呀！

“是的呀。”钟淳兰眉头蹙起来，思东虑西忙乎了大半宿，核心还搁在这儿呢！现下春阳的心思就盯在这东西上，可孟千秋也是盯的这个呀。恐怕是讨不回来的。若真就没讨回来，春阳可咋办呢？可怜的儿子啊！不由眼睛一潮，泪水又“簌簌”掉落。

“干脆我去把孟家那个小畜牲一刀宰了！就给咱春阳出气了。”谭景熙咬牙切齿地说。

钟淳兰沉了脸：“大半宿话都白说了！你去宰了那畜牲容易，你自己还能有命吗？没了你，我们娘儿几个咋活？就算孟家不赶尽杀绝，咱也万万在这里再住不下去了，让我领着几个孩子往哪里去谋生呢？咱没有可投奔的亲戚呀！”

这句话出口，忽地想起遁世隐居的大伯父，唉，要是大伯父别隐遁就好了，有他在那里当着县太爷，哪个敢这么欺负咱？就是他敢，咱也有个靠山能给出气呀。她就连声叹着道出了这个意思。

谭景熙不吱声儿，是在使劲儿把往脑门冲的一口气拽压向肚腹深处，都怪自己庸碌无能啊，受人家这个气，连累妻儿跟着一起当可怜虫、受气包！嗐，像自己这样无能的男人就不应当娶妻生子，就该出家去当和尚，有了啥就是独自承受，不连累旁人，更不须存那么多顾忌。偏这时钟淳兰话及于此，他深有同感，奇怪大伯父当了县太爷的人，咋辞官隐遁了？大伯父现在在哪里呢？他一定还在世的，得道高人都寿数高。大伯父一定是位世外高人！他的品性学问本就好，遁世修行必定进境快。大伯父比父亲说是只大三岁，那现在应该是六十八岁了。要是能找到大伯父就好了，也许他能教给个法子，解了眼前这场厄。

见丈夫不言语，钟淳兰以为是不愿提及大伯父隐遁的事，就深深叹口气，把话头转回来，扶着额头说：“唉，那个畜牲是不可能把金指箍儿还给咱的呀！”一语罢，忽地心气强硬起来，说：“待会儿吃了早饭春阳指定催促，你就走，去孟家跟孟太太把春阳说给咱的这篇话讲了，让她知道真相是咋回事儿。咱认是认，但不能就悄没声儿地这么认了。咱认了的是孩子的手指断了不能再重新长起来了这个事实，认了的是咱一时没办法在父老乡亲面前给咱儿子洗冤刷屈，澄清真相，这些咱只有权且忍下。但他孟家人得知道是咋回事儿才行，他得知道咱们是忍了，认了。就是孟老爷孟太太逼着，也得把那金指箍儿从孟千秋手里给逼出来！孟太太要是不管事，你就在那儿等着孟老爷回来……”

谭春阳的鼾声忽地不闻了，怕是他要醒来，钟淳兰忙闭了嘴。

谭景熙仍旧不接话，心里盘算的，去做就是了。自己是男人，原该更多地扛起来才对。

晨光透进来，隔着麻布窗帘都能看清东西了，钟淳兰忙下地去生火做饭。谭景熙也坐起来要去帮忙，被钟淳兰低声止住，得在旁守着春阳，他乍醒来保不住会哭闹啊。果然谭春阳悠悠醒来，一眼看见自己被固定在木板上厚厚包扎着的左手，想起了昨日发生的事，哀哀欲绝又哭起来。谭景熙赶紧哄慰劝解。悲声总算止住了。谭春阳听话地让父亲拿毛巾蘸热水给自己擦了脸，吃下了一碗小米粥。就催促父亲去孟家要自己的金指箍儿：“赶紧去呀，越早拿回来越好呀。去找孟老爷和孟太太讲理，说出真相，我没有偷东西，是他们家二少爷冤枉我。然后再到白家去，把真相讲给白老爷和白太太，请他们转告星昱小姐，我不是贼，没有偷东西，都是孟千秋陷害我呀。”

谭景熙和钟淳兰一连声儿地应着。谭景熙扒了口饭，跟钟淳兰碰了碰眼睛，急急出了家门。他却不是直奔孟家，这时去，孟老爷必定没回呢，跟孟太太有啥可说的？等午后吧，这个事儿，总得去跟孟老爷见个面，不管他是个啥态度，自己得把春阳的一篇话讲给他。你可以相信你的儿子，不承认我们说的这些。但你得知道事情并不是就你儿子那一套说辞。都说给你了，咋个办，你拍自己的良心吧。人啊，可以躲过任何人的逼迫，但是躲不过自己的良心，躲不过的！你做了丧良心的事儿，你终究难逃！孟千秋或是不懂得这个，你孟老爷不会不懂的！

他想到集镇上去转一转，在那儿茶铺里慢慢坐着喝两壶茶，混掉上半天时光，又觉不妥，这桩事儿应该在这上下村子间已经传开了，碰见熟人咋说呢？能把春阳是遭了孟二少爷陷害这个实情道出来吗？那样的话孟家必是不依的，斗起来，还是那句话，咱不是他的对手啊！唉，现下只能是当哑巴，啥也别说。任凭人们咋说咋议吧，就是大伙儿都把春阳认作了贼，也只能由它。只能是等着时间来给洗清吧。都说是假的真不了，真的假不了，就等吧。唉！谭景熙心里翻腾着，只顾往没人的地方走，顺着风就上了村西的山梁。这大冬天里，没人上山，自己在那山岭间盘桓几圈儿，等偏晌了再往孟家去吧。

5

这星星河所流过的山谷是三面青山环绕，正北边横矗着的一座独峰，因为壁势峭拔，巅顶却平坦如一块坝场，得名罕图坝山，这山峰的走势属东西向，山的北边，地势缓缓伏下去，直连西倾草原，就是人们常说的坝后草原。山的南边，九定山和什界山两道南北走向的山脉隔谷原遥遥夹峙，九定山在山谷西边，也被叫作西山，是绵亘而去几十公里长的一道山脉的总名，什界山据山谷东边，也是长长绵亘的一道山脉的总名。罕图坝山和什界山之间的峡谷较为宽旷，发源于西倾草原的星星河便是由此经过，穿越山谷，向南流去。前边已经说过，星河谷因为怀抱着这条河流而得名。

九定山和什界山两座大岭都被一段一段地分着，各另起了小名，西邑所正对着的这一段九定山山岭唤作紫微峤，山势崔嵬，峰峦奇秀，树木森茂，一条山溪从高处密林间绕岩越石，淙淙而下。暖热季候里，叮咚流水伴和鸟啁虫唱，平添一份清致灵趣。在冬天，则是一带白冰似哈达般飘萦在坡壑间，挥洒诗情画意。因为风水形胜吧，入了圣哲眼，山半坡上有一座古老书院，这座在流宕时光中久已颓为遗址的小巧书院近年悄然复兴，取名云止书院，几株老枝虬曲的古柏荫护着一座石墙院落，在山岚清风中静悄悄地卧着，看去颇有神仙府阙意趣儿。平常时候谭景熙去山上挖药、拾柴、捕野鸡野兔什么的打这儿走，都是匆匆瞭一眼就过了，没曾进去过。对书院他是恭仰的，却所知不多。父辈极少往这个话儿上提，在他看来，自是跟祖上的遭际有关的，书院里所教，不外乎“学而优则仕”一套理论吧，自己家的儿孙既然不履仕途，去受那个熏染便无益，故而有几分存心避之的意思。今早他却大步流星地直奔着书院走。他这是想去书院里避避寒风。这近腊月时候太阳冒红的时刻太冷了，纵是戴了狗皮帽子，穿着羊皮大氅，行在山风里也觉得受不住，脸像给刀割着似的生疼。待在山间荒野里时间长了怕是人会冻坏的。这一道岭上只有这么一座书院是个人烟。

他其实也是想去给圣贤敬几炷香，拜祷一下，祈求保佑。这是他忽然生出的想法。不知咋的，他忽然对圣贤生了笃信，相信他们能够佑人。他想，圣贤一定能够佑人的！要不他们的学说咋能这样在人世间千年百年地不灭啊？他相信似这般的一座书院里，一定供奉有圣贤的塑像，天下书院都是圣贤的地方嘛。

他所将祈祷的内容，头一桩是愿春阳的伤处能够快些好，千万可别发炎流脓什么的，咱住在这大山旮旯儿里，医疗不便啊。孩子已经够可怜了，可不要再雪上加霜地让他再遭受啥了。再就是自己过晌去孟家时，无论如何要克制住别跟他们吵嚷起来，不指望闻到孟老爷啥好听话，只要他容自己把该说的话都说了，完后走人，也就行了。自己现在可不能跟他家激化，那样会把春阳给毁了的。任凭啥都等到春阳伤愈后再说吧。还有，得如愿把那个金指箍儿讨要回来才好，不然春阳不行的，他那么命根子似的在意这个玩意儿啊！

他相信自己一定能够如愿！人只要拿真心去求，就能求得圣贤的佑护，何况自己家跟圣贤又特别地有渊源。大伯父就是侍奉圣贤的人呀，不管在哪里，大伯父都一定是日日攻读圣贤书，在做着传续圣脉的事。圣贤岂会不看在大伯父的面上而对自己格外眷顾些哪。

忽然他恨起自己来，先前咋就不开这个窍呢？！但凡早点儿来书院，去圣贤像前拜一拜，求告求告，说不定家里这场灾就得免除呢。

顺着蜿蜒的山道一路上来，拐过一个大弯儿，攀上一截陡坡，来到云止书院了。只见一道灰白色石阶缓缓通上去，直抵书院门口。石阶两旁，灰白色的鹅卵石铺出椭圆形小小一方场坝，远远看着，格外干净。

这是南向而设的院门，一座灰白色的石制门楼，高轩朴固，门框和顶檐之间横着厚厚一块长条形木板，木板上悬镶着一块长方形原木色底子衬墨绿色字的匾牌，上边书写着“云止书院”四个遒劲大字，门框两侧的对联，也是细长的木牌上书写着笔力遒劲的文字，一样是原木色底子衬墨绿色字。

此刻，两扇木门大开着，能一眼望到院子里头去。

被冷风逼着，兼以心情不好，谭景熙不遑细看对联上的文字，匆匆往院里走了进去。

迈过高高的木门槛，迎面一堵照壁横矗当地，上边几乎合壁面悬镶着一块木板，木板上行行密密地写满了字，看笔力字形显然跟院门口匾额对联上的字出自一人之手。照壁旁边靠左面高高立着一棵苍郁松树，粗凛的干，坚实的皮，绿得深沉的叶，看着颇历了寒暑的样子。谭景熙无心细看照壁上的文字，更不遑猜测松树的年轮，绕了过去。

就知道了这是两进院子的结构，依坡顺势而造，头进院子比后进院子处势低些，之间有小小一道灰白色石阶相连通，这石阶止于小小一座篱门，篱门两侧俱横着将及人肩的镂空石砌隔墙。

走进院子，东西两侧都矗立着房屋，俱为三间格式，仿古风样，门楣上端悬有小小牌匾，上边都写的是“客舍”两字。两座房屋靠里一扇窗的窗外，傍近前后院的隔墙，各矗立着一座颜色和外形几乎一模一样的石碑，造型奇巧，长方形的石碑是正正当当驮在翘首端卧的神龟的背上，石碑上都镌刻有字。

谭景熙匆匆扫了一眼，快步踏上小小石阶，过篱门，进了后进院子。

走进院子里，正面迎阳横矗着一座坐北朝南高轩的三楹大房，与东西侧长长两栋厢房共围成一个院坝，迎阳正房翘檐飞脊，古色古香，厢房也是起脊式，西厢房居中一道门的门前挺立着一棵虬枝盘节的高大柏树，粗壮的树干估计伸直双臂不能抱其三分之二，树叶蓊郁的季节里，枝丫婆娑的树冠在半空中撑开来，应是犹如一把天然大“遮阳伞”一般，遮住高空洒落的阳光。院坝里溜平的石砌地面清爽洁净，像是刚刚才扫过的样子。不见人影儿，也不闻人语声，只是高枝上鸟儿的鸣叫，伴和着风铃悦耳的“叮叮”声，一阵阵洒落着。空气里独有着一样东西，让人呼吸间就觉心里不那么迫急搅乱了。

想来是放假时间，学生都散去了。谭景熙寻思着，先踅摸着瞧了东西两厢的房子，都是一栋长排的土石平房，大三间格式，紫檀色古雅的镂花木门窗，门外框都从高处挂下直垂地面的厚厚灰色夹板棉毡门帘，窗上糊着厚油纸，严严关着，门楣上各横着小小一块木匾，西厢房从南向北顺过去，匾上的墨绿色字样分别是“饭堂”“客堂”“课堂”，居中的客堂两字，因前有古柏树枝荫遮着，远处不易看清晰。东厢房一溜儿三个门楣上写的是“习静堂”“藏书阁”“塌舍”。确认见不到人，谭景熙打消了先跟这里值守的先生请示一番的念头，想，就直接去礼拜圣贤吧。

这就来到正房门前了，抬眼望去，见门楣上端高悬着较大的一块木匾上写着“讲堂”两个大字。两扇高轩的木门尽敞开着，果然能瞧见里面迎门祀奉着石刻塑像，共是三尊，中间的一尊在后，是坐姿，一位古装老者盘膝端坐在一块覆瓮式石台上，短衣简饰，散发披肩，长髯飘飘，双目微垂，蔼面慈容，右手置于腹前，掌心向上，托着个小小圆盘，左手半举在左胸前，指尖儿向上，掌心向外，手指自然舒张，是一个结印的样式。浑身透着一股说不出的神圣、清净、旷远气息。

另外两尊是站姿，分立两旁，都是身材高大的古装老者，左侧的一尊，衣款简约，长衫飘飘，神韵清隽，一手握书简横举在胸前，一手自然垂于身侧。右侧的一尊，躬背拱手，宽襟阔袖，裾带逸扬，腰间悬挎着一柄宝剑，神气丰朗中含隐着一抹忧患。

谭景熙见了，心里顿时生出一股不知是悲是喜的情绪，恭敬畏惧，忙摘掉帽子，几步跨进去，两手合十双膝一弯跪在了供台前的褐色棉布拜垫上。先虔诚地磕了三个头，这才站起来，仔细打量，就闻到一股香味儿，馥郁而清淡，直沁心脾，看见塑像前小小一个香炉，里面满满装着的烟灰上密密插着些细细的香底棍儿，显然这里是常有人上香的，满殿的异香就是这些檀香熏出来的了。香炉后边供着一盏铁托玻璃罩油灯，静静燃着，米粒似的灯火头发出暖融的光。供灯两旁一溜儿各摆着三个荷叶形的野棠木托盘，托盘里精致满当地装着花生、核桃、杏仁等干果。供品的后边，居中一座圣像前立着个巧致的长方形小木牌，上边写着“上古天皇人文始祖至圣先师伏羲”字样。供品的左边，握书简而立的圣像前，立着同样大小的一个长方形小木牌，上边写着“太上老君大圣先师老子”字样。供品的右边，拱手而立的圣像前，也立着一模一样的一个长方形小木牌，上边写着“万世师表大圣先师孔子”字样。供台左侧边角上立了碗口粗半尺高一个野棠木筒，里边斜斜地插着一把赭黄色檀香。他就确认了自己猜想的没错，这是承续圣贤学脉的地方，乃是一座教授华夏人文始祖伏羲学说的院堂。尽管读书不多，老子和孔子都是传承伏羲文化学说的一代宗师，这他是知道的。

他先从里面棉衣兜里掏出几个铜钱躬弯着身子恭敬地放在供台上，这才去木筒里小心地取了三支香，就灯火燃了，过脑门儿举着鞠了三个躬，移步去轻轻插进香炉里，又退回拜垫后磕头。九个头磕完，跪在那里哀恳地仰头瞻视着羲圣的脸孔，低声地，先把家里遭遇的祸事述了一遍，再申说了自己家春阳是遭了冤枉被人栽赃陷害等实情，又一一地瞻视老子和孔子的面孔，确信三圣全听明白了，这才把心里的央求一一说了。说完又尽虔尽诚地磕了九个头。

站起来，躬身作揖毕。总觉得意犹未尽似的，信步绕过了圣像，就看见后边是宽敞的一间大屋子，靠右侧傍墙低低盘着一座木台，木台上居中摆放着一张大书案，书案后放着一把大圈椅。木台下，矮矮的一溜儿木桌，隔着一溜儿板凳，依次排过去，直抵西墙根儿，竟是能坐下四五十人的一间大教室。虽是桌凳案椅都干净无尘，却是冷飕飕的一股冰寒逼人，令人立脚不得。谭景熙一时不觉茫然，再到哪里去呢？这屋里是不能久待的，没有火炉啊，站在这儿很快就会冻得手脚不听使唤的。忽然有了主意，何不活动起来？去磕头拜圣像去啊，又能身上暖和，又是表意致敬，正是一举两得。“礼多人不怪”，想来圣人是同样的。

他就回转去对着圣像，在棉布拜垫上端身立好，一起一伏地磕叩了起来。

果然这样叩拜着，身上渐渐就觉得暖了，后来羊皮大氅也穿不住了，就脱下来，放在一旁。

心思就又活泛起来，一时不免又是一番愧悔，自己四十多岁的人了，离家这么近的地方，有这么好一座书院，之前竟就没来过。无数次打这旁边路过，竟就一次不进来。但凡早一点儿来拜拜圣贤，肯定啥都会好得多。若早一点儿来的话，就跟这里的先生能熟络些，那今儿就可以到两旁那厢房里去请问一下先生，像自己家里遭的这场祸到底是不是祖上造下的因果报应？如果是，日后咋个样避祛挽回？毕竟后代儿孙一茬儿一茬儿地要发繁，得为儿孙考虑啊。自己家族人丁一直就不旺，上辈人就只有父亲和大伯父两个。大伯父隐遁了，他那一支香火就断绝了，只剩了父亲这一支。父母虽生育了几个儿女，却大多早夭，活下来的唯有自己。所幸自己的三个孩子都安安顺顺地成长着，偏大儿子春阳平地炸焦雷似的遭了这么一场大难，要是就此了了算罢，要是……简直不敢往下想啊。自己祖上原本是偷来的命啊，没准儿这就违背了天意呢。忽地心里一个闪电打过，悟到大伯父隐遁的缘由，或者就是这个？大伯父悟到了自己这支人活在世上是偷生，是有违天意的，断不可去追慕荣华，所以就断然弃世隐遁了？

这念头令他一时直觉两腿发软，简直没有了力气。正挨受不住时，忽听一个声音从背后传来：“你家里有不顺意了。”谭景熙猛不丁被吓了一跳，赶紧回头，只见一位面目清朗的后生站在门外，一袭深灰色棉袍直垂到脚踝，二十多岁年纪，眼光温和地看着他。显然是这书院里执教的先生了。他忙转身趋前打躬作揖，恭敬问好，不由心下奇异，小先生咋知道我家里有不顺啊？忽地醒悟，自己是遇到高人了噢。有智不在年高，在这圣贤教门里头儿，更是不能由年龄看人的道行。竟就眼光哀切地望着小先生，“扑通”跪了下去：“求先生指教！”

“不要跪，快起来。”小先生说，声音说不出得纯净慈和，是谭景熙从没闻听过的。他越发笃信自己遇到了高人，心里慨叹，这在山上修学的人就是不一样啊！光这说话的声儿就跟俗间人不同。他哪里肯起来？执意地跪在那儿，恳求小先生指教。

小先生见状，只好问他：“你有什么疑惑？”

“先生，哪里是不顺意，我家里是遭了难啊！”谭景熙一脸苦不堪言。

“你就是这山下村庄里的人？”小先生问。

谭景熙答是。

“你可是谭姓人家？”小先生又问。

谭景熙惊异更甚，小先生咋知道自己的姓氏？直盯眼儿地瞧着小先生，又答了个是。

“你随我来。”小先生说了一句，转身便走。谭景熙忙站起来，顾不得拍打膝上沾的尘土，抓起皮帽子和大氅，边穿戴着，就往殿外奔。小先生是朝西厢房居中的那个门口走，他在后边跟着，这才看见小先生头上只戴着一顶无檐棉线帽，身上的棉袍也不厚。不由暗想，这有道行的人不怕冷啊。慨叹着，来到门前了，见门两侧悬着原木色底子衬墨绿色字的对联，不待瞅清对联上的字迹，小先生已经撩开夹板棉毡门帘迈进屋去了，却仍扭过身来手擎着门帘，是在给他开门的意思，他忙抢步上前接过门帘，抬腿跨了进去。

就觉被香融融一股暖气裹住了。他赶紧摘帽子，脱大氅。

这屋子有平常居室两个大，迎门一座木台上供着小小一尊伏羲圣像，跟刚才在讲堂所见的羲圣塑像构图一致只是尺寸不同。像前小小香炉中一炷檀香正燃着，袅袅一痕细烟染出满屋暗香宜人。供台两旁，靠左倚墙摆放着两张高靠背椅子，中间夹一张方几，靠右倚墙是一个四座长椅，前边顺着一张长条茶几。门口这边倚墙摆放着木椅和高桌，高桌横在窗子下边，椅子挨在高桌两旁。地中央及腰高一个椭圆形铁支架上托着个铁铸大火盆，里边一垛木炭正红彤彤燃亮着。

小先生先躬身礼了羲皇圣像，过去在方几旁挨着供台的一把椅子上坐了，指着对面高桌旁的椅子让谭景熙坐。谭景熙不敢坐，把帽子和大氅放在门右侧椅子上，先去跪到供台前的拜垫上对着羲皇圣像磕了仨头，站起来跨前两步又要给小先生跪，被坚决止住，小先生让快去坐下说话。他只好郑重其事躬身作了个揖，去靠门左侧的椅子上坐下了。

小先生转身拿起旁边矮几上一个方正的木盒，伸臂朝谭景熙递来，说：“这是先生叫给你的，让拿回去给你儿子服用。”

“给我儿子服用？”谭景熙惊异，站起来，跨上一步，接过木盒，巴巴地瞅着小先生，直问道：“这里头儿装的是，是药？”小先生点头：“是药。”谭景熙问：“您说是您先生让给我的？”小先生仍旧点头：“是。”

谭景熙瞅着手里的木盒，又抬眼瞅小先生，直愣愣地，一时说不出话，心里想，小先生的先生，那就是这书院里的院长无疑了。院长先生咋知道我家春阳的手指伤了呢？咋知道我今天要来呢？难道昨儿晌后有人上山来讲说的？不由“扑通”跪了下去，仰脸望着小先生，一一问了出来。

小先生连忙喊他起来：“不要跪，不要跪。”见小先生的神情，自己此番不站起来的话，是不行的。谭景熙只好站了起来。小先生这才开口，并不直接作答，关切地问：“你儿子是手指伤了？咋伤的？”听了这话谭景熙“扑通”又跪下了，这回任凭小先生咋喊，都不肯起来。千真万确，自己是遇到高人了！小先生并不知晓自己家里发生的事呀，也就是说并不是昨天有人来告诉了什么，却是那位院长先生不闻自知的。传说中的那种高人，能够不卜而知，神通超绝，自己今朝是遇到了噢！谭景熙就“砰砰”地磕起头来，求见院长大先生，定要当面致谢。

小先生蔼言告诉说：“大先生正闭关呢，要到明年三月份才得出关。期间任何人不见的。”

“闭关？”谭景熙抬起头来：“大先生闭关多久了？”

“三个月了。”

“那这个药？”

“是大先生闭关前叮嘱的。”

“大先生在三个月前就知道我今天会到书院来？”

小先生不答了，只用眼睛瞧着谭景熙，那眼神儿让谭景熙知道自己说对了。这使他一时竟不知该说什么了，呆呆地，只管跪在那里。

小先生说："还不快回家去给你儿子用药去。这木盒里的两包药粉，一包是口服，一包是外敷，纸包上写着字。口服的七天一次，一次半勺，记着用蒲公英根儿熬水送下。另一包外敷的也是七天一次，也是一次半勺，记着要用老干姜熬水冲拌。木勺在盒子里。依法儿行的话，满七七四十九天你儿子的伤就无碍了。"

谭景熙边听着，轻轻打开木盒看，确实里边装着大小一样两个纸包，一个上面写着口服，一个写着外敷。纸包间夹着杏核大的一个小小野棠木勺。细长的木勺柄上竟刻着微尘似的小字，正面是五个字："识得祸福非"；背面是四个字："心殇为殇"。这自然是点化自己和家人的话了。可惜自己不能解透，待要向小先生求解，见小先生起身去拨弄火盆里的炭灰儿了，这可是不想再跟自己多说话的意思？他赶忙盖上木盒，站起身来。终究不甘，朝小先生瞧着，说："我家春阳是遭了冤枉的。是孟家少爷栽赃陷害他呀。"

小先生仍旧拨着炭火，并不转脸，说："人错无妨，要在己不错。"

谭景熙在心里重复了一遍这句话，眨巴眼想了想，苦涩地又说："我们怕是不能找回公道来啊。"

"公道不找的。"小先生语气淡淡。

"公道不找？"谭景熙一愣。

"对了，大先生还教了你儿子个四字诀，你给他带回去。"小先生说："就是'安住当下'四个字，他服药期间要多多念才好。"边说着，去高桌上拿起笔和纸笺，端端正正将四个字写了，扭身将纸笺朝谭景熙递去。谭景熙忙伸手接过，觑眼看着写在上边的字，问小先生："天天念吗？"

小先生点头："要天天念。多多益善。他心里烦恼躁急的时候尤其要加紧念，念的时候须专心致志，杂念不生。"

"你赶紧回去吧。"小先生催促道。

谭景熙连连点头："是是。"将纸笺小心折叠好，装进衣兜里，收起了申诉求助的心，满嘴里说着谢承话。去供台前又伏在拜垫上对着羲皇圣像磕了三个头，把兜里的铜钱倾底儿掏出来，在脑门儿前举了举，捧放到供台上，转身对小先生说："明儿我再送酬仪来，感谢先生的大恩大德！"

"感谢圣人吧。"小先生说。

"是是，感谢圣人！感谢圣人！"

"这也是你自己的缘分。"小先生又说。

这句入耳，谭景熙竟像是平生第一次听见"缘分"这个词似的，呆住了。

小先生提醒说："拿着药快些回去吧，给你儿子医伤是大事。别的话日后再论吧。"

谭景熙这才回过神儿来，就拿起帽子和大氅，说："那我回去了。谢谢先生啊！请代我致谢大先生啊！"就去拉开门撩起棉毡帘子往外走。太阳已升起老高，阳光像金子一样遍洒在院坝里，晃耀人眼。不那么冷了。他待要穿大氅戴帽子，想起该去讲堂里跟三圣拜别，谁知自己得了这药，不是至圣先师们的恩典呢？这个一定是灵丹妙药，儿子用上后伤处肯定不会恶化了，四十九天就痊愈了。自己求圣人的第一桩事儿不是就应验了？他就朝讲堂走去，在那正对着羲圣塑像的棉布拜垫上一连磕了九个头，跪着一一仰视三尊圣像，一遍一遍说了谢恩的话，才千恩万谢地离开。

到了院子里，忽想起应该给大先生也磕几个头谢恩，就算不能当面磕，隔着门帘在外头磕几个也好啊。但哪一间是大先生闭关所住的屋子呢？旋身踅摸着，忽见小先生撩门帘儿从客堂里走出来，他就趋步过去，作揖着把心愿说了。小先生默了下，说："你实在有这个愿，那就在院子里随地跪下对着太阳磕几个头吧，心诚即是，不必执着。"谭景熙只好依言，就去院中央跪下，如对圣像般地仰面对着太阳虔心诚意地磕了三个头。这才站起身往院门外走去。

不期小先生在后边跟着，似是相送的意思。谭景熙就要跨出大门门槛的时候，停住步，转身对着小先生深深一揖，恭敬地说："我心里究竟有一个疑惑想弄清楚，最开始小先生说我家里有不顺意了，却是从何说起？就是你断定了我便是大先生叮嘱的那个让你送药的山下村庄里谭姓人吗？"

小先生微微一笑，说："这不足为奇，我是从你敬供在圣像前的三炷香上看出的。”

“我敬的，那三炷香？”谭景熙一头雾水。

小先生点一点头。

谭景熙后悔当时没有细看一看自己敬的三支香燃着时的情形，慨叹着这圣教门里的奇异不是俗人能懂得的。又谢了小先生，这才出了大门。

往山下走着，心想，不能这就径直回家去给春阳用药，见没带着那金指箍儿回去的话，孩子受不了的啊！总得先去孟家撞一撞去，实在撞不回那个东西来，也就是没法儿了。一旦要是撞回来了呢？这般一想，看着手里的木盒，更是侥幸心炽盛起来，这不是古圣显灵赐给的？金指箍儿的事儿自己也苦苦地求了古圣的，当是也会灵验的！

就不再迟疑，奔孟家去了。心里说，若孟老爷没回来的话，就跟孟太太讲理。孟千秋那崽子要是不肯还金指箍儿，那就在孟家等着孟老爷回来。大步流星一阵急赶，很快到了孟家大门前。谭景熙举手就敲，应声有人出来了，是个跟他年龄相仿的男佣，一眼见了他，赶紧打躬作揖往院里请，说："孟老爷孟太太正恭候呢。"倒让谭景熙一怔，葫芦里卖的什么药？略略思忖，心里一强，管它什么药，跟他碰面去！挺腰进了院。暗自想，孟老爷回来了，这样最好。

佣工关了院门，说声请随我走，直往里去。走了没几步，甩步跑起来，边喊："老爷，太太，谭大哥来了！"就见他们朝着去的那栋房子居中一个夹板红毡棉帘子被撩开了，随即孟老爷在前，孟太太随后，夫妇俩走了出来。一时院子里各处"嚓嚓"地脚步响，杂着人们低低的"嘁喳"声。谭景熙目不斜视，板着脸，直步向前。孟老爷迎上来，满脸堆笑地招呼："劳驾劳驾！谭老板！正想着去你家拜候呢，瞧瞧我这刚刚回到家，一身土屑儿没顾上掸呢。"

谭景熙也不接话，径直往屋子里走，心里盘算着待会儿要讲的话，孟家是这样一个殷勤态度倒是意料之外。自己的宗旨不变，看你们咋说吧。孟老爷上前一步撩开门帘，打了个请的手势。谭景熙也不客气，迈步进去，摘帽子，脱大氅，顾自在靠门口的一张梨花木椅子上坐了。

孟老爷在对面椅子上坐下，招呼佣工，给谭老板上茶。然后赔笑说道：“我这先给谭老板赔不是了。”忽地脸子落下，变了语气：“我一进家门，知道了昨儿的事，立刻就把千秋小犊子关了禁闭。我要让他跪一个月砖头，一天只给一个馒头，饿死他个孬种！”

见孟老爷生气不是佯装，谭景熙心里感觉平了些，总算这人良知在着。索性不开口，看看你咋说吧。也不端茶盅，也不搭言儿，就坐在那里，他直眼盯着孟老爷。

孟太太跟孟老爷隔茶几坐了，说：“老爷一听了，赶紧嘱咐门房上的人，一旦你来了，立刻请进来，不可怠慢。”

听见这话，谭景熙心里一恼，哼！倒能料事儿！你咋知道我不是去官府告你，不是官府的衙役来传你？你拿定了我是惧怕你的势不敢吱声儿噢！

“你不来的话，他吃口饭，就要带着千秋去你家赔罪呢。”孟太太接着说：“昨儿可恨我迟了一步，等我得了信儿赶到时，已经，已经……哎呀，咋就出了这么一桩呀！我赶紧叫德辉去请了魏大夫来，怕魏大夫那山草药不顶对，找出我们家祖传秘药给春阳用上了……”孟太太边说着，泪水溢出眼角，忙摸出帕子擦拭。

她这也不是佯装的。谭景熙心里确认。还是不说话，眼睛落下去盯着红砖匝花儿的地面。

孟太太接着说：“我和老爷都骂千秋，咋能下这个狠手啊？他拿那点儿东西犯不着你上这个酷刑的呀！咋是这么个残暴性子呢？这是要激天的呀！”

这话触到了谭景熙心上，他忍不住眼眶一润，落下泪来。是呀，这孟千秋真是下得了手啊！

这也就是孟老爷孟太太的态度了，他们还是信了自己儿子的话，认为是春阳偷了东西了。谭景熙想。擦了擦泪，高声硬气地说：“事情不是你们想的那样，我家春阳没有偷东西，千秋少爷冤枉了他。那坨儿烟膏，春阳说不知道是谁放到他鞋里的。千秋少爷并不听他申述，不由分说就剁了他的手指……”

孟老爷重重“唉”了一声，思忖着，沉声缓语地说道：“这个事情，难在没有证人……偏偏东西是在春阳鞋里翻出来的，这个却大伙儿都证着……要是能证明千秋冤枉了春阳，那不用别人，我就扭着把他送进官牢去！”末后一句，满面凛然。

谭景熙想说，要不是为着这个，自己家早告官了，哪里会这样来你家里！终没讲出，这个话说出来对自己没有好处啊。

孟老爷皱起眉头，接着说道：“谅是请来官府，也查不清啊。若惊动了官府，把大侄子偷烟膏的事儿坐实，一旦动律，就不好了啊。孩子丢了手指已然是大不幸，再去坐了牢，那可就更是大大不幸了噢！”

他这是肺腑之言，闻知了事情后，气是气，却也疑虑重重，要说春阳这小伙子是手脚不干净那号人，本难相信，自己也是年过半百经历了世事的，啥样人打眼一过，定了性，没有不准的。但要说不是春阳，东西咋会在他鞋里搜出来？要说是有人栽赃冤枉他，那这个人唯是千秋了，因为并不是有人给了情报告诉说丢了烟膏的，是千秋自己发现失盗即刻开始查的，据千秋讲述的情形，贼主当时根本不可能有时间转移赃物。若说是千秋栽赃，却又说不通，千秋纵是有诸多毛病，打小没干过这样的事儿。何况他跟春阳很是要好，几个月来两人天天扎在一堆儿读呀说呀唱呀玩呀的，之前从没见他跟来家里帮佣的人这么交好过。咋可能忽然间翻脸，这么无情了呢？

孟老爷的话听得谭景熙心里“咯噔”一下子，猛省了为啥人家料定自己会来。可叹自己只想到自家弱势的缘故打官司难赢，没更深地虑到这一层。是呀，真去经了官，闹不好就真是自己家更吃亏呢。唉，究竟孟老爷家大业大的人知多见广啊！

一时真是愁上心来。却咋个办呢？也不能就认了这个冤枉啊！他腰板一挺，神凛气壮地说：“官府要是连个事实真相都查不出来，有啥用呢？一伙子人天天在那里吃白饭吗？”话出口，自己都觉得没劲。即低了头。忽又抬起来，斩决地说：“我家孩子绝不会撒谎的！这个可以对着天发誓！”

孟老爷孟太太都不言语，一时屋子里只有挂钟的“嘀嗒”声。

“就让他俩都发誓吧。”谭景熙语气铿硬。

孟太太焦急地瞅孟老爷。孟老爷叹一声，无奈的样子，道:“就是起誓，又能怎样呢？春阳侄儿的手指断了不能复原了啊！你我两家都是教后人读书的人家，咱们都明白这个道理的呀。善恶有报，天网恢恢，就是不起誓，哪个干了坏事，能逃得过报应哪？祖宗神灵都在天上睁眼看着呢！不想我孟家出了这样一个孽子啊！”

“善恶有报”四个字，就似在谭景熙耳畔猛敲了记钟一般，他心里“轰”地一震，想起自己去云止书院时，盘算着要问先生的，自己家这可是遭报应的事——难道这就是自己家的……这情状落在孟老爷眼里，又引得一声暗叹，幸在孽子伤的是谭家的人啊，这要是换成个世代不知书为何物的乡野村户，一股蛮劲儿冲着拎把斧头来找你拼命，又咋办呢？想着，他就说:“事情已经这样了，现如今只有哄慰大侄子，把心平下来吧。这桩事儿，我会叮嘱家里人一概不许往外说。外头儿若慢慢传起来，就说事情究竟并没有查清，就说我说的，不可以给春阳就定个罪名。就说我厚厚地赔偿了你们家。”说到这儿，扭过头去，对着门外喊:“把给谭老板的银圆拿进来！”应声就进来一个身强力壮的男佣，躬着腰，手里提着个鼓鼓的帆布褡裢，直眼看着孟老爷，等候示下。

“给谭老板。”孟老爷说。

佣工上前一步，将手里的褡裢朝谭景熙递去。谭景熙不接。孟老板让佣工把褡裢放在旁边圆几上。

“这是五百个银圆，拿去给侄儿治伤。不够的话，日后再差人送去。说是昨儿回时已经拿了吃的用的药了，不够的话，再来拿。”孟老爷蔼言蔼语说。

谭景熙不作声。不接受，又如何呢？唉！

默了片刻，谭景熙看向孟老爷，说:“那几截儿手指呢？给我拿回去吧。”

孟老爷扭脸瞅孟太太，问:“断下的几截儿手指昨儿没一起送回去？”

孟太太猛然想起来似的，“哎呀”一声，说道:“我当时一急，昏了头呀，没顾到这个呀。”忙朝外边喊:“去叫德辉来！”就听门外有人应了一声，随即一阵脚步声“嚓嚓”跑走了。不多会儿，一阵脚步响，门帘一撩，少管家推门进来，满脸小心，躬腰看着孟老爷、孟太太，问道:“老爷，太太，有事？”

“昨天砍下来的那儿截儿手指呢？”孟老爷和孟太太同时开口问。

德辉低压着嗓子说：“二少爷让包起来，送到他书房去了。”

“送到他书房去了？！”孟太太、孟老爷都一脸惊讶。

谭景熙也一怔，忙问道：“当时春阳中指上戴着个金指箍儿，一齐砍掉了的，可也收起来了？”

“金指箍儿？”孟老爷一异，瞅孟太太。德辉脸刚要往谭景熙这边转，被孟太太唤住了，孟太太着急地问：“那个金指箍儿，也收在包里吧？”德辉点头：“收了的。”

孟太太急急地说：“那你快去，到二少爷书房去拿到这儿来。”

德辉应着就扭身要走，孟太太随即摇头，皱眉，道：“怕是手指已经不在那儿了噢，那个东西咋能久在屋子里存放呢？”

孟老爷斩然地说：“你就直去北花厅找二少爷，问他要。”

谭景熙连忙说：“那个金指箍儿，跟千秋少爷说，都还给我们吧。”

孟太太厉声喝道：“赶紧去一起拿过来！”

德辉应着，忙不迭地出门去了。

一时间屋子里三个人各揣心事，默坐不言。

孟老爷满腹疑窦，春阳戴着金指箍儿？一霎儿有些明白了似的，点一点头，嗯，或许这是他家的祖传物儿。谭家是节孝牌坊世家，他上辈人里有做了县太爷的呢，家里有些个金呀玉呀的传家物儿不足为奇。只是春阳既然出来当了佣工，就不该戴这贵重东西才对啊。这就是父母也有不是了，首先不应该这么早就把传家物儿交到他手上，毕竟他尚是没有成家的人嘛，再者务必严管着不能让他这样出来做工时戴着。人在啥时候，行事切记着须得符合自己身份！这是自己没早先知道，知道的话，断不允许戴着金指箍儿的人在自己家里帮佣的！一忽思及自己，嗐，自己何曾不是教子无方呢？但凡自己是个会的，千秋也不至做出这样的暴虐事啊！你伤了人家的手指事小，你损了自己的德啊！败家子第一桩败掉的是自己家族的德业，德业上要是不亏，一个家族究竟是败不了的。

孟太太也是陷入了思虑，这几截儿手指和那个金指箍儿千秋咋个都拿到了他书房里去呢？多不吉利的东西哟！想来它们这会儿已经不在那儿了，千秋断不会把它们长久地搁在书房里的。那他咋处理它们了？埋了最好！噢，怕是不好埋的，这寒冬腊月间的土冻进去了不止三尺，咋个掘土哟？还是烧罢，烧了最干净。要真是烧了，也就不用往谭家拿了。别拿才好，春阳他妈要是看见了，咋受啊！春阳见了也只有更不好受，总归也就是烧了埋了作罢。只把那个金指箍儿拿回去吧。怕是让血给染得认不出来了啊。忽地有了猜想，嗯，千秋拿这东西去自己书房里，八成为了往下褪上头的血污噢。那他咋没跟自己讨药水呢？嗐，可叹自己昨天惶恐得手足无措，把这个事儿全忘掉了。

谭景熙的本意并不在砍掉的几截儿手指，也知断指难找回，他只是拿它们当作讨金指箍儿的引子罢了。但听见说当时孟千秋叫把几截儿手指收到书房里去，而不是当垃圾扫着扔掉，心里不由一个忽闪，或许有自己和淳兰没有料到处？就是这桩事儿并不是孟千秋设毒计，而是另有恶人栽赃春阳？——本是这人偷了烟膏，见事情败露，为了保全自个儿，就把东西塞到了春阳鞋里去。孟少爷失于侦查，简单地就断了案。他虽狠惩了春阳，但心里总归念着两人往日的情谊，故而留下了断指和金指箍儿，意欲将断指好生处置，金指箍儿日后还给春阳。若是如此，那待会儿少管家就会把金指箍儿拿回来的。唉，真要是他还了指箍儿，那就啥都不说了，哪个作的恶，老天自不会放过他，一切交给老天吧！

如果不是这样，如果事情正如自己一家人的猜断，就是孟千秋干的，那他就不会归还这个金指箍儿的。他煞费苦心制造一场恶，为的就是得到它啊，他咋可能还来呢？

这般一想，不由心上一狠，若是他不还给，那就把底儿都揭出来，让孟老爷孟太太明白他们儿子为啥作的这场恶。事到如今，顾不得那么多了。

正这么想着。门帘一撩，德辉进来了，空着两手，惶惶地看着孟老爷，吞吞吐吐地说："二少爷说，那几截儿手指和金指箍儿，他昨儿后来就去砸开冰窟窿，都扔进星星河里去了。他开始让包起来，本是想日后给春阳家送还的，又一想，这样让他们睹物伤情，不如不见更好，就扔掉了。”

“他撒谎！”谭景熙一声吼，忽地站起，怒气冲天。

德辉吓得一个趔趄，退到了门口去。

“谭老板快坐下。别生气，坐下，慢慢说话。”孟老爷连忙说，也站起身来。他不理解谭景熙何以听见这个话后如此生气，觉得千秋这样做也属情理之中嘛。他冲德辉喊：“还不快去伺候谭老板坐下！”扭脸瞅着孟太太，说：“咱们家有没戴过的金指箍儿没有？找两个给谭老板拿回去，给春阳戴去。”孟太太为难地蹙起眉头：“没戴过的，怕是……我去看看吧。”支吾地说着，站起来要往外走。

被谭景熙挥手止住：“孟太太你不忙去，听我把春阳这个金指箍儿的来历讲了，咱们再定夺。”

孟太太闻言，便又坐下。谭景熙也坐回椅子上，略定了定神，长舒一口气，把白家星昱小姐这个金指箍儿怎么赏给的春阳，春阳喜爱得宝贝似的日夜戴着，不肯往下摘；来孟家做工后，千秋少爷怎么样见到了这个指箍儿，由此怎么询问白家星昱小姐的长相性格，后来怎么跟春阳学唱《塞曲》，学不会就提出要买春阳手上的金指箍儿，春阳不卖给他后他怎么生气不再搭理，随后就出了这么一桩祸等等细述了一遍。

“我们家春阳一心认定是千秋少爷为了这个金指箍儿做下的套儿。我刚才一直不说这个，是不想把事情逼到这一步上。话不道破，大家都留下些体面，我们能认的就悄悄认了。几截儿手指找不回来，就罢了，但是若这个金指箍儿找不回来，春阳定是不依的！求孟老爷孟太太怜恤我们贫家小户，让千秋少爷还了我们吧。”

孟老爷一时气顶了脖颈儿，干瞪眼瞅着孟太太说不出一个字来。原来是这样！这下知道不久前小儿子为啥忽然动了意儿非要娶白家星昱小姐了！他竟是，竟是……

孟太太低下头去，作为母亲，她是知道儿子的心的，千秋若因为这个金指箍儿引着，爱上了白家星昱小姐，那这些事说是他干的，或许不冤屈他。忽然心里一疑，就光听春阳说了下星昱小姐，他就迷成这样？正寻思着，猛听孟老爷一声厉喝：“跪下！”就见德辉“扑通”跪在地上。

“说！二少爷啥时候见到的星昱小姐？”孟老爷怒容满面，盯着德辉。

德辉抖战战磕下头去：“这个，小的实在不知。得问跟着二少爷的祖庆才行。”

孟太太已经啥都明白了，见状，连忙阻止说：“这个事情以后再追问吧！现在要紧的是找那个金指箍儿啊！”

谭景熙明知道孟太太这是在护着自己儿子，却也不好说什么，就两眼紧紧盯住孟老爷，表示自己毫不放松。

孟老爷怒喝：“去把千秋叫到这儿来！”

德辉弹簧似的应声站起，拉开门跑了出去。

不一会儿门帘一掀，孟千秋垂着头跨了进来。

“跪下！”孟老爷厉喝。

孟千秋“扑通”跪下了。

“给谭老板磕头认错！”

“我为啥向他认错？”孟千秋梗着脖子，一脸有理的样子，振振有词地说道：“他家孩子偷东西，该认错的是他们呀！”

孟老爷忽地站起身作势要去打他，被孟太太抢上一步死死拉住了。

孟太太蔼然看着跪在地上的孟千秋，劝说：“秋儿，那个金指箍儿，你还给春阳吧。”

孟千秋冲冲地说：“已经丢进冰窟窿啦，到哪里找去啊？早冲走了！他们要，自己砸开冰去沿河打捞吧。”

孟老爷闻言，不再出声，疾伸手抓起摆放在旁边桌案上的玉如意，冲孟千秋狠狠砸了过去，边恶声骂道：“我打死你这个孽子，省得你再糟害人！”

孟千秋躲闪不及，半尺长的玉如意端端砸在前额上，只听他“啊”的一声惨叫，扑倒地上，登时不省了人事。

孟太太抢过去，大哭着唤："秋儿！秋儿！快醒醒，你别吓唬妈呀！"扭头朝门外喊："德辉，去喊你爸快带人来救二少爷啊！快去请魏大夫啊！"

外边抢进来几个人，有的拿毛巾给孟千秋擦额上的血，有的去扶他坐起，七手八脚把昏迷了的人抬走了。孟太太哭着跟了出去。

孟老爷瞅着谭景熙，气咻咻地说道："你回去跟春阳说，我把他打死了。我非打死这个孽种不可！"

孟老爷这也不全是冲动失手，只能这样收场吧，咋办呢？即便谭春阳说得对，可是咋能承认呢？自己的老脸不怕打，祖宗的脸丢不起啊！唉！

谭景熙瞅着孟老爷，一时不知该说什么了，这是自己始料未及的。孟老爷能这样严惩孟千秋，也算给自己交代了吧。到了这个份儿上，不得再追究下去了啊。

孟老爷一脸寒霜，看着谭景熙，说："要我说，那个金指箍儿你们也别再找了，明显那并不是个吉祥东西。春阳喜欢金指箍儿，我随后叫人定制几个给他送去。我还是那句话，春阳就是拿了那么点儿东西，不能就对他下这样的狠手。做人哪能这般歹劣！"

谭景熙站起来，对孟老爷拱手一揖，说："有扰孟老爷！那我先回去了。"说罢拿起帽子和大氅，就往门外走。

孟老爷也站起来，边对门外喊道："来给谭老板提着褡裢！"

一个佣工快步进来，提起圆几上的褡裢，随着谭景熙出去了。孟老爷也跟着出了客厅。

谭景熙在前，孟老爷在后，佣工在一旁，三人朝院门口走，一路都不言语。

出了院门，孟老爷说，"还不把褡裢交给谭老板吗？"佣工就快行两步，到谭景熙旁边，递上褡裢，说："谭老板请拿好。"谭景熙就站住，转过头来看孟老爷。孟老爷不说话，只打手势，让他接了褡裢。谭景熙觉得事到如今，确也说话再无意义，只好摇头叹息一声，接过了褡裢。跟孟老爷打了个告别的手势，转身大步走了。

6

“谭哥！谭哥！”突然传来的村妇的吆喊声，把谭春阳倏地拽回到现实。他一时不禁发了蒙，自己竟是呆呆站立在西邑村中央一户人家的院墙外头儿！不是顺着河边那条石子道走着的吗？咋拐进村里来了呢？啥时候拐了弯儿的呢？这却来不及细想。

他赶忙答应着，循声望去，见是耿大军的媳妇苗娟儿站在自家檐下远远朝这边瞭望着，在大声喊唤。

“谭哥，你这是……”苗娟儿满腹狐疑的样子，大声询问道。她是为谭春阳在她家院墙外头儿长时间站着不动而感到奇怪，谭老哥这是为啥？是遇到了啥事儿要人帮忙？

“噢。我，我去，去送饭。”谭春阳支吾着，下意识地把胳膊肘间挎着的柳条篮子举了举。

“送饭？”苗娟儿满脸不解，追问道：“给谁送饭？你家大姐在地里干活儿吗？”

“不是，不是！”谭春阳摇头不迭。待要道出实情，竟觉得万分艰难。不禁也问起自己来，你这是要去给谁送饭？是去给你这辈子的大仇人送饭啊！谭春阳啊谭春阳，你这是咋啦？你得了糊涂症脑子里给人灌了水吗？

“那你是？”苗娟儿边问着，边迈步朝院门口走，显然她是想要往他跟前来了，她是要刨根问底的了。这使谭春阳着了慌，忙甩开大步往前走去。心想，可不能让她知道了自己这是要去给孟千秋送饭啊！自己跟孟千秋之间结着个一辈子解不开的仇疙瘩儿，这谷原里差不多人人知道，自己要是一朝向他伏低认怂，竟至若此，那会给人家笑话死的！

“你这是去地里干活儿，带的晌午饭啊！”苗娟儿恍然大悟地嚷了一句，即收住步子。

“啊，是是，我是……晌午饭。”谭春阳赶紧顺口搭音地应道。边说着，也不回头，径直往前去了。出了这村邑，往东南边行三里多地的样子，鹤野坡向阳的山坡上，就是他家的田。索性作势朝那田里走吧，就让人们当自己是带着晌午饭去田里干活儿吧。他急中生智地想。

见苗娟儿不追了，他这才慢下步子来。心里却开始了斗争，一个声音气冲冲地大喊：回去！把这篮子饭菜倒进猪食槽子里喂自家黑壳郎去！说啥也不能送给孟孬种！另一个声音低沉地劝道：你若原封不动地把饭菜拎回去了，星昱一定会难过的哟。不管怎样，她不会愿意垂老卧病的孟千秋忍饥挨饿、吃不上饭的，她心肠软啊！她也不愿意你竟一朝成为弃信食言的人呀，是你主动答应照顾孟千秋的啊！

两种声音各不相让，愈争愈烈，令谭春阳苦恼不堪。无可奈何他只好又使出看家本事，微拢上眼，专心凝神，默念起“安住当下”四字诀来。念了一会儿，渐觉心里肃静下去了。

撩起眼皮，看见已经来到了村子南头儿。思忖了下，那就真的往鹤野坡走吧，就到那矗立在高粱田间的节孝牌坊下去坐一坐，在那儿沉下气来，把内心好好捋一捋，把心路彻底打个通。要不然，一旦面对了老秋子时，忽地这般来了窄量，可就不如不送了！反正今儿早上孟千秋的饭是不能应时了，差一顿就差一顿吧，他得的那病，饿一顿不要紧的。这么想着，往前走着的脚步不再犹疑了。

他就放眼四顾起来，每当有了心不畅，踅摸着瞧瞧周遭风景是个释解的法儿。很有些日子没往这村子里头儿来了呢，平常去自家田里，他都是走村西那条小径，不打村子里过。他就觉到脚下道路上积着的浮土了，厚厚的一层，软喧喧的，任凭脚步放得多轻，都搅起灰白色的一飘尘灰，如烟似雾旋漫在空气中。路两旁接垛连毗黄泥矮墙围成的院子，疏拉拉零落着，一个个篱笆院门关得严严实实，仿佛都在沉睡着一般。

唉，稍微壮实些的人都出去打工了，这村子里是没有人气了，地上的土都变成了沙灰了，西大沙的沙山就要欺过来了，这个地方眼看着成了沙子的地方啦。正不自禁地连连叹着，竟就看见有了人影儿，是把在村子东南角儿的一户人家，院墙全是篱笆扎制，土坯垒砌的泥土房蜷卧在一棵高大的黑杨树侧旁。那老树粗壮的树干上，厚厚一层树皮皲裂斑驳，灰绿色的叶子在阳光下水波似的闪漾着，投下好大一片阴影。那树荫里，一个胡子拉碴儿三十多岁的男子赤着两脚坐在地上，觑眼瞧着跟自己年龄差不多满面倦容的妻子在旁边用柳木针穿制草珠儿帘子。不远处，一个衣衫破旧，凝着干鼻涕痕的五六岁的小男孩趴在树下用小树枝专心专意地在捅蚂蚁洞玩着。男孩旁边，一条皮毛蓬乱、瘦骨嶙峋、干瘪着肚子的狗正紧闭着眼在打盹儿。

听见脚步声，男孩儿像只受了惊的兔子似的，一下扔掉手上的树枝，奔过去躲到了母亲背后，过了好半天才畏畏缩缩地从母亲腋下探出半个头，怯生生朝院墙外的谭春阳望来。那条狗也醒了，脑袋抬起，懒洋洋地打个哈欠，朝主人看看，又朝院墙外望望，头一耷拉又躺了下去，沉入时光的慵懒。

男子和妇人一时都瞧过来。这是才搬来几年的一个新户，谭春阳尚不熟悉，就没打招呼，只是远远地互望着。谭春阳知道这男子是个瘸脚仔儿，不能出去打工的，在家里也干不了重活儿，全靠媳妇挑大梁，日子过得格外困窘。

这一切触动了谭春阳深深的忧思，不禁心里一声叹息，唉！村子里人口越来越少了，不出去的人，越发难熬了，种地的人家里土地虽是多了，奈何都沙化了，几年的时间好些田就都不能耕种了，闹得这个地方也快成大荒了。他越发觉得自己老两口儿支持二女儿夫妻俩在城里扎脚跟儿谋生存是英明的，得给孙子、孙女儿求前途呀！不然咋办呢？这山坳里如此地越来越荒瘠，孩子们窝在这儿，哪能有出息啊？！瞅瞅刚才的那个男孩子，见个生人儿都怕。

思绪及此，就想起了自己为啥这样去给孟千秋送饭了，昨儿强迫着他下了给孟千秋送饭决心的一幕幕场景便在脑际翩跹而出。

昨天如华和宝琦风尘仆仆地回来了，是被他们生活中劈空降下的难题逼回来的，如华的公爹孟千秋中风后落下了半身不遂症，往后必得有人在身边伺候着才能行了。孟千秋只剩了宝琦一个儿子，这副担子他们夫妻俩不容推却。可是他俩在敦伦城里的打拼正当要紧处，两个孩子也都正念着书，委实没法儿回村里来，只有把老人接到城里去照顾一条路。偏孟千秋跟他们扭拗，打死不肯去城里，事情僵难起来。若逼着宝琦如华回了西邑，他二人往后就只能从沙土旮旯儿里刨食儿了不说，宁宇、宁新的教育由此也将泡汤，这大山沟儿里现下没有像样儿的学校啊！这可是直关家族未来的大事啊！

谭春阳刻在记忆里的，是昨日下午全家围坐在一起议事时，从窗扇间斜照进来的那抹夕阳在翻盖大黄柜漆面上烁起的浅金色亮光，他觉得是那道辉光照进了自己的心，让自己一时做出了超人意想的决定。再有，就是这辉光反射在老伴儿脸上弄出的景象，它们使她在那一刻里像是电影里的女主角一般，看上去容光焕发，越发不像是一个年近古稀的老妪，而是只有四五十岁的样子似的。

星昱竟不老，她一直这么样地好看着，靓丽着，在自己的眼前身侧亮闪、浸润着，让自己浑身总有使不完的劲儿，总也感觉不到衰老的降临。

这么感叹着，谭春阳的神思整个儿回到了昨日里去。

白星昱和谭如华娘儿俩斜对面儿着坐在炕里，孟宝琦垂头丧气地倚坐在紧靠门口的炕沿边儿，谭春阳半眯着眼，一口一口吮着烟袋嘴儿，坐在窗前缝纫机旁边的圆凳子上。是谁叹息了一声呢？弄得炕头上呼呼睡着的大黄猫猛然受了惊似的，忽地抬起头，眼珠儿轮转着满屋子看。

白星昱无奈的样子，瞅着二女儿，问道："孩子姑姑们还是先前的那篇话？她们哪个照顾你公公，就得把他接到哪个的家里去？"

谭如华叹息一声，道："不是啦！现在就是'养儿防老'四个字儿！宁宇爷爷这不是半瘫了吗？就快动弹不了的人，哪个还肯往家里接呀？唉！都不肯接了呀！他大姑二姑就是一口一个'养儿防老'，都推给了儿子呀。"

白星昱听了，朝二女婿瞅了瞅，又转过来瞅着二女儿，解劝道："你也别嗔着孩子姑姑们这么说，本身就是这乡俗啊，有儿子咋也轮不到跟着人家闺女去啊。”

谭如华说：“我和宝琦就是图个孩子能上学，有个好的教育。我们俩都耽误在没把书读好了不是？”

孟宝琦抬起头，看着妻子和岳母，闷声闷气地道：“明天我再找我大姐二姐说说去，好歹容缓我一两年，等我和如华在敦伦城里买下房子，新儿上学放学家长不接送能行了，就让如华经管着俩孩子在那儿读书，我自个儿回来伺候我爸……咋也不能让宁宇和宁新的念书中断了啊！”

白星昱摇摇头，一声叹：“‘养儿防老’。话说到这份儿上肯定都是反复商量过的了，怕是去找也白找啊！”

她的话落音，谭春阳扣了烟袋锅儿，站起身，一言不发出屋门去了。

白星昱瞄了他一眼，没言语。她理解丈夫的这个举动，确实这个事情上他没法开腔儿，闷头坐在那儿也是难受，不如出去透口气。唉，当年如华和宝琦处对象时，一家人东虑西虑，没虑到这上头儿来，不期一朝这么被难将住了！

谭如华当成父亲这是嫌烦得慌，躲出去了。打从开始商量这个事儿，父亲就坐在那儿闷头抽烟，没说过一句话，显然是心里嫌烦郁堵啊。也是，这件事对父亲来说忒搅乱人！公爹是他一辈子的大对头，却要这般一朝坐下来，跟家人商讨公爹养老的事，放在谁身上都难免烦愦的。父亲没有把心里的厌憎气恼骂出来，已经是够体恤自己夫妻俩，够仁义的了！一时间她强烈地感觉对不住父亲，心里一急，不由眼圈儿红了，忙低下头去。

只有孟宝琦对岳父的忽然退出熟视无睹似的，顾自一脸愁容地沉浸在自己的忧思中。

谭春阳显然没有料及背后家人们的目光和心思，他缓步穿过堂屋，迈出房门，来到檐前的遮阳棚下，站在那儿举目朝院落里瞭望去。

菜园篱笆墙拖下的长长阴影中，黑壳郎猪正在悠闲地、一门心思地低头拣食着地上的小沙枣儿。不远处，背脊闪闪发亮，胯下吊着个沉甸甸大奶包的花斑母牛焦躁地“哞哞”叫几声，脑袋俯下去用粗糙的舌尖舔弄趴在脚下新生的小牛犊儿，似是唤它赶紧来叼住自己的大奶包吮吸奶汁一般。一旁的牛粪堆上，六七只花母鸡下意识地“咯咯”叫着用脚爪抓刨着粪瓤找虫子吃，靠东墙搭建的宽敞牛棚里，老黄牛温驯地把头探进木槽子里，静静地嚼着草料。

要不是心里窝着一坨烦恼，这幅图景会带来怎样一种神仙似的享受啊！谭春阳不禁地慨叹着想，每每都是这样，站在这里，目视着这一切，听着屋子里传出的星昱忙碌家务活儿的声音，一时间自己就会被难以言喻的舒悦感从里到外淹没，那么样的一种自在逍遥、岁月静好的感觉！可惜这回不是，这回自己的心里涌着的是这般一种难受的情绪，有些迷惘，又夹杂着痛楚。要是生活里没有孟千秋这个人该多好啊！咋就非得跟这个家伙揪扯不清呢？揪揪扯扯了一辈子，这到老了，也没个头儿。非但是没头儿，这还要……不禁又重重一声愁叹。边叹着，他下意识地朝牛棚走过去。

进了牛棚，弯腰铲起一簸箕草料，缓缓倒进了木槽里。老黄牛抬起大脑袋在他身上亲昵地蹭了几下，又低头去接着吃嚼了。

站在那儿，摩挲着老黄牛的背，注视着自己左手上的四截儿假手指头，谭春阳出起神来。

此刻，轻轻拂过的风儿，知道他内心剧场里正上演着剧目的纷争的激烈吧？确实这是一场不同寻常的思想搏斗。

那样过了好一会儿，显然内部斗争结束了，终于他下定了决心，只见他眨眨眼睛，吁一口气，轻轻在老黄牛肩颈上拍了拍，转身朝房门口走回去。

白星昱、谭如华、孟宝琦娘儿仨还都原样地坐着，在那儿呛呛着刚才的话题，个个脸上的愁容更浓郁了。谭春阳迈进屋子来，仍去那个缝纫机旁边的小圆凳上矮身坐下。他伸手抓过长杆烟袋，撮一捏儿烟叶放进烟锅里，划根火柴点燃，一口一口地抽起来。显然是见他依旧一副默不作声的老样子，屋里的三个人就没理会，继续着他们的谈话。

只听孟宝琦说道：“……她们答不答应我也得去试试，咱们这种家庭的孩子，念书是他们唯一的出路啊！”

就见谭春阳深深地吮了口烟袋嘴儿后，开了口：“别去找了，我伺候他！”

他的声音并不高，也不冲，跟平时一样温和沉稳，却让白星昱、谭如华、孟宝琦娘儿仨一霎儿受了惊似的，全都怔住了。

孟宝琦惊愕尤甚，大张着嘴，瞪着岳父，冲口道：“你伺候？！”

白星昱和谭如华也圆睁两眼难以置信的样子，齐齐朝他看过来。

谭春阳并不跟他们哪个对视，轻描淡写地说：“他这半身不遂属于轻的，自己能料理得了屎尿。就隔着一条干河沟，我每天就走几步路。”

白星昱像是终于明白过来了似的，又急又恼地瞪着丈夫，嗔道：“你……！”谭春阳倔强地一挺腰板儿，迎着她的目光，硬凛地说道：“我是为了我那俩外孙儿！”

对的呀，自己是为了两个外孙儿，为了宇儿和新儿的前程，才来受这个委屈的呀！谭春阳猛然醒了腔似的，使劲儿一点头儿。顿时就觉得心里舒坦了许多，脸上的沉重见淡了。他把柳条篮子从左臂肘间退下来，换到右臂上，轻轻地甩动左胳膊，活泛着筋脉气血。心道：“远道儿没轻载”，看着只是仨饭罐儿，这挎的时候长了，胳膊也受不了呢。

他能想象得出昨天如华和宝琦往城里回时路上的对话，如华会一副头疼的样子，说：“让我爸伺候咱家老爷子我是真不放心，他俩一辈子的对头啊！我和你结婚这些年了，他俩都互相躲避着不肯碰面。这下倒好，一天好几面地见，咋处呀！”宝琦会无奈地愁叹一声，说：“唉，走一步看一步吧，眼下只能这样啊！”

对孩子们忧心的这份揣摩，令谭春阳心里一阵难受，自己这是在干啥？孩子们忧的没错啊！瞧，这第一步自己就迈不出去啊。不由停住脚，愣愣地瞅着柳条篮子，狠狠地审问起自己来：你亲口答应的事儿要反悔吗？！就听一个声音耐心地解释道：不是反悔，我只是，只是……嗐，我是要去那个清凉地方静一静。再好好打量一下自己的人生，弄清楚究竟如何走到了这一步，有了这难以再往前一迈的情形的？

嗯，对的。他赞成地点了下头，去那儿坐一坐吧，坐在那里把心路整个打通畅，就对了。总得把心打通喽，不然保不定哪会儿脾气发上来碍事儿。人就是这样的古怪东西，猛不丁地，在个啥地方听到一句话，看见个啥东西，心里一触，情绪就爆了，就全不由着自己了。真的，一旦要是面对了老秋子时，忽地来了心路窄，可就更糟糕啊！

唉！迈出这一步真是难哪！一桩事情，真是只有到做的时候，才知道难度有多大啊！谭春阳重重地愁叹。

抬眼张望，远远地，已经能看到节孝牌坊的灰白色拱顶在太阳下闪着微光。他步子迈得大起来，眨眼来到了古遗址旁边。这是盘在鹤野坡下的一大片荒地，称作星星河古文化遗址。是四千年前的一个古人聚落的遗址。要是在冬天里，能看清哪里曾经是环壕、城墙，哪里曾经是小巷、院落，能由一些残垣断壁辨识出曾经一座座院落的外墙、正房、偏房、窑穴等建筑的础基。现在放眼望去，就是一个又一个大土丘覆着绿蓬蓬的蒿草高高矮矮连绵而卧着。这是谭春阳喜欢的地方，每每来到这里，他就能感受到一种不可言喻的气息，它们似乎能直沁进血液里头去，让人的心神一时间振奋而又宁静。这是只有在紫微峤山上的云止书院里才能觅到的感受。这应该就是书里所说的“场”吧。这个“场”就是古人的心所发出的声音汇编成的吧？他相信古代的人也一样地会时时从心里发出声音来，就像自己一样。他相信心灵的声音虽然发出即消失了，但它们的影子却不灭，这些影子水滴似的聚在一起，汇成浩浩一片海子，镶嵌在空气中，不会像花香一样被风吹走，也不会像现实生活中躺在大地上的湖海一样有朝一日枯竭掉。它是不失不易的，一经生成，永远存在。要是有一双神仙的眼睛，一定能够看见这个“海子”漾动的波浪。谭春阳激动起来，为自己竟能有这样一些想法而感叹，这是祖上血脉的作用吧！让自己身为老农，却不乏诗情画意。宇儿放假回来，要带他到这儿来转一转，把自己的这些心想讲给他，等他长大了，写进文章里传播于世，会对世人有好处的。这样想着，他一时又惊叹不已，人可得当心自己的内部啊，得让从自己内里发出来的声音都是好的，对人对物有益的啊！

那么说，这星星河古聚落里曾经居住过的人们一定都是好心好声音的了，不然不会直到这四千年后，这个地方氤氲的气息还这么有利于人。谭春阳想着，更加喜爱这个地方了，不禁又放眼赏看起来。这时他已经来到了鹤野坡底下，处在遗址圈儿的另段边缘了。他觑眼看着，忽然悟出了祖上把节孝牌坊建在这个地方的缘故，这就能跟星星河古遗址相得益彰了嘛，它们都是文物嘛。立这节孝牌坊的时候大爷爷应该是回来了的，这么大的事，他哪能不回来啊？他得亲自来挖土奠基才足够隆重荣耀啊！忽地就想到了知无先生。总有一个挥之不去的念头，他觉得知无先生即是大爷爷。怎样产生的这个念头呢？由知无先生对自己的那份亲切吗？这样问着，他的眼前悠悠地浮现出了知无先生那双格外光炯亲蔼的眼睛，浮现出了初次对视这双眼睛时的情景……

7

拐过大弯儿来，一眼看见山道旁边，静悄悄的一树粉白色杏花压枝，谭春阳不由怔住了，这是杏花儿？觑眼瞅了半天，他难以置信的样子，转过头问："爸爸杏花都开了吗？"谭景熙"呼哧呼哧"喘着，说："早开了啊。山下的半个月前就开了呀。"谭春阳"噢"了一声，欢喜遽然变作沮丧，自己这一百来天没出家门，错过了多少物事啊！

谭景熙停住脚步，站在那树杏花前，将肩上鼓囊囊的褡裢取下放到地上，抬起手一下一下地捋胸口。心说，得歇一歇，把气喘匀，爬上前边这个短坡，就是书院的大门了，这个样"呼哧呼哧"喘得牛似的，走到先生跟前去可是要不得的。这五百个银圆真是沉呢！他叹着，放眼远望，春天的山坡上虽然树木仍旧一片白灰色尚没有叠翠染绿，但却涌动着一股生机，令人望之振奋，白繁繁开着花儿的杏树这儿一簇那儿一簇地点缀在山林间，就像天上飘落下的一朵一朵白云似的，透明的岚气在阳光下闪烁，仿佛一些肉眼看不见的精灵的影子在翩翩起舞。一晃三个多月过去了呢。去年冬天带着药粉离开书院的时候，自己可是没想到会隔这么久才又来这儿。还是春阳的主意对，等院长大先生出关后再来谢恩，这时他的手指也好了，可以跟着一起来。确实他得来，把敬奉先生们的谢贽由他亲手捧上才更好，这书院里的先生对他的恩德太大了啊！要不是先生赐给了灵丹妙药，他的手指哪能这么顺当就好了？当时伤成那样啊！那些伤口看着那么瘆人得慌啊！

春阳的主意对，把这些银圆都供奉给书院，作为对先生救命之恩的谢贽。自家日子再咋紧巴，不花这个钱！谭景熙满心赞成地想。

“爸，快把褡裢给我背吧。”谭春阳迈上一步，弯腰去拿褡裢。在家里出发时他就抢着要背褡裢的，他已经二十二岁了，身强力壮的大小伙子，沉东西哪能还让父亲背啊？却被爸妈死活拦住。你的伤刚好，累不得呢！他们说。一路上他争过几次，也都没成，父亲坚决不给他。父母是疼惜他，他知道的。他何尝不疼惜他们呢？到了该他替他们分担辛劳的时候了啊！唉，都是手上这个伤，惹爸妈这么怜惜的啊！

谭景熙伸臂挡开了大儿子：“这就到了。你现在累不得呢！”一眼瞥见大儿子的神情，不由脸上一黯，道：“春阳，心里又不得劲儿了？可得提起精神来啊，咱就要见到先生了。你是来谢恩的啊，可不能哭丧着脸啊！”

“是。爸。”谭春阳爽口答应。

答应得好，却是做不到。精神咋个提呢？自己是这么样个四根手指变成了怪怪小肉球的残废啊！这不是，一树春花，一阵山风都至于惹自己伤情。他郁郁地转过身去，闭上了眼睛。

近百日过去了，手上的伤处是不疼了，心里的伤疼却丝毫未减啊！忽地想到舀药粉的小木勺上刻着的“心殇为殇”四个字，它们可是就说的这个情形？最难愈合的，是心灵的伤口。真正的创伤，发生在人的心上！

这一百来天，自己是怎样熬过来的？不敢回想啊！自己竟没有疯掉，竟然接受了这被伤害被冤侮的现实，这是老天的照应啊！忽然心里一凛，他问自己：你真的接受了吗？随即听到率直的回答：不！并没有！你没有接受。你只是在隐忍、在等待罢了。等待着自己实力具备后报仇雪耻的一天。是的，一定要去找孟千秋报仇！逼他把金指箍儿交出来，说出真相，承认他设计陷害自己的罪行！他不相信孟千秋会把金指箍儿扔进星星河里，绝不会是这样！那家伙是在撒谎！

猛地睁开眼睛，他想，赶紧到书院见先生去！跟道高法胜的大先生讨个法子，尽快去报仇！一天不把金指箍儿夺回来，洗清冤屈，自己一天就不能得安生！

一霎儿愣住了，他看见前边不远处，一个身穿浅灰色长衫的人站在那儿满面蔼然地瞧着自己。这人看着精神格外朗铄，中等身量，面容清矍，双目炯炯，无法猜断他的年龄，看神质气度至少年逾古稀，可面貌却不过五十岁左右的样子。怎么他的眼神儿那么亲切？让人一触之间，顿觉一股暖流涌遍全身。这是救自己的先生吗？他从哪里走来的？怎么没听见他的脚步声啊？

“先生！”他冲口叫道，情不自禁迈步朝长衫人走去。

听见喊声，谭景熙转过头来，一眼看见长衫人，也惊喜莫名，猜想这应就是云止书院的院长大先生了，忙拎起褡裢，快步奔上前去。

谭春阳已在长衫人面前了，他却忽然局促起来，不知该说句什么好了，踌躇了半天，腼腆地问了一句：“您就是这书院里的先生吗？”这时谭景熙也来到跟前了，恭敬地打躬作揖，叫了声先生。那人对谭景熙点点头算是答应，眼睛转向谭春阳，蔼然问道：“你知道为啥这山上每年春天总是杏花儿最先开放吗？”

谭春阳被问住了，眨巴着眼睛使劲儿想，答不上来。

那人“呵呵”笑，转换了话题，问说：“你们是要去书院吧？”边举步往前走去了。

由他说话的声音，谭景熙认定了这就是云止书院的院长大先生，是春阳的救命恩人。因为这声音跟去年冬天送给他药粉的那位小先生的声音太像了！一样的清朗慈和，如鸣钟磬，只是更显得中气丰盈，深蕴绵厚。他就“扑通”

一下跪在地上，冲着长衫人的背影大声说道："先生！我是带着孩子来谢恩的，感谢您的救命之恩啊！"谭春阳见状，也双膝一弯，跪了下来，朗声道："感谢先生的救命之恩！"

"起来起来，快起来！谢承古圣先师去！救命恩人是古圣先师！"长衫人招呼着，并不停步，攀上短坡去了。

谭景熙赶忙站起身，背褡裢，拉春阳，追了上去。父子二人爬上短坡，书院的大门矗立在眼前了，却没有了那人的身影。先生走得好快啊！他们感叹着，直朝大门口走过去。心想，先生一定是进了书院了，到书院里就能再见到他了。

来到书院门口，谭景熙迈步就跨了进去，谭春阳却被门两侧的对联吸引，略停了下，觑眼细瞅，见右联是"往清净地修正法行"，左联是"入觉悟门发真道心"，门楣上"云止书院"匾额下贴着"慧福云止"四字横批。正待咀嚼其意，听见父亲在喊唤催促，忙迈步跟了进去。一眼看见了迎门矗立的照壁，自知无暇品读上边镌刻的文字，就只匆匆扫一眼，绕了过去。顿时又被照壁后边的大松树吸引，仰头瞧着那枝杈披拂、翠叶繁茂的大树冠，不禁暗自猜测古松的年轮，应至少有一千岁了。这么想着，一眼瞅见了不远处台阶两侧对称矗立着的石碑，管不住脚地奔了过去。先到左侧的一块前，打量了一眼，见碑面已显见风化，觑眼认镌刻在上边笔画依稀的字，都是远古时候的，完全不认得。只好去看竖立在旁边释义牌上的文字，方知那是"敕赐云止书院报恩碑"字样，竟是件四千年前的古物。一下想到村东南鹤野坡底下，那座挨近自家节孝牌坊的远古文化遗址，据说就是四千年前的古人聚落遗址。就想，看来这座书院最早是跟那座遗址里曾经的建筑同一时代了，不由惊异起来，四千年前的人就建书院吗？那这座云止书院是在旧址上重建的了？赶忙去看另一块石碑，果不其然，这是旧址重建。这块石碑上的字迹很清晰，且是近代文字，不费劲儿就差不多能认下来，所刻是一篇精短文言文，名《重修紫微峤云止书院记》，解说此碑乃是立于明代成化年间，那时是书院第一次重建，是居住在星河谷的一位庞姓读书人多方张罗，"比照史载"，恢复重建起来的。房屋院落结构等都是严依古样，只有讲堂里祀奉的塑像，在至圣天尊伏羲坐姿塑像前，一左一右增加了老子和孔子二圣的站姿塑像，而由原来的只祀奉羲圣一尊，变为祀奉伏羲、老子、孔子三圣尊像的格局。

看罢，谭春阳折身打量着两旁的房屋，心里嘀咕说，这些房屋分明都是新修建的呀，一霎儿明白了，点头“嗯”了一声，那么说这次是在明朝那次的重建基础上，再一次重建的了。他就又四下寻看，想找到佐证物。竟就找到了，那是嵌在石碑后边前后院隔墙壁面上的一块方正木牌，上边密密麻麻的小字，释说这座书院是六年前在知无先生的张罗下动工重建的，其时，此处的遗留古物已只有两棵古树、两块石碑，和一尊石刻伏羲圣像。

不禁一股崇敬之情油然而生，这古老石碑是大功臣啊！历经漫漫几千年的时光，默默坚守在这里，作为古文化场所存在的信证。还有这棵古树，堪比守护神啊！慨叹着，他就对着近前的石碑和大树各虔恭地躬身作了个揖。刚直起腰，又听父亲的喊唤催促传来，不遑再寻思别的了，忙不迭踏上石阶进了小篱门。

谭景熙正站在讲堂门前，回望等待着。

这进院子里，除了树木的枝条看着柔润了许多，空气暖融融的，不见了初次来时的凛冽，一切都跟去年冬天的景象差不多。他进来后，见两旁的厢房仍旧布帘静垂，杳无动静，就直奔讲堂而来，总得先拜过天尊圣师再说啊。到了讲堂门前，回头不见春阳身影，他不由开口喊唤了的。

谭春阳跨进后院来，径朝父亲奔去，顾不及四处撒望了。

父子俩掸掸身上的尘土，拉抻衣襟袖子，捋了捋头发，父亲在前，儿子挨后，跨进讲堂去。父亲教给着，谭春阳先敬了三炷香，然后恭对着三圣像起起伏伏一连磕了九个头，跪在棉布拜垫上，一脸虔诚地把感激圣师大慈大恩救拔自己苦难的话诚挚地说了一遍，站起来又深深一揖，跟着父亲出了讲堂。

来到院子里，谭景熙思忖了一下，迈步朝柏树掩映着的客堂走去，去年冬天小先生就是带自己进的那间屋，想来还到那里去找他是不错的。找到了小先生，就好恳求他带领着去见大先生。谭春阳紧步跟上，不免还是边走边四下里瞧看，一眼瞅见讲堂西侧转出个穿深灰色长衫的身影，赶紧抢上一步拉住父亲，道：“爸，那边有个先生。”

谭景熙转过头去，看见了往这边走的人，正是小先生。忙掉转方向，迎了过去，边作揖边恭恭敬敬地叫道：“先生！”

“来了？”小先生神色慈和，语气淡淡地问。

“快给先生磕头！”谭景熙喝令谭春阳。谭春阳应声跪在当地，边大声说着感谢先生救命之恩的话，磕下头去。

“手上伤好了吗？”小先生问着，来到了跟前。谭春阳继续磕着头，谭景熙打躬作揖，父子一起答说好了。谭景熙说现在那只伤手能拿东西了呢。“那就好！那就好！”小先生面露笑意，一连声招呼谭春阳起来。谭春阳已经磕了仨头，就起来了，站在那儿满眼感激地看着小先生。见这先生年龄跟自己相仿，如此一副翩然出世、仙风道骨的姿容，不由心里敬重之间添了几分羡慕，暗暗感叹道：人可以活成这样啊！

“有念‘安住当下’四字诀吗？”小先生问。

谭春阳赶紧点头，说：“念了的念了的。就依照先生教给的，天天都念几千遍呢。每当心里难受的时候，就闭上眼睛使劲儿念一阵儿，真的管用呢。谢谢先生啊！我自己觉得，我的伤手能恢复这么快，先生赐给的药粉固然是首功，这个四字诀也功不可没呢。”

小先生满意地点点头，笑道：“药粉是疗手上的伤，四字诀是医治心灵的，是心灵的‘止疼药’。”

“医治心灵的？”谭春阳随着说了一句。眨眼寻思着，想请教这四个字的含义。自己对它们虽有些理解，但一定是不够的！刚要开口，听见小先生关切地问：“进讲堂里拜过圣师了吗？”他就把话咽住，赶忙答说：“刚刚拜过了。”

谭景熙也答拜过了，举上褡裢，恳切地说：“今天就是专程来谢恩的。这是孟家赔偿的五百个银圆，全都拿来了，供奉先生们，聊表谢意吧。原本早就该来，一是想等着春阳手好了，让他跟着一起来，一是……”

“应该谢古圣先师！”小先生打断了谭景熙，纠正道。眼神儿淡淡地看着褡裢，说:“你们这样慷慨不啬，是要随喜赞叹！但是书院不收谢仪的，你们还是背回去吧！”

“那怎么行？！”父子俩急了，一起抢着似的说:“不酬谢你们我们哪里能心安哪！”

小先生仍旧淡淡地看了他们一眼，说:“缘分无价。”又重复了一句书院不收谢仪的，抬腿要走。

谭景熙忙说:“先生，我们能拜见一下大先生吗？迟延到现在才来，就是为的能当面拜谢一下大先生呀！”

“大先生说已经跟你们见过面了。”小先生说。

父子俩都是一愣，见过面了？谭春阳先反应过来，瞅向父亲，说:“爸，就是进书院前，咱们在杏花树那儿碰到的那位先生吧？”谭景熙连连点头:“就是了，就是了。当时我就觉得是啊！”

“刚才太仓促了，没来得及好好说句谢承话儿啊！求先生慈悲，让我们再见一见院长大先生吧。要不是他提前准备好那些药粉，春阳熬不过这场灾的啊！就让春阳自个儿把这银圆捧给院长大先生吧！”谭景熙恳求地说。

“大先生不会收你们的银圆的。他一样会叫你们不要谢他，知道谢承古圣先师就行了！”小先生声音依旧慈和，却透着一股不容置疑的坚定。

明白了事情是不可强求了，谭景熙却还是不甘心，纵是不能亲手捧上银圆，要当面再好好说几句感谢的话才好啊！谭春阳更是不肯放弃，他这次来书院，更多的是想跟大先生学复仇的本事啊！不见面，心愿咋实现呢？他说服爸妈把银圆都拿来供奉先生们谢恩，自家一个不留，不唯是嫌这些孟家的钱恶心，也是想借以打动大先生，能够教给他真功夫，让他足以报仇雪耻啊！

眼泪“唰”地涌出，他哀求道:“求先生您开恩，让我们见见大先生吧！我有好多问题要向他请教呢！”

小先生蔼然地看着他，说:“大先生教给了法子，让我转告你，你只要满怀信心地按照去做，你的心愿就一定能够实现！”末后一句倏尔语调坚定。

谭春阳惊住了，大先生知道自己此来怀有心愿？他一脸匪夷所思，看着小先生，说：“大先生，他，他知道我，我……”小先生点点头。

“他教给了我复仇的法子？”

小先生又点点头。

谭春阳高兴得一下跳起来，自己遇到神仙了！不会错的！年前爸爸不就是来到这里时，送给他们的药粉早就准备好了？大先生是未卜先知的那种得道高人呀！

“什么法子？”他迫不及待地问。

“你随我来。”小先生说着，扭身快步朝客堂走去。父子俩随后跟着往客堂走。行到大柏树旁，谭春阳停住步，对着古树深深躬身一揖。谭景熙见状，也收住步，想要给古树行躬揖礼，手里拿着褡裢就不方便了，正要往地上放，谭春阳一眼瞅见，伸臂接了过来。父亲行礼的当儿，他定睛瞧了客堂门两旁的对联，是“山色青翠随仁入院，松声静雅与客谈茗”两句。刚念罢，见小先生已经从客堂里出来了，手里拿着个只有几页纸的小小书册。小先生将书册朝谭春阳递过来，说：“大先生让你回去后每天把这册书文抄写七遍，再念诵二十一遍，坚持一百天不中断，完成后再来书院。”

谭春阳接过来，见封皮上端正写着两个楷体字：“大学”。翻开来看，里面的字体也是小楷，并不长的一篇文字，念一遍应该用不了一刻钟，抄写一遍也不会费多大工夫。这些对自己来说是容易的。但是，做这些就能拥有报仇的本领？他满腹疑惑，这跟自己的想象多么别若云泥！自己的想象中，应该是学到一些神奇而别具威力的武功，或者是一种不同寻常的法术，是能够胜敌于不动声色的。一转念，想到了爸爸拿回去的看似平常的药粉所显发的神奇功效，即将疑惑打消，世外高人的事儿是不可以拿尘俗心揣度的，自己还是相信为好！他就使劲儿点了点头：“好的。谢谢先生！”说着，又跪拜下去。

小先生说：“你的手伤完全好后肯定是要照常干活儿的，这就要春耕了，都要忙起来。你根据具体情况调整每日功课的数量就行，哪天太忙了，没能当日完成，过后补上也是可以的。只要每天不中断，到最后总数是对的就好。

切记每次做功课之前要洗干净手，用清水漱漱口。”说着迈步往东厢房方向走去了。

侧旁默默听着的谭景熙赶紧道谢。小先生边走着，也不回头，叮嘱说:“记着满百日后再来。”眨眼去远了。

谭景熙引着儿子，返回讲堂，把褡裢里的银圆悉数掏出，躬着腰，虔敬地全部摆放在圣像前的供台上，又都去跪在棉布拜垫上各磕了九个头，诚祷道别。只有用这样的方式敬奉贽仪了。这样也好，这就符合了大先生所教给的“谢承古圣先师去”的意思，同时也就致谢了书院里的两位恩人先生了。

来到院子里，像去年冬天那样，谭景熙引着儿子跪在当院空地间，对着太阳恭恭敬敬地磕了三个头，权作是礼拜谢承院长大先生，然后父子二人脚步轻快地出了大门，下了山。

儿子肯定是满心报仇的念头，对此谭景熙心如明镜，纵是能够体谅理解，这却是他和妻子心头沉重的忧虑，见今天这样做了安排，感觉心里一块大石落了地。儿子选择来向院长大先生学报仇本事，而不是去找那些世俗间的强人邪师，这多么让人庆幸！他笃信院长大先生所教给儿子的本事一定不会存在反作用的。只要儿子不再被伤害，他要报仇就由他吧，不然这口气憋屈在心里，他这一辈子不得活安宁的。

回到家里，谭春阳立刻做起功课来，先把文字读通顺。凡不好认的字，后边都用括号附着一个通俗的同音字，很快都会念了。爸妈帮着找了一把杏核来，洗干净，放进小木碗里，用以计数。又找来一沓草纸，把铅笔削好，放在长条木桌上的小木碗旁边。就正式开始了，洗手，漱口，端坐桌前，满面庄严地朗声念了七遍。然后埋头一笔一画抄写起来。念诵的时候还好，抄写就出现了艰难，并不是字难写，也不是他不惯做这事，是心里烦躁。当他专心凝神，执笔写着，无端地，一种奇异的烦躁竟像黑烟一样从心底冲上来，一股一股，搅扰他的神志，让他心烦意乱，难以继续。这种烦乱中包含着委屈、沮丧、伤怨、愤恨等情绪。愈压愈烈，常常冲击得他不得不放下笔，站起身来走到院子里去，迎着风大口大口喘气。竭力按捺的时刻，猛地想起父亲由书院里先生转教的“安住当下”四字诀，是让心里烦恼躁急的时候尤其加紧念的，急忙闭上眼使劲儿地念起来，每每要一口气念上几千上万遍，心潮才得慢慢平息下去。不免心生疑惑，这是怎么回事呢？自己从小就奉父母命，学诵《弟子规》，初时每每要日日抄写的，那时候，并不曾有过这样情形呀？百思不得其解，只有奋力战胜情绪，逼着自己重新坐回木桌前，去拿起笔。实在做不到，他就在心里大声对自己喊说：谭春阳！你是要报仇的呀！做不到这个，你的仇咋报啊？！你是男子汉呀！难道就这么没志气吗？！这样一喊，忽地就来了刚气，就能去埋头抄写了。

第一天抄《大学》满二十一遍，用了大半天时间。一点儿一点儿就快了，一个月后，不到两个时辰就能把一日功课全部做完。随着抄写速度加快，心里的烦躁渐渐减少。后来他索性每天在开始之前先默默对自己一通喊话，把劲儿鼓足，靠着这种强烈复仇意念的力量，让自己坚持。

谭景熙和钟淳兰瞅在眼里，慢慢心里踏实了。春阳能这么安静地每日做功课，真是家里的福啊！这样他的心就能稳在正道上，这慢慢地就啥都顺应了。顺应了命运，才好求新福啊！只要肯下心，残缺的枝头照样能够开出繁花。他们相信，随着时间的推移，复仇的念头会在儿子心中淡下去的。这使他们感觉悟得了云止书院院长大先生的良苦用心。真的，这是太好的方法！还是世外高人有智慧啊！

他们所见的再一个好处，春阳每日端坐在那里静静用功的模样显然影响了春明和春晖，姐弟俩都变得安静起来，模仿着大哥的样子，趴在一个地方埋头写字画画，不再逮空儿笑闹了。家里漾起一片书香气。

谭景熙和钟淳兰过日子的劲头儿越发足起来。这年他们家的田地早早就耕种完毕，于是在菜园上下足了功夫，把四旁荒地都一锹一锹挖松泛，打垄盘坑种下了莫合烟。这是近几年从新疆引入星河谷的一个旱烟品种，乡亲们颇喜欢，细心着意侍弄好，到秋能卖一笔好钱。谭春阳如往年一般地跟着抢春，送粪、扶犁、下种、挖地，样样活路都干。父母满心不想让他干，但他手上的伤已经痊愈，没有理由拦着他了。就只能看着他一次一次承受面对残疾的现实而被无情打击的痛苦，他再不能像从前那样自如地一手挥鞭一手拉缰绳赶牛车了，再不能像从前那样两手稳稳地扶住犁把开垄耕田了，再不能像从前那样轻巧地一手托着簸箕，一手往垄沟里撒种子了……他只剩了一根大拇指的左手再不肯像从前一样灵活自如地配合他干活儿了。

他多少次强忍住冲上眼眶的泪，咽回肚子里去！唉，可怜的孩子！

他们看见他每每从外面干活儿回来，进了家门径直奔到木桌前去坐下来，一把抓过书本扎下头去，就知道这个行为成为他的“止疼药”了。谢天谢地有这么个妙药啊！等他慢慢习惯了只靠右手做活计就好了，左手残疾这桩不幸的事就不会再这样一次一次残酷地刺扎他的心了。

他一定能够习惯只靠右手干活儿的，他是那么聪明的一个孩子啊！

枝头的杏花儿变成了一粒一粒青杏，垄上的秧苗染出的绿色越来越浓郁，春悄悄变成夏了。

一日傍晚，谭景熙从田里耪地回来，扛着锄头走在村边小道上，迎面碰上居住在村中央的耿富裕，耿富裕脑袋探过来，高声大嗓地说：“你家春阳虽说也倒霉，比孟家那个孬种强啊！春阳伤是在手上，垂下袖口能遮住，孟千秋额上那道大疤没处藏，整个破了相噢！”

谭景熙闻言，脑中倏地闪出半年前发生在孟家客厅里的那一幕，孟老爷砸过去的那个半尺长的玉如意端端落在了孟千秋的额头上，要是落下疤，确实扎眼。

“落下疤了？”他问。心里一阵痛快。

他相信耿富裕的话，他的儿子耿大军在河那岸的孟大地主家里当打活，去年冬天春阳在孟家做工的时候，跟耿大军住在一个佣舍里，两个相处得颇好。耿大军仍旧在那儿干着，东家家里发生的事儿，自然能知道些，回家时候就会告诉父母，所以耿富裕说的不会是顺嘴瞎编。

“落下了噢！落下了噢！”耿富裕幸灾乐祸的样子连连点头，两手比画着，笑道：“那么大的一道疤斜在那儿，看着不是先前那个人儿了哟！算他祖上有德罩着他，没废了他那只眼睛，要是再偏差一丝丝儿，他就成独眼龙了哎！”

耿富裕边说着，往前走去了。谭景熙站在那儿望着他的背影，心里想：这算是报应吗？唉！这报应够吗？他孟千秋造的孽毁了我的春阳一辈子啊！

唉！总算“公道自在人心”这句话自己是看见了！这么叹着，忽地想起去年冬月初上紫微峤云止书院时，小先生对自己说的那句“公道不找的”，就觉一霎儿领悟了其意，就是这个意思吧，公道自然地存在于众人的心中，不必人自己去刻意地寻求，它自会循着时事的推进慢慢显现的。不禁对小先生愈加佩服。

他又想，耿富裕的这个态度必定是他儿子耿大军的，那这应该是春阳遭害那天在场的孟家佣工们个个都有的吧？也应该是上下村邑里的乡亲们都有的吧！自家并没吱声儿过，人们就这么下了定论，真是“人人心里有杆秤”，百姓心中雪亮亮啊！

唉！这样子，这人世间才算有些活头儿啊！

耿富裕的身影没在暮色里模糊掉了，谭景熙才转过身继续往回走。

吃晚饭时候，谭景熙下意识地，把刚才路遇耿富裕的事儿缓声慢调讲了。听见说孟千秋遭破了相，一家人喜笑颜开，钟淳兰使劲儿把碗蹾在桌子上，咬牙切齿骂道：“活该！”

谭春阳的筷子停在半空中，满眼惊喜闪闪，道：“太好了！这样他就没法再打星昱小姐的主意了啊！星昱小姐安全了！”

他的这话出口，让父母的笑意一下都僵在脸上。谭景熙和钟淳兰两人对看一眼，埋下头去吃饭了。他们都不禁在心里愁叹，儿子的心还系在那个白星昱身上！他头一桩想到的，竟还是那个女子的安危！唉！！

这就离再去云止书院不到半个月时间了。

孟千秋破了相的讯息，冲淡了些谭春阳心里的仇恨吧？最主要的安慰，他由耿富裕所说的那些话，知道了村里人都懂得他是遭了陷害这个情形。大伙儿都知道，他不是贼，没偷东家东西，去年冬月那桩事儿里，坏人不是他。他话多了起来，微略地，脸上也有了笑意。他不再那么躲避着不愿见人了。

有一天在菜园子旁边，边打着莫合烟的杈子，他对母亲说：“大伙儿都知道是孟千秋对我使坏，那星昱小姐肯定也知道了的！她应是跟村里人一样的心思吧？”

钟淳兰直起腰来，盯住儿子，目光凌厉，喝道：“以后再不许提白星昱！她害你害得还不够吗？”

谭春阳愣住了。这情形是少见的，母亲的眼神儿从来慈暖，他几乎不曾见到过她这样凶巴巴地对自己呢。再有母亲的话语让他惊心，自己是星昱小姐害的吗？好像真的是呢，一切都是她送给自己的那个金指箍儿引发的呀！自己不是推断了的吗？孟千秋不惜作恶谋夺那个金指箍儿，就因为它曾经是星昱小姐的呀！他干张着嘴，一时说不出话来了。

“你的手伤成那样，先前我不好提这个，怕让你心里更难受。”母亲说，语调仍旧凌厉：“明摆着这个女子是方你命的，你还对她念念不忘！都这样了，你还啥事儿都头一个为她想！你想遭她把你害死吗？！”

谭春阳回过神儿来了，他哀求地看着母亲，声音颤抖，说：“不是！妈，不是星昱小姐害我呀，我是遭孟千秋害的呀！”他不能接受星昱小姐是自己受害的根本原因这个说法，事情不是这样的！

母亲心软了，眼光温和下来，道：“春阳，忘了白星昱吧！忘了这个女子！咱跟人家不在一条垄上呀，咱高攀不起人家呀！人生了不该有的心，是要遭难的呀！你不赶紧把非分之想掐掉，你往后的日子没法过的呀！”母亲的眼角溢出泪水。

谭春阳低下头去：“妈，你别难受。我听你的，我再不提星昱小姐了。”忽地抬起头，他急急地解释说：“妈，我不是……我只是替她担忧，怕她落到孟千秋手里啊！”

母亲不再说话，伤痛地摇摇头，眼神儿哀切地看着他。

这使谭春阳强烈意识到了自己话语的荒谬，头又低了下去。他对自己说，你的心里满满装着对星昱小姐的思念，分量跟对孟千秋的仇恨一样多。承认这一点吧！承认了才好改掉哇！母亲说得对，咱跟人家不在一条垄上，不可以生非分之想的。以你现在的情形，还可能给星昱小姐一份适宜的生活吗？不可能啊！不可能啊！若是让她跟你在一起，那不同样是害了她呀！

这样的想法让他的心在一种奇异的痛楚中平静了下来。

白星昱这三个字的被提起，毕竟搅动了内心，谭春阳的抄写又现障阻。他总是写着写着，不自觉地，心思就游离了，想到了星昱小姐身上去。她也会如村邻们那样，懂得是孟千秋陷害自己吗？她要是也一样懂得了，会因此痛恨孟千秋吗？她会为自己的悲惨遭遇感到难过吗？

要是星昱小姐知道了事情的起因，乃是孟千秋意欲谋夺她送给自己的那个金指箍儿，她会怎样呢？

想到这里，笔尖儿猛地顿住了。他拈着铅笔，半抬着头，出起神来。

要是星昱小姐知道自己是为了护住她送给自己的那个金指箍儿而丢了四根手指，她就会明白自己对她的心了吧？

谭春阳忽地站起来，搁下笔，扭身就往外走。他要去找星昱小姐，亲口把一切告诉她。

钟淳兰正戴着围裙在灶间忙乎午饭，谭景熙坐在仓房的矮木凳上埋头编着柳条背篓，春晖和春明趴在西屋炕上在仔细地剥挑着毛豆，没有人留意到他的举动。

这是个雨天，早上一场大雨后，云层抬高了些，雨点淅沥，似下不下的样子。谭春阳随手扯下挂在屋檐下的斗笠，戴在头上，大步出了院门。下雨的日子，是农人的歇息日，全都猫在自家里，村里村外不见人影儿，时而一声鸡鸣、一阵狗吠声打破浩大的寂静。谭春阳踩着泥泞穿过村庄，沿河边蜿蜒的砂石路朝南疾走，他从来没有像此刻这样盼望过枫石桥离得近一些。为什么星星河上不多修几座桥呢？为什么几百年了，这趟川儿里只有三星邑村西边一座石桥能让人往返星星河的东西岸呢？他焦急地想。

雨后的庄稼地美如图画，所有的树都显得更加碧绿，生机勃勃，荒草翠如锦缎，映衬着各色野花芬芳鲜艳地向前铺去。星星河里的水虽是比平时浑浊了些，水流看着却越发丰沛浩荡，气势雄浑了。景色绮丽，谭春阳却无心欣赏，也觉察不到空气的爽润清甜，他就像一个被蛊术支着的人似的，两眼紧盯着脚下的路，一门心思地往前奔。终于枫石桥远远地现出了轮廓。

过了石桥，拐上往东邑去的碎砂公路，他的脚步缓下来。自从伤了手，这还是第一次走这条路。他想，原以为再也不会走这条通往住着孟千秋的村庄的路了呢。忽地一甩头，心里昂然地嗐了一声，道：怎么会不走了呢？这村庄里同样住着星昱小姐呀！

啊，星昱小姐！自那次相遇到现在，一晃已经一年半了呢！你还好吗？

这般想着，忽地脚步迟疑了。

真的，已经一年半了！星昱小姐还记得你吗？他问自己。一时想起了孟千秋满含揶揄说过的话，竟心生了认同，悲哀地对自己说：孟千秋说得没错，那次星昱小姐赏你东西，不过是因为你刚刚扮演了弥尔一角罢了。她那其实是赏的角儿，并不是你谭春阳这个人呀！那天剧班儿里人人得了赏的，仅仅你的不同而已呀！

而这不同也是有缘故的，因为你演的是主角儿嘛。

他就沉思起来，星昱小姐想来是每每都要这样下赏的。那这一年半时间里她又赏了演者们几次呢？每年她家都要请几回塞曲班儿的呀。

可怜你是自作多情噢！

就似被一盆冷水兜头泼下般，谭春阳刹那间只觉浑身冰凉，泪水“唰”地冲出眼眶。他举起手，用手背擦抹着眼泪，收住脚步。原来自己是做了一场梦喔！唉，总算是从梦里醒来了！咋就迷得这么久呢？！那还去见星昱小姐干啥呀？她的心里压根儿就没有过你，她哪里会在乎你做过什么，为什么做呢？快转过身往回走吧！回到你自己的生活里去安守本分过日月去吧！在这样的内心劝诫声中，谭春阳缓缓地转了身。

刚要举步，倏地又转过来。他的心里发出果决的声音：不管怎样，都要去白家一趟！要让星昱小姐知道全部事实！去年冬月发生的那桩事儿，可以不对任何别的村邻讲，却不能不告知星昱小姐。她知道了真相后怎样想随她，自己说完了就走，此后啥都再跟她没了关系。

他又朝北走了。这时已经能够思维了，他就边走边在心里琢磨起来，待会儿见到白家的人后怎么说，怎样请求白老爷应允自己见一见星昱小姐，就说自己是来道歉的吧，没有看护好星昱小姐送给自己的礼物，辜负了她的一片善心。

就算白老爷不允自己见星昱小姐，那把一切都讲给白老爷，请他转告星昱小姐也好。相信白老爷一定不会怀疑自己所说的话！

这么想着，谭春阳清晰见到自己行为的意义，感觉内心充满力量。内部问题尽解决了的舒朗感使他抬起眼睛，朝前望去。就见远远地，一个撑着油布伞的身影朝这边走来。他本能地把左胳膊垂下，衣袖遮住了左手。

很快来近了，只听那人喊了一声：“春阳！”大步抢过来。

是家住东邑的兽医刘大强，每每来给谭春阳家的小牛犊儿接生，很是熟络的。

“刘叔！”谭春阳一眼认出了，喊了一声。

刘大强来到跟前了，两眼直朝谭春阳左手盯来。谭春阳明白他是心存好奇，想知道自己的手究竟伤成了啥样儿，一时颇不自在，倏地将左手藏到了身后去。

显然察知了他这心境，刘大强忙移开了眼睛。他直视着他的脸，问道：“你这是要去哪儿呀？”

谭春阳不答他的话，冲口问道：“刘叔你在白家做过工吗？”他是相信会听见肯定的回答。刘大强是这上下河两岸村庄唯一的兽医，必然出入过星昱小姐家的！

刘大强讶异的样子，说：“你这是要去白家吗？我今儿就在白家帮工呀！他家小姐要定亲了，正置办行礼酒席，村邻们都跑来帮忙了……我这就是去集镇上采买东西噢。”

谭春阳两眼登时直了：“你说的，是，是星昱小姐吗？”

刘大强更加讶异的样子，说：“是呀！白家就星昱小姐一个女儿呀！”

“她是跟谁定亲？”谭春阳脸色煞白，神情焦灼，急忙地问道。

刘大强看在眼里，不由有些着急，迈上一步，紧张地问：“春阳，你咋了？你没事儿吧？”他不明白眼前的小伙子怎么忽然间面无血色，从而忽略了谭春阳的询问。

“我没事，我没事。”谭春阳后退两步，眼睛要迸出火星似的，紧盯着刘大强，焦灼地追问：“星昱小姐是跟谁定亲？你快说呀！”

“是跟土星邑韩家大少爷韩彦峰呀。”刘大强疾速说道，脸上神情更加紧张了。暗自嘀咕，这小伙子是咋啦？别是精神出了毛病吧？

听了这句，谭春阳顿时松了口气的样子，说：“噢。这就好！这就好！”

刘大强奇怪不已，待要追问，觉得还是不要惹事，赶紧走开为好。就再不说话，打了个着忙的手势，就大步流星朝前去了。他弄不懂这个西邑的穷小子为啥对人家东邑富贵小姐的事儿这般急赤白脸的，人家星昱小姐跟谁定亲关着你啥事儿呀？可别是做错了梦啊！

谭春阳似是没有留意到刘大强飞也似的逃离远去，他站在那里，直觉说不出的一种清爽感在心间漾漾旋开，这久违了的舒坦滋味儿啊！终于你又回到我的胸膛里了！他感叹着，星昱小姐就要跟别人定亲了，孟千秋害不成她了！真好啊！话未落音，泪水汹涌而出。他也不擦拭，泪水啊，你尽情地流吧！把心里的苦楚都带走，让我从此得轻松啊！

是的，自己的梦这也就做完了。星昱小姐就要嫁作人妇，她再也不可以成为自己的思念了！

他掉转身，痴痴惘惘地往回走了。还去白家干啥呢？现在，星昱小姐知不知道自己跟孟千秋之间所发生一切的真相，还有啥关碍呢？

雨大了起来，道路两旁的树木发出“唰唰”的响声，雨帘似浓雾一般罩住一切，不能再看见远处的风景了。谭春阳肩膀以下的衣服眨眼间被淋得透湿。这原本是令人难受的，他却感觉来得正好，这样他心里的翻搅就被覆压下去了许多，不那么折磨人了。

全都是因为孟千秋！是他毁掉了自己的一切！谭春阳咬牙切齿，必须尽快报仇！要让孟千秋亲口说出他的全部罪行，让他受到应有的惩罚！这么想着，他的脚步陡然加快，这就上云止书院去见大先生去！提早几天应是不妨的。

过了枫石桥，不再沿着原路了，谭春阳直踏上奔西山的小道。好在这也是严严实实地铺了细石子的，虽是穿树林，绕荒滩，但走着并不艰难。约摸一个时辰的急赶，总算来到了西山脚下。一条约两米宽的上山的碎石路分草穿树蜿蜒爬去。

雨渐停了，细细一条小河顺着山路的边侧无声地往下流淌着。谭春阳停住脚，脱下布褂子，使劲儿拧干水，重又穿上，系好纽扣。大步上了山。

云止书院的大门敞开着。四野静寂，只有树枝上掉落雨水的“滴答”声和鸟儿们的鸣叫声在空气中传响。谭春阳摘下斗笠，甩了甩水，拎在手里，迈步进了门。院子里多了一阵一阵的风铃声，却显得更静寂似的。空气里飘着的一种什么东西让他心里的躁一下没掉了。

裤子湿得往下淌水，这样子是不能就去讲堂里拜圣师的，会把棉布拜垫弄脏。先去拜见小先生吧。这样想着，他就直奔两院隔墙中间的篱门，要往里院西侧的厢房走，记得上次来时，父亲就是要去那间被大柏树遮着的屋子里找小先生的。

忽然背后传来一声门响，听见有人从西侧房舍里走了出来。谭春阳忙转过身，看见一个身着青色细棉布衣裤，六十多岁两鬓苍苍的老者站在西侧房舍门前朝自己望着。他趋步上前，拱手道：“老伯好！请问先生在的吧？”

“你要找先生？”老者上上下下打量着他，蔼声说道：“还是把你的衣裳赶紧换下来吧，湿得淌水噢！”说着返身往房舍里走。

“老伯，我没带着别的衣裳呀。”谭春阳说。

“你不嫌弃，先拿我的穿吧。要不咋办呢？”老者说着推门进了屋，一手拥着门，扭身看着谭春阳，催促说：“快进来吧！”

“怎好麻烦您老呢！”谭春阳说着，抬眼瞥见门楣上小小木匾上写着的“客舍”字样，猜出老伯是来此做客的。

老者连连又催:“快进来吧，快进来吧！湿气进了身不是耍的噢！”

谭春阳就不再推辞，迈步过去进了屋。这间屋子仿如寻常家居的格式，迎门横着一铺土炕，炕上铺着淡青色细苇密编的席子。炕和窗子之间，倚里墙摆着一张双抽屉在上，底下一侧带单拉门儿的长方形木案，木案前一把木椅，都是原木色。木案的拉门儿上印着一丛竹子，是烙上去的画，线条深深浅浅，煞是好看。这是谭春阳此前未曾见过的一种图画，不禁就盯着细细地看。

“嗐，出门在外，说啥麻烦不麻烦的。碰上就是缘分！”老者声腔爽朗，边说着将房门关上，催促谭春阳道:“湿衣裳赶紧脱下来。”他径直去到木案前，抓起摆放在上边的大水壶，扭身往门后的脸盆里倒了些热水，扯下屋角拉绳上的毛巾朝谭春阳递来，说:“快把身上的雨水擦一擦。”谭春阳满脸感激，接过毛巾，边解着衣服纽扣往脸盆跟前走，边说:“谢谢老伯！我就住在山下的村子里呢。”老者“哦”了一声，道:“那这大雨天上山，指定是有事了！”谭春阳点头应答:“是，我找先生有急事儿。”

“那你得耐着性子等一等，先生打坐呢。”老人拉开衣橱门往外取衣裳，边说。

“先生在打坐？要等多长时间啊？”谭春阳面露焦急神色，问道。

“再有半个时辰应是行了。”

“噢。”谭春阳放下心来。麻利地脱下身上的衣裤，用热水浑身上下擦了一遍，换上老者递来的衣衫。这是一套大半新的灰褐色棉布衣裳，跟老伯身上所穿的短卦长裤样式相同，布料比自己之前穿过的家织布薄软许多，触到肌肤，甚觉舒坦。这套衣衫穿在他身上，除了嫌宽松些，长短倒合适。他低头转颈地打量着，不觉心生欢喜，问道:“老伯，这布也是家里的织布机纺出的吗？”

老者显然也看得高兴，不答他的问话，“呵呵”笑着，指着木案旁的椅子，让他坐:“坐吧，坐吧。”说着去倒了杯水，朝他递来:“喝口热水。”

谭春阳去坐下，边说着谢谢老伯，接过水，轻轻吹了下热气，喝了一口。

“你没吃午饭呢吧？”老者问着，俯身去拽木案的拉门儿。

经这一问，谭春阳竟就觉到了饥饿。他舔舔唇，笑了下。

老者从侧橱里拿出一个鼓囊囊的灰白色布口袋，解开系着口的细麻绳，放到谭春阳面前，眯眼儿笑着说：“这是小米锅巴，嚼一些吧。这个很垫饥的，适合空肚子吃。”

“谢谢老伯！”谭春阳道过谢，伸手从布口袋里拈起一块锅巴，香甜地吃起来。

老者也倒了杯水，端着去坐在炕沿上，一口一口慢慢喝着，跟谭春阳拉起话来。

这是一段愉快的时光，到谭春阳感觉打住了肚饥，把布口袋重新系上时，两人都知晓了对方来这书院的缘由。

老者家住陕西汉中，姓乔名儒，是来这儿看望院长知无先生的。知无先生当年在汉中明大书院执教时，曾救过他全家人的命。那之后他就发愿，有生之年，只要走得动，不管知无先生在哪里，他每年都要前往拜望他一次。

“院长先生名叫知无？”谭春阳问，面色欣喜，这是他早就想知道的。一时脑中闪出三个月前在书院下边山道旁那树杏花前不期然看见的身穿浅灰色长衫的健朗身影，那双格外透着亲暖炯炯有神的眼睛。

乔老伯点头，纠正道：“是号。”又教给说：“不可直呼先生尊名的噢。”

谭春阳连连点头。

乔老伯早已看见了他手上的伤残，这时知道了致残的原因，满脸同情疼惜，不禁连连叹息：“唉！造孽啊！造孽啊！这是你哪辈子结下的因果啊！”

“因果？”谭春阳闻言一愣，诧异不解地问道：“我结下的？”

“是呀，因果呀！”乔老伯肯定地说：“这世上的一切都逃不出‘因果’两个字呀。往昔种下的因，成熟了，就是当下生活中迎头撞来的一件事，就是一个果。任是怎样都逃不掉的！每件事都是一个果。这个果呢，又成为下一桩事儿的因。”

谭春阳睁大眼睛：“那不是没完没了啦？”

“可不就是没完没了！”乔老伯摇着头：“没完没了呀！”

“照您的意思，孟千秋谋害我，倒是我命里该着要遭的一个报应啊？因为我曾经在不知哪生哪世同样地谋害过他？”谭春阳眨巴着眼睛问，一脸不服气的样子。

“就是呀！就是呀！”乔老伯连连点头：“好多事儿看着是冤屈，往根本上追究，没有冤屈的，这世上没有无缘无故的事儿，没有的呀！”

谭春阳一下想起了爸爸说他头次来书院时，小先生讲的那句“公道不找的”，可就是这个意思吗？那这世上原本就是没有公道的啦？没有公道，那人还活个什么劲啊！

他脖子梗起，脸涨得通红，大声说：“不对！不是这样的！孟千秋害我的缘故清清楚楚，就是他想得到星昱小姐送给我的那个金指箍儿……”

窗外忽然传来扫院子的“唰拉”声，乔老伯赶忙打断了谭春阳，说：“先生打完坐了。”边说着，站起来放下水杯就朝门口走。谭春阳只好收起疑惑，也站起身，跟了出去。

是小先生在挥着扫帚扫院坝里的积水。乔老伯快步上前，作势要接扫帚，却被谭春阳抢了先。谭春阳紧跑两步，到小先生跟前，说：“先生，我来扫吧。”边伸手去抓小先生手里的扫帚。小先生也不拒绝，直起腰，把扫帚给了他。谭春阳接过，猫腰用力地扫起来，一时顾不上说话了。

小先生搓着手，问他：“你摹文章日期还没满的呀？”

谭春阳边“呼哧呼哧”地扫着，答说自己心急挨不住了，就跑来了，反正比规定的日期也只提早了四天。他抬头冲小先生一笑。

小先生微一含颔，转头看着乔老伯，欣然地说：“这下咱们不用浇菜园啦。”乔老伯“呵呵”笑道：“可不是嘛，老天爷给浇了，省了咱们的力了。这场雨下得透，随后菜秧都会疯长的，今年夏天咱书院里的青菜会吃不完噢。我想着把菜园南边那块荒地垦出来，种上石芙。那一大片石芙收成了，储存起来，您和大先生日常里泡水喝，润肺生津，养心益气。”

“不知石芙在这儿能活出来不？”小先生笑着说。

“不会有问题！”乔老伯满脸自信，说他前几天上山挖药，看见这山上长着有野石芙。野生的能活，那这块水土上就保准能种植它！

谭春阳刚刚填了肚子，正是有力气的时候，不费劲儿就把整个院子扫了一遍，坑洼处的积水都被扫过去，顺东墙底下的排水口流去了外面。院坝间一时连根草茎儿也见不到了，又刚刚经雨水洗过，看着真是干净。他把扫帚倚墙根儿放好，快步朝小先生和老者站立的地方走回来。

他想问院长大先生也打完坐了吗？话没出口，只听小先生抢先问道："去讲堂里拜过了吗？"这提醒他一下睹见自己的疏忽，"噢"了声急忙往讲堂奔去。听见乔老伯自责的声音从背后传来："真的呢！我急着给他换下湿透的衣裳，竟把这大事儿忘了！"

谭春阳进到讲堂里，仰头望了望，感觉三尊圣像的面孔看着都比前次更加慈祥亲蔼了似的。不由暗暗琢磨，是自己又念又摹地在《大学》上下了一百来天功夫的缘故吗？现在他知道了这就是记述孔子教言的《四书》一书中的打头部分。可叹家里藏书中就有《四书》，自己先前却未曾认真读过，以致现在把这《大学》篇念是念得滚瓜烂熟了，却尚不懂其文词的意思。想来再见面时，大先生会给自己讲解的吧？这般想着更急迫地想见到大先生，相信自己一旦弄懂了这篇文章的意思，就可学得报仇的方法了。回想着上次爸爸带领自己在这儿所行的叩拜，他先麻利地敬了三炷香，又去到拜垫上恭敬虔诚地磕了九个头，站起又对着三圣师塑像礼貌地拱手三鞠躬，这才扭身出门来。

小先生和乔老伯仍站在那儿说话，谭春阳径直朝他们走过来。仍是不待他开口，小先生抢先道："你今天不能见到大先生噢。"谭春阳一怔："为啥大先生不见我呀？不是说我摹书满一百天再来书院见先生的吗？"

"日期还没满呀！"小先生蔼然地看着他，说："大先生让我警醒你，须放下仇恨心——你这期摹书是带着复仇心的，是强烈复仇的念头驱动……"

谭春阳诧异莫名，一时顾不得许多，不待小先生的话说完，就大声打断道："不能带复仇心？可我是为了报仇的呀！"

小先生深深地看着他，声音低缓："你放下复仇心，才能圆成心愿。"

"放下复仇心？"谭春阳眼里的疑惑似要流出来："就是说，我得打消找孟千秋报仇的念头，不要再想着报仇吗？"

小先生深深点头。

谭春阳简直要哭出来，这是个啥理儿呀？难不成大先生是骗我玩儿吗？不要再想着报仇，掐掉报仇的念头，就能实现报仇的心愿。这个话连三岁娃娃也能听出不对头儿啊！心里苦楚地喊着，他两手抱住脑袋，蹲了下去。自己这一百来天的苦功是白用了啊！没有了指望啊！

“孩子，要相信先生！”乔老伯语重心长地劝道：“凡事不能凭自己的脑袋想当然呀！痴人的想法往往是错谬的。我们来到这个世间就都开始了颠倒的啊！”

谭春阳只听见了老伯话语里“相信先生”四个字，它们在他心上重重敲了一记响钟似的，让他头脑猛起的炙热退了下去。是呀，大先生有未卜先知的能耐，自己不早就知晓了吗？早先那些都抛开不论，就说这次吧，先生竟知道自己摹书是靠的复仇心驱动。这多么神奇！显然对先生的言行是不能用世俗常理妄加揣摩的了。那就选择相信吧，就依照先生教给的，自己掐掉报仇的念头，不再心心念念想着这个吧，试一试看吧。这么想着，他缓缓站起来。刚要开口，忽地又起焦灼，那是不是又得再摹书一百天呀？自己哪里等得及噢！自己实在是一天也挨不下去了啊！

“我还要再等一百天才能见到院长大先生吗？”他哀求地看着小先生，满脸委屈。

“不。”小先生摇头：“大先生上次说过的话不变的。”

谭春阳一霎儿愁苦换作惊喜：“您是说，还是照先前说的，我这次摹书满一百天后就可以见到院长大先生吗？”

小先生点点头。

“啊呀，那我赶紧回家摹书去呀，只差四天了呢。”谭春阳说着就往书院门口奔，迈了几步，想起自己是穿着乔老伯的衣裳，忙掉转方向，边往下进院子里的西客舍疾走，扭身望着乔老伯，说：“老伯，快，我去把你的衣裳换下来呀！”

乔老伯不让谭春阳脱换衣裳。把他的湿衣服折叠了，用麻布包袱拢了，让他拎着回去。“你再来的时候，给我带来就好啦。”他笑呵呵瞅着谭春阳说。只好这样吧。谭春阳谢别乔老伯，又来到院子里，不见了小先生身影，他也就不再叨扰，对着讲堂方向恭敬地鞠躬行了礼，大步往山下去了。

接连几天都是阴雨，地里活计干不成，谭春阳除了每天下午和春明一起到村外荒野里打两篓猪草，余下时间都是坐在桌前摹书。去掉每日用功前例行的对自己那番喊话，丝毫没有受影响，他完全不需要复仇心鼓动了，这使他高兴。又试着放下对孟千秋的仇恨，这却无论如何做不到。几个日夜的艰辛努力，使他意识到这个恐怕是自己一辈子都做不到的事情，除非自己痛痛快快报了仇。唉，去求助大先生吧，道高法强的大先生一定有办法的！

摹书足足百日了。工工整整抄写着文章的细草纸摞起来厚厚两大沓。他把它们结实地捆扎了，用母亲给的灰白色细麻布包袱皮仔细地拢好。把已经洗净烫平的从山上穿回来的那套乔老伯的衣服折叠好也拢进包袱里。拎着包袱，他出了家门。

这就农闲了，家里活计不多，谭春阳想到乔老伯说要给书院垦荒种石芙的话，打算在那儿帮他。也想请大先生给讲讲《大学》，和“安住当下”四字诀的涵义。他就跟父母说，自己这次上山要多住几天，叫不要挂记，有急事要他回就叫春明上山去唤。

果然这次见到了院长知无先生。谭春阳迈进书院大门来，大先生正独自站在照壁旁边，静静地朝大门口望着，似是专意在等待他一样。大先生一点儿没变，面色、眼神儿、情态、服饰，全跟前次见到时一模一样。谭春阳应该感到拘谨，他却丝毫也不，他只感觉到亲，似乎面前这个穿长衫的人是他失散已久的血缘至亲似的，他还陡生一种有了投奔处的感觉，好像只要跑到这个人的跟前，自己就终于有了永久依祜一般。

“大先生！”他欣喜地喊一声，快步跑上前。行礼毕，急不可待地把包袱放到照壁侧旁大花盆的盆沿儿上，取出里边誊摹的文稿，恭敬地捧给知无先生。

“嗯，你的心一天比一天静着。”轻轻翻看着他摹的文章，知无先生微笑着说。

谭春阳不懂大先生从他的摹稿上看见的为啥不是他的字越写越好，却是心？但听见夸赞自己，还是觉得高兴。

“大先生，我现在做功课不需要复仇心鼓劲儿了，摹书成了我的乐趣呢，越摹心里越舒坦呢。”谭春阳率真地说，忽不好意思地低下头去：“就是，就是，做不到放下仇恨呀。”

知无先生“呵呵”笑道：“慢慢来，慢慢来。”

谭春阳抬起头来，直截说出心中的疑惑：“大先生，小先生说您叫我放下仇恨，说放下仇恨，才能圆成心愿。可是，放下了仇恨，我还咋报仇哇？”

知无先生目光里透着父辈一样的慈蔼，深深看着他，说：“到时候你就能明白了。”

到时候？谭春阳疑虑不已，低眉思忖，到啥时候呢？难道自己还要再摹书一百天吗？忽然想起曾经猜想的，或许自己弄懂了这篇《大学》文字的意思，就可以具备报仇的能力了。他就抬起眼睛，恳求地看着知无先生，说：“大先生，请您给我讲讲《大学》的意思，好吗？我每天又是念又是摹，都会背诵了，却全不知道它讲的是啥呢。”

“好，好。我就开讲一回。”知无先生眼神儿透着喜悦：“难得有人请讲学哦。”

当天下午讲学就开始了，在小课堂里进行。这间西厢房把北边的屋子，比客堂长约摸半间屋样子。顶里墙搭着一座及膝高一米见方的木台，台上居中端端正正放着一张宽大的矮脚太师椅，椅子上放着个大大的蒲团。木台下边，横竖成排整齐摆放着九个蒲团，颜色跟台上太师椅里的蒲团一样。知无先生盘腿坐在木台上的太师椅里，小先生在前，乔老伯和谭春阳在后，迎面坐在台下的蒲团上。小先生和乔老伯都是单盘腿端坐，谭春阳模仿着他们的样子，静静坐下。

连讲了三日。小先生和乔老伯都听得面目生辉，神采飞扬，似是喝下了什么长养精神的神汤一般，只谭春阳总是一头雾水样儿。“大学之道，在明明德”

这个首句就把他绊住了，“明德”如果是人所共有的绝对光明之德，那孟千秋干出那么黑暗的事情又怎么解释？他不也是人吗？

如果花草树木、山河大地，包括自己，都是“明德”所现，那“明德”里怎么会是“空无一物”呢？如果说“无”就是“有”，那为啥还要存在“有”和“无”的区别呀？越想越糊涂，到最后只要一琢磨就觉脑子疼。只好作罢了。知无先生显然明了他的情形，叮嘱道：“你只要记住，人都有本心和谬心。若使用了谬心，本心就失了。若用了本心，谬心就没有了作用。人失了本心，将会苦不堪言！想要活得遂心如意幸福快乐，那就必须学习运用本心。人一辈子最要紧的事情，就是守住本心，学用本心。”

“本心和谬心，怎么区分呢？”谭春阳眨巴着眼睛问，一脸深思苦琢的模样。

“本心里没有仇恨怨恼嫉妒憎恶这些，只有善慈和光明。一旦起了仇嫉怨恨之类，‘本’就会刹那变作‘谬’。”大先生谆谆教导。

那么说，《大学》讲的就是人应该怎么样用自己的心了。谭春阳想。总之，就是叫人心里不要有仇恨的意思吧。一时不禁沮丧起来，遭人家下毒手糟害了，不能报仇，甚至连仇恨的意念都不能有。这就是圣贤的道理呀？可这咋能做得到啊？！

愁郁地叹息一声，他对知无先生说：“大先生，我记下了。”

知无先生亲慈地拍拍他肩膀，说：“慢慢来，你会搞明白的！”

谭春阳又瞅空儿请教了“安住当下”四字诀的意思，就是叫人把注意力集中在当下正做着的事情上，对吗？念这四个字的目的，就是让自己专心致志，做到心里不胡思乱想，是吗？这是平息心内动乱的方法，是吗？

知无先生含笑点头，告诉说，浅显而言，是这样的。就是叫人由念“安住当下”四字，练习专心凝神，调控情绪，归于平静。深的层面上讲，是教人要由这四个字，懂得宇宙万物转眼即空的道理。一切不过是因缘交感下的刹那显现而已，即现即逝，了不可得。所以切记对生活中的一切不要执着，不管是美的丑的好的孬的，爱的恨的喜的悲的，现实生活中的，思想情感里的，统统怀着感恩心看待它们的发生和结束。一旦过去，视作其无，绝不追怀，认为有缘而已。再往深些说，其实大道里原本没有什么爱恨悲喜现实情思的区别，不过皆是人的谬心里乱起纷纭的情绪罢了，就如同山谷间雨后的迷雾一样，任凭它们怎样飘飞蒸腾，阳光一照，顿即无踪。只要平消掉这些情绪的差异，回归心绪的清澈明净，就是本心现前了。

“不要执着……有缘而已。”谭春阳喃喃叨念着，苦苦思琢，眸仁里是不解的茫然。知无先生看在眼里，知道尚不是他解得奥义的时候，须得假以时日。他就不再多说，仍亲慈地拍拍谭春阳的肩膀，说：“慢慢来，你会搞明白的！”

谭春阳仍是点头，道：“大先生，我记住了。”

这样住在书院里，时光优裕了，谭春阳自是各处都看得仔细，就把迎院门照壁上镌写的文字都认熟记了下来：

“道，可道也，非恒道也。名，可名也，非恒名也。无，名万物之始也；有，名万物之母也。故恒无欲也，以观其妙，恒有欲也，以观其所徼。两者同出，异名同谓。玄之又玄，众妙之门。”

乔老伯告诉他说这是老子所著《道德经》的开篇辞章——《道经》的第一章。就如同《大学》是《四书》的开篇辞章一样的。谭春阳听了，心想，那这篇文字肯定讲说的就是“道”了。只可惜自己弄不懂。端详着其中“无，名万物之始”一句，心说：这里边“无”这个字，想来就是大先生道号“知无”里头儿的“无”字了。大先生用这两个字做自己的道号，表明了他是知道这个“无”的涵义的，也就是知道啥是“万物之始”。可这“万物之始”却是啥呢？想到大先生讲《大学》时说的，“明德”里“空无一物”，即“无”的话语，一时恍然有悟，难道那里的“明德”就是这里的“万物之始”吗？那岂不是《大学》和这《道经》说的是一回事吗？想到这里，心下一喜，点头“嗯”了一声，真的呢，它们就是一回事！要不咋其教言以《四书》传世的圣人孔子，和著《道德经》的圣人老子并排分立在天尊伏羲的两侧呢？他俩是用不一样的话语讲述了一样的意思呀。

他就把自己的思悟道出，请乔老伯评定。乔老伯凝神听了，默想了一会儿，点头道："不能说没有道理。不过，自古人们的认识，老子和孔子是从两个方面阐释伏羲的学说，也就是说，他二人的理论合在一起，才是完整的伏羲理论。"

"那为啥大先生教我学《大学》，而不是学这《道经》呢？"谭春阳冲口问道。

见乔老伯一时答不出，他又说："大先生把这《道经》这么样地刻写在迎门口的照壁上，说明是极其重视它的嘛。"

乔老伯连连眨着眼睛，认真思考着说："嗯，应该是，大先生觉得对于你来说，《大学》相对简易，更容易懂些吧。"

"嗯嗯，是这个意思，一定是这个意思！"谭春阳茅塞顿开的样子，使劲儿点头："《大学》虽说也不好解，比这《道经》学起来实在容易许多。"

乔老伯抚摸着下颏，微微笑了。

谭春阳寻思了一下，又问道："天尊伏羲有没有也写本书留给后人啊？"乔老伯说："伏羲只留下一幅先天八卦图，就是讲堂中伏羲塑像手里握着的那个画着些线条符号的圆盘，那上边所画的就是先天八卦。后世有人把自己对于那八卦图的理解用文字记写了下来，这些文字汇集成一本书，传到今天的，叫《周易》。"

"《周易》？"谭春阳问，在记忆里飞快翻察自己家木橱里的藏书，确认里边没有这本书，又使劲儿回想在孟千秋的书架上可曾见到过这本书，结果也是没有。

乔老伯点头，接着说："这本《周易》里所收录的，是周朝的周文王与周公父子，和孔子三位圣人先后所作的对伏羲八卦图解读的文字。"

"您读过《周易》吗？"谭春阳冲口道。

"我没有见过《周易》，得到的是一本《周易今注今译》，里边也就是由伏羲八卦所推衍的八八六十四卦的卦图，和文王周公父子所作的卦爻辞，及孔子所注的系辞、说卦等内容。只大略翻了翻，没细看。"乔老伯一笑："我对那些卦呀爻呀啥的兴致不大，看着不入心。”

谭春阳“噢”了一声，心想，那自己一定更是读不进去了。

略顿了下，他又边思忖着说：“看来《周易》上写的都是卦和爻了。”

乔老伯点头，说应该是。

谭春阳不由微微蹙眉，心道，那么是羲圣主张叫人算卦吗？总觉得不对劲儿。就想，或许解读八卦图的后人有弄错也未可知。遥遥相隔了一个一个的千年，后世人用自己的心去猜测上古先圣的心思，难免有不到之处或错会处呀。唉，要是竟给错会了，不知羲圣得怎样无奈苦笑！

他就想，要是自己有能力成为伏羲的知音，能到位地不偏差地解读出他的先天八卦图该多好！随即惭愧地叹息，唉！可惜自己这么愚钝，连《大学》和《道经》都还弄不懂啊！那么，就先顾眼下的学习吧，学通了这些，才好去拜问伏羲之学呀。由是他参研《大学》更加用心了。

天晴了，阳光金灿地照射下来，地面上的水很快被晒干了，土壤渐渐回到干松样儿。乔老伯扛着铁锹朝书院墙外的菜园走去，他是要去垦荒了。谭春阳赶忙跟小先生要了把铁锹，追了去。这是紧傍书院东墙的一面缓坡，挖成了梯田样式，干树枝扎的篱墙远远环围着。乔老伯要把菜畦和围篱之间约摸三米宽的一块荒地变成生长石芙的地方。谭春阳跟他一起干了起来。看上去谭春阳那么青春健壮，活力迸射，宛似阳光下一棵挺拔茁壮“嗖嗖”猛蹿着的山杨树一般，衬比得乔老伯越发显得肩佝背偻、苍暮老迈，但是，干活儿上谭春阳却远远不及，显然是他的残手妨碍了使力气的缘故。这使他苦恼不堪。

谭春阳情绪低落下去，他看到了左手致残更可悲的后果，他的劳动能力由此不行了，这将严重影响他一生的经济来源和生活。也就是说，作为一个农人，他这辈子将跟贫穷紧紧捆绑在一块儿了。

乔老伯看在眼里，并不宽劝，是因为明晓这种苦楚难以劝慰吧。

晚上，洗漱后，谭春阳习惯性地拿起《大学》，默念品味。乔老伯从书案底橱里取出一块长方形薄薄的木板，一沓厚硬的白纸，缓缓地坐在书案前，拈起一张纸，用小木夹子夹在薄木板上，抓过铅笔，凝神作起画来。

谭春阳撩眼见了，好奇不已，问："您会画画？"放下书，凑过去在一旁看。

乔老伯不搭言，一门心思地画着。很快，厚白纸上现出了竹子的轮廓。渐渐地，竹丛成了形。是一丛浓叶纤竿的篁竹，呼之欲出，竟与书案底橱拉门儿上烙画竹子的姿形几无二致。

"这橱门上的竹子是您画的！"谭春阳看出了端倪，一时惊喜难禁，冲口叫道。

乔老伯一笑："好看吗？"

"好看！"谭春阳使劲儿点头："我们这地方没有这样的画呢！老伯，您是怎么样把这竹子烙到木门儿上去的呀？那画儿是烙铁烙上去的吗？"

乔老伯不答，笑眯眯地看着他，问："想不想学？"

"学？"谭春阳惊异："您是说，我学这个——烙画？"

"是呀，你学下这个技艺，一辈子吃碗好饭，就不用再汗珠子摔八瓣儿地从田地里刨食儿谋生活了。"乔老伯眯缝着眼，亲切地看着他。

这敢情好！这就可以弥补自己手落伤残这个短处了哦。自己并不吝惜力气，不惧怕农活儿的劳累。但自己的手不行了呀。谭春阳面露喜色，却转瞬堆起愁容："我学得会不？您这竹子画得比真的都好看哪。我哪有这本事噢！"

"本事都是下苦功熬出来的。"乔老伯一脸郑重，说："你只要不怕吃苦，能坐得住。"

这都没问题。谭春阳点一点头，心想自己这百日摹书的历练，不正是给这个打下基础了吗？

恰巧乔老伯也说到这上头儿来："我是看了你摹的那些文章，对你学这个心里有底了。你能静得下来，坐得住。还有，你说你全靠自学把整出《塞曲》唱了下来，能上台扮演剧里的主角儿，这足见你的灵性好。有灵性，坐得住。这两样是学画的关键。"

乔老伯站起来，把手里木板上的画稿取下，换上一张一痕不着的白纸，把铅笔朝谭春阳递去："来，你来坐到这儿，我教给你画。"

谭春阳忙接过铅笔，坐在书案前，模仿乔老伯的样子，端起画板，竖举铅笔，在乔老伯的指教声中，照着摊在面前画稿上的竹子，一笔一笔画了起来。

自此谭春阳迷上了学画，睡梦间都琢磨这桩事，渐渐地，从入眼的一切景物中，都能够看到画纸上竹子的风采，在山坡上干着活儿，忽然放下铁镐，捡根柴枝，蹲到一旁去凝神画起来。他笔下的竹子，一日比一日看着精神了。

看看是时候了，一日午饭后，乔儒老者在院坝里拦住往后院走的知无先生，道出自己想收谭春阳为徒的打算。知无先生听着，不由眼神儿欣喜，连说了两个很好，道："原本你们就有这个缘分的。"

见知无先生赞成，乔儒老者舒一口气，却即蹙起眉头，说："您知道的，这烙画是我家祖传的技艺，一代一代都是只传自家嫡亲，不可外传。奈何到了我这辈儿，香火弱了下去，我膝下只有一个女儿，并无男孩儿，偏偏女儿不喜欢学这烙画，用尽了法子，扭改不了她。原想等到她出嫁后，把技艺传给女婿，谁知女婿和女儿一样，也是说啥不肯学，还嚷嚷说绝不许他们的孩子学，说是学了这个一辈子没出息，就只能当个画匠找饭吃。他们要让后代读书做官，飞黄腾达……"

乔儒老者沮丧得说不下去了，摇着头，"唉"了一声。

"你是想把谭春阳带走吗？"知无先生问。

"啊，啊，我是有这个心呢。只是不知春阳肯不肯哟，想求大先生去给说一说呀。"

"嗯，汉中富庶，烙画的生意兴旺。等谭春阳学成了，你们可开办一家画坊。这后生淳厚，有他在身侧，你的晚年会过得更惬意安生些。"

"是呀是呀，我就是冲着他的淳厚挑上的他呀。我家的这个技艺，不得其人，不能传的呀。唉，原以为就要断送在我手上了呢，老天保佑呀，老天保佑呀，在这儿碰到了春阳……"

"你直接跟他说就好。"知无先生说，随后语气肯定地重复了一句："原本你们有这个缘分！"

"谢谢大先生！谢谢大先生！"乔老伯连连称谢着，深揖到地。

心里有了底，下午在菜园干活儿时，乔老伯就直截对谭春阳讲了。这天他们是给石芙补水，活计轻。石芙种子是撒在一个一个凿出的小土坑儿里，乔老伯用小铁锄修补小土坑儿的边沿儿，谭春阳拎着木桶随在后边往土坑儿里一瓢一瓢地浇水。

乍一听谭春阳不免犹疑，那自己就要离开爸妈弟妹，远去异乡了呀。从此家里少了一个劳力，爸妈不是更累了？爸妈辛辛苦苦把自己养这么大，还没尽孝，就要走了吗？

“你学成了烙画，挣的钱寄回来，你爸妈不缺钱花了，不是比啥都强？你窝在这山坳里，一年能挣几个钱呢？”乔老伯掰开揉碎地劝：“何况你一只手残了，往后干农活儿使不上力气了。留在家里，你也扛不了大梁啦。农闲时候想去打短工，你也不好找活路的，用工人家都嫌弃你的手使不上劲儿呀。这些要是一桩一桩都摆在你爸妈眼前，不是白白让他们看着焦灼吗？

“再者，孟千秋给你泼下了脏水……往后在这趟川儿里，你不好找活路的了哟！”

谭春阳瞪大眼睛，这个倒是自己先前没虑到过的！真的呢，背着坏名声儿以后自己在家乡不好再找工做了呢！一时直觉血往上冲，急怒交迸，他攥紧拳头，低吼道：“所以我要报仇，要洗刷啊！”

乔老伯摇头：“唉，孩子，抛开三世因果的理儿不论。你咋个洗刷？要是能做到，你爸妈能不做吗？你已经失掉了四根手指，还要把命搭上吗？眼下你不是人家的对手啊！”

谭春阳眼里似要滴血一般，咬着牙说：“会有办法的！我一定要报仇！大先生会教给我本事的，他答应过的！”

“大先生为啥要让你摹《大学》，又苦口婆心地给你讲解其意？这就是要转你的心呀，就是要让你安静下来，换一个脑筋想事儿呀。孩子，别争这一时之气了，听圣贤高人的话，放下仇恨，去过自己的新生活。咱能活出一个更好的样儿，那才是胜了，赢了！”

绝望感“轰”地开腾起来，一刹那间，谭春阳只觉脑袋里似有成群的蜜蜂在“嗡嗡”地飞，胸腔里霹雷闪电，似要炸裂。老伯的话揭开了事实，却如何能受啊！正焦躁不堪，崩溃不已，忽然似是从高远云天上，蔼朗绵厚极具穿透力的一个声音遥遥送到耳鼓，节奏匀缓，反复地念着四个字："安住当下，安住当下……"

是大先生的声音！大先生在加持我！谭春阳心里一声欢呼，倏地闭上眼睛，凝神制心，默念起"安住当下"四字诀来。愈念愈快，渐渐地，奇迹出现了，就觉周围的一切，整个世界，连同自己似是都消失了一般，只有一片暖融融通明的光无涯地弥漫着，自己心内的声音在其中流转飞扬。

不知过了多少时候，感觉可以了，他轻轻睁开眼睛，只见金亮的阳光从菜园西边高大的山榆树梢尖儿射下来，照在一旁蹲身默默培着坑沿儿的乔老伯身上。他感受到山风微微，听见清透的风里一串串鸟声婉转，一片片虫鸣呢哝，一时间心有所悟，"安住当下"，就是能悠悠看见身侧的风景，清晰听见鸟声虫鸣啊！这么感悟着，他弯腰去拿起水瓢，接着干起活儿来，暗暗叮嘱自己要将心思集中在所做的事情上，一点儿不要外逸，就像画画的时候，心思专注于笔尖儿那样。做到了。他又试着边浇水，边享受大自然的籁音。如此干了一会儿，觉得自己摆脱了可怕的情绪，能够理智地进行思考了，这才又回到刚才与乔老伯探讨的话题上。

是呀，老伯说得对，现在的情形，自己留在家里，害处大于益处了。对于父母，自己会成为他们日日增添的烦恼，自己伤残所致的所有难题都会一桩一桩刺眼地摆在他们面前，让他们受煎熬苦楚。对春明和春晖也是一样，不远去的话，自己心里的仇恨必定会传染到他们，妨害他们的成长。

还有先生所教的放下仇恨，也是自己离开星河谷会容易做到些。对的，到一个新的环境中去，置身于陌生人中间，会容易做到忘记过去的是非恩怨，一切重新开始。

再有，星昱小姐已经定亲了，孟千秋此后只能死心罢手，另做春梦了，这件事上自己不必再忧心了。

啊啊，再不用为星昱小姐悬忧了！再不用为思念所苦了！星昱小姐已经定亲，自己可以无挂碍了！念及此处，心里忽地酸涩奔涌，他赶紧停住手，直起腰来。是呀，走吧，到远离星昱小姐的地方去，到足以彻底忘掉往昔伤痛的远处去！

目光投向乔老伯，他大声说：“老伯，就这么定了。我跟您走呀。”

乔儒老者停住手，侧转身看着他，笑眯着眼，慢声慢语地问：“想好了？”

“嗯。”谭春阳使劲儿点头，跨上一步，“扑通”跪在乔老伯面前，恳切地说：“感谢您呀老伯！”边磕下头去。

乔老伯也不阻止，站起身来，看着他给自己连磕了三个头，这才上前去拉，说：“孩子，起来吧。咱们待会儿一起去感谢先生，感谢古圣先师吧，这都是古圣先师对咱们的恩赐啊！”说着合十低头，对着云空行了一礼。然后掏出手巾轻轻地给谭春阳擦去额上沾着的土屑，又弯腰去拂谭春阳膝盖上沾附的土。“我自己来，我自己来。”谭春阳连忙说着，弯腰去抖搂裤子。

“这石芙已经种下了，你明天就下山，回家去跟爸妈商量，说服他们同意。要是家里赞成，咱们三天后就动身回汉中吧。”乔儒老者说。

谭春阳点头。当晚就下了山。谭景熙和钟淳兰不舍，但听着儿子所摆的桩桩件件，尽都是他们心里的悬忧，最苦的是春阳的婚事，在这趟川儿里苦熬的话，恐是难以遂心。终于孩子合了祖训规定的娶亲年龄，家中钱也攒够了，请媒人给他操办婚姻大事了，偏出了这么桩陡灾，如此，合人意的闺女指定是就娶不来了，寻个次些的将就着过，春阳哪肯呢？当爹妈的，也不忍忒委屈了孩儿啊！若这样远去他乡学一门独技，能大做营生的，那情形就会不同了，女子嫁夫，毕竟更多是看他过日子的本领啊。

何况这是云止书院的院长大先生成全的一桩缘分，那是春阳的救命恩人啊！

夫妻俩含泪互看着，一起点了头。这样好！孩子离开这个地方一些时候，有好处！他不再碰见熟人了，不再听见那些碰触伤疤的话了，他就好从阴影里走出来啊……实在说，这是上天赏给咱的一个出路啊！

拾掇了个包袱，说了万千叮嘱的话，谭景熙领着谭春阳去鹤野坡叩拜了自家的节孝牌坊，父子二人上了紫微峤。行至快到云止书院的那道短坡下，一眼看见那棵繁枝密杈高大的山杏树，忽想起早春初见时大先生问自己的那句话，谭春阳不由停住脚步，站在那儿琢磨起来，为啥这满山树木春天里总是杏花最先盛开？想了半天，还是想不破，见父亲站在短坡上回头望着在等自己，只好暂且放下，忙迈步赶了上去。

进书院，又见知无先生独自站在照壁旁边静静望着大门处，似是专意在迎接的样子。

一眼看见进门来的父子，知无先生“呵呵”一笑，瞧着谭春阳，问道：“你想知道我问你那句话的答案，对吗？”

这就是跟站在对面的人说话的语气，声音一丝未有抬高，却清晰地递到对方耳畔。

谭春阳一愣，旋即省过神儿，连连点头，喊着说：“是呀大先生！晚辈太愚钝了，想不破呀！”

“能够想就好，能够想就好！”知无先生点着头，慈蔼亲切：“别着急，慢慢你会悟到的。”

来到跟前了，谭景熙抢上一步，就要跪地磕头，被知无先生制止，“行躬身礼就好。待会儿去讲堂里古圣像前再磕头。”知无先生以教导的语气说。深知恭敬不如从命，父子依言行过礼，恭立对面。谭景熙瞅着知无先生，未开口，泪流落。谭春阳见状，只觉心里一阵难受，强抑着泪水，低下头去。

“你这是悲伤的泪，还是庆幸的泪？”知无先生看着谭景熙，语调淡淡：“为何不当作是送他外出求学？谭春阳这一去，自当长见识、开眼界、增能力嘛。他就会知道不光是星河谷头上这巴掌大的一块儿天，山外大有世界哪！”

谭景熙擦抹着眼泪，深深点头：“大先生真点化得好！真的呢，春阳这回离家远去，会增长见识，打开眼界，更利成长。只是，毕竟这是一场祸事逼迫的呀，亲子离别时刻，难免心内凄凉啊！”

“看来送给你们那个舀药粉的小木勺上刻在正面那行小字，你是没有参透。”知无先生语气沉缓地说。

“小木勺上，刻的字？”谭景熙一头雾水的样子，瞅着知无先生。

谭春阳抬起头来，口齿清晰地念道："识得祸福非。"

"嗯，你记住了。很好！"知无先生点头，转向谭春阳，眼含期待："你可领会这几个字的涵义吗？"

谭春阳转着眼珠儿，思度着，说："嗯，是说，要认得，认得……"

知无先生望来的眼神儿里期待更浓，谭春阳一时间如蒙加持，脑子活泛起来，使劲儿想了一下，朗声说道："要认得世间祸福！"

"嗯。很好！"知无先生满眼赞许，重复了一遍谭春阳的话，一时眼神儿深邃，语调也变得深沉，说："可叹世人多不认得啊！

"《道德经》中有句话：'祸兮，福之所倚；福兮，祸之所伏'。是千百年来人们用以诠释祸福的警句。但道家的这话语，只算说出了一半。"

谭春阳用心听着，忆起在孟千秋的书架上曾见到过《道德经》这本书，可恨当时没有阅读。

知无先生神色庄严，目光炯炯，看着谭春阳，问道："你琢磨过最后一个'非'字吗？"

"非？"谭春阳眨着眼睛，飞快运转脑子琢磨着。

"在古书籍里，非，即'不是'的意思，对吧？"知无先生启发的样子，说道。

谭春阳眸子晶亮，冲口道："祸不是祸，福不是福？"说完，看着知无先生，等待评判。

知无先生眼神儿一霎儿欣喜："现在你知道《大学》里'明德'的意思了吧？"

"明德？"谭春阳又迷惑了，"这跟'明德'有啥关系啊？"

知无先生微微一笑，说："慢慢你会懂得的！"

谭景熙心里的难过已经消却，在旁饶有兴味地听着，见大儿子和知无先生的谈论告一段落，赶忙开口谢恩，毕竟这是自己此来的头一桩事。他满脸真诚，看着知无先生，道："恩师，真不知该怎样谢承您呀！春阳熬过这一劫，得了这一福，全亏您的照护啊！您是我们家的救星，活菩萨啊！"

"这是你家祖德庇护。"知无先生神色严肃，叮嘱似的语重心长地说道："要护好家道，把祖上的福德传续下去啊！"

听见这话，谭春阳一下想到了自家的节孝牌坊，冲口说道："大先生，您说的是节孝牌坊吗？昨天爸爸带我去拜了节孝牌坊啦。我们年年大年初一都是全家先去拜节孝牌坊，然后才开始给邻居们拜年呢。"

"噢，很好。"知无先生点头，略一沉吟，问道："你说说看，去拜节孝牌坊是为了啥？"

"嗯，是为了……"谭春阳眨巴眼睛使劲儿想着，说："表示对祖上的追缅敬重。敬奉祖先，能够得到祖先的爱护保佑——祖上护佑，才能家道兴旺，子孙昌顺。还有，要记住祖上的光荣，懂得不能辱没……"他一时措辞不上了的样子，咽了口唾沫。

"对，记住祖上的光荣。"知无先生深沉点头，接过话："要明白一切光荣来自品德。所以要看护锤炼自己的品性，切不可辱没先祖的荣耀英名。要生发学习的心，效仿先祖的嘉德懿行，用祖上的光荣激励自己，做一个光明磊落、顶天立地的人。"

谭春阳使劲儿点头，下意识地喃喃重复着："用祖上的光荣激励自己，做一个光明磊落、顶天立地的人。"

知无先生目光转向谭景熙："你家祖上把自己的生命铸炼成了这片山川里一道光芒四射的风景，这是对这块土地极大的贡献！一座节孝牌坊是一座学堂啊，无言地教育着一片土地上的生民，熏化风俗，教示做人。"

谭景熙连连说着是，惭愧地低下头去。先生说得多么好！可叹自己的脑子想不到地方，白白辜负了祖上荣光。自己虽经年不忘循时按节带领妻子儿女去节孝牌坊前行礼叩拜，但心里想的不过是不能差了对祖上的礼数，惹来祖上的怪罪，何曾想到应该把它视作学堂，接受它的教育呢？自己是不肖子孙啊！唉！

由埋怨自己读书少，忽地想到遁世隐居的大伯父，知无先生说的这些道理，相信大伯父都懂得的。可叹自己少不更事时候，大伯父就隐遁了，自己无福得听他的教诲啊。这么想着，脑子里"唰"地闪出一念，知无先生可曾见到过大伯父？他们都是高士，有遇见的可能啊！何况大先生这般与星河谷有缘，来这里复兴了这座古老书院。他就冲口问道："大先生您可遇见过一个出生在我们这里的隐士？名叫谭献章的？"

谭春阳心里的存念被勾动，一时忘情，也冲口叫道："大先生，我觉得您就是我的大祖父呀！真的，我心里老是旋着这个念头。见到您的第一眼，我就想到了我大祖父呢。"他满眼渴盼，巴巴地看着知无先生。

知无先生拱手对天一举，说了句"天恩浩荡"，没有接谭景熙的话，他目光深远地看着谭春阳："我是不是你的大祖父并不重要。重要的，是我讲给你的话，对你真正有益，而你能够领会其中道理，记住它们，并把它们运用于自己的生活。即便我就是你的大祖父，我能够给予你的长辈之爱，也就是这些吧。

"你尽可以把我视作你的大祖父，如果这更能唤起你心中的爱。但须知道，世间圣者，本是一体。其实，世间的所有人，本都是一人。甚至，世间万物，本都是一物。所以，你要学习爱，爱所有人，爱万物。爱世间一切，犹如爱自己一样。"

"学习爱，爱世间一切，犹如爱自己一样。"谭春阳喃喃着，一时只觉似有硕大金色的光团从天宇射下来，将自己和周遭的一切轻柔罩裹了一般，让他的心暖暖的，亮亮的，充盈着一种难以言喻的喜悦幸福感觉。这就是知无先生所说的爱吧？如此美好，令人陶醉。那就让我深深沉浸，流连其中，成为它的一个光子。

"请教先生，春阳这一去，什么时候回来为好？"谭景熙的声音唤醒了谭春阳的沉醉，他倏地回到当下，见大先生已经离开，正脚步稳健地往院里走着，父亲是追上几步，在对着大先生的背影发出恭问。他刚才出神的当儿，大先生已经走了。

"到该回来的时候，自然就回来了。"知无先生沉吟了一下，给予回答。他并不回头，也不停下脚步。

谭景熙面色一喜，春阳终究会回来的，不会永远流落异乡。这就好啊！

"以后我每年都跟乔老伯一起回来看您呀。"谭春阳赶忙也追上两步，对着知无先生的背影喊。

谭景熙得了提醒似的，连连地说："对！对！"

知无先生停住步子，转过身来，望着谭春阳，说："我已经跟乔儒老者讲好，今后不准再来望顾我了。我随时会应缘而动，外出云游，他再来的话，难免扑空的了。你就安心在汉中学画、生活。那里注定是你的第二故乡。汉中是以汉水得名的一块土地，就如同这星河谷是因所流过的星星河而得名一样。要知道，中国文化里，'汉'，原本是银河的意思，那么汉水，便有银河之意。在天上，银河不就是一条星星的河流吗？"

谭春阳两眼生光，惊喜不禁，叫道："真的！汉水，也可以叫银河。银河，别名星河，那跟咱这星星河差不多是同一个名字啊。"

知无先生微微一笑："所以说，万事万物，不过一个'缘'字而已。"说罢，转身又往前去了。

父子俩见状，都着急起来，一起大声问："大先生，您以后不在这里了吗？"

听不见回答。

谭春阳往前追去，边喊问："那我以后想您的时候，到哪里去找您呀？"

"慢慢地，你会知道在哪里能见到我的。"知无先生平静的声音低低送过来，人已去远了。

知道不可再追，父子俩对着知无先生的背影深深鞠躬行礼。那健朗的身影消失在房屋转角处了，他们才带着又怅然又满足的心情，迈步朝讲堂走去。在讲堂里三叩九拜礼圣像，谢恩敬祷毕，去见过小先生，然后并肩往西客舍走去。

对乔老伯，谭景熙本就不疑，见面之下，更是一百个放心，这明显是活出了智慧的一位仁者，春阳跟着他，是得了福分！

不免一番寒暄，因为由春阳先已都知晓了相互的情况，几无生疏感，省却许多言辞。谭景熙一个'谢'字说不完，惹乔老伯笑道："你再这样，我可就要谢你了哟，给我生了个好徒弟啊！要知道，我这辈子，就收到了这么一个徒弟呀。咱们都记着报答知无先生的恩，报答古圣先师的恩吧！"

父子俩一起点头，三人相视而笑。

就到了午饭时候，一起到饭堂用午饭毕。回到西客舍，谭春阳指点着，让父亲细细赏看书案上乔老伯所作的烙画。谭景熙一见之下，说不出得欣喜，这种技艺他平生未见，春阳学成了，一朝带回星河谷来，不啻做了一件对家乡父老有好处的事啊！他坐在木椅上，向乔老伯恳切讨教，求他日后调教春阳，就如同调教自己的儿子一样。又再三叮嘱春阳，谨记一日为师，终生为父，此后视老伯应如至亲，凡事以孝字打头儿。当晚就住下了。

次日早饭毕，拜别了两位先生，三人下了山。谭景熙一直送乔老伯和春阳到枫石桥头跑长途的四轮马车旁。站在那里，对春阳又一番叮嘱，要常写信，要照顾好自己，在外边有不顺当了，赶紧回来。安顿一老一少上了马车，看着那高辕大轮的双驾马车扬尘而去，渐行渐远，消失在远处茂密的树荫里，这才把挥举的手臂放下来，拭去眼角泪珠儿，踏上归途。

中卷

W A N G U N U A N Y A N G

1

谭春阳会羞辱我的！他会用尽各种办法羞辱我！就像戏弄一只被关在笼子里的鸟儿，一只折断了翅膀的鹰。一定会是这样！不然他怎么会肯来给我送饭呢？还是主动应承下这个活儿。想不到我孟千秋英雄一世，最后竟落到这般被仇敌肆意欺戏的境地！老天不公啊！

这些念头似秃鹫般在孟千秋脑子里盘旋叼啃，折磨得他愤怨悲怆，血贲心战，一时再耐不住，猛地掀开薄棉被，翻身坐了起来。

天已大亮，屋子里每一个角落都晨光流动，擦拭得干干净净的柜橱桌椅、杯壶盘盏，样样摆设都呈现着昨天小儿子和儿媳在这里打扫忙碌的情景，让孟千秋目睹之下，不由回到当时当境，想起听见他俩告诉说今后将由亲家谭春阳每日来送饭、打扫、照料自己时，自己骤发的恶吼，和边吼骂着边抓起能抓到的一切东西劈头盖脸朝二人砸去的凶煞样儿，想起那一刻自己胸腔里陡燃的怒火和它们焚烧脏腑的疼痛。那可怕的，几乎从来没有燃烧过的火焰啊，简直要把他在一刹那间弄疯掉。

啊不，这不是头遭，五十年前这样的怒火曾经烧起过一次，就是得知白星昱嫁给韩彦峰的那一瞬间。是的，就是那一瞬，自己感觉猝然间烈焰焚身，整个人几乎化为灰烬。

孟千秋颤抖着，好像那令人绝狂的恶火又在无情烧灼着他似的，这似曾相识的痛楚，唤起了深埋的记忆，一时间他听到了五十年前，青年的自己狂躁地摔砸着书房里摆放着的瓷器所发出的惊心动魄的碎裂声。

2

“哗啦，哗啦，”爆炸般巨大的响声震得糊窗纸树叶似的瑟瑟摇颤。随着这可怖的声音，书桌上的、茶几上的、门口旁边博古架上的瓷器都已化作纷落地上的碎片，千秋少爷仍怒气鼓荡，不能罢手。他两眼血红地朝倚书房里墙横矗着的，高高书橱上摆放着的白玉花瓶看去，那是个隋朝时候的玩意儿，是这间书房里古董中他最珍爱的一件，素常里从不让下人碰触，都是他自己亲手擦拭，此刻，他也要毁灭它。此刻的他必须毁灭物品，以发泄掉胸间的怒气，否则被毁掉的就将是他自己。他朝玉瓶走去，遍布地上尖利的陶瓷碎片影响着，使他不能直去，须得绕行。这使那只玉瓶赢得了宝贵的时间，当他左转右旋终于来到书架前，手朝玉瓶伸去的时候，忽然房门“砰”地被推开，孟太太的厉喝声从背后传来：

“千秋！你在干什么！”

是祖庆去搬来的救星。祖庆自知劝阻不了狂怒中的二少爷，在书房里“哗啦”声初响起时，便似箭一般地朝孟太太的屋子飞射了去。

母亲声音里从来没有过的酷厉震慑了孟千秋，他像被突然按下了开关的机器人一般倏地僵立当地，一时似是丧失了意识能力般，不会思考，不会说话，甚至不会动弹了。

曾经古色古香的精美瓷器化作白花花的满地碎片，仿佛在呻吟似的。

“你这是中了什么邪呀？！”孟太太急怒交迸，带了哭腔儿。

丫鬟玉珠儿赶紧伸手扶住孟太太，侧头给呆愣着的祖庆递个眼色。祖庆回过神儿来，忙抢上几步去扶孟千秋，一副胆战心惊的样子，像是生怕二少爷把他也当作什么东西给一把抓起来砸掉似的。总算孟千秋没有对他暴力相向，任由他拉着，退出了这间刚刚遭受了浩劫的屋子。

主仆俩沉郁地朝千秋少爷的卧室走去。刚迈进卧室房门，就听孟太太寒霜似的喝令声从背后远远传来：“去叫祖庆来！”

祖庆闻声，浑身一个激灵，眼巴巴地瞅着千秋少爷。孟千秋面无表情地打了个手势，径自往里边去了。祖庆呆站着，一时只觉浑身紧绷，六神无主。“嚓嚓嚓”，门外脚步声近了。情知躲不过，他只好硬起头皮，扭身迎出门去。

远远地，玉珠儿见祖庆走来了，就停住脚步，冷冷地冲他说了句太太叫你，就掉头往小客厅方向返回去了。祖庆战战兢兢地跟在后面。这是斜着穿过天井的一段路，眨眼间走完了，来到小客厅的雕花木门前。见玉珠儿推门进去了，祖庆不敢迟疑，也迈步跟了进去。一眼看见孟太太端坐在倚里墙摆放着的宽大紫藤矮沙发上，几步抢过去，“扑通”跪在了她面前。

“自己扇耳刮子！”孟太太瞪着他，怒眼喷火，疾言厉色。

祖庆两手举起，左右开弓结结实实自扇了几巴掌。感觉火辣辣疼得着不住，却不敢用手捂脸，强忍着痛，眼里噙泪，头垂了下去。

“老实说，你跟二少爷讲了啥？！”孟太太厉喝。

“小的说，说……”祖庆额头密密冒了层汗珠子，支支吾吾，不敢出口。

“玉珠儿！再扇他，狠狠扇！”孟太太低吼。旁边的丫鬟应着就往前迈。就见祖庆倏地抬起头，嘴巴疾动着说起来。玉珠儿就停住步，扭脸请示地看着孟太太。没见到再有示意，她蹑脚退回到原处。

“小的告诉少爷，白家星昱小姐出嫁了。”祖庆飞快地说，语罢，头垂得更低。

孟太太一下怔住了：“又是白星昱！”

她的眼光一瞬间变得空洞，茫然地朝窗外望去。秋儿没有把这个女子放下哦！他还在恋着她！他竟恋得这么深啊，为她发了疯，可怜的孩子！

眼光收回来，她又瞅向祖庆，眼底不那么烈焰熊熊了，声音也不再那么疾厉了：“说！究竟是咋回事？”

祖庆咽了口唾沫，为难的样子，抬起头下意识地朝一旁的玉珠儿瞧去。

孟太太领会其意，扭头喝令玉珠儿：“你先出去，在外头儿看着门。”玉珠儿答应一声快步出屋门去了。

祖庆伸直脖颈儿盯着玉珠儿身影消失，屋门严严关上了，这才转过来，眼珠儿落在孟太太脚前的地面上，舔舔唇，费劲儿地咽了口唾沫，说道：“二少爷正伏在书桌上写信，小的在旁边大气儿不敢出地候着，突然隐隐约约一阵鼓乐声隔墙传进来。二少爷听见了，停住笔，问小的这是咋回事，谁家在办红白喜事吗？小的也不知道，就摇头说不知。也不知咋的，二少爷对这事儿就上了心，让小的去问。小的赶忙就往外跑，骑了马追出院门，打听到从咱门前经过的是土星邑韩家的接亲队伍，是在迎娶咱村的白家小姐白星昱。小的听了心里一阵冰凉，却也不敢怠慢，急忙掉头回家告知了二少爷……”

“得知是土星邑韩家娶白星昱，你心里冰凉个啥？”孟太太语调阴森，逼问。

“小的，小的……”祖庆不敢说，头垂得下巴直贴在胸脯上。

“说！”孟太太厉喝。

祖庆浑身一哆嗦。知道不说是挨不过去的，深深吸了口气，壮起胆子来，眼睛又半抬起盯住孟太太脚前的地面，尽自己所知一五一十地说了起来。

二少爷当时正在写的信，是打算让祖庆去送给敦伦城梅花巷的罗家当铺老板罗瑞的。这个人是二十年前跟白家老太爷一起跑坝后草原时猝死在半道儿上的罗宏发的后人。当年白老太爷念在与罗宏发多年合伙做买卖共患过难的情分上，雇骡马大车把他的尸身运送回来，一手操持着厚葬了，又安抚了家中老小，按照罗宏发生前的愿望，把他尚年幼的儿子罗瑞送去典当行当了学徒。五年后罗瑞学成，白家老太爷又帮着他在自家宅子旁边开了罗家当铺。一直扶持着罗家当铺生意上了道儿，走稳了，白老太爷这才渐渐放手，让罗瑞自己经营。二少爷费了多少劲儿才弄清楚这桩事儿。他就想由这儿对白家下手，想拉拢罗瑞掌柜，让他咬白老太爷，就说当年是白老太爷想要独吞那次跑坝后草原赚得的钱，谋财害命，杀了他爸爸罗宏发的，鼓动罗掌柜写诉状去报官……

孟太太听得浑身发冷，喃喃自语道：“二少爷要对白家下手？他是想要逼白星昱嫁给他?!”一时只觉气冲脑门儿，千秋竟这样诡计多端、不择手段！他竟是这样的人品！自他的脸被老爷砸伤后，全家人疼惜他，对他不再拘管，啥都任由着他。见他打那以后竟日关在书房里闭门不出，都手心里捏着把汗，怕他想不开，落下病症。哪知他竟是在忙乎这样的事！打这样的主意！

孟太太眸子喷火，狠瞪着祖庆，喝道:“那他凡事儿都是跟你商量了？知道他这样的存心，为啥你不劝阻他？为啥你不来告诉我和老爷？”

祖庆头垂得简直要塞进腔子里去，一声不吭。

孟太太脖颈儿扭来扭去，气得不知如何是好的样子，忽然冲着门口喝唤:“玉珠儿！玉珠儿！”屋门一响，玉珠儿答应着疾步迈进来。“去叫管家来！”孟太太吩咐说。玉珠儿答应着扭身又出去了。很快老管家和玉珠儿一前一后气喘吁吁地小跑着进门来了。

“把祖庆拉到后院去狠狠抽顿鞭子，撵走！”孟太太语气冷酷，对老管家说。

老管家吃惊不已，却不敢问缘故，答应着跨上前去，拉起祖庆就往门外走。

“求太太开恩啊！求太太开恩啊！”祖庆泪流满面地连声哀求。

孟太太听而不闻，扭头往旁边的茶几上瞧去。房门“啪”地关上，屋子里肃静下来。玉珠儿胆战心惊，垂手站在孟太太旁边，一动不敢动。

外边一轻一重“嚓嚓”的脚步声渐渐去远了。

墙上挂钟的动静突出起来，“嘀嗒，嘀嗒”，时而有鸟鸣从窗外飞进，伴和时钟运行的声响。

空气似是凝固了一般。

孟太太坐姿如泥塑木雕，心里却翻腾如海。要是这样把祖庆给撵走，保不准他会把这桩事儿说出去啊。一旦给白老爷知道了，那麻烦可就大了！再说老爷见突然撵走了祖庆，也必会追究原因。若让老爷知道了千秋做的这些，那如何是好啊！秋儿已经遭老爷打破了相，难道还要让他再遭一顿更狠辣的，给老爷打成残废吗？白星昱这已经嫁了人，秋儿自当死心了，他也就不会再去谋害白家了，这样的话，留下祖庆其实无妨了的。自从秋儿伤了前额，一家人四处淘找祛疤痕的药，眼看这就快一年时间了。可恨弄了那么多偏方来，竟没一个见效的，孩子前额的这道疤必定是孩子心头一个巨大的打击。一直以来他能够这么鸦雀无声地，不作不闹，看来是因为他心里还存着一个谋娶白星昱的念想的缘故，现在这个梦也破灭了呀！瞧他刚才狂砸东西的那个样儿，就能知道他难受到了啥程度！要是这节骨眼儿上再把祖庆给撵了，怕是会把孩子逼疯掉啊！

这么想着，孟太太只觉得心剜得疼，忽地头转过去，直盯着门口，命令玉珠儿道："你去看着，等打完了鞭子，把祖庆带回来！"玉珠儿忙"哎"了一声快步往外走去。

孟太太深深叹口气，身子后倾倚在沙发靠背上，疲倦地闭上眼睛。对的，不要撵了祖庆吧，抛开这孩子跟了千秋这些年从没犯过不是，主仆间已经深种下了情谊不说，撵了他，就得再寻一个来，总得有人贴身伺候秋儿啊！再寻来的要是不合意，岂不是添麻烦！正当着秋儿心里不是滋味的关口儿，再生不得事噢！祖庆挨了这回鞭子，必定长记性了，趁机叮嘱好，叫他日后再有类似事儿切要悄悄告给自己知道，这也就从坏事里变了点儿好处出来。唉，秋儿这次也是情有可原吧，他是恋白家那个女子恋得太苦才逼出了这么一个坏道道儿的，并不是他天性就这样。算了吧，不追究了。可叹白家女子没有福分，不肯应婚。秋儿恋她到这样，她要是嫁了来，他还不知得怎样把她宠上天去哪！谢天谢地今儿老爷和大少爷都不在家，容自己能把秋儿的这场胡作疯闹藏匿起来。

拿定了主意，孟太太心里好过了许多。抬起手轻轻按压起太阳穴来。按压一会儿，感觉头上也好了些，不那么"嗡嗡"响了。转身去抓起茶几上的水壶，倒了半碗热茶，她一口一口地慢慢啜起来。

过了大半个时辰样子，一阵"嚓嚓"的脚步声来近，玉珠儿推开门，后背皮开肉绽的祖庆满脸凄苦地迈进屋来。

祖庆径直走过去跪在孟太太面前，"砰砰"磕头，边泪水长流地哀求说："求太太开恩不要撵小的走啊！小的再也不敢了啊！小的要是被撵回去，往后咋养老娘啊！"

“你抬起头来！”孟太太低喝。

祖庆嘴巴停住，抬起头，眼眶满噙着泪，眼珠儿朝一边斜着，不敢直视孟太太的脸孔。

孟太太扭头喝令玉珠儿出去。眼盯着丫鬟迈出门槛，严严带上了房门，这才转过来盯着祖庆，声音冷厉，说道：“看在你往日还算忠心勤快的分儿上，这次饶过你，不撵你走。不过你可得记住，这桩事儿不许跟任何人讲！日后只要我听见有人说起一丝丝儿，你知道等着你的是啥！”

“是是！小的发誓！宁可割了舌头，绝不露一个字儿！”祖庆边说着，又“砰砰”磕头。

“这桩事儿，那个罗瑞掌柜知道多少？”孟太太语气温和下来，问。

祖庆直起腰，眨巴着眼睛说：“罗掌柜说只要二少爷开口，不管啥事儿，他赴汤蹈火，在所不辞，只是应下了这个。二少爷想让他干的事，他还一点儿不知道呢。这信还没给他送去啊。”

“二少爷啥时候结识的罗掌柜？这近一年里头，没见二少爷出过门儿呀？”孟太太问。

“两人没见过面呢，二少爷只是捋清了罗掌柜跟白家往昔的交集……嗯嗯，捋清了之后他让小的给罗掌柜送了一封信去。罗掌柜看完了那封信，就说了那篇话，叫小的转告二少爷。”

孟太太拧起两眉，心里骂道：“真是胡作！咋就保证那罗瑞掌柜见了这封信一定会依言干呢？一旦那是个有良心的，不肯干，岂不是落了把柄在人手里啊？！不知道深浅啊！”

沉吟了半晌，孟太太手一扬：“不管那些了！反正这桩事儿不会再有下文了。你只记住，今后再有这类事儿，你要立马来告知我，有一丝儿迟延，我跟你老账新账一起算！”

“是！太太！”祖庆答应着又磕下头去。

“还有，今后在二少爷跟前，再不许提白星昱三个字！再听见你提，割掉你的舌头！”

祖庆诺诺连声，又要伏身磕头，被孟太太制止：“你起来吧。”祖庆站了起来。孟太太扭头喊进玉珠儿来，吩咐她领祖庆去找管家，让拿家里祖传偏方制的那个药给祖庆敷鞭伤，再给拿些回去使。转过来瞅着祖庆，说：“你回家去歇工养几天，伤好些就赶紧返回来。”

祖庆连连点头，千恩万谢地跟着玉珠儿走了。

祖庆在院子西北角的空坝里双膝跪地受小主子的牵累而挨鞭子的时候，他的小主子孟千秋正在自己的卧室里，对着静静摆放在面前窄条木桌上的小小两样东西发痴。

它们就是曾经戴在谭春阳左手中指上的那个金指箍儿，和使他失掉了那几根好看手指的一小坨儿大烟膏。

刚才祖庆听见孟太太令玉珠儿传他的话音后，投来求救的目光，千秋少爷那般惘然无应，就是因为那时刻他的心思已经全在这两样东西上了，不遑顾及其余的缘故。祖庆无望地返身出门去面对自己的命运了，千秋少爷事不关己地径直走到临西窗摆放着的窄条木桌前，矮身坐在了椅子上。他是坐了一会儿，右手才朝木桌右侧的抽屉伸去的，缓缓将抽屉拉开之后，觑眼朝放在里边装着金指箍儿和烟膏包儿的小小檀香木盒盯了半晌，才伸手去取出了它们。

是骤然失去星昱小姐所致绝望的剧痛，准确地说，是脑子里正在成型的新的谋夺星昱小姐的计划，使得他这样地又把这两样东西摆在了桌面上。

额头被父亲打破的不幸，使得自己跪砖头、挨饿的苦刑得以提早结束，这曾让千秋少爷生出一丝侥幸心理而舒畅了几天，但是更大的苦楚随即而来。随着包扎在前额的纱布缓缓揭去，一道深深的疤痕触目横现在那里，他看见镜子里的人不再是从前的自己了，一刹那间只觉剧痛锥心，崩溃至极，整个人歇斯底里。没有彻底疯掉，是因为尚有一线希望支撑，就是靠药物祛疤。当他在强烈刺激之下，狂怒地摔砸着能够抓到的一切东西以泄愤躁痛苦的时候，旁边传来母亲、管家等人焦灼劝说的声音：

“不要着急呀秋儿！疤痕是可以祛除的呀，咱抹一段时间药膏把它祛除掉，你就恢复原样了啊！”

“是呀二少爷！疤痕是可以祛掉的呀，祛掉了就好了呀！你不要急呀！”

……

“疤痕是可以祛除的”，这八个字成为骤然打进千秋少爷心中的一道闪电，照亮之际，让他顿时安静了下来。

随之开始了不遗余力地四处搜寻祛疤药物。他充满信心，坚信一定能够寻找到这种药！可以不留痕迹地祛掉自己额上难看的疤瘌，回到从前的英俊潇洒！

“必须恢复！你得娶星昱小姐呀！有了这道疤，星昱小姐见了，会不开心的哦。”千秋少爷对自己说。

星昱小姐必将属于自己！谭春阳已成残废，再没有人跟自己竞争了，星昱小姐听闻此事后绝了念想，自然就会答应自己了。只要祛掉额头上的疤痕，立刻就央告爸妈再去白家求亲去。千秋少爷信心满满地想。

正当想得得意时，忽地心里一卡，起了个不同念头，要是，即便自己额上的疤瘌祛除掉了，星昱小姐还是不同意嫁给自己呢？这么一想，就仿佛遭一盆冷水兜头泼下一般，他顿时苦下脸来。

下意识地咬住下唇，他用力琢磨，一时下了狠：她要是还不同意，那只好想招儿了。就是逼，也得把她逼到本少爷的怀抱里来！

逼婚的念头一起，立刻占领了脑洞，千秋少爷清晰地看到了蕴藏其中的那份独特的刺激和浪漫。啊呀，真的呢，多么刺激，多么浪漫哦！自己心爱的女人是被逼无奈而嫁过来，此后任由自己与她日日恩泽、夜夜欢歌，给自己驱寒消暑、生儿育女。这比一求亲就应允，拿彩礼换来的女子，更将多出多少生活情调、悠长滋味儿啊！

逼婚白星昱，下手处自然是她的父亲白老爷了。只要把白老爷逼进一条死胡同里，除了妥协让步，没有生路，问题就解决了。

千秋少爷开始忙碌起来，一时间搜罗白家的底细，顺藤摸瓜找寻白老爷软肋，成为他生活里跟觅求祛疤良药同等重要的事体。但进行得并不顺利，因为简直找不到白老爷的软肋。这是老实本分一户半务农半经商的人家，几辈人都厚诚，待下人恩慈，对合伙人宽让，买卖上从不缺斤少两。十几年前就停了往坝后草原跑货的骡马，只守着几个货铺，种着数块田地过日月。家中和气，邻里和睦，连个仇敌对头都找不着。无从下手。实在没法儿了，只好走了嫁祸于人耍阴用谋的路数，意欲拉拢收买敦伦城梅花巷的罗家当铺掌柜罗瑞，怂恿他诬陷开咬白老爷，以达到目的。谁知费尽心机终功亏一篑！

谁知费了近一年的力气，疤痕没祛掉，却传来了如此更锥刺人心的讯息，星昱小姐嫁人了！心爱的她嫁人了，自己还祛疤有啥用呢？还图谋构陷白家有啥用呢？

千秋少爷把正在写着的给罗瑞掌柜的信儿把撕得粉碎，把千方百计寻来的各种祛疤药膏、药粉统统摔进垃圾篓里。

他陷入深绝的痛苦。那种最后的希望也灭绝了，人被彻底摔进了大沼泽中的绝望的痛苦。奋力挣扎，终落得奄奄一息。这逼迫他开始溯源自己的不幸之河，回忆一点儿一点儿地后推着，忽地顿住，定格在一年前他唆使王喜财把一小包烟膏塞进谭春阳鞋壳里的情境。静静凝视着这个节点，他下意识地拉开抽屉，拿出了那个装着烟膏包和金指箍儿的小小檀香木盒。

打开木盒，他先拈出小烟膏包儿。手指轻轻地掀开外包的细麻布，带几分好奇地，他细细端详着眼前黑褐色的一小坨儿东西。

“你的威力真大啊！”他慨叹着，喃喃自语，“这么一丁点儿，就帮我搬开了谭春阳这块绊脚石，让他灰溜溜地滚蛋，远去了他乡。”

凝视着小小烟膏坨儿，千秋少爷一时出了神。他想起父亲对烟膏的严管苛藏，虽是自家里出产的，他却自幼难得一见。要不是那几日父亲外出，母亲放手让自己暂时理家，是决计不能拿到这包东西的！奇怪的是事后父亲竟没有把它收回去！显然父亲是把它忘记了。看来失手砸伤自己这个举动，严重搅扰了父亲的心神噢。

这东西为啥这么神秘呢？人抽了它是啥样儿呢？怎么任凭英雄豪杰一旦沾染了它就会丧行失品，倾家荡产呢？

“倾家荡产”四个字闪出脑屏，就像一道电流突然从身上打过一样，千秋少爷不由浑身一栗，一霎儿只觉电光石火，机心勃发，有了主意。对呀，还依靠这烟土，把星昱小姐从韩彦峰手里夺回来嘛！这将是非常简单的，只消诱使韩老爷或是韩家的哪个少爷染上烟瘾，他家的万贯家财就将化作长长烟枪里冒出的一个一个烟泡儿，慢慢消失在空气中。等到韩家的田地、房屋都典尽卖光，穷得没有了栖身之地，自己的手不是就可以从容地朝星昱小姐伸去了吗？

嗯，得从韩老爷身上下手才行，必须是他不中用了，他的家才会垮下来。肯定韩太太得跟着丈夫一起遭殃了，这样事情才会更有把握。因为只有这样，韩家的事儿才能不得已地全由少爷们做主呀。两位少爷哪里能不顾老父老母的死活硬给他们戒烟呢？韩老爷那把老骨头，经烟膏一浸，就跟朽木一样了，硬给他断瘾的话，必是只有死路一条。哪个当儿女的敢背这等不孝罪过哇！无计可施，就只能豁出家财去，任父母造了。可是，啥样厚实的家底儿能经得起烟枪的造治啊！

思路完全清晰了，千秋少爷不由心头一阵狂喜，老天可怜我，又恩赐给我希望了啊！

他“嘿嘿”地笑出了声儿，到那时候，自己去握星昱小姐的玉手，可就是接济，隐含着救人之危的美好意思喽。一时间他不由放任痴思，浮想联翩起来。嗯，到时候应该是自己把她给买过来了，那她就得做妾了噢。是呀，她只能做妾了，因为她已经当过别人的媳妇，不是清白女儿身了。再者，那时候，自己必定娶了妻，有了正室了，因为自己从现在开始就得使尽法子讨父亲欢心啊，自己得博取父亲信任，让父亲把家里库房的钥匙交给自己才行。而想取悦父亲，头桩要做的事情，就是顺遂他的意愿，赶紧娶亲啊。

是的，只有家里库房的钥匙挂在了自己腰间，自己才能有足够的烟膏。有了足够的烟膏，自己才好去稳步推行计划，败掉迎娶了星昱小姐的土星邑韩大财主家啊！

必须做到足够巧妙，到时候让星昱小姐只有一条路可走，就是投入自己的怀抱。噢，这就说不定还得对白老爷采取措施哟，因为得叫星昱小姐到时候没有任何外援才行呀。那么，勾结罗瑞的事儿不能就此搁下呢。

念及此处，千秋少爷不由眉毛皱起，心内一阵伤感。星昱小姐呀星昱小姐，都是你没脑筋，多出了这些事！你若那时顺顺当当地应了我，嫁过来，咱俩举案齐眉，一辈子缠绵恩爱，多好！不致逼迫我动这些歪脑子，而你也不用在不远的将来落到委屈做妾的地步，唉！

不过，我不会嫌弃你的，不管你经历过啥，我都不会嫌弃的。只要你来了，就会是我专宠你一人，我浩荡的爱可以把你经历过的一切都冲洗得干干净净。

这般想着，就觉心里似被什么手指一点般，忽地有了个悟，真的呢，唯有你身为妾，我才好与你放爱浩荡呀。这意念勾起了身体里的暗火，一霎儿他只觉口焦舌渴，身燥如焚，难忍难挨，初识了肉欲煎熬滋味儿。

忽地站起扭身就要往外走，不行，得尽快行动，一刻不能耽搁！偏在这时，就听外边一阵“嚓嚓”的脚步声由远而近，正是他要去寻的得力臂膀祖庆走路的声音。

确实朝千秋少爷卧室门口走来的是祖庆。刚才敷药的时候疼了个半死，总算包扎好了，管家好心地给包了一大包药粉让他拿回家用，他拎着药粉包儿龇牙咧嘴地往这边走来。总得跟二少爷说一声啊。来到卧室门外，刚要敲门，听见二少爷的声音传出来，让他进去。他就推门进去了。千秋少爷已又是背对门口坐在床头柜旁边临窗的窄木桌前的姿势，也不回头，问道：“抽大烟的东西是叫烟枪吧？你知道哪里能买到吗？”祖庆听了，惊得一下张大嘴巴，一时浑忘了自己的疼痛，惶惶地说：“二少爷你要抽大烟？老爷严令不让抽的呀！”

“一定要让老爷知道吗？”千秋少爷声腔儿冷冷。

祖庆惶恐更甚，瑟瑟地抖着，低下了头。

“你去找去！天黑之前回来！”千秋少爷强硬命令的口气说道。

“二少爷，不行呀！这东西得到敦伦城去弄。你知道，咱们这趟川儿里，老爷盯得紧，任何人不让抽大烟，就是哪个有烟枪，也不敢往外拿的呀！”

“那你赶紧跑一趟敦伦城啊！”

祖庆带了哭腔儿，说：“二少爷，我刚挨了鞭子啊！”

千秋少爷闻言，这才转过身来，盯着祖庆，阴郁地问：“太太都知道了？”“不说不行呀少爷！”祖庆边说着，“扑通”跪在地上。千秋少爷刚要发作，一眼看见祖庆被抽破的浸着血迹的衣袖，咬牙忍住了。他使劲儿甩了下脑袋，让自己冷静，然后站起来，去看了祖庆的伤，说：“这不敷药了吗？我家的药好，没事！”吆祖庆站起来，自己又去坐在了窄条木桌前，细细询问太太审祖庆的经过。听完了，眨巴着眼睛琢磨半晌，缓缓吐一口气，拉开左侧抽屉拿出个小布袋儿，朝祖庆递去，说：“这次你受苦了。这是十个大洋，你拿回去孝敬你老娘。晚上临睡前记着再敷一次药，明天你背上的伤就能结硬痂了。”

祖庆破涕为笑，满嘴谢承着躬腰上前接过小布袋儿，紧紧攥在手里。

“背上结了痂，你就赶紧去敦伦城啊！”千秋少爷说。

祖庆“扑通”跪下，满脸苦楚地恳求说：“求二少爷怜恤小的吧！这要是让老爷太太知道了，小的还有的活吗？”

千秋少爷阴狠下来，盯着他，喝问：“惹我不乐呵了，你就有的活啊？”

祖庆哭唧唧地磕下头去：“是！二少爷，明儿能动弹了我就奔敦伦城去找东西去。只是一旦哪天事儿要是发了，求二少爷可记得给小的在老爷太太跟前求情啊！”

“你回去吧！”千秋少爷说。

祖庆爬起来，道了谢，擦抹了眼泪，朝外边走，快到门口了，忽地站住，转过身来，小声问道：“少爷，还去找罗掌柜吗？”

“哎呀，现在还去找这个人干啥？你只管去弄烟枪呀！”千秋少爷急躁的样子。

祖庆眨巴下眼睛，嗓子压得更低，一副担忧的样子，又说：“少爷书房里的摆设今天都摔了……这要是老爷回来，追究起来……”

千秋少爷“呸”了一声，不耐烦的样子：“瞎操心！我自己的妈我还不知道吗？办好你的差是正格儿！”

祖庆放了心，诺诺着忙不迭扭身出了门。

千秋少爷坐在那儿，听着祖庆的脚步去远了，这才转过身来，眼睛又瞄向静静摆放在窄桌上的一枚小小的金指箍儿和一个小小的麻布包，不禁地，嘴角浮起一丝冷笑。

3

“咔嗒”一声响，把沉浸在回忆中的孟千秋惊回现实，就见他像一条陡然受到惊吓的鱼似的，倏地身子一蜷，顺炕头儿墙躺了下去，边飞快拉过被子搭在腰间，闭上两眼装起睡来。耳朵却双双立起，使劲儿倾听着外边的声音。他又误以为是谭春阳来了呢。半晌，并不闻脚步声，却是一阵“窸窸窣窣”的声响从外屋传进来，原来是老鼠在灶前柴堆里弄出的动静，他的心这才松了下来。

是第几次这样了？天刚蒙蒙亮，他就爬了起来，把衣裤袜子一一穿好，拄双拐挪蹭着去屋外上了茅厕，返回来，抓起五斗橱上的暖瓶倒了半瓷缸水，“咕咚咕咚”喝下去，又爬回炕上。

这是老谋深算的一招儿。他想，谭春阳和白星昱起得早，饭肯定早早就会送来的，自己就提前把这些拉拉杂杂的事儿都做好，等到谭春阳来的时候就是一个假装睡觉，晒他的台。自己无法阻止他的前来，却可以无视他的出现，让他企图羞辱自己的算盘变成反打，颗颗算珠子全都“啪啪”反击回他自己的脸上去。

他不禁沾沾自喜，这是多么高妙的法儿！一时间仿佛看见了谭春阳的老脸一刹那里被打得酷似一只猪尿脬般的沮丧样子，心里一阵痛快。

现在自己所能做的对抗，就是蔑视他的到来，把他当成是刮进屋里来的一股风，当他是一捏捏儿空气，是一种自己压根感觉不到其存在的东西。

这般想着，忽觉一阵悲从中来，几乎窒息，自己竟落到这必须接受仇敌帮助的悲惨境地！人生可哀，何过于此！对于一个天生的英杰，这是怎样的奇耻大辱啊！

无法回想这一夜自己是怎样熬过来的。自从昨晚宝琦和如华来讲了他们的安排，自己的神志就陷入癫狂状态，他夫妻俩是怎样仓皇逃离的？记不起来了，一宿可曾入睡过？竟也不甚清楚。怎么就被气成这个样子了？何以古稀之年了，还这么大气性！他连连自问，随后使劲儿点头，都是因为谭春阳啊，都是因为他！只有这个人才会把自己搞成这个样儿啊，唉！

不料深深一声叹息引发了饥饿，肚子“咕咕咕”叫起来，只觉浑身无力，难受得慌。他喃喃自语道：“越老越经不得饿了哟。”索性真的再睡一会儿吧，睡着了就不知道饿了。又苛厉地警醒自己：必须得忍住，再饿也不能吃谭春阳送来的东西啊！他想，只要自己坚决不搭理他，不吃他送来的东西，局面就一定会改变的！儿女们总不能就让自己饿死吧？只要谭春阳被换掉，自己就胜利了！

他开始努力入眠，拢眼睛，匀心脉，数呼吸，数着数着，不自觉地，思绪飘走了。

他是想起了那些好看的罂粟壳儿，状似萤翅，颜色新鲜，掺进花椒、大料等调料堆里，一点儿不显眼。小小的，薄薄的，却有着宛似烟膏的效力，加上一点点儿，熬出的汤就特别好喝，让人一沾上瘾。就是它们充当了自己拿下韩老爷的“先锋部队”哦。

4

千秋少爷是买通了韩家的厨子，让这人在韩老爷夫妇每日晚饭必喝的煲汤中偷偷放进罂粟壳儿，分量逐渐加大，约摸到了二人离不开的时候，忽然停用。两位老人家果然一下子病倒了，晕眩、喷嚏、咳嗽、流口水，得了软骨病一般绵软无力，折磨不堪。全家慌了神儿，急忙延医求药，却是汤剂针石都不见效。无计可施之际，郎中想到了烟膏，这在星河谷里是传续了百年的秘方，凡遇到疾病百药不治，就使出这个铩手锏。当然是针对富贵人家，烟膏价昂，穷户使不起的。这趟川儿里，用烟膏治病有规矩，只给使三次，病该见好的，三次吸烟也就好了，仍不好的，那就是烟膏也没法儿的。不管怎样，烟膏绝不可以滥用。若是哪个医家犯了规，便永再不得购到孟家的烟膏。在这个地方，谁若绝了跟孟家的买卖，那几乎就是绝了烟膏的来路，没有别的人家能够制得出来这东西的。就是在敦伦城里，想搜罗到也难。

可怜的韩家男女主人紧紧抓住烟枪一口接一口贪婪地吸起来，可怕的折磨即刻消停。从此这东西成了二人的命，再不能离开。先前罂粟壳儿在他们身上已布下绝阵，没法破解了的。韩老爷时而看清阵势，下决心想戒掉，却是戒一次就是一回濒死，他和老伴儿虚弱的生命力不允许他们跟烟瘾之魔博弈了。毕竟人性贪生，只好苟且听认。

好在孟家对他们没有硬使规矩，睁一只眼闭一只眼地对待了这件事，想来是体谅怜惜两位老人家并非是因为放纵人欲而成了这个样子的缘故。

韩家的积蓄只够维持半年，就开始了卖地，从最边远贫瘠的地块儿开始，一块一块地，小半年工夫就卖到了最好的肥水浇田。等到把最后一块水浇田卖掉，韩老爷夫妇已瘦成皮包骨。这回带着求死的心坚决地戒烟了，折腾了约半个月光景，韩太太气衰力竭，命绝归天，韩老爷气息奄奄，不省人事。终究不能眼睁睁看着生养自己的人就这么都走掉，抛开亲子之情不讲，父母这样的走法对后代儿孙实在不利！韩家两个少爷商量了通宵，定下还是豁出去给老爷子延命吧。兄弟俩于是又去把父亲的烟枪里装满烟膏，二少爷打火儿点燃，大少爷把玉石烟嘴儿小心地塞进了父亲嘴里。

于是开始售卖房屋院落，也是从外到里一进院子一进院子地割着卖。到交接最后一进院子的房契这天，千秋少爷现身了，他亲自到场去签收房契。这天正是他大女儿宝贞满百天儿的喜庆日子，把操办祝筵的一应事务尽交给管家，他带着祖庆一大早去接了地保，三人高车大马奔土星邑而去。

这么做是因为，知道今天去了，能够见到他痴想了整整三年的星昱小姐。

星昱小姐今儿是没法儿不露面的。此刻的韩家，只能是由她来支应主事。

韩家两个少爷那次的通宵计议，还出了一个决定，就是安葬母亲后，从卖头进院子所得款项中分出几十个大洋，二少爷韩彦强揣了它们往敦伦城里盘铺子去学做生意，只留大少爷韩彦峰在家里侍奉老父。这是去另辟条生路存寄个希望的意思。二少爷是盘下了一家布店，刚起头儿的买卖见不到盈利，人却一刻离不得，简直顾不上星河谷老家了。偏偏大少爷一入冬就染上了病，近几天越发厉害，烧热昏迷，卧床不起，家里一应事体一时都堆压到了大少奶奶身上。

一路的寒冷颠簸，来到后的种种礼让喧闹，在韩家客厅里墙正中的浅褐色棉布门帘一掀，星昱小姐从里边屋子款款而出的刹那，全都消略。在千秋少爷的感觉中，一时间世界上似乎只有了他和她。

她还是三年前他初见时那个样子，尽管此时她已有了个就要会走路的女儿，她的衣着打扮变了，但她的脸、肌肤的光色、眼神儿、味道，啥啥都没变。就是她，就是自己日思夜想了足足千日的那个人儿，梦里的那个人儿！

啊不，或者她是有变化的，她的胸更腴了，腰肢更加纤细得似不盈握，浑身上下散发着更加令人窒息的诱惑了。只是自己无法认证这个变化，因为那次她是穿了一件长及脚踝的细锦棉袍，还外披了条细线羊毛长条围巾，他又离得远，无法明晰享赏她身体的曲致，不像此刻，她这么近地站在面前，浑身凸凹毕露，让自己能够啥都一眼透穿。千秋少爷深深吸口气，闭了下眼睛，睁开，再细细打量。眼前的人儿乌发如云，长颈似雪，一支白金柳叶翠花簪子斜挽着荷叶似的一蓬圆髻遮在脑后，长眉入鬓，腻颊染霞，双眸透水，翠蓝色洒花儿细布窄裉小棉袄，燕尾青底子印浅灰斜格收臀长脚棉裤，直托出她的腰身娇媚，身段袅娜，似是一株芙蓉轻摇在澈净的水面上一般。软软一股暗香，悄悄布满她所到的地方。

应该是有过一时浑身血液竟要冲出血管的危险感觉，有过一霎儿眼直似棍，人整个走了魂儿的情状，但千秋少爷将它们微缩成不易捕捉的一瞬，他很好地控制了自己。本来是要不由自主忽地站起来的，他却是低下眼睛，伸手端起了面前长几上的茶盅。

他稳稳地坐在那里，看上去静默，威严，近乎冷峻。

连韩大少奶奶礼节性的问候，他都只是点了点头，以为回应，没有动，也没有开口。

被不期然而现的美人儿弄得神魂颠倒的地保和一时手忙脚乱起来的祖庆，都没有觉察到他的心内波澜。

他的这样子有没有让白星昱失望呢？今儿来签收她家宅院契约的人，就是几年前曾经苦苦求娶她，被她顽狠拒绝的东邑孟家二少爷，这她知道的。毋庸置疑，今朝的一幕场景强力宣布了她当年的错误和愚蠢，将她推入通常说来无法不悔恨的境地。此时此刻，唯一能让她保住些尊严，不致一败涂地的，应是他在她的美貌震击下不禁迷失，就像地保和祖庆表现的那样。

他甚至相信她应该是期望用自己的美貌赢得这场战斗，虽然她因为当初错误的选择落到了如此凄凉光景，但是她不愿在他面前示弱，那她就只有拿起美貌这个武器了。

是的，此刻唯一能够给予她支撑的，就是自己的美貌。在这个世界上，女人只要有了足够的美貌，那就任凭怎样，都没有输掉。对于拥有美貌的女人，是不存在“失败”这个词的，因为她可以在一眨眼间成为她想成为的任何样子，只要她肯。

因为男人会为她发疯，会为了得到她而不计代价，不惜一切。

只要她肯接受他的痴情，肯让他爱她。

胸间一阵狂涛汹涌，千秋少爷艰难地咽了口唾沫，默默用力，压住心潮。

他持续地沉默着，一应寒暄都交给了地保和祖庆。因为他确认了白星昱丝毫没有失落感，她并不应和他的心境，只见她端庄蔼婉，落落大方，对他和地保道过问候，冲祖庆点下头，边唤丫鬟上茶，轻步去落座在斜对面的宽扶手单沙发上。转身要过侍立在旁的一个老家仆手里的硬皮夹子，打开来，略翻看了一下，说：“这是我们家最后一进宅院的房契。”说着把硬皮夹子朝他递过来。

她的声音如此清甜柔朗，进入耳鼓，令人不由骨酥神荡。

她的神态如此淡定从容，波澜不惊，好像她不是正在应对令人狼狈不堪的场面，而是在沐春风、闻花香，或是端坐在绣房里细烟袅袅的香炉旁引针巧绣一样。

确实她没有忘记他曾经的求亲，只是她不以为意，认为男人的求，女人的拒，是世间平常，不足为奇。

也就是说，她并不觉得自己当初错了，因而不为那时的选择心生悔吝。她甚至不想细看一下他的长相，不想碰触他的眼睛，不在乎是否听到他的声音。

是她的丈夫让她感到特别满意的缘故吗？一个女人一旦嫁到了遂心如意的丈夫，那就会对别的男人一概没有兴趣了，那就会跟着他吃糠咽菜都甘之如饴。千秋少爷想着，不禁在心里狠狠地念道：韩彦峰！

接过房契他一眼没看就塞进手包里，在地保随后递来的一份协议上笔画重重地写下自己的名字，然后耷拉着眼皮面无表情地说：“三天后，我们来收钥匙。”边说着站起来就往外走去。

地保和祖庆一霎儿都愣了，不是说一个月之后韩家交钥匙的吗？咋个……却谁都不敢开口问。见二少爷起身走了，忙不迭也都站起来，祖庆盯着白星昱，冷冷地说了句三天后太阳冒红儿我就来，大少奶奶抓紧着些啊！便追了出去。

这天夜里，对着月光回想的时候，千秋少爷确认自己所做的没有错。因为他确认了白星昱对自己从骨髓里透发出的无动于衷。这个女人太认识不到自己对于她的重要性了，竟然连自己一改初衷地把交房期限由一个月缩短成了三天，她那张白玉面庞上也没有现出一丝儿惊慌难受的神情，那两瓣具足蛊惑的红唇间也没有发出一句求乞，她以如水般的平静表达了对自己的无视。

她不知道这样会激怒自己吗？

可是自己为啥更加爱恋她了呢？这样恨不得立刻搂她在怀，同衾共枕啊！

此时，千秋少爷是独卧在书房里的床榻上。这不是因为喝多了女儿满月酒的缘故，是他忽然间不能接受妻子再躺在身边与自己共眠了。此番重逢白星昱，回来再瞅见自己的婆娘，顿觉俗浊不堪，殊难比拟。人跟人的差别是这样大啊！自己竟一直是跟这等俗笨的妇人相互沉浸啊！他慨叹、悲懑，更加决绝，这怎么行？这必须改变！跟自己昼夜熏染、肌肤相亲的女人，必须是白星昱！

这样搬到书房里来住，还为了尽快出炉新的计划。从土星邑回来，他即淹没在推杯送盏、应酬寒暄的闹热中，前村后庄的街坊邻居，上沟下川的生意伙伴，前来贺喜的宾客百来号人，一一敬酒，个个敷衍，无暇他顾，直闹到暮色飘临，灯烛亮举，宾客散尽，这才终于有了时机。

当然，白星昱的无视所造成的刺激只是其一，真正要紧的原因，更在于自己想再快些得到她的焦渴。得再快些逼得她走投无路才行啊！公公倒卧烟榻，丈夫倒卧病榻，娇儿嗷嗷待哺，这样的时候被催逼着立马迁离旧宅，另寻居处，对任何一个女人来说，都是一副殊难挑起的重担，都会被压垮的。这么急促的时间里，又是这样天寒地冻的时节，到哪儿去寻找合适的地方啊？！现在知道了，白星昱的娘家是不会帮她的，当初自己纯属多虑。这星河谷里的习俗，任凭是谁，绝不会帮扶似这般由抽大烟败落的人家，因为一旦帮扶了，必定会倒霉透顶，遭到乡亲唾弃。

白星昱也不会去求助娘家的，她哪里会不知道那将害了娘家呢？任凭困难如山，她必定是自己吞，自己扛。

很可能她会被这一步困住，寻不到安置一家老小的地方，那她就得来求自己了呀，恳求自己宽限他们一些时日。

这么想着，千秋少爷脸上浮起笑意，只要她来求自己，那就好了。一个女人到了求人的地步，就会显得很懂事儿，韩大少奶奶也不会例外的。到时候可能自己只要直盯着她的眼睛，把心里的垂涎通过眸光传递过去，她的纤手就会不由自主地伸向自己的棉袄纽扣。不然怎么办呢？除此她如何得到她想要的东西啊？当然白星昱极可能会是例外，因为她是那么娴雅贞静、微波不兴啊！

她是那样一个冰清玉洁的美人儿啊！

那就只好动强了。

此念闪出，千秋少爷心头猛地一震，似是被自己吓到了一般，一时有些痴呆。瞬即恢复了常态。仿佛是为了强化意志似的，他语气加重地在心里重复道：那就动强！由自己去扯掉她的纽扣，一件一件脱掉她的衣衫！

一丝不挂地站在那儿，或仰躺床榻上望着自己的韩大少奶奶的眼神儿会是啥样呢？她一定会瑟瑟发抖，珠泪涟涟，羞愤不禁。她会拼死挣扎的吧？那只会更加刺激自己，让自己一时间变得犹如一头猛兽般，不顾一切地扑上去撕咬她，舔舐她，进入她，穿击，旋拧，无休无止。

这些想法弄得他心跳骤然加快，只觉口干舌燥，欲火"噼啪"，煎熬万端。不由苦楚地在心里慨叹：想这样的事，是这样折磨啊！

这已不是第一次了，早在三年前，他就曾体尝了这滋味儿的。那是他一步一步推进自己对星昱小姐的逼婚计划的时候。有一次，也是在深夜里，想星昱小姐情到极处，猛不丁脑子里蹦出了对她动强的念头。那次的设计，他是想让祖庆使招儿把星昱小姐诳出来，引到僻静处，不由分说强占了她，逼她别无选择地嫁给自己。不是吗？一个失了身的大小姐，除了嫁给侵占自己的人，她还能有别的选择吗？

唉！自己与这个女人之间，或许命里犯着这个劫？因为你看，恐怕是躲不过会有这么一场呢，不管顺哪条思路走，都是走向这个结果。

比如现下，她就算不来求自己，在三天时间里找到了合适房院，安顿了一家老小，那也只是过了当头的一道关而已，后边还有无数啊！因为他们家卖这最后一进房院的钱很快就会被韩老爷抽光的。完了呢，房租拿什么支付？恐怕最终家里会窘迫到连买米面的钱都拿不出的。至此，日子想过下去，就只剩一条路，出卖劳力赚钱。韩彦峰是无力独自养家糊口的，就必得韩大少奶奶抛头露面卖力气了。

当然她一定是宁肯死也不会出卖自己的肉体的。那么，她所能做的选择，就只有去给富裕人家帮佣了，洗衣服、做针线什么的。那她就落入自己的网兜里了，因为自己不会让她去别的人家干活儿的，她只能朝自己的家门走来。

一个女佣如何能躲过东家对她的垂涎呢？懂事儿的，就是自己脱光。不懂事儿的，那就是辛苦东家动手。世事就是这样啊！那么雍和雅致的大少奶奶一朝落得被人光天化日之下扒得精光，恣肆亵玩的境地，她心里的滋味儿如何想象啊！那样的场景一定是非常非常别致，非常非常挑逗，非常非常勾魂摄魄，引人入胜！

这般想着，千秋少爷心里掠过一阵复仇后的快感，这才知道自己对白星昱的爱里掺杂着多么强烈的恨。他怎能不恨她？是因为她，他的脸上落了这终生无法祛除的丑陋的疤痕。是因为她，他的人生轨道出偏，成了这样一个步步心机的人！只有加倍地从她身上攫取，他才能获得补偿，得到平静。

白星昱，若是你不这样，那时候顺顺帖帖跟了我，我同样会上进有为的，也会像现在这样迅速成为孟家的顶梁柱，威慑星河谷一趟川儿的人物。因为你看，我的兄长出外闯荡去了，就在我拾掇新房准备娶亲的时候，他苦留不住地走了。这就只能是我协理父亲操持祖业了啊！

要不是这里有你，我也会走的。曾经我更是志不在祖业，一心想到山外去游历，寻找适意的生活。但我知道了你，亲眼见到了你，我哪里还能走得了哇？我还何须再到山外去辛苦寻觅呢？！

若是有你为妻，那我这几年的曲意逢迎，挖空心思讨父亲欢心，就会是经典的孝子行为，而不是为了达到不可告人目的的阴诡之举了；我的披肝沥胆、埋头苦干，就是为了你和咱们孩子能够生活幸福的甘心欢喜的付出，而不是为了打垮情敌，让自己具备争夺你的实力的博弈了。那该是多好啊！我将恪守祖训，仰望君子，竭力成为一个让你感到自豪的丈夫，而不是成为这样一个诱引别人抽大烟、坏掉祖上规矩、不惜伤天害理从而伤害了自己内心的罪人。

是的，我弄伤了自己的心。有谁知道，我遭受了怎样残酷的心灵折磨？！那些难挨凄苦的漫漫长夜啊！知道这些年里我曾经多少次在噩梦中醒来吗？也曾想过罢手、回头，但是如何回得去呀？你是横插在我心上的一枚钢针，一想到你，我就锥痛难忍，欲罢不能。我只能在这条道儿上继续往前啊！

为了你，我动念陷弄了谭春阳；为了你，我使计弄垮了韩家；为了你，我以身试法损毁了祖德。

白星昱，是你毁掉了我啊！

我怎能放过你！我必恣肆地亵玩你，彻底打掉你的骄傲，让你像个妓女一样卑贱地活着，让你做我的娼妓！

唯有征服你的肉身，我才能找回平衡。

忽然更大的恶意攫住脑子，千秋少爷陡生一念，动强，还不是把她逼到最绝的角落哦。最痛快淋漓的报复，应该是让她主动送上自己。嗯，对，用春药，等她来家里做工的时候，选个好日子，派人偷偷在她的水杯里放下春药。等她喝下去，浑身“小虫子”作乱起来，不能自制的时候，自己笑吟吟推门进去。那会是什么情景呢？就将是星昱小姐不仅把自身脱光，她还要扑上来迫不及待地扒自己的衣衫，娇喘吁吁地乞求自己快快趴到她的身子上去……

沉浸在星昱小姐肉身里的滋味儿将是怎样呢？一定比抽大烟的滋味儿更销魂蚀骨，如坠云雾吧！他领受过抽大烟的滋味儿呢，那时祖庆从敦伦城弄回烟枪来之后，他先试了锅的，跟金指箍儿放在一起的那一小坨儿烟膏，足足让他在紧闭门窗的房子里当了十天神仙，那些日子里，他无数次想象过对星昱小姐动强的情景，就是不堪那些脑中臆想的折磨，有一天他把家里的丫鬟春草拉进房中初行了云雨。在大烟的效力下，人的肉欲那么强烈啊！意志根本无法对抗。

噢对了就用烟膏就好，想法儿让星昱小姐跟自己一块儿躺到烟榻上去吞云吐雾一回，就成了。一枪烟膏吸下后的女人，一定会像服下春药后的女人一样，变成身不由己的肉欲的奴隶。

哦，星昱小姐，你的身子会软得似刚刚摘下的棉花吧？你的肌肤会白得像刚刚绽放的梨花吧？你的胴体会散发出让人沉醉癫狂、欲生欲死的香气吧？

我会遍用《金瓶梅》里所写的那些闺房秘技、奇姿巧态作弄你，像弹六弦琴一样悠悠细细摸你的乳，像玩羊脂玉一样舒舒缓缓抚你的臀，像品明前茶一样幽幽迷迷吮你的粉舌红唇。

我会持久地爱你，让你在我的身子底下变成一片云、一团雾，瘫软成一块可以随意团弄的泥。我会让你发出迷人的叫声，让这叫声彻夜不歇。

我会让你像你的公公婆婆迷恋烟膏那样迷恋上我的爱，再离不开。让你跟我一样奔放地享受纵欲的快乐，让你因我而尽尝肉淫妙味儿，从而甘心情愿地跟我做一对情海鸳鸯，神仙眷侣。

哦星昱小姐……

随着这些念头在脑海里翻涌，千秋少爷不能自制地呻吟起来，身体亦不自禁地扭动、痉挛。颊似充血，汗水津津，裆里精湿，靠想象进行的亵渎使他达到了自己生理发泄的巅峰。

5

“啊呀！”孟千秋血往上涌，心跳若狂，呼呼气喘，感觉似是就要昏厥过去一般，忍不住大叫一声，翻身坐起，急忙抓过枕头边的小小药瓶，倒了一粒速效救心丸，塞进嘴里，伸脖子咽下。他闭上眼睛，半仰着脖儿，一下一下捋胸口，过了半晌，气喘渐渐平了，这才身子一歪，软塌塌倚在墙上。

回想刚才的一幕，一时悚惕惊惧，不禁连连打了两个冷战，自己曾经有过如此禽兽般的念头！

这是老天终于没有让自己得到白星昱的原因吧？

若不是这么静，这么深地沉进回忆里头去，这些是想不起来了的。唉，人的身体里睡着一头恶兽啊！

是的，老天没有让自己得逞，五十年前，就在自己费尽心机对白星昱张下的大网将要拉绳收线的时候，忽然一阵锣鼓喧天，解放军的队伍开进星河谷里来，天地变了。

那年月的事儿，真变得快啊，一眨眼工夫自己就跟韩彦峰又肩膀一般齐地站在了一起。啊，不是一般齐呢，韩彦峰占了上风呢，他家这时房无一间地无一垄，俨然贫雇农一般，成了均分地主财产时最幸运的一类村民，自己数着大洋一块儿一块儿地从他家买来的田地，"哗"地又回到了他手里去两块儿，自己不辞辛苦跑去接过房契的他家那最后一进院落，又成了他两口子栖身的地方——他们分得了曾经自家祖宅里西厢房把边儿的两间屋子。而自己，是个财产尽缴没，脑袋被按下，没完没了挨揭发受批斗的倒霉鬼，若不是家中兄长参加革命，为解放星河谷做了贡献，又领头儿主动上缴了全部财产，罩护了一家人，自己还不知得惨成啥样儿呢！

虽说韩彦峰和白星昱很快跟住在西邑先前他家的佃农寇旺家交换了住所，寇旺一家住到了土星邑韩家老宅里，韩彦峰夫妇搬到了寇旺家的草房院落里去，也足以把他两口子乐开花儿，他们这就又有了安身之处呀。

这时，韩家只落韩彦峰和白星昱两人了，在将最后一进院落卖掉后不久，他们的女儿病夭了。最后一进院落所得的银圆花光后，韩老爷也逝去了。

白星昱又来到了近处，近得跟自己只隔着一条星星河，却又成了遥不可及的天上的云。她和韩彦峰出双入对的甜腻样儿，几年后小两口儿又接二连三地生起孩子来的旺兴样儿，一次一次刺痛自己，却也让自己一次一次地死心。一切都没法儿了。只好藏起对白星昱的痴心，一头扎进自己的日子里。生活显出可怕的艰难，自己得学着跟那些打小儿光着膀子在田里干活儿的农夫一样种地、割草、打场、推磨，干庄稼院儿里的诸般苦累活儿。偏偏又老爹老娘和妹妹相继去世，带来莫大悲苦。一番一番打击下，白星昱这三个字在心里逐渐淡漠，几近于无了。谁知偏在这时，忽然间韩彦峰死了。他是赶着西邑生产队的毛驴车去敦伦城里给队上买种子，半道儿上迎面来了辆卡车，那毛驴受惊发狂，直冲卡车蹿过去，眼看就要被轧进车轮的千钧一发的关头，韩彦峰不顾一切扑了上去，将毛驴护住，他给碾到了车底下。

自己的心于是又活了，管不住两条腿地跑去偷看白星昱。这时她已生过四个孩子，又怀着遗腹子，历了这么多遭际，却仍旧模样儿俊俏，看一眼就把人的魂儿勾掉。原来生孕孩子并不碍女人的美啊！她似是更加娇媚了呢！浑身越发漾着一种描摹不出的韵味儿，直叫人恨不得立刻奔上前一把揽进怀中，纵情欢爱。

一度中断了的盘算又重新启动开来。这次不比先前了，此刻自己的身份不利，不敢轻举妄动的。所幸韩家定的是富农成分，也属直不起腰抬不起头的一类。很快发现了便宜处，就是白星昱完全没有保护，她的娘家是被镇压了的，几乎觅不到人丁了。夫家也败得四散奔逃，亲戚间彻底断了来往。就剩她一个年轻孕妇带着仨娃儿，飘零在这人世上，大的不满七岁，小的尚在腹中，日子是根本没法过的。当此时刻，自己只要稍用伎俩，就可以如愿以偿。

可叹这时想娶她做妾也不能够，只能是个私通，自己悄悄地享受她，暗暗地帮助她，只能是这样。唉，这她就落不下好名声了。却也是没法儿，老天就要这样作弄人啊，怎么办呢！这就是红颜薄命吧？谁叫她生得那么勾人儿呢？她长成那个样儿，她就得是这个命！

上村下庄里，惦记韩家寡妇的爷们儿肯定少不了，但没有谁是能成为自己对手的，白星昱再怎么落到地儿上，她也不会完全没有挑拣的，再怎么着，相信她也不会愿意让大字不识的铁杆儿庄稼汉占她的身子，她总得从识文断字的人里头儿择选，那就是自己占上风头儿了，这星河谷里，找不到比自己读书更多的人，找不到比自己想她更痴更久的人啊！

却谁知打得“噼啪”响的算盘又遭落空，这番自己是败到了谭春阳的手上。

这多么出人意料！谭春阳想过白星昱，这个自己知道，但那是多年以前的事了。那时候的白星昱是娇滴滴的白家小姐，黄花儿闺女，寒门小户的崽子谭春阳见了她想入非非情属正常。可现在，两人的身份地位调了个儿，白星昱已经是破落户家拖儿带女的寡妇，谭春阳却是大权在握尚未婚配的生产队长，他们之间是严重不般配了。

之所以没有把谭春阳列入对手名单，是因为这个人从汉中回来后，像是把从前的事儿尽都忘了似的，对他的怨恨、对白星昱的痴情，好像都不曾存在过一样。他生活得安分、勤劳、平静，赢得敦厚、坦荡、仁义的口碑。他确实是个正人君子，这个自己也认同。正因为如此，自己才不防范他的。像他这样的男人，绝不会有鼠窃狗偷之为，即便他仍旧喜欢着白星昱，为她仍旧迷人的容貌动心，他必会做到死死克制自己，不去占她的便宜，致她背上荡妇的名声儿。如果不能够娶她，他是不会接近她的。

而他怎么可能娶她呢？他一个童子身，怎么可能娶一个拖带着四个孩子，跟自己身份地位天悬地殊的寡妇呢？天下不会有这样的事情发生！就算他有这个意，不在乎白星昱的寡妇身份和她的小“拖油瓶”们，必也难以实现，他的母亲弟妹会誓死阻拦的，他家是节孝牌坊人家啊！哪里会接纳一个将玷辱他们门楣的妇人？绝对不会的！

唉，谁知自己就失算了呢？

这辈子对谭春阳最大的恨，就是自己心心念念地想着的女人到底被他得了去，他抢走了自己的白星昱。

更可恨的，随后他就把自己投进了大牢，让自己熬受了整整十年的漫长凄苦的铁窗生涯。

思及此处，一个恍神儿，孟千秋回到了二十七年前那刻骨铭心的悲催的一天。

6

星河谷北抵罕图坝山南麓，南临敦伦城所在的小小平原奂原，方圆约两百里的面积内，共坐落着大大小小九个村庄，都依在星星河岸边，从北向南，依次是海王星邑，统称天王星邑的东邑、西邑，三星邑，金星邑，木星邑，水星邑，火星邑，土星邑。其中海王星邑最小，只有十几户人家，处在谷原的最北边，紧邻铺展在罕图坝山脚下的西大沙，天王星邑最大，东西两邑的人家加起来计有一百五十多户。土星邑处在最南边，傍近着奂原北缘。除了东邑西邑是隔河相望外，其余各个村庄之间，或相隔五六里地，或相隔十几里地不等。这些村庄里的居户差不多，都是五六十户人家样子。整个星河谷的土地，在行政区划上，新中国成立前叫星河镇，新中国成立后改叫星河公社。星河公社里，每一个自然村和其周围的零散居户，组成一个生产小队，就是共有九个生产小队。又把它们分成两个大队，一个是三星大队，大队部设在三星邑，跟三星邑生产小队队部共用一个院子，由海王星邑、东邑、西邑、三星邑四个村庄组成。另一个是五星大队，大队部设在水星邑，也是跟水星邑生产小队队部共用一个院子，由金星邑、木星邑、水星邑、火星邑、土星邑五个村庄组成。公社政府坐落在三星邑和金星邑之间，南北两边各有些分属三星邑和金星邑的零散农户。因为是公社政府所在地的缘故吧，这里的院落占地面积都较宽阔，房屋街道看着也都轩敞，举凡供销社、邮电所、储蓄所、供电所等公社所属的政府服务部门都设置在这里，这个地方就衍化成了一方乡民进行买卖贸易的集市。星河谷里的人们通常所说的集镇，就指的这个地方。

全星河谷里，共有九所小队学校，两所大队学校，和一所公社中学。小队学校就都设在各自的村庄里，只有一到三年级。大队学校是四到五年级，公社中学是六到八年级。五星大队学校就设置在大队部的旁边。三星大队因为离公社中学极近，把学校建在了公社中学的旁边，就是出三星邑往南走约二里地的地方，两个校园只一墙之隔。显然是为了环境清幽少受外界干扰的缘故，公社中学在集镇的最北边，跟公社政府和其他单位之间隔着有二里地的距离，显得孤零零的。

这天，星河谷里其他地方都一如往常，唯三星大队队部的院子里一改素常的寂静，一派喧哗热闹，三星大队“破四旧运动”批斗大会即将在这里举行。

只见靠院北墙相隔几米远挺立着的两棵高大杨树间，一条醒目的红底黑字宽大横幅凌空高悬着，看去甚是显眼，横幅上，“三星大队破四旧运动批斗大会”一行大字凛然严正，散放着威肃之气。

横幅底下的主席台上，居中打横摆放着三张毗连的长条木高桌，高桌后边一溜儿摆放着十几张木椅子。居中一把椅子上，正身端坐着一位四十八九岁的壮年男人，这是前来督导工作的公社副书记徐茂。徐副书记的两旁，依次排坐着公社、大队里的干部和生产小队队长，谭春阳的椅子在右侧把边儿位置。

台下熙熙攘攘，人头攒动，高高矮矮的木椅板凳上男女老少坐得满满当当。今天人们排坐的样式颇为不同，靠前头儿紧挨主席台的地方，一线拉直地摆放着两排窄长的木高桌，坐在高桌后边的椅子上的海王星邑、东邑、西邑、三星邑四个生产队里的干部、党员们，跟主席台上公社大队里的干部们一样，是面朝着南边的。在他们的前面，平坦的院坝里，来自几个村庄的老乡们或斜对着，或正对着，里三层外三层地围坐成个半圆环形。圆环的最里层是十几个身着绿色制服的红卫兵小将。小将们所团围着的圆环中心，两米见方的一块空坝上，扎堆儿跪着几个五花大绑年龄不等的男人，他们的脖子上都挂着写有自己名字和“打倒”字样儿的硕大牌子。其中四十岁出头儿的孟千秋是看着最年轻的一位，最老的一位已经头发斑白，胡子大把，至少年逾古稀了。

阳光从两棵大杨树的枝缝儿间照射下来，使院子里的一切都显得生机焕发。

这是个微风轻拂的日子，头顶上天空碧蓝，远远的，南天边上飘浮着几团白云。大队部院子里树上的鸟儿在争相啁啾，但它们的声音被院子里的喧哗覆盖了，难以听闻，这一刻，这方空间里，只有人声鼎沸。

徐茂副书记抬腕看了看表，然后侧转头，冲把边儿坐在主席台左侧的一位戴黑框近视眼镜的男干部点一点头，就见这位干部站起来，向台下打着示意安静的手势，大声说：“大家静一静！大家静一静！”

这位是三星大队的队长姜辉，大约四十五岁的样子。显然今天会议的主持人是他。

姜队长的声音一出，台下喧嚷顿时消停下去。

就听姜队长声音洪亮地说道：“今天，公社里的领导来视察我们三星大队‘破四旧’工作的推进情况，这对我们是极大的鼓励！我们一定要把这项工作做到最好！不辜负上级领导的关心和期望！……大队四个村子的这几个地主恶霸都被绑在这里了，大家要积极踊跃地批斗揭发！为推动我们三星大队的‘破四旧’工作做出贡献！”说罢，举起右臂凛然高喊：“打倒地主恶霸，让地主恶霸俯首认罪！”

台下村民们立即响应，个个一脸庄严，满腔正气，奋臂高呼：“打倒地主恶霸，让地主恶霸俯首认罪！”

一时场内众声如雷，隆隆滚过。

几遍喊罢，群情激奋至极。

就见一个小将忽地冲上前去，一把揪住孟千秋的脖领子，满脸恨恨地大声说：“这是全大队最大的地主！今天先拿他开刀！老实交代，你都干过啥坏事？！”

场内人们的目光“唰”的一下聚焦到了孟千秋身上。

谭春阳也投目望去。这是时隔近二十年来，他第一次跟孟千秋这么近地同处在一个院落里，能够看见他的脸。尽管离得远，孟千秋又始终低垂着头，他还是看得见他额头上的疤瘌。睨视着那道触眼的疤痕，他心里搅动，泛着一种难言的滋味儿。纵是现在自己以胜利方姿态居坐在审判者位置上，他还是更希望那些黑暗过往不曾发生过，不曾有过孟千秋剁掉自己四根手指的可怕祸事，也不曾有过孟千秋的额头被他父亲砸伤落疤的残酷一幕。如果是这样多好啊！如果是这样，那今天他们的见面就会是好友相聚，不醉不归，而不是这样的俨然仇人相见，旧伤揭开……尽管自己的左手早已经灵活自如，干活儿做事都不妨碍，几乎看不出是残疾了，毕竟它的样子瞅着让人难过。让人一触之下总不由想起痛苦往事，而顿时心情低落。推己及人，孟千秋又怎么会不是如此呢？记得曾经他是那么在意容貌，为自己的外相英俊而沾沾自喜啊！唉，这些年里，他可还敢照镜子吗？一旦面对镜子里自己的面孔时，他是一种怎样的心情？

沉思默慨着，谭春阳收回目光，落到面前的茶杯上。

千目所灼之中的孟千秋显然难以感应到彼此有特殊恩怨的谭春阳的这番心境，只见他脑袋使劲儿低揞着，不抗拒，也不言语，一副甘心自为木头桩子，任人处置，完全放弃了个人意志的样子。

这副情状惹得小将们气恼横生，都怒眼盯着他，一起叱声高喊道：“坦白从宽，抗拒从严！”

孟千秋充耳不闻的样子，仍是一动不动，一声不吭。

又一个小将两步跨过去，站在孟千秋跟前，锥视着他，厉声说：“你大哥孟千瑞一听说要批斗地主、清理革命队伍，就自杀了。你说，他是不是拒绝接受人民的审判？！”

显然这句话戳到了孟千秋的痛处，他受不了了，脸一下涨得红紫，猛地抬起头来，双目圆睁，嘶声吼道：“我哥是不想遭你们这帮贼娃子侮辱！”

这激怒了小将们，几个人一齐雄赳赳地冲上前去，团团围住孟千秋，纷纷开口，严词谴责：

“你个狗地主！”

“这么不老实啊！”

“竟胆敢骂人啊！”

揪着孟千秋脖领子的小将忽地松开手，狠狠地一脚踹去，边大喝道：“叫你个狗地主再不老实！”

孟千秋被踹得一下子歪倒在地上，紧紧闭上了眼睛。

小将“霍”地转过身，神情豪迈地环视着村民们，义愤填膺地大声鼓动说：“揭发他！审判他！”

这次却迟迟不见有人响应，村民们有的东张西望，有的几个人脑袋凑到一块儿去小声嘀咕，没有主动站起来讲话的人。场内一时默寂了。

主席台上的人们一霎儿都更加显得神情冷峻，个个紧抿着嘴角朝底下空坝处望着。

过了片刻，徐茂副书记又侧转身，朝姜队长望去。姜队长像是有感应似的，迎着望过来，两人眼神儿碰了下。姜队长就又站了起来，更加庄凛的样子，铿锵有力地大声动员说：“乡亲们，你们要积极揭发！揭发有功，包庇有罪的哟！”

他朝东邑村民们坐着的地方望去，一眼瞧见了齐顺，就指着他，点名道姓地说：“齐老哥，你给大伙儿带个头儿吧！你当年不是给孟家扛过长活吗？他们家里的事儿一定知道不少！”

齐顺应声站了起来。看脸上，他依稀还是十八九年前的样子，只是头发半白了，肩膀更往前倾得厉害了些。他一脸庄重地冲姜队长拱一拱手，随后下意识地朝谭春阳望去。谭春阳也正朝他瞅来，两双眼睛一碰，里边闪着的光一霎儿都更加显得亲切了，各自微微一点头。齐顺脸转过来，缓缓扫视着身旁边的村邻们，目光停落在两两挨肩坐着的德辉和祖庆身上。看着他俩，他一脸严正地说："确实我给孟家扛过长活，知道他们家的一些事儿。但我觉得别的那些事儿都不足以说明啥儿，就只一桩，是该当在今儿挖掘一下子的，就是西邑小队谭队长当年被孟千秋砍掉四根手指这桩事儿，我敢对天对地说，孟千秋这是栽赃陷害谭队长！但是我拿不出证据来。我就指出两个能举证的人吧，就是德辉和祖庆，他俩那时候一个是孟家的少管家，一个是贴身伺候孟千秋的长随。孟千秋的事儿，绝瞒不过他二人的！"说完，又朝姜队长望去。姜队长面露欣喜，大声说："齐顺说得恳切，揭举有功！请坐下吧。"说罢扭头瞧着身边的东邑小队队长，吩咐说："东邑小队记着给齐顺社员加十个工分啊！"东邑小队队长应声使劲儿地点头，连"嗯"了两声。

齐顺又满脸严肃地举手对主席台上拱了拱，为行集体礼，完后矮身坐回到板凳上。

众人的目光齐刷刷锁定了德辉和祖庆二人，只见他俩儿勾头坐着，个个额上密密满缀着汗珠子，恨不得地上能闪开条缝儿让自己钻进去的样子。

姜队长眼光凌厉地朝他俩盯过来，大声道："德辉！祖庆！你俩儿谁先说？"

两人同时应声站起，脑袋都垂得更低了。祖庆的两只手禁不住地瑟瑟战抖着。

姜队长加重语气重复了一遍刚才的话，说："先说的，多给加十个工分啊！"

过了半晌，见二人总没有动静，小将们耐不住了，几个人一起大声叱呵，道："赶紧开口！也想被揪到这里来吗？"

就见德辉抬起头来，扭身冲着主席台方向，大声说："我先讲。我同意齐顺老哥的意见。但我同样也是拿不出证据来。我却能指定一个人，只消叫他老老实实坦白，当年的事儿就必定水落石出！这个人就是王喜财。"

东邑村民们的目光“唰”地朝坐在最外一圈儿的王喜财瞅去。王喜财的脸色骤然煞白，浑身筛糠似的抖着，脑袋耷拉了下去。

德辉说罢，坦然地瞧向姜队长。姜队长打个手势，对他说：“嗯，你先坐下吧。要是王喜财这儿真能审出东西来，再论怎么给你加工分啊。”然后大声叫着王喜财的名字，说：“赶紧坦白吧！政策你是知道的，坦白从宽，抗拒从严！”

王喜财应声站起来，不知是存心抗拒，还是吓得一时没了脑筋，只见他垂头呆立，瑟瑟战抖，一声不吭。

小将们见状，几个人脚步“嗖嗖”冲出人圈儿，威风凛凛地奔过去，一把揪住他的衣领子，扯进人圈儿里来，使劲儿搡到孟千秋旁边，喝道：“说！那时你给孟千秋是咋当的走狗？！你们咋样设谋陷害的谭队长？！”

王喜财面色如纸，嘴唇哆嗦，结结巴巴地说：“他……他……他们家雇别人干活儿，剥削别人的劳动，嗯，嗯，自己享受！”

几个小将不屑地一撇嘴，一起呵斥道：“老实点儿！拿这个糊弄人呀？”

王喜财脑袋使劲儿掮下去，汗珠子顺着脸颊“簌簌”滚落。

又几个小将冲上来一起对王喜财怒喝：“快说！不然把你也捆起来！你肯定知道里头儿的猫腻儿，不然咋会出那么多汗啊？！”

王喜财脑袋掮得更低了，似要钻进地缝儿里一般。

一个小将咬着牙说：“坏家伙们从来都是不见棺材不落泪，去拿绳子，把他也捆上。立刻叫人去抄他的家，跟地主老财一样对待！”

听见这话，王喜财的脑袋应声抬了起来，惶急地喊：“我说！我说！他，他，确真是他当年下套儿，栽赃陷害谭队长……”

一言既出，场内所有人的目光都“唰”地投向谭春阳。只见谭春阳神情凝重，一动不动，朝台下看着，似是陷入了深思一般。他的表现与预期不符，人们就又掉转目光来瞅孟千秋。就见这人似是遭针扎了的气球一样，登时瘪了下去。

小将狠劲儿搡了一下王喜财，催促道：“到底是咋回事儿？说清楚！”

王喜财就把当年的事情如实讲述了一遍，哪年哪月哪日，孟千秋咋样在晌午饭后把他喊进他的书房，给了包大烟膏，让去给谭春阳栽赃；两人咋样“嘁嘁喳喳”地商计了半天，定下计划；咋样王喜财随后依计而行，等午后佣工们都去各自岗位干活儿了时，他偷偷溜进佣舍，把包着烟膏的小小灰色布包塞进了谭春阳的鞋壳里；随后孟千秋咋样聚集人众，在花厅里指挥家丁当众剁掉了谭春阳的四根手指。

随着他的话落音，姜队长猛地站起来，凛声喊说：“大恶霸孟千秋，竟然诬陷伤害革命战士！”边说着，愤慨地高举起手臂，大喊道：“打倒孟千秋！”

场内人们立即响应，纷纷手臂高举，怒不可遏的样子，齐声呼喊：“打倒孟千秋！”

怒潮般冲荡的呼喊声中，孟千秋双膝跪地，低掯着头，一言不发，任小将们推来搡去，表达厌憎，更加如一截毫无自主意识的木头桩子了。

群众呐喊齐呼的情形持续了足有三分钟后，一个小将请示地朝姜队长望去。姜队长会意，打手势止住了众声。小将转过身来，盯着王喜财，大声说：“孟千秋当年干的坏事儿一定不光这一件！你继续揭发！说出来可以立功赎罪！”

王喜财哭丧着脸，说：“这事儿完后孟千秋给了我一包银圆让我远走了啊。我去了大东北，这老乡们都知道的。直待新中国成立后我才回来的……我真的再不知道了呀！”忽然眼珠儿一转，有了主意，大声说：“问祖庆！祖庆贴身伺候孟千秋那么多年，啥都知道！”

“祖庆？”小将们问着，一下想起刚才跟德辉一起被喊站起来的那个人，是呀，还没审他呢！就折身放眼踅摸着找。王喜财伸手直指着勾头坐在人堆儿里的祖庆，说：“在那里！”小将们也看见了，冲过去不由分说把祖庆揪过来，一把搡在王喜财身旁，喝道：“他知道的已经说了，该你了！老实讲了，可以立功赎罪，拒不开口，没好下场！”

祖庆情知躲不过，这是报应时候到了，就不再存侥幸心理，舔舔嘴唇，交代起来，把自己所知道的孟千秋当年先是意欲拉拢敦伦城梅花巷的罗家当铺掌柜罗瑞陷害本村的白老爷，随后又下套儿布局诱引住在土星邑的韩家老爷太太抽大烟，害得韩家倾家荡产等恶行一五一十地述了出来。他跟在孟千秋身旁那么多年，耳濡目染，学了些文化，口才不俗，讲得有条不紊，环环相扣，颇为抓人，直让全院子里的人一时都屏息敛气，听得入了神。祖庆毕竟不够老实，他只讲了孟千秋咋样干的这些勾当，却避匿了他为啥要干这些，也就是没有道出孟千秋所做一切是为了得到白星昱这个关键点。这就极大程度地保护了昔日的主子，同时也保护了自己。因为这就护住了白星昱的名声儿，也就不致凶狠刺伤谭春阳的脸面，避免了他剧痛难当之下对自己和孟千秋狠下杀手。毕竟此时白星昱是谭春阳的妻子了啊。

偏偏场内听众们也都忽略了这个至重要点，大伙儿是都迷进了剧情的热闹中，没有人想到还须刨根问底。唯一对此有些知情的谭春阳和白星昱两个当事人，也都出于各自的原因，没有追究。谭春阳不追究，是跟祖庆相仿的心思，认为追出这个根点来，实在对妻子是桩伤害，无一丝儿好处。白星昱不追究，却是跟乡亲们的情形相仿，她简直被祖庆所说的话惊气得一时呆住了，原来自己前婆家的凋败竟是孟千秋一手糟害的！这个坏蛋竟然还想过谋害构陷自己的父亲！这个恶魔！该怎样惩罚他呢？！

正当她这么想着时，村民们纷纷站起，个个气得要炸的样子，一边口里大骂着，扑上前去，撸袖奋臂，作势要打死孟千秋。急得主席台上的领导们都“霍”地站起身来，徐茂副书记和姜辉队长一起发声制止，喝令小将们赶紧把群众拦截住，切不可发生群殴事件。小将们得令即行，奋勇争先，环绕几个地主恶霸，拉手结成一个钢筋铸就般的圆圈儿，将他们护在了圆圈儿里，群众们被死死地挡在圆圈儿外边。

徐茂副书记急忙喝令立即将孟千秋押走，关进派出所去，等候审讯定罪。

两个小将虎虎生风地冲上前，一人抓住一条胳膊，把瘫软得面团儿似的孟千秋提拎起来，拖拉着往场外去了。他们的背后，“打倒恶霸地主孟千秋”的吼声海啸怒涛般地一波一波滚滚追上来。

7

孟千秋右手使劲儿一掐自己的左胳膊，回忆戛然而止，他猛地回到了现实中。这是他数载铁窗生涯里苦练出来的功夫，每当陷入回忆，到这个地方，他就用这个法儿迫使自己打住，不再进行下去。这是他一生中最痛苦的节点吗？他无法否认它曾经真实存在，无法做到不想起它。唯一的办法，就是接受它，训练自己在面对它的时候能够以最快的速度回归平静。有什么大不了的？没有哪个人一辈子是一帆风顺的，人生遭受苦痛祸厄在所难免！过往辉煌也好，窝囊也罢，都是过去了，思之无益，要紧的是把握当下，打赢眼前的一仗！这是他的理念。就是靠着这一理念他熬下了十年的牢狱生活，做到了丝毫没有被漫长的监禁削夺掉斗志和对明天的信心，并在阴霾过去后如愿迎来了灿烂阳光。是的，后来的十来年里，倚靠大儿子的威势，自己对谭春阳所行的种种报复，就是自己寻找回来的阳光时代。

他一直都做得很好，今天也不能例外，他必须是那个赢到最后的人！这么一想，他就静了下来。一静下来，就想起了正置身其中的事情。不由抬眼朝墙上的挂钟瞅去，看见时针就要指向十一点钟，已是吃晌午饭时间了。可自己早饭还没吃上呢。此念一起，不由心里一凄，就觉肚里饥饿更加难耐了。

8

这次是怎么从深深记忆里返回的？谭春阳一时竟不能知道。惊觉过来，人已在节孝牌坊前了。那应该是这座牌坊唤回了自己的吧？他想。想想走来这一路上联翩追忆，流连往事，俨然穿行时光隧道的样子，他不禁摇头苦笑，人的念头就是这样，泥鳅似的，倏地来了，倏地去了，完全不由着自己。唉，都是眼下正在做着的这件事闹的！这件迥乎常情的事唤得许多沉睡的记忆“哗哗”醒了来。确实也得这样在内心里重走一遍人生路，这样才好把头绪厘清啊！不自禁地，他又叹息一声。叹罢，微仰着头，他开始凝神端详牌坊。这是已经深深镌刻在心底随时随地闭上眼睛就能清晰呈现的景物，却又是常看常新的。每一次来到这里后的打量观瞻，他都能从牌坊的结构造型、石材纹理间看到新的东西，获得新的启示。

这是鹤野坡上最平坦开阔的一块田地。青绿的高粱秧苗刚刚长到膝盖处，在微风的推动中泛起一道一道耀眼绿波，衬得矗立在田间的灰白色花岗岩牌坊越发显得肃穆端雅，庄严壮观。高大的牌坊坐东向西，宽 8.18 米，高 6.16 米。石制卯榫结构，穿坊斗拱，飞檐翘角，气势恢宏。间隔有距的四根石柱构成三个门，为“四柱三间七楼”式样。中门较宽，其横梁间有一块长方形大理石板，正面刻着“圣旨”两个遒劲大字。石上覆盖着仿木石庑殿顶。额坊上镶嵌着大理石，上刻横批“节慈可风”四字。字迹相对较小。它们的两旁刻着线条流畅的浮雕葫芦图。两侧石柱上，正面分别镌刻“光照卯金青灯有焰”“流芳天水古井无波”十六字对联，背面分别镌刻“门题沛相”“瑶池冰雪”八字对联。两边侧门相对较窄，横梁下所饰的浮雕构图都是云彩纹、水波纹。北侧门额坊上，正面刻着“松年”二字，背面刻着“鹤寿”二字。南侧门额坊上，正面刻着“冰清”二字，背面刻着“玉洁”二字。南北两个侧门靠外的石柱上，正面分别刻着“高行里中香吹茔遗”“怀清台下影照琅玕”十六字对联，背面分别刻着“忠孝节义”“温良恭俭”八字对联。横批和对联都是楷书。最南边一根石柱下部的正面刻着一行小字：“咸丰五年秋为谭献章母宋大孺人立”，也是楷书。

这是后来又重建起来的，原先的那座石牌坊在“破四旧”大扫除中被拆掉了。想到当年拆自家节孝牌坊这件事，谭春阳的心里禁不住一揪，这也是自己生命里的一个痛处啊！他叹息。记得是在一个下大雨的夜晚他初闻这个消息，偏偏那又是母亲破天荒地把二妹和三弟都叫回来，召开家庭会议，力阻他跟星昱结合的苦恼时刻。这么想着，他不由得又叹息一声，唉，那也是个独特的夜晚啊！他就站在那儿，细细地回想起那日的情景来。

9

煤油灯的火苗儿像是被窗外的雨声吵得越发摇曳了似的，涟漪一般洒来的灯光使母亲腿上正搓着的麻绳儿闪起朦胧金色层层摇动，谭春阳坐在那里默默看着，一时心里生出安宁，几乎从没感受过的岁月静好，在这样大雨滂沱的夜晚，手足几人聚在母亲身边，这样守着小小 盏灯，看母亲坐在小方炕桌旁微低着头悠悠地搓纳鞋底儿用的麻绳儿，这是童年时光的样子吧？这是多么安生啊！人生只要这样得安生就好啊！

他就想留住这一刻，他就想，先都别说话呀，就让屋子里这么样静悄悄着吧。但是他的梦想眨眼就被打破了，只听母亲低低叹息一声，说道："我已经是快入土的人了，不指望能看见你儿孙满堂，但总要让我有个想头儿呀，韩家寡妇总归是……她都生了五个孩子了呀，她要是不能再生养了，你不是活活自己去找罪受吗？！"

母亲所说的每一个字都进了谭春阳的耳朵，他却像是并没听见似的，没有一点儿反应。他这是坐在地下的凳墩上，跟母亲隔炕桌斜对着，抬眼就看见母亲面庞的侧影。母亲看着真是老了，头发白了大半，皱纹堆叠的眼角像是贴着块儿核桃皮似的，格外透着沧桑。唉，自己都这个岁数了，还给老母亲添忧加愁，让她焦心，不孝之子啊！咋样能想个法儿，求得两全呢？换成任何别的事，自己都不会这样忤逆母亲的。他想着，脖颈儿低下去，下意识地手伸进衣兜里摸烟袋，抽一袋烟吧，慢慢吮着烟袋嘴儿，或许脑子里就能有主意儿了。这些年生产队里碰到头疼的事儿，每每都是"吧嗒吧嗒"抽一会儿烟，法儿就琢磨出来了。

外面大雨敲在窗棂柱上“啪啪”的响声，压住了在堂屋里刷锅洗碗忙碌着的谭春晖弄出的响动，却压不住她心里的喧腾声，她清晰地听见内里一个声音焦急地敦促着：得说服你哥啊，可不能让他跟白星昱结婚啊！他要是娶了这个女人，活着有受不完的累吃不完的苦头儿不说，死后也惨呀，他得守孤坟当孤鬼儿啊！人都免不了要终老的呀，到时候白星昱肯定是要跟她前夫合坟呀，她是要去入老韩家的坟茔地的嘛，那你哥不就给剩成光杆儿啦？那他这活着时前半辈子打光棍儿，死了还是要无休止地当光棍儿汉的呀！谭春晖干活儿的手越发飞快起来，忙不迭地把锅盆勺铲冲洗干净，洗好的碗筷“乒乒乓乓”放进碗橱里，扯毛巾擦擦手，快步走进屋里来倚墙耷拉着腿坐在了炕沿儿上。

炕里的谭春明更往墙旮旯儿挤了挤，两眼朝姐姐瞅来，眸光比平时看着射亮许多，让人能一眼瞄见他心里的忧急。谭春晖看了看母亲，跟谭春明对了下眼睛，姐弟俩一时都朝大哥瞅过来。

谭春阳举着细长的木柄烟袋“吧嗒吧嗒”地抽着，两眼瞄定面前的杨木炕沿儿，一言不发。

钟淳兰放下手里活计，也侧脸朝大儿子瞅来。一眼之下，不由愣住，坐在那里瞄着炕沿儿静悄悄抽烟的，分明是景熙啊！

她一时不由恍神儿起来，是的，那个时候，景熙就总是这样在夜晚里，油灯的光晕中，慢悠悠地吮着烟袋锅儿，斜对着坐在地下的凳墩上，看自己穿针引线地做针线活儿。他会闲闲地拉几句话，更多时候默默不言，让她跟他一起享受日月的安谧。他耷拉着眼皮静静地抽一会儿烟，会抬起眼瞅过来，低低唤一声：“淳兰。”这是不需要答应的。她知道。所以她就总是只送目光过来与他相迎。两双眼睛只是碰一下就好，万语千言就都说完了，或许正困顿着他的一桩难窘就悄然化解了。他几乎不跟她讲自己的难处，让她觉得他们的日子里没有横亘的沟坎儿，让她不知道生活真实的艰难。

只有一桩，他是让她分担了的，就是春阳二十一岁那年恋上白星昱这件事。儿子喜欢上了不可以喜欢的女子，做父母的如何是好？！

景熙，对不起，我没有做好。这件事那时候我就没有处置好，连累咱家遭了一劫。这么多年熬过来，咱竟没把它甩掉，它竟跟了过来，现在它逼人逼得更狠了啊！

景熙，算一算，这桩事儿苦了咱们整整二十年了啊！

景熙，怎么你就走了呢？让我独自来面对这个烦难啊！

钟淳兰在心里愁苦地诉说着。

谭春阳抬眼间睹见母亲正瞅着自己出神的样子，不由讶异地唤了一声："妈？"

钟淳兰一霎儿回过神来，意识到自己刚才恍神儿了，不自禁地暗叹，唉，春阳长得太像他爸爸！尤其到了这个岁数，这么在油灯光下猛不丁一看，简直就是他爸爸再现。想到故去的丈夫，钟淳兰觉得自己肩头的责任更加重大了，心里越发下了狠，必须阻止这个事，春阳绝不可以娶个寡妇！尤其这个寡妇是白星昱！

她就定了定神儿，直瞅着大儿子，声音透着悲慨，说道："在你婚事儿上咱家对不住你，咱家穷……嗐，你是让了弟弟了。"腔调忽地换成忧怨："可是现在不一样了呀，现在世道变了呀，你现在好歹也是生产队的队长了，用不着这么将就自己了呀！"

"妈，哥不是将就……"谭春明冲口道。话出口，顿觉不妥，倏地闭嘴。

"你咋说你哥不是将就？"母亲目光锐利地看过来。

谭春明低下了头，不吱声儿。哥喜欢白星昱，这他知道。当年哥不肯结婚，其实主要的原因不是为了省下钱给自己成家，他是……这他不能说出来，哥疼惜他，他也得疼惜哥呀。他啥都不能说的。

这他却是憨了，母亲岂有不知道这个的呢？母亲比谁心里都清楚啊！不过是不能挑出来啊，挑破了这个，勾起大儿子青春年少时候埋进心里的情根，那就更难劝阻他了啊！

没错，就是这个女人害了自己的儿子！她害他惨失四根手指，落下残疾，害他打了半辈子光棍儿。如今她成了寡妇，竟还要接着害他呀！春阳要是娶了她，后头儿的罪咋遭?！甭说别的，气都得给她那前夫的四个儿女气死啊！

这么想着，钟淳兰越发两眸铆住小儿子，一副不放过的样子。谭春明纵是揹着脑袋，也知道母亲在盯着自己，明白这不全是恨他多这句嘴，母亲的意思是想让他帮腔助阵。毕竟母亲今晚上把自己叫回来，目的不在合家团聚啊。非得说点儿啥不可了，这么想着，他往前挪了挪，攥拳放在嘴前轻轻咳了下，抬眼看着谭春阳，说道:“哥，妈说的没错儿，星昱姐，哦韩家嫂子，要说也是个好女人，队里照顾她一些可以……你就还是多帮她些吧，可别跟她结婚。你要是跟她结了婚……你一个没结过婚的人，一下负担她四个孩子，日后哪能好过了去！”

这也是掏心窝子话，春明不愿意自己挚爱的哥哥去当一堆孩子的后爹。他认为哥哥配得上世间最好的女子，完全可以娶个没结过婚的闺女。白星昱虽说是这趟川儿女人里的人物头儿，可正像妈说的，毕竟她年岁上过了劲，又是拖着一堆孩子的寡妇了。她配不上哥哥了。

谭春阳扭过脸去往烟灰缸上轻轻地叩着烟袋锅，淡腔淡调地说道:“她男人要不是护着生产队的毛驴，能让车撞死吗？我既是生产队队长，就有我的责任！”

“他要不是因为成分不好，他也不会那样舍命护着那畜生……”谭春明在嗓子眼儿里嗫嚅道。

谭春阳脖颈儿直起，脸一沉，不高兴地瞅着弟弟:“话咋能这样说?！”

谭春明登时不言语了。

“你当队长的有责任！好，好！那你不能用别的法儿担这责任吗？你就非得去挑起他丢下的那个家吗?”母亲厉声喝问，目光似标枪般朝谭春阳掷来。

谭春晖忙说:“哥，妈把我们叫回来，是替你着急呀！‘狗肉贴不到羊身上’，那后爹不是好当的哟！就你现在这条件，找个黄花儿闺女也是有的，何苦找她个富农家的寡妇嘛！妈说得在理儿，白星昱要给你生不了个一儿半女，后头可有你的罪受呀！”

谭春晖本就直言快语，这又为了解围，肚里话就直通通道出了。她是真着急。她嫁得远，回娘家一趟不容易，该说的话可不能不说。前几回妈叨咕这事儿她都没往心里去，是因为不相信自己百里挑一的哥哥会真对一个拖儿带女的寡妇动心，不过是人们闲言滥语瞎猜罢了，哥哥心眼儿好，看着白星昱一个人拉扯四个孩子太艰窘，时时处处帮衬她，惹来了闲话的。这次听说事儿是真的，哥哥摊开挑明了要娶韩家寡妇，一下急得火烧到脑门顶，撂下一切跑了回来，说啥也得阻止他！

谭春阳看妹妹一眼，抿唇长长一个呼吸，“哼”了一声：“后爹，儿女，你们盯的就是这些个！”

谭春晖想说不光这些哪，有更要紧的哪，若你娶了白星昱，必定日后要守孤坟当孤鬼的哪，那可叫个真凄惨哟！话到嘴边，使劲儿咽住了。毕竟自己是当妹儿的，说话不能全没遮拦。她这一迟疑的当儿，就听母亲又是一声叹，说道：“要是你和她都还年轻，那还好论个相貌、感情，你已四十多岁了，她也三十大几的人了，可不就是盘算晚年了呗！人养儿女图啥？还不就是防老？你看我，虽说你爸先早去了，我这跟前儿有你们手足几个，我这晚年不孤凄啊！”

谭春阳又低下头去，专心吮起烟袋嘴儿来。他不同意母亲的话，但是不能顶撞啊。再想想吧，看看有没有两全的法儿啊。

钟淳兰见状，摇摇头，更深地愁叹一声，一时感到无计了。这是大儿子唯一不肯顺自己意的一桩事。可这是大事，不能依着他啊！自从知道了大儿子对白星昱的心又活了，她就想尽了法儿阻拦，暗地里托了多少人给他们两个各自介绍对象，奈何都白费了劲，任凭啥样的女子，春阳全不动心，那寡妇也是，任凭啥样的男子，统统回绝。唉，命里注定春阳这辈子就得要吃她白星昱这个亏吗？咋个老天就不长眼非得让这白星昱守了寡呢？自从春晖出嫁，春明成家后，她这是第一回把他们两个一起召回来议事呢。可是也白扯，春阳是长兄，他俩在他跟前能干个啥？唉！

谭春明见母亲眉头皱得更深了，心里疼惜，不由焦灼，恳诚地说：“养老不养老的倒没啥，我的孩子就跟哥的孩子一样，将来哥老了的时候……”

谭春晖生气地将他打断：“说的啥话！这世上的事儿哪个能料得到啊！”

谭春明倏地闭了嘴。

钟淳兰叹道：“你哥要是一辈子不娶，那倒行，到时候侄子养老送终是应该的。可他要是扎到那堆孤儿寡母里头儿去，那就谁也没法儿插手管他了啊！”

是呀！谭春晖一下被点醒了似的，更加忧煎了，一时就顾不得许多，使出了铩手锏，直盯着谭春阳，说：“哥，你有没有想过？即便你娶了白星昱，日后你们俩一起过了，可将来人家必定是要跟韩彦峰合坟的呀！到那时候你咋办呀？”

一句话提醒了谭春明，让他看到了自己没料及的更加严峻的后果，一时着急更甚，冲口道：“真的呀！到时大哥你就是要守孤坟当孤鬼的呀！”

“我就守孤坟当孤鬼！”谭春阳一声低吼，怒瞪着谭春明。

钟淳兰见状，给一下子气得说不出话了似的，手指点着大儿子，点了几下终于话才出口：“好！好！你到时候就守孤坟当孤鬼！”

谭春明见母亲这样，更觉得要阻住大哥，眼睛飞快地眨巴着，竟急中生智，想出了新招儿，只见他一脸严肃，用从没有过的冷腔峻调，说道：“大哥你就只管认定了想娶白星昱，可是你有没有想过噢，咱家可是节孝牌坊人家呀，一代一代传下来的。你若娶了白星昱，她就是二婚再嫁，那她进了咱家的门，咱家祖上的荣光可就全让你俩给糟践了呀！”

他是想起了晌间在集镇上遇到大队的姜干部，让捎话儿给大哥，全大队现在就剩下西邑小队的节孝牌坊这一样“四旧”没有砸了，赶紧砸，别拖后腿儿。再不砸的话，大队就派人来砸了，到那时事儿就没那么简单了。一旦论起这么拖着是因为这节孝牌坊是你们谭家的，那你大哥这个生产队长怕是就当不成了，还恐怕是不光撤掉职务这么简单噢！

谭春明一句话似是给所有人猛地敲了警钟一般，几个人一下都愣住了。这是之前都没思及的，可这个太重要了！真的哪，咱是节孝牌坊人家啊！咱这样门户的后人可以死，却不可以做给家族荣誉抹黑儿的事！哪个若违背了，就是不肖之子，死有余辜！

钟淳兰的声音一下提高起来，满含着悲愤："春阳，你可以不听我的话，不顺我的意，可是咱谭家的列祖列宗都在看着你啊！你要是……你可不能辱没连累祖上啊！"说着，忍不住低泣了起来，边泣边说："这都怪我啊，是我没有教好你啊……"

谭春晖赶紧站起来，跨过去扯下门后拉绳上的毛巾，转身递给母亲，心疼地劝道："妈，别着急呀。"钟淳兰接过毛巾，低头擦眼泪，一时难受得不能言语了。

"不肖"两个字变作大山，一霎儿沉沉压在每个人的心头，使他们的眼中都现出畏色。人生在世，这是谁都担不起的重压呀！这沉重使得谭春晖难以再开口了，她觉得此刻自己不管说啥都会是加重哥哥的罪。她下意识地朝弟弟望去，想看看他还有没有啥高招儿，可以扭转僵局的？迎住的是谭春明同样痛苦焦急的目光，两人都不禁深深叹息一声。

屋子里一时鸦静，衬得外面雨声更加像是瓢泼似的急暴了。

忽然外屋门"咚咚咚"一阵响，谭春阳忽地抬起头，边往一旁桌子上的烟灰缸里叩烟袋锅儿，边站起来就朝屋门口走，谭春晖也赶忙站起来跟了出去，谭春明"噌噌"下了炕，只剩钟淳兰仍坐在炕桌旁，巴眼瞪睛地朝门口瞅着，侧了耳听。

"谁呀？"谭春阳来到外屋门口，隔着门大声问道。

就听外边传进一个瓮声瓮气的话音："谭队长，韩寡妇家的房瓦坏了，屋里漏雨呢。我听见她那小儿子没命地哭，去问了一嘴。"是西邑生产小队的社员赵喜。

谭春阳一把拉开屋门，只见赵喜从头到脚披着件大雨衣，拿着手电筒站在雨中，朝屋里望着。

一眼看见谭春阳，赵喜忙把雨衣的帽子往后拽了拽，试探的语气，问道："队长，去给她弄弄不？她大儿子去找他叔了，指定他叔今晚不动，这大的雨呀！”

“不给弄咋办？她家里这一宿咋熬？”谭春阳说着，回头冲谭春明低喊：“老三，带上咱家那块油布赶紧跟我走！”

谭春明转身对着里屋问：“妈，油布在哪儿？”

钟淳兰跟谭春晖对了对眼睛，无奈地一叹，大声说：“在仓房门后的木架子上呢！”

谭春明就要往外冲，被谭春晖一把拽住：“你不披雨衣呀？！”

谭春明说：“咱家就一件雨衣嘛，给哥披吧。我去披那块油布呀。”说着一蹿出了屋门。

母亲大声告诉说：“那油布底下是塑料布，你披油布去回来时咋办呀？”

“春明！妈说油布底下有塑料布，你拿上呀，回来时候好走。”谭春晖对着谭春明的背影大声喊。

谭春阳披着雨衣出了屋门，谭春明也披着塑料布抱着油布从仓房里跑出来了。谭春阳冲着赵喜大声说：“走吧。”三人大步朝院外去了。

雨下得急，村街上淌成了小河，所幸谭家和白星昱家离得不远，一段路熟得闭着眼都能摸到，蹚着水走了一刻钟样子就到了。老远就听见守信的烈哭声在雨幕中穿飞。白星昱家的木栅栏院门半开着，三人径直进院去。篱笆半围着的院子里，一座三开间低矮的房子在大雨中看着格外黯颓凄惶，孩子的哭声更响了。

外屋门虚掩着，昏暗的一缕灯光从门缝儿透出来。三人停在门外，谭春阳伸手敲门，“咚咚咚”，边大声说：“星昱！赵喜说你家漏雨了？我们来看看呀！”

房门“吱扭”一声打开了。白星昱抱着大哭的小儿子站在门里，满脸焦灼惊讶复杂的神情，看着外面的三个人，大声说：“是队长啊！快进屋！这么大的雨劳你们跑来啊！”

三人迈进房门。这房子也是居中一间堂屋，东西各两个开间格式。他们穿过堂屋，往亮着灯的东屋走，赵喜边说："我出来看我们家仓房，怕漏雨，听见你家守信哭得厉害，怕是有啥事儿，过来问问，在院门口正碰见守仁往外跑，说是你家屋顶雨漏得厉害。我就去找了谭队长。"说着进了东屋，小小一盏煤油灯立在迎门横放着的五斗橱上，照出屋子里一片昏黄的光晕。盘的南炕，窗台跟炕连着。靠窗户的一溜儿顶棚，一线污水顺着墙边往下渗着，炕上挨窗台的下墙放着个铁盆，接那淌下来的泥水，如云和如华小姐妹俩抱团缩在炕旮旯儿，满眼恐惧地盯着棚顶上漏雨的地方，见有人来了，眼巴巴朝门口瞧过来。

谭春阳看了看顶棚，目光扫过炕上接水的铁盆，墙旮旯儿瑟缩相拥的两个女孩儿，停落在白星昱脸上，眼神儿里难掩的一股亲昵爱怜，安慰道："你别着急，先把漏的地方用油布苫上，等明儿亮天了，再和泥把坏的地方修上。"

白星昱穿着一件藕色隐暗花儿洋布半袖衫，宽松的深褐色洋布裤子，头发随意地在脑后挽了个髻，油灯浅淡的光里，她的肤色就像打了蜡似的，闪着与庄户人家过的日子不相称的一种白皙光洁，青春的清新仍旧在她身上萦回，这样看着难以相信她是这几个孩子的母亲，她更像是一个刚走出校门的年轻女学生似的。她肯定是不知道自己此刻在人眼中的美丽，这使她的美更像是一种梦幻，使她的身上散发着一种隐约却熏人的气息，当她进入视线，瓢泼大雨的声音，困窘艰难的景象，都化作了装扮美人的意象和布景。

谭春明和赵喜都只朝她一瞥，眼睛就转过去盯着漏雨的屋顶棚了，只有谭春阳一个人目光落在她身上许久才移开。

白星昱摇晃身子哄着怀里哭闹不休的男孩儿，面无表情地说："不用麻烦你们呀，我打发守仁去叫他二叔了。"

话没落音，一身雨水的守仁带着股风喘吁吁地撞了进来，这个八岁的男孩长了个跟自己年龄不甚相称的小矮个儿，看着像是只有五六岁似的，一双黑亮的眼睛显得格外懂事儿。他大声告诉说："妈，二婶儿说雨太大了没法儿，先将就过今晚，明儿再让二叔来给修房顶。"说完了，这才看见家里来了人。不由心里一亮，这是来给自己家救困的？这么想着，一时欢喜，眨巴眼睛看着谭春阳几人，不知该说句什么话。

白星昱无措了，眼巴巴地朝谭春阳看来。

谭春阳不接她的目光，直瞅着谭春明，吩咐说：“老三你去把梯子架上，先把漏雨的地方拿油布苫住。”

白星昱闻言，忙不迭地说：“真是对不住，得辛苦你们了……他爸在的时候就说那堵墙有点儿倾斜了……我是怕雨水一直这么渗着，等不到明天房子就塌喽。”

赵喜把手电筒递给谭春明，谭春明接过来就快步往外走。白星昱急忙说：“春明你光披着块塑料布哪行呀，瞅着裤子都淋湿了，你穿上雨衣吧。”就叫守仁去西屋拿雨衣。谭春明收住脚，他下半截衣裳确实已经湿透了，这时刻出屋外干活儿要是有件雨衣披上敢情好。守仁滴溜儿一个扭身，跑进西屋飞快拿了件大雨衣出来递给谭春明。谭春明接过边穿着出了屋门。守仁说：“我给你找梯子呀。”跟着出去了。

谭春阳转头看赵喜一眼，说：“你和我去小队院里扛条檩子来，把斜了的山墙顶上。”说着转身往外走。

赵喜问白星昱，“有手电筒吗？”说话间看见了守仁刚刚放在炕沿上的手电筒，抓起来赶紧追出去。

缩在炕旮旯儿的两个女孩儿互相紧搂着的小胳膊松了下来，两双黑眼睛出神地望着屋门口人们离去的地方，像是她们一时也不知道自己在想什么似的，自己家的房子这下有救了，可心里还是感到难过，说不出来的一种滋味儿，这情绪对于她们来说是太过巨大了，她们都还太小，如云才满六岁，如华不满四岁，都还没有扛起它的能力。她们的弟弟，两岁的守信似是也忽然长大了一般，是听懂了大人们的话吗？他止了哭闹，小脸蛋儿上挂着泪珠儿，有一搭没一搭地抽泣着，大眼睛朝窗外瞧着，像在寻思着什么似的。只有她们母亲的放松感显得那么清晰，就见她仿佛心里高高悬吊着的一个物件终于松落下来了一般，长长出了一口气，身子一矮，坐在了炕沿上。这却只是一瞬，随着下意识地，朝摆放在五斗橱上油灯后边丈夫的照片看了一眼，她的脸上又漫起了愁容。

过了多长时间呢？“叮咚”的雨水落进铁盆的声音没有了，顶棚上不再有雨水往下漏渗了。白星昱想把幺儿放下，去收拾一下窗台和炕面，却不行，一要往炕上放，守信就咧开嘴要哭闹，只好还是怀抱着他。只是这样她就没法儿干活儿了，只好吆着大女儿如云把接水的铁盆拿去放到堂屋地上，拿抹布把窗台和炕上濡湿的地方都使劲儿地擦，又教着让她去灶间刷锅烧开水，待会儿叔叔、伯伯们干完活儿得进屋喝杯水暖暖呀。正忙乱着，外屋门忽地被推开，守仁怀抱着雨衣挟带着一股冷风跑进来，高兴地大声说：“妈，房顶苫了大大一块油布，西山墙拿一根粗檩子牢牢实实顶上了。这回没事儿了呀，谭叔叔让你放心睡觉吧。明天雨停了他们就再来。”

白星昱脸上越发舒展了，急忙说：“快，快喊你伯伯叔叔们进屋来喝杯水！”

“谭叔叔让我送他们出去，在那儿瞅着他们把院门闩紧了，我才回屋来的呀。”守仁边放着雨衣，大声说。

“你谭叔叔他们走啦？”白星昱不知是歉然还是失落地“哦”了一声，一眼看见守仁放在凳子上的大雨衣，埋怨道：“你该让春明叔穿着回去呀。”

“他不穿呀。”守仁着急分辩似地说：“他非得脱下让我抱回来呀。他还是举着他那块塑料布回了呀。”

白星昱看着守仁的脸，一时有些发呆似的，半张着嘴，没再说话。

出栅栏门，三人往东走了没几步，赵喜就跟谭春阳兄弟俩道了别，他家就在白星昱家院东，隔着一道土墙。说好明天雨一停，就来给白星昱家修缮房顶。只剩了谭春阳和谭春明二人走在夜雨中的村街上。雨小了些，街上的淌水不那么冲了，却泥泞得厉害，走不快。谭春明想说点儿什么，嘴努了两下，终没出口，他在哥跟前总是不能敞开嘴就说。他却知道哥懂他有话要说，所以他喘气就不由得格外重，“呼哧呼哧”的，自己听着都震耳。行到一个岔路口，他收步子站住了。他想这就回自个儿家去了，今晚就不再去见母亲了。但他得把肚里的话道出来才好。他就低喊了一声：“哥！”

谭春阳也站住了，侧身看着他，显然已猜知了他的心思，却不言语。

谭春明说：“哥，我就不去家了，这就回了。我还有几句话，就在这儿跟你说了吧。我是直说了呀，说的有不对的，你海涵呀！”

“你说！”谭春阳眼睛转向别处。

谭春明咽了口唾沫，使劲儿挣了下脖子，开口道：“哥，星昱姐的年龄、孩子，这些个就不提了。你喜欢她，要说也是，情有可原。但是有一桩，你对她的心我是看见了的，可她对你有心吗？就说今晚吧，我看人家对你的态度可是……”

谭春阳蔼声解释道：“她自个儿现在是个啥处境，她能不知道吗？像她那样的人，她要是心上有一个人，她能不为他着想吗？”

谭春明一下愣住，也就明白过来，噢，噢，原来是这么回事啊！哥是这么样懂得白星昱啊！一时就觉心里一涌，滚过一股热烫，使劲儿点了下头，说：“哥，难为你们俩能这样互相体谅……那你自己的事儿自己拿章程吧，我啥也不再说了。那节孝牌坊，你甭放心上，明儿我领几个人去把它拆了。”

谭春阳急了：“也用不着去拆了它呀？！”

谭春明就把自己晌间遇到大队干部姜辉的事讲了出来，完后说：“咱们要是再拖下去，肯定要吃大亏了！拆吧！这是挡不住的了！”

谭春阳眉头紧紧锁着不吱声儿。

谭春明解劝似地说：“咱们自己去拆，还可以把上头儿那些东西搬些回来，藏在自家里，等以后一旦形势回转了，咱再拿去一一原位装上，要是大队来人给拆，那啥也留不下，就是真毁掉了啊！”

谭春阳还是不吭声儿。

默了下，谭春明说：“哥，咱妈那儿你甭担心。你跟星昱姐一起过的话，我就把妈接到我家去，我和葛珍伺候她。”

谭春阳神情愁郁了：“妈不同意这桩事儿，我哪能硬拗着她哟！我前儿就跟她提了一嘴，这不立马就把你和春晖都搬了回来？嗐，再说吧！不早了，你回去歇吧！”说着就要往前走，被谭春明一把拽住：“哥，妈那儿我去说，妈心软这你还不知道吗？我现在算是知道了，要是你不跟星昱姐结婚那肯定就是要一辈子打光棍儿了，这样的话，妈不是更难受啊？再说你要老是这么光棍儿一条，你这队长也没法儿往下当的呀！”

谭春阳说：“再说吧，赶紧都回去换衣裳，瞧这衣裳都湿透了！”就往前走去了。谭春明也就要走，转过身刚要举步，又停下，眼追着谭春阳背影，说：“哥，我刚才说的我会去做，但我还是要叮嘱你一句，你要是拿了章程，可是得知道，往后老来别后悔的呀！”

没有回音。

谭春明见哥哥走远了，就一扭身，拐进了小胡同。

一时间，小小村街上，只有谭春阳一个人快步行走着。雨在夜色里张扬地拉开着自己的大幕，罩住他独自向前的身影。

10

白星昱在柳条匣里翻弄半天，找到桃木梳子，拿着往后屋走。今早忙着赶饭菜，到这会儿才得空儿梳头。家里就一块尺把长椭圆形的镜子挂在先前做如云和如华闺房的后屋墙上，想照镜子，就得往那儿去。边走着，她忽然想，人都说自己不显老，怕是跟自己这不爱照镜子的习气有关呢，不照镜子，就看不见自己一日一日的变化，便不会被长出皱纹白发这类事情烦心，也就忘掉了衰老这回事。一桩事儿，你只要忘记它，那就不会受到它的搅扰。这么想着，来到镜子前了，她不禁细瞅起镜子里的自己来，虽隐约闪着有白发了，但发根依然浓密，焕着光泽，额上尽管横了几道细纹，却丝毫不影响面孔轮廓的秀致，眉目清朗，皮肤白皙，颊上微微两朵红晕皴染，这看着哪里像是山村里六十多岁妇妪的样子！真的是不见老呢！唉，难怪惹得村邻妇婆们背地里嚼舌根儿啊！叹一口气，她犯起疑惑来，东西两邑里的闲话说自己脸上春色不去是因为得了两个男人滋润的缘故，或许这有理儿？要不为啥喝同样的水，吃同样土地里出产的稼蔬，就自己这么看着不老呢？嗐，老天作践人，各般都给打上记号呀！自己这辈子就被“二春妇”这个名儿沉沉压着不见天日，“好女不嫁二夫”，自己这就不在好女人之列了啊！好在新中国成立了，要不然像自己这样的真是不好活，得给唾沫星子淹死啊！

一阵羞惭袭来，不觉低下头去，这最对不住的是丈夫春阳啊！他是最好的男人，一辈子却没得个最好的女人做伴。忽地心里一昂，不对！啥“二春妇”，都是老一套儿、旧脑筋！一个女人好不好，只跟她的心有关，只看她的心地是不是淳善干净，别的啥都扯不上！要是硬往啥“二春”上论，那也只能说自己跟对了人，自己是因为嫁了春阳才得这个样儿的呀！对，就是这么回事儿！自己是为了春阳而留驻的青春。头就扬了起来，她直视着镜子里的自己，笃定地确认所思所想没有错。

对的，自己是为了春阳而美丽的！当年，是容颜的姣好给了自己接受春阳爱的勇气，之后的漫漫光阴里，自己暗心里总是想着以美貌报答他，所以有了这般的情形。就是这样！自己就是为了对得起春阳，容貌才没有如其他女人一样随着时间而凋敝！

这么想着，白星昱的眼神儿渐而幽深，神思悄逸，小小镜子里的影像幻化成为四十年前的自己。

11

不经意地一侧头间，白星昱瞥见镜子里的自己，不由呆住了。这么好看啊！冲口暗叹着，她一时心里就涌动起来，那别再推拒了吧，就接受谭春阳的求婚，嫁给他吧。自己这长相，不委屈他的。再者说，也只有他，才般配自己这副容颜哪！

她这是来堂屋的五斗橱抽屉里拿自焙的茶叶，想给谭春阳泡水喝。她的内心本是矛盾的，知道他此来，绝不仅仅是生产队长察看社员家房屋修缮情况这层意思，他是来看她的。他心里想着她，这她早就知道。正因为如此，她躲着避着，不愿见到他。她是不想自己连累他。

她对他的好感深到自己不敢测试，在少女时代他就曾经搅扰了她的心，让她做了平生第一个春梦，可叹那已经是久远的过去了，现在的她，不配了。因为深知这一点，她总是凛凛地告诫自己，不可以放纵自己的痴心，去玷辱他的门楣，让他因为自己而被人家在背后戳脊梁骨。

脑子里根深蒂固的这个想法，竟在此刻镜子里影像的激励下，“轰”地一声被飞鸟似的赶走了。是的，镜子里自己的容颜激励了白星昱，让她不再这么想了，从来美女配英雄，自己有这等傲世的容颜，为啥要退却呢？站在谭春阳的角度看，也是一样的，他这一辈子，若不能得一个绝色女人为伴侣，又怎能说不是一大遗憾呢？

都怨自己打从彦峰去世，就不愿再照镜子，忘记了自己的长相啊！

这么想着，神情就变了，拿着茶包儿往里屋走回的脚步似也轻盈了许多。她仍是低着眼睛，但掩不住的柔情从发梢儿指尖儿流动开来，溢进满屋的空气。站在谭春阳旁边的木几前了，捏一撮茶叶轻轻放进瓷缸里，倒进滚烫的开水，把瓷缸盖子轻轻盖上，往谭春阳跟前推了推。

她用她特有的柔婉声音对他说：“谭队长喝茶。”

她看见他去握瓷缸的手指微微颤抖。

他忽然局促起来，一时不知该说什么好了似的，摩挲着手里的瓷缸，一霎儿又把它放回了原处。

她也一时恍惚了似的，不说话，默默站在那里。这跟往常是不一样的，往常谭春阳来，每至这样的情境，她就要滔滔不绝地说起话来，说韩彦峰在世时的光景，说现下日子里的艰窘，说下雨刮风霹雳冰雹，说得谭春阳完全插不上嘴，直到他站起来离去。

意识到了这不同吧？他低头沉思着，忽然抬起头来，看着她的眼睛，恳切地说:“星昱，你这房子总归是不能再住了，得翻盖。我哪，也想着筑一座房子。你看，索性咱们合伙儿修啊？我把房子就筑在你这宅基地上吧，往后，你也有结实的房子住了，我也有安身的地方了。”

她略思忖下，郑重点了头。嗓音抑制不住地微颤着道:“只是，这样怕是让你吃亏啊！”说着已经泪盈双眸，连忙掉转目光，看向在炕上爬着玩儿的小儿子守信。

谭春阳闻言，大喜过望的样子，忽地站起来，光彩熠熠的眼眸似要看进她的心里去一般，声音也抑制不住地微微发颤，问:“星昱，你答应我了？”

白星昱点下头，脖颈儿低了下去。

谭春阳激动得想去握她的手，忽地意识到了什么似的，一下又缩回来，朝炕里的孩子们看了一眼，坐回到了椅子上。却“噌”地又站起。“我这就去张罗建材备料儿呀。”边说着，就往外走。到外屋门口，忽地停住步子，转过身来，深情凝视着默默跟在后边的白星昱，说:“咱的房子要盖个明三暗六的样式，孩子们眼瞅着长大了，得要分开睡了啊。咱俩的屋子在前头，孩子们的在后头，守仁和守信一间，如云和如华一间，你看行不？”白星昱羞赧地轻努嘴儿点点头。谭春阳笑了，声音里越发含着一种说不出的亲昵疼爱，叮嘱说:“你照顾好孩子们，累活儿干不动的就别干，等着我来干。有啥急事儿应对不开的就去找我。反正你知道，从现在开始，你是有依靠的了，不再是一个人了啊！”

见她的眼泪流下来，他伸手轻轻给她拭，禁不住伸臂一把将她紧紧揽进怀中。她感受到了他的心跳，那胸膛火似的烫热，一时战抖得好像风中树叶，想说话，却不能够，感觉整个人似是化作了缥缈的云雾一般。却在这时，里屋传出守信的啼哭声，她忙挣开他，边撩着散落下来的鬓发，朝屋里奔回去了。

谭春阳立刻拉沙石、买木材，忙乎起来，在村南头儿租下一套房院，把白星昱娘儿几个暂时安顿下，料儿备齐择日动了工。算算前后五个月的样子，一栋轩敞的房子就矗立了起来。跟着粉刷、晾晒、打理，日日忙碌，到下第一场秋霜，一应活计都干利索，能入住了，就把娘儿几个搬了回来。

这怕是整个西邑看着最干净雅致的一栋房子，平顶探檐，础基的虎皮石直抵了下窗框，上半截外墙一色红砖到顶，用掺了麻籽的黄泥均匀地勾欠抹缝儿，门窗都是原木色，两扇对开的木板门上印着大大两个“福”字烙画，看上去不一样的吉祥优雅。屋里所有墙壁都是黄土掺粘蒿籽儿粉和泥细抹匀涂，隐隐放着光，若有若无一缕香气，手摸着滑滑溜溜，似是抚着什么绸缎一般。六间屋子都是大长方形，占地面积二十平方米，前后居中的一间都用作堂屋，拿一道当中设了月亮门的镂空隔扇隔开着。前堂屋倚东西两面墙拉溜儿摆着八把河曲柳木椅子，一张折叠式木头大圆桌顺隔扇横立着，这是饭厅。后堂屋中间一条通道，两侧靠隔扇各盘了一个灶台，灶台间嵌着乌黑锃亮两口大铁锅，顺后墙拉溜儿摆着两口陶瓷大缸，这是厨房了。两侧的屋子都是靠里墙盘了铺双人床大小窄条木板围沿儿的土炕，斜对着倚墙矗一个几乎高及顶棚的双开门儿河曲柳木大衣柜。前西屋是家主夫妇的卧室，衣柜门上印一幅并蒂莲花烙画，花叶间一对鸳鸯在缱绻戏水，挨衣柜靠墙横着二人座河曲柳木沙发，两侧扶手上各巧致地烙画着一对同心结。前东屋设作客房，衣柜门上的烙画是繁艳的一丛牡丹，窗前两张宽大的河曲柳木沙发间夹着一个方正木几。后西屋是守仁和守信两兄弟的卧室，后东屋是如云和如华两姐妹的卧室，这两间屋里的衣柜门上都烙画了翠竹，窗前都横着一张两人排坐的柳木书桌，底下放着两个圆木凳子。

搬回家的这天蓝空丽日，天清气爽，白星昱喜得满面春风，合不拢嘴，谢不释口地招呼着前来帮忙道贺的村邻们，看着模样儿又回到了十八岁似的。她快乐的根源更多是那些朝自己投来的羡慕眼光，和人们话语举动间流露的尊重拥戴之意，深知这是因春阳而来的，是他给予自己的福分。她对于谭春阳的感激，也在于他给予自己的这份体面和尊重。允婚那日他临出门前的举动，使她初识了爱的怀抱。过后久久回味，不禁感到奇怪，自己跟彦峰做夫妻，算算十七年呢，期间也有恩爱，可是总不抵春阳这紧紧一抱。在春阳的怀抱里，自己才知道什么是蚀骨柔情，才知道人竟然会一瞬间里融化若水，才知道有那样一种仿佛整个世界都不存在了一般的渺然如梦的感觉。人和人的缘分真是不一样啊！如果不是遇到春阳，自己不能够知道男人和女人之间情爱可以是这样啊！

春阳的急切是看得见的，修房盖屋分秒不耽搁地动了工。其间他得空儿就来看她，却做到了发乎情止乎礼。他的拥抱越来越热烈持久，他的亲吻越来越如痴如醉，但是他始终不曾往前再越一步，他克谨地等待着新婚之夜，这上天恩赐时刻的来临。

这使他与她的爱显出了高贵。

纵然无痕无形，人心是遍知的，纷纷投过来的目光中那份质朴和素净，是人们不自觉地流露的情愫，是给予守持者珍贵的赞礼，它们使白星昱心中顽固的自卑如阳光下的春雪般迅速消弭。人们并不因为她二婚而有所歧视，把她打入另册，她可以享受完全同样的生活，这样的认知令她感到那么喜悦幸福！

当然主要是谭春阳的爱惜，唤起她生命里犹如少女一般的清澈纯洁。她一分不少地疼爱她的孩子们，同时却并不觉得自己已是一个这么多孩子的母亲了，她觉得她仍是那个身穿绣着亭亭荷花的藕色长棉袍站在庭院中间沙枣树下接受阳光照拂的年轻姑娘，单纯，宁静，一尘不染。就是这种自我感觉使她坦然，水波无痕地融入了群体中。

也是这种感觉使她有勇气去见谭春阳的家人，谭春阳的母亲显得那么慈和，向她投来的眼神儿就像是看着自己亲生闺女似的，让她感到亲暖踏实。弟弟妹妹也都那么亲，满满一份面对长嫂的礼敬，曾担忧的嫌弃意思一点儿没有，他们真心实意地接纳欢迎她。这让她彻底松了心。一切都丝毫没有芥蒂。可以确认自己真的并没有被命运女神抛弃，阴霾已经过去，更美好的明天在张臂等待着自己。

却是孩子们对谭春阳的抵触出乎意料，小家伙们对前来接替自己父亲位置的人简直不能接受。最叛逆的是守仁和如华两个，自从懂了谭春阳频繁来家里的意思后，他们就满眼敌意，任凭母亲怎样说服讲解，谭春阳怎样示好哄慰，也不肯罢休。所幸大女儿如云能渗透进些道理，小儿子守信尚不懂事儿，阻碍少了些。

这就是往回搬这天，白星昱安排四个孩子坐最后一趟运家什的马车回来的缘故。这时候家里已经收拾得差不多了，新房舍的美观全部彰显了出来，一见之下人的惊喜感会更加强烈。白星昱寄望孩子们能够在情不自禁欢呼雀跃之际，改换掉对谭春阳的态度。再一个原因，她也是想，这时前来贺喜的乡邻们都散去了，孩子们一旦有啥意想不到的举动言语，不会被人看去听去，惹来嚼舌。

马车停在院门口，新房子矗立在眼前，四个孩子都不由睁大了眼睛。

“妈，这是咱们家吗？”

“妈，这新房子是咱们的吗？”

守仁和如华不敢相信似的，争抢着冲口喊问，满眼乐不可支。

如云一下抱紧了守信，欢喜得说不出话来了。

显然受到哥哥姐姐们情绪的感染，小守信黑葡萄般的大眼睛亮光闪闪，欢快地摇晃着小手，学着二姐的腔儿，冲着快步朝他们走过来的母亲，大声说：“妈，这新房子是咱们的吗？”

得到肯定的回答后，兄妹几个“咯咯咯”笑着争先恐后跳下马车，一齐撒着欢儿跑进了院子里去。

望着孩子们高矮不齐的背影，白星昱舒心展颜，不禁暗想，要是这时刻春阳在场多好！他一定会笑得欣慰！车上的家什得赶紧卸下来，打发马车走。她不遑多耽搁，转身去忙碌了。终于车把式扬着鞭梢儿吆着马离去了。送走了最后一拨人，白星昱忙不迭地奔进院子。

孩子们还在里屋外屋地巡瞧着呢，只见如云拉着守信的手走在前边，守仁和如华慢慢踱着步跟随在后，看上去就像是一个小小参观团一般。不想搅扰他们的兴致，也是心有好奇，想听听他们在说些啥，白星昱脚步轻下来，贴院东墙根儿悄悄靠近。

来到房门口了，堂屋里的一切都在眼前清晰呈现。就见如云一脸喜滋滋地问弟妹们道：“你们说，咱们家是不是变得好看了呀？”

“好看！”守信咧嘴笑着，声音响亮地抢先回答道。

守仁跟着高兴地说："这回不用担心漏雨了。这墙肯定塌不了！"边说着边伸手在墙上敲了敲。

却是如华嘴一撇，气哼哼道："瞧你们这点儿出息，住个新房子就被收买了啊！二婶儿说他是看上咱家的这块宅基地了，没准儿哪天就把咱们撵走了呢！"

守仁忽地停住脚，笑脸迭变，眉毛立起，低吼道："他敢！这地方是咱爸留给咱们的！"

几兄妹一霎儿都停住脚，站在那儿大眼瞪小眼地互瞧着。如云反应了过来，眉头皱起，满眼责备地瞅着如华和守仁，呵斥道："你俩别瞎猜了！你们这样不是让妈难做吗？"

如华嘴巴嘟起，压着嗓子，恨恨地说："没人儿让她非给我们找个后爹呀！"

听见她这句，守仁似是心里的火倏地被引燃了一般，恼恨地大声说："咱们谁都不要管他叫爸！记着噢，咱们只有一个爸！"

如云的脸一下涨得通红，瞪着守仁和如华，愤激地质问："你俩有没有良心啊?！二婶儿给妈说了别的地方的人家，这你们不是都知道吗？妈要是嫁过去，那就得把咱们几个都留给二婶儿呀！二婶儿能和妈一样对咱们吗？她还不得把咱们当牲口使唤呀！……妈是舍不得咱们，才……""就你有良心！有了后爹就忘了亲爹！"如华激烈地打断姐姐，两眼怒瞪，大声吼嚷道。眼泪随之夺眶而出，说完，也不待如云开口，一扭身跑进了东屋，房门随后"砰"地摔上了。

守信一直紧张地瞪大眼睛默默瞧着，见了这阵势，张嘴"哇"地一声哭起来。如云见状，只好把责骂妹妹的话咽下，俯身去哄慰小弟。

门外的白星昱一颗心仿佛猛地遭了冰冻一般，又凉又疼，就觉劳累像洪水似的"哗"地袭来，一时身心憔悴，疲惫得简直挨不住，不由身子后倚，软软靠在了山墙上。自从有了谭春阳，她就不再有过这种支撑不住的感觉了，一切他都替她担了起来。

却是这个苦楚，如何料理呢？她甚至不能让谭春阳知道这些啊！开始更深地明白自己有愧于春阳的地方，是不能给他一份省心的生活。继父的难做，不仅是承受养育妻子与前夫所生孩子们长大，为挣衣食上的诸般辛劳，更在于须得面对他们情感上天生的隔阂，一模一样的付出，却无法获享养育嫡亲儿女那种血浓于水的天伦之乐。

却如之奈何！孩子们是她生命中不能分割的部分，她无法为了他而舍弃他们啊！只有寄望时间来慢慢改变吧，盼望在日后的朝夕相处中，春阳的爱点滴渗透，能够最终融化掉孩子们小小心灵里的坚冰。

两滴冰凉的泪水溢出眼角，在脸上无声地滑落。

唉，推迟婚期吧。白星昱叹息着想，只能是这样啊！

12

打完场，粮食入了仓，生产队里活计少了，谭春阳能有更多的时间到这座即将成为自己的家的房子里来了。来到后他并不单独与白星昱待着，总是把孩子们都拢过来，一家人聚在一起。因为每次来都带着好吃好玩的东西，他最先赢得了守信的心，小人儿渐渐开始黏他，他干活儿的时候就把他背在背上，吃饭时让他坐在紧挨自己的椅子上，饭后一家人聊天时抱他坐在膝上。如云和如华姐妹俩不知不觉都迷上了小人儿书，谭春阳来的时候就一次比一次带得多，后来增加了一沓厚厚的画纸，几支长长的铅笔，教她们学习画小人儿书上的花草儿，很快两个女孩儿的兴趣就转到了画画上。守仁不被这些所动。但是他一朝迷恋上了跟着谭叔去山上打山雀儿、套野兔，只要天气好，一高一矮两个身影就会奔走在村庄四围的山峦坡谷间。

像草根儿一日一日萌芽那么自然的，谭春阳渐渐成了四个孩子盼望到来的人，不知从哪天开始，兄妹几个都把不肯让别人知道的心事偷偷讲给他。若是他几天不来，守仁就会径自跑去他家里找。这个男孩子跟钟淳兰生性有一份亲似的，一见了就扑上前热口热舌叫奶奶，喜得钟淳兰一把搂进怀里，稀罕不够，慢慢地就将“狗肉贴不到羊身上”的俗话儿丢到了脑后。有一天守仁来找谭叔，偏这天谭春阳去三星邑，天黑了也不见回，守仁等不到人不肯走，后来困得着不住，就睡在了炕上。谭春阳回来后，要喊醒送他回去，钟淳兰不让，怕孩子睡得热乎乎的，回去路上着冷风吹生了病，叫谭春阳去告诉白星昱一声，今儿就让孩子在这儿住了。打这以后，守仁就时常住在谭春阳家里，有时一连几天不回去。

看看冬月渐深。一日，谭春阳和白星昱商量着定下了结婚的日子。新婚衣服被褥等早都缝制好了，房子里里外外都是新的，没啥可忙活的了。白星昱想着就是自家亲戚来聚聚喝场酒，她去拜了婆母，就行了。谭春阳不允，咋也得让一个小队的乡亲们都喝杯喜酒吧？他也不同意白星昱喜事儿就在他们这新房子办的想法，这喜宴得设在他和母亲的家里才好，是他们谭家娶媳妇嘛。白星昱自是不会违逆他。这就有一番忙了。消息一传开，来帮忙的闺女媳妇挤得谭家屋子里装不下。几天工夫，成桶的白酒拉回来，蒸馍的米面碾磨好，待宰杀的猪羊都圈在棚栏里，只等喜庆的鞭炮声炸响了。

妇婆们七嘴八舌，让把四个孩子先送到别处亲戚家里去住些日子，等喜事儿过后再回来。这把白星昱前夫的弟弟韩彦强两口子招惹了来。韩彦强当年在敦伦城开的布店刚刚要旺兴，新中国就成立了。夫妇俩一看形势不妙，赶紧把店兑掉，领着孩子逃之夭夭。一家人躲进了省城，在省城的一条条小胡同里租房辗转几年，看看终是落不下脚儿，手里的钱就要告罄，打听到老家星河谷压惩地主恶霸的风儿已经过去，一片安享太平了，他们就给大小队各打报告做请示，一番求恳后搬了回来，被安插进了西邑小队。这跟当年分派韩彦峰和白星昱住到西邑来是同样的原因——新中国成立前韩家的田地里，就属西邑村南边的这块漫沙地为最遥远贫瘠的一块，安置作为曾经大财主的韩家的人，自然得往这里来。

韩彦强和曾秀芳嚷嚷着要接孩子们走，说往别处哪个地方送都不行！孩子们的亲爹没了，还有他这个亲叔叔呢，他们当亲叔亲婶的可不能看着不管！被谭春阳挥手回绝，孩子们哪儿都不去，就待在自家里！

曾秀芳倏地撂下了脸子，怒瞪着谭春阳，尖声质问道：“让他们也坐在席面上，喝他们亲娘嫁人的喜酒吗？你安的啥良心！守仁这就九岁了，如云满了七岁，如华也满五岁，知事儿了，就连守信，也到了记事儿年龄，你就让他们在旁守着看你跟他们的亲娘作洞房吗？”

白星昱一霎儿脸羞红得似要烧着一般，再坐不住，猛地站起来跑出了屋子。几个婆妇随着站起，想追出去劝慰她，又觉得这时候离开不妥，转了转眼睛，一脸为难的样子，缓缓又坐了下来。谭春阳脸上少见的一股凛然，直瞪着韩彦强，说：“这么着，喜事儿就在新房子办，大伙儿到时候就直接都到这儿来喝喜酒。头一两天把星昱送回娘家去，我和我妈搬到这儿来。到那天春晖守在我们家里，我妈受了我和星昱敬的酒就回去。至于那几天孩子们在哪儿，随他们自己愿意吧，一个是奶奶家，一个是叔婶家。”

韩彦强和曾秀芳眼对眼地互瞅着，想再挑碴儿，却苦于没下手处，哥哥死去已经三年多了，没理由拦着不让白星昱改嫁。这块房基地虽是哥哥和白星昱共有的，但这座新房子整个儿是谭春阳建的，这谁都知道，白星昱应了他，就谁都没法儿不让人家来当家做主呀！竟是个没话可说。

谭春阳当即就让去叫孩子们过来。一袋烟工夫四个孩子来齐了。白星昱已经洗过脸，平静下来了。她回到屋里来，郑重其事地告诉孩子们，说自己和谭叔这要出门办事儿去，得三五天回来。你们兄妹几个没人照看不行，这几日得住到别人家里，要么是奶奶家，要么是叔婶家，乐意去哪里，你们自个儿挑。守仁不假思索就说去奶奶家。他这么一说，弟弟妹妹异口同声都学了他。

孩子们话落音，谭春阳直朝韩彦强脸上瞅去。韩彦强一脸尴尬，连连说：“那好那好！”曾秀芳却不甘心，厉声说：“不行！小孩子知道啥？还没成亲嘛！哪里就成了奶奶家啊？”守仁脖子一梗，盯着她，冲冲地说：“我都九岁了！还说我不知道？”几个孩子又是一回纷纷学舌。如云瞪着二叔二婶，涨红着脸抢白道：“那我们家房子要给雨浇塌的时候，你们咋不管啊？”

曾秀芳气得脸孔扭曲，破口大骂：“这小骚狐狸精！有你这么说话的孩子吗？”

如云委屈地低头哭了。白星昱看着心疼，却不好上前哄，也不能拿话顶怼前妯娌，一时急得发蒙。

谭春阳一脸云淡风轻，瞅了韩彦强，又瞅曾秀芳，笑呵呵地说：“那就这样？”一语罢，也不等二人开口，头扭向白星昱，催促说：“快去做饭啊！二叔二婶吃了饭再走。”

“不了不了！”韩彦强和曾秀芳赶紧摆手，感觉没法儿再待下去，二人灰溜溜走了。

这就又一番忙碌，把运到谭家去的酒肉米面等物都搬到这边来，连夜在院子里搭了帆布大棚，支起煮肉的大铁锅。全都弄妥当，就到日子了。头两天守仁几兄妹就被安顿在了谭家，谭春晖领着大女儿志敏回来帮助母亲照看他们。白星昱带着个大包袱去了三星邑一个远房表姐家，在那儿等着谭家的娶亲马车来接。

正日子这天，天和地祥，白星昱夜间只是打了个盹儿，凌晨一点就穿衣起来，一番洗漱，从里到外换上大红嫁衣。表姐给她脑后仔细挽了倒桃髻，乌鬓上斜戴了朵红艳艳的绸绫儿桃花儿，脸上轻轻扑了层粉，胭脂豆汁儿点了唇红，这就一下美得人眼不敢看了。二更天时候，谭家的娶亲马车到了。启明星还在天上闪，新人接到了夫家家门口。在众人的哄闹欢笑声中，谭春阳把新媳妇儿从马车上一步一步背进新房。太阳冒红，贺喜的人陆续来了，鞭炮炸响，婚宴开席，新郎新娘先给天地敬酒，再给高堂老母敬酒，接着夫妻互敬，随后依辈分逐一给亲朋邻居敬酒致谢。

一轮席只能摆开五桌。来得晚的人只好先安排到邻居家里喝茶等待。每一轮开席后，新郎新娘都要给来宾一一敬酒。第一轮席罢，钟淳兰就走了。渐渐地，辈高年长的都撤离了去。坐席的人们越来越年轻，就放开闹起来。没人再惧谭春阳队长的身份，哄嚷着非得叫他和白星昱共用一个小小的酒盅喝酒，两人被逼不过，只好照做，结果嘴唇就碰到了一起，犹如当众亲了嘴儿一般，直把观众们看得群情沸腾。山乡里极难见到像今天的白星昱这么堪饱眼福的妇人，又能这样瞪大眼睛尽兴地赏看，老少爷们个个都不饮自醉了似的，不禁就放略了行迹，直闹到三星横上顶天，众人才陆续散去。

二人世界开场。这是渴盼了太久的时刻，终于来到了，加之一整天里村邻们种种逗引调撩，白星昱不禁脸红心跳，万千娇羞，但想到连日来春阳的劳累，尤其今儿连轴转了个从五更到半夜，一定困乏极了，就想打盆热水让他洗洗，赶紧上炕补一补瞌睡。谁知这人洗完脸，也不吱声儿，弯腰一把把她抱起，横在怀里，脸扎进她的胸间亲着，就朝前边两人的新房走。她纵是一霎儿酥软了，毕竟脑子还清醒，觉得该劝他先放下自己，待去歇息下，消消劳倦，毕竟身子骨当爱惜。反正这往后的时光都是他俩的了，她从此是他的人了，尽有相属的时候，不争在这一时的。但是她没有做到，他是那么沉醉，俨然已浑忘了一切，仿佛浩浩时空中只有他这样抱着她，走在粉红色芬芳的光晕里，怎能唤醒他呢？这时刻来得多么不易！那就跟他一起跌入忘川吧，享受这上天恩赐的旖旎。

她轻轻伸臂搂住他的脖子，闭上眼睛，交付了自己。

她觉得自己的身体化作了丝线般易感的琴弦，微微一触，竟就摇颤，发出不绝迷人的乐音。他接收到了每一个音符，在它们的熏染中雄壮，勃发，喷薄呼应。

来到炕沿边，他轻轻拔下插在她乌髻上的簪子，秀发瞬即水波般散开。他把她仰躺着轻轻放在炕上，俯下身，小心地，一颗一颗解她的纽扣，棉袄的、衬衣的、胸衣的，所有的纽扣都解开了，他慢慢地一件一件脱下它们。她一丝不遮地呈现在了他的眼前，崭新红艳的碎花棉布被单衬托着，她的肌肤腻滑柔润，盈白晃眼，修臂长腿，丰臀圆胯，细腰纤纤，却是两个乳房大得奇异，就像是两个硕大的白面馒头并排摆在那里，散发着袅袅诱人的香气。她的喘息使得它们剧烈起伏着，看着又似两头即将飞去的丰肥的白鸽。脂粉洗去，她素颜的脸娇媚而清新，浅霞色的脸颊犹如敷贴着两个芙蓉花瓣一般，水嫩新鲜，红唇黛眉，长睫微翘，朦胧灯光下的人儿魅惑妖娆，勾魂摄魄，而又雅致出尘，冰清玉洁。

他站在炕沿前，静静凝视了半晌，才开始脱自己的衣衫，全部脱去了，并不急着上炕，仍是站在那里，身子俯下去，他抚摸亲吮她。细细地，久久地，遍吻每一寸肌肤后，嘴唇停止在颤巍巍的乳房，这是他终于可以来到的地方啊！就像在品一罐陈年佳酿似的，他贪婪地亲着，吮着，弹拨揉拂，不足不够。夜这么静，窗外不闻一丝儿风声，整个世界只有他和她的喘息声在钩织交响。

他看见她容色幻约迷离，身子颤得越来越厉害，腰胯两腿抑制不住地轻轻扭动，知道她已深深渴盼。长长舒一口气，他抬腿轻轻跃上炕躺在她的身边，揽她侧过来拥在怀中，开始亲吻她的脸，先是唇轻贴在她的额际，又低下来与她柔软的双唇相贴，轻轻地伸舌尖儿去寻找她的，黏在一起，他久久的吮吸几乎让她窒息。她身体的每一个细胞都发出召唤了，他这才松手将她放平，忽然身子一挺，翻到了她身上边去。

这是梦一样的发生，他进入她的一瞬间，伴随着浑身奇异剧烈的战栗，两个人同时发出一声喊叫，是欢呼，是叹息，是感激，情形犹如二十年前他俩初见，同时冲口说了那句话一样。两人一下都想起了过往，这使他们更加激潮涌荡，如癫如狂。这是不能停下来的运动。她竟在他的进入中一层一层打开着，就像一株待放的玫瑰花苞悠悠地一层一层旋开紧包着的花瓣缓缓绽放似的，每打开一层，她就是一回浪花飞溅同着难以抑制的摇颤若弦，忘情吟呻，这朵玫瑰究竟有多少层呢？似是永远也开放不完，身体的大海究竟有多少涌浪呢？一浪更比一浪潮，似是永远也不会停歇一般。

在后来，她曾羞赧地试图解开这种奇异，为什么与彦峰十七年的夫妻缱绻时从没有出现过这种情形？解谜的结果，是她对春阳的爱里，感恩更深。春阳是一个开发者啊，探揭了她身体的奥秘，让她知道自己内里深藏着这样的风光，知道人生可以有这样的销魂蚀骨，甜蜜乐享。

他也时而有难以抑制的浑身战栗同着浪波喷涌，只是他除了喘息之外不再发出声音。酣畅淋漓的喷发并不会使他停止，他可以一刻不歇并更加有力地继续在这块属于自己的神秘领地挺进，一副不到源头不罢休的样子。

可是源头在哪里啊？似乎根本就没有，有的只是一圈儿更比一圈儿大的涟漪泛漫，一番更比一番幽深的花瓣层叠。

究竟过了多长时间呢？她身子软得已经不能动了，仿佛整个人成了虚无。就在她觉得再不能了的时候，一个巨浪打来，两人同时飞上了浪尖。他终究情不自禁地又跟她一起发出了呼唤，在这极乐的声音中，他停了下来。

他竟仍不肯休息，喘息略平，伸臂又把她揽过来，唇贴过去吻住了她的唇，舌尖儿缠绕，吮吸起来。又是久久地，没完没了地，吻得她几乎要窒息了，这才放开。随即捧着她的脸，痴痴端详。

他这样不知道累啊！她疼爱地，在心里叹息。须得尽自己本分，规劝他了，再不可放任，应赶紧闭眼入睡，养护精力，色是刮骨钢刀，会伤到身子骨啊！她已经知道他这是平生第一回，先前不曾沾过女人身子。这在他触到她的一瞬间，她就知道了的。所以她体谅他的不足不够，毕竟他来到这个世界上四十多年了，这是初尝滋味儿，而他是那么身强体壮，雄性十足，又偏偏自己身体暗藏有玄秘机关，一朝被触开，出现了这种羞死人的情形。但总得收管些呀，不能一下累坏啊。

她轻轻睁开了眼睛，却是一下怔愣住，把想说的话全惊忘了。眼前的脸孔咋这么英俊？！这是春阳，没错的，却是比她日常看惯了的那个春阳俊秀了不知几多！就在这疑惑迟疑的当儿，听见他先开了口。

“星昱，知道这时刻的你多好看吗？好看得简直，啊，没法描说的。”谭春阳摇摇头，长出一口气：“没法描说的！简直是太好看了！天仙也不能比的！”

见她的眼神儿奇异，他认真地解释：“平时你就是最美的，可现在，你比平时要美上一千倍一万倍！哦，你无法知道这是什么样的美景，你无法知道的。世上竟有这样的神奇啊！”

她一霎儿懂了此刻自己眼里他英俊得超乎寻常的缘故，这是爱赋予的吧？两个人爱到极处，就出现了容颜最美。她轻轻笑了，柔柔地说：“春阳，你也是呢，说不出的俊帅好看，跟平时大不一样啊。”

“是吗？”他眼睛一亮，思忖了下，点一点头：“嗯，那这应该是我爱你的缘故吧！那你也一样，是因为爱我了！”他一下搂紧她：“你是专门为了我而美成这样的！这是只有我才能得到的享受啊！”

“是这样啊！是这样啊！”她喃喃着，闭上眼睛。心里掠过一阵愧疚，眼角悄然溢出泪珠儿。要是自己这也是第一次该多好啊！她叹息着想，享受自己闺房艳态就真的只是春阳的特权了。唉，彦峰他曾经确是与我有过夫妻恩爱，可是他何曾真的揭开过面纱？回想与他的新婚之夜，只有惊恐和疼痛的记忆。跟他十几年的夫妻生活里，自己从不曾不自禁地战栗呻吟过，更不要说迷丽乍现，那只是一件在熄灭灯烛后一言不发匆匆而为的事，彦峰他甚至没有看见过自己脱尽衣衫后的样子。这么说来，自己这也堪算是人生第一遭吧！所有的感受都是崭新的、前所未有的。如此，自己的容颜曼焕也是第一次了，只有与春阳这样的肉体交合，面庞才会现出这等绝艳绮丽吧。这么一想，心里的不郁就散开了，暗暗喜欢自己具有这特殊时刻里神秘的层层绽放，如果这是不同寻常的，也算自己对春阳的补偿吧！

这一闪而过的心思竟被相拥着的人察觉，谭春阳惊慌地问道：“星昱，怎么你流泪了？是我伤到了你吗？”

白星昱摇头：“不，春阳哥，我这是因为幸福。”

这是她第一次这么叫他，怎不令人欣喜若狂，他把她搂得更紧，叹息道：“好妹妹，我等这天等了整整二十年啊！”

“二十年？”她惊异。

他不急着回答，嘴扎过去，舌尖儿轻舔她的耳朵、颈项。弄得她不胜瘙痒了，他才附在她耳边，低声问她可还记得当年他跟着塞曲班儿去她家演唱的事儿？

“记得。”她点头。这是自己想忘也忘不掉的呀！却没有说出口，毕竟这是害羞的。

他上身抬起来，两手扶着她的肩膀，俯对着她的脸，问道：“那天，你为啥送我那个金指箍儿？”

她脸孔一下羞红，想藏躲，却不能够，他的手控制着她，只能是眼睛躲闪开，瞅向一侧的墙壁。

“星昱，你得告诉我。”谭春阳认真地说：“这件事很重要！是我必须知道的。那时候，第一眼看见，是不是你一下就动心，喜欢上了我？”

白星昱不胜羞涩地点了点头。

谭春阳猛地俯下来，吻住了她的嘴唇。在她快要喘不上气来的时候，他才把脸移去她的两乳间，扎在那里。他喃喃着告诉她，他当时就懂了的，从此就开始了为与她相爱相拥的奋斗，整整二十年里，这奋斗一天也不曾间断过。

“二十年里，你没间断过？”她又一次惊异，眼睛瞅下来，两手托起他的脸：“你，你心里一直都装着我？”他点头。“你一直没有娶亲，就是因为这个？”她又问，他又点头。“苦了你啊春阳哥！”她慨叹一声，眼圈儿红了。忽摇着头，埋怨道：“你真傻！为啥你早不跟我说？当年你咋不托媒来我家里求亲啊？”

他笑着，轻声告诉了自己当年没有勇气。就是为了具备条件能够娶到她，他当年去孟家做工的。本是想挣钱当本金，然后像她父祖那样跑坝后做买卖以求致富。不期本金没挣到，却遭诬陷丢了手指。从那以后心里自卑，觉得不配她了。还没走出遽然残疾的苦痛，就听得了她嫁人的消息，他就背起行囊去了远乡。

“在汉中那些年，你咋不寻个好女子成家？”

“我心里装着你，别人进不来了呀！”

“我已经是别人的媳妇了呀？”

“一样的，我一样想你，没办法，我拿自己也是没办法啊！”

白星昱一时无语，心叹道，若是彦峰不离世，这人岂不是要苦一辈子？！忽又不禁疑惑，春阳回谷原里来，这也十来年了，咋个彦峰在的时候，自己一点儿没察觉到他对自己有心思呢？弄得自己还为当年对他的情窦初开而羞惭。难为他心思藏得深啊！那么说，自己后来的直觉判断没有错了。彦峰去后，春阳朝自己走来，即是满怀着情爱的。

彦峰一走，心怀鬼胎的人们“呼啦”一下聚围来，有的是想要自己二婚再嫁，有的是想跟自己暗宿混姘，只有春阳是点点滴滴送上帮助，默默地给自己扛起一切，从不曾提出任何妄求。唉，这几年能安生地熬过来，多亏有春阳山一般矗立在旁边啊！

就因为这样，他赢得了自己的心啊！

后来知道了，春阳先前的不开口，是顾忌彦峰的尸骨未寒，他是要等着彦峰去后满三年，他才来做自己丈夫。这就顾全了彦峰和孩子们的脸面，也成全了自己的妇道啊。难为他这样处处想得周到啊！

经了这一番思琢，她更加疼惜他了，不禁深深叹息一声，说道："你那时要是去求亲，我会答应的啊。"她想起自己曾经怎样因为见到他怦然心动而知了"情"字，怎样羞涩忐忑地盼望他去登门向她求亲。

"那时候，你父母不会同意的噢。"谭春阳说，不由得神色有些黯然。忽地头一仰，含笑道："嗳，不说这些了。总算我这不是得到你了吗？我的星昱宝贝！"他欠起身细细端详她的脸："星昱，你的样子没变，还是我二十年前第一眼看见的那模样儿。"眼睛徐徐落下来，停在她的乳房上，他又端详起来，醺醺然叹道："星昱，你生得真好啊！怎么会这么好！想象不到的好呢！"

他的嘴唇下俯，轻轻叼住她的一只乳房，同时伸手攥住另一只，贪婪地裹吮着，摩挲着，就像婴孩在裹吮亲弄着母亲的奶乳一样。

这是羞赧的，却也是享受的，她爱他，愿意任由他。他说得对，那时候若他去求亲，父母多半不会同意的，那时自己家里豪富，他却是贫家子啊！唉，可叹人生多变化，二十年的时间，自己跟他的身份竟对换了，现在是自己配不上他了。

异样的舒畅幸福感越发强烈，她无法再用头脑了，闭上眼睛沉陷在他氤氲的爱意里。

不知那样过了多久，忽觉亲吮抚摸的动作停止了，耳畔响起他温柔的声音："爱妻，知道吗？为了配得上你，让你不受委屈，那些年在汉中我拼命地读书，凡能够借到买到的书籍我都反复细细地阅读。我知道，像你这样的一个女人，做你的丈夫，必须得有文化，得能够在精神上与你沟通才行。"

她不禁微微笑了，悠悠地睁开眼睛，如水的目光沉醉地看着他，说："春阳哥，谢谢你想得这么周到啊！难怪你的神采行事说话样样都跟旁人大不同哦。那么，你肯定比我读的书多呀。年少时我确实有读书的，父母让我跟哥哥们一起在家里的私塾里受学，我也学得认真刻苦，但念的不过就是《三字经》《幼学琼林》《千字文》几本蒙学书册，很有限的。唉，就是读的这一点点儿书，也都就饭吃了啊。”

“没有就饭吃！”谭春阳满脸认真，十分肯定：“它们渗透到了你的精气神血液骨髓里头儿，你的身上，更是啥啥都跟别人不一样，鲜明的不同。就说你的容貌吧，这么美，美得这样苦难不能夺，岁月不能侵，这都跟你的文化修养有关的！”

她抬手轻轻抚摸着他结实健壮的脊背，喃喃地说：“春阳哥，谢谢你！”

他全身心享受着她给予的温柔。一时间世界又是那么静，只有他二人的呼吸声。

过了一会儿，他探身侧躺过去，让她的头枕在自己的胳膊上，轻轻揽着她，又说道：“再就是，我一直努力让自己体魄健壮，精力旺盛。我深存心底的一个信念是，等咱俩生活在一起的时候，我不仅要撑起家庭经济的天空，还要让你得到身心全方位的欢愉。你知道，好多男人其实不具备做丈夫的能力，他们不能给予自己妻子肉体上的满足……”

她一时羞赧了，脸探过来贴在了他的胸口上。

又是一阵只闻呼吸声的静谧。

她忽然想起了什么似的，说：“那时我就知道是孟千秋诬陷你！任凭怎样，我不相信你会做出偷东家烟膏的事情。你不是那样的人！全世界的人都做了贼，你都不会的！”

他猛地抬起头来，看着她，满眼惊喜感激：“星昱，谢谢你！谢谢你的信任！”

他想询问，当年她是怎么知道的这件事？是不是出这桩事前后孟千秋有去向她求过婚？他想告诉她，当年自己受伤后，最难受的不是左手残废，而是怕她听信了谣言，从此瞧不起他；最担心的，不是自己日后的艰难，而是怕她落入孟千秋的魔掌，一辈子被毁掉。但是他咽住了没有出口。这时刻，他不想谈及孟千秋，不想道出自己对孟千秋当年犯罪动机固有的怀疑，搅扰了爱妻的心境。

不期这件事却被白星昱一语道破，她认真地说："春阳哥，知道吗？那时我匆忙嫁入韩家，就是跟孟千秋糟害了你有关的。我憎恶他，太残暴了！这桩事让人看清了他的凶残本性！可是他涎着脸老去我家求亲。我怕哪天父母上了他的套儿强逼我，见来了韩家的媒人，我就答应了。"

尽管从一开始对此就心如明镜，但这样地一朝判断被夯实，谭春阳还是心头强烈一震，说不出的一种惊愤潮起！深深寻思了下，他选择了沉默。不要把事儿戳破吧，那样对星昱没有好处的，一旦她知道了自己早年与孟千秋之间的恩怨是由她引起，自己的几根手指是因为那个金指箍儿丢掉的，她一定会非常非常难受的，进而对孟千秋横生仇恨。何必给她平添痛苦呢？怀仇衔恨是人生一桩大苦楚啊！

白星昱继续说着："我想的是，任凭嫁给谁也绝不嫁到孟家去！我虽是想着你，可是知道你遭人害了，咱俩指定是无望了……"她的声音变得伤郁。

"星昱，我那时搁下了娶你的心，也就是因为这个。"谭春阳也一霎儿神情愁郁了："就是现在，我心里也有惭愧的，毕竟是个残废了，我配不上你啊！"

"别这么说，春阳哥！没了那几根手指一点儿也不妨，你照样是最棒的！倒是我，我觉得现在，自己配不上你呢，我是个……"

"不许说这样的话！"他疾声打断她："你是最好的女人！婚姻的经历丝毫不影响啥。在我眼里，你一样的贞洁干净。"他凝视着她，掏心窝子的样子，说："星昱，先前我只是知道你看得见的好。现在，我知道了你身上眼睛无法识得的好哟……我明白，你是为我才有的这个情形。你是把心给了我，你才会这样的。"

白星昱感动得泪流满面，使劲儿点头："春阳哥，谢谢你懂啊！"

他轻轻给她拭去泪水，真心地说："星昱，得你为妻，我这辈子值了！"

又一波感动的泪"哗"地涌出，白星昱哽咽着说："春阳哥，我知道你这是第一次。可是，我心里总有个疑，又觉得不好问出口。”

“好妹妹，有啥疑你尽管问，别压在心里头儿。”

“那你得答应不介意喔。”

“任凭是啥，我不会介意。”

“要是，要是彦峰他不是这样先早走了的话，你要苦自己一辈子吗？”

谭春阳笑了：“不知滋味儿的时候，不知苦的。不过，现在，我识得了，要是让我没有你，那可是会苦得没法活。所以，好妹妹，咱俩要一辈子相守不分离才行啊！”

白星昱使劲儿点头：“春阳哥，海枯石烂心不变！任凭怎样，这辈子我是你的女人，死都不会离开！不会变！”

他脸俯下去，吻住她的唇。经了这番对话，亲吻又变得不一样了，两人直要把对方的心都吮出来似的。

吻了一阵，他抬起脸来，看着她，说：“星昱，你说得对，那时我确实没有偷东家的烟膏。你能相信我，真是感谢啊！本来我是不能放下的，虽然去了汉中，总想着有朝一日定要查个水落石出，讨回公道。但是，你看，世道发生了变化，现在，当年不可一世害咱们的人已经成了瘪掉的气球，这时要是去跟他算老账，会显得咱们倚势仗权了呀。所以，二十年前的事，就不提它了。归根结底，眼下的幸福才最最重要！老天这不是补偿了咱们吗？”说着，嘴朝她的另一个乳头伸去。

她恨恨地说：“哼！迟早有一天会真相大白的！”

他又吮裹起来了，弄得她不禁一声吟哼，本能地伸手轻抚他的脊背，撂下了心里的不平。

她的乳越发挺胀丰硕，就像注入了什么发酵液似的，浑圆鼓蓬，扑棱棱地滚颤，衬在削肩修臂间，似是不真实的存在一般。

忽然他抬起头，笑看着她，说：“爱妻，我给你唱段《塞曲》吧。好多年没唱过了呢。这些年，每当想你的时候，我就暗下决心，等到我成为你丈夫的一刻，一定唱一段《塞曲》给你听。”

白星昱笑眯了眼睛："好呀，我也很想听呢。《塞曲》是咱俩的'贵人'呢，就是因为《塞曲》，咱俩才见面的呀。就在这儿唱吗？"

"就在这儿唱。"谭春阳一笑。身子半撑起，清清喉咙，唱了起来。虽是嗓子低压着，不能放开，仍是声腔清朗，悦耳生动：

"纵然此去路陌途荒多艰险，
弥尔我怎能畏惧退缩不前，
正当故乡热土大旱罹苦患，
义勇男儿慨然挺身为承担。
……"

歌声昂扬，时光妙曼，不一样的心驰神往中，二人一时都回到了青春年少时光，二十一岁的他从幕后走出来，一眼看见站在台下十五岁的她，冲口说道："你在这里呀！"

二十年的时光浓缩，其间发生的一切化作了虚无，只剩下两颗相思的心苦苦寻觅召唤的印痕，和一朝相依相偎的甜蜜。

唱着唱着，忽然身子一挺，谭春阳又翻到了妻子身上去，随着新一次的进入，歌声戛然而止，他以另一种方式续接了歌唱。

又是一场云欢雨洽，情深意浓。直到天光透进窗帘来，屋子里一切都渐渐清晰了，两人才告一段落，心酣意畅地，紧紧相拥着睡了。

醒来已是午后，互搂着脖颈儿又相对凝视了半晌，确认一切都不是梦，他们真的已经恩爱过互相属于彼此了，这才起身穿衣。

想起夜里自己的情态，白星昱一时不禁呆窘，怀疑这样盛开过的女人，是否还可以如常生活？她不敢去照镜子，不可以确认此刻自己的外相，那会让她在面对别人的时候感到不自然。必须立刻忘记那个时刻的自己，恢复一潭静水的样子。她躲避着丈夫的怀抱，甚至小心回避着不对视他的眼睛。始懂得，婚后人就有两个扮角了，演这个角色的时候，丝毫不能沾带那一个的意味儿。所幸谭春阳内心似乎跟她一样，他勤快地里屋外屋忙活着，一点儿不提及让人脸红羞窘的闺帷间事，板正得似乎它们并不曾发生过一样。

白星昱的身心慢慢地放松了。

虽然讲好了夫妻俩要有个小小蜜月，至少三天时间，毕竟挂念孩子们，尤其是守信，还没离开过母亲这么久，另外，白星昱也害怕就这样两个人良辰共度下去，自己会再有什么意想不到的闺房样态出现，她不能不顾忌“二春妇”这几个字。静下来想，纵是缘于对春阳的一片真爱发动，谁又知道自己身体的这些情形不是跟这个有关呢？纵然是这样一个命运，但不能不苛厉把持，守住正经路数。人成为什么样儿，终究都是自己走出来的，一步都不可大意。再者，要是院门长锁，度起蜜月来，丈夫再彻夜不休，怎么办？任凭他身子强壮，也是吃不消的。那样的时刻里自己难以劝违他，就要在这样的机会里把握才好。

打定主意，吃罢饭白星昱就提出要去婆母家看看。“好的好的。”谭春阳当即点头，两人穿戴好出了门。

钟淳兰正和春晖坐在东屋炕上说话，听见大门响，顺窗子望出去，一眼瞅见走进来的大儿子和儿媳，眯眼儿乐了。嘴上虽没说，她心里是有盘算的，春阳是晾晒了四十多年的一捆干柴，白星昱这守寡也三年有余，不啻旺烈的一簇火焰，两人又是苦恋了二十年的，这一旦到了一起，必定是燃得“噼噼啪啪”，三天不出门，谁也说不得啥。和春晖已讲好，让她在娘家再待几天，等大哥大嫂来接孩子们了，她娘俩儿再回去。不想这对新人今儿就来了，可见白星昱是个懂把持的女人。这真是万幸啊！女人只要不淫滥就好。终究她是个从小读书识字的富家小姐出身，行事上有规教的呀。一霎儿更是把对白星昱曾有的嫌弃抛开，念了她的好处。谭春晖跟母亲怎会不是一样的心思，就见她满脸是笑迎了出去，对着白星昱甜嘴蜜舌地叫嫂子，喜得谭春阳眼里炯亮，白星昱越发光彩照人。

进屋解下围巾，白星昱的一张粉脸全部露出来，那明显跟昨日不一样了的眉眼轮廓、神韵精神，看得钟淳兰不由发了呆。洞房里的一切是都写在这张脸上了，难得她这等娇艳妩媚、风流俊俏，又能够把持得住。得了这么个媳妇，也算大儿子不亏了！这么一想，再听见白星昱喊自己妈，心里便漫漫地生出一份安慰满足，把一直以来春阳在这件事上逆违自己所生的伤心埋怨倾底儿消化掉了。

“春晖，唤孩子们过来。”钟淳兰扭脸吩咐女儿。谭春晖“嗯”了一声，拉开屋门走了出去。西屋里，志敏正带着守仁、如云、如华、守信几个玩耍，听见呼唤，“呼啦”一下子拥挤着跑出门来。

迈进东屋，一眼看见里边的人，一霎儿都怔住了似的，呆立当地，显然几个孩子都看见了自己母亲的变化。直到现在，小小人儿们才真正明白发生了什么事，他们的目光从母亲身上转到谭叔身上，又从谭叔身上转到母亲身上。母亲仍旧是爱他们的，一点儿都没变，这个能够确定。但母亲不再是先前那个人了，不再是只属于他们手足几个的了，她更加属于了另外一个人，属于了谭叔。尽管他们都喜欢谭叔，愿意亲近他、信任他，却不情愿他这样地来分享自己的母亲。他们幼小的心灵感受到一种莫名的被侮辱被掠夺了的痛楚。

孩子们的眼光，成为对白星昱的鞭笞，使她猛地感到一种伤疼，深深的负疚。也是直到此时，她才真正意识到自己的再婚对于孩子们意味着什么。是啊，母亲的贞节，对于孩子们，竟是尊严损益的筹码。但她瞬间就说服了自己，现实是残酷的，不允许她持守贞节，毕竟孩子们能够活着，健康地长大，是第一重要的事情！比起沦为姘娼，为生活所迫去与那垂涎自己身子的男人偷偷摸摸，这样光明正大地嫁给真心相爱的好男子，是对孩子们最大的保护了！顿时就理直气壮起来，上前一步蹲在守仁面前，含笑看着他，她说：“守仁，喊爸爸。从今天开始，谭叔就是你们的爸爸了。”

男孩没有开口，忧郁地低下了头。

白星昱心里“咯噔”一下，脸上绷紧了。对这个情形虽然不是没有预料，可一旦这般面对，还是说不出的尴尬窘急，不敢抬眼看春阳，更没有勇气碰触婆婆和小姑子的目光。她不由后悔让孩子们住到了这里来，换成别的任何一个场合，都不至于这么得让人难受呀！

哄劝了半天没用，她只好转向如云和如华，两个女孩却也不肯给她好过，她们坚定地仿效了哥哥。只剩下守信了。白星昱忽然胆怯，不敢近前去对小儿子说话，要是守信也不肯喊春阳一声爸爸，那该怎么办啊！守信显然明白轮到自己了，一时急得眼泪汪汪，小脸儿求助地扭向哥哥。守仁看见了，迈上一步，拉住守信的手就往外走，边说："走，咱们还到西屋玩儿去。"兄弟俩大步出了房门，如云和如华见状，随后跟了出去。

白星昱仍旧蹲在那里，眼泪"啪嗒啪嗒"滴落。谭春阳看着着急，想去扶起劝慰，碍于母亲和妹妹在场，不能莽撞。钟淳兰僵直坐着，一团笑脸已然换作阴沉，儿媳妇的前夫子本就是她的一大块心病，哪堪几个小东西竟来了这么一出！不肯叫爸爸，那就是从内心里不接受春阳在他们家庭中的存在呀！这样子往后日了咋过？本已丢开了的那句"狗肉贴不到羊身上"的俗语又飞了回来，真真是老话儿不差啊！可怜春阳已经吹吹打打地娶了他们的妈，这往后就得给这些没良心的当牛做马了，白白落个累死，换不来亲暖的待承。

谭春晖怒眼圆睁，气得鼓鼓的，恨不得冲出去狠狠踢几个小坏种一顿，一个个揪着头发拎过来，逼着他们喊爸爸。竭力克制住了，这是哥哥大喜的日子，不得败了兴。暂且咽下这口气，日后再说。她过去拉起白星昱，安慰说："嫂子，别着急。你和我哥的孩子眨眼就出世，不愁听不见有人喊他爸爸。"

一句话点醒了钟淳兰，是呀，春阳赶紧跟媳妇生个自己的儿子是正经！这几个崽子不遂心就随他们去，眨眼就都成家立业各自去过自己的日子不相干了。她的心里就敞亮了许多，不禁撩眼朝白星昱身上瞄去，看见那一绰绰儿细腰儿紧紧收在窄褙里，两个大奶子却圆滚耸硕，似要撑破袄襟从里边迸出一般，这是生养最旺相的妇人身子，春阳又是那么精血强壮的样儿，朝夕之间就能怀上，自己就等着抱大胖孙子就好。一时脸上整个舒展了，吆呼外孙女儿仍旧去西屋好生哄几个弟弟妹妹玩耍，唤春晖赶紧去灶间生火，炖上那只大母鸡，给哥哥嫂子补身子。

春晖娘俩儿麻利地出去了。钟淳兰这才开始慈面蔼言劝慰儿媳妇，别往心里去，没来由烦闷自个儿，孩子们还小，不懂事儿呢。等都再长大些，自然就不拗了。再说，他们几个喊不喊爸爸有啥关碍呢？春晖说得对，你跟春阳赶紧给我生个大胖孙子是正格儿。听得白星昱羞赧不禁低下了头。婆婆既是这么说了，就是忍让了这件事，只有自己日后多孝敬，尽早遂了老人家的愿罢。

长辈们浑若无事，孩子们更是一眨眼把刚才的事抛到了脑后似的，照样嬉闹玩耍，种种顽淘。晚饭时炕上两张方桌联排，一家人团团围坐，欢声笑语，吃得开心。谭春阳仍旧是妻子几个前夫儿女嘴里的叔，这也无可奈何。饭后白星昱招呼孩子们赶紧穿戴好棉衣帽，跟她和叔回家。如云、如华、守信都听话地去拿自己的东西，独守仁不动，他不肯跟着回，要留下给奶奶做伴。

“你要留在奶奶家？”白星昱一脸惊奇。

守仁点头，说以后自己就在奶奶家了。

“你以后就在奶奶家，不回去了吗？”白星昱问着，一时心里不知是悲是喜。守仁眼瞅着就十岁，大了，有他在旁边，自己跟春阳在一起，难免心里会不是滋味儿。要是他留在这里不再回去了，真是个解脱呢。也解了婆婆的孤寂。但毕竟是牵心的骨肉，这么小就离开身侧，又是为着这么个缘由，不由人不凄惶难受！

守仁点点头，眨巴着眼睛说：“嗯，叔去咱家了，就剩奶奶自己孤凄得慌呀！我以后就在这儿给奶奶做伴儿了呀！”

一句话说得钟淳兰满脸是泪，一把搂过守仁，贴脸蛋儿、亲耳朵，疼爱亲昵得不行，嘴里大声夸着：“真是我的好孙子！”她何尝没有如白星昱一样的心思呢？有这么大个男孩子同在一个屋檐下，他又不肯叫春阳爸爸，哪能不是春阳两口子的绊脚？有妨自己抱大孙子的呀！纵是千般顾虑，不好说啥。难得守仁自己这样提出来，真是求之不得！又难得孩子是出于这么个体恤自己的心，这真是老天开眼啊！

守信见状，也不肯回了，扔下手里的黄泥玩具，也凑过去争着要奶奶搂抱，嘴里嚷着：“那我也在奶奶家了呀。”如云如华姐妹俩大眼瞪小眼地看着，犯难的样子，她们本能地想学哥哥，也留在奶奶家，不回去了，却碍着不好开口，要是他们几兄妹都不回了，奶奶会乐意吗？妈妈会乐意吗？

钟淳兰大声说：“那就都留下！”

白星昱望着谭春阳摇头，不能都在这儿，会把妈累坏的！守信太小，不在跟前时间长了自己也不放心。再说会招惹闲话呀，嚼舌根的人们会说是咱俩嫌孩子们碍眼，说你容不下前夫子哟！

最后商议，守仁和如云两个愿意在这儿，就留下。他俩大了，吃饭穿衣这些都已不劳大人操心，还能打支应，帮奶奶干些零碎活儿，有他们在身边，也能给奶奶解闷儿。如华和守信这就跟着回去。实在想来，过几年长大些再来。

谭春阳、白星昱领着如华、守信，四口人回去了。这样一来，把另一个大难题跟着解了，钟淳兰就哪个儿子家都不用去了，可以照旧住在老宅里，领着守仁和如云，祖孙三人度日月。此后，谭春阳两口子三天两日就领着如华和守信过这边来，把家里重活儿抢先都干完，一家人说说笑笑吃顿饭，他们离去，看着浑然就是一家人分住在两处院落里的样子。钟淳兰乐得一天到晚合不拢嘴儿，几个孩子也一派喜笑颜开。外头儿的闲嘴巴硬是嚼不起来，白星昱的日子就此安生了。

没有了大哥相伴，守信不肯独自在后屋睡，哭着喊着要跟母亲在一块儿。如华也显得害怕的样子，不敢自个儿睡一间屋，只好把他姐弟俩归拢到了一起，白星昱每晚去哄着他们入睡。开始是等他俩睡沉了，她悄悄地再到前屋来。后来每每她过来时，谭春阳鼾声已起，她有时也就在后屋睡了。

后来才知道丈夫这是有意的，他一是给时间让她陪伴孩子们，守信还小，尤其需要母爱。二是他不想再让她生育了。她已经生了这么多孩子，身体够受的了，一年比一年岁数大，不宜再产子了。要紧的，他怕有了自己亲生的孩子，会不自觉地多疼一些，显出偏心，伤到守仁弟兄几个，孩子们已经命苦，不可再给他们增加悲郁了。

知情后白星昱着急，她一盆火似的想给丈夫生孩子，报答他和婆婆对自己的好，不拘男孩女孩，哪怕只生一个呢。谭春阳态度坚决，已有了这么好的四个孩子，儿女双全了，还生啥？说不过，白星昱只好用床帷功夫，巴望磨得丈夫哪刻迷糊了，让自己怀上。如华和守信回来后，她跟丈夫在二人屋里行事时，心里总觉得有个隔儿似的，不能如洞房夜里那般敞放。本来觉得这也没啥，日久天长的夫妻，素淡些也好，况且丈夫并不以为意。有了这要怀孩子的心，她就不一样了。晚饭后早早催着如华守信钻进被窝儿，哄着他们睡熟，她忙不迭地倒热水洗干净自己，跑到前屋来，去拥着丈夫躺下，唇吻乳摩，昵就逗爱。谭春阳自是迎以盛情，这就又重现了洞房景致。已经知道这房子隔音极好，动静传不到后屋去，完全不用敛气抑声，她渐渐地身段越发娴熟自如，每每即兴发挥，弄出诸多妙不可言的意境，不倦不厌，夜夜初春，直把谭春阳塞进了艳福的蜜罐，奢享侈受，醉生梦死。

对于谭春阳，这些都在意外。他早年的对白星昱一见倾心，之后的漫长苦等，全是在心的指使下，一直都并不懂得“艳福”两字所包含的这层意思，一朝领教了，只有感叹庆幸不已。见到白星昱在床帷上的模样一丝不带进日常里，而且她愈是在那时刻里舒放，白天愈是看上去淑贤端庄、贞静雅致，更加爱她到骨髓里，对生活满心生出一份知足。

他越发小心地不让她再怀身孕。似她对自己的这个心，一旦生了两人的孩子，必定疼得犹如心尖儿心瓣儿，那四个孩子看见了，哪能不心里郁恼，横生尤怨？她不是就多了一样不完美？似现在这般，几个孩子已接受了他跟他们母亲共枕同衾的现实，也实打实地都跟他亲，像对待亲爹没啥二样，只差在没有改口叫爸爸了，这就很好呀！对几个孩子的成长有利，不就是对大伙儿都好？只憾这样就难遂老母的心意。却也是没法儿，原本娶了星昱，自己的孝德就不能圆全了。反正春晖春明都已有儿有女，母亲也有亲孙子了，就行了吧！人生总是有不尽意的哇。

白星昱用尽了心思力气，肚子里仍无动静，不免误思谬想到了春阳是没有生育能力上去。看看实在无望了，一次婆婆又试试探探地问叨时，她就把这个猜想委婉知会了。听得钟淳兰心里冰凉，她暗心里其实早已这么起疑过了，一旦这般经大儿媳道出，只有含泪默认。这样一来，心头之憾竟也消了。既是如此，那娶了拖儿带女的寡妇也就不那么让人窝心得慌了，总算这也是有儿女了不是？虽然都不肯叫爸爸，却能看得出来，这几个孩子对春阳是有亲情的，春阳拉扯他们不会白受累，将来能得上济。这般一想，她对守仁和如云更加疼爱起来，两个孩子也直把她认作了亲奶奶一般，日夕相依，其乐融融。

虽然放下了求子的心，白星昱在床榻上风情依旧，这已经成了二人的习惯。谭春阳苦撑苦持地护着不让妻子怀孕的做法，不期然中护了自己，他得以春宵频度却不甚伤耗。纵是柔香腻艳间尽兴一场，只消几个钟头酣睡，次日便没事人儿一般，啥重体力活儿都不怵。

他的心里，越发只有白星昱一个，对别的女人，一眼不看了。

白星昱就似置身了不去的春天里一般，任凭风霜雨雪，鲜艳不减色。同样的灰布褂子蓝布袄，穿在她身上，就成了华装丽服似的，托显出迷人的风流。馋得男人们流涎，妇女们嫉妒。但凡妇婆扎堆，难免不咬牙切齿，骂得难听，但惧着谭春阳，不敢造次。白星昱就放心地伸枝展叶，迎迓日月。她也一样地推米碾面、薅草锄地，家里田里忙个不停，却是逆着时光长似的，一年比一年看着年轻水灵。随着孩子们的拔节长大，她跟他们在一起，乍眼看去，就像是个大姐姐领着几个弟弟妹妹似的。

13

日子飞梭般逝去，转眼守信满八岁了。这天晚上，安顿守信和如华都睡下，白星昱来到前屋，挑亮炕桌上的煤油灯，端针线笸坐在桌旁边，拿起给守仁缝了一半的褂子，低头引线穿针做起活儿来。谭春阳插上院门，拿木板把鸡窝挡上，进屋洗了手脸，举着烟袋锅儿跨到炕上，挨坐在妻子旁边，慢悠悠地一口一口抽着旱烟，看她缝纫。

这是近几年间他们生活里一个固定节目，尤其在冬季，差不多天天晚上如此。孩子们的衣裳是缝补不完的，丈夫和婆母的衣裳鞋袜，也都是要在白星昱手指间赶制的针线活儿，她须得抢点点滴滴的工夫才行。辛苦自不消说，其中温馨却也道不尽。丈夫这样地偎靠在身旁，时而递来一杯热水，时而轻手轻脚地给挑灯剪烛。一言不发是一种默契相伴，喁喁而语是一种心洽意合。两个人喘气儿是一个节拍，说话是一个声气。这就让她越发身心宁适，浑然不觉更长夜深、倦乏劳累。对于谭春阳，这更是怡悦时光，灯影里妻子专心缝补着，细腻恬静的样子，不啻另一种闺房娇态，每每看得他不禁意念勃兴，只这一刻的观赏，就把白天生产队里的一应操心乏累顿消了。总是在他催促的声音里，她才会放下针线，解衣入衾。

这晚也是，觉得是时候了，谭春阳就疼爱地说道："明天缝吧，别熬坏眼睛！"往常听见这句话，白星昱就会脸儿红扑扑地"嗯"一声拢线收针。今天却不，只见她抬起头，水汪汪的眼睛里闪着一抹为难神色，看着谭春阳，愁郁地说："有件事儿，我得和你商量。"

"咋啦？"谭春阳一怔，妻子极少在这个时候开口的，遇到啥大难窘了吗？

白星昱深深叹一声，说："守仁、如云、如华三个，都是因为成分不好，没念几天书就念不上了……眼看守信到了上学的年龄了，他要是再这样，四个孩子就是四个文盲了呀！还有，守仁和如云这就大了，到了说亲的年纪。可现在的这个成分，想说个好亲家难啊！"

谭春阳抿住唇，眼睛使劲儿眨巴了半天，没接话。他岂没犯愁过这些？大形势是这样，没法子啊！妻子提这个，啥意思呢？猜摸着，他直起眼瞅着她。

白星昱低眉思忖了下，咬了咬牙，鼓足勇气似的，抬起眼睛，正碰着丈夫的目光，她就对视着，恳求道："有没有办法让孩子们跟着你的成分走啊？"

话出口不禁满脸惶窘，这是心间盘桓了好些日子的念头，深知这对于丈夫不是一般的难处，犹疑着不好道出，这是实在逼到跟前不得不说了。

谭春阳神色凝重，摇摇头，"唉"了一声："这个事儿我不是没想过。成分的事儿，现在看得忒紧！"略顿了下，蹙起眉毛，思虑着，低沉地说："我看看吧。"

听到这句，白星昱一霎儿欢喜又伤怯，丈夫这样说了，那事情肯定就有希望！可是，又怕难坏了他啊，可别忒牵累了他吃苦头啊！

可叹她的这直觉竟不错，来年秋天大队小学校要开学的时候，她的四个孩子都由富农子女成分改划成了贫下中农，小儿子守信可以挺胸抬头地去上学读书了，大儿子守仁可以递申请要求加入公社里的青年团了，如云、如华姐妹俩也可以合着自己心意找婆家了，却是谭春阳生产队队长的官职因此丢了，他被罚去做了西邑小队仓库的看管员。

白星昱迟迟不知道后头儿一项，光是沉浸在孩子们一朝改换了成分的兴奋里，掩不住笑靥如花，整个人看着一下又年轻了几岁似的，还是由如云的一场闹，她方得知了丈夫付出的代价。

这就又要说到她的前妯娌曾秀芳。三遍草薅完，玉米地走过耘锄，开始了夏季农闲。社员们不用天天出集体工了，生产队里有事儿才会一嗓子把大伙儿召拢来，忙上一阵。没事儿人人都待在自家，侍弄菜园和自留地，养精蓄锐，等候忙秋。这天韩彦强和曾秀芳两口子直睡到日上三竿才起炕儿。拾掇着吃了饭，韩彦强就出了门，他是去村西自家烟地里去打烟杈子了。曾秀芳刷锅洗碗，打扫屋子，一通忙完，刚要坐下歇息，一眼瞧见窗台上的盆栽好多叶子枯黄了，她就爬上炕去，坐在窗台前侍弄起来。正哼着小曲儿掐叶儿松土地忙着，忽听外屋门一响，有人"踢踏踢踏"走了进来。不由扭过头去瞅，看清凝重着脸迈进屋来的竟是丈夫！只见他进门来也不看人，也不说话，一屁股坐在了炕沿上。她就来了气，没好腔儿地搡斥道："咋这么快就回来啦？！没去烟地呀？！进门就耷拉张脸，谁欠下你钱啦？！"韩彦强充耳不闻似的，仍旧耷拉着眼皮，怔怔的样子，说道："谭春阳给我大哥的四个孩子都改成他的姓了。"

曾秀芳闻言，嘴一撇，嘲说："我当啥事儿呢！你嫂子都改嫁了，孩子改姓就改姓呗，你们韩家又不光她养的那几个孩子！"

韩彦强仍是怔怔地，说："守仁兄弟几个现在都是根正苗红的贫下中农了。"

"啥？！谭春阳给白星昱的孩子把成分都改了？！"曾秀芳这下急了，一时张嘴瞪眼，妒火中烧，骂口洞开："你这嫂子真行啊！这个狐狸精变的骚婆娘，不知道咋在炕上淫荡浪要蛊惑人呢！瞧瞧把男人给迷的……这谭春阳被灌了多少迷魂汤啊！先是把房子盖在人家的地基上，这又给人家把孩子的成分改了，就不怕别人说他滥用职权啊？！”忽地咬牙切齿，陡然尖声，嚷道：“告他！他这是滥用职权！”

“你小点儿声！”韩彦强连忙喝斥妻子。

“怕啥？他都不怕你倒怕了！没用的玩意儿！”曾秀芳疾言厉色。

“谭春阳现在不是生产队长了，他去看仓库去了！”韩彦强没表情地说。

“啥？！他……”曾秀芳有一刻的愣怔，却不知是感到称心解气，还是气愤愈甚？只见她情绪激烈，一霎儿脸孔整个扭曲了。谭春阳成了看仓库的，白星昱这往后休想再压自己半头了，这着实让人痛快！可是，谭春阳是为了白星昱娘几个做了这个大牺牲的呀！他为了这个寡妇竟这么能豁出去啊！这又多么叫人嫉妒得难受！白星昱这个贱妇咋就这么命好？前头儿那个丈夫把她宝贝得月亮似的，这再嫁的一个更是把她宠得直上九重天呐！

偏偏韩彦强沉浸在自己的情绪里，完全不懂体恤妻子，只听他怅怅地嘟囔说：“我对不起我哥哥……我还不如一个外人……”曾秀芳简直气炸了，嘶声怒吼道：“你这么有良心，你去和你嫂子过去！你也去帮他养孩子去！”她指尖儿端端点着丈夫，眼珠子似要迸出来的样子，咬牙切齿：“我知道你惦记着白星昱，巴不得瞅空子去饕餮她一场，可惜你打不过谭春阳呀！”

韩彦强气得嘴唇哆嗦，半天回骂不出来，忽地站起身，看也不往炕里看一眼，“砰”一声摔上门走了。

曾秀芳只觉胸膛要裂开似的，一眼瞄见炕上丈夫的一件小布褂，一把抓起来，狠狠摔出窗外，对着院子里丈夫匆匆往外走着的背影厉声喊骂：“有本事你个孬种再别回来！”

终究一腔怨毒不出，曾秀芳谋来谋去，想出了泄恨解气招数，就去挑唆侄儿侄女们闹腾，让白星昱不得消停！打定主意，歇晌后就出了家门。她瞄定了守仁和如云两个，他俩一个已满十五岁，实打实的小伙子了，一个已十三岁，也算大姑娘了，都懂事了。又常年住在钟淳兰家里，不在白星昱跟前，找插嘴处容易。她沿村街往村北头儿慢慢踱去，打算就舍上工夫在钟淳兰家门口踅摸，总会逮到守仁如云哪个打单蹦儿的时机，就好去拉住说话。也是凑巧，离钟淳兰家的院子还远着呢，就见高高矮矮几个女孩子挎着柳条筐“叽叽喳喳”着远远走过来，里头儿就有如云。到了岔道口儿她们顺弯儿拐到西街上去了。曾秀芳就知道她们是去村西梯田底下那道慢坡上去挖野菜去了。那里的荒野间一大片一大片长着荠菜、苦麻子和婆婆丁，一茬儿挖下没几天就又绿盈盈冒起一茬儿来，是个野菜挖不完的地方，合村闺女媳妇都是到那里去挖野菜。她就折身回家去也挎了柳条筐，蹲在村西街口几棵柳树底下，慢悠悠地割猪草等着。小姑娘们用不了多久就会回来，这儿是她们的必经之地，候在这儿没错的。果然她在那儿守了大约一个时辰的样子，小姑娘们说说笑笑地回来了。待她们走近了，曾秀芳站起身大声招呼：“如云！如云！”

如云站住了，朝这边望来，大声问：“二婶，你喊我？”

“是呀是呀！”曾秀芳满脸是笑招着手：“你跟我家去一趟，给你妈捎点儿东西呀！我正愁着没工夫去呢，你捎上省了我一趟腿儿呀！”

如云答应着，让伙伴们先走了，自己朝曾秀芳走过来，边问着：“啥东西呀二婶？”曾秀芳不接话，只是笑，紧走几步上前一把攥住如云的手，头上脚下打量着，“啧啧”连声地夸赞：“瞅我们家这大闺女长的！就跟朵花儿似的！越长越俊了！”如云一下羞红了脸，却不由眼眸放光，神情欢喜，显然这是听着心里熨帖的话。曾秀芳拉着她就往村里走，边说：“走，到二婶家里去。”如云一时不假思索，跟着走了。对这个婶子她心里虽是亲不起来，但毕竟是连宗亲戚，跟对外人总归是不一样。

很快进了曾秀芳的家，她直拉着如云坐到东屋炕沿边，返身去打开对面的红漆柜子，解开里面的包袱，拿出一对鞋样儿，过来递给如云。

如云接了，翻过来倒过去地看，靥上笑出一对小酒窝儿，欣然地说：“真好看呀！二婶，你自个儿画的呀？手也太巧了！”

“我也是刚学的新样子。”曾秀芳笑眯眯地说：“觉得好看，就多画了一对儿，给你妈带回去做去。”

如云轻轻摩挲着手里的纸样儿，一脸神往的样子，似是在想象母亲依这个样儿给自己做的新鞋穿在脚上的情形。

曾秀芳闪身去了堂屋，眨眼工夫端了盘扁桃走进来，挑了最红的一个直往如云手里塞，边说："快尝尝鲜儿！这是我们家后院那棵桃树结的。这是今年刚刚摘的头茬儿，甜着呢！"如云推不过，只好接了。在曾秀芳的催促下，轻轻咬了一口，笑道："真是甜呢！"慢慢吃起来。曾秀芳把手里的托盘放在旁边的炕沿上，退后几步，矮身在椅子上坐下，笑眼眯成一条缝儿瞅着如云，说："这么俊的闺女，赶明儿可得找个配得上的好婆家！可不能马马虎虎就嫁喽。"见如云羞涩地低了头，她忽地敛了笑容，一脸板正的样子，说："大侄女儿！你们爸爸不在了，这个世界上也就你二叔是最亲的人了。以后有重大的事儿可要跟你二叔商量一下哈，让二叔帮你们拿主意儿，毕竟你们年纪小，让人家算计了去也不知道。"

如云抬起头来，大眼睛一闪一闪地看着曾秀芳，轻轻"嗯"一声，点了点头。

"可是要记住噢！可再不能白白吃人家的亏了呀！"曾秀芳翻着眼睛，愤愤的样子。

如云听出话里有话了，一时急切地盯着曾秀芳，问道："二婶，你说的……啥白吃亏呀？"

"你还和二婶装傻呢！你们都这么大了，楞是让人家给改了姓，这还不是吃亏吗？你们这就不是老韩家的后代了，是旁人的子孙了呀！"

如云惊得一霎儿眼睛圆睁："改姓？啥改姓？"

"你真不知道呀？"曾秀芳佯装一脸惊愕，瞪着眼睛，忽然气得找不着词儿的样子，嗔叹道："你妈可真是的！这么大的事儿咋能瞒着你们办呢！"

"二婶，你说的是，我妈给我们……那我们以后就不姓韩啦？我们就都姓谭了吗？"如云要哭出来的样子，眼巴巴看着曾秀芳，浑忘了手里吃到一半儿的扁桃。

曾秀芳两手比画着，说："就是呀！以后你们兄妹几个就都姓谭了呀！你呢，就要改叫谭如云了呀。"

如云红涨着脸争辩似的说："可是我们没有管他叫爸爸呀？谁也没有叫过！"

"哎呀，人家有权，硬气呀！你们不叫爸爸管啥？说不定人家就是恼你们拗这个才这么样做的呢！你妈再嫁了这些年了，也没见给姓谭的生个一儿半女，他没自己亲生的，可不就是要打你们几个的主意吗？他家得传接香火呀？可怜韩家的后代儿孙竟归了别人家的宗，这祖宗们在天上的在地下的都得给气成啥样哟！"曾秀芳说着，抹起眼泪来。

如云忽地站起，把手里的半拉扁桃扔进托盘里就往外跑，边哭着说："我问我妈去！"

"你可别惹你妈生气呀！"曾秀芳一副忧急的样子，喊着追出来，一眼看见锅台上满装着野菜的柳条筐，伸手拎起来，往外急走着喊道："如云！拿上筐呀！"跑到了院子中间的如云听见喊声只好停住脚，折身来接了柳条筐，才扭身又往院门口跑去。

"如云，你可别说是二婶告诉你的呀！"曾秀芳在后边追着，大声叮嘱。

直追到院门口，曾秀芳才收住脚。站在那儿看着如云沿村街飞快远去的背影，不禁露出阴恻的笑容，暗暗说，白星昱，这下你有好戏唱了！看这几个小狼崽子不吃了你！

如云辫子跑散了也没察觉，脸上汗水和泪水交混滚落，也顾不上擦，脚步飞快地冲进自家院子时，已是上气不接下气。一眼看见在堂屋里忙碌着的母亲，忍不住气冲冲喊了一声："妈！"白星昱正在捡着刚出锅的馒头，听见喊声，扭过头，看见奔来的大女儿的情状，不由惊急，如云这是遭人欺侮了？！心想着，忙扔下活计，迎出了门。刚要开口问，听见如云抢先道："是你给我们都改了姓吗？"竟是气岔了声儿的样子。

白星昱顿时明白了她气恨的缘由，一时不由犯了恼，还不是为给你们求前途吗？为这件事我吃了多少苦，着了多少急！你不问青红皂白，听了外头儿的话，就这么气势汹汹地找来！你也是十几岁的闺女了，放在旧社会，这都是要出嫁的年龄了，还这么不懂事！毕竟克制着，没有说出口。她念几个孩子早早没了亲爹的苦楚，不忍苛刻他们已经惯了。

这个当儿，如云冲进了屋里，守仁和如华正在往刚刚清洗过的柳条筐里铺笼布，准备拿给母亲去装一些热气腾腾的馒头，守仁挎去奶奶家当晚饭。守信在大哥二姐的指挥下往大圆饭桌上摆着碗碟筷子。如云不理睬母亲，直奔到守仁和如华跟前，盯着他俩问道："你们知道改姓的事吗？"

两人一脸蒙，守仁愣愣地问："啥改姓啊？"如云听了，转向母亲，冷冷地逼视着，质问："妈，你是不是给我们把姓改了？"白星昱已俯身又在锅台前忙着，也不往这边看，淡淡地反问道："谁告诉你的？"

这下守仁惊住了，不敢相信似的瞅着母亲，问："妈，你真的给我们把姓改了啊？"

白星昱面色沉静，侧脸看着大儿子，说："真的。"

"妈，为啥呀？"守仁仍旧发蒙的样子。

如云爆炸了一般冲母亲怒吼道："你凭啥不经过我们同意就给我们改姓？你改嫁我们就要改姓吗？你对得起我爸吗？！"

白星昱气得发抖，迈上前，抬手给了如云一巴掌，喝道："我是你妈！你咋跟我说话呢！"

如云"哇"一声哭了，越发怒不可遏，转向守仁和如华，嚷道："咱们姓了谭，那就是人家谭家的子孙后代了呀！那咱们韩家的祖宗咋办啊？"

守仁和如华这下懂了，一时都急恼起来，狠狠盯住母亲，一副跟她讨说法的样子。只有守信依旧懵懂，紧绷着小脸儿站在那儿，惶惶地看着眼前的一切。

白星昱刚要开口，谭春阳跨进门来。一眼见到他，如云更觉得要气晕厥过去似的，挨不过，一跺脚朝外面跑去，经过谭春阳身侧，狠狠剜了他一眼，也不说话，冲出了门。谭春阳不明就里，但知道这时候劝不住她，只好暂且由她去。他询问地朝妻子瞅去，看见了一张满是泪水的脸，知道这次娘几个的生气非比寻常，神色严峻起来，过去扯下门后拉绳上的毛巾，递到妻子手上，问："咋啦？"白星昱接过毛巾，边擦着泪，说："如云不知在哪儿听说了给他们改姓的事儿。”谭春阳就明白了，转过去直视着守仁和如华，说：“你俩到里屋来。让守信也来，我跟你们讲。”

守仁、如华碰了下眼睛，气鼓鼓地，一起往里屋走了。

白星昱拉上守信，跟着也进了屋。

谭春阳坐在窗前沙发上，让守仁、如华兄妹俩坐在对面的椅子上，白星昱揽着守信坐在炕沿上。谭春阳平心静气的样子，开门见山说起来，让几个孩子知道他们母亲去年冬天为啥跟他提了想给他们改成分的事儿，随后他怎样前掂量后盘算，费了大半年脑筋力气也没结果，逼得没法儿，最后走了这么条路。

守仁和如华听着，眼神儿渐渐由恼恨转为惊喜，齐声问：“我们的成分改了？”

谭春阳点了点头，没中断自己的话：“你们也看见了，咱就只有这一条路，再没有第二条的！”他看了眼守仁，又看如华，语调越发恳切：“只要你们随了我的姓，你们就是我的子女了，那就是贫下中农的后代，这就哪个都拿咱没法儿了。他就算是撸了我生产队长的职，也没法不让你们随我的成分啊！”

末后一句话听得娘几个一霎儿都睁大了眼睛。

“你说啥？你给撸了职？！”白星昱惊问，满面焦急。

“叔你不是生产队长了？”守仁同时开口，跟母亲一样的神情。

“不当就不当。”谭春阳轻描淡写的样子，说：“我照样能给队上出力气。别看说是叫我守仓库，队上大事小情儿还不是一样都跑来找我拿章程啊？一样！”

“你去看仓库了？”这次是白星昱、守仁、如华娘仨儿一起开口。

谭春阳不答，伸手拿起烟袋，慢悠悠地往烟袋锅儿里装起烟丝来。

“真是亏苦了你呀！”白星昱低头抹起眼泪来。

守仁忽地站起，瞅着如华，说：“你去给奶奶送馒头去。就说我和如云今晚上在这边吃了，别的啥也别讲啊！我去找如云，咱们刚才都误解叔了。”说着抢步出了门，任凭母亲咋吆呼让他吃个馒头再走，他也不肯听。

没念上书的苦头，他早已大把吃了。不能和人家一样地求进步、找对象，这些他也已识得滋味儿。所以对于母亲张罗给他们手足几个改成分的苦心，他一听就懂，打心眼儿里高兴！确实，守信不能也当文盲了，自己和两个妹妹的终身大事也不能就都误在成分上。难得竟能这般改了成分，让他们的人生一下子有了希望，这真要感激谭叔叔！他觉着窝心的，只在母亲和叔在给他们改姓的时候没有先说一声儿，问问他们的意见。还有，改了后，为啥拖延着不告诉他们，让他们整个蒙在鼓里？这样给外人钻了空子！这些在知道了叔为此丢了职务后，一下散开了，叔有这么大的难处，他哪里能先露话儿呢？先露了，一准就办不成了啊！一时就觉得身心间云开雾散，阳光普照。

如华从来啥事儿都是听大哥的声气儿，见守仁这么说了，她脸上登时就舒展了。叔由生产队长一下变成了看仓库的人，虽说令人沮丧，可自己兄弟姊妹几个竟忽然成了贫下中农，这真是喜从天降啊！今后再也不会遭受被人家砍个桩儿另拴着的苦罪了！她脚跟脚儿地随守仁跑去外屋，乐颠颠儿地往柳条筐里装馒头去了。守信见状，也飞跑出屋，他馋着吃馒头早已馋得不行了呢。里屋只剩了白星昱和谭春阳两个。白星昱感觉有万语千言，一时却只字难以道出，愣愣地瞅着丈夫，只是流泪。谭春阳“吧嗒吧嗒”吮着烟袋嘴儿，也不说话。不承想一直不好跟妻子讲的话竟是这样说出了口，他倒觉得释然了。人这一辈子，有得就有失，他不当生产队长了对西邑村集体虽说不是没有损失，但他和星昱的几个孩子从此改变了命运，这座山谷里从此有了几个活得乐呵了的年轻人，谁又说不是村集体的一大收获啊！岂不懂得此刻妻子疼惜自己的内心？嗐，归根结底，他还不是因为疼惜她吗？只要两个人这么相互疼惜着过一辈子，也就知足了啊！见她不言语，他也不开腔儿，默默地，享受这一刻两情相倾的乐畅。

在村西南小柳树林儿旁边，守仁找到了如云。他看见她时，她正坐在蒿草间一块石头上，心事重重地，下意识地，一块一块儿往面前的土沟里扔着随手抓起的小石子儿。土沟不深，也不宽，沟那沿儿是一大块绿森森的玉米田，玉米秧子棵棵长得小树一样高，在夕阳的浅晖里轻轻地随风摇曳，远远望去，光彩涌动，衬得如云的背影像电影镜头里的人物似的，有一种虚幻的美感，很是好看。

不知是沉浸在自己的心事里没有察觉身后的脚步声，还是猜到了来人的意思故意不想搭理，守仁来近了，如云浑然不觉似的，保持着自己的姿势，不回身，也不转头。守仁默默地，在她身旁坐了下来。

“回家吧，快天黑了，别让妈担心。”守仁蔼声说。

“她才不担心我呢！”如云扭过脸来，怒冲冲地瞅着哥哥，言辞激烈：“你们都已经忘记爸了是吗？姓谭还是姓韩都无所谓是吗？！”

“叔不是队长了。”守仁语调低沉。

如云一诧，眼里怒气旋即换作了疑惑不解，看着哥哥。

守仁让她知道了谭叔丢掉生产队长职务的缘故，耐心的样子，说：“改户口簿上的姓，是为了改咱们的成分。以后年月变了，想再改回来是咱们的自由。”

“改成分？”如云大眼睛一烁：“咱们现在不是富农成分了？”

“咱们随了叔的贫下中农的成分。守信就可以念书了。咱们以后都可以去积极参加集体活动了。”

如云听了，一时百感交集。默了半晌，出神的样子，喃喃自语道：“咱们是贫下中农了！咱们是贫下中农了！”

守仁站起来，去拉妹妹，亲蔼地说：“走，回家吧。”如云听话地起了身。刚要迈步，忽又站住，直瞅着哥哥，一脸真打实凿的神情，说道：“哥，改了成分确是好！叔在这件事上为咱们吃了亏，确是该当感念他！可是，咱可得说好，等啥时候形势转变了，能改回来的时候，咱们可得把姓都改回来，还是姓咱们的韩呀！咱妈已经改嫁了，咱们要是就这么又都改了姓，咱真的对不起咱爸呀！”守仁一脸严肃，点头说好。如云又说：“还有，纵是咱们从现在起改姓谭了，可不行就改口叫他爸。咱还是都管他叫叔呀！”守仁又使劲儿点头，说：“这个是！不过你得跟我去给妈和叔赔不是去。刚才你那样子，咋能不伤他们的心啊？”如云眼圈儿一红，低下了头。小声儿答应了。兄妹俩就一起往回走。太阳落山了，西方天际晚霞燃得尤烈，漫空涂得彤红，树林里雀鸟叽喳，荒野间虫儿呢哝，远处村庄笼在淡淡的烟霭里，空气中花草树木的香气一阵比一阵浓郁。遥远山谷里独有的静美景色妆点着心情，让人的脚步变得越来越轻盈。

守仁和如华都走后，慢慢地，在谭春阳的劝解下，白星昱也意识到了自己那时刻对大女儿忒粗暴了些。确实这桩事儿里自己也有不周的地方，改成分的事办下来之后不该拖延着不告诉几个孩子。她是存了个心计儿，想等到守信上学的时候再道破，就好趁着孩子们的高兴劲儿，让他们改口叫春阳爸爸。户口簿上姓氏都改成谭了，要是还一口一个叔地叫，咋个讲得通噢？势必会叫春阳难办的！她一直悬心着怕春阳为这个受到牵累嘛！哪知道他已经悄没声儿领了罚哟！有了这个转念，对满怀怨愤独自跑走了的如云越发放心不下起来，担心守仁一时半会儿寻不到她。正焦煎着，听见院门一响，两个孩子回来了，她一颗心这才放回肚里。

母亲气已消了，叔压根儿就没生她的气，如云的赔礼道歉就只是走了个形式。白星昱连忙打水让她洗脸，端上锅里热着的饭菜，催着兄妹俩吃了饭。几口人围坐在里屋说了一会儿话，就让守仁和如云回奶奶那边去了。奶奶惦记着呢！叮嘱就叫如华在那边跟姐姐一起睡吧，今晚不要回这边来了，天黑了她独自走夜路叫人不放心啊！

日子就又这么往前过起来。眨眼到了新生入学的时候。这天守仁、如云早早就过这边来，要跟母亲一起送守信去学校，被母亲劝止了，送完守信再往山上社员们集体劳动的地块儿赶肯定来不及！一家人都误工可是不好！尤其在这他们叔被撸下来没多久的时候。所以定下只由她领着如华去送守信上学，谭春阳、守仁和如云都赶紧去出工。三人叮嘱了守信些到学校后要听老师的话、好好学习、遵守纪律之类的话语，匆忙出门了。白星昱收拾妥当，锁好屋门，也领着如华和守信离开家，往学校去了。

把守信安顿坐进了教室里，如华和母亲往外走。到学校大门口，女孩儿忽然打着拖儿不肯走了，哭着闹着也要上学。白星昱犯难地叹气，以现在的成分，小女儿当然是能上学了，可她已经十一岁了，哪能再去跟七八岁的孩子们肩并肩地坐在那儿读书哟?！缠不过，她只好去请问了校长。校长见是谭春阳的孩子，询问得格外仔细。然后说，要是这么想上学，那可以插入二年级，不过到学校后须得刻苦用功，把前头儿一年级课程里没学过的全都补上才行。如华使劲儿点头，乐得蹦高。白星昱也是巴不得，念几年书多识些字总是好的，再说这样往后守信来来回回路上也有伴儿，可以少操些心。她千恩万谢地走出校长办公室，领如华去见过了二年级的老师。她们今天光着一双手，只能是看看就走，明天再来了。

这就得去桥头供销社给如华买书包、铅笔等物件去，今天出不成工了。白星昱须得去跟队长请假，她顺路去西邑村部仓库侧旁的小土屋找到丈夫，把如华也要上学的事儿先告诉了他。谭春阳十分赞成，跟妻子说："就把如华留在这儿等着，你独自去山上请假去，快当些不是？"白星昱认可，就独自到社员们干活儿的地方，跟生产队队长请了假，又转来领上如华，娘俩儿一路往下村去了。

从供销社回来已是下午。歇口气如华就奔奶奶家，她要去告诉奶奶自己也要上学了的好消息。白星昱就动手忙起晚饭来，难得今天有这个空余工夫，可得给家人们改善下伙食！边干活儿，她边留意着墙上的挂钟，眼看到了放学的时间，连忙擦擦手，出了屋门。她就站在大门口，往远处眺望着。没多久，就见那边村街上肩挎书包的孩子们三五成群喧嚷着走过来。走在孩子们中间的守信一眼瞧见站在自家院门口的母亲，立时像撒欢儿的小鹿般，举着空饭盒一溜烟儿跑来跟前，一头扑进母亲怀里，嘴里撒娇地嚷着："妈，我饿了！晚上咱家吃啥呀？"白星昱疼爱地摸着小儿子的脑袋，告诉说："蒸的大饺子。你得忍忍啊，一会儿待大家都回来了，咱们再开饭噢。"她接过守信手里的饭盒，催促道："快和妈说说学校都教的啥？"

守信满脸笑地转着眼珠儿，说："今天发书，老师给我们讲话。"

"老师讲了啥话？"白星昱饶有兴致地边问着，拉着小儿子往院里走。

守信摇晃着小脑袋，煞有介事的样子，说："老师说我们是社会主义的苗儿，未来的接班人。嗯，嗯，要'好好学习，天天向上'。"边说着，边"嘻嘻"地笑。

"'好好学习，天天向上'。"白星昱重复着小儿子的话，笑得实足欣慰。

好事儿就一件接起一件来，先是守仁入了共青团，然后是进公社砖厂当了工人。入团一切是常规的，守仁端端正正写了份申请书，递上去。半年后，被叫到大队部跟十来个青年一起，由大队团委书记领着，举拳头宣誓，成了团员。进公社砖厂却是得了公社书记儿子的帮助，这是因为守仁在一次出外工的时候，奋不顾身救了公社书记儿子的命。那是在守仁成为团员大半年后，去参加公社组织的全公社团员青年修筑干渠大会战，因为地点远，晌午都不回，就在工地上开午饭。饭后大伙儿东倒西歪就地睡了起来。公社书记的儿子也来参战了，他随身背着块雨布，就没跟大伙儿在一起，走远些选了块青草茂实的地方铺开雨布躺在上面。不期睡熟后竟从旁边草荒儿里爬来了擀面杖粗的一条花蛇，直朝着他窜上去。合该这小伙子有救，恰在这时，守仁醒了。他翻个身本想再睡会儿，张眼瞥见了不远处冲人爬着的毒蛇，不假思索一个鲤鱼打挺跳起来，就似豹子般扑了过去。抄家伙儿来不及了，他急中生智一把揪住蛇的尾巴，边大声吆喊着，飞快地转圈儿甩起来。"嗖嗖"生风，直把长蛇甩成了一条不能打弯儿的棍子一般。大伙儿都醒了，看着这情景，个个一身冷汗。公社书记的儿子更是吓得简直闭了气。待回过神儿来，众人齐声给守仁鼓劲儿，看看火候差不多了，叫他撒手往远处扔。守仁就憋足气往没人方向使劲儿一掷，"啪"地一声那蛇被摔到了几米外的荒草里。半天没见有动静，大伙儿抄起铁锹铁镐靠近前去，见那蛇一动不动卧在那儿，已经死了。从此公社书记的儿子就把守仁视作救命恩人，一心想着报答他。几个月后，公社砖厂招工，他逮住时机，帮守仁跑手续办了进去。

公社砖厂的工人每月拿工资，比四村八乡的社员高出了不知几个等级，守仁一下成了人物。络绎地一些有待嫁闺女的人家就前来提亲，守仁看都不想看一眼统统回绝了。后来知道他是因为有远大的心志，想去当兵。这个愿望也顺利实现了。守仁二十岁这年秋天，身穿崭新的草绿军装，胸前戴着朵大红花，被人们敲锣打鼓地送到一辆军用卡车上，和十几个同样装束的小伙子一起，意气风发地去了远方。

时隔近一年，又一桩喜事儿临门，如云定了亲。男方家住水星邑，父亲在敦伦城农机厂工作，是国家正式职工。因为家里老奶奶急着抱重孙子，催促着，订婚不到一年就结了婚。择在十月小阳春时节举行婚礼。这天风和日丽，天蓝云白。白星昱家院子里外到处贴着大红“喜”字，满院一张张堆放着花生瓜子儿喜糖的大圆桌旁边挨挨挤挤地坐满了人，个个兴高采烈，大声寒暄着。年轻后生们管不住自己眼睛地，朝靠近西窗摆放着的一张圆桌望去，那里七八个姑娘喜盈盈地围簇着头戴鲜丽头花儿一身大红嫁衣的如云。只见她们悄悄地说着话儿，“哧哧”地笑着，如云羞涩低眉，脸似芙蓉，美不胜收。谭春阳和白星昱都穿着过年时缝制的细布衣裤，干净爽利，满脸笑容，在院子里走来走去招呼着乡亲们。

韩彦强曾秀芳两口子被一左一右安排坐在媒人张婶身旁，倒水剥糖，赔笑说话，是以女方娘家人身份陪宾待客的意思。整个喧腾热闹的院子里，就他们围坐着的这张圆桌旁显得气氛冷寂。

他们是在说着悄密话儿。曾秀芳一脸谄媚的笑，看着张婶，说：“如云可真是托了您的福呀！给说了这么好一门亲事！她公公在城里工作，那她女婿也不会一辈子当社员，哪天说不定就也去城里上班儿了呢！”

张婶“呵呵”笑着，应道：“是如云这孩子有福气！一见面人家就相中了。”

曾秀芳眼睛飞快眨巴着，嗓音压下来，小心又迫切的样子，说：“我家闺女跟如云同岁。您劳劳心，照这样的，给我们也说合一个？”

张婶看着曾秀芳，一脸认真又为难的神情，说：“他婶子，不是我推托，人家主要是看如云成分清白。嗯，男方他爸爸以前下乡来开会，见过谭春阳。”忽将声音压低下来，说：“人家也相中她这后爹的人品啦！”

听了这句，曾秀芳的脸色顿时变了，嘴巴闭上不再言语。

气氛凝结起来。忽听大门口那边传来守信乐陶陶一声喊：“姐夫来啦！”

院子里的人们“呼啦”一下子应声站起来，纷纷伸脖子探脑袋往院外望去。有人“啧啧”笑着，说：“瞅这小家伙儿倒是嘴甜，这就改口叫姐夫了！”

拖拉机的声音来近了，“突突突”地停在院门前。鞭炮声乍起，新郎秦宏伟在内的十来个接亲人们纷纷跳下车来，寒暄声，脚步声，小孩子们的笑闹声，一时间响成一片。秦宏伟看上去二十三四岁的样子，一身崭新的深蓝色中山装，胸前戴着朵抢眼的红花儿，大高个儿，挺拔健壮，方正的赤红脸儿，眼睛晶亮有神。他径直走到谭春阳和白星昱跟前，礼貌庄重，鞠躬问候，乐得两人鼻子眼睛都是笑，连忙拉着，进了院子。

把接亲一行人迎进屋里，安顿坐下喝茶吃点心。谭春阳和白星昱张罗着要点火做饭，好酒款待。被来客们制止了，接亲队伍不兴在女方家吃饭的。规矩是这样，只好遵照。茶沏两道，人们站起来，要接新娘走了。就都来到院子里，看新郎新娘行礼拜别。

窗前的一张圆桌已经被拿开了，空出的地方并排摆放着四把椅子。谭春阳和白星昱走去坐在居中的两把椅子上。韩彦强两口子随跟着也过去，韩彦强坐在谭春阳的这边，曾秀芳坐在白星昱的那边。主持行仪的生产队长一声吆呼，如云和秦宏伟走上前，迎着四位长辈双双跪下，一起恭恭敬敬地磕了三个头。

如云羞赧地低着头，眼泪就要溢出眼眶来，说不清是悲是喜的样子。秦宏伟对着谭春阳，开口刚要叫爸，却没待音发出来，猛然想起了什么似的，硬生生吞了回去。艰难地咽了口唾沫后，他才又说道："叔，妈，如云就交给我了，你们放心吧！"

这个细节虽小，在场所有人都看了个清晰，眼睛"唰"地都朝谭春阳脸上射去。只见他没事儿人似的，满脸亲蔼，喜气又庄重的神态一丝儿没变。人人就不由暗暗感慨之余平添了一份敬重佩服。

女婿话落音，谭春阳即跟白星昱站起身，一步迈上前去扶起新人。白星昱强忍着不让眼泪掉落，说："好啦，走吧，别耽误了时辰！"殷切地瞅着如云，叮嘱道："以后就是人家媳妇儿了，凡事儿多忍让，好好过日子！"如云使劲儿点头，脸憋得通红，侧过脸对着谭春阳，发乎内心地低声说道："叔，谢谢您！"

谭春阳一霎儿满怀欣慰，又不觉黯然神伤，低沉地叮嘱说："好好过日子！"

唢呐锣鼓吹打起来了，众人簇拥着，把新郎新娘送上了迎亲的拖拉机。

拖拉机“突突”地轰鸣着驶动了，站在车厢上的如云泪流满面，冲着家人们使劲儿挥手，依依不舍，渐渐车辆消失在村街的远处。

送走新人，即刻喜宴开席，白星昱顾不上伤心，掉转身忙碌起来。奉茶劝酒，迎来送往，直忙到太阳落山，宾客散尽，这才得了工夫，去坐下来品味为人母所独有的嫁女的苦楚。自己含辛茹苦一口一口儿喂着养大的女儿就这么一朝成了别家的人，此后见一面都难，还不知等着她的是啥样日子，这人生躲不开的悲伤啊！守信也蔫头耷脑地，满腹心事的样子，似乎直到此刻才真正懂得了大姐出嫁意味着什么。谭春阳见状，只好不停解劝，“男大当婚女大当嫁”，这是人人要走的路。好在咱孩子嫁了个遂心意的人家儿，该当高兴才是！句句在理，白星昱也就不再浸淫烦恼，心郁慢慢散开了。

立时就想到婆婆，如云出嫁最难受的应是婆婆。这十来年里，如云都是朝夕守在她的身旁啊，骤然间这么远离了，怎不犹如摘心摘肝一般，疼痛凄惶，空落得慌！何况她又正在病中！忙叫丈夫和小儿子收拾些糖果瓜子儿糕点等物，自己去换了件衣裳，三口人锁上家门往婆婆家走去。

“唶！偏偏正赶上妈病得这么重搅扰不得，没能接过这边来喝一杯如云的喜酒！”边走着，白星昱惆怅地叹道。谭春阳也叹口气，说：“有啥法子呢？凡事总有美中不足啊！”随即一递一话中两人互劝着也就释然了，老人家不来也好，省了一场在如云上车那刻眼睁睁地看着受煎熬。但愿她的病快点儿好转，等如云三天回门的时候，她祖孙俩儿能好好地坐在一起吃顿饭，说说话。

没料到他们这么晚了还会来，钟淳兰已经睡下了，好在如华还在灯下看书，听见外头儿敲门，忙迎了出来。一见到他们，如华迫不及待地打听白天送姐姐出嫁时的情形，她被母亲分派在这里侍候奶奶，不能前去相送姐姐，心里焚急得一堆火似的。守信把姐夫跟一行接亲人们来到，直至载着大姐的拖拉机离去的全过程细细告诉了一遍，如华听完，叹一口气，发了会儿呆，这才作罢。

既是老人睡着了，就不惊动她罢。几口人蹑手蹑脚走进西屋，把东西放下，小声儿说了会儿话。白星昱问了婆婆这几日三餐和服药的情形，又切切嘱咐了如华，让她务必按时给奶奶喝水吃药，夜间起夜早晨穿衣洗脸吃饭，要事事经心。看着二女儿一一点头，才放心离去。往回走的路上，她和丈夫商量下一步的家事，把婆婆接到这边来跟他们一起生活吧。自打守仁去公社砖厂上班后，如华就搬过那边去，跟奶奶和大姐住在一起了，有这么大两个闺女伴守在婆婆身边，他们也还放心。现在如云也嫁去，只剩如华了，白天如华还要上学，光把老太太一个人撂在家里，又病着，怎得放心噢！谭春阳点头，明天去跟孩子奶奶商量吧。

钟淳兰仍旧是不肯搬，好说歹说没用。谭春阳只好去找了弟弟，最后是谭春明的小女儿翠可住到了奶奶家里来。这个闺女还不满十三岁，念到三年级死活不肯再念了，在家里跟着父母学干庄稼活儿，倒也伶俐勤快，她就担承起每日白天经管奶奶吃喝服药诸样事务，到如华每天放学回来后，一切就由如华接管。这个情形只维持到次年春耕时候。田里开忙了。刚刚实行家庭联产承包制，土地一下都划分到个人手里，家家户户自种自食，再没有生产队集体分粮的事儿了，农民过日子的本事立见分晓。一时都急迫起来，越发妇孺齐上阵，起早贪黑干了起来。谭春明的媳妇就受不了小女儿天天候在奶奶家了，这样家里就少了一个劳力！她几次三番跑来催促婆婆，不行就住到她家里去，他们一家人天天这个晚走些那个早回来会儿地替换着照应她，能够不误田里的工。钟淳兰一样是说啥不肯去，她本就跟这个儿媳不投缘，自打白星昱成了大儿媳，相处得和洽，更不待见二儿媳的行事为人，巴不得不要见到她才好。

正焦急时，出了一桩恼人的事儿，顿解了这道难题。如华跟孟千秋的小儿子孟宝琦谈恋爱了，事儿被抖出，白星昱一气之下，不许如华再上学念书了。这样如华就终日待在家里了，自然就整个担起了伺候奶奶的任务，翠可可以回自家去了。

14

如华与孟宝琦接触，这已有五年了。从她上四年级以后，每天上学放学就不和守信一起走了。守信仍旧在小队小学里读书，她却得去五里地外的大队学校上课了。小队小学只设一到三年级，念完三年级想继续升级的学生，就得去大队学校接着念了。是在一日放学回家的路上，如华遇到了等在那里的孟宝琦。孟宝琦想借用她的课本，说他只拿回去看一晚上，明早如华上学的时候一定还给她，到时候他还是在这段路上等着她。

孟宝琦这是依兄长的指令而来。准确地说，他这是奉父之命，因为是他的父亲严令他们兄弟二人自学学校里的功课的。

孟千秋对两个儿子打小就要求极严，叫他们尽可能地努力学习文化知识。教他们知道，眼下虽是不利，但一切都会变的，未来只属于有文化有知识的人。他寄望他们有朝一日能够凭借自己的学识才干一扫家族背晦，重新扬眉吐气。锒铛入狱后，这项事上抓得更紧了，妻子来探监的时候，他寄回的家信里，切切叮嘱的都是有关宝瑜和宝琦的学业，敦促他俩设法弄书，悄悄地用心学读。这时对儿子们的寄予，就是靠他们打翻身仗了。他不甘心这一生就这么样惨败给谭春阳，他要跟他搏到底，寻找一切机会复仇雪耻。接下来就是活儿女了，他有两儿两女，可谭春阳一个亲生的孩子都没有，所以最终的胜利者一定是他！

得知谭春阳不惜丢掉生产队队长职务，给白星昱的几个孩子改换了成分，让年纪小的两个上学念了书，他立刻叫妻子教儿子们去跟邻居家的孩子借课本，暗地里学习学校里的功课。他相信自己的孩子总有一天也会获得同样的受教育权利，可以跟谭春阳和白星昱的孩子肩膀一般齐地站在一方平台上学习，进行比赛，须趁早为那时刻做准备才行啊！

妻儿们依言而行。自守信和如华上学以后，孟宝瑜孟宝琦兄弟俩即开始了靠借课本的暗中同步学习。儿子们很争气，一边干着农活儿，把借来的课本里的内容全部背得滚瓜烂熟，让孟千秋甚感欣慰。却是在这个夏天里两少年遇到了困难，一到三年级的课本上的知识他俩都已经学会了，须得往下进行了，却无计再借到课本了，今年东西两邑只有谭如华一个人升入了四年级，进大队学校去接着念书，他们咋能去跟她借呢？他们跟她父辈之间是有仇的啊！

孟宝瑜不甘心就这么被困难阻住，一番踌躇后，他决定瞒着父亲，碰碰运气，试着去跟谭如华借四年级课本。他想，纵是父辈之间宿怨如壑，不能因为这个自己兄弟俩就放弃求前途啊！男子汉总须排除万难，勠力以为才好！再说，父辈的恩怨也不是必定就延续到下一代，书上不是说了，任何事情都有个不可测在其中，或许谭如华就不理会这些呢，女孩子在处事上总是要和善忍让许多的。打定主意，他就叫过弟弟，一番教授，叫他明天到放学路上去等着谭如华，跟她借课本。他的考虑是，开爸爸批斗会时宝琦还小，许多事儿是懵懂的，他心里就不存在对谭如华父母应有的疑惧，也就不会缺乏走近谭如华的勇气。一旦谭如华记恨着父辈的恩怨，给他个大钉子碰，他也不会怎样感到难堪。还有，宝琦跟谭如华年龄更接近，他只大她两岁，沟通起来会更容易一些。孟宝琦点头应下，不觉心下奇异，往次跟别人借课本都是哥去，这次咋派给了自己？却也不问，想来哥是觉得自己长大了，可以独自去做事了的缘故吧？一时心里很有几分喜滋滋的，暗暗发誓一定要把这件事做好！

兄弟俩议计，不能到谭如华家里去找她，得趁她上学时候在半道儿上瞅机会截住她才好。也不可在她往学校去的时候截，只能在她放学往回走时逮合适的机会。几年前东西两邑之间修建的天王星桥，就在出孟家院门口往南走约一里地的地方，从这座桥过河去，直接就上了谭如华每日上学放学所走的那条傍河西岸延伸的砂石路。但是不能图近便走这座桥去河那岸，这样的话，就会离谭如华家里太近，她若不愿意搭理孟宝琦，很快就能跑进自家院子里去，叫孟宝琦无计可施。唯有到三星邑北边的枫石桥上去等着截她最好，这是她每日放学回家的必经之处。这儿离她家约摸四里地样子，可以有足够的时间，让孟宝琦施展手段儿，低声下气、央磨求乞、溜须谄媚说好话，等等，务必达成目的！

这天孟宝琦早早就来到了枫石桥上，翘首遥望，倚栏等待。毕竟来得太早了些，独自在石桥上久等无聊，他就下了桥，顺着西河岸慢慢往南遛达着玩儿，不期走到一丛花树前，看着那鲜艳的花朵，他灵机一动，何不折几枝待会儿送给谭如华当见面礼呢？女孩子都是喜欢花儿的，她见了这花儿一高兴，自己的心愿会更容易实现啊。这么想着，就走到花树前，挑选花朵繁密的，折了几枝，把叶杈儿理弄平展，握着往回走。

他又在石桥上倚了没多会儿，就见顺着河东岸的砂石公路边，一个十三四岁的女孩子从南边脚步匆匆地往这边走来，正是谭如华。不由心里一喜，庆幸她今天是独自一人，没有跟别的学生结伴儿走。孟宝琦忙举着花束迎了上去。离着还有七八步远的样子，他就满脸是笑地招呼道："如华你放学了？"谭如华应了一声，投来的目光里满是警惕，一霎儿步子迈得更快了。显然是想尽快跟这个不期而遇的人擦肩而过。因为两家隔河相望，他们互相都认识，只是没有近距离接触过。谭如华此刻眼神儿里的警惕，更多是出于少女防范自卫的本能，而不是与仇家狭路相逢的那类，因为她对自己父辈与孟宝琦父辈之间的宿怨不知情。当年开孟千秋批斗会时她少不更事，后来父母家人也没有人给她讲说过这些过往。她只知道河那岸的孟家是母亲和谭叔厌憎的人家，尤其母亲，提都不能提的。所以，她的神态里也不是全无敌对意味儿。这就走到跟前了。孟宝琦全不在意谭如华的表现，满脸把一颗心整个捧上的真诚友好样儿，笑着，将手里的花束朝她递过去，说："瞧这花儿多好看！我刚才在河那岸采的。送给你呀。"应该是感应了他的真纯的缘故，谭如华神情间的敌意不见了，停住步，觑眼看着那花儿，眼波骤然粲亮，禁不住满心喜爱的样子，却不伸手接，语调冷淡地问孟宝琦："你为啥送花儿给我呀？"边说着，又迈步往前走了。

孟宝琦想了一下，直截说道："我是有事儿想要求你帮忙呢。"一边说着，掉转头，随在谭如华旁边，跟她一起往前走。谭如华又觉有趣又好奇的样子，问:“啥事儿啊？”“嗯，我想跟你借课本呢。”孟宝琦说。他紧张地看着谭如华，手里的花束又朝她送过去。“借课本？”谭如华不由步子又停住，疑惑不解的样子，朝孟宝琦看来。一时把因母亲和谭叔态度而起的对孟家人的冷漠防范抛开了。

孟宝琦就把自己因为成分不好不能进学校读书，却强烈地想一样地学习课本里的文化知识等种种缘由说了。谭如华凝神听了，眨巴着眼思忖了一下，点头允了他。这正如孟宝瑜的那个愿盼，是谭如华天性的善良使然，她一时间动了同病相怜之心，想到了自己的身世，要不是母亲请求谭叔给改了成分，自己和弟弟也是念不成书的呀！

就这么少男少女结了缘。打这以后，孟宝琦就时常在路上等谭如华。他和哥哥很快就把几册课本都抄了下来，不用再借课本用了，但是总有些难题是靠自学解不开的，得请谭如华给讲一讲。遇到谭如华也糊涂的，她就去请教老师，然后再讲给孟宝琦。如此持续了一年，忽然政策变了，不再追究出身成分之类，所有人一视同仁都可以上学读书了。孟千秋闻知，大喜过望，忙叫两个儿子去报名考试进学校。

孟宝瑜和孟宝琦同时报名入学。经学校考试之后，他们作为插班生直接进了五年级，孟宝瑜被分进五年级一班，孟宝琦恰分入谭如华所在的五年级二班。两人之间自是不由亲近，每天早上上学孟宝琦要在路上等着谭如华，跟她一起进校门。放学时要一直把谭如华送到她家院门口，他才迈上回自己家的路。这慢慢地，被人们认作了是两人在谈恋爱，有关的话儿就顺风传开了。

最早察知此事的是孟宝瑜。弟弟那么顺当就借来了课本，使孟宝瑜断定谭如华跟弟弟一样，并不知晓彼此父辈之间的恩怨，这令他庆幸不已！随着日日接触，弟弟恋上了谭如华，他可说是立时就察觉了的。情知宝琦必定是一场空用情，因为就算谭如华接受他，也绝过不了她家里的关！但他没有劝阻，这样可以更容易地获得谭如华的帮助吧，毕竟他们这时需要这份帮助啊！及至他们也上了学，偏巧宝琦跟谭如华在一个班级里，两人越来越热络，宝琦的学习成绩明显地跟自己之间拉开距离，他不禁起了忧虑，才把事情透露给了父亲。

是在一次父亲例行询问他兄弟俩的学习情况时，他道了出来的。

在孟宝瑜和孟宝琦上学两年后，孟千秋刑满获释，回到了星河谷。

孟千秋闻言暴怒，将端在手里正喝着水的细瓷杯子猛地朝地上摔去，边大骂道："宝琦这个孽种！看我不打断他的腿！"杯子"哗啦"碎裂，滚热的茶水和稀碎的瓷片四下纷飞。他仍不解气的样子，又抓起茶几上刚刚续进大半壶开水袅袅冒着热气的细瓷茶壶，狠狠摔到了地上。

这情景来得猝不及防，孟宝瑜简直给吓闭了气。他并不知道父亲心里对谭春阳深埋着仇恨。当年致使父亲锒铛入狱的那场批斗会他全程在场，一切都是亲眼所见。在他的认知里，那时谭春阳是生产队长，他以审判者的身份坐在主席台上理所当然。那天拿父亲先开刀并非是谭春阳的主意，本是现场红卫兵小将的主张。翻找跟父亲之间的那笔旧账也不是谭春阳提出的，那是当年父亲家里的长工齐顺提出的。旧账翻出之后，字字分明，铁证如山，是年轻时父亲蓄意陷害了谭春阳。随后父亲当年的亲信祖庆所供出的，父亲后来又蓄意构陷白家，用大烟膏败坏韩家等行为也桩桩属实。这就是说父亲被判服刑是并不冤枉的。若论仇恨，只应该是谭春阳和白星昱仇恨父亲，自己家对他们家是有亏欠的。

孟宝瑜身子僵直俨然成了木棍儿，他还从没见过父亲发这么大脾气呢。一时后悔不迭，不该直通通就这么把事儿道出来吧？正当惶惶悸悸，不知所措，眼前的情景竟然发生了戏剧性转变，只见父亲的怒气陡起陡消，那方才骤然绷直的身体忽然松弛下来，悠缓地朝沙发靠背倚去。他伸手拿过烟盒，边慢慢地卷着烟，问道："宝琦是啥时候认识白星昱那二闺女的？"竟是蔼色蔼声。

孟宝瑜憋住的一口气这才吐出，忙抓起火柴盒，抽出一根火柴随时预备着划燃，边高度紧张地把几年前情势所迫无奈之下让宝琦去跟谭如华借课本的始末因由如实做了陈述。

“你们四年级的课本，是跟白星昱那二闺女借的？”孟千秋惊异的样子。

孟宝瑜赶紧又一次解释：“当时咱这河两岸的村庄里，就她一个去大队学校接着念书了呀！别的那些学生念完三年级就都不念了呀！”

见父亲烟已经卷好，孟宝瑜忙划燃火柴探起身子去给点燃。孟千秋张嘴裹住烟卷，吸了一口，烟气缓缓吐出来，“嘿嘿”笑了，说：“看来是老天好心，构设了剧情啊！”

孟宝瑜半张着嘴，愣愣看着，不解其意。忽地蹲到地上去，小心地捡拾满地的细瓷碎片，只要父亲不再发脾气就好，此刻他只巴望能尽快离开这间屋子。

孟千秋并不阻止大儿子，坐在那儿眯着眼默默抽烟，心里合计，我没能得到你白星昱，到头来我儿子得了你女儿，这也行呀！谁能说这不是我的胜利呢！如此一来，宝琦考大学是没指望了，他的魂儿给那闺女摄了去，哪还有心思学功课啊！我就舍了他这颗子儿，把赌注只押在宝瑜的身上就是了。这样我就是双重的胜利！心念至此，不由胸腔里掠过一阵快感。

见大儿子把地上的瓷器碎渣儿都弄干净了，孟千秋才又开口，细细地询问了小儿子跟谭如华之间交往的行迹，咋就能断定他们是谈了恋爱呢？那闺女情愿跟宝琦好吗？都弄清楚了，他让大儿子知道自己做得对，但叮嘱他切记在这件事情上不要管辖弟弟，也绝不可以学习他，往后他必须更加刻苦学习，争取高考时榜上有名。

“宝瑜，咱们孟家的出头就靠你了啊！”孟千秋显出前所未有的神情悲慨，语重心长。

此刻孟宝瑜脑筋僵硬一片混沌，殊难领会父亲话语里的诸多深意，只对这末后一句是明醒的，他就使劲儿点头，看着父亲，郑重地说：“爸，您放心吧！”

孟千秋现出一抹欣慰，说：“你去学习吧。”又叮嘱道：“今天的事儿记着不要让你妈知道！”

孟宝瑜如得赦令，诺诺着，飞快出屋门去了。

15

孟千秋并没有立刻找二儿子，他先蹀躞在放学路上偷偷地看了谭如华，确认了她正当与自己初见那时候的她母亲相仿佛的年纪，眉眼间隐约是白星昱年轻时模样，这才寻了个星期日，也是趁着老伴儿去菜园干活儿时候，唤来了宝琦，单刀直入就提出了他跟谭如华的恋情，问道：“你是不是喜欢她啊？”孟宝琦最初一瞬不免胆战心惊，恐慌得好似浑身血液骤然停流了一般，确认父亲脸上并无愠意，这才松了些心，脑袋深扎在胸前，答了声是。

“你俩既然已经走到了这一步，那当父母的就不能说啥儿了。只是你须知道，事情既是做了，那就必须做成！你懂得我的意思吧？”孟千秋末后一句语调陡然威严。

孟宝琦猛地抬起头，看向父亲。由父亲的眼神儿印证了自己没有听错，他使劲儿点头，说：“爸，我懂！”

“懂得就好！”孟千秋说，端起茶盅，轻轻吹着浮在上边的茶叶，嘴唇探过去刚要喝，忽又停住，耷拉着眼皮说道：“你得尽快跟她把事儿定下来啊！”

“定下来？”孟宝琦大张着嘴巴，惊急地瞅着父亲：“我们还在念初中，不能定亲的呀？！”

孟千秋嗔责地瞪着他，骂道：“蠢蛋！谁说让你定亲啦？”

孟宝琦不解，直盯盯询恳地瞅着父亲。

孟千秋摇摇头，只好教给说：“你先得到她的心，得到她的人，做到让她无论如何难以再变卦，死心塌地到啥时候都是嫁给你……”

孟宝琦转眼珠儿听着，一霎儿心领神会，不由得笑了，瞅向父亲使劲儿点头，说：“爸，你放心吧！”

自此孟宝琦放心大胆，久久蕴压着的情愫迸发而出，深情地表白，热烈地追求，向谭如华发起攻势。两人亲近了已经几年，谭如华的心里同样地早已情浓意密，一点即燃的样子，所以推进顺利，迅速地两人拉了手，又迅速地从拉手升级为拥抱，进而孟宝琦要去吻谭如华的花瓣儿红唇。这却遭到了谭如华的推拒，她拼命挣脱着，不肯与他接吻，两个人常常搏斗似的拼得浑身热汗，气喘吁吁。这使得谭如华开始躲着孟宝琦了，上学放学的时候不肯再跟他一路走，不让他再有靠近自己的机会。逼得孟宝琦只好一天写一封情书，倾诉衷肠，趁课间休息的时候把热辣辣的情书塞到谭如华的书包里。他知道谭如华喜欢画画，就开始没日没夜地学起画画来。稍微画得像点儿样子就时而把自己的画作连同情书一起塞给谭如华，寄望以此增加赢得那颗芳心的力量。偏这段时间里谭如华搬过奶奶的院落来，恰是姐姐初遇意中人的时候，朝夕之间不免要跟妹妹分享“甜蜜烦恼”的滋味儿，及至定亲之后，姐姐更是张嘴闭嘴都是自己的心事，招惹得谭如华也不由得心思暗动，憧憬起自己的明天来，这时刻眼前就每每浮现出孟宝琦的面孔，使她不由得整个人呆掉。眼看就到了姐姐出嫁的日子，谭如华心上起了伤别的愁绪。这种情绪在姐姐结婚那日当晚听弟弟给描述白天婚礼上情形的时候达到巅峰，浓郁到疼痛。这竟是一种不可解的疼痛。应该就是在它的逼迫下，当随后的一日，放学路上，听见身后传来急促追来的孟宝琦的脚步声时，她没有再像前些天一样飞快地逃开。

他从后面拥住她，紧紧地搂抱着，“呼呼”大喘了片刻，忽然将她的身体翻转，在她跟他相面对的一刹那间，迅雷不及掩耳地将嘴唇探过去吻住了她的唇。这是根本不能躲拒的吧？或者是这次潜意识里她没有想躲拒？两个青年男女就那样站在大路旁边拥吻起来。孟宝琦完全是疯狂了的样子，一直到谭如华终于清醒过来，拼尽全力挣脱他的怀抱，跑开了，才算罢休。这成为谭如华不敢回想的事情，竟也成为她不能拒绝的事情。此后几乎上学的每个日子，孟宝琦都要吻她，有时是在去学校的路上，有时是在从学校往回走的时候，只要瞭望一下前后没人，他就会抱住她一阵狂吻。这总是危险的，因为很可能下一刻就会有人影儿远远出现在大路上，窥见他们的行径。为了避免这种糟糕事儿发生，当其时，谭如华只好扭躲到大树背后去，继而两人越来越深地朝草树丛中走了。

孟千秋密切关注着小儿子情事的进展，见二人到了这一步，有了父子俩又一次密谈。父亲的意思极明确，儿子可以不要有任何顾虑地往前推进。一旦白星昱的闺女怀孕了，那就请媒人到谭家去提亲。相信一说即成！他家的闺女已经怀上咱家的孩子，不嫁给咱又能咋办？必定是飞快就把人送过来了！那样你就可以夜夜跟谭如华共眠了。我就跟你妈摊开说，把咱家西屋收拾出来，给你俩当新房。

“我们还念书呢呀！”孟宝琦着急地低喊。

“哎呀，还是这么个笨样儿！”孟千秋瞪他一眼：“这个书还念个啥了？你们就都不要再念了嘛！退了学回来结婚过日子了嘛！我跟你妈也好早点儿抱孙子啊！”

“你不是让我们一定要考上大学吗？”孟宝琦呆愣地问。

孟千秋一霎儿音调冷冷：“你觉得你还有希望吗？”

见小儿子垂下头不答，孟千秋转了转眼珠儿，说：“你要是有这个梦，那你就继续念。谭如华指定不能再念了。就把她藏到一个地方去，偷偷地把孩子生下来，我和你妈接她娘俩儿来住在家里，等你书念完后，你们再补办手续婚宴啥的。”

略顿片刻，见孟宝琦没动静，孟千秋眼角斜觑过去，压低声音教唆说：“你要是考上了大学嘛，那也自由。念了大学之后要是不想跟她结婚了，那时你相中了哪个自管跟哪个结婚去，她也拖累不了你。我和你妈自有法儿安顿她娘俩儿。”

“哪能存这样的心？！”孟宝琦猛地抬起头来，恼怒地看着父亲。一霎儿意识到此举唐突，忙又低下头去，嘟囔说：“我这辈子一定是跟如华一起过的！任凭天塌地陷，我的心不会变！”

“好好好！这样最好！”孟千秋连忙夸赞：“巴不得我儿子是这样重情义的人哪！爸不是怕你有为难吗？既是这样，那咱就说定了，就娶白星昱的二闺女做我的小儿媳妇！你若考上大学，那就大学毕业以后你们再补手续。总之一句话，你快点儿让我和你妈抱上孙子啊！”

孟宝琦想说咋也得等念完书，纵是笃定如华同样爱自己，但她现在绝不会肯往前迈那一步的，自己咋能在这桩事儿上使强呢？再说自己也舍不得让她那样，那要一辈子背上不好的名声儿哇！但他没有说出口，要是这样说了不就是顶撞难堪父亲了吗？另外，他想起了日渐逼迫着身体里那种火烧火燎的煎熬，每次跟如华拥吻时这股暗火都会猛烈燃起，简直要把他焚化掉的样子，真不敢保证哪一刻控制不住做了那事。这本是他厌憎自己的一个地方，是羞于言说承认的。

父亲却像是了知他这番心思似的，叹一口气，深深看着他，说：“儿子，这没啥。人都要过这些关口儿的。爸是过来人啊！”这使孟宝琦慌乱起来，抬起眼睛跟父亲碰了一下，又逃似的飞快瞅向别处。这一瞥之间孟千秋读懂了那双黑白分明的年轻的眼睛里所写着的一切，不由“呵呵”笑了，说：“你去吧。记着一句话，你跟白星昱的闺女一旦要是……她要是怀上了，你得立刻告知爸爸。甭认为你让她在草荒林野里跟你恩爱就是委屈了她，那样子怀上的孩子会更聪明更漂亮哪，得天地灵气草木精华啊！呵呵，到时候你就知道啦……”

孟宝琦脸烧得似红布一般，站起身，抢步出了屋门。

随后一连几天里，他的脑子都跟糨糊似的凡事不能厘清。他忽然不敢走近谭如华了，甚至不敢朝她所在的地方瞅。这弄得谭如华起了不安，她已经深陷爱情，习惯了孟宝琦的相见就要相拥，忽然间他显得疏远起来，不免生出种种猜想，是他的家里察觉了什么，对他训诫了吗？她就神思恍惚起来，功课越发学不进了。转眼期末考试临近，天气暴冷起来，人在户外简直站不住脚。忽然一场大雪厚厚覆住大地，气温陡然降下许多，但凡走出房门，人人包裹得只留一双眼睛在外边。慢慢地孟宝琦从与父亲谈话所产生的慌迫混乱中恢复过来，想如常地亲近谭如华时，条件竟不允许了。两人有时同路走一段，也难以畅快地说话，只好以眼睛交流深情。谭如华的心总算不七上八下了，但万千猜疑藏在心间，期望着一朝破释。

这年寒假放得早，假期就较往年长出一截。孟宝琦和谭如华不能见面，夜晚显得尤其漫长，两人就都靠画画排遣，因为这样的心境功课是学不进的，在纸上勾勒琢磨线条却是相宜。所以到次年春天开学的时候，两人都得了一大摞铅笔画稿。第一天上学就各挑了得意之作交换着看，不觉就互为指点，一番切磋。这就分了大半心思在画画上，对功课简直淡了。

终于天气见暖，渐渐地脱去厚重棉衣皮帽，人在室外可以漫步了。这天放学后谭如华故意拖延着，等同学们都走了才起身出教室，这样她就远远落在同村回家学生的后面。孟宝琦见状，自然也放慢脚步，从回家同学群里脱出。很快大路上只剩他们两个人的身影了。

选了路边一簇树林，两人折身进去。隔了这么多时日，自然都如饥似渴，一番狂拥热吻后，谭如华说出心事，为啥去年冬天那段时间你对我那么冷淡？孟宝琦不作声，只以更紧箍的拥抱、更长久的亲吻作答。越是如此，谭如华越发不肯放过，更急地追问，以致两人在野地里流连的时间更加长起来。草芽儿冒绿了，杏花盛放了，田野里秧苗隐隐成行了。这天，孟宝琦和谭如华吻着吻着就矮身坐下来，继而躺在了草丛间。天蓝得似冰玉，高高地在上方罩着。身侧的树林里鸟雀啁啾，清丽悦耳。空气中花香草香熏腻，一切都让人心旷神怡，激情迸射。孟宝琦体内的火前所未有地焚起来，弄得他颊红似烧、口干舌燥，猛然间父亲曾说过的话响在耳畔："甭认为要是你让她在草荒林野里跟你恩爱就是委屈了她，那样子怀上的孩子会更聪明更漂亮哪，得天地灵气草木精华啊！"一时他就觉得有些把控不住，忙松开谭如华，身子一闪，挪去了半尺外，仰面对天，大口呼气。

谭如华不知其意，却被他的这情状勾起了心事，又追问起来："为啥去年冬天你疏远我？是你家干涉吗？"孟宝琦仍是不答。默了一会儿，似是下定了决心，忽地身子一翻，把谭如华压在了身底下。谭如华被弄呆了似的，一时回不过神儿来的样子，看着身上的人，一声也发不出来。

孟宝琦凝视着谭如华，说："亲爱的，你非得要问，我只好告诉你了。但你得答应我，听了后不许生气啊。"

"我不生气。你说吧。"谭如华说。

孟宝琦就把去年冬天父亲对他说的一些话告诉了她。

听见未来的公公教唆儿子尽早让自己怀上孩子，谭如华气得眼泪“哗”地流出来：“你爸他，他咋能这样！”她边嚷着边使劲儿往下推孟宝琦，扭动着身子想推开他爬起来。却是推不动，孟宝琦石板一样死死压着她。孟宝琦眼珠儿往外迸着，急道：“如华，咱俩，总是要到这一步的呀！我今天告诉了你这件事，就是，我这就要做的呀！我爱你爱的，我已经受不了了呀！”边说着，伸手就解谭如华的纽扣，气喘得越发似拉风箱一般，边说：“我爸这是好心，他是叫咱们大胆相爱不要有顾虑呀！如华，我一定会一辈子对你好！你要是怀孕了，咱俩就都不念书了，就结婚，相亲相爱地过日子。我爸说了，把我家西屋收拾出来，给咱俩当新房。”

谭如华愈听愈怕，直到现在她才知晓了自己这番作为的后果是什么，天呀，怀孕生孩子，多么难听！多么可怕！去给孟千秋当儿媳妇，怎么可能！母亲和谭叔会气死的！自己咋就犯糊涂，跟孟宝琦谈起了恋爱啊？还走到了这一步！她死力拼挣着，大声痛哭起来。孟宝琦这才停手，放开了她。她的衣襟已经被解开了，里边红色碎花儿的胸衣露了出来。她爬起来，顾不得系上纽扣，飞快跑掉了。

孟宝琦没有去追，一动不动躺在那里，拼尽全力强迫自己静下来。过了好久，总算把身体里的烈焰狂涛平复了，这才翻身爬起来。太阳早已落山了，远处峰峦间已漫起暮色，他追悔莫及，沮丧地往回走。到家天已黑透，也没吃饭，就去睡下了。孟千秋偷眼打量着，误以为小儿子这是已跟白星昱的闺女生米做成了熟饭，窃喜不已！迫不及待地就去找到住在村西头儿的黄婆，想让她谋划个法儿把信儿递给白星昱。

谭如华和孟宝琦的事儿，现在东西两邑的人，应是只有谭春阳和白星昱夫妇俩不知道了。村邻们是没人敢去告诉他俩。亲戚间跟他们常走动的，就是谭春晖和谭春明姐弟俩，谭春晖住得远，没闻到风儿。谭春明是早就知道了的，他曾几次想去告诉母亲和大哥，都被媳妇摁住了。葛珍嘴上说的是不让丈夫去耍欠讨挨骂，实则是等着看笑话。她原本就受不了富农白星昱的一张俏脸和那满身风韵，偏她一朝成了自己的妯娌，一套狐狸精手段不仅迷得大伯子谭春阳不辨南北，竟把婆婆的心也整个儿哄了去，弄得老婆子心里眼里只有她和她养的那窝崽子，越来越不待见自己，自己这一房简直靠不了前儿了。偏偏好事儿又老往她头上掉，大儿子先是当了工人，随后竟去当了兵！大女儿嫁到了在城里工作的人家，桩桩儿都能把人嫉妒死！总算这是出了件打眼的事儿！你的二闺女竟然跟你们大仇家的儿子搞得热火朝天！谁也不去拆穿，就让他俩往下搞，照这样子，用不了多久就得搞出事儿来，你闺女非养在家里不可！到那时候看你还显摆不？看你的脸往哪儿搁？哼，有啥妈有啥闺女，这话真是不假！你一天天就只顾了缠着谭春阳浪，把孩子远远丢到一边儿不管，这才出了这样丢人现眼的事儿嘛！这下你的闺女比你还浪，还念着书呢就怀上了野种，成了荡妇，污秽一方，伤风败俗，哼！

韩彦强家里是同样的情形，曾秀芳一心只等着看白星昱的笑话，再叫你天天恨不得浪到天上去！等你闺女把孟千秋的孙子在荒山野地里养出来，看你咋办?！人们都说孟千秋一直惦记着你，当年糟害谭春阳和后来祸害韩家，都是为了得到你。他没得逞，他的儿子得了逞，而且是这般得了逞，他得得意成啥样儿呀！他会觉得这是他对你终于得了逞吧？他的儿子弄你的闺女，说不定他就觉得是他在弄你一样了呢！再或者，那老家伙这也是为了能够接近你设下的套儿也未可知，谁知道他是不是到现在还垂涎着你呢？你一直就不见老的嘛！他只要弄到了你他这一辈子的梦就圆了啊！只可怜韩家宗族就这么辱没在了你们母女的手上！好在如华现在是姓了谭啊！

黄婆听完了孟千秋的一篇话，几转眼珠儿，终是眼白一翻，拒绝了他："我家世代保媒牵缘，都是积德行善。你孟家要是诚心想娶白星昱的二闺女，纵然她还念着书，但出了这样的事儿，也就没说的了，我可以舍着老脸去把事儿捅破给你家提亲。你家要是没有迎娶的心，那我断不会去多这个嘴！我倒还要问你究竟安的啥良心啊?！"

这位黄婆跟孟千秋相仿佛的年纪，她的婆婆乃是当年孟家托了去白星昱家提亲的诸多媒婆中的一位，故她对于孟千秋曾经苦求白星昱而不得的事儿是略知一二的，所以有这末后一问的尖锐。

“大妹子！现在这时刻，我哪敢去提亲哟！”孟千秋瞪眼瞅着黄婆：“白星昱的闺女怀了我儿子的种，我孟家自是要娶她进门儿的呀！只是，只是这得等她不念书了吧？我就是这么想的嘛！他俩既是有了这样的事儿，就赶紧张罗着结婚为上，省得再出更大的丑嘛！肚子里那孩儿是要天天往大长的呀！”

黄婆的脸色这才缓和了，也有一刻的犹疑，终是坚持了初衷，这没出嫁的闺女怀孩子的事儿可不能乱说！你们有凭证吗？白星昱那个闺女愿意嫁给你儿子吗？你们两家可是有宿仇的噢！除非宝琦如华他俩站在我面前亲口给我说，这事儿我才能伸手。

孟千秋愁叹，让白星昱的闺女亲口来跟你个媒婆说自己的丑事儿咋可能呦！再说她肯不肯嫁过来现在也拿不准哇！这不就是想一步一步逼着她嫁过来吗？这些话却不能道出口，他只好垂头丧气地回去了。好在也不是白跑这一趟，这就把这桩事儿道与人知了嘛。这样的事儿只要嘴巴里一说，甭愁不会眨眼就在河两边村庄里散播开，尤其像白星昱闺女那么俊俏的女学生，最是惹人乱嚼舌根的。

可恨光靠这个不行，信儿只要传不到白星昱和谭春阳耳朵里，那就啥都是白搭儿。事儿又不能拖，须防着白星昱那闺女一旦察觉自己怀孕后会干出啥偷偷打胎流产的勾当，那样自己的一腔心血可就白费了！再说自己也真是舍不得这个孙子，那是我孟家的后哇！

孟千秋苦思苦琢了大半宿，终于谋得一法儿，叫老伴儿的娘家侄女儿去大新屯把信儿透给谭春晖去，他的这个妻侄女儿姥姥家就住谭春晖婆家所在的土星邑东边的大新屯里，两家相距不远，时有走动。谭春晖是急脾气，听了这个话儿，必定披星戴月地跑回娘家来查对实情。她对她大哥谭春阳那是打心眼儿里敬戴，哪能容他吃这样的亏！谭春晖只要一回来，哈哈，那就是好剧开演了！往后自己就只管顺思路往下推就行了。思虑周全，次日歇晌时候，他就跟老伴儿说了。话一出口，他的老伴儿王素贤急了眼：“宝琦跟谭春阳的闺女搞对象啦？说啥也不行！”

她这全是冲着谭春阳的。虽说她对白星昱也不无嫉妒，但怨恨没那么足色，因毫不知道丈夫早年对这个女人曾有过的眷恋。当年她全靠父母之命、媒妁之言嫁到孟家来，最初一眼见到丈夫，着实被他额上的那道疤瘌激了一下。待慢慢习惯了它，就看到了他的风流倜傥，不高大却挺拔健壮的身个儿，面目俊朗，性情雄凛，举止果决，而又不失细雅温款。白日里对她虽浑不上心似的，夜间床榻上每每不吝力气，带她在一个又一个未知的世界里翱翔，让她体会到难以言喻的肉体的满足和欢畅，是令她可心遂意的人物。几十年里她犹如他的一根肋骨般存在着，安守本分，生儿育女，以他的好恶为好恶，以他的世界为世界。她跟丈夫一样，视谭春阳为头号仇家，坚执地认为丈夫的十年牢狱之灾全是拜谭春阳所赐。如此大仇未报，竟要结作亲家？！难道疯了吗？

孟千秋摆手止住她，以少有的冷峻语气把自己的思路和盘托出，教她明白宝琦追谭如华是得到自己鼓励的，应该说后来的快速推进跟他的支持不无关系。他就是要小儿子娶到这个白星昱的闺女！这句出口，见老婆错愕的样子，连忙改口：“我就是要宝琦得了这个谭春阳的闺女！我就是要用这个法儿报他的仇！”

王素贤并不赞成，她认为儿子考大学才是最正格儿的，用这样的法子就算治了谭春阳，自己的儿子不是也搭上了吗？况且谭如华不是谭春阳的亲闺女，从来没人听见过他们几兄妹叫过谭春阳爸爸，说是他们还要把姓再改回去仍旧姓韩呢。但她没有多言，是已经习惯了一切顺从丈夫的意愿。

忽然想起了什么似的，她瞪大眼睛瞅住丈夫，提醒道：“白星昱应该是恨你入骨哟！她先前的婆家是你一手操作着给败了的呀！谭如华是韩家之后啊！这些，那年批斗会上可是都翻出来了呀！”

孟千秋“咥”了一声：“真是妇人见识！她白星昱应当感谢我才是！那时要不是韩家败了，就他们那个家业，新中国成立后还不得定性为头号大地主？财产须全部充公不说，人没准儿都得遭活活打死！我那分明是救了他们嘛！再说了，任凭啥宿仇旧怨，也抵不过她闺女肚子里怀上了咱家后代这个事儿！事情到了这一步，她能咋着？她不肯把闺女嫁给咱吗？她不嫁咋办？有了这桩事儿哪个还会娶谭如华？她能让她闺女一辈子不嫁人吗？哼，就算她豁得出去不肯嫁给咱，那咱也得去跟她要孙子去！那是咱孟家的后人，咱理直气壮地抱回来自己抚养！”

听见丈夫这么一通吼，王素贤把他还曾经想过构陷白家的话就咽住了。也是，任凭啥也抵不过她家闺女肚子里怀上了孟家后代这个事儿。现在要紧的，是赶快把谭如华娶过来，那自己就赶紧去找娘家侄女儿吧！忽地又停住了，问：“那咱宝琦就也不念书了吗？结了婚还咋再念书哟！”

孟千秋皱起眉头，不耐烦的样子，道：“哪个说让他俩这就结婚啊？先把亲事悄悄定下来，谭如华生她的孩子，宝琦还是接着念书嘛！”

“先不结婚，那让谭如华养在家里？”王素贤张大嘴巴，喃喃道：“这可是随了她妈的命了！”

“胡说八道！白星昱有婚前生孩子吗？”孟千秋生气的样子。

王素贤叹口气：“她虽不是婚前生孩子，她嫁了两个男人，那也差不多了呀！”

孟千秋不言语了。他想起谭如华的身材容貌，跟年轻时的白星昱简直太像了！她们都是这样的命，就因为都是这么个长相吧？

见丈夫发呆的样子，王素贤不由也一刻恍神儿，谭如华这样也好！这样她就落了老大一个短处在人手里，不怕将来自己调理不了她了。只可惜二儿子终究在名声儿上难逃咎责，只求不要妨误了他的前程吧！这么一想，发急起来，得赶紧把这事儿办喽，可别拖出啥事端来，影响了宝琦念书！

主意方定，偏又念头陡出，确定谭春阳那闺女怀上了咱家后人吗？一旦不是，咱这样做了，那可是……

“哎呀，咋这么多废话！叫你去就快点儿去得了！”孟千秋黑下脸来：“她就是现在还没怀上，咱们演了这一出，她还说得清吗？她不是就只剩下跟宝琦生孩子一条路了哇？再说，她跟咱儿子都到这一步了，想让她怀上还不容易吗？”

丈夫所言句句在理，王素贤没有疑忌了，下午她就不去田里干活儿，套上毛驴车回了娘家。

果然，隔日近晌时候从田里赶回家做饭的白星昱，半道儿上碰见了着急忙慌走来的小姑子谭春晖。一见了她，谭春晖扑上前就问：“是如华在跟孟宝琦搞对象吗？”

“哪来的事儿！”白星昱满脸嗔：“就是天塌下来这也不可能！”忽然生疑，直眼瞅着谭春晖：“咦，你从哪儿听说的？”

谭春晖就把昨日邻居来家里串门儿跟自己说的话述了一遍。

“你的这个邻居是王素贤的娘家侄女儿？”白星昱问。她眨巴眼睛思忖着，斩决地说：“准是王素贤嚼舌根败坏咱们！”

谭春晖愁叹一声：“说的有枝有叶儿，说是咱村上的人早都知道了呢！他俩恋爱已经好几年了。说是，说是，他俩早就……嗐！如华也不小了，咋连亲仇都不辨哟！咋跟大仇家的人谈起了恋爱哟！”

白星昱刹那变色，圆睁两眼，说不出话来。她陡然见到了自己的失误，她并没有把孟千秋曾经蓄意想谋害娘家，又险恶糟害了前婆家的过往详细讲给过孩子们噢！她的考虑，是不想让他们小小年纪就背负上深仇大恨，在父辈们恩怨的阴影中生活，没想到竟铸成大错！

“嫂子，你还是赶快查问一下吧！一旦要真是……嗐，就怕孟家使坏呀！如华毕竟年轻单纯……”谭春晖皱着眉头说。

一句话提醒白星昱意识到自己的另一个失误，女儿早已进入青春期，可自己何曾在这方面教过她必要的知识？一个毫无防范意识的闺女天天跟年轻小伙子在一起，咋能不出事儿？！这几年如华都是住在奶奶那边，自己对她还真是不够知道……唉，都怪自己疏忽大意啊！一时懊恼痛悔，就觉火往上攻，脑袋“嗡嗡”地似要炸裂一般，一把拉上谭春晖往前奔去：“走，咱们到妈那边儿去吃晌午饭！”

二人喘得风箱似的进了家门。翠可正在灶间生火，谭春晖跟娘打了个照面儿就去堂屋和翠可一起忙乎午饭了，留白星昱单独细细探问婆婆。三言两语就探得如华很少放学就回家的情况，尤其三四天前，天都落黑了，以为她在那边住不过这边来了呢，翠可已插上了院门，不想她竟回来了。

“她不是天天放了学去那边跟你们一起吃晚饭的吗？”钟淳兰问。

白星昱这就知道春晖听来的话是真了，如华竟一直在跟奶奶撒谎！可恨自己和春阳几年里都被蒙在鼓里！她却不好道破，强忍着气，敷衍着哄过婆婆，吃了饭，伺候婆婆睡了，出来拉过翠可盘问了半天，女孩儿说的跟婆婆一样。

“那你如华姐晚上回来后不吃东西吗？”她问。

翠可转着眼珠儿，说：“如华姐要做功课噢。我跟奶奶就睡了，不知道了呀。”

忽然她神秘的样子，嘴巴探过来，俯在白星昱耳边，小声儿说：“我妈说如华姐跟人搞对象呢。”

白星昱似耳朵骤然遭马蜂蜇了一般，倏地躲开了，惊怔地瞅着翠可：“你妈啥时候说的？”

见她这么大声，吓得女孩儿连忙探脑袋朝里屋看，摆着手，小声儿叫道：“大娘你小点儿声呀！我妈不叫我跟别人说呀！”

谭春晖告诉的话都被印证了，白星昱一时气得直觉天旋地转，看来说如华怀上了孩子的话可能也不假呢！老天啊！这可咋办呀！

谭春晖也是气得发昏，直瞪瞪盯着白星昱，当年阻止大哥跟她结婚的情景倏地浮现在眼前。那时自己和母亲、弟弟穷尽脑髓所列数的，一旦娶了她，大哥必将难逃的种种苦楚，今天看来还很不够啊！这还有更糟糕的煎熬等在这儿呢！大哥可怎么受得了这个啊！孟千秋是毁了他一辈子的人啊！她就恼恨起白星昱来，都是你害了我哥！为了你的孩子，他从生产队长一下跌落成看仓库的社员！为了你的孩子，他没白没黑地干，舍不得吃舍不得穿！为了你的孩子，他又遭受仇人这等羞辱！她想把这些都嚷出来，狠狠骂白星昱一顿出了心中恶气，却是做不到，眼前的这个女人太和善温婉，这些年里对自己和娘太好，不忍心出言刺伤她啊！

只好长长叹息一声，说：“嫂子，今晚如华回来，你好好问问她吧。事儿已经出了，只有处置好。不管咋着，绝不能让如华嫁给那个孟家的小子！”

“如华要是，真怀上了孩子咋办呢？”白星昱眉头结在一起，愁绝地说。

“领着她进城去打了吧！不行到时候我领着她去。”谭春晖说。

白星昱摇头：“胎儿也是一条命啊！杀不得啊！”

谭春晖蹙眉想了下，说：“有个法儿，如华的大哥不是在云南当兵吗？让她大哥给她在军队找个对象，她远远地嫁了……”

白星昱还是摇头：“挺着大肚子去相亲吗？哪个肯干哟！”

谭春晖一咬牙：“咱立马把如华藏起来，孩子悄悄地生下，然后她就走，我抱回去替她抚养。”

白星昱没接话，如华真要是有了，这倒是个法儿。

谭春晖见嫂子没异议，站起来就要走，这正是抢种时候，一天耽搁不得的。白星昱知道不能挽留，装一篮子野菜馍给谭春晖挎在臂肘间，送她出了院门。站在那儿看着谭春晖走远，返身回院里，心想，不能这么在家里等着，如华真要是天天跟孟宝琦在野外约会，那今天也会去的吧？多耽延一会儿就多一分危险啊，得去拦着她去！不由加快了脚步，进屋看见婆婆和翠可都还睡得香，她就把门窗关好，蹑脚退出，直往学校奔去。

走出一身热汗，来到了公社中学校园门口。两年前谭如华就从大队学校毕业，考入了公社中学。这是一墙之隔紧挨着的两所校园，所以她进中学读书在家人眼里就没显出有变化似的。在校园门口踌躇再三，白星昱终是没进门去，决定就守在大门口外等着放学。

那天谭如华逃脱后，哭着一口气跑出半里多地，实在气儿接不上了，才慢下来。边匆匆走着，边把散开的辫子重新辫系好，心里的羞愤恐惧就似火山云般一朵朵炸开来，气愤孟宝琦竟想强迫自己做下流的事情，也惧怕他会追上来继续纠缠自己。终于回到家里，见奶奶已经睡下，不由松了口气，总算自己此刻的模样儿不会引来猜疑了。她随口糊弄了翠可几句，也不洗漱，催促着翠可，两个一起爬上炕去躺下了。

翠可很快轻轻起了鼾声，她却翻来覆去睡不着，脑子里浮想联翩。

想着想着，不知怎地，念头就变了，把先前对孟千秋是想糟害自己的怀疑，变成了他乃是设身处地为自己和宝琦着想的认知。不是吗？今天宝琦就差点儿做了这事呢！作为过来人，孟千秋深知他俩会走到这一步，深知男人和女人好到一定程度就是要这样的，所以他才那样教了宝琦的。他这就是为了打消他俩的顾虑，毕竟都还是念着书的人不能这就结婚嘛。还有，毕竟两家是有恩怨的人家呀。

想到两家的恩怨，她不由打了个激灵，真的，自己家跟孟家是不睦的呀！早先咋就忽略了这个呢？刚这么埋怨一句，立刻又为自己开脱似的，在心里嗐了一声，道：谁想过跟孟宝琦结婚呀？不过就是跟他好罢了！谁说两个人好就一定要结婚的？一语方罢，忽然蹙眉，想起了几个小时前在小树林里猝不及防被宝琦压到身底下的情景，真的噢，男人和女人拥抱亲嘴儿，完后就要做这个了呢！做了这个可不是就……之前自己咋就不晓得想一想这些呢？到底还是怪自己太不周全了！由是竟把对孟宝琦的一腔怨怒也变作了理解。

继而生了感激心，设想宝琦不是先把这话道出致使自己急怒交迸挣脱了，他要是闷声不响直接扯开自己的衣襟就……以那一刻的情形，自己是难以推拒他的吧——就像曾经的自己在情势之下没有拒绝他的拥抱和亲吻一样，因为自己完全想不到那么做了就会怀上孩子呀，自己根本就不知道会有这样的后果呢！

着实一阵儿后怕，可不能再跟孟宝琦恋爱下去了！自己咋能跟他结婚生孩子呢？这是肯定不行的！母亲和谭叔打死也不会准许啊！唉，也不知道自己家跟孟家究竟存的是啥过节？哪天找机会询问下母亲才好。若是没啥大不了的事儿，就化解了吧！人跟人之间老是别扭着不好的！应该不是啥深仇大恨，不然母亲和谭叔咋会不告诉自己？哥和姐也是都不知道嘛。定然是他们都不知道，他们要是知道，不会不跟自己和守信说的呀。

唉，不管咋说，还是跟宝琦分手吧，不能再这样继续下去了！她叹息一声，下定了决心。

转瞬却又动摇了，现在自己哪还能离得开宝琦噢！自己已经不能没有他了呀！陡地心上一横，果断地嗐了一声，道：让父辈的恩怨见鬼去吧！不要殃及下一代！

宝琦今天为啥要先告诉我这个呢？就是为的叫我知道他爸爸是支持我们的吗？嗯，就是这个意思！一定是！自己不是老怀疑那段时间他冷淡自己，是受了他家里干涉的缘故吗？他是叫自己不要背包袱，放下心来。嗯，就是这么回事儿吧！

百般千层地乱想了一夜，天快亮了才蒙眬睡着。这天在学校里谭如华就神思恍惚，迷迷瞪瞪，老师讲的课一句没听进。回避着不想见到孟宝琦，纵是不怨恨他了，终究满心矛盾，现在知道若跟他继续恋下去是啥后果了，就算不理会上辈人之间的恩怨，她也不愿意这就跟他结婚，她还没想过结婚这件事呢，还没念完书嘛。知道自己考大学是无望的，也就是混个高中毕业，那也得把高中念完再说吧。

如是过了三天，竟觉熬不住了，非得跟宝琦说说话不可了！以自己的情形，看来分手是不可能的了，那就把握好尺度，以后两个人只是在一起说说话，绝不再发生那天的那种事儿吧。那就跟宝琦好好谈一谈，都控制好感情，好好念书。于是放学的钟声敲响，谭如华又拖延着成了最后一个走出教室的人。

孟宝琦这几天更不好过，那天跟谭如华的好事未遂，让他饱尝了生理饥渴的煎熬，竟似落下了病一般，脸颊红灼，嘴唇爆皮，浑身燥热难耐，此后吃不下，睡不着。见谭如华不再搭理自己，以为她是感觉受辱，真生了气。这样她势必就看轻了自己，今后两人的感情将无望了。悔恨羞愧苦痛难当。正不知所措，偏父亲又揪住逼迫，严令他务必在三天之内给谭如华下了种，不然就要将他赶出家门，从此亲情断绝。苦苦思量后，他决定豁出去死皮赖脸拉住如华跟她深谈一番。此生他是爱定了她，不可没有了。若她不在乎他的生死，那就尽管狠心硬肠地离开，任由他死掉罢了。若她舍不得，那就可怜可怜他，跟他把事儿做了，然后两人立刻结婚。他想好了，只要一做了事儿，他俩立刻就都不念书了。他回家让父母一边托媒人去谭家求亲，一边收拾新房筹办彩礼，力争一个月内就迎娶如华进门儿，以后他俩一心一意生孩子过日子。他会一辈子对她好，对她的父母家人好。

为啥要先把事儿做了呢？就为得万无一失啊！冷静下来想，他懂得了父亲的苦心所在，现下的情形，唯有生米做成熟饭了，如华父母的关才可能过得，不然打死他们都不会同意这门亲事的。毕竟自己家资格儿差着，这刚摘了地主帽子没多久，父亲又是坐了十年大牢才出来的人，人前矮着大半截啊！一旦要是准备不足先把事儿说破了，那自己和如华必定见面都难了！

存了这样的心，他一整天里更加魂不守舍，眼睛管不住地直朝谭如华所在的地方瞄。终于盼着放学的钟声响了，抓起书包头一个冲出教室。他想好了，还是到校园门口那棵大柳树后边去候着，等如华一走过来，不管是跟谁一块儿走着，他都喊住她。她要是还不肯搭理，那他就跟着她，她往哪儿走他就跟到哪儿，他俩的事反正同学们早都知道了，见他这样，别人必定会远远躲开了，他就好把心里的话统统讲给她。

校园里靠近大门口的地方，道路左侧有棵粗壮的大柳树，是孟宝琦时常藏身等待谭如华的地方。此刻他仍旧躲到了那棵柳树的后边去，远远朝学生们走来的方向望着。

谭如华拿准了宝琦会在老地方等自己，出教室后步子放得格外慢。走着走着，忽然起了犹疑，宝琦会不会认为自己这就是向他妥协了呢？那他可就更要放开胆子了噢！他当真硬来，自己哪里挣得脱呢？不行，得想个招儿，嗯，待会儿不跟他肩并肩地走，拉开些距离，等把话都讲好了，他全都应诺了，那再挨近。今天就在一起说说话，不拥抱亲吻了。实在熬不住，也仅藏到个地方站在那儿相互抱一会儿，亲一亲，仅限于此！

快到大门口了，瞟眼斜睨，果见一个身影隐在那棵大柳树后边，正是宝琦。谭如华心里就似一锅水“咕嘟咕嘟”地烧开了般，一片沸腾。一时不由惊异惊惧，咋才几天不见就这个样儿了？竟是“一日不见如隔三秋”这句书里话的情形哦！这样子跟他相见了，怕是自己就克制不住呢！要是情不自禁一下扑进他怀里，那可就完了！这么想着，倏地加快脚步。

孟宝琦见如华恢复了先前的样子，又是独自落到最后，顿时猜知了她的心思，不由一阵狂喜，毕竟她也是深深地爱自己的啊！一时拘着的心就松开了，这就好办啊！看来今天达成愿望不会有问题了！他浑身的血液又猛地燃烧起来，竟觉喘气都艰难了。这使他感到羞愧，何以现在自己对如华生出如此强烈的肉体渴求？都是因为听了父亲说的那些话呀！不错，就是打从去年冬天跟父亲那次谈话之后，自己变成这样的。对如华的爱不再光是心的需要，而是掺杂上了浓强的性欲色彩，自己沉睡的生理欲求被父亲唤醒了。他下意识地将手伸进书包去摸了摸装在里边厚厚的新毛巾，这是他趁中午休息时间去供销社买的。这块毛巾就要见证自己与如华的二体合一了噢！这么想着，他费力地咽口唾沫，头靠住树干，闭上了眼睛。老天保佑待会儿如华不要再拒绝了啊！愿她开心乐意地跟我一起品尝上天恩赐的甜乐之果啊！他默祷着。

片刻后，他睁开眼睛，看见如华恰走到了大树近旁，脚步比先前快了许多。她也是急着跟自己相见吧？这么一想，不禁笑了。这就不要喊住她了吧？毕竟前前后后还有学生三五成群地往外走着，没必要惹人都看过来呀。就还是在后边跟着，等到过了枫石桥，拐上往西邑的路时，再追上去跟她一块儿走吧。见如华就要出校门了，他闪身跟了上去。

此时的谭如华脑子里一片空白，虽没往后转头，但她清晰地“看见”了宝琦投过来萦绕着自己的目光，只觉浑身是一种说不出的异样感受。“又要跟他见面了！我俩又要相见了！”她喃喃着，一时仿佛成了一个只受本能驱使不会思考了的木偶人一般。

迈出校门，她刚往西边的林荫道上一拐，冷不防路边大树后蹿出来一个人，直朝她抢过来。她大吃一惊，忙定睛看去，竟是母亲！没待反应过来，她的右胳膊已被母亲拽住。母亲使劲儿拉着她往道边儿走去。转到大杨树后，母亲对着她抬手就是一耳光，低声怒骂道：“叫你丢人现眼！”

只觉一阵天旋地转，谭如华捂着脸蹲到了地上。瞬间明白了所发生的事，羞惧尚可，委屈难耐，纵是自己不对，母亲不该这样下手就打呀？自己都十八岁了呀！待要埋下头默抗，想起宝琦跟在后边，可别浑不知情间跑上前来护自己，那可就糟糕了！她就大声喊道：“妈！你咋来啦？”她是想让宝琦听见这句话，知道揪打自己的人是谁，从而不致莽撞行事。

“说！你怀上了他的孩子吗？！”白星昱盯着二女儿，低吼。

谭如华脸倏地羞红，猛地抬起头瞅着母亲，“哇”一声哭了，边嚷道：“你乱说啥呢？！”

这情状让白星昱感觉吃下了颗定心丸，心想，应该是并没有出事儿，不然女儿的眼神儿不会是这样的。终是不能放心，毕竟她跟那孟千秋的小儿子恋爱了这么久了，瞧她今天这拖延到最后才出校门的样子，分明就是等着跟那东西约会嘛！不觉又来了气，一把拉起谭如华，抡巴掌又狠狠扇过去：“你还有脸哭！”

谭如华被打得一个趔趄蹲坐到地上。母亲从来没有发过这么大的脾气，从来没有这样对待过自己，看来今儿她是真的气急了。她强忍着脸颊的疼痛，竭力压抑着哭声，说：“妈，真的没有！我只是跟他，我们俩在一起只是说说话儿……真的没有做那事儿呀妈！”

白星昱待要再打，终究虑及是在校园旁边，怕人看见，守信也在这儿读书，不可影响了他。她就喊上谭如华，往前走了。一边走着一边审，把谭如华跟孟宝琦咋认识的，咋一步一步走到现在的，所有一切交往的细情都问了个清楚。

她不禁痛叹天意弄人，设了孟宝琦跟如华借课本这躲不开的一出！偏偏他上学后两人又是同一个班！只有自鞭自笞，怨自己没有早些把跟孟家的过节都告诉孩子们。但凡如华早知道了那些，相信她绝不会跟孟千秋的后代痴缠的！由是伤艾起自己的身世来，要不是孩子们的爸爸去得早，自己孤儿寡母无依无靠，不敢跟人结怨，何至于这样啊！等到跟春阳在了一起，见孟千秋已入大狱，不成忌惮了，也就不想再重提那些旧事，唤起自己的伤痛，压覆孩子们的心灵，有碍他们的成长。嗐！说一千道一万，都怪自己这几年里对如华关爱管束不够，让她住到了婆婆那边去，不查问她的学习情况，不跟她多些母女厮磨，这实在是一种冷落啊！说到底还是自己的再婚之咎！恶果终是显露了出来啊！这么思量着，白星昱不由得泪水一行行淌下，声音哽咽了。

她就改换了语气，不再责骂如华，承认自己的错失，有些事情没有早些叫如华知道。然后一桩桩道出孟千秋曾有过的对如华奶奶家和姥姥家，以及对谭叔的恶行。谭如华的哭泣声随着母亲的话音慢慢地敛止了。孟千秋竟做过那些坏事？他竟是那么恶的一个人！诧愕之际，理解了母亲为啥这么生气了。孟家跟自家确实是大仇大怨，简直不共戴天，换成是谁也接受不了这样的事！由是心里的委屈就散了。不禁心生奇异，何以孟千秋那么坏，宝琦却这么好呢？真的，宝琦从里到外一点儿没有他爸爸恶性的影子。她跟他相处这些年了，这一点能断定的！

一时愁闷起来，自己跟宝琦之间，这就不会有前景了呀！可咋办呢？自己恐怕是要活不成的啊！思忖着，一下又眼泪转了眼圈儿。本是想说几句切齿痛斥孟千秋以及宽慰母亲的话，一时竟脑筋发僵，意识混沌，说不出来。

白星昱话都说完了，见女儿竟无动于衷的样子，不由恼恨又起，真是生女外向！给她摊开摆明地讲了那时孟千秋对她父祖的糟害，她听了脸上竟连点儿怒色都没起！更甭说同仇敌忾地声讨痛斥，表明决心了！就算对谭叔当年的遭遇可以不理会，对姥姥家、亲奶奶家的遭受陷害，哪能这样一概不关痛痒的样子啊？！难道对于一个大姑娘来说，自己心仪的男子就是全部，是生命里的第一重要吗？这多么让人伤心失望啊！这自然是她跟那个孟宝琦之间陷得太深的缘故了！这么想着，不由心里一狠，暗暗道：那就只好来硬的了！从今以后把你严严实实地看管起来，不许你出家门半步，逼着你跟他断！一时惶忧起来，这就真拿不准她究竟有没有跟那小子做了那事儿呢。哼！不管你做了没做，你都得跟他断！这辈子嫁给谁都不许你嫁去孟家！白星昱暗暗地咬牙发誓。眼看就到家门口了，她收住步子，掏出手绢仔细擦了眼睛，叫如华也把眼泪拭干净，脸一沉，说：“书就不要再念了！从明儿开始，你就待在奶奶家里，不管发生啥样事情，没有我点头，不得出院门半步！”

“妈！”谭如华急了，眼巴巴瞅着母亲：“不念书了行，你不能就把我关起来呀！”

白星昱面无表情:“我刚才说的话你应呢，这个事儿我就替你瞒着，跟你奶奶和谭叔就说是你自己不想念书了的。你要是不应，那我就告诉全家都知道，今后由大伙儿一起看管着你！”

“妈，求求你别把我关起来呀！我答应不再跟孟宝琦来往了还不行吗？”谭如华又哭了起来。

“不行！这件事情没商量！”白星昱满脸寒霜。

远远传来狗吠声和人语声，几个村民说着话从村子里往这边走过来。白星昱着了急，可不能让这些落进人眼！她就一脸不耐烦的样子，说:“好吧！那就通告全家，把你看起来！”说着举步就朝婆婆院门口走去。

“妈！别告诉奶奶他们呀！我自己管着自己呀！我答应绝不出院门了呀！”谭如华急切地嚷道，追了上来。

白星昱站住:“那你自己进院儿去。要显得啥也没发生的样子。明儿不去上学了。说头疼肚子疼都行。然后再就说啥都不去了。学校那边儿我去跟老师说。”

谭如华答应着，独自往前走了。

看着她进了婆婆的院子，白星昱才转身回自己的院落去。

这一切孟宝琦都看在了眼里。在学校门口外白星昱扇谭如华第一个巴掌，他就看见了的，本能地就发足奔跑要上前去护如华，却被她喊妈的声音止住了脚步。一时他心里真是急痛交煎！站在远处紧盯着。虽是明知不可现身，但若白星昱不停手地打，他还是会不顾一切地冲过去代如华受罚的。落在如华脸上的巴掌分明是一下一下抽在他的心上啊！还好，白星昱只打了如华两下，便再没有动手。很快娘俩儿就往回走了。他就悄悄地在后边跟着，直到看见如华进了奶奶家院门，他才愁闷地离去。

这时刻，他庆幸没有让如华怀上孩子了，不然这下她可是要受大苦的！却又遗憾没有让她怀上。若是怀上了，看在肚子里小生命的分上，如华的妈妈想是不会硬拆硬阻地拆散他俩的吧？由是更加认同父亲教给的法儿对。唉！恐怕再不会有机会了！如华妈妈虽然没再往狠里打如华，但看她开始扇那两巴掌的势头，她心里的气是比得上火山爆发的。但愿她对如华的惩罚适可而止吧！他不想立刻回家，蔫蔫地顺河边走去。找个僻静地方独自待一会儿吧，接下来会发生的事情不可想象啊！

次日白星昱叫守信替姐姐跟老师请了病假。她还是照常到田里干活儿，却是晌午早早就收了工，直奔婆婆家而来。谭如华本是头冲里躺在西屋炕上，听见母亲来了，忙爬起来迎出去。她是照着昨天商量的，谎说自己今天头疼没去上学。白星昱听了，应了一声，径直跨进东屋。问了婆婆的冷热饥饱痛痒，叫过翠可来，让她收拾自己的东西回家帮父母忙春去，说："这往后你就不用再来伺候奶奶了，就在家里帮爸妈干活儿吧。啥时想奶奶了，想来奶奶家玩了，你再来。""我再不用来了？"翠可不敢相信似地问，面容上漾开掩不住的惊喜。看见白星昱确定地点头，女孩儿跳起来就去收拾自己的衣裳。总算盼到了这一天哇！整日价跟奶奶窝在这院子里头儿真是难受！几下收捡好了，拎起来就往外跑，只来得及喊一声："奶奶我走了噢！"

钟淳兰满脸疑惑地看着大儿媳："咋放走了翠可呢？如华能在家待几天啊？头不疼了她是要接着去上学的呀！"白星昱冲婆婆一笑，说："甭着急呀妈！待会儿给您讲缘故呀。"拉上如华去了西屋。她叫如华知道，事儿只能瞒着谭叔和弟弟，不能瞒着奶奶的。如华大不情愿，但知道没法儿的，只好含着泪低下头去。"我先去跟奶奶说，等我叫你，你就过来。"白星昱说着，起身去了东屋。

得知如华在跟孟千秋的小儿子搞对象，原来她天天回来那么晚都是去跟那坏种到野外约会。钟淳兰气得话没说出一口痰堵上了喉咙，拼命咳嗽起来。白星昱赶忙扑过去给她捶背。连声劝着，侧身抓起痰盂，让婆婆把痰卡上来吐了。倒来热水给她漱了口，这才挨近去又坐下。她忙不迭地检讨自己的错，都是自己不好，生了这么个不知羞耻的闺女！又管教不严让她做下了有辱家门的事！见她这样，钟淳兰就不好再说啥了。只有不停地摇头叹气："不好好念书也就罢了，咋能跟这仇家的后人搞对象呢？这是绝对不行的！咱们不去糟害他家报复他已是仁慈了，咱的闺女还去给他家传宗接代吗？！"

“是，绝对不行！这不是把她关起来了吗？从今儿起，不许她出这个院子半步。我这就是来跟您说，以后就劳您看着她。往后我天天或早或晚都过来一趟。她要是有往外跑，您立马告诉我，咱就打断她的腿！”白星昱说。

“书就不念了呀？”钟淳兰难受地问。

白星昱更难受的样子，两手一摊：“这还念啥啦？她跟那小子在一个班，去了学校那不是就……再说，她这样子念多少年也白搭儿，她的心不在学习上，她啥也考不上呀！”

钟淳兰点头：“也是。那就赶紧给她找人家儿，赶紧嫁了吧！”

白星昱就把跟小姑子商量的话讲给了婆婆。钟淳兰赞同：“对！让她嫁得远远儿的，一辈子再见不到那个孟家的孽种！”

商量妥了，白星昱就喊如华过来。先跟奶奶认了错，打保证以后一心在家里伺候奶奶，跟那个孟家的小子一刀两断。谭如华虽是泪珠儿“噼里啪啦”掉落，但也一点儿没违逆，尽顺着母亲的心意做了。这一夜她眼睛没合一下，前前后后，过往今朝，一遍遍地想了又想，任凭怎样自己跟宝琦相爱是无望了。自此再见不到他，自己能够活多久，并不能确定。这期间就尽量让母亲和家人高兴吧！不再念书了，不许出院门，这些都没啥，只要别逼着自己另嫁别人，那就行了！

日子就这样悄然掀开了新页码。慢慢地，谭春阳觉出了事情的蹊跷，如华咋就忽然间不念书了呢？这眼看就初中毕业了嘛！就是不愿念，挨也应该把这半个学期挨完噢！就只有几个月的时间了嘛！妻子支支吾吾，啥也问不出来。他打定主意找个时间去跟如华聊聊。正待要去，忽然得知了实情。这天他下晚工回来，迈进家门，正撞见黄婆在跟妻子吵嚷。

“‘一家女百家问’，你家闺女就娇贵得不能问哇？！”黄婆气恼的声音从窗子里传出来。随之是白星昱的吼声：“谁家问都行，就是孟家不行！”

谭春阳惊极！大步奔到窗外，半隐起身子往里望去。只见黄婆冷嘲地一笑，撇着嘴道：“只怕是你白硬气一场呀！要我说，就着台阶赶紧下，别拗到最后下不了台！”

白星昱瞪圆眼睛:“你啥意思?”

“啥意思你还不知吗?非得要揭开捅破呀?好,你既是不在乎,那我就来直的!你要等着闺女养在家里吗?谁不知道如华已经怀上了孟家宝琦的孩子呢?”

“再胡说,我撕烂你的臭嘴!”白星昱厉声怒吼,一副从没有过的撒泼样子,瞪着黄婆破口大骂:“不怕烂嘴的瘟婆子!滚!赶紧给我滚出去!”

黄婆简直气炸了,真是好心当作了驴肝肺啊!要不是觉得而今谭如华除了嫁给孟宝琦再无路可走,自己来做了这个媒胜造七级浮屠,她哪里会多管这个闲事哟!哪知平日里柔声细气的白大美人儿撒起泼来竟是赛老虎呀!好,既然你不领情,你要骂人,那咱就开骂!她的声音陡然高起八度,嚷道:“你闺女跟那小子滚在野地里头儿……多少人看见了呀!这河两岸上上下下的村庄,怕是就只有你当娘的不知道了呦!你知道人们背地里都咋说吗?”

“滚!你给我滚出去!”白星昱的嗓音也高得岔了声儿。冲过去一把拉开屋门,眼珠子要迸出来似的盯着黄婆。

黄婆使劲儿一甩袖子,气冲冲地往门外走,边说道:“哼!那我就等着你来求我啦!我就不信你会眼睁睁地瞅着让闺女养在家里!那样往后你家的日子咋往下过啊?你的两个儿子还咋发繁?难不成让如华跟你一样怀着孟家的孩子去嫁别人,当‘二春妇’吗?”

末后一句似是一把锋利的匕首直刺过来,扎在了白星昱心脏上一般,她疼得一个趔趄,不由蹲在了地上,两手捂住脸“呜呜”哭了起来。

黄婆被怒气支着,出房门后也不往两边看,径直朝大门口走。待她走远了,谭春阳忙奔进屋里去扶起妻子。问明了原委,他不禁皱起眉头,寻思着说:“如华承认跟孟宝琦搞对象,这说明她是个不打谎的孩子。那她打死不承认跟他行了那个事儿,应是不假啊!甭太着急噢!”

白星昱不搭腔儿,哭得更难受了的样子。谭春阳一时不好再说啥,竭力抚慰着让妻子平静下来,只有等等看吧。

提心吊胆地等了半个多月,见如华来了例假,悬着的心这才放下。谢天谢地，那些丑话都是谣言！此后只不要让他二人再相见就是了！白星昱和谭春晖商量的那套儿，谭春阳都同意。赶忙选了如华的一张照片，长长写了封信，寄去了守仁的部队。前年春天谭守仁转志愿兵了。没多久就结婚成了家。妻子就是他部队所在那座城市的人，在一所小学里当老师。顺应新时代新风尚，他们是参加的集体婚礼，一切从简。就没劳累父母家人操办酒席之类，只是婚后小两口儿回星河谷来探亲拜望二老，小住了几日。长子婚娶，成家立业，谭春阳和白星昱一桩大事了却，自是轻松若许！儿媳又端庄雅静，知书达理，合人心意，更让他们多了份满足。从此可以不用为大儿子挂虑了。

家书里白星昱和谭春阳的意思很明确，也给如华选一个志愿兵女婿最好，让她去当随军家属去。很快谭守仁的回信就到了。大信封里装着张年轻军人的照片，可心可意就是跟守仁在一块儿的一个志愿兵，家住广西桂林的农村，是家中独子。如华若愿意他在军队，他就一直当志愿兵。若愿意他退役转业，待期限满后他就转业。能安置到桂林县城的事业单位去上班。小伙子相貌端正，眉眼间透着股英气，白星昱和谭春阳都一眼相中了。拿过去先给钟淳兰看，给念了信。钟淳兰也喜得合不拢嘴儿，就把如华叫到跟前，递上信和照片，并细讲了情况。妈，谭叔，还有奶奶都乐意，只要她点头，这就置办嫁妆打发她去云南。有大哥在那边，啥都委屈不了她。

谭如华竟一眼不看手里的东西，态度决绝似铁，她不会嫁到云南去的！死了也不去！

她这分明是恋着那个孟家的小子啊！白星昱气得晕眩，却是无可奈何，只好认了空忙乎一场。给守仁回信道明情况，就开始托人在四乡八村里另物色人儿。不肯嫁去远处，那就只好在近处找吧。这就没法儿瞒下跟那个孟宝琦的一场混恋了，只要有哪家的男儿不介意便好。女人的心是靠孩子拴的，只要如华嫁过去，一年半载后生了孩子，她就会撂下孟家的小子安守本分跟丈夫过日子了。

怎奈仍旧是场空忙乎，不管介绍的是啥样人，谭如华全都一口回绝，不相不看，她不嫁人，任凭男方条件好到天上去她也不嫁！

“你就是心里还恋着那个孟家的小子啊！”白星昱终于忍不住嚷了这句出来。这实在太可气了！自己竟生了这么个不懂事儿的闺女啊！

谭如华不分辩，不顶嘴，任凭母亲说啥，就是个捎下脑袋不吭声儿。从被拘管起来那天起，她就从里到外换上了一身土灰色粗布衣裳，连鲜艳点儿的内衣都收了，把头发剪短，脸上雪花膏儿也不擦，一副心如死灰立志守节的样子。每天不问不言，能用一个字回答绝不说俩字儿。一门心思伺候奶奶，按时送水递药，换着花样儿做奶奶喜爱吃的饭食，早上梳头，晚上泡脚，揉肩捶背，洗头洗澡，衣裳换洗勤，时常晒太阳，惹得钟淳兰不知该咋样疼爱才好，逢人就夸。慢慢地，一家人对如华的嫌怨气消去了，悄悄换成了惋惜。这么好个闺女，可惜误在了感情上！咋就冤家路窄碰上了那孟家的小子呢！可别就这么给毁了一辈子啊！

孟宝琦那天在河边倚靠着大柳树直坐到半夜才回家，打定主意，不管天塌地陷，这辈子非如华不娶！如华家要是从此不让她念书了，自己立刻就跟父母说，备彩礼托媒人去谭家求亲，风风光光地把如华娶回家来。如华家要是不肯允亲，自己就苦求苦等。人心都是肉长的，她家人总有被自己感动暖化的一天！就算如华被逼之下嫁了别人，自己也绝不另娶，就一辈子不成家罢了。一旦如华要是有啥好歹，那自己也就不活了。

次日苦望了半晌，课堂里没见到如华的身影。凑过去试探着问守信，听说如华是请了病假，心忽地悬起来。一定是昨日着急惊吓委屈兼攻，一股火袭上来，病倒了啊！也不知昨晚回去后如华妈妈又打她没？可别是打重了？想从守信嘴里多掏问些，却没能够，这孩子似是全不知情一般，显然如华妈妈没让他知道实情。他就巴眼瞪睛盼着放学。钟声一响就迫不及待地冲出教室，直奔西邑。却是到了如华奶奶家的院门外猛地停住脚步，无论如何不敢举手叩门。只好在院墙外一圈圈儿打转，苦眼巴睛地朝院里凝望着，希盼能看见如华的身影。

这样过了一个星期，见到如华的心愿没有实现，却听到了她退学的消息。

果然她的父母是不让她念书了。唉，都是自己害了她呀！倒也不怎么难过，正好就都不念了，赶紧结婚。原本他对念书兴趣就不大，能跟如华一辈子厮守，那就是最大的福，考不考学没关系的。立刻去跟老师道明了，他也不念了。在这个时候退学，一般来说老师会力阻，眼看就中考了，为啥不坚持到期末，成全个初中毕业呢？但老师却当即点头应允了，一句劝留的话没有说。孟宝琦跟谭如华搞对象，早已是全校公开的秘密。作为班主任，他一直深以为耻。总算这两个害群之马离去了！走得越快越好！真担心他们弄出更让他感到难堪、难逃失职之咎的事情啊！

孟宝琦回到家里，当晚就告诉了父亲，请求立刻托人去如华家求亲。自那日下了最后通牒，小儿子就天天半夜才回家，人顿时消瘦了下去，孟千秋便认定他是照着自己的授意做了。便开始计算日子，想等到满一个月后，就去谭家求亲。到那时谭如华应已经有了妊娠反应，让父母无可逃避地面对了正念着书的闺女肚子被人搞大的事实。白星昱和谭春阳咋办呢？打碎了牙只有咽到肚子里去！他们不想闺女养在家里，那就只能乖乖地套上车把她送到自己家里来！谭如华在自己这儿了，自己还愁见不到她的母亲吗？白星昱忍心丢下挺着大肚子的闺女不管不问吗？任凭她心再怎么硬，闺女生孩子的时候她都不能不来看看的。只要她来了，那就一定要让她知道自己当年曾怎么样地想过她。她一旦知道了，会心生感动吗？她要是被感动了，自己和她就可能成就好梦哪！真的，自己虽是外相上老了，但心一点儿没衰，身板雄强也不减当年，完全能做到让她心舒意畅，领受到在韩彦峰和谭春阳那儿都未曾领受过的彻骨的销魂滋味儿。他坚信在闺闱房事上，无论是韩彦峰，还是谭春阳，都绝对不可能跟自己相比拟！像白星昱这么出色的女人，就应该享受自己这般最好的男人才算公平！这么想着，他一时不由疑惑起来，何以白星昱全不见老呢？算来她也是四十五六岁的人了，这山乡间般上般下的妇女们看着都是半大老婆子了，可她还是一副年轻的容颜，乍眼一望也就三十出头儿的样子。她是有啥秘方吗？都说女人要靠男人滋润着才能长得好，难道是谭春阳把她滋润得好的缘故？不可能！谭春阳那种人不可能懂得抚风弄月，不然他咋能光棍儿直打到四十多岁？谜底还是在白星昱自己身上，是这个女人独得上天恩宠。唉！自己这辈子，必得得了她，死去才甘心！

谁知好好的算盘被宝琦一杵子打翻了。他竟这么快就催着去谭家求亲，他竟也不念书了！

“她家的人知晓你俩的事儿啦？”孟千秋瞪着小儿子，问。

孟宝琦低着的头点了点。

孟千秋眉头微皱，为难的样子：“日子这么浅，她身上还不会有动静呢。现在去提亲，怕是……要难为得多呀！”

孟宝琦头仍旧低着，坚持的样子。他想过了，不能跟父亲说自己跟如华还没干那个呢，防着一旦说了，父亲有变。这桩事儿不可以生变的，无论如何不能变！

“要我说再等等。满一个月后，她身上就闹了。到那时候，不用费啥唇舌，最是万无一失！”孟千秋觑眼瞅着小儿子，商量的语气。

“不能等！”孟宝琦仍不抬头，语气坚决。

孟千秋理解地笑了。他咋不懂儿子的急窘？论起来这是正当新婚燕尔时候噢，最是人熬不过的时节。忽地脸一绷，腔调严厉了：“我这就托人去提亲，但是你还得去上学，她不念就罢了，你得念呀？我还指望你考上大学，光宗耀祖呢！不是说过了吗？先接她过来，偷偷生下孩子，悄悄抚养着，等你的书念完，你们再补手续办酒席。”

“考啥大学？”孟宝琦抬起头来：“我哪里还学得进去？原本我成绩就不好啊。”

“你确定咋学也考不上啊？”孟千秋问。

“考不上！”孟宝琦头又低下去。

孟千秋长叹一声，应了小儿子。也是，他分了这么大的心，啥也难学成了。有得就有失罢。好在还有宝瑜足以寄托希望。瞧着宝瑜的劲头儿，考出去是没问题的！那就留宝琦在身边也好，真要是两个儿子都考走了，自己和老伴儿晚年也孤凄，跟前儿就没人了嘛。他就又去找了黄婆，掏出两百块钱，说下一大堆好话。黄婆这次没再推托，眼见他家是真心，谭家那女子已经失了脚，自己成全了他们无疑就是一桩功德，又赚下崭新的钞票，何乐而不为？本以为一说即成的事，谁知费尽了唇舌无果，还怄了一肚子气回来。她就把能说出的难听话尽对着孟千秋一通泼，完后挑唆道：“还不是因为白星昱记恨你！她哪里肯让闺女嫁给仇家噢！你们家想要孙子，没说的只好去抢吧！”她嘴噘得老高，气鼓鼓地去了。

孟千秋就埋怨宝琦，分明求亲去早了！看来白星昱是“不见棺材不落泪”，没法子，只有等吧！女人身上只要有了，都要闹孕，等如华没黑没白地一开始呕吐，白星昱就着慌了，到那时咱们再去说。

孟宝琦愁叹着，只好对父亲说了实话，自己并没跟如华做那事儿呢，还没来得及呀！

“啥？你还没有跟她……”孟千秋气得抓起身旁茶几上的陶瓷缸子狠狠朝孟宝琦砸去，孟宝琦脑袋一闪，陶瓷缸子砸到他背后的墙上，热水溅了一身，吓得他连忙扭身往外跑。西屋的王素贤和孟宝瑜听见动静，抢步奔过来。见惊动了他娘俩儿，孟千秋只好把怒火强压了下去。这些事儿他是一直瞒着大儿子的。

辗转了一夜，总算把一腔怒火掐熄，面对了现实。于今之计，只有给宝琦打气，再想法儿吧！不管怎样，必得把白星昱那个闺女弄到手！他又叫过小儿子，苦口婆心地密授，现在谭如华的名声儿在外了，都认定她是怀上了咱家的后人，你再一口咬定给她下了种，她就是跳进黄河也洗不清。出了这样事儿的闺女没谁娶的！她能老到家里吗？到最终没法子她爹娘就会松口了。

孟宝琦闷声听着，心里有自己的一套主张。一定要把如华娶过来这是对的，但不能用父亲教给的这个法儿，这忒委屈如华了！自己得拿真心感化才是。不是说人只要心真能让顽石点头吗？自己苦求痴等，相信总有一天能得圆梦！他就煞腰干起农活儿来，每天晚上收工后，都要到谭如华奶奶家的院子外转悠几圈。慢慢地，他开始念叨谭如华，开始是下意识的，走路、干活儿、吃饭、睡觉，时时处处地念，或是小小声儿，或是不出声儿。后来他就有意地念，因为发现这样能赶走心中的愁闷。他的话越来越少，也越来越不愿意往人多的地方去。好在农田大都分包给了个人，生产队里集体劳动的时候不多，他时常可以一个人在一块田里劳作，躲开别人探密的眼光，以及种种出自花花肠子的打趣询问，尽情沉浸在对心上人的思念里。

孟千秋见小儿子这样，怕他出毛病，也不敢太过强硬地逼他，只有自己去下功夫宣扬了。他就边四下里宣说着自己小儿子已经跟谭如华偷偷做了夫妻的秘事，边竖起耳朵探听谭家在处置小闺女上的动向。却迟迟听不到有动静，无可奈何，只有耗着了。转眼孟宝瑜中考成绩出来，遥遥领先地考进了敦伦一中。这真是一个喜讯！能进到敦伦一中去念高中的学生，进大学基本就有了把握。务必要把大儿子供进大学去！孟千秋劲头儿更足了。

忽然间见不到谭家的小闺女如华了，河两岸村庄的人们更加相信了孟千秋的宣扬。都瞪大眼睛盯着，想看见那个俏女子哪天挺着大肚子，或是抱着孩子重新出现。但一年过去了，啥动静也没有。就有人怀疑孟千秋的话不实，但多数人相信是谭家偷偷去打了胎。不禁满怀好奇猜想着下文。见孟宝琦风雨无阻地天天去谭家院门外转悠，渐渐地，人们不免把对两个年轻人的鄙夷变成了摇头慨叹，总算这娃子是真心的！不枉那闺女为他毁了名声儿！只恐怕他这是白费工啊！谭如华并没有生下孟家的孩子，她父母就绝不会把她嫁给孟宝琦的！两家有那么深的仇恨啊！老天让孟家的后人这样地死恋上了仇家的后人，也是对他们的报应吧！

等到谭家四下托人给如华物色对象，有小伙子的人家蜂拥而至，跟大伙儿的这个识见不无关系。人们坚信白星昱和谭春阳无论如何不会把闺女嫁去仇家！谭如华跟孟宝琦之间闹过的那段，只能是眼瞅着变作往事而已了。如此，日后只要别提及，那就可以如同没发生过一般，完全不须介意的。当然主要是谭如华的美貌太具吸引力，凡见过她的小伙子没有一个不想娶她的。之前很多人是不敢奢望，现在忽然有了可能，谁不跃跃欲试？许多后生根本不在意她跟过孟宝琦并怀上孩子的事儿，那个孩子没有生出来嘛！关碍啥？有的人甚至庆幸发生过这么个事儿，让谭如华打了折，不然自己哪里高攀得上她啊？

见谭家大张旗鼓地托媒人要嫁掉闺女，孟千秋急了，这不是自己白费了一腔心思，白白搭进了儿子的前程吗？！他密切关注着事情的进展，打定主意，只要哪家跟谭家定了亲，立刻就去搅乱，让那家人知道谭如华心里装着自己的儿子，除了宝琦，谁娶了她都只能是得个外壳儿，得不到她心的。谢天谢地，哪个人都没得逞，谭如华概不相见，一口回绝。孟千秋知情后乐开了花儿，她这是铁了心非宝琦不嫁的意思了！每每得了消息，他就立刻告诉小儿子。孟宝琦得知这些消息后，想谭如华的心更深切了。冬天外边活计少了，得了闲他就埋头坐在桌前给谭如华写信，一天一封，越写越长。这些信都锁进了箱子里，等着有一天念给谭如华听。

这样过了两年，孟宝琦瘦得成了衣裳架子，孟千秋和王素贤看着心疼，又劝不了，只有愁叹。好在宝瑜那儿又传来好消息，他考上了省城里的师范专科学校。"唰"地一家人的心思都凝拢到这件事上了，招亲聚友，摆席贺庆。这是星河谷所出第一个考出去的人哪！给咱这块土地争了光噢！村邻们争相前来贺喜，恭维赞叹，说不尽的好听话，孟千秋不禁身心飘扬，一时寻回了当年做地主阔少的感觉，几十年的晦气一时尽扫。

正当孟家大摆喜宴的时候，谭家挂起了白幡，钟淳兰过世了。来吊唁的村邻稀稀落落，谭守仁带着妻子赶回来给奶奶送葬，也没能扭转局势。村人的心，向来是朝向势力的。现下明显是孟家把谭家压了下去，人家出了状元呀！孟宝瑜考上的这个虽不是啥名牌大学，但一样——将来毕业就是国家干部。没准儿就一朝坐了敦伦县政府的交椅，那就是最好使的！谁不捡当官的人团？傍上个有职权的那就是得了人生路啊！谭守仁在部队里虽说也混得不错，但他那部队远在天边，啥也指望不上。再说他不过是一个靠技术吃饭的志愿兵，手里也没权。

谭春阳对此不理会，白星昱却不禁恨得牙痒痒的，暗暗发誓一定要把小儿子的书供成，赶明儿考上个更高的学府，压下孟家的气焰，给这帮子势利眼看看！这时守信也在敦伦一中读书了。白星昱就豁上劲儿，敦促小儿子一定要考上大学，给父母争口气！

婆婆走后，老宅里只剩如华一个了，这肯定是不行。叫她过这边来跟他们一起住，把那边的院子空锁上。如华打死不肯。这件事上不能勉强，毕竟她已经是二十多岁的大闺女了，又执拗地不肯管春阳叫爸爸，住在一个屋檐下难免不犯隔碍的。白星昱就搬过了老宅这边来，留谭春阳独自住在那边的院子里。白星昱开始想尽法儿地煲汤熬粥调养如华，想叫她长回从前的壮实红润模样儿。却是费尽力气都白搭儿，只见女儿一日比一日地消瘦下去，叹息能营养她的东西不在饮食。不免愁肠百结，如此下去恐怕这个孩子是白养了一场啦！

自孟宝瑜考上师专，来给孟宝琦做媒的人踢破了孟家的门槛儿。有闺女的人家现在也不在意孟宝琦跟谭如华之间的事儿了，明摆着是个不会有下文的事儿了嘛！还理会它干啥？这么看着孟宝琦确是撂不下谭如华，那是因为没有更好的闺女出现在他生活里的缘故！真要是有了，保证他不出三天就把她撂到脑后去了！四村八乡里长相能比过谭如华的不好找，但比她年纪小的却一抓一大把。女人的优势说到底在年龄上嘛！于是来提亲的人家儿闺女的年龄越来越小，渐渐有才满十五岁的小姑娘的照片被媒人摆在了孟家的桌子上。对此王素贤喜得求爷爷告奶奶的样子。小儿子念书上已是废了，那就尽早娶妻生子，过旺农家日子罢！原本对于那个白星昱的闺女，她打心眼儿里排斥，两家有世仇的嘛，干啥非得往一堆儿扎？还想让这仇怨再接续下去吗？扎到一堆儿弄不好就又是一场你谋我害恶剧开演呀！总算这有了新的盼头儿，可以躲开那个灾星女子了！

孟千秋开始的时候颇纠结，他是一心要用小儿子把白星昱的闺女钓过来，后再进一步构划，势必报掉跟白星昱谭春阳之间的半世情仇！但一晃几年过去了，眼见着白谭二人是不肯松口了，自己的儿子已经二十大几，婚事上不可再耽延。别的不说，怕再拖延久了，宝琦身体上出了毛病。他是早已经动了欲心的男儿，这么一年又一年地强压抑着，不是事儿啊！一旦要是憋得丧失了生育能力，甚至有个三长两短，那可就完了！小儿子前程上已然是吃了亏，若再搭上命，自己可就忒赔了！只好随了缘，任凭老伴儿迎来送往，跟媒人们打得火热。

孟千秋另有了一副盘算，就先娶个媳妇来解了宝琦的急，生儿育女过日子吧。他要是跟那个白星昱的闺女有缘，日后等情势变变再往一堆儿聚吧。不由得鼻子里冷冷一哼，鄙夷地想，到那时候，他俩要是竟聚到了一块儿，那闺女就是跑破鞋、当姘头喽。这么一动念，就深深慨叹起来，人生的剧情竟是一辈人跟一辈人之间相似如许，宛然重演！不是吗？瞅瞅宝琦跟谭如华正上演的这一出，多么像自己当年跟白星昱之间的那段情形！一时心里咬牙切齿，道：白星昱，当年我在你身上想干没干成的事儿，由我儿子在你闺女身上干出来，也行啊！怎奈孟宝琦的态度跟谭如华的一样，甭管提说的是啥样人，一眼不看，一口回绝。任凭父母如何软硬兼施，法子用尽，毫不妥协。

正闹哄哄着，来了政策，公社改称乡，大队改称村，生产队消失。田地又一番重分另划，星河谷彻底实行农户单干了。土地全部归了个人，田里的活路猛增，家家需要人手，孟千秋两口子更加着急起来，盼着尽早娶儿媳妇进门，能多个帮手。

见宝琦实在是油盐不进，拧不过来，逼得孟千秋不得已动了心机。瞅空儿跑到敦伦城里，买了几味草药回来，亲自蹲在灶前，煎了半锅药汤，让老伴儿谎说是熬的补药鸡汤，哄小儿子喝下。这是他家的一个祖传秘方，专给肾痨病人用的。没患肾病的人，不拘男女只要喝下，身上欲火“腾腾”就烧起来，按捺不住地想要行房事，直如遭上刑一般，实在是常人无法忍受的折磨。想来届时宝琦熬受不住，就会答应选看媳妇了。他只要挑上一个，立马就给他办酒席，不会出啥问题的！

他如此不惜辛苦，老两口儿弄这个汤剂，而不是直接弄春药来给小儿子使，就为的春药完全是个伤耗，使一次人的元气大伤一次，且不好恢复。这个药方却不同，它是滋补的，虽是也让你领受那份煎熬，但不至伤到元气，人服用它后只要及时行房，颇有好处呢。

但对于孟宝琦来说，毕竟将是一种遭罪，他身旁并没有现成的女人备着嘛。王素贤舍不得让小儿子吃这个苦，但想想确实也没别的法儿了，再说动真时她也不敢违拗丈夫，就依言做了。孟宝琦本就憋压得苦，又喝下了这样的药汤，一时真就如被扔进了炼狱一般，奇异煎熬得受不住。念如华的名字全不起作用了，想坐下来给她写信也做不到，只有在炕上乱滚翻腾。直挣扎了一夜，到次日天亮，才觉稍好了些。却是浑身卸松了一般，手脚发麻，筋骨酸软，头昏脑胀。看是睡不着了，就咬牙爬起来，强撑着到院子里去寻摸着干活儿。每每出现类似情况，他都是靠使劲干活儿排遣的。

孟千秋早早醒来，留意着西屋的动静。听见小儿子出门去了，也赶忙爬起来走到院子里。斜眼偷觑，见小儿子脸色灰白，明显没睡的样子，心疼却也暗喜，那药汤是显见有效了的！他就在院子里慢慢踱步，等着宝琦张口说娶媳妇的事儿。却是转了几圈儿，没有听见。眼看昨晚那碗药汤过劲了。不由慨叹小子的扛劲儿！只好狠下心，进屋去让老伴又给热了一碗，待会儿再给那拧子喝下。等这碗再喝下，就是铁打的汉子也扛不住了。“一不做二不休”吧，今儿非逼他吐了口不可！

饭食好了。王素贤大声吆喊小儿子进屋吃饭。孟宝琦本是没胃口，拗不过，只好进来坐到桌前，喝了几口米汤就想抽身走。孟千秋急忙给老伴儿使眼色。王素贤会意，端起药汤递过去，说啥让小儿子喝下，劝道：“这是专意给你炖的鸡呀。你脸色那个样儿，再不补补哪成！”孟宝琦也是觉得自己实在虚得难挨，就接过喝下，放下碗去了西屋。他躺到炕上本是想补补瞌睡，却是没多会儿身上又闹起来。这次来势更猛，眨眼间整个身子焚得就似火炭一般，嘴唇干起了一层皮。实在是没法挨受，他爬起来直冲出门，就往谭如华家奔去。老天爷救救我让我见到如华吧！他心里这样喊着，飞步过了星星河，来到如华家院门前。却仍是没有勇气抬手敲门，只好还是在院子外转圈儿。转了几圈儿，熬不住了，跑到星星河旁边，“扑通”跳了进去。乍暖还寒时候，河水冰冷砭骨。浸泡之下，他身子里外的一股火总算给压下去了。在河里游了一个多钟头的样子，头疼起来，且越发厉害，只好爬上岸来，浑身湿淋淋地回家去了。那般热喷的身子受了冰水乍激，哪有不病的？何况他本就是瘦虚透了的身子骨儿。由是倒床不起，闹起了大病。孟千秋两口子后悔不迭，赶忙请医问药给疗治，一时忙得焦头烂额，顾不上其他了。

闻听孟家张罗给孟宝琦娶亲，白星昱谭春阳打心眼儿里高兴。只要这小子娶了，如华自然就肯嫁了。就耐住性子等消息，谁知等来的都是孟宝琦不肯相亲的信儿，他竟然跟如华一样的做派！怎不气得人要炸！正沮恼间，飞来了守信考上大学的喜讯，一时不禁喜上眉梢，把这桩烦心事抛到了脑后。守信考上的是上海科技大学，响当当的高等学府，把孟宝瑜顿时比了下去。白星昱作势摆席庆贺，张扬一番，扬眉吐气。被谭春阳劝止了，咱不要搞那些名堂！一旦招起孩子的骄慢心，不利下一步的学习。人不是活给别人看的，是一步一步稳稳当当走好自己的路！白星昱这才作罢。缝制被褥，洗濯衣衫，打点好行囊送小儿子去了远处大城市的学校。谭如华显见精神振作了些，点灯熬油地给弟弟织起了毛衣毛裤。忙了两个多月，一套崭新细羊毛线的衣裤针脚匀密地织好了。谭春阳跑了趟镇上邮局，给守信邮寄了去。谭如华从此拿起了毛线活儿，每日干完家里的活计，就静静坐到窗前去埋头编织。她是想在给家人织毛衣的时候，偷偷织一套给宝琦的。已经想好了，到时就等宝琦来院外转悠时，找个时机隔墙扔给他。因为得偷空织宝琦的，就织得慢，终于一套衣裤织好，已经是次年开春时候。这日，将包袱拢好，母亲一走，她就跑到院子里去，踮脚往外边瞭望。却是从早到晚，望穿两眼，没见到那个亲爱的身影。他是给事儿绊住今儿没能来啊？她失落地想。第二天又望，仍是不见。越发出来得早，进去得晚，盼望起来。眼看半个月过去了，终是不见。不禁犯了嘀咕，他是不来了吗？那他是撂下了她另外娶亲了吗？也是，一晃自己被这院墙围起来已四五年了，眼见跟他是无望了的。他哪能一辈子不成家呢？他要娶妻成家他就得撂下自己才行啊！边想着，不禁泪水潸潸，暗泣不已。自打知道了他父亲曾经糟害自己父祖，她就知道自己跟他是无缘了，就做好了孤单一辈子的打算。她心里撂不下他，又不能跟他在一起，可不是就得过孤单日子吗？这就是那时宝琦天天来院子外转悠，她知道，却全然一副不理会的样子，从没有出去跟他隔墙相望过的缘故。那样会更难受啊！她喜欢他这样，又不愿意他这样，这忒让他遭罪啊！阻止无计，只能是挨一天算一天吧。终于他这能撂下了，好呀，自己也就轻松了！只要他能寻到合意人儿好好过日子，就行了啊！

流着泪，把一套毛线衣裤紧紧拢进包袱，压到了箱子底下。在屋里转悠几圈儿，一眼瞅见衣橱顶上的画纸捆子，过去踮脚取下来，抖搂掉灰尘，解开捆着的细绳儿摊铺在桌子上。一张一张翻看着自己往日的铅笔画稿，不禁勾动了画画儿的心。她就去削了铅笔，找出画夹子，绷上一张洁白画纸，坐到茶几上一盆正盛开的兰草儿前，觑眼瞄着那娇嫩花朵，潜心凝神画了起来。

白星昱见小女儿又拈起了画笔，脸容越发沉静，分明心如止水了，不禁愁肠百结。她是打定主意一辈子就这样过了？这咋行呢！却如何是好啊！渐渐地，她也发现孟宝琦不到自家院墙外转悠了，这小子是终于死了心吗？谢天谢地！总算盼到了这一天！她就更加留心探听孟家的动静儿，盼望一朝传来孟宝琦定亲的消息。只要来了这信儿，告知如华，相信她的心意一定会有转变的！

谁知所期望的没来，却等来了孟宝琦负荆请罪式地前来求亲的讯息。

孟宝琦得上的病症本不好医治，他又窝着重重一坨儿心事，挨了小半年光景，眼看着人是不中了。这天他咬牙爬起来，拎上早就准备好的装着两条石河香烟的挎包，强挣扎着出了院门，朝河对岸挪去。他想去当面哀求谭春阳，反正自己已是只剩半口气的人了，没啥放不下的面子，谭春阳要是肯可怜他，让他跟如华见上一面，就是死了也甘心了。他考虑到，这件事去求如华的母亲是不中的，任凭咋样求告都绝不会有希望。唯一可寄望处，就是谭春阳这儿。

尽管出家门早，却是走得慢，终于进了西邑通向谭春阳家的村街，日头已经升起了老高。远远地，就见谭春阳握着镰刀出了院子，大步往村南去了。他这是去割麦子了。孟宝琦着了急，想快些撵上去，却是一加劲儿就喘得简直站不住，反而走得更慢了。他就喊："谭叔！谭叔！"怎奈气息虚，声音递不出去。眼睁睁看着谭春阳走远了。只好追过去了。他想，今天就是追到麦地里，也要把想说的话说出来。

好在麦田离村子只二里多地，是铺在西南坡底下的一大块平畴。这是个阴天，风微微的，几乎摇不动沉甸甸的麦穗。麦田就像是一幅巨大的金黄色丝巾晾晒在广阔无边的绿色绒布上一般。谭春阳在田垄间弯腰割着麦子，发出的“唰拉唰拉”的声音不断头儿，遮住了孟宝琦的脚步声，直到孟宝琦的两只脚出现在他的眼睛下面，这才察知来了人。他缓缓地直起腰，一眼看清站在面前的人，不由愣住了！他吃惊孟宝琦会这样地来找自己，更吃惊他的样子，这简直不像是活人的身形了啊！

孟宝琦局促不安地看着谭春阳，刚要开口，猛地想起什么似的，低头掏出挎包里的两条香烟，两手捧着，颤悠悠地朝谭春阳递过去，说：“叔，我哥从省城买回来的香烟，这烟好抽！”

谭春阳看看孟宝琦，眼睛落下来看着香烟，冷淡地说：“拿回去给你爸抽吧，我受不起这好玩意儿！”说完，也不割麦子了，倒拎起镰刀，转身朝地头儿走去，明显一副远离避讳的样子。

孟宝琦“扑通”跪下了，冲着谭春阳的背影，哀切地大声说：“叔……求求您！让我见如华一面呀！我见她一面，死的时候我就能闭上眼睛了呀！”

他这话音里包含着太过令人动容的真情凄切，谭春阳显然被触动了，只见他猛地站住，转过头来。眯眼看着跪在那里的孟宝琦，他不禁神色和缓了，问道：“你这是病啦？咋不治呀？年纪轻轻就死呀活呀的！”

孟宝琦眼泪流下来，摇着头，说：“治不好的！我这个病治不好的！”

谭春阳生气，说：“哪有治不好的病啊？！”

“真的治不好呀叔！我起不了炕儿已经半年了。啥药都吃到了的呀！”孟宝琦苦郁地说。

谭春阳神色变得复杂，想说什么，终究没有出口。

孟宝琦豁出去了的样子，说：“叔，不怕你生气！我的这个病就是因为如华得上的，这样的病，没有药能医的呀！我自己知道，撑不了多久了。我就是想在临死前，能跟如华见一面。求你成全我啊！”

世界一时间静止，只有田间麦垄上的鸟鸣风声在交相飘飞。

是恻隐之心不禁大动？还是孟宝琦的话语让谭春阳忆起了自己跟妻子当

年的苦恋熬煎？他一时陷入了艰难，任凭怎样也做不到无视眼前这个青年的苦楚了。他知道，孟宝琦这不是装出来的，不是在演戏，他是真的相思成疾、病入膏肓了。硬着心肠不理睬他的话，他真会死掉的。

唉，哪能就眼看着他死掉啊！这么年轻的一个生命啊！难得他能有这份真心啊！思忖良久，他看向孟宝琦，低沉地问道："你真心喜欢如华？"

"叔，我是真心的！"孟宝琦眼睛里闪出一抹希望，整张脸瞬间有了生机。

"好了，你回去吧。"谭春阳说了这句，又转过身往前走了。

"谢谢叔！谢谢叔啊！"孟宝琦感激、高兴，一时不知该说啥好了的样子。好半天回过神儿来，连忙爬起就往前追，边走着，边使尽力气大声喊道："叔，明天上午我去院门口等如华呀！"

"你回去吧。"谭春阳没有回头，大声回了一句。

孟宝琦看到了曙光，大喜过望！精神陡然长起，就感觉身上的病去了三分。毕竟两腿虚软，走路使不上劲儿，他四下踅望，见田埂上长着一簇簇野苦苣，就去挑新鲜的捋了几把，抖了抖土灰，大口咬着嚼起来。一种久违了的野菜香味儿在舌尖散开，就觉又振作了些。一大把野苦苣吃下，觉得能往回走了，他就强打起精神踏上了回家的路。

见他慢慢走远了，谭春阳才又开始接着干活儿。他索性就还是从地头儿开始割起，把余下的几条垄一齐推了过来。不直腰地一口气干到偏晌，一块麦田全割倒了，这才热汗蒸腾地往回走。他是想把活儿这么抢出来，下午就可以晚些来，多在家跟妻子聊一会儿。

自白星昱住到老宅这边来，午饭谭春阳都是到这儿来吃。到家时，白星昱和如华已等得心焦，饭菜早凉了，只好回锅热了下。饭后午歇罢，白星昱就要去菜地，这几天她在打烟杈子，想着赶紧打完好去帮丈夫收麦。被谭春阳拉住，让她给他刮背，说是连日身上难受，须得除除痧气了。白星昱就去倒了碗热水，洗了桃木梳子，掩上门窗，让丈夫脱掉背心，趴在炕上，她坐在旁边用木梳背儿蘸着清水，给他刮起痧来。只几下子，那脊背上就鼓起了触目的紫红道子。白星昱看着，不禁蹙眉叹息："咋上这么大火！"

谭春阳疼得直闷哼，边应着话儿，顺口搭音把上午孟宝琦去麦田找自己的事儿讲了。末后愁愁叹口气，说："看着这个人是留不住了啊！相思病会死人的呀！"

"你看他真不行了？"白星昱吃惊，手上不由停了下来。

"真！"谭春阳又叹一声。

"他真是得的相思病？"白星昱问。

"真！"谭春阳言之凿凿："啥事儿也瞒不了我眼睛！"

白星昱想说什么又吞住了，深深吸一口气，低头继续一下一下刮起来。她是跟谭春阳在麦田里曾经有过的情形一样，倏然间被触动了柔软处，发动了恻隐心。这份恻隐里，也隐含着感动的，一个人能情真到这样啊！这跟春阳很是像呢！

正当她思忖着，谭春阳又开口了："他俩愿意就遂他们的愿吧！不能就看着孟宝琦这么年纪轻轻就死了不是？咱也不能就搭上如华的一辈子啊！这孩子算懂事儿的了，这么硬拦着她，你瞅她也不折腾，也不闹。几年啦，我看她对别人也不起那个心了！"

白星昱长叹一声，说："我是她妈，能不盼她好吗？可要是她嫁到孟千秋家去，那不是让人家戳你脊梁骨吗？"

"忌讳这个干啥！脊梁骨哪里是人的手指头能戳断的啊？！"谭春阳语气果决，边说着，神情间浮起一抹深谋远虑，接着又道："孟宝琦这个孩子咱们算是看着长大的，是个好孩子！也在一个村……守仁在外面成家了。守信念出了书也不能回到这山村里来，有个闺女在咱俩跟前儿，也是好的啊！"

他支撑起身子，看着妻子，严慎的样子，继续劝道："婚姻是一辈子的大事，咱们挡在这儿，以后落埋怨啊。除了孟宝琦，如华不肯嫁别人，这是其一。就算哪天她肯了，要是嫁给别人，过得不好，咱们死也闭不上眼呀！这是她自个儿愿意的，过好过赖，她没怨！"

白星昱放下手里的木梳，抬手擦着就要落下的眼泪，说："春阳，我这辈子亏欠你，没给你生个一儿半女……"

谭春阳疼爱地看着妻子，哄逗的语气，说：“哭个啥，我只要别死在你后头儿就受不了罪！”

就见白星昱情绪朗开了些，抬手佯拍了丈夫一下，嗔道：“尽瞎说些啥！”

谭春阳回到方才的话题，说：“孟宝琦说他明儿早饭后来咱院门外候着如华。你讲给如华。她要是还乐意，明儿就去跟他见见。把事儿就定下啊。”

白星昱微拧着眉头，思忖了下，说：“我晚上跟如华说吧。”

“还是先说给她，你再去烟地吧。”谭春阳说：“她也得有个工夫寻思寻思不是？”边说着，起身穿上背心，下地去拿起暖壶往玻璃杯里倒水。

白星昱坐在那里，愁郁地叹气，说：“真要是跟孟千秋做了亲家，往后咋处啊！”

“该咋处就咋处！不管那么多！”谭春阳脸上凛然的样子：“为孩子着想吧！”

他喝了几口水，拿起镰刀出了门。

白星昱默坐了会儿，思忖再无法可想，总不能就看着那孟家的小子死掉呀！他真要是就这么死了，如华怕是得疯，那可就真毁了孩子了！她就去推开西屋门，坐到炕沿上，跟如华摊开谈起来。孟宝琦已是这么个情形，你要是还撂不下他，明儿你就出院子去跟他见见。他这样病要说难治是难治，说好治也是好治。你俩要还是乐意在一起，那就张罗给你俩操办结婚啊。

谭如华“扑通”跪在地上，眼里泪花儿闪闪，哽咽着说：“妈，谢谢你和谭叔啊！”

她一时心里真是波澜万千，心疼宝琦的受苦遭罪，又喜他对自己的一片情痴意真。牵挂他的病情，忧心如焚，感念母亲和谭叔的一朝开恩，庆幸终于熬到了两人相见的一天！

白星昱忙去拉她起来，重重叹息一声：“唉，你知道妈都是为你好就行了!”

谭如华擦着泪，重新在椅子上坐下。低头思忖了下，她抬起头来，瞅着母亲，一脸少见的神色严正的样子，说：“他这样儿了，我自是得跟他去见上一面。至于婚事，那要看他的态度。我是绝对不进他家的门儿！他要是想跟我在一起，那就得从家里出来才行！”

这是她即刻的思路。母亲和谭叔定是动了怜惜心，不想宝琦就这样死掉，只好宽忍了。他们为自己想，自己哪能不为他们想啊？再说自己跟孟家也是做不到不计前嫌的。可恨在认识宝琦之前不知道两家的那些过往！事情走到今天这一步，就看宝琦的立场了，他要是做不到跟双亲离远些，那自己跟他的情缘就此便罢了，以后一切都重另开端。这样的话，自己再立誓一辈子不嫁人，就没母亲和谭叔的错咎了。

听了她这话，白星昱一愣：“那哪行啊！嫁给了他，你就是孟家的媳妇了啊！咋能不孝敬公婆呢？你也不能叫他做不孝之子啊！”

谭如华态度决绝：“我打定就是这个主意儿！他做不到，那见一面后，他去他的，我行我的！”

白星昱一时不禁发呆，女儿竟是这般心思！早知道这样，让他们早些见面爽透地谈一谈，或许问题早就解决了呢！那孟宝琦想是难以答应她的，他咋能为了她就抛下生养自己的父母噢？！万一他要是应了呢？咋能就叫他俩跟他的父母闹对立呢？唉，总之这是桩头疼事儿！还是不管了吧，明摆着也管不了。这个女儿是劝不进的，就随她去吧。自己做到该做的算罢。她就张了几次嘴，终是把话咽下，深深看如华一眼，摇着头，连连叹着，出了屋门。

送母亲出了院门，谭如华回到屋里，坐在那儿发起了呆。没想到会冒出这样一步棋，本已静沉了的心这就又翻搅了起来。刚才跟母亲说的话，虽是仓促中的决断，过后细想，也没有不妥。宝琦竟为自己病至如此！得了他的这片心，也算是不枉自己因他吃的苦了！唉，自己又何尝不是为他得了病呢？不过自己的病症不显在外罢了啊！

宝琦他要是遂了自己的愿，那自己就要跟他在一起了。天呀，竟然还有这一天！自己能够跟宝琦成夫妻！这么想着，眼泪“簌簌”滚落，终于忍不住扑到炕上放声大哭起来。自从被母亲关禁，她这是第一次这样痛哭。一时就不加抑制，任情绪似开了闸的洪涛般奔腾，把几年来憋积心间的悲苦委屈尽情宣泄出来。哭了一阵，感觉心里轻松了些许，渐渐收止。爬起来去舀清水洗了脸。回屋来打开箱子拿出给宝琦织的毛线衣裤，仔细翻着看一遍，又重新包好放回箱子里。心想明天见面时拿给他，他要是肯从家里出来跟自己在一起便罢，不肯呢，这就是最后一面了，此后他是死是活，凭他自己的命了。

恍惚迷离、忽悲忽喜地挨到日落时分。看看该做晚饭了，刚要去院子里抱柴禾，便见母亲挎着一篮子青菜回来了。显然这是顾念她的心绪，提早收了工。母亲不让她做饭，叫她去洗头发，收拾衣服，准备明天见面。她也不争抢，回西屋了。相隔几年，终于要相见了，自是喜不待言。可是宝琦已然病成了那个样儿，自己哪有心思打扮呢？她就呆呆地倚在炕头儿墙上出神。晚饭好了，母亲喊她，她也没去吃。当晚就那么睡下，哪里能睡得着？瞪眼儿瞅着屋顶，天快亮时才总算拢眼睡了一会儿。醒来只听窗外声声鸡叫伴和着鸟鸣，却不闻堂屋里有动静。爬起来开门出去，见稀饭馒头热在锅里，母亲已经出工去了。

她连忙洗脸梳头，走到镜子前，打量着里边的自己。还好眼睛肿得不厉害，腮上浅粉色犹在。唉，自己这么看着，恰是青春姣好，只不知宝琦这几年里被折磨成啥样儿了？心里就急切起来，啥也咽不下，只喝了半杯水，拎起包袱就往外走。宝琦病弱走不动，自己去河边迎他去吧。

打开院门，一眼看见不远处站着个人，朝这边望着。正是日思夜想的宝琦，他早已在候着了。谭如华眼泪“哗”地涌出，颤悠悠唤了一声。她唤他的同时，他也唤她，边唤着迎了上来。她本能地想跑过去扑进他的怀抱，被理智劝止了。还是等交谈完吧，还不知他会咋选择呀！一旦要是往后不能在一起，这么不管不顾地亲热一下，完后都会更难受！她就站在那里，低头擦眼泪。孟宝琦来到跟前了。他也在跟自己搏斗，拼命克制着紧紧拥她入怀的愿望。在这里不可这么做的！如此一来，两人就显得很淡然的样子。但各自的内心都能感受到对方火一样的焦渴，一时都禁不住身子发战，激动难言。总算孟宝琦问出了一句：“如华，你还好吧？”谭如华这才朝他脸上看去。一见之下，不由更哭得厉害，咋瘦成这样！都认不出来了啊！她想问一句，却是哭得说不出话。孟宝琦眼睛也湿了，伸手接过谭如华手里的包袱，拉着她朝河边走去。那里大树的浓荫可以为一对恋人庇护，让他们相拥热吻，倾诉衷肠。

谭如华明白孟宝琦的意思，任他握着，一起朝前走。渐渐地，心波略伏，能说话了，却又不想说了，此时此刻，啥样的对话也不抵两人的手这样热热地扣在一起默通心息更好！孟宝琦也再没说话，显然是同样的心境。来到那棵熟悉的枝叶繁茂的大柳树底下了。孟宝琦四顾无人，把包袱放到地上，就要伸臂揽谭如华。却被她闪躲开了。这让他愣住，怎么她不肯拥抱？她难道不想？难道是变心了？就想到了自己这几年里天天去她家院门外转悠，一次也没能隔墙见到她的苦涩。一直以为她是被家人看住，不得出屋与自己相见，却原来她是……就觉似一盆冷水兜头泼下般，从里到外一片透凉，刹那间浑身没了力气。不由一个趔趄，摇摇晃晃地去靠在树干上，喘了起来。谭如华见状焦灼，上去扶住他，颤声问道："宝琦，你没事吧？"

孟宝琦紧紧攥住谭如华的两只手，泪水无声落下。谭如华了知他的心思，劝慰说："你别着急，咱俩坐下慢慢说啊。我有事情要问你。问清楚了，才能知道咱俩日后能不能在一起呀。"一听这话，孟宝琦眼里倏地有了神采："如华，你没有变心？你仍旧爱我吗？"谭如华半嗔地睨着他："哪个变心了嘛！"孟宝琦放心地笑了。眨眨眼，又问道："你爸妈准许咱们在一起了？"谭如华脸上闪过一抹笑意，佯嗔的样子，说："不是说了吗？得问清楚……"她话未完，就被孟宝琦一把拉入怀中，胸贴胸地紧紧拥住了。这次谭如华似是忘记了挣脱，或是孟宝琦的怀抱刹那间变成了吸铁石，她被不可抗拒地吸了过去？她的脸伏在他的肩上，双手搂住他的腰，相拥起来。两人不知那样紧紧拥抱了多久，孟宝琦抬起两只手捧住谭如华的脸，仔细凝视了一会儿，嘴唇递过去吻住了她的唇。这仍旧是不能抗拒的，谭如华轻轻闭上眼睛，任由了他。一切都像最初时候那样，他开始是轻柔的，用舌尖儿触探她的舌尖儿。渐渐用力，吮吸起来。狂风暴雨一般，直要把她的心脏吸裹出来似的。谭如华已经没有了意识，她的意识已经化作了微风中轻轻荡漾的海水。她也在吻着他，张开生命接纳他的气息。阳光在柳树的枝叶间金灿闪烁，河水轻音乐般的流淌声衬托着鸟鸣虫吟。这一刻世界如此美好！曾经所有的苦痛煎熬都幻化为神圣洗礼，生命的黄金。

同样是不知狂吻了多久，孟宝琦才停住。却是暂停，只见他揽着谭如华缓缓坐到地上，一条胳膊用力，把谭如华像抱婴儿那样横着抱在怀里。轻轻拂开她脸庞上散乱的鬓发，脸俯下去又吻住了她。这次吻就不停了，每到谭如华快要喘不上气来的时候，他的嘴唇会松开些，只用舌尖儿轻抵着，一待她气息通透，他立刻又开始深深吮吸。谭如华的意识越发轻渺了，世界已经不存在，甚至自己也不存在了，只剩一缕彼此深爱的心念如云彩一般在浩瀚的宇宙间飘浮。

太阳在高空中运行，大柳树的阴影缓缓挪移，上午的光阴逝去了。谭如华渐渐明醒了过来，她担忧宝琦的身体，怕是这么坐久了他会吃不消。心里这么一起念，她就发觉宝琦箍着自己的胳膊比先前有劲儿了，发出的喘息声也不是那种病喘了。怎么回事？他的体力没有消耗反倒添加了？忽地想到他所患是相思病，或是跟爱恋的人拥抱接吻就能治疗这个病？如此说，要是让他彻底得到自己，那他不是就能够痊愈了？这般一想，她就改变了主意。先不跟他谈了，就把自己全部给了他，先治好了他的病吧。他因自己得的病，由自己给他治好了，就是日后不能在一起，自己心里也不觉得亏欠啥了，也放心了。反正自己若不能嫁他必是孤独一生，也不存在把身子给了他会伤及别人的情形。她就使劲儿一挣，伸手把孟宝琦的头推开了。孟宝琦以为她是累了，也觉得该让她歇歇了，就双臂松开些，抬起头，“呼呼”喘着，凝看她的眼睛。谭如华柔情深深地与他对视了一下，身子又使劲儿一挣，从他怀里挣出来，去坐到一旁。扭头四下瞭望，见虽没有人影儿，大柳树四围飘洒高拂的苇草也足以给予遮挡，但这里总是离村子忒近，须得走远些才好。她定了定神，把满面娇柔缱绻一霎儿换作严肃，看着孟宝琦，问道：“是不是你这会儿觉得病症轻了些啊？”

孟宝琦满面欢欣，惊喜不禁的样子，说：“真的呢！如华，吻你，病就好了呢。这真是神奇啊！最好的药竟是这！”

谭如华神情更加严肃，说："我想好了，今天就把我全都给你，治好你的病吧。然后咱们再谈。你在这儿歇着，我回家做饭去。晌午了，妈和谭叔要回来吃饭，咱俩也都得吃点儿东西才行。吃了饭，咱俩就往山上走，去找个僻静地方。"说着，就起身要走。被孟宝琦一把拽住。他满脸着急，恳切地说："如华，谢谢你有这个心！但是不能这样做呀！难得你爸妈恩许咱俩在一起了。这能在一起了，干啥还先……我不想让你落下不好的名声儿呀！"

谭如华叹息一声，眼泪"簌簌"滚落："唉，我的名声儿，早就……"

孟宝琦大瞪着眼睛，焦灼地劝道："真的假不了！别人瞎传的那些没用！老天知道的！"

"还是先治好你的病吧。要是谈不拢，咱俩这就是最后一面了，你这么病着回去了，我哪里放心！"谭如华神色郁郁。

"嗐，我的病根儿在心！我跟你在一起了我的病才能好，哪里是一时得了你的身子就好了的啊？"孟宝琦眼睛瞪得更大，话音铮铮地说："真要那样了，我往后再见不到你，那更就死得快啊！"

谭如华惶急地摆手制止，嗔责的样子，说："哎呀别死呀死呀的！"

孟宝琦认真地看着她，说："如华，有啥话你说吧！你不管问什么，我准会答应你的！"

谭如华见他不可改变，就叹息一声，把母亲所讲他父亲早年陷害她父祖的行径一桩桩说了。直听得孟宝琦睁大双眼，惊惧苦痛，泪水横流。他绝望地摇晃着双手，喃喃地说："怎么会这样！怎么会这样！"他求助地抬眼朝心上人看去，说："如华，这些不是真的吧？你确信不会是弄错了吗？"

"绝对不会错！"谭如华斩钉截铁地说："我妈和谭叔是绝对不会拿假话糊弄我的！"

孟宝琦更加绝望地低下头去。

"这些你先前一点儿都不知道吗？"谭如华问。

孟宝琦凄苦地摇头，深深长叹："我哪里知道噢！要是早知道，我那时哪里敢去跟你借课本噢！"

谭如华想想也是，可见是老天存心作弄人了，一时横生悲戚，眼泪又涌了出来。孟宝琦看见，忙探身过去，轻轻地给她擦拭。被她推开了，她自己拭着泪，正气凛凛地说：“你爸爸对我家做过的这些，如何原谅！你若要跟我在一起，那就得从家里出来，从此离你爸妈远远儿的，咱俩另起灶过日子。若你做不到，那今儿咱俩就了断，此后再不相见！”

孟宝琦满心凄楚茫然之际，不禁对父亲痛恨不已！他竟做过这些事！那他为啥还鼓动自己追如华啊？难道他另有居心？相隔这么多年了，他还不肯罢休吗？

如果只是与谭叔之间的仇隙，尚可化解，父亲当年尽管够歹毒，但他为此坐了十年牢，也堪可消赎了。谭叔若仍觉不解气，自己可以代替父亲向他赔礼道歉，日后想方设法继续赎罪。若他允了如华跟自己在一起，那自己就如待亲生父亲一样地待他，尽孝尽礼，养老送终。可是，父亲曾经那些对如华的父祖和外祖家的糟害之罪就难酬了啊！忒过分了！这是不共戴天的仇怨啊！任凭怎样都难以酬还呀！

难为这样情形下，如华的妈妈和谭叔竟允了她这样来跟自己见面！一定是自己昨日追去麦田恳求谭叔，他见自己的这个病样儿心生了恻隐。唉！人家这么仁至义尽了，自己咋能不懂事儿呢？再说，此番若不能跟如华再续前缘，自己必死无疑！远离父母纵是不孝，总比让他们白发人送黑发人好啊！还有，自己跟如华在一起了，也好慢慢地替父亲赎罪啊！拿定了主意，他就说：“如华，我是定要跟你在一起的！从孝顺讲，我若现在死了，更是大不孝。你提的要求不过分，确实我爸对你们家所做下的不可饶恕！你看这样行不？就照你说的，咱俩结婚后单另过。你可以不去我家，结婚时候摆酒席也不让我爸妈参加。只是，我不能就此再不管他们。不管咋说，是他们生养了我，含辛茹苦地把我拉扯成人的呀！任凭他们犯下啥，咋样遭世人唾弃，我不能丢弃不管他们的……往后家里的重活儿我还是得去干。他们有生病长灾的，我得要照料。逢年过节，我也得回去看望。等将来咱们有了孩子，让不让他们去见爷爷奶奶，这由你定。你若不想让去，那就都不去。”

谭如华低头想了会儿，捂上脸“嘤嘤”哭出了声儿。孟宝琦就懂得她这是应许了自己，又伸臂将她揽入怀中，紧紧贴在胸口上。

“我妈和谭叔这已是仁至义尽了啊！”谭如华哭着说。

“是。”孟宝琦点头，眼圈儿也红了。他附在谭如华耳边说悄悄话似的，道：“你这就回去，妈和谭叔该下晌午工了，你去给他们把饭做好啊。事儿只是咱俩定了，还没征求他们二老意见嘛！”听他竟就管自己的妈叫妈了，谭如华不禁“扑哧”一笑。随即又一种悲上心头，忍不住脸朝孟宝琦怀里更深地扎着又呜呜咽咽哭起来。孟宝琦头探下去，轻轻吻住她的唇。这一番亲吻比之前又不一样了。过了一会儿，孟宝琦理性地止住，抬起头，扶谭如华坐直身子，催促她快些回去。早回去就好早返来啊。

谭如华眼珠儿水似的看着孟宝琦，说：“妈和谭叔的意见，我咋告诉你呢？明天早上我……”

孟宝琦急急打断她，道：“我就在这儿等。待会儿吃晌午饭时候你就跟他们说吧。当时就会有结果的。你就来告诉我啊。”

“你不回去吃晌午饭吗？会饿坏的呀！”谭如华不禁焦灼。

孟宝琦“唉”了一声：“我哪里吃得下呀！你快回去吧。”

谭如华无奈，只好站起身来。一眼看见旁边装着毛线衣裤的包袱，弯腰拎起塞进孟宝琦怀里，说：“这是我给你织的毛线衣裤，你就垫着它们眯眼睡一会儿吧。我尽量快些返来啊。”

孟宝琦欣喜地接过，急急地解包袱要看。谭如华一笑，转身走了。

孟宝琦望着心上人的身影在远处消失不见了，才又接着解开包袱。摩挲着细细看了毛线衣裤，掩不住地眉梢眼角都是笑意。心满意足地抱在怀里，头往后倚在大柳树上闭拢眼睛，竟睡着了。不知过了多久，忽觉有人摇自己，耳边是如华轻柔的唤声。赶忙睁开眼，见如华笑靥如花地蹲在面前，旁边地上放着个浅黄色笼布覆着的大柳条篮子。

“如华，你这么快就返来了？”他惊喜地问，坐直了身子。

“妈和谭叔不让我在家里吃，让我趁热拿过来跟你一起吃，说是怕把你饿坏喽。”谭如华笑吟吟说着，扯开笼布，慢慢把里边的饭盒取出来。把摆在上边的两个满满盛着菜的，翻开盖儿放在地上，底下盛着饭的一个递给宝琦，一个自己端在手里。随后把筷子递过去，催促说：“赶紧吃吧，看待会儿凉了。”

“妈和谭叔准允了？”孟宝琦急急问。

谭如华抿嘴笑着，点一点头：“快吃吧，边吃着我给你说啊。”

见她点头，孟宝琦顿时心花怒放，听话地低头吃起来。却是咬了一口馒头，边嚼着就朝如华瞅去，一副急切要知详情的样子。

谭如华慢慢吃着饭，讲了刚才的经由。她到家时，母亲已经把馒头蒸进了锅里。今晌母亲又是提早回家来，显然是心头惦记着他俩的事儿的缘故。她赶忙洗了手，给母亲帮忙。边干着活儿边把他俩的计议详细告知了。母亲听后，长长叹气，一时不知该说什么的样子。恰这时谭叔推门进来了。他今儿也是提早收工。母亲就进里屋去，把事情跟他说了。完后问他：“这可咋办？”谭叔边吮着烟袋嘴儿静静地听，见母亲这样问，蔼然地说：“让如华拿章程。她自己要是觉着这样行，再论下步。”母亲满眼愁郁，摇头叹道：“事到如今只能这样了啊。”就退回堂屋问她。见她点头，心里不知是喜是忧，发愁道：“你俩单另过，哪里有房子呢？孟千秋会给宝琦另置办房屋院落吗？”一句话问得她也愁上心头，是呀，自己跟宝琦到哪里栖身呢？馒头早已出锅，菜也都切好了，只等下锅炒了。她就甩了甩头，说：“妈，咱们先炒菜吧，这些事过后再说！”就听见屋里传出谭叔的声音：“我搬到这边来跟你妈住。你俩先就住在那边房院儿里。啥时候挣够了钱你俩买了新房院儿，再搬走。”

她喜得两眼放光，看向母亲。只见母亲一时有些着急似的，眼睛飞快眨巴着，想说什么，张了几张嘴，终是作罢。也就一笑，说：“赶紧炒菜吧，炒好你就给宝琦送过去，早上吃没吃东西都不知道，看饿坏了他啊。”她又欢喜又感动，不禁眼泪流了出来。边擦着，发自内心地说：“妈，谢谢您啊！”又对着里屋大声说：“谭叔，谢谢您呀！”

孟宝琦听得忘记了举箸，一时也悄然流下泪来，说：“多亏了谭叔呀！多亏了谭叔呀！”

谭如华就说："我妈也是好心！她是为我好的！"

"是，是。妈也是好心！"孟宝琦连忙说。略思忖了下，他说："这样吧，咱俩这就把那套房院儿买下。先写张借条给妈和谭叔，咱俩边挣钱边还他们。很快咱就能还清的！现在政策好了，准许搞副业了，赚钱的路子多着呢！咱只要下辛苦干就一定行！"

谭如华不由满眼是笑，娇嗔地催促："快吃饭吧！都凉透了！"

两人这才埋头吃起来。一时吃完了，从柳条篮子里拿出满满装着热水的玻璃瓶倒水漱了口。把筷子饭盒都收进篮子，又覆好笼布。谭如华想拉孟宝琦起来，沿河边遛达会儿，让他活泛下气脉，却被孟宝琦反拉入怀。他只想紧紧抱着她，亲不够地亲吻她。两人就这么又偎依缠绵了整一下午，到夕阳斜照了，才站起回家。谭如华疼惜孟宝琦身虚力弱，要送他过河。孟宝琦哪里肯，他要送谭如华到院门口才行，说是感觉自己身上已经好了。争不过他，加上看着他气色确实好了许多，谭如华就依了他。

往回走着，孟宝琦让谭如华回去恳求母亲和谭叔，明天谭叔就搬可好？有啥干不动的活儿他可以帮着去干。听得谭如华"扑哧"笑了："你现在能干活儿呀？这么着急不怕妈和谭叔笑话咱们啊？"孟宝琦使劲儿捏了下她的手："我真的一天也等不得了！没法顾忌了呀！"谭如华说："这话得你自己去说，我咋开口呀？再说你还没有正式见过我妈和谭叔噢！总得你去拜见了他们，亲口跟他们求说娶我才行呀？对了，说不定他们会让你去找媒人呢，咱们没有媒人的呀！"忽然眉头一簇，脚步收住，侧身看着孟宝琦，说："哎呀要是你爸妈不同意咋办？"

孟宝琦说："我爸妈那儿不会有问题的！退一万步说，当真他们不同意，我直接走掉就是了。这件事上谁也拦不了我！"略顿了下，他接着又说："你说得对，我应当去见过岳父岳母，当面求他们把你嫁给我。不如我现在就去吧，正好他们该收晚工了。只是我这样空着一双手，实在不好意思！不过即便等到明天，我也是这个情形，我现在拿不出啥钱财东西呀！只有等我将来挣了钱，好好孝敬二老了。至于媒人，其实不必的。待会儿看妈和谭叔的意见，他们要是一定让找，我就去找，这个不难。”

谭如华感觉太急促了些，但体谅他的心情，更顾惜他的身体，就顾不了许多，点了头，说：“你今晚怕是只能见到我妈噢，谭叔一般晚上不过这边来的。”

“那我见了妈后，就再到那边院里去见谭叔去，我走得动。”孟宝琦神态坚决。

谭如华没再说话，两人的脚步加快了。

赶巧这日谭春阳上午把麦捆全拉进场里，三个一簇扎头都立了起来，得这样晒几天麦穗才能脱粒儿，下午他就是跟白星昱一起去烟地打烟杈子了。看看太阳近了西山，两人惦记着小女儿的事儿，就早早收了工。谭春阳想尽早知道如华跟宝琦商议的结果，就跟着一起来了老宅这边。两个年轻恋人来到时，他们刚进屋洗了手。孟宝琦见面“扑通”就跪在二老面前，嘴里边叫着：“妈！谭叔！”磕下头去。见他竟就管自己叫了妈，白星昱一时不知是喜是愁。到了这一步，还有啥可说的？只有认女婿了。她就上前一步，把孟宝琦拉起来，让他去坐到了靠墙的椅子上。

这晚就是四个人一起吃的晚饭。边吃着饭，把事儿定了下来。媒人就不请了，也不摆酒席，就赶时兴——旅行结婚。明天谭春阳就搬到这边来，把那边的房院收拾一下。宝琦要是想去住就搬进去。如华每天过去照料，待宝琦身体复原，两人就去乡上办手续领证。然后就去云南守仁大哥那里玩儿一趟，就是旅行结婚的意思了。可以如宝琦说的，他俩打下张借条，就买下那边的房院儿，日后挣钱慢慢还就行。

孟宝琦遂了愿，心花盛开，身上的病竟觉好了似的，往回走时，双腿也不绵软了。到家就把事儿道与了父母。他的语调态度都平淡，并不流露对父亲的恨意，没有指责之词。他是想，“子不言父过”！父亲已经做下了，当儿子的，只有默默替他忏悔，给他赎罪吧！这时他进一步见到这样做的好处。自己这样地远离了，竟是对父亲极有益，就逼着他做反省啊。

这显然成了最好的方法。面对小儿子的选择，孟千秋和王素贤纵是万般难接受，却无可奈何。总不能眼看着他死掉啊！这总是比他死掉要好呀！只有默认。当夜是孟宝琦几年间没有过的一场好睡。早晨起来，收拾了自己的几件衣裳塞进帆布提包。跪在地上给爸妈磕了三个头，站起来，道珍重，叮嘱有啥事儿就递信儿给自己。便拎起提包，大步出了家门。

这天竟就成了孟宝琦和谭如华的好日子，当晚两人就在曾经是谭如华闺房的屋子里做了夫妻。水火融通，阴阳交泰，谭如华立时容颜焕发，孟宝琦的病眼见痊愈了。厮缠了七日，这才打开院门，拉着手朝母亲家里走去。正赶上这天家里麦子脱粒儿，谭春阳和白星昱都在村西晒场里忙活着。他俩就赶去了晒场，帮着干起来。见宝琦竟换了个人儿似的，浑身透着精气神，丝毫没有了病恹气，谭春阳和白星昱笑得合不拢嘴儿。一下多了两个劳动力，打麦推进得快起来，三四天工夫晒场里的活儿就干利索了。孟宝琦和谭如华又跟着一起去耘了玉米地，把秋白菜种下。一时田地里没啥忙的了，这才去乡里登记领了结婚证，然后买车票去了云南。

孟宝琦在河对岸谭家干活儿的话很快在上下村子里传开了。王素贤听说后气得直哭："这儿子白白替别人家养了这么大啊！自己还一点儿没得上济，倒是别人得了济呀！"告诉了孟千秋，这人更是一刹那间气得要炸裂的模样，手里正端着吃饭的瓷碗"啪"地一声砸到了地上，碎片四飞。他怒瞪着两眼，吼道："小兔崽子去给谭春阳干活儿啦？！他这么快病就好啦？"直到此刻，这对夫妻似乎才意识到小儿子的离家意味着什么。这之后他们再在田里干得汗流浃背时候，想到自己的小儿子此刻正在帮仇人家出力劳作，心里就不由横生一股悲苦恨恼。孟千秋最是难挨，谁知当初唆使宝琦把白星昱的闺女弄到手的计谋遂愿的一天，竟是整盘棋输掉的一日！没赚到白星昱的人，反倒她把自己的儿子赚了去！越想越气，竟至倒炕大病了一场。赌气不准给宝琦递信儿。他的两个闺女都嫁得远。当年因为成分不好，不得挑选，大女儿宝贞嫁了个雇农出身的瘸子，女婿脾气躁烈，动辄打骂老婆孩子，日子过得凄苦。二女儿宝良的女婿同是地主家出身，虽两个年貌相当，但女婿是个纨绔性儿，不务正业。前些年固然落魄，地主富农帽儿摘了后也不思振作，越发好吃懒做起来，全靠老婆挑家里大梁，一大堆孩子，穷得"叮当"响，娘家全指望不上。

王素贤本就不能干，这时刻哪里顾得过来？家里一时就鸡飞狗跳，田间园里野草疯长没人刈除，一副落败样子。幸好孟宝瑜放暑假回来了，套起马车把父亲拉进敦伦城县医院里输了三天液，给把炎症消了下去。孟千秋的病情这才好转，买了些药回家慢慢吃。孟宝瑜扛起耘锄下了田，起早贪黑地干了十几天，总算把自家田里的庄稼救住了。

孟千秋缓过命儿来，就又开始谋计，定要把输掉的棋再赢回来！慢慢就看到了宝琦娶下谭如华的好处。凡事都会转变的，只要这个姻亲结下了，不愁日后逮不到收拾白星昱和谭春阳二人的机会！心上就敞亮了些许，病渐渐好了。想叫宝瑜规劝一下宝琦，当时虽是那样说了，不能就真撂下父母不管啊！应该恳求岳父岳母同意，领着媳妇回来跟父母一块儿住。奈何直到宝瑜暑假结束，宝琦也没从云南回来，兄弟俩没能碰上面。原来是谭如华初孕吐得厉害，汽车火车都坐不了，不能赶路，只好在哥哥家住下了。嫂子领着看中医吃了十多剂汤药，才消停了些。看看能走了，才往回返。这期间孟宝琦就也跟着让医生号脉开方吃了些调理滋补的药，几年苦相思攒下的隐疾尽除了，身体一日一日强壮了起来。

即便孟宝琦不误行程早早回来了，兄弟俩见上面，孟宝瑜也是不会照着父亲的意思劝弟弟的。孟宝琦在跟谭如华领结婚证前夕曾给哥哥写了长长一封信，详细述说了他跟谭如华终成眷属的经过。也就把新近知道的早年父亲对谭如华父祖所造的孽悉数告知了，让哥哥知道自己为啥会有远亲离家的做法。孟宝瑜是读书识理的人，哪能不体谅弟弟的苦楚？不过是他作为家中长子不便表态罢了。他也是跟弟弟差不多的考虑，父母甭管做下啥，总归是父母，当儿女的不可以指责。何况父亲对他们弟兄是关切疼爱的，他的读书一直都是靠父母流汗种田供着的啊！那次他就只是简短回复了弟弟几句话，表示祝贺新婚快乐、百年好合的意思，丝毫未有涉及其他。

从云南回来后，孟宝琦又给哥哥写了一封信，告知自己为啥在外耽延了旬月才回，以致错过了哥哥的暑假。孟宝瑜回信仍旧是简短几句吉祥话，一字没往父母身上提。

跟着就开始秋忙了，收割，打场，都是重活儿。孟宝琦就父母家、岳父母家，两边忙起来。干活儿时候卖力气是一样的，接人待物的样态却大不同。回自家来干活儿时，他都是直接到田里或是到晒场上，到了就弯腰开干，一句多余话没有。到收工时扛起家什就走，也是一声不吭。在岳父母这边却有说有笑，时常赶过去帮谭春阳扛起家什，翁婿俩一起往干活儿地方走。他住进那座谭春阳十几年前苦心设计建筑的房子后，很快发现了里面家具上的烙画，深深着迷，动了学习的念头。实行责任田后家家户户眼见都宽裕起来，政策也倡导百姓家生活丰富多彩，这烙画又会兴起来的，学成了，可以靠它让如华过上舒心日子。

他就边走边向岳父请教烙画的做法。谭春阳把这烙画都快忘了，经女婿一提，想了起来，连连点头赞成宝琦的心计儿。形势照着这样发展下去，这烙画确实是有再出头的一天！当然靠着它能过上好日子！自己就是活例子嘛！想当年他从汉中回来，就是靠这个艺道很快盘活了人缘，赢得了乡亲们好感的。那时，有娶媳妇、嫁闺女的人家请他去给画家具，他总是把活儿做得又快又好，酬资并不多要。遇到存粮多缺现钱的人家人，他就行方便，让这家拿粮食抵钱，往往把一家人喜得眉开眼笑。因为活儿都是在雇主家里干，一连十几天从早到晚地混在一起，这家人的事儿难免就闻知些。有那遇到愁闷解不开的，跟他叨咕，他每每三言两语就给把心窗打开了。渐渐地，人们就把他当了主心骨儿似的，有自己拿不准章程的，就跑来向他讨教，都夸说他有脑筋有见识。后来农会会长跟他打听了汉中那里农村成立初级合作社的情形后，动念在星河谷推行合作社法式，并很快行动起来，是跟这些有关的。会长是想，这么有脑筋有见识的一个人，他所说的话，不会有诳诈的！再后来成立生产队，也是老乡们异口同声推举，他才当上了副队长的。当然这跟农会会长的鼎力提拔分不开，会长直接改称生产队队长，让他当了副手。几年后队长过世，他就被推到了生产队队长的位置上了。当生产队队长的十几年里，他为东西两邑办了很多好事，但自己获益更大，这他才能保护了星昱孤儿寡母的呀！

只可惜他扔手了这些年，画技难免荒了，想再重捡起来必是难！总归有了年纪，眼神儿没那么好了。难得宝琦能对这个生兴趣心！若得他接续下去，这个艺道能不在自己手上断掉，是再好不过啊！也就对得起乔儒老伯了！他就眉飞色舞地给孟宝琦讲起来。先让他知道烙画只能用在原木色的家具上。然后告诉怎样先用铅笔在木面儿上起画稿，完后怎样用烙铁补一遍线条，功夫尽在烙铁尖儿上，哪里要稍停一霎儿，哪里要一掠而过，此处差之毫厘，失之千里，万万不可马虎！翁婿俩一边说一边走，往往路也不觉得远了，活计也不觉得累人了。有宝琦这么一帮手，啥活儿都干得快起来，谭春阳、白星昱两人越发乐呵了。如华也能帮着干些菜园里的活计，家里一片吉庆。

收完秋，渐渐外边没啥活儿了，谭春阳就手把手地教起了孟宝琦学烙画。谭如华见了，也要学，就跟着一块儿学起来。两人都有画画的底子，学得容易。谭如华作出来的更显好一些。只是她一日一日地显孕了，蹲坐弯腰都不方便，不可过多耗费精神，只好搁下了。有她在旁边督守指点着，孟宝琦进境颇快。临到过年时候，木板稿子已经画得有模有样。忙完年，紧接着田地里的活儿催上来，倒粪、送粪、耙地、开耕下种，画事只好搁下。忙着忙着，就是夏季了。这个夏天孟家接连两桩喜事儿，一是孟宝瑜毕业分配进了敦伦一中当老师，二是孟宝琦做了爸爸，谭如华顺利产下一个大胖小子。奈何后一桩没有带给孟千秋两口子圆满的快乐，他们不能去抱一抱自己的孙子，切实享受到一朝当了祖父祖母的那种舒畅幸福感。

儿子出生后，孟宝琦想到了父母的，只是无计让他们祖孙相见。如华快要生时，岳母就住到了这边来，朝夕在侧伺候，一直照料到如华坐完月子。孩子满月后如华就抱着住到了娘家。她头次当妈妈，完全不懂咋带孩子，得靠母亲教着。这也是孟宝琦的主意，新生儿娇贵，吃喝拉撒睡都是学问，旁边没个有经验的人指教着可不行！如此，咋叫父母来呢？就算岳母和谭叔肯宽恕，谅是他们自己也没脸面走进这个院子来啊！他就只是过去干活儿的时候告诉了一声孩子出生了的话，只字没提让父母见见的事儿。后来每次见面王素贤都眼巴眼望地问叨孙子，会爬了不？会说话了不？会走路了不？孟宝琦都只是淡淡地回应一句，告诉了孩子的名字叫宁宇，长得活泼健壮，再就不肯多说啥了。他想，还是不见面的好！一旦见了，父母必定此后更加撂不下孙子了！尤其是母亲，怕是要日思夜想、哭天喊地，那就更麻烦了！如华与自己这般恩爱，若自己下功夫求恳她，让她跟父母走近，她应是不忍心说不的。岳母和谭叔都是厚道人，也不会就狠心地不准。可是两家若是来往起来，怕是最终岳母和谭叔要吃父亲的亏。越跟岳父母处得久，他越见到他们的品性淳善、勤谨仁厚。可知当年父辈的恩怨，责任在父亲！必定是父亲那时仗着自己家富势豪，恃强凌弱，竞争打压，无所不为所致！过往那些纵是可以不论，现下父亲所做的也着实令人狐疑，还是那个疑忌，为啥他明知道两家有大仇还那么鼓动自己追如华？还逼着自己去做那等下作事儿？现在想来真是后怕！设若当时不是岳母及时出现，自己依照父亲教给的做了，不是就毁了如华一辈子？父亲难道处心积虑就是想利用自己报仇？他隐隐地总觉得父亲还有更深更可怕的居心，可不能让他接近岳母一家人！不能让他把自己当作他继续害人的工具！

再者，他也不想自己的孩子因为走得太近，濡染上父亲的品性。所以任凭冬夏轮转，他也不提让儿子去见祖父祖母的话。过年的时候仍旧是他独自拎一大包东西回去给父母拜年，不带媳妇和儿子。直到孩子满周岁过生日这天，在谭春阳的坚持下，这才一家三口去了河东。

谭如华这是第一次见公婆，内心里自然地涌起一股亲情，一下家族旧仇淡却了似的。尤其开口一叫爸妈，无形中就觉一座冰山化掉了。接着又教儿子叫爷爷奶奶，更是一时俨然血浓于水。遗憾那小儿尚不会说话，白白哄逗了半天，没能唤出一声爷爷奶奶来，给孟千秋和王素贤的高兴锦上添花。不过孟千秋的兴致丝毫没受影响，谭如华叫他的那一声爸，让他刹那间已然飘上了云端。他知道白星昱的孩子们都不肯管谭春阳叫爸的，可是这个闺女一见面就这样叫了自己！这难道不是自己的胜利？谭春阳你枉自为这些孩子当牛做马了十几年，也换不来一声亲称！你始终是他们嘴里的叔，哈哈！他不禁就开想一旦两亲家聚在一起时的情景，如华管白星昱叫妈，管自己叫爸，谭春阳被叫成叔，听着这些，那家伙心里会是啥滋味儿呢？他应该就会觉得自己其实是个外人的吧？这么想着，忍不住“哈哈哈”笑出了声。于是对小儿媳妇更好了。吆呼老伴儿赶紧去把那只正下蛋的老母鸡宰了，给孩子们香喷喷地炖锅汤。自己跑到村东西瓜地里寻了个刚红瓤的西瓜，回来切开招呼儿子一家三口吃：“这是咱家今年地里摘的第一个西瓜呢！”

孟宝琦始终保持着冷静，帮着母亲杀鸡煺毛煮到锅里，他就去园子里镩杨树杈子去了，不肯进屋吃西瓜，饭好了才回屋来。闷头吃了饭就催促媳妇抱着孩子早早回了，对母亲哭眼抹泪儿的挽留毫不理会。恨得孟千秋直咬牙。送走他们回到屋里，“咣当”一声把桌子上装着一块儿块儿西瓜的大铁茶盘横扫下地，摔得西瓜汁瓤四溅乱飞，边大骂道：“这个儿子是给谭春阳蛊毒透了呀！瞧瞧他这副德行！这是不认亲爹亲娘了啊！”惶得王素贤赶忙收了泪，边俯身收拾着地上的一摊稀烂边劝解：“不是说过了吗？总归是比他死掉强嘛！先前多问一句都不乐意，这不是也领妻抱儿回来了吗？如华不是也甜嘴蜜舌地叫咱爸妈了吗？还教孙子叫咱们爷爷奶奶嘛！总归那是咱们的亲孙子，血统关在这儿呢！急啥啊？！”

孟千秋的火气这才压下了些，鼻子里狠狠一“哼”，说道：“咱不跟他争这一时！他愿意替咱养着孙子和媳妇，他就养！到啥时候，那也是我孟家的后代！宁宇总归是姓孟嘛！宝琦媳妇就是不来跟咱们一块儿过，她也是咱家的儿媳妇嘛！”抓过烟盒来，边往烟袋锅里装烟丝，丧声赖气教唆老伴，往后见宝琦面儿就哭，就说你想孙子，吃不下饭睡不着觉，求恳他三口人搬回来跟咱们住，你给他哄孩子。王素贤连连点头，这个也不用装，她是真想孙子。尤其是见了面，更是眼前心里时时刻刻都是孩子的一张小脸儿浮现着，这往后的日子她还不知道该咋熬呢！

孟宝琦和谭如华抱着孩子回到河西，正当傍晚圈羊时候，村子里遥遥地响着羊倌儿高亢的吆喝声和鞭子的炸响声。谭春阳和白星昱正站在院门口等着接自家的羊归圈，远远地见闺女女婿回来了，白星昱快步迎上前去接。这是外孙儿头一次离开这么久，她着实想得慌呢！宁宇见了姥姥，张着小手往这边扑，要姥姥抱。白星昱忙伸臂接过来，不知咋疼爱好似的，又是贴脸儿，又是顶额儿，满嘴大外孙儿大外孙儿地哄唤着。孟宝琦在左，谭如华在右，娘仨儿满脸笑地朝院门口走过来。到谭春阳跟前，谭如华探脸过去笑瞅着儿子，说："姥爷来接宁宇了！"小家伙儿像是听懂了似的，一双黑亮亮的眼睛闪闪地冲谭春阳望去，用发自丹田的声音口齿清晰地叫了声："姥爷！"

此声一出，一霎儿似是时间停止了流动一般，几个人都惊住了！谭春阳半张着嘴看向老伴儿，白星昱也半张着嘴看他。谭如华和孟宝琦都不敢相信的样子，两眼对望了下，又一起朝母亲和谭叔望去。四个人目光交碰后，一起瞅向宁宇。

宁宇咧着小嘴儿笑着，接连着又唤了两声："姥爷！姥爷！"

"这娃娃叫人了！真是怪了，最先叫的是姥爷！"白星昱惊喜不已地低喊着，头扎下去使劲儿地亲宁宇的脸蛋儿，热热的泪水溢出了眼角。她是触动之下不禁想起了往昔岁月，那深深刻在心中的一幕幕场景顿时联翩浮现在眼前：如云结婚那天临走时，恳切地看着谭春阳，发自真心地说："叔谢谢您！"守仁集体婚礼后领着媳妇回来时鞠躬奉茶，恭敬地对谭春阳说："叔，您喝茶！"如华和宝琦旅行结婚临走前跪在谭春阳面前，含着泪说："叔，谢谢您！"守信手里拿着大学录取通知书跪在地上，边磕头边对谭春阳说："叔，谢谢您！"

骤起的这些回忆令白星昱不禁心潮翻涌，感慨万千，在心里连连暗叹道：老天不亏待人啊！老天不亏待人啊！

随着母亲的话音，谭如华和孟宝琦也满脸惊喜地同时低喊："宇儿会说话了！宇儿最先叫的是姥爷！"

谭春阳也反应过来了，一时乐得不知所措，整张脸笑成了菊花儿，连连说："哎哟宇儿会叫姥爷了！会叫姥爷了！"

最初的惊喜过去，谭如华和孟宝琦也都不禁百感交集似的，眼圈儿红了。没想到儿子这样地代替表达了他们的心声！从内心里，谭如华早就想叫谭春阳爸了，只是总做不到不顾及故去的生父。另外，还有哥哥姐姐弟弟三个手足，不能不跟他们商量就自作主张，故一直为难着。孟宝琦更是从一开始就想喊谭春阳爸爸，他只是顾虑妻子的感受而不得不随着她一样叫，心里着实为此难受。在这个特殊时刻，两人的纠结一齐晒出来，不禁都生出了新的念头，人心都在人心换，谭叔对自己夫妻俩恩同再造，于情于理，都该当叫他声爸爸了。互碰了下眼神儿，各微微点了下头。谭如华眼光转过去瞅着谭春阳，嗓音激动得微微颤着，说：“爸，您看您没有白疼宁宇，他开口说的第一句话，是叫的您呀！”边说着，眼泪“簌簌”掉落下来，连忙抬手去擦。孟宝琦也声音打颤地说：“是呀，爸没有白疼宇儿。没有白疼儿女们。”

他俩的这些话听得白星昱更加泪如泉涌，忙转过身去，举袖子擦抹眼泪。

谭春阳笑得更加欣慰了，说：“是呀是呀，没有白疼！没有白疼！”边说着，伸手接过宁宇，高高地举起来。小男孩儿被悬在了半空，一时开心至极！“咯咯”笑得更响亮了。那纯真清澈的笑声在夏日黄昏的微风中旋漾着，一波一波地，飘去了远方。

16

“甜脆香瓜甜核杏呦！甜脆香瓜甜核杏呦！”外边传来小商贩的叫卖声，把深深沉浸在回忆中的白星昱拉回到现实来。她一怔，这才意识到自己走神儿走了这么久！自嗟着，连忙举梳子飞快地梳顺头发，别上黑色铁发卡，扭身出了里屋门。

春阳该回来了吧？她心想着，直出房门，往院门口走去。

17

谭春阳悠悠地把思绪拉回到当下来，立时感受到了微风的轻拂，和风中挟着的清浅香气。这是高粱秧苗们散发出来的馨香，跟青草和野花儿的芬芳不一样的。这是庄稼的气息。他在心里说。却是只细细品味了一霎儿，心思又回到了事情上，咀嚼刚才的一段回忆，他不禁深深一声叹息，自己这辈子的一个福是能跟星昱在一起过了日子，心里的一个亏欠，却也是由娶星昱而造下，这事儿上自己是逆了母亲的呀，让她终究带着憾走了。自己咋赎这不孝的罪呢？

尽管母亲后来不阻了，由着自己娶了星昱，母亲跟星昱两婆媳间处得也好。但是母亲总没尽遂心，这自己知道。

这件事终能周全得感戴春明啊，都是春明从中解劝，默默费了不少心力，母亲才罢了的。

春明是好兄弟啊，他知道我对星昱的一颗心。

终究还是要感戴母亲的慈，那时，慈母竟还清楚地记得二十多年前的事儿，春明跟她一提，她一下就想起星昱少年时侯送给我的那个金指箍儿，心里忽地就啥都明白了，如此她还咋再阻止呢？她不忍心了啊，她明晓了这是阻止不了的事情啊。

那天自己说的，韩彦峰是为护生产队毛驴致死，“我既是生产队长，就有我的责任！”这话不假。只不过，即便事情不是这样，自己也会为星昱负责的，自己撂不下她呀！自己一心一念想的就是在旁守护着，一旦她遇了困顿，就替她把天撑起来呀。

打从第一眼看见星昱，就知道自己这一辈子得守护着她过。谁知道人一眼瞧见一个人，心上一动，就会是一辈子呢？

唉！谭春阳甜蜜地叹息着，目光又投向石牌坊。

当年那场“破四旧”大扫除中，原来的牌坊已经被拆毁得只剩下四根石柱。是守信考上敦伦一中那年，他张罗着，把散失的一些零部件寻回来，做了初步恢复重建。后来种植西大荒期间，又进一步美化了，成为现在的样子。现在这上面的两块大理石是守仁在云南买了用火车托运回来的。他还记得和春明雇拖拉机去敦伦火车站往回拉两块大理石板时的心情，那真是喜悦欣慰，不可言喻啊！总算把这标示祖宗德风的物象又举扬了起来！自己兄弟俩算是没有愧对祖上的恩庇啊！

边瞻视着牌坊，谭春阳想，论起来，沾祖宗光最明显的，应是守信的一朝高考中榜吧？严格地说，守信应算是这星河谷历史上走出去的第一个大学生，孟宝琦考上的那个不算的，他那只是一个专科院校嘛，学制才两年。守信读的这是四年制本科大学，正儿八经的名牌学府。

再一个沾沐祖德明显处，就是自己的能够隐忍了。唉，在对待孟千秋上，一直以来，自己真的堪为有忍性了！

他叹着，不由得，思绪又跌回了往昔中。

18

宁宇满周岁的这年秋收后，孟宝琦提出到集镇上去租间铺面——开烙画坊。这是他有一次听岳父讲自己早年在汉中以烙画技艺谋生的故事时生出的想法。他想，汉中那地方开烙画坊能谋生计，咱这里应该也行啊。前些年是有政策管束着不能搞这些“资本主义尾巴”类的副业，现在都放开了嘛！而且政府大力倡导农民经商做买卖，咱为啥不趁势而为呢？谭春阳听了高兴，这是自己多年前本有的愿想啊！只因那时社会形势不相宜，只好搁下了。白星昱和谭如华也都赞成。就张罗起来，卖掉了家里十只山羊，用所得的钱租下集镇供销社旁边的两间临街铺面房，挂上大横匾，购置了桌椅用具，谭春阳执笔孟宝琦侍助一起制作的一套烙画高低柜组合家具迎门口摆上当样品。选了个吉祥日子，在“噼噼啪啪”喜庆的鞭炮炸裂声中开了张。生意很快就来了，是一户人家儿子结婚要做河曲柳木新衣柜，想在衣柜双拉门儿上各烙一丛牡丹花儿。这是谭春阳的熟活儿，接下后当晚翁婿俩就忙起来。裁画纸，起样子。谭春阳因着眼神儿不济，同时也为了栽培二女婿，他就在旁指导着孟宝琦做，只在最关键的烙色节点上才亲自上手。起早贪黑忙活了一个多星期，两扇衣柜拉门儿上的画烙好了。呼灵生动，大雅大俗，煞是好看。雇主欢喜满意，多给了三十元辛苦费。乐得孟宝琦和谭如华几天里做梦都笑，拿这钱给妈和谭叔各做了件新衣裳。

随后活儿一桩接一桩地来。渐渐忙不过来了，谭春阳和孟宝琦就搭炉盘炕住在了店铺里，以便日夜赶工。白星昱就在家里蒸好馒头、包子，炖下排骨、羊汤啥的，赶毛驴车一锅锅送来店铺，让爷俩儿热来吃。好景却只持续不到三个月，忽地没生意上门了。随后镇上税务所、工商所、卫检所、防疫站等部门的工作人员走马灯似的来个不断。各种名目的检查、收费、罚款，让谭春阳和孟宝琦应接不暇。眼看着赚得的鼓鼓一袋钞票水似的又流了出去。如此情形，继续下去，必定就是赔钱了！怎不着急！团团转着，不免寻究缘故，一朝得知原来是孟千秋搞的鬼。这时孟千秋的大儿子孟宝瑜从敦伦一中调去县政府当了县长秘书。孟宝瑜是因为在县办报纸上发表的两篇文章被县长看到，赏识其才，破格调动的。乡政府里的干部，自然都前往趋奉，难得能有这么一个直通县府的门路啊！他们的前程这就一朝卧在了孟宝瑜的唇齿间了哦！孟宝瑜若在县长或是别的县里领导跟前给进句好话，那这人飞黄腾达指日可待。若说句坏话，那就将永世不得提升。谁不知道讨好孟千秋是巴结孟宝瑜的一条捷径呢？一时乡、村两级的干部都熟识了去孟千秋家的路。如此情形，孟千秋想搞掉乡里的一个小小烙画坊，岂不易哉？虽然都知道烙画坊的少老板是县政府孟秘书唯一的胞弟，但孟千秋是孟秘书的亲爹呀！孟秘书肯定是要顺父亲意愿的！所以下手就都不存顾忌了。

这是毫无办法的事，只有认栽，烙画坊关了。初始跟房东定的规矩，房租是半年一缴。已缴了的人家自然不肯退还，算清水电等费用后，十只山羊所卖得的钱一分不剩，另搭进整整八百元。这就进腊月了，哪还有钱办年货呢？所幸腊八节这天谭守仁寄回来一千元，是给母亲和谭叔过年的孝敬钱。说孩子太小赶不得长途车，过年他们一家三口就不回来了，让母亲和谭叔随自己愿购买过年的新衣物品之类。谭守信来信也说今年寒假不回了，他在上海找了一个当家教的活儿，搞勤工俭学，足能挣够自己明年上半年的学费，这就不用家里给寄钱了。随后又寄回一个包裹，给谭叔、母亲、二姐、二姐夫各买了一件线衣，给小外甥买了一套棉服，让年三十儿傍晚都换上。这是他用省下的车票钱买的，含着他至深无尽的祝福。说明年夏天他就毕业参加工作了，就挣工资了。下一个春节，他一定回来过团圆年，给亲人们都带一份丰厚的礼物！

两个儿子都这么知孝懂礼，本应高兴，白星昱看着堆在面前的钱和衣服却泪水潸然。更加怨恨孟千秋了！要不是他个孬种使坏弄垮了烙画坊，临到年期，那店能赚出好一笔钱！守信就不用这样独自凄惶地在学校过年了。守仁那里，他们当爷爷奶奶的也可以给孙子寄去大大一个压岁红包。守仁的儿子这就满两个月了呢。

越想越气，不由得发狠，明年守信毕业后要分回来！像他这样的本科生毕业分配指定是会落在省里、市里的机关单位。这就可以高高压孟宝瑜一头，把这坏种斗下去！被谭春阳嗔责劝止，哪能让孩子去跟恶人斗啊？那不是要毁了他一辈子吗？这些事儿一点儿不能让守仁和守信知道！不可分他们的心扰他们的意！应督劝他们各自在岗位上好好干、好好学，奔自己前程。守信毕业分配去向让他随自己的意愿选择。就是分回来，也不能让他跟孟宝瑜斗。有啥意思呢？斗赢了又咋样？还不是耽误奔自己的正道?！

便是这样，守仁守信兄弟俩一点儿不知道家乡的事儿。次年夏天，守信毕业征求了母亲和谭叔的意见后，留校当了老师。没几天守仁来信报喜，说升任了部队参谋长。乐得谭春阳宰掉了家里的黑壳郎办酒席庆祝，挨家挨户地满村请了一大圈儿，但前来赴席道贺的人没坐满一桌。人们都畏惧孟千秋的势力，对谭家远避犹恐不及似的。不仅是不赴他们家的筵邀，渐渐地，村里有人家办红白喜事，设庆祝筵席啥的，都不再邀请他们家。背地里针对他们的造谣诋毁一波一波峰起不已。更有甚者，路途中相遇时，公然对他们出言讥讽、嘲弄挖苦，种种挑衅。尤其那些先前跟他们走得近交谊厚的人，比如住在孟宝琦和谭如华东院的赵喜一家人；新中国成立前曾经跟谭春阳一起在孟家磨油坊扛活，现在居住东邑的曹老伯的儿子曹大有和狄长海；曾经给白星昱当随侍丫鬟的苗娟儿和曾经在白家扛长活现住在西邑的耿大军夫妻俩，都突然“翻脸不认人”似的跳出来直面损贬打击他们。这让谭春阳目瞪口呆之际，知晓了自己一家人在乡土上被孤立情形的严重。

这意味着接下来生计的艰难。谭春阳想。孟千秋好在没把黑手伸到他家的田地菜园里来，田里的庄稼和菜园里的果蔬都没遭破坏如常生长着，总算还有个让人省心的地方。但是光靠田园里的出产，日子不好过的。现在村邻们家家都搞起副业来了，日子眼瞅着都在兴旺，比得他家成了寒酸户了。他和老伴儿倒没啥，有两个在大城市上班的儿子，咋着也挨不了饿。如华和宝琦两个却咋办呢？他们是要养育孩子的呀！宁宇一岁半了，越往后越要用钱了。偏宝琦又倔，说啥也不肯往父母跟前靠拢。从关停烙画坊，他更不肯到父母家去了，就是有了非干不可的活儿去了，也是干完就走，绝不在父母家吃饭，越发一个字不肯多跟父母说了。死死管住再不让如华带孩子去看公婆。“他们不顾咱们的死活，为啥还要认他们啊？！”他梗着脖子跟如华吼，任凭谭春阳和白星昱咋规劝都没有用。

农闲时候的天显得格外长。偏这个夏天星河谷里又闷又热，时常叫人感觉喘气都困难似的。三伏天的过晌，人们要么躲在房子里，要么躲在大树下，摇着大蒲扇，啃着凉水里拔透的西瓜苦挨时光。这样的时候谭春阳就和孟宝琦一块儿守坐着谋计下一步日子的过法。这天他们想到了养蜜蜂。村庄前后的山坡沟谷里野花繁盛，五彩缤纷地从早春一直开到老秋，蜜源不是问题。只要下决心干，经管得好，能酿出品质极好的蜂蜜，就不愁售卖的。可算挺好一条致富路子！又兼整个星河谷一趟川儿里没见有干这个营生的人家，这就没有争抢市场的人，尤其好！白星昱和谭如华都赞成。也虑到了孟千秋会不会又下黑手使坏这一层。如果这人还这么干，那可就糟糕了！像这样的传统土法儿酿蜜难以进城市里的大小商场，只能是在乡土集市上兜售，或是走村串邑叫卖，一旦遭遇拦路虎，就没辙儿的。一家四口嘈计了半晌，总觉得孟千秋咋也不至于下作到这程度！一直以来，不管他干啥，他们都没言语过，从没在外人跟前数说过他的不是，也没有丝毫跟他作对的举动。他搅掉了烙画坊，拉拢策反了几乎所有的邻朋故旧，已经力道十足地打击报复了他们，心里的恶气应该也出掉了，可以放下跟他们的怨结了。何况他毕竟是宁宇的亲爷爷，就算他不顾小儿子和儿媳妇的死活，哪能就狠心把亲孙子的生存之路堵死啊？他处处封他们的生计，等于就是在封宁宇的生路前途嘛！这个道理他不会不懂的！

孟宝琦表示，若是蜂蜜酿成后售卖的时候，他父亲不再搞破坏，那等一茬儿蜜卖完，他就摒弃前嫌，带着妻儿回家去看父母，恢复跟他们的往日亲情。谭春阳、白星昱、谭如华听了都连连点头赞许。

养蜂前期肯定须得投入，家里现有的钱不够，得张罗资金。现下在这谷原里是没办法弄到钱的，只有跟守仁和守信开口了，让他们各帮助给借些钱，等养蜂赚了利立即就归还上。为了快，谭春阳和白星昱专程去集镇上的邮电所给两个儿子打长途电话，告诉了因由。让他俩各给借几千块钱汇回来。谭守仁和谭守信都赞成家里养蜜蜂致富的主张，一口答应立刻给往回汇钱。

三天后，谭守信的钱就到了。他汇回来八千元，说是自他上班后攒下的积蓄，叫母亲和谭叔尽管花用，别受艰窘，这是孝敬父母的钱，不用还的。几天后谭守仁的钱也到了，竟是整整两万元！也是他和妻子工作多年的存蓄，也说是支持母亲和谭叔办养蜂场的，不用还。

谭春阳、白星昱、孟宝琦、谭如华，个个喜上眉梢。两个年长的，更多的是欣慰。两个年轻的，更多的是感激。都满脸坚执地表示，这钱现在应急用一下，将来一定是要还的！哪能不还呢？他们上班的人竟日辛苦，工资有限，城里生活高，攒钱不容易的！

然后立即行动了起来。头一桩是去学习养蜂技术。这得去寻找有专长的人，缴上学费后跟在身旁让人家手把手地教。就叫孟宝琦去寻找。这时慨叹起如云家搬去了远处，不得互相照应了。谭如云出嫁后第三年，就随丈夫去了辽宁省鞍山市下辖的一个县城。她的丈夫秦宏伟的二姐夫在这县城里当粮食局局长，抓住一个机会把秦宏伟安置进了县粮食系统，当了职工。他们两口子搬走几年后，秦宏伟的爸爸退休了，老两口也收拾收拾去了鞍山那边。从此谭如云跟娘家就只能是靠书信互通音讯，难得回来一趟了。

孟宝琦正月间买了辆大马力摩托车，骑着在谷原里跑来跑去很是方便，从西邑驰到敦伦城也只需两个多钟头。他就骑着摩托车一路朝敦伦城而去，沿路打听哪里有养蜂的人家？在火星邑村南公路旁边的小卖店里，竟就有了幸遇。这家店主一个住在敦伦县东部的亲戚，家里多少年养蜂，一直干得挺好，但最近家里生变故，不得继续养蜂了，要把蜂场卖掉。因为急于出手，价格开得极低，给五千元就可以把蜂场整个搬走。包括八十个蜂箱，近三千只蜜蜂，一顶野外露宿用的帐篷，及一应养蜂所用的物品。孟宝琦觉得划算，就提出条件，他若是买的话，须得去那里住下跟着那蜂场主人学些日子，等完全掌握了一应技术才能递钱搬蜂场。小卖店店主立刻给亲戚打电话敲定了这桩事。孟宝琦即返回家，把情况讲给了岳父岳母。谭春阳一口赞成。白星昱和谭如华也无异议。孟宝琦就要整装出发去蜂场学习。却被谭春阳阻止了，养蜂是个苦活儿，得日夜守在野外，还是他去学为好。蜂场搬回来后，他先去守着，慢慢地带宝琦。等他干不动了时，宝琦再接管。孟宝琦坚决不干！一定要由他去学习！自己正当壮年，最耐折腾的时候，理应肩挑重担！咋能让老父去吃苦呢！这是他第一次违拗岳丈。谭如华忙不迭地附和他。白星昱内心里也想这样，但知道丈夫这么做，不光是怕宝琦吃苦这层意思，更是不想叫宝琦和如华分开。一旦宝琦去守了蜂场，他小两口儿就得大半年不能宿在一起。正当如胶似漆的时候，如何耐得其苦！所以她就不多言语。最后自是依了谭春阳的主意。白星昱利索地给收拾了出门带的衣服用物，装进帆布大提包里。谭春阳拎着，孟宝琦骑摩托车把他送到了蜂场。

只半个月时间，谭春阳就学会了一应蜜蜂养殖技术。打电话给家里，孟宝琦带着钱去付了款，翁婿俩雇车把蜂场搬运回了星河谷。就安置在紫微峤山脚下一块慢坡上正开花儿的荞麦地旁边。谭春阳日夜守在这里养起蜂来。家里只要顾得过来，孟宝琦就骑摩托车每日来给他送饭。帐篷外边支了个锅灶，他也可以自己煮饭，不远处就是从紫微峤上流下来的山溪，拎水很是方便。

烈日、暴雨、潮湿、霜寒，这些自然都是要经受的。好在谭春阳全不惧怕，他轮番熬炼着，竟身板越来越健朗了。随着酿制的蜜口感越来越好，他心情越发显得好，整个人看上去意气风发，精神抖擞。白星昱见了，渐渐就放了心。

至仲秋时节，蜂蜜已攒了近三百斤。孟宝琦到县城里的食品厂买了些食品专用的塑料包装瓶回来，把蜂蜜分装进一个个透明的塑料瓶里，储藏在家里的仓房中。眼看秋深了，霜一日比一日重，庄稼收割，树木落叶，花草凋萎，今年的养蜂须告一段落了。谭春阳就把蜜蜂拢进网丝箱，拆下帐篷，收拾了一应物品，回了家。

打完场，家里一时没啥重活儿了。谭春阳和孟宝琦就开始着手售卖蜂蜜。粗略估算了下，这些蜜按照每斤八元卖的话，若是顺当，到全部售完，本钱就差不多能收回一半来。如此，待明年辛苦一年下来，就颇可赚到一大笔的。这自是令人精神倍增，不辞辛苦。翁婿俩盘算，就兵分两路，平常时日，谭春阳用毛驴车拉着两箱蜂蜜从海王星邑开始，顺着敦罕公路一径往南，走村串巷吆卖。孟宝琦用摩托车载着两箱，到谷原南端，从土星邑开始，沿着敦罕公路一径往北，走村串巷吆卖。逢到赶集的日子，两人就都到集镇上去，一人把着集市的一个进口，蹲在那儿摆摊儿卖。于是就干了起来。开始的几天，每日到天将落黑儿时回家来，两人都收获颇丰，或卖八九斤，或卖十几斤不等。有一天翁婿俩下午四点多在火星邑碰了头儿，这就是把谷原里的大村子挨着推了一遍了。随后的一天是赶集日，他们早早就去集镇上把着贸易市场两头儿摆下摊，守到傍晚散集时候，两人都卖掉了三十多斤蜜。

全家人高兴得什么似的，这就是旗开得胜了噢！他家的蜜好，一个村里只要有几家买了，吃着好，慢慢就会传开，买的人就会多起来。谭春阳和孟宝琦干得更起劲儿了。却是随后情形就不尽如人意了，连着几天，两人都一整天空跑，卖不出货去。那么是有需求的人家前些天已经买了，一时没有人家需要了？猜想着，决定歇几天再去叫卖。歇了几日，这天天气好，两人又带着蜂蜜出了门。到晚上回来，只有谭春阳在东邑卖掉了一瓶，孟宝琦仍旧是一瓶没卖出去。这就不免有些郁闷了。那就再歇几天再出去转悠吧。一家人商量着，把蜜瓶都搬进仓房里，决定等到赶集的日子去集市上卖。谁知第二天忽然东邑那个买蜜的人家找上门来，大吵大嚷，说是他家孩子昨儿吃了从谭春阳手里买的蜂蜜后，立刻肚子疼得打滚儿。只好送到了公社卫生院去，诊断是食物中毒，现正住院治疗，闹着要谭春阳赔偿。谭春阳听了蹙起眉头，一趟川儿里已经卖掉那么多瓶蜂蜜了，没见哪个吃了后有中毒的，咋个就你家孩子中了毒啊？不会是你家孩子吃了别的啥犯忌的东西吧？来人哪里肯讲理，揪住谭春阳非要去村上找领导评判。谭春阳只好去了。村领导了解情况后，说："这显见是蜂蜜有问题了！还用说吗？"撩眼皮瞟着谭春阳，说："孩子的医疗费由你承担！另外再付两百元买补养品的钱！村上就这么定了，不服你就去乡上告去！甭管告到哪儿都没你的好儿！"

这时谭春阳就明白过来是咋回事了，只好叹息一声认了栽。

到那孩子出院，结清全部医疗费，又给了补养的钱，谭春阳和孟宝琦连日辛苦卖蜜所得的钱清了底儿，等于白忙了一场。

孟宝琦气不过，要过河去找他爸理论去。傻子也能知道这又是他操弄的把戏！被谭春阳喝住了："你拿得出证据吗？去瞎胡闹有啥好处?！"

只好又打掉牙吞进肚子里——忍下。

这件事的糟糕在于从此他家的蜂蜜再不能在星河谷里卖了，因为它会风一样地眨眼间在谷原里传开，使得人人畏惧，再不敢吃他家的蜜了。这是无可申说的，只有另想法儿销售掉余存的蜂蜜，同时尽快联系买主，把蜂场转兑掉，这样他们就不能再继续干这个了呀！

销蜂蜜唯一的路子就是出星河谷，进敦伦城，或去县东部、南部的村镇找买家。次日一大早孟宝琦就骑摩托车出发了，直到晚上天黑透了才回来。人已冻得手脚发僵，眼眉睫毛上糊着层白霜。时节已是十月中旬，夜晚气温跌到零下十几摄氏度了，在户外骑摩托车奔驰的人犹如穿行在冰窖里一般，实在冷冻难熬。没有带回令人宽心的消息，县城里想走街串巷叫卖是不行的，管理极严格，似这样吃的东西必须持有食品质检部门出具的合格证书才可以销售。他们哪里有呢？现在蜜已酿成，难以补办了的。南部乡镇里倒是允许走村串巷地叫卖，但怎么去呢？太远了！冬天天短，赶驴车的话，恐怕是走到地方就得往回返，根本没有叫卖的时间。骑摩托车虽说快点儿，但也只能是离县城近的几个村子行，远处的也是没法儿的。就是说，还像先前那样搭人工进去零散售卖的路子是行不通的了。目下只有一个办法，折价让利一次性批发掉，认吃亏。

“亏就亏吧！”谭春阳磕了磕烟灰儿，沉腔稳调地说：“人活在这世上，总免不了要吃亏的。吃亏吃不死人的！”

就确定下来，等孟宝琦歇一两天，再去寻找买家，目标是能够把余存的蜂蜜和蜂场一起卖掉。孟宝琦只在家歇了一天，就又带着几瓶蜂蜜出了门。也是一大早走，快半夜了才回来。好在这天没有白受累，在县南部的村镇连谈了十来户有意向的人家，终于跟一户初步订下了约。两百斤当年酿的瓶装新鲜蜂蜜，加上有三千只蜜蜂设施完备的蜂场，总售价两千八百元。待买主来验货后即付款成交。这是没法儿再往上提的价格，时当深冬，蜂场原本不好出手的。但若不尽快卖掉，耽延在手里，时间越长会越不利。没有把蜜倾底儿给那人，留下了几十斤，是因为审情度势可知，都给他的话，价格也不会长上一分钱的，不如留下些自己家里吃。就可给守仁哥和守信弟各寄些去，让他们也尝尝自家酿的蜜。像这样的老家土特产，他们拿去送给师友同事，也是很好的。

一家人都认同他的话，称赞他想事周到，就这么定了。

两天后，买主开着一辆四轮子来了。先细细查检品尝了存藏在仓房里的蜂蜜，又验看了蜜蜂和一应设施。付了款，拉上两百斤蜂蜜和蜂场一应用物，一脸满意的样子离去了。

这场磨炼总算熬过了！操过算盘打了打，养蜂一事上，从夏天忙累到现在，折算了留下的几十斤自酿蜜，搭进去总共两千块钱的样子。谭春阳只有苦笑。立刻装箱打包把蜂蜜给守仁和守信各寄去十斤。让宝琦和如华拿过去十来斤，他们老两口儿只留了三瓶。

很快谭守仁和谭守信的家书飞来了，都夸赞自己家的蜂蜜好吃！说是师友们都喜欢，询问销售情况，鼓励母亲和谭叔加油把蜂场越办越好！谭春阳和白星昱读信后相视苦笑。不能把实情告诉两个孩子啊！何苦让他们烦恼忧挂呢？他们各自的工作都那么忙，已经够累了啊！

蜂场办下后，他们本就想把余剩的钱给两个儿子各还些回去的。奈何守仁守信都坚决不许，一再说那是给母亲和谭叔的孝敬钱，咋能再收回呢？！只好作罢了。谭春阳跟白星昱说，等咱养蜂挣下钱，再给孩子们吧！不料这养蜂一事竟一朝泡了汤，这就一时更提不到给孩子们把窟窿补上的话儿了。唉！只盼能再有机会可以挣到钱吧！

这年谭守仁和谭守信都没回来过年，只是各寄了给母亲和谭叔的礼物回来。谭春阳和白星昱猜想，守仁这应是为了节省路费，他们夫妇的存款夏天兜底儿汇了回来，孩子念着书，花销大，现下手里一定挺紧的！好在守信的解释开人心颜，他是寒假期间应邀去澳大利亚讲学，分不得身。只好在异国他乡遥祝父母家人新年安康快乐了！恳请母亲和谭叔理解。老两口儿读着信笑眯了眼睛。孩子有出息，当父母的乐还乐不过来，哪有不理解的啊？！

日子就又如常过了。临年期谭如华恶心呕吐地闹起来，是又有了身孕。这原本是大喜事，但他们这是二胎了，跟一对夫妻只生一个孩儿的时下政策是个违背，不免让人也忧心！总归是叫人高兴，添丁进口，自古是庄户人家求告不来的旺兴景象呀！预备交罚款就是了！

这无形中又成为家庭的一大压力，不由人不再转动脑筋琢磨挣钱的法儿。谭春阳默默地边吮着烟袋嘴儿边寻思出好多路数，比如开办面粉加工厂，开办榨油厂、养鸡厂等，最终都因为顾忌孟千秋的使坏障碍而放弃。经历了养蜂这场失败，他确认了孟千秋是个不肯善罢甘休的人，且啥都干的出来，只能是躲而避之，求少受损少遭殃为上策。

正忧煎无路，来了政策，政府鼓励农民承包荒山，在山上种树种菜养牲畜家禽什么的。谭春阳闻听后心动，自己就去承包一片荒山嘛！包下后，自己就搬到山上去住。这就躲开了是非。孟千秋见自己这么躲开了，想来他就撂手了，不至于还继续辖制宝琦了。果真如此，渐渐就让宝琦再把烙画坊张罗起来。生了这胎，往后如华当再不生育了。等俩孩子都能脱开手，就让如华去帮助宝琦打理画坊。若这样不光是他俩有了谋衣食养孩儿的生道儿，烙画这技艺也可以传承下去了。总不能让烙画技艺失传啊！

打定主意，他就去了乡政府。主管这项工作的庞副乡长一听他说要承包荒山，顿时眉开眼笑，连声夸赞，让座，递水，亲殷有加。这个政策下来快俩月了，县里其他乡镇都有了推进，就星河乡推不动，不管咋动员咋给出优惠政策都无效。庞副乡长正被上边儿催得头疼，忽然这来了个开篇儿的，怎不叫人欢喜异常！庞副乡长给谭春阳细细讲解了一番政策，说农民踊跃前来承包的，要是手里启动资金不够，乡里可以帮忙给申办无息贷款，等山上的产出换了钱再归还给政府就行。细细询问了谭春阳的情况，叫啥？哪个村的？多大年龄？家里几口人？等等。本想叫他循程序先去跟村上说，递上申请，由村上把一应材料报上来。一想到西邑村长的粗鲁劲儿，怕一言不合坏了事儿，就没开口。不管啥程序不程序了，就特事特办！把一叠材料递给谭春阳，告诉说这里边有关国家政策、他所在的西邑村可以承包的荒山等内容都有，让回去仔细看一看。觉得哪片山合自己意，选好后，写份申请，把为啥想包山，想包的是哪片山等都写清楚，明天送到乡上来。最多半个月就可以一应手续齐全，他就可以踌躇满志地朝自己包下的荒山走去了。

谭春阳乐眯了眼睛，这么顺当哦！回到家里，跟老伴女儿女婿嘈计了大半宿，选下了西山正对着村庄的紫微峤。既然让自己挑选，那肯定是要选这片离家近，上头树木也多，又盘着云止书院旧址的山。包下后啥营生都好开搞，也方便实现他重塑圣像的愿望。他心里这些年藏着个越来越强烈的念头，就是把曾经的云止书院里的三尊圣像重新再塑立起来。当年秉遵知无先生的意旨，他随乔老伯去了汉中后没有回来看望过知无先生。几年后由家信知晓知无先生带着小先生悄悄离开了星河谷，云止书院的院门一把锁头锁上了。说是后来一个游方的道士入住了云止书院，在那儿自种自食，潜心修炼。新中国成立后，父亲病危，他从汉中急急赶回星河谷。安葬了父亲，料理完一应后事，他即上紫微峤去瞻拜云止书院。看到的是围墙坍断、屋宇颓旧、四壁空空、了无人迹的荒寂景象。游方道士早已不见，只有讲堂里的三尊圣像，和院子里的两棵古树依旧静静矗立在时空中。后来，“破四旧”运动中，云止书院和鹤野坡上的节孝牌坊先后被损毁了。说是书院残存的院墙尽被扒掉，院里的房屋尽被拆毁，两棵古树都被砍倒了，两块古石碑和三尊圣像都被砸碎了。他怕目睹了难过，再就没上云止书院所在的那面山坡上去过。

但这却成为他心里的伤痛，久久隐在那里，不可消除。地主富农摘帽儿后，政策逐日宽缓，先前摧毁的许多东西都逐渐恢复了起来。他见状，就给乡里打报告，请求允许恢复自家节孝牌坊的旧貌。乡上一点儿没阻拦，让他做了。边重建着节孝牌坊，他就想，等有了实力，要把紫微峤上曾经的云止书院也复建一下。他的考虑，把书院整个儿都再原样建起来，是没啥必要，反正也没人在那里教学，也没人去那儿学习。就光把三尊圣像重塑起来就好，把书院所占的地方全部修成一个托举着圣像的小广场。他这一方面是想借此表达感恩的意思，当年，是知无先生和小先生把他从危绝之境救扶起来的，更是伏羲、老子、孔子这三位古圣先师把他救起来的！知无先生和小先生救自己所用的法儿，是从三位古圣先师处学来的呀！所以，正如知无先生说的那样，自己的第一救星是伏羲、老子、孔子三位古圣先师。自己所能谢承他们的，就是把他们的塑像再重新造立起来啊！再就是，他觉得这么做能够对自己所居住的村庄，乃至整个星河谷都有好处。静静矗立在山坡上的三尊圣像会发散一种巨大的护佑力量，保护星河谷一方土地的平安吉祥。那他就是对家乡行了一件好事啊！

选好想承包的山片后，谭春阳就让孟宝琦执笔写申请。这个也好写，为了把家乡建设得更美好，也为了自家脱贫致富而包山，这些话都会说的。很快申请写好了，一家人才收拾睡下。

第二天吃完早饭谭春阳握着申请径奔乡政府。不料却没敲开庞副乡长办公室的门。旁边办公室里走出一个人，面无表情地告诉他，庞副乡长去县上开会了，得三天才能回来。三天后又去，那人说庞副乡长回来只待一晚上又走了，这回是去敦伦南部一个县开观摩会。叫他把材料送到村上去，依程序办。谭春阳只好去了村上。村干部看了他的申请，说："咱村得具体情况具体处理啊！紫微峤暂时不能包！现在村里能承包的地块儿只有西大沙。你要是想包山，那就回去重新写份愿意承包西大沙的申请递上来吧！"

西大沙是罕图坝山底下广袤盐碱地中间横亘的一道沙梁，又叫白沙梁。盐碱地里本就草树稀少，沙梁中更是几无绿色，一旦起风，黄沙漫天，是个寻常眼光看去有百害而无一利的地方。因为那里的沙子近些年不断肆虐，侵占周边土地，傍近些的人家纷纷搬走，那里就成了远离人烟的所在。承包下这样一个地方，无疑是自讨苦吃。

这是孟千秋的主意。那天谭春阳离开后，庞副乡长立即喊来办公室李主任，告诉了有西邑村民前来自愿包山的事儿。李主任乍听挺乐，得知要包山的是谭春阳，眉头就皱了起来。低声把谭春阳跟孟千秋是毕生死对头的事儿告诉了庞副乡长。忧心忡忡地说："咱要是把优惠政策给了谭春阳支持他，势必会得罪孟老爷子噢！"一句话点醒了庞副乡长，让他犯了嘀咕。下意识地手指轻叩办公桌桌面思忖了半天，有了主意。他叫李主任立刻跑东邑孟家一趟，就说是他让去的。把谭春阳要响应政策包山的事儿讲给孟老爷子，听听他咋说。李主任照做了。下午快下班时返回，带回了孟千秋的意思。谭春阳想要包山，就让他包西大沙，别处不行！庞副乡长听了颇为难，谁不知道西大沙是啥呢？除非傻子才会去承包这种地方啊！他就把事儿交给了李主任，责成他具体负责往下推进，自己躲到了一边儿去。于是有的这一出。

谭春阳怎会不明白是咋回事儿呢？郁闷地回了家。孟宝琦知道后气得要炸，又忽地站起来就往外冲，要过河去质问父亲。仍是被谭春阳使劲儿拽住："又没有证据，哪能胡作啊？！"孟宝琦跺着脚，愤愤地说："咱不包山就是了！"白星昱和谭如华一起附和，道："咱不包山了！看他再咋整咱？"却再听不见谭春阳言语。只见他坐在窗前的沙发上，慢悠悠装了一锅旱烟丝儿，打火点燃，“吧嗒吧嗒”抽起来。他不议这事儿了，白星昱、孟宝琦、谭如华三人就觉得吵吵不起来。坐了一会儿，各自忙碌去了。

次日早饭后，谭春阳去院子里套毛驴车，让老伴儿给拿笼布包几个馒头，带块儿咸菜，满满灌一背壶开水，都放到驴车上去。说了声甭等我吃饭，就赶驴车出了院门。他这是要去西大沙勘查地况。他想起了十多年前，跟羊倌儿齐顺大哥一起进西大沙抓鱼的事儿。那道黄沙梁子上隐着一座浩瀚沙湖。郁郁葱葱的蒲草滩、芦苇荡沿湖岸边飘拂围绕，湖里鱼儿欢跃，湖上鸥鸟旋飞，是个人迹罕至、风景独好的地方。去仔细寻看一下，应是能发现隐藏的商机呢！比如腌咸鱼，那里不一样的太阳光照和盐碱土质，加上清澈无污染的水源，腌制的咸鱼独一种口感，十分好吃。运到山外城市里售卖的话，应会抢手的。而那里的鱼又多得取之不竭。记得那年涨洪水，湖水漫上进水口两旁的草滩，鱼群争相游过来，在草滩浅水中拥挤成堆，弯下腰眨眼间就抓了半马车。盐碱滩上洪水年年都涨，每年就光是抢下洪水季里的鱼，就足够了。

到了敦罕公路尽头处，还要穿过几十里漫长一段黑硬盐碱滩，才能抵达白沙梁，而沙湖又深深藏在白沙梁的腹地，所以知晓它存在的人不多。想来孟千秋也是忽略了这个的。这么想着，谭春阳不禁眯眼笑了。

从敦伦城到铺展在罕图坝山南盐碱滩西南缘的一段公路，叫敦罕公路。这条路从敦伦城北向通过来，一直是傍依星星河西岸蜿蜒的，却是到了出西邑往北约二十里地的海王星邑的村南边，身子一扭往西北方扎了过去，这往后就是顺着盐碱滩的西南缘延伸了，直到被叫作北道头儿的地方打住，这就是公路尽头处。从海王星邑到北道头儿大约六十里地的样子。这段道路两旁原先有过些农田，近些年沙化严重，渐渐都不能耕种了。曾经三五户结伴而居的那些零星户陆续都搬走了，只剩了海王星邑里的十几户人家仍在苦挣苦熬地坚守着。

下了敦罕公路，毛驴车“吱吱扭扭”地驶进地势低洼的盐碱地。放眼望去，到处一片灰蒙蒙、光秃秃的景象，仿佛没有边际似的一派苍凉辽旷。一路往前行着，只见硬梆梆的地面上，这一棵那一棵地生长着单株红柳，它们看上去那么瘠瘦孤单，形状可怜！偶尔一棵疙里疙瘩的胡杨树进入眼帘，稀疏干枯的老枝上几片萎槁的黄叶摇摇欲坠。时而闪出一堆黑色朽腐的胖胖草残骸，里边隐着的几茎褐绿色叶片，仿似营养不良一般，单薄细羸，演示着生的艰难。只有羊群踩出的窄窄一条小道儿在茫茫滩涂间时隐时现地蜿蜒着。

头上烈日如炙。幸好没有风，谭春阳可以撑起大黑伞遮挡着阳光的直刺，浑身总算没有晒起疱来。

地势渐渐高起。上了几级台地后，白沙梁横亘在眼前。在这么近的地方肉眼看着，这就是一片浩瀚沙海。其间大大小小的沙丘连绵起伏，星罗棋布，它们的形状几无分别。沙丘间完全没有路径，人若进入其中无疑就会像是走进了迷宫里一般，极容易迷失掉方向。

谭春阳吆住毛驴，取下装料草的麻袋放在它嘴巴下的地面上，让它边歇息边慢慢地嚼。自己爬上旁边一座高大的沙丘，站在那儿，朝沙海里瞭望。望了半天，也无法弄清沙湖所在处，不禁愁郁地叹了口气。这就不敢再往前走了哟！蹙眉思忖了一下，只有去叨扰齐顺大哥吧！他在这片大盐碱滩上放了几十年羊，应是最熟悉这里地形的人。请他带领自己进去，可以保无虞。

他就扭身下了沙丘，回到毛驴车跟前。坐在车旁边的沙上慢慢喝水吃干粮抽烟，等着毛驴饱腹。歇了约摸一个钟头的样子，看看日头渐渐偏西了，这才站起身收拾了东西，赶着驴车顺来路返回。

直奔齐顺大哥家而去。这是孤零零卧在东邑村子东北边约三里地外一面山坡上的一座院落。院子里三间土坯正房，侧旁两间西厢房，房前一座约占半亩地的菜园。菜园北边盘着大大一个石头墙羊圈。曾经东邑小队的山羊夜里都圈在这儿，咩咩争叫，十分热闹。现在只余下一股羊膻气，满地羊粪蛋儿，没有了羊的影子。齐顺已年逾七旬，不能再放羊了。他的儿子大栓不肯接父亲的放羊鞭，两年前跟几个邻居结伴儿去了广东打工。现就是老两口儿住在这山坡上的老宅里，简淡度日。

听了谭春阳的来意，齐顺立时来了精神，目光炯炯地说：“明天我带着你去找！能找到！”老人家虽是看着筋骨嶙峋，身体瘦弱，但是没有病疾。平时一副慢腾腾的样子，一旦提起气来，利索劲儿不减当年。他夸赞谭春阳有脑子，到那里去靠水吃水，捞鱼做生意，是条大好赚钱路啊！

说好了明儿一早来接齐大哥，谭春阳赶车回了家。次日早早来了，他带足了干粮咸菜和水，齐大哥啥也不用带。老哥俩儿直奔西大沙而去。一路上不免翻陈年倒旧岁地唠嗑儿，就说到了五十年前那场孟千秋自导自演糟害谭春阳的丑剧。显然这是两人只消碰面就要说起的事儿。谭春阳连声感谢齐大哥在那场批斗会上的仗义直言，替自己洗冤。齐顺一摆手，凛正地说："应该的！人得凭良心啊！"

顿了一下，他一脸愤愤的样子，说："当年我就心知肚明地知道是他个孬种设局谋害你。但咱没凭据呀！咱当时斗不过他呀！"谭春阳淡淡一笑："他也没落了好！前脚把我手弄残，后脚就遭他老爹一如意给砸破了相。年轻时候他是那样在意自己相貌的一个人，却当了一辈子丑八怪！"

"就是！害人的人哪里能有好下场啊？！不干那些坏事儿，何至于坐十年大牢哟！"齐顺神情畅快地说。

谭春阳抿嘴一笑，没再接话。

"算他祖上有德，他那大儿子这两年发显了。"齐顺笑呵呵地又说。忽地笑容收起，扭脸来觑着谭春阳，道："我听人说，这几年里他欺压你，揪着你不放？"

谭春阳一脸幽默的样子，说道："我这进了西大沙了，看他再咋来揪我啊？他能买通雷公让我这块沙上的天空不下雨吗？他能买通风婆让我这块沙上天天刮黑风吗？"

齐顺忽地醒腔儿似的，盯着谭春阳，问："不会是他个孬种把你逼得走了这一步吧？"

"要是这样，那咱可不是得感谢他啊？"谭春阳并不对视齐顺，眼睛朝远处望着，说："他把咱逼上了一条好道儿啊！"

"嗯嗯！"齐顺点着头，笑嘻嘻地说："沙湖咸鱼到外头儿打开销路不难！对，咱绕开他，到时候运到远处大城市里去卖！我让栓子找朋友给帮忙，在外地卖！”

“栓子要是能在外头联系上买方，赚得的钱就分一半给他。咱就是合作伙伴了噢！”谭春阳说。

两人“哈哈”笑起来。

来到了大沙梁前，齐顺脸上神情严肃起来，紧抿着嘴，举目凝神朝大沙梁瞭望。谭春阳也就不再出声儿，也纵目朝前看去。今天头顶上的天空阴着，沙海不那么白剌剌地刺眼，看得也能远一些。迟迟听不见齐大哥有动静，谭春阳就知道他也是一时辨认不出方向了。不禁暗暗起忧，要是齐大哥也找不到进去的路，那就难了啊！

齐顺叫停车。毛驴刚站住他就跳下来，快步朝近处的沙丘走去。谭春阳也下车来，仍旧是把草料袋子放在毛驴嘴巴底下，随后撵了上去。两人站在沙丘顶上极目远眺。忽然齐顺高兴地说：“找到了！找到了！”他指着沙海里看着最高大、沙子的颜色也最白的一座沙丘，对谭春阳说：“你来看！那个大沙包上有团黑乎乎的东西，是那年我搬过去的一块红柳疙瘩，专门做了记号的。”谭春阳凑过来，像要瞄准射击似的循着齐顺的手指望去，果然那大沙包上有个模糊的黑点儿。不由得笑了：“老哥你真有智慧啊！”

两人商量了一下，索性就不赶毛驴车了，徒步进去。谭春阳跑过去把毛驴拴在一棵枯死的半截胡杨树桩上。取下装食物的大挎包和背壶，两人坐在沙上吃饱喝足，起身奔大白沙丘而去。

虽然在沙丘之间转来绕去地走得颇辛苦，但因为方向明确，也是满心高兴。很快攀上了大白沙梁。两人一时都被所看到的景象弄呆了！记忆里碧波连天的湖水、苍翠的苇草、成群的鸥鸟，全都不见了，眼前是滔滔滚滚一片黄沙。只前方缓缓起伏着的一道缓坡上兀立着一棵老胡杨树，算是存有个生命的征象。原来是近些年坝后草原水资源缺乏，为更加有效地利用星星河的河水，沿星星河两岸修建了许多引水拦水工程。再没有水注入这沙湖里，使得它干涸了。

谭春阳不禁苦笑，可叹自己先前还以为是孟千秋忽略了这大沙梁里藏有着沙湖的事儿呢！看来这里整个成了沙漠他是早就知道的呀！

齐顺一动不动地伫立着，茫然若失地呆望着远方。他可是在追忆遥远的往昔？谭春阳涩涩地想着，忆起了第一次跟着齐大哥来抓鱼时的情景。记得那天齐大哥指着辽阔的湖面，眉飞色舞地给他讲述从爷爷那里听来的故事。大半个世纪前，这里合抱粗的胡杨树密布成林。每当雨季，坝后草原的大洪水到来，白沙梁上一片汪洋连着一片汪洋。人们把胡杨树砍下来扎成筏子，可以顺水划到一百公里外的敦伦城边儿去。唉，谁又能想到，不到一百年的光阴里，胡杨林不见了，湖泊也不见了啊！他在心里深深地叹息。

“那次我带你来时，这里是什么样子，你还记得吧？”齐顺摇着头，一脸痛惜的神情，说：“这才不过十多年的光景，咋就成了这样子呢！”

“都是缺水造成的。”谭春阳说：“没有了水，胡杨树都枯死了。”

“不全是因为缺水。”齐顺摇着头说：“你看这里现在多干净！想找根干树枝子都难。这说明了啥？还不是明白告诉说这儿的树都是被人砍伐掉的吗？”

谭春阳一怔。折身四顾着，一时领会了齐大哥的意思。想说句什么，终是没有说出口，只苦涩地叹息一声，道：“这也是一个地方的命罢！”

齐顺木然地迈步朝前走去。谭春阳跟在身侧。边走着，他心里想，没有了沙湖，腌制咸鱼就成了梦想，这个地方一点儿没用了啊！

他们朝独立黄沙间的老胡杨树走去。此时此刻，二人对这棵整座白沙梁上唯一站立着的古老胡杨树越发敬重珍惜，都不错眼珠儿地盯着它。只见它两抱多粗的巨幅的树干上，从上到下似是密密堆缀着坚硬的泥疙瘩一般，看着沧桑诡异而又独具庄严。树高三四米，稀疏的枝杈秃短扭曲，一枝一叶都在诉说着生命的古老艰辛。

来到跟前，谭春阳“扑通”一下跪在地上，对着老树磕起头来。连磕了三个头后，已是泪水潸潸。他感叹敬佩这老胡杨树的生命力！这样独自站在这漫漫黄沙间，它得经受多少风雨雷电的袭击啊！它得忍下怎样亘古巨大的寂寞啊！它得有多么顽强坚韧的意志啊！

齐顺在旁边看着，感觉心里一阵热辣辣的。他能理解谭春阳的心情，慨叹他能够有这样一份胸怀！却一时不知该说什么？他已是古稀老人了，对这世间可谓是知道了的。他的认知里，凡是好东西，都像这棵老胡杨树一样，有时是要寂寞地被久久深埋在黄沙里头儿的。却又如何呢？纵是知道它们忒苦，还是愿意人能够学这个样儿。所以他也不去扶谭春阳，也不唤他，就任凭他那么跪在老树前，热泪纵横。

谭春阳抬头凝望着老胡杨树，不知该用啥样的言辞表达自己此刻心灵的感受，这是太强烈的触击！默了一会儿，怕累齐大哥久等，他收拢万千心绪，擦抹了眼泪，站起身来。

两人对视了一眼，都是一副一时找不到词儿的样子，就都没说什么，继续往前走了。

穿过曾经的湖岸，进入了当年是湖泊的地方。脚下的沙土变得硬实了许多。

走着走着，忽然齐顺停住步子，蹲下身抓起一把土，细细觑着，惊喜地叫道："腐土！"

谭春阳凑过去看，弄不明白，不解地抬起眼瞅齐顺。

"这土壤是那种烂渣层腐殖土！湖泊的地方早先一定是片大森林！那森林是被突然而来的洪水淹没了，树枝和树根都淤在了水底下……多少年过后，湖泊的水干掉了。这儿就成了块腐殖土的地方。"齐顺解说着，手指深深往土里抠去，满脸兴奋，朝谭春阳瞅过来，道："你要是想开荒，这可是块难得的好地儿！这种土质拿金子买不到的呢！"他把手指抽出来，朝前方环圈儿指着，说："你看，这一大片滩涂足有十平方公里，开垦五千亩没有问题啊！"

谭春阳听得两眼喜亮，坏事儿一眨眼间变成了好事啦?！刚要开口，忽想到了什么，摇头道："浇不上水，咋种植哟！"

"浇水没问题！星河没涸的嘛！"齐顺果断地说。站起来朝正前方指着，道："星河的一条岔河道打前边经过，距离白沙梁不过五六里路，只消筑一条大渠把岔河道里的水引过来就是了！"

"是吗？"谭春阳精神顿时提起。搞种植挺好啊！真要是能开出几千亩地种上庄稼果树啥的，哪还愁不发财啊？只是，这滩涂是嵌在沙梁上，四围都是漫漫黄沙，就怕开出的田地几场沙尘暴就给吞噬掉啊！

似是猜知了他的心曲，齐顺说：“只要把水引来，很快这沙梁上胡杨、红柳就会长起来的！它们在四边密密地围上一圈林子，就把黄沙挡住了。再得空儿就在沙上种甘草。那玩意儿能在几年间就把沙子变成土的。”

“对呀对呀！在沙子上种甘草，把沙子锁住！”谭春阳醍醐灌顶似的，满脸是笑地说道。

“甘草长起来也能卖钱嘛！制药的地方收这个呢！”齐顺笑眯眯地说。

“对对！”谭春阳连连点头，越发笑得豁朗。

齐顺一时仿佛焕发了青春活力一般，两脚使劲儿地在地上踏着，把手里握着的土又送到谭春阳面前，乐不可支地说：“这不是土，这地底下全是油哇！”

“好！好！这是老天恩宠咱们，老天恩宠咱们啊！”谭春阳边说着，边伸手接了土，笑眼觑着，举到鼻子底下使劲儿地闻。

两人又朝前走去。走了好一会儿，上到更高一级的一片台地上。这里能看见远处闪亮着的岔河道了。齐顺猫下腰探测似的朝岔河道方向瞭望，又转过身回望来路。这样来回观望了几次后，直起腰，满有把握地说：“就在这里挖条大渠下去，水就会‘哗哗’地流进咱们的那片滩涂的。”

这天回到家已快半夜。饶是劳累了一整天，谭春阳躺在炕上却兴奋得睡不着，满脑子盘旋着开荒计划。次日一早就去村部缴上了承包西大沙的申请书。他是把先前那份申请上承包地一栏里写着的“紫微峤”三个字改换成了“西大沙”。村领导见他真要承包西大沙，倒弄得一愣，盯了他老半天，说：“你可得想好喽！”

“想好啦！”谭春阳大声说。

村领导摇摇头，拿起笔来写批文。写了几个字，抬起头来看着他，不带表情地说：“这样吧，你包的这地方特殊，就特殊对待吧！承包期间你啥也不用上缴，村里也不给你划拨贷款。你就随自己意在那儿倒腾吧！”

“那可挺好！”谭春阳冲口道。

见这个他也一口应下，村领导不禁怀疑面对着自己的人是不是脑子出了毛病？听说有些地方的农民包山，就为得到政府发放的无息贷款。他既然不是图这个，他图啥呢？

村干部就起草了一份由谭春阳承包西大沙三十年，在里边开垦荒滩三千亩的包山合同，盖了村委会公章。领着谭春阳去乡里，加盖了乡政府公章。这件事就结了，竟是皆大欢喜！

19

谭春阳立刻忙碌起来。庆幸还有去年守仁和守信寄回来让搞养蜂没花了的钱，两个孩子说啥不让归还回去，这就又应急了呀！所余共是两万三千元，去银行里全部取了出来。带着孟宝琦，在海王星邑雇了十来个壮实小伙子，又去雇来县城农机站的掘土机，起早贪黑“轰轰隆隆”地干了起来。苦累了两个多月，挖通了岔河道到白沙梁的水渠。他给取名白星渠。这就把河水引到了白沙梁底下，沙梁上的种植浇灌一项有了保障。

这就把钱花光了，没法儿只好把家里的羊都卖掉，变了将近五千元现金。用这钱谭春阳又进敦伦城，从县农机站买了个二十五马力的柴油机，和一应配套的水泵、皮带、柴油等。雇拖拉机顺敦罕公路统统拉到北道头儿，再用毛驴车转运到白星渠挨着大沙梁的端口。他给这儿也起了个名，叫渠西口儿。这是准备最先下锹镐挖掘的地方。

谭春阳计划先开出临水的一块台地搞实验性种植看看效果，然后再决定怎样展开大规模垦种。第一步是平整地块儿。他在选出的地方来回走了几圈儿，对地形地势心中有数后，领着孟宝琦和小伙子们开始挥锹抡镐筑土埂子圈地。土埂子的作用是把泵上来的水牢牢圈住，不让它们跑走。谭春阳琢磨着，想用水冲法，就是把地势较高处的泥土用水流冲向低洼处的法儿，来平地块儿。

出于节省工程的考虑，就不讲究正规条田的格式了，随势就形做成了大大池田的式样。一伙儿人煞腰干了几天，弯来绕去的几圈儿高粗厚实的土埂子耸起在了台地间。

随后的活计，是谭春阳独自干了。因为卖羊的钱也已经用去大半了，财力所限，不能继续再雇帮工了，谭如华又临近产期，孟宝琦得回去守候在侧。还有，田地间的庄稼和园里的菜蔬也都离不开人，光白星昱自己实在忙不过来，须得孟宝琦一块儿干才行。

谭春阳把柴油机和水泵一一安装好，一按柴油机的开关，开干了起来。

泵出来的水捆得紧紧的，犹如一根白亮的水柱，又如连发的炮弹，带着浑然一股欢快气，直直射向红柳包。千百年间逐渐腐烂的植物残骸堆积所形成的如粉尘般松软的黄褐色烂渣层壤，在水流的冲击下连连塌垮，成堆的飘沙浮土泻向低处。

谭春阳脱去外衣，只穿一条短裤，全身肌肉鼓突着，眼光烁烁，奋战在阳光下。他或是挥舞铁锹把一个个红柳包挖向水头，或是待一个红柳包被冲平后立刻奔上前搬起水管，去对准另一个红柳包，全神贯注，毫不松懈。双手磨起了密密血疱，身体被烈日烤晒得疼痛难当，他咬牙坚持着，心里只有一个念头，快点儿把圈起来的地块儿间的红柳包全部冲平！

随着机器轰鸣劳作的时候尚不觉得，待晚上机器一停，人顿感浑身酸软疼痛，劳累不堪，简直支撑不住。咬牙洗去身上糊着的汗水泥沙。稠稠熬一锅肉丁玉米面糊糊吞下肚。瘫倒平铺在沙地的雨布上，就一动不动，竟沉沉睡去了。这使谭春阳不禁摇头叹气，终归是不经累了啊！不服老不行了啊！但是次日机器一响，人又立即精神抖擞地干起活儿来，就仿佛是一个连接着机器的零部件一般，完全不知道劳累的样子。

开始的十来天里，他的脖颈肩背都晒起了疱，密麻麻红通通像是遭开水烫了似的，疼得钻心。晚上睡觉时后背不敢挨雨布，只好脸朝下趴着睡。直到这些疱慢慢破掉脱了一层皮，又晒得浑身黑黝黝的，才感觉不那么疼了。渐渐手掌上也结了厚厚的茧，变得铁一般坚韧了。

红柳包逐一削平后，就是给地块儿灌水。这同样是个高度紧张劳累的活儿。难点首先是防渗跑水。新筑的土埂子松软，那像灰一般的细土，眨眼间就会被水拉开一道大口子。一旦开了口子，想再堵住就不可能了，就只能干瞪眼瞅着水流光再说。若白白跑掉一地水，损失可就忒大了！

谭春阳就先在固埂上下功夫。他使劲儿地在土埂子上踩踏，让水和土交渗成泥，然后再把泥一脚一脚踩结实。反复地一遍一遍沿着弯弯绕绕的长梗子踩，确认土埂不会有问题了，这才开始满地放水。

壤层深不可测。连抽了五天水，淹水面积总不见涨。水到之处，地面常被冲出大大小小沉陷的孔洞，仿佛地底下隐着管道网，偷偷把水都接走了似的。待地面上水渗干后，一截截朽木腐枝和厚厚的枯叶的影痕依稀可辨。这一切明晰申说着眼前的土地确实是齐顺大哥所说的珍贵腐殖层沃土。谭春阳定睛看着，一时更深明白了齐大哥说这地下都是油的意思，不禁更加心神振奋，信心满怀。这是老天恩赐给自己的福分啊！

刚进水的荒地，有些地面看去还干着，地底下水却已渗透了。一脚踩下去，人像是掉进了陷阱里一般，倏地半截身子都没进去了，越爬越是一汪稀泥汤，糟糕透顶。这天谭春阳就是一个不留神陷进了稀泥里，正手忙脚乱地扑腾着，远远地传来摩托车的奔驰声，孟宝琦来了。

还是像养蜂时候那样，由孟宝琦骑摩托车给岳父送饭。这里离家远，一天跑一趟委实难，他就每隔三天来送一次。送来的或是炖排骨、炖鸡肉，或是炒牛筋、炒羊杂，和着烙饼蒸馍。都是来到后放下装饭菜的篮子，匆匆说几句话就走。

谭春阳听见摩托车声后没在意，继续全力在泥里爬扑。总算爬了出来，一身泥水淋漓地朝水渠走去。必得跳进渠水里去痛痛快快洗一番，才能够把裹住全身的泥巴清弄干净。快到渠边了，听见背后传来摩托车熄火的声音，随即竟是老伴儿熟悉的话音："你也在这儿吃吧！吃完再回。也好歇一歇啊。"

星昱来了！谭春阳直觉心潮一涌，倏地转过身去。真的看见了老伴儿的身影，一时说不出得惊喜！自己住到这大沙梁里来，一晃已四十多天了。说起来，自打结婚后，这是跟星昱分离时间最长的一次呢！心想着，不禁冲口喊了一声:“星昱！你也来了？”

白星昱循声望过来，只见一个满身满脸都是泥巴的人站在那儿，哪里能认得出是自己的丈夫？！她一时不禁有些发蒙，呆愣愣地瞅着，不应声，不动。

孟宝琦早就看见了岳父的狼狈样儿，怕岳母见了难受，刚才故意把摩托车骑得东扭西绕的，以图挡着岳母的视线，想等岳父在水渠里把身子洗干净后，再让他们相见。谁知停车早了一霎儿，弄得前功尽弃。

见挡不住了，他扔下摩托车，大步跑过去，边问:“爸，咋掉泥里去啦？”

谭春阳这才意识到自己此刻模样在人眼中的怪异，忙说:“是呀是呀！一不小心踩进了陷泥里啦。没事儿！我洗洗就好啦！”边说着，扭过身，两步跨到水渠旁，“扑通”跳了进去。等孟宝琦气喘吁吁来到跟前，他头脸和肩膀都洗干净了。

“咋让你妈也来了呢？”他问孟宝琦。

“我妈要来呀！她惦记你哩！”孟宝琦说。

“那你得赶紧返回去啊！光如华自己在家，时候长了可不行！她咋还没生？不是到产期了吗？”

“到了。她是产期拖后。昨天镇医院妇产科医生说，至少还得一个星期才能生。说是因为如华寒气重、血凉、营养不良等原因造成的。如华不吃东西呀！从打怀孕她就天天吐，啥也吃不下。”孟宝琦边说着，见岳父洗完了，迈上一步，探身伸手，想拉他上来。谭春阳摇手示意不用他拉。每天他都要跳进渠里来洗两回，早习惯了自己爬上爬下，觉得还更自如些。他跨到岸边，刚要往上爬，忽地停住了，他看见了蹚着沙土走近前来的老伴儿。白星昱也一眼看见了半截身子在水里的他，不由得泪水“簌簌”滚落下来，心疼地说:“你咋瘦成这样了呀?!”

“这不是连着干了这么多天体力活儿吗？”谭春阳笑着，解嘲地道:“瘦点儿好！有钱难买老来瘦哪！”边说边赶紧爬上岸来。

“瞅我爸晒的，跟刚果人似的。”孟宝琦“嘻嘻”笑着说。

“黑，瘦，这些都没啥。人哪，只要健康就行！”谭春阳说着，忽然想起了什么似的，急急对孟宝琦说："快去把柴油机关喽！今天就让它也歇歇吧。"孟宝琦应声飞跑走了。谭春阳和白星昱并肩往停放着摩托车的地方走。白星昱边擦着眼泪边埋怨地说："咋包了这么个地方哟！一路得蹚着沙子进来！五六十里地内不见人烟！天天就你自己在这儿咋叫人放心呀！"

"嘿呀，你不知道这地方的好。待会儿我慢慢给你说。等你知道了，你就会乐啦！"谭春阳哄慰地说。

边说着话来到了摩托车旁边。孟宝琦也关了柴油机跑回来。

"爸，我妈说她今天在这儿陪你住一晚，不跟我一起回。"孟宝琦"呼呼"喘着说。不待谭春阳开口，他又说："爸，妈，那你们歇着，慢慢吃饭，我回去了呀。妈，明天我来接你呀。"

"你不吃点儿东西，饿着肚子就往回赶啊？"白星昱说。

谭春阳也开口道："一块儿吃了饭再回吧！也不抢这会儿工夫嘛！"

"不啦。我回去跟如华和宁宇一块儿吃去。"孟宝琦说着，去推起摩托车，走了几步，抬腿跨上去，一踩油门，"突突突"地驰去了。

"这孩子知道疼如华！可是疼呢！"白星昱望着孟宝琦远去的背影，满意地说。

"他们小两口儿知疼知热，咱俩就省心了！"谭春阳也一脸满意地说。

他弯腰拎起一层塑料布一层笼布严严实实覆着的大柳条篮子，领着白星昱往地窝子跟前走，边说："这么沉！拿了多少东西来！"

"嗐，哪次也不敢多往这儿拿呀！天热，啥也搁不住！你吃不了就得扔。白落个糟践粮食！"白星昱说。

"可不是！宝琦来送一次饭菜，我就可着肚子撑一次。不能留到第二天呀。会馊掉的呀。"

地窝子是挖在那棵老胡杨树旁边，那儿离正在灌水的这块台地约摸有二里地远。白星昱在松软的沙土里走得"呼呼"喘起来。扭头看见不远处干爽的沙地上放着的行李卷，和旁边的小小土灶、铝锅，她不禁疑惑地说："锅灶不是在那儿吗？这是要往哪儿去啊？"

谭春阳笑着给她解释，刚进来那些天，雇的那些小伙子晚上也都是在这儿住。挖的地窝子小，装不下这么多人。又正当盛夏，露天睡更舒服，大伙儿就都铺块雨布露宿在沙地上。想到刚挖的地窝子难免有潮气啥的，晾晒一下再住更好，他也就跟大伙儿一起打地铺睡在星空下。这么睡习惯了，小伙子们都走后，剩了他自己，他仍旧还是露天睡在这儿，没挪窝儿。巧在这些天里没下过一滴雨，他也不用避雨。

“你来了，可得去住地窝子了。不能再露天睡了。”谭春阳“嘿嘿”笑着说。

“地窝子那边有搭锅灶吧？”白星昱问。

“搭了。专门运进来半车红砖，砌了个灶台。比这边这个结实。”谭春阳朝行李卷旁边的小土灶指着：“这个就是在地面上挖了个坑儿，临时用的。”

“那你去把铝锅拿上吧，省得一会儿再跑一趟。咱得热饭菜不？”白星昱说着，伸手去接篮子。谭春阳犹疑着不想给她：“这篮子挺沉！我怕你拎着在这沙土里蹚着吃力。这地方我走习惯了，跑一趟没啥。”

“快去吧！我哪里那么娇贵了？”白星昱嗔责的语气，却一脸幸福，抢过篮子，推了谭春阳一把。谭春阳这才奔铝锅去了。

等白星昱满脸汗地走到地窝子跟前，谭春阳也提着铝锅到了。他把行李卷也扛了过来。

地窝子这样依傍在老胡杨树的旁边，谭春阳一是为了寻求庇护。尽管老树稀疏的枝叶几乎撑不出阴凉来，毕竟它是个粗壮高大的生命存在，总能给人一些遮风挡雨的踏实感。再就是为了获得激励，他相信那些浇水沉陷的孔洞中，所现影痕依稀巨大腐烂的胡杨残骸，都是这棵老迈胡杨的同族。在遥遥远古，它们曾一同摇曳在春风中，歌吟在阳光下，枝叶相交，根须相连，共同站立成一片莽莽苍苍巨大的胡杨林。在后来时光的推进中，兄弟们一棵一棵倒在尘埃里，深埋于地底下。最终只剩下这棵老胡杨，如此以悲壮的姿势，以遗老之尊，顽强守望在这道光秃秃高耸的沙梁上，在这方时空里擎起标示生命的绿色旗帜。看见它，他就觉得看见了一种令人肃然起敬的坚定勇毅精神，就顿觉获得了神奇力量，就能够做到不惧苦，不畏难，不放弃。

白星昱略略打量了一眼老胡杨和旁边的地窝子，就去灶前忙活了。得赶紧把饭菜热热开饭，已经正晌了。幸好天空中一团团云絮飘着，遮住了日头，一点儿不觉得晒。灶旁几大捆响干的柴枝，抽几根塞进灶中，点火就燃。她热饭的当儿，谭春阳去渠边提了桶水来，预备待会儿烧开了喝。这些天他都是从水渠里取水饮用，眼下只能这样将就，得等明年再打机井了。

今天带来的是烧羊排，火候儿恰好，味道鲜美。夫妻俩吃得舒心。吃罢收拾完，白星昱即去看地窝子。是依坡势挖下去大约两米深，两间屋子大的一个穴屋。仿似窑洞的样子，用红砖砌了四壁，水泥板搭构的顶棚上粘了薄薄一层杨木板，看着清爽干净。这些天日夜通风，角角落落早吹得干透了。一张榆木大双人床靠里墙摆放着，俯下身去，能闻到木材淡淡的香味儿。白星昱里里外外看着，脸上漾出笑意。正要去搬铺盖，见谭春阳已抱着进来。她就跟着返回炕沿边儿，把铺盖打开仔细铺在床上。庆幸那年擀了这床大羊毛炕毡，现在正派上用场。这玩意儿防潮，又软乎又暖和。有了它垫底儿，就睡在啥地方都不怕了。

两人都累了，就脱了外边衣衫，爬上床去，拉毯子搭在肚腹间，闭眼睡下。谭春阳这是来到这里后第一次睡午觉，加上有老伴儿陪在旁边心里踏实，竟酣酣地一觉睡到日头西沉。白星昱睡一个钟头的样子就醒了，怕弄出动静搅醒春阳，她就没动，仍旧躺在那儿闭眼养神。直到听见他醒了，她才坐起来。

谭春阳拉她出了地窝子。“来，我带你参观一下咱们的庄园。”他风趣地说着，拉着她就往高处的台地走。白星昱把手抽出来，说：“哎呀！看的日子长着呢！我还是先做晚饭吧，这里没有电，黑了就没法儿做了呀！”

谭春阳笑了：“也是。那你去煮饭，我去拔菜哈。前几天我在靠近水渠的地上撒了两垄菜籽儿，已经都长起来了，看着不养眼，吃着倒好。我寻思等它们再长高些，拔了让宝琦给你们带回去吃呢。”他说着，拎起大柳条篮子朝水渠去了。

白星昱抿嘴笑着，也不接话。心里想，这样多少年没长过东西了的荒地，又没有追肥，能长出啥像样儿的菜啊？来到灶前她就忙起来。午饭油水够了，晚上就清淡些，熬两碗小米粥，摊两张荞面饼，拌一盘子土豆辣椒丝儿吧。她想。

小米粥慢火熬好了，放在旁边凉着，她就开始摊荞面饼。这是最省事儿的一种烙饼方法，不用放油，平底铁锅烧热后，把擀得薄薄的荞面饼平铺上去，底下火苗抽弱，慢慢烤一会儿就好了。饼摊熟，放在锅里闷着，她去袋子里挑了辣椒土豆，刚要往水盆里放，听见背后谭春阳喊：“菠菜来喽！”回过头去，看见谭春阳左胳膊肘间挎着装满着青菜的篮子，两只手都握着一大把青菜，笑呵呵大步走过来。她不禁惊讶！忙站起迎上前接过谭春阳手里的菜。觑眼一瞅，简直呆了！只见手里的菜棵样状奇异，茎秆不过两寸高，叶柄却足有筷子长，叶片更是赛过小孩儿巴掌，而且片片肥厚，就像玉树的胖胖叶儿似的。“这是啥？是菠菜？！”她完全不敢相信的样子，看着谭春阳。

谭春阳“呵呵”笑：“就知道你认不出来。”他把手伸进篮子里，掏出压在底下的白菜，举到白星昱眼前：“你再看看这个，认得不？”

也是奇形怪状，墨绿色的叶子看着就像是橡胶制品似的。

白星昱瞪眼看着，惊奇不已的样子，使劲儿摇头。

谭春阳说：“这是白菜。”

白星昱睁大眼睛：“白菜？！”

谭春阳给她解释，这里的土质好，是最肥沃的纯粹腐殖层烂渣壤。这又是新开垦的处女地，土地肥力超级强，所以长出来的植物是这个样儿。

“噢。”白星昱点头，若有所思地说：“那在这里种庄稼蔬菜啥的不用追肥啦？”

谭春阳点头：“是是！起码五年里是不用的。反而得想办法消解肥力才行呢。”

“那咱们岂不是得到了一块宝地吗？”白星昱一下乐得眼睛放光。

“就是呀！”谭春阳也面目生辉：“老天爷恩赐给咱们一块宝地呀！”

两人说不出得高兴，脚步一下都变得轻松了。回到灶前，白星昱端铝锅去把平底铁锅换下，就要添柴点火。菠菜得用开水焯一下才行。被谭春阳吆止了。他掐一片菠菜叶轻轻塞进白星昱嘴里："你尝尝，鲜不？这么新鲜的味儿拿水焯了就可惜了呀！"

白星昱嚼着，使劲儿点头："真的！好新鲜呀！这不是菠菜的味道了呀！太好吃了！"

"这里的土质和水都纯净，空气也格外新鲜，阳光更是热烈，所以长出的东西格外好吃。确实跟底下村庄菜园子里长出的菠菜不一样。"谭春阳琢磨着，说："或许这才是真正菠菜的味道吧？"

"那咱们不焯水了，撒点儿盐面，淋几滴香油，就吃呀。"白星昱说。

谭春阳在水渠里已把菜都洗干净，两人也不用刀切，洗了手，撕拧成一段段儿，放在大磁盘里，撒盐淋油，搅拌均匀，又把大酱碟子摆在一旁，各盛了一碗小米粥，吃起来。白菜的香味儿也是前所未有的，直把白星昱香得不知咋赞美好。到吃荞面饼时候，谭春阳把饼放在磁盘里，薄薄涂了层大酱，拿起几片白菜菠菜叶，也不撕扯，顺顺溜溜摆在酱层上，轻轻把饼卷成个大菜卷，递给白星昱："你尝尝，看这样好吃不？"

白星昱接过，咬一口，慢慢嚼着，脸上漾开笑容："好吃呀！好吃呀！"

到两人洗涮完碗筷锅盆并肩朝高处的台地走去时，西大沙里已满满都是黄昏。空气里没有了白日的炙热，天上的覆云也都不见了，透出一片雅致的纯蓝。晚霞最后的胭红还在西方天际荼燃，映得大地上一切都显出淡粉色的娇羞。白星昱走着走着，恍然觉得自己回到了少女时光一般，心里一片清清亮亮，纤尘不染。渐渐涌起了一股未曾有过的柔情，无尽的喜悦，无尽的甜蜜，无尽的缠绵爱恋，尘俗间繁杂的一切都消失了，世界俨然是一座只有花香馥郁飘熏的巨大花园。这是恋爱的模样吗？她悄悄自问着，不禁低眉笑了。说起来，自己是初尝这样的浪漫呢。十几岁为春阳春心初萌，虽是情真意切，相思苦彻，却是只看一眼便再不能相见。终而绝望之下嫁给了韩彦峰。那时与彦峰是直接谈婚论嫁，婚后十几年里，谈柴米油盐，谈孝父母教儿女，未曾有过谈情说爱。彦峰去后，春阳又出现，也是直论婚姻。这时自己已是四个儿女朝夕绕身的寡妇，完全没有了从容言情的闲致。与春阳结婚后虽说恩爱有加，但上有老，下有小，生活的担子始终沉重地压在肩膀上，自己强烈的感觉，只是有了依靠，有了力量的源泉。一晃做夫妻已二十多年，从来是并肩匆匆往返于家与田地、场院、菜园之间。嘴里所谈说的，是干不完的活计，操不尽的心，哪有一个字关乎爱和情！

不期这份空缺竟一朝在今晚弥补。此时此刻，子女孙儿，甚至乡邻亲朋，都不在近旁。这广袤遥远的环境里，只有他们夫妻两个，仰对着苍天大地。可以自由随兴，抛开一切生活世事，陶醉在彼此的深情中。

似是感应了她的内心，或者，是完全与她心曲共振，谭春阳的手悄悄伸过来，握住了她的手。一瞬间里，她感觉似有电流倏然打过一般，浑身酥麻，心脏“突突突”跳得加快了。他这是第一次在户外拉她的手呢。

两人牵着手默默走了好一会儿，谭春阳率先打破了寂静。他告诉她，那块儿圈起来正在灌水的台地约摸一百亩的样子，打算着明年就先在这块地上搞试验，看看这里最适宜种哪样瓜蔬粮食？该咋样调理土壤？缓过手来，就顺着往过推，把这边的台地一块一块儿垦出来。等整个大沙梁上三千亩地都开出来，拉成合规中矩的大条田，咱就去买辆大播种机，展开大规模种植。

“三千亩？！”白星昱惊呼：“那咱不是成了星河谷最大的地主啦？当年我家的田地菜园统统加到一块儿也不到两百亩，就是大地主了呀！那时整个星河谷里没有哪户人家的田地达到三千亩的，连五百亩都没有啊！”

谭春阳一愣，两唇抿起，半天没说话。是呀，那样的话，自己就成特大地主了呀！上一辈儿地主老财被打倒这才三十多年时间嘛。虽说现在政策鼓励农民包山开荒，但没说叫人当地主呀！可这西大沙已经签合同包下来了，咋办呢？虽说不用给村上缴租税啥的，也没有定下啥罚款条目，但要是就这么偃旗息鼓不往下弄了，可是不好看！自己这已砸进来近三万元了嘛！不是就白瞎了？眨巴眼想得焦灼。忽地脑子一亮，有了主意，使劲儿一攥白星昱的手，说：“咱不种庄稼，就拿出一两百亩来种红薯土豆萝卜啥的，其余的，都种上甘草。甘草这种东西耐活。经管它，它就是养殖的，撒手不管，它就成了野生的。甘草长成棵儿，收一茬儿能卖一茬儿好钱。等咱钱凑了手，就喊乡亲们进来一块儿干，挣的钱大伙儿均分，让大伙儿一起都致富。那就开多少荒地都没事儿啊！”

“嗯，这是个好法儿！”白星昱点头夸赞。扭脸看着谭春阳，眼神儿里多了份崇拜，语调也愈加温情脉脉：“这样乡亲们就有了赚钱的路子，就不用去外头儿打工了。这两年，星河谷好多人往外走啊！唉，物离乡贵，人离乡贱，跑到哪儿也不如在自己的土地上干心里踏实噢！”

“对！老乡们就不用外出打工了。”谭春阳高兴地点头。一时脑子更灵活了，继续说：“咱种的土豆萝卜收获了，好卖就拉到集市上卖，不好卖咱就自己留着当饲料，养猪鸡牛羊啥的。等把地种下，咱寻个合适地方盖牲畜棚圈，就在这沙里养牲畜。这儿空气好水土好，牲口不生瘟，好活。这个咱也是叫乡亲们来跟咱一块儿干，赚的钱也是全部均分，按劳分配。”

“到时候我也住进来，给你当帮手。”白星昱说。

来到最高处了，两人停住脚。站在这里看，风光又不一样。晚霞浅成了淡橘色，长条纱巾似的飘在西天边。东北方清湛的碧宇间，一弯白金似的月儿闪出来，呼应着下边大地上白练似的长长岔河道，使这平常普通的河流平添了诗意，犹如图画里的景物似的。罕图坝山矗立在正北方，望去巍峨、肃穆、庄严，给它脚下广袤的盐碱滩送上永久的守护。

“这个地方，在这傍晚时候，看着真美啊！”白星昱环身四顾着，发出由衷赞叹。

“是呀，真美！真静！”谭春阳也舒目四望，赞着。

他伸臂轻轻揽住妻子，眼神儿深情，凝视着她，低声说：“星昱，是因为你在这儿，这里才这么美的。”白星昱又感动又羞涩地一笑，轻轻唤了声：“春阳。”谭春阳胳膊一用力，把她紧紧抱在怀里。白星昱幸福得心儿轻轻颤着，以所能够有的温柔探过去把脸贴在丈夫的颈项间。他这是第一次这样在户外拥抱她呢。

不再说话，就那么紧紧抱着。两人都清晰听见对方的心跳声，血液的流淌声。约摸过了一袋烟工夫，谭春阳头俯下来，在妻子额上、唇上轻轻贴了下，小声儿说：“咱们下去吧。沙土软塌，待会儿黑了不好走。”

他们就往回走了。

回到地窝子前，却不想立刻就进去。谭春阳睡了一下午，感觉把连日来缺失的瞌睡一下都补足了似的，少有的精神足旺。白星昱也是，分别了这么久，乍一相见，只觉亲昵不够，一腔兴奋，毫无倦意。两人就去并肩坐在老胡杨树下。白星昱头歪过来，压在谭春阳肩膀上，两相依偎。一时心里都一片空明，就像年轻的生命两两相守静对时光的情形一样。

不知过了多久，谭春阳耳语似的，对妻子说：“星昱，这辈子有你，是我最大的福！”

“春阳，我也是一样。”白星昱说。

谭春阳伸臂过去，拉过妻子，打横抱在怀里，脸对脸凝看着她。羞得白星昱脸不知往哪儿躲，似嗔似喜地笑着说：“老夫老妻了，还这样！”

“星昱，在我眼里，你仍旧是年轻姑娘模样儿。真的，你一点儿不见老，还是我初见到你时候的样子。”

“咋可能呀！我头发都白了一半呀！”白星昱娇嗔地白了丈夫一眼。

谭春阳一脸认真：“知道吗？你没有皱纹，白头发反而添了彩儿，说不出的一种韵味儿。”

白星昱笑了：“哪里没有皱纹哟？只是你看不见罢了！”

空气越发凉爽了，隐隐透着股香甜味儿。夜的帷幕落下来，罩住了一切。苍穹变成了星星的海洋，大大小小的星星都尽力放射光芒，混同着弯月的光辉，一起洒下来，照得白沙梁上似是没有黑夜一般，到处影影绰绰，啥都看得清楚。

“春阳，给我唱段《塞曲》好吗？”白星昱含笑恳求。

“嗯，对。”谭春阳被提醒了似的，高兴地点着头：“这样的时候，唱段《塞曲》，才不辜负良辰美景。”

他轻轻把妻子放下，让她又跟自己并肩坐着，清了清喉咙，略一沉吟，唱了起来：

“纵然此去路陌途荒多艰险，
弥尔我怎能畏惧退缩不前？
正当故乡热土大旱罹苦患，
义勇男儿慨然挺身为承担！
……”

毕竟嗓音苍老了，但字正腔圆，中气足沛，气概凛凛，十分好听。歌声在寂静的夜晚里尤其显得婉转优美，动人心弦。远处山野间，相伴和似的，传来一阵阵鸟儿的啼鸣，是夜宿中的鸟儿们被感召，不由得也发出了歌唱。

“春阳，这样听着你唱《塞曲》，我更加觉得自己是最幸福的女人了。”白星昱泪水悄盈，深深动情：“我感激《塞曲》，是它把你送到了我的生命里。这是上天恩赐给我的礼物呀！”

“我也一样啊！星昱！”谭春阳深深感叹：“我也感激《塞曲》，是它让我和你相遇的呀。”

“春阳，咱俩应该说是相逢。”白星昱思忖着说：“你还记得咱俩初见那一刻，各自冲口所说的话吧？搞得旁边的人们都以为咱俩是早就认识呢。”

谭春阳一下想起了当年的情景，他卸完装，从幕布后走出来，一眼看见台下倚茶桌站着的十五岁少女白星昱，冲口说道：“你在这里！”不由得惊喜地连忙点头：“嗯嗯，是相逢！重逢！咱俩是重逢！”

“一定前世咱俩就是夫妻，约好了今生要互相寻找的。”白星昱幽幽地说。

“嗯，一定是！”谭春阳一把攥住妻子的手，眼光热切地盯着她的眼睛：“星昱，那咱俩现在再约定呀，下一辈子，咱俩还要互相寻找。一定要把对方找到！咱仍旧做恩爱夫妻！”

“嗯！”白星昱使劲儿点头。

两人更紧地依偎在一起。夜空越发深邃，所有星星都成为金色，快乐地竞相争辉。白沙梁上一丝儿风都没有，这是大自然恩赐的一个格外静谧的夜晚。

谭春阳俯在妻子耳边说："今晚咱们就在这老树下露天睡好不好？可以看着星星入睡，你也品味下露天夜宿的美妙。"白星昱抬起头四下张望，忧虑地说："一旦有人看见……"

"哪儿来的人哟！你过来时也看见了的，几十里地以内没有人烟。这些年连牛羊倌儿都不进盐碱滩里头来放牧了，更没人进这白沙梁里头儿来。"

白星昱没接话，下意识地朝罕图坝山望去。

谭春阳知晓她的担心，说："罕图坝山以北几百里地都是荒漠草原，更没有人烟的。"

白星昱一霎儿惊异的样子："那我祖上那时跑坝后做买卖，是在哪里做？"

谭春阳笑了："那时候坝北草原上绿草没膝，古松林子一望无际，到处都能看见白色大莲花儿一样的蒙古包开敷在草野间。许许多多蒙古族同胞生活在那里，你家祖上就是跟他们做生意的。"

"那些蒙古族同胞咋不住在坝北草原了呢？"白星昱眨巴着眼睛，不解地问。

"起沙子啦！"谭春阳叹息一声："后来草原上的树和草慢慢都不见了。没有了草和树，地上就起了沙子，土地生了一块块秃疮似的变成了沙漠。人们没法再居住，就都搬走了。"

"噢。"白星昱点头，若有所思的样子："那么多的草和树，咋就没有了呢？"

"听说是放火烧没的。"谭春阳语调苍沉，说："清朝康熙时候，朝廷跑到漠北跟那里的少数民族打仗。一场大火烧了半年多时间，把一座几百里地的大松林子烧了个精光。坝后的西倾草原就是漠北草原的一部分啊。再就是日本鬼子进来后放的一把火，把草原上的树都烧没了的。"

白星昱一脸痛惜，环顾身侧，说："那这道白沙梁，是从坝后飞过来的沙子堆成的？"

"嗯，应该是有关系。"谭春阳思忖着，一点头："十多年前这里还有一座大湖泊卧在沙间，水深得能划船，鸟飞鱼跃，碧波荡漾。有次我跟羊倌儿齐顺大哥进来玩过，抓了好多鱼回去。你应该是还记得嘛，那些鱼吃不了的，你都做成了咸鱼干儿。”

“想起来了！想起来了！”白星昱点头笑着：“那些鱼你就是从这里抓的呀？真是好吃！”忽然笑容敛了，她朝远处踅摸着，问：“那么大的湖咋几年就不见了呢？”

“还不是因为缺水！这些年星星河里的水少了，冬天里时常断流，再没有水注入进来，湖就干涸了。这里没有地下泉源的嘛。”

“噢。”白星昱闷声叹息，忧心忡忡：“那这沙子慢慢爬过去，会把西邑吞掉的呀。”

谭春阳眉毛一挑，信心满怀地说：“咱们种甘草，把它变回来！让它变成沃土梁子，就没事儿啦！”

白星昱被他逗得忍不住“扑哧”笑了。

“那我去搬铺盖啦？”谭春阳说着站起身来。

白星昱“嗯”了一声。

谭春阳大步朝地窝子走去。白星昱随跟着也站起来往土灶跟前走，要去烧热水洗澡。

等谭春阳把雨布、羊毛毡、棉褥、毛毯一层层在树下的沙地上扯平铺好，白星昱一大铁壶水也烧好了。她拿过澡盆，冷热水掺好，边解半袖衫的纽扣边说：“我要洗了，你先躺下去，闭上眼睛。”没听见回音，她回头瞟了一眼，见谭春阳蹲在那儿在扯弄被褥。她就没再吱声儿，顾自脱衣褪裤，忙乎起来。尽管夜幕遮覆了一切，这样在没有房屋庇护中全身赤裸了，她还是莫名地感到紧张羞涩。脱下薄布裤子扔到一旁，她本能地用手护着胸脯，朝袅袅冒着热气的澡盆走去，忽然一双手从背后伸来抱住了她。“春阳！”她羞急地低唤一声，埋怨道：“哎呀偷看人家！不是让你躺下去闭上眼睛吗？”谭春阳不言语，轻轻把她扭转过来，跟自己面对着。一时两人都在对方的视线中了。她看见他也赤裸着一丝不挂，虽然寡皮精瘦，但肌肉一块块隆起着，看着健壮有力，十分结实。这是她第一次如此无可回避地看见他站立着的裸体，不禁羞涩激动，不知所措，浑不知此刻他也在看她。相比二十年前，她的臀下垮了一些，不那么圆翘了，小腹也见发福，呈微微隆起。但肩膀还是那么削袅，双臂依旧修长，腰肢丝毫不见有赘肉。衬得两个乳房依然就像是粘上去的两个大桃子般，蓬松圆硕，喷香诱人。淡淡星光下，她的身体如玉似的放着银白色的辉光。

她克制不住地瑟瑟轻战着，心里清朗洁净，而又一片迷离恍惚，就像春光乍现的少女一般，娇羞万状，不知所措。

“星昱，你好美啊！”谭春阳叹息似的低声说着，把妻子揽进怀里。“谁说女人的美丽只属于青春季节？不对的！好女人的美是不分年龄的，是可以美一辈子的！”他浑然自忘了似的喃喃着说。

他立即松开了她，弯腰从澡盆里拿起浸裹了热水的毛巾，细细地为她擦起身子来。她一动不动，任由他擦洗着。从脖颈到脚踝，他小心地擦遍了她身体的每一个地方。又用水冲洗了她的双脚。然后把毛巾拧干，给她揩去水珠儿。让她站在那儿，他飞快地又倒了盆水，洗涮着毛巾把自己也从头到脚擦了一遍。然后，他去轻轻抱起她，往打好的地铺跟前走去。

他将她轻轻放在平铺着的毛毯上，让她仰对着星空。他站直身子，抬头看了看老胡杨树，看了看浩瀚星空，长长舒一口气，身体前扑，朝裸躺着的妻子身上压去。

没有前奏，他直接进入了那幽秘的属于自己的神奇领地，进入了交响乐的高潮段落。进入的一瞬间，他低喊道：“星昱，我爱你！”白星昱的柔密处在被插触的一刹那水波四溅。漩涡来得那么迅疾！裹缩得那么紧！她的战抖那么剧烈，四肢就像是在电流掠击下一般狂乱抽搐着。这是没法不发出声音的。也许四野的旷寂让她觉得可以彻底忘情的缘故，她放任自己，发出了勾魂摄魄的吟叫：“春阳哥，爱呀！爱呀！哦哦啊呀，春阳哥，啊呀，哦哦，啊呀……”她吟着，叫着，无比的娇柔缠绵又无比的炙烈奔放。那几乎不像是她的声音了，莺燕颤颤，蚀骨销魂，幻生幻死。她身体里的潮汐和眼里的泪水同时汹涌，漩涡迭递，圈圈回旋，愈去愈深。

最初的一瞬，谭春阳不免惊奇，妻子这是怎么回事？缱绻二十年了，这情形是未曾有过的。但念头随即被推走，快感太强烈，俨然逼迫，激烈的欢愉如飞瀑当头旋落，将他严密包裹，人彻底蒙迷在了甜腻的幸福中，不遑寻思探究了。

他们都想到了新婚之夜，认为这次是毫不逊色的，甚至是更好的。因为有二十年风雨同舟，患难与共生活珍贵的积淀罢？

她随着他身体的起伏如琴弦般战抖着，不能抑制地发出陶醉的呢喃，哼吟。

两人都意识到了，谭春阳比先前更加挺硬雄强。他时而如疾风暴雨，时而似雨丝轻拂。这是比弹琴都更加不须着力似的拨弄，他可以一直沉迷其中，不休不止。显然，这段时间超强的体力劳动成为特殊锻炼，强健了他的体魄。

恰白星昱也是久旱逢甘霖情形，算来这是他俩结婚后分别时间最长的一次，她真是想了呢！这还是她平生第一次品得性饥渴滋味儿。年少时候，所有怀春，都是发生在心上，根本不知人有生理上的欲求。自十六岁嫁与彦峰，没有过分离。因为夜夜如是，暗心里对房事不免生厌，巴不得能够得些清净。没了彦峰，正当有孕。生下守信后，孩子们日夜烦绕，疲累不堪，无暇思淫欲。另外，彦峰并不曾让自己识得闺房美妙，身体玄关不曾真正打开过，也就没有相应需要。只有跟春阳在一起后，这才识得夫妻之间，所能够有的美景。一旦知道了，离别才显出全部残酷。

所以她一副盛情相迎的模样，汩汩涌漾，不疲不竭。

自己已经五十多岁了，已经是当奶奶的人了，竟然生理上还是这个样儿，丝毫不见有衰退。她感到惊异，也不禁难为情。或许因为二人是在这西大沙里的缘故罢？远远离开了人群，离开了世间的一切，彻底放松，与大自然交融，以至生命的潜能都得以尽情释放。

谭春阳终于暂停歇息的时候，白星昱不好意思地把这想法低声讲了出来。得到谭春阳的认同。他寻思着说："应该是这样的！最主要的原因，是你心里干净，身上没病的缘故。这你才能够保持着生理上的青春态嘛，这是十分重要的啊！"

白星昱将头扎在丈夫怀里，甜腻地说："春阳，归根结底，是因为我爱你啊！"

谭春阳说："对对！根本的原因，是咱俩都拿真心爱着对方。这真爱是能化腐朽为神奇的啊！"

两人喁喁情话，缱绻缠绵，一番又一番。直到月儿西斜了，才紧搂着睡去。

第二天阳光照在脸上，越来越强炽。白星昱被晃醒了，见谭春阳在灶前忙碌着。他已煮好了小米粥和鸡蛋，正在撕扯风干牛肉，想做一盘酱油浸牛肉丝儿下饭。这个最垫饥，是他的早餐必备。白星昱揉揉眼睛，翻身坐起来。只觉浑身骨头都卸松了似的，瘫酥绵软，却难以言喻的一种百骸通畅，舒适感觉。想到夜间的"二人转"，不禁一下脸红了。怎么在那个时刻里，自己就跟换了个人儿似的，啥都不由着自己了呢？幸亏孩子们不在旁边，不然这早晨醒来的时候，在他们跟前真不好意思哪！

谭春阳一扭头，看见妻子坐在那儿发呆，笑呵呵说："赶紧洗脸，吃饭呀！"

他这好像啥也不曾发生过的样子感染了白星昱，她顿即打消了胡思乱想。麻利地穿好衣裳，去打水洗了脸，过来拿碗盛饭。早上胃口软，她吃不下风干牛肉，只就着昨晚剩下的菠菜和白菜吃了碗小米粥，两个煮鸡蛋。

"中午我给你炖鱼呀，鱼汤滋补。"谭春阳香甜地嚼着牛肉丝说。

"那条水渠里有鱼？"白星昱好奇地问。

"有。"谭春阳点头："岔河道里有鱼嘛。顺着水就游过来了。"

"你用鱼竿钓？"

"拿网捕。"谭春阳说："我已在岔河道里撒下网了，待会儿去收网就行。"

"你去岔河道撒网了？"白星昱惊异，从这儿到岔河道来回最快得走一个半钟头。她打量着尚有余焰的土灶、热气袅袅的铝锅，说："那你天不亮就起来了？"

"亮了。我起来穿衣的时候东天边都一片烧红了。"谭春阳说。

"春阳，来西大沙这些日子，你身体更健壮了呀。"白星昱说。

"是，更壮了。"谭春阳满脸笑地点头，感慨地说："劳动有好处呀！"

吃完饭谭春阳就去开动柴油机给台地灌水了，他不叫白星昱过去："你在这边歇着，我今儿就干一阵儿，近晌午就关柴油机，咱就去收鱼。"白星昱也想着抓紧时间给丈夫洗洗衣裳被单什么的，就点头应了。谭春阳朝水渠走去了。白星昱在灶边忙碌起来，先把锅碗瓢盆都清洗一遍，擦拭干净。然后去找丈夫该洗的衣裳。这般慢慢活动着，觉得身上渐渐不那么绵软了，脚踩在沙土上也有了些力气。她动作加快起来，不知宝琦啥时候进来接自己，得在回去之前把春阳的衣裳、被单都洗好呀！

两大桶水很快用光了，她端起洗衣盆朝水渠走去。还是到渠边去洗吧，那里使水方便。

她就看见了丈夫只穿着一条短裤，挥舞着铁锹，在炽烈阳光下亡命地干活的情景。端着半盆湿衣裳站在那儿看了老半天，直到泪水模糊了眼睛，她才继续往前走去。她更加爱这个男人了，情愿跟他生活在任何地方，愿意与他同生共死。

去关柴油机的时候，谭春阳才看见蹲在水渠旁埋头洗衣裳的妻子。远远看去，她的侧影那么好看！就像是一幅画似的，让他一见之下，不觉怦然心动。一瞬间里，他的心中涌起满满幸福感，这一辈子能跟星昱相守终老，于愿足矣！

"星昱，你慢慢洗，我取鱼去呀。这会儿日头烈，你就别跟着去了呀。要是想去看岔河道，等傍晚太阳快落下时候，我再带你去啊。"他冲着她大声说。

"嗯。你撑着伞去呀。"白星昱抬起头望过来。

"我早已不怕晒了哟。"谭春阳"嘻嘻"笑，叮嘱道："你要是觉得晒，就别洗了，去地窝子里待着去呀。"

"嗯。"白星昱应着。

谭春阳大步往岔河道走了。水渠边已经被他踩出了一条小道儿，顺着走很省劲儿。一路走着，他猜测早上撒下去的渔网里的情形，心想，要是能网住条大鱼就好了，能让星昱感觉开眼的那种，如此她进这趟大沙梁就更有收获！

来到岔河道了，蒲草和芦苇的叶子在近午的阳光下一闪一闪地白光耀眼，河水也仿佛变作了细碎的银子一般流光溢彩。风儿轻轻拂着，偶尔一只白色的水鸟欢快鸣叫一声，飞掠而过。

谭春阳直接走到张着网的水岸边，觑眼朝河里瞅去。只见绞丝网裹成了几个黑乎乎的大团子，在水流里挣撞着。网住鱼了！他心里暗叫道，一时乐不可支。高高绾起裤腿，下到浅水里，弯腰抓住渔网的兜口，使劲儿往自己跟前拉。几下拉了过来，只见网里的鱼在拼命跳蹿，企图撞破网丝，回到水中去。都是一公斤大小的鲤鱼，数了数，共是七条。他手伸进去，一条一条抓住，扭身使劲儿朝岸上扔。“啪，啪，”鲤鱼纷纷摔在沙土上，弹跳几下，不动了。

他拎着空网，张眼四下望了望，往深水里蹚几步，胳膊一扬，把绞丝网又撒进了水里。没网到想望中的大鱼他觉得不甘心。

把网兜口的细绳在岸边的小榆树上拴牢实，他才往岸上走来。

晌午饭就是炖鲜鱼。谭春阳把七条鱼都收拾出来下了锅，炖了满满一大铝锅。就着白星昱薅的一篮子菠菜白菜，夫妻俩吃得香甜满足。饭后正当晌，不见宝琦影子，两人就把铺盖抱回地窝子里，交颈眠下。睡了大约一个钟头的样子，谭春阳醒来。听听外边仍是没有动静，心想八成宝琦今儿是不来了，俩孩子是想让他们妈多陪陪我呢。这么想着，心里就觉滚滚地一阵热烫。侧脸看妻子，见她呼吸匀称，长长睫毛好像贴上去的假妆似的映在眼帘下，胸脯微微起伏着，睡得正香。细细端详了一会儿，感觉她比昨天刚一进来的时候气色好了许多，脸颊泛着年轻姑娘似的红晕，肌肤细腻，微微的婴儿肥，逼真一个睡美人儿。无疑这是得了爱滋润的缘故。自己要更多地爱她啊！这么想着，忍不住凑过去，想要亲妻子的脸蛋儿。终是忍住了，别搅醒了她，让她多睡会儿吧。

他轻轻地下床，蹑手蹑脚走到外边。天上一丝儿云都没有，阳光尽情地射下来，地面烫脚，空气灼人。这样的天气不宜户外劳作，星昱又在这儿，就不开柴油机了，自己也歇歇假。他想着，伸个懒腰，踮脚朝沙梁外望望，举步朝岔河道方向走去。这样的时候泡在水里最舒服，索性就去河里玩玩水，自己好几年没游泳了呢。最主要的，去守着网，一旦大鱼来了，立时逮住它，别让它跑喽。晚上肯定还是得给星昱做鱼吃。就做烤鱼吧，让她尝尝这大沙梁里烤鲜鱼的味道。

顺着水渠旁边的小道儿，很快他来到了岔河道岸边。一如既往的阒寂，只有流水的“哗哗”声，风拂过苇草发出的轻微“唰啦”声，在空气里响着。他先去看了渔网，被水流冲涮得干干净净的绞丝网呈“之”字形撒开在水里，轻轻漂动着。没有鱼。看来鱼儿也是要歇晌的噢。他想着，嘴角下拉，幽默地笑了下。那就游泳吧，顶着水上，把鱼撵下来。他向深水蹚去，忽然身子一扑扎进水里，逆流而上。河水清澈，暖暖的，滑滑的，摩挲着肌肤，十分惬意。游了一会儿，感觉气喘得急了，他停下来，爬上岸。目测了一下，离张着网的地方大约五百米样子。站在热烫的沙土上折身四望，一眼看见不远处红艳艳盛开着一大片野花，是野蕉花儿。大簇大簇的花朵，就像春天山上杜鹃花儿一样娇嫩的花瓣儿，间杂着蓝色的铃铛花儿，紫色的泡泡花儿，白粉色的胭脂花儿，五彩缤纷，香气隐隐。他走过去蹲在一丛野蕉花儿前细细闻着，心里想，待会儿得领星昱来这儿，她见了这些花儿不知要喜成啥样儿！在花丛间坐了一会儿，他又下了河，顺水往回游来。

刚刚回到渔网前，瞥见网片突然拉直了。他定睛细看，见绞丝网裹成了大大一团，不由得心喜，网住了条大的?！心想着，弯下身小心地拉住网慢慢往回收。待把网团子拽到跟前，不禁大失所望，里头只蹦跳着条指头大的小鱼儿。这小鱼儿显然是游过时遭绞丝勒进了嘴中，它就含着绞丝乱窜，像个梭子似的织了这么一大团。谭春阳撑开网丝，抓住小鱼儿扔回了河水里去。重获自由的小鱼儿欢快地一打挺，跑远了。

他继续向前收网。见网丝渐渐又变得清亮了，但之字形网并没拉直，不禁疑惑，难道又是一条小鱼儿在逗趣儿吗？下意识地朝前睃了一眼，蓦地惊住了！一时简直不敢相信自己的眼睛，那绞丝网间漾漾水波里赫然浮着黑乎乎一个庞然大物，清晰是鱼的身影！他只觉心脏“怦怦怦”跳得厉害起来，手脚发僵，竟有些不知所措了似的。咽了口唾沫，深深呼吸，他凝神又看。确认没有错，真的是一条大鱼静静横在那里！它直挺挺木然地把头靠在小小绞丝网上，就像是被魔杖点中了一般，动弹不得。

他屏住呼吸，悄悄靠近前去。看清楚了，是条六公斤左右的大鲤鱼。它粉红色的嘴唇刚刚斜穿到网眼一半的地方，可嘴角上那根粉红色的长髭须已经完全在网眼那边，就这么给卡住了。只见那长长的胡子机警地抖动着，像是在探测着什么似的。显然已感觉到了危险，但它却神态悠然，两腮有节奏地翕合着，看上去从容自若，竟是临危不惧。

谭春阳脑筋飞转想好了捕捉它的办法，于是丝毫不惊动它，小心翼翼地蹚水过去，停在离它大约两米远的地方，开始收网。环绕着将整张网层层旋成几圈，然后伸臂推拥着网团向大鱼靠近，逼迫它朝浅水滩那边逃窜。大鱼果然中计，只见它猛地一蹿，"轰"地声，水中掀起一个大漩涡。待漩涡平复，层层叠叠轻飘飘的小渔网已经整个罩在它的头上。它就顶拖着小渔网，像拖着长长尾巴的一颗彗星似的，蹿进了浅水滩。

谭春阳傍靠深水一边在后面紧跟着，挟迫它不得掉转方向。

大鱼逃了一会儿慢慢缓下来，渐渐停住。

谭春阳见状，靠近前去，伸手去逗弄它。大鱼受到惊吓，又猛地游逃起来。这次逃了没多会儿就停住了。他又近前去作势要摸它，它又开逃。这次势头不那么凶猛了，游的时间也短，只蹿了二十来米就停住。见它停，他就上前去逗弄。几次三番后，终于任凭他怎样动作，大鱼都不动了。它是已经精疲力竭，再没有力气逃跑了。黑色的背脊偏斜着，金黄色的身躯展露在水中，它看上去活力盎然，光艳美丽。

觉得是时候了，谭春阳使劲拽着，把四下的网全拉过来猛地兜头罩下，将大鱼严严地包裹住。它没有激烈反抗，只在他去抱起它的时候使劲儿挣扎了一会儿。

坐在岸边沙地上，看着静静躺在旁边的大鲤鱼，谭春阳恍然如在梦中。真的捕到了大鱼哦！如此大得超乎想象！分明是天遂人愿呀！这样大的鱼就是烤来吃最好。这是星昱的福气啊！自己这回就是想着给她做烤鱼吃而撒下的网嘛！嗯，就在这河边沙地上挖个土灶，坐下来慢慢地边烤边吃吧。看着野花竞放，听着河水流淌，将更有野餐的意趣儿！打定主意他立即起身。这就去喊星昱过来，顺便拿上烤鱼用的家什。刚一站起，听见有人喊自己，正是星昱。不由得心里一喜，她来了！白星昱睡醒后见地窝子里外都没有人影，猜知丈夫是又来岔河道捕鱼了，就寻了来。

“你来得正好！”谭春阳笑望着妻子：“来，你在这儿看着这条大鱼，别让鸟啄了。我去拿烤鱼的家什。”

白星昱过来，一眼看见大鲤鱼，吃惊得简直不敢相信的样子。蹲下身翻来覆去地看，边“啧啧”赞叹：“这么大！太大了！你是咋捕住的它？”谭春阳不跟她多话，笑着走了。很快返回来，背着一篓木炭，拎着装有盐巴、长柄刀、竹签子样削尖的细红柳棍儿等用具的柳条篮子。木炭是他平常烧胡杨疙瘩煮饭时有意拣下存留的，就为了有闲暇的时候烤鱼用。红柳签子是刚刚削制的。

谭春阳在岸边沙地上选了个硬实些的地方，用铁锹挖了个坑儿。教妻子把木炭一块块儿摆进坑里去，垒成个小小丘堆样儿。打火把底下的木炭点燃。他操长柄刀开始收拾鱼。先偏斜着刀刃使劲刮掉鱼鳞，然后挥手一刀把鱼头切掉，再刀刃压下去顺鱼脊把鱼身剖开，成为两个扇面状。几刀刮干净内脏，把两扇鱼肉斜着各切割成几个小小扇形块儿。也不清洗，拎起一块鱼肉，把红柳签子横一根竖一根地尖尖插进去，肉块儿撑平展，轻轻举着去斜压在炭火上。如此一块一块儿地把一整条大鱼的肉都斜覆在炭火上，摆成一个圆圈儿。

随即不停地抓着红柳签子翻动烤鱼块面。红彤彤火炭的空隙间，闪耀着宛似硫磺燃烧时发出的光色一般的绿焰。鱼块儿被强劲的炭火烤得发出“滋滋”的响声，冒出含带着水分的黄色油珠儿，纷纷滴落在炭火上，腾起缕缕青烟。烤鱼的香味儿、油焦味儿、炭烟味儿弥漫在空气中，令人垂涎欲滴。翻来覆去地烤了一阵儿，鱼块儿都被烤得黄亮亮的了。一一把它们移离炭火，一块一块儿均匀地撒上盐巴。随手抓起水桶把里面的水倒进土坑里将炭火浇灭。

谭春阳挑了个鱼块儿，仔细地把上边烤得焦黑了的小小斑块儿清除掉，掰一小块儿放在嘴里尝了尝，欣喜地点头说：“嗯嗯，香！香！”然后递给了妻子。

白星昱平生第一次吃到这样鲜美的烤野味儿，只觉喷香可口得难以言说。边细细品嚼着，幸福甜蜜的感觉在心间一波一波漾开，一时感觉恍然变成了神仙一般。

夕阳的金辉把一切染得黄灿烂漫，长叶飘飘的蒲草和芦苇在飞流的金光中轻轻摇曳，河水在夕照中呈现着一种深沉的海蓝色，河心处闪烁着一簇碎金似的光芒。

风景如此美好，让面对着它的人不禁心旷神怡。野餐犹如一段书里的情景描写似的，充满着不染尘俗的雅趣。白星昱感觉仿佛回到了幼时跟家塾里的老师念《幼学琼林》时的时光一般，一时陶然自忘，情不自禁地笑着吟哦起来：

> “混沌初开，乾坤始奠，气之轻清上浮者为天，气之重浊下凝者为地。日月五星，谓之七政；天地与人，谓之三才。日为众阳之宗，月乃太阴之象……”

这是她有生以来第一次触景生情，吟咏古诗文以表达愉悦心境呢。这表示她的人生滤尽芜杂，回归了初时的明净么？人生的快乐，竟就是还回到童真幼年时的模样！

谭春阳受到熏染，也不禁开口附和。两人你一句我一句地吟诵着，浑忘了今夕何夕。

感觉再吃不下了，将剩下的烤鱼块儿用笼布层层包好放进柳条篮子，把土坑里湿淋淋的木炭一块块儿捡起来又装回背篓中。它们晒干后仍旧可以再使用呢。长柄刀拿去河边涮洗干净，也放进柳条篮子里。谭春阳拉着妻子的手说：“走，我带你看野蕉花儿去！”

“野蕉花儿？”白星昱眼睛一亮，旋身四下瞭望：“在哪里？这里会有野蕉花儿？”

“有！在前边。好大一片呢！”谭春阳说。两人迈步顺河岸往上游走去。

白星昱发现自己的两条腿完全恢复了力气。早上醒来时身体的那种绵软全不见了，感觉从里到外透着一股爽劲儿，更加精神焕发了似的。无疑这是鱼肉的滋补之效。想要道出，又觉不好意思开口。抿唇寻思了下，她说："想不到这岔河道里有这么大的鱼啊！"

"这是星星河的一条支流嘛，鱼是从星星河游过来的呀。"谭春阳缓言慢语解说道："星星河是条古老的河流。咱这星河谷是先有了这条河，后来才有的人家、村庄呀。古老的河湖里，都有大鱼的嘛。"

"嗯。"白星昱有所领悟地点头："人们都管河流叫母亲河，就因为先有了它们，才有了人类。"

"唉！"谭春阳叹息一声，放眼远望着，说："河水越来越少了。你看这岔河道，河床多宽，水流却这么窄，现只占到河床三分之一的样子。照这样下去，哪天断了流也说不定呀！"

一句话说得白星昱起了忧，循丈夫的目光望着，不由得也深深叹息一声。两人一时都不言语了。要是这岔河道干枯了，那白沙梁就没救了，种啥都白搭儿，离开水啥也活不了呀！唉，走一步说一步吧。只有祈求老天保佑星星河不要枯竭吧！

远远地，一阵花香随风飘来。谭春阳忧思顿换笑颜，欢喜地说："到了。"他举目前望，隐约看见了河岸沙地上一片花色绯红。伸手指着，对妻子说："瞅，那不是一大片野花儿？那些就是野蕉花儿呀！"白星昱好奇地伸颈望去。夫妻俩加快了脚步。

很快来到了花丛前，白星昱越发高兴得像个小姑娘似的，笑着，叫着，奔过去贪婪地瞧着。蹲下身一丛花儿挨着一丛花儿细细地闻，不知该咋喜爱的样子。野花儿的香气似乎比白天更加浓郁了，满呼吸都是，熏人欲醉。花瓣儿看着也更显得娇艳水灵了，一副远离人世的花朵才有的那种娇憨无忌恣肆盛开的模样儿。

"春阳，这里美得，简直是天堂啊！"白星昱满脸陶醉地大声说。

谭春阳眯眼笑着，不言语，任由妻子尽情享受美景，释放自己的欢悦。

站了一会儿，他转身四下瞭望，确认这里跟白沙梁上一样，到处一派原始的寂静，迈步朝河岸走去。来到岸边，朝河水打量了一眼，开始脱衣衫。眨眼间身上只剩了一条小裤衩。他径直下了河。在浅水滩走了几步，身子一蹲，扑进了河水中，像一条大鱼似的在清澈水波里游了起来。白星昱扭身看见了，亲昵喊道："春阳，你去游泳了？"

谭春阳没有回答，直朝对岸游去。很快到了对面的浅水滩，他身子一旋，两臂划着，又往回游。游回到这边来，在浅水处站起身。边撸着脸上的水珠儿，朝妻子喊道："星昱，你也来洗一洗，河水可热呢！这天天被烈日照晒着的水，洗得身上溜滑，可舒服呢！"

白星昱脚步迟疑地走过来，四下看着，羞怯的样子："天这么亮，我，我不好意思哎。"

"嗐，不好意思啥？这儿没有人！尽管放心！难得来到这样人迹不到的地方，水又这么清亮，你要是不来洗，日后别后悔呀！"

白星昱眼珠儿转了几转，一咬嘴唇，下定了决心。她是珍惜这与丈夫同河共浴的机会。真的，要不是来到这么荒遥的地方，咋可能有这样的事！

毕竟只是脱去半袖和裤子，她穿着浅粉色的胸罩和裤衩，趔趔趄趄地下了水。谭春阳蹚水过来拉住她的手，两人一起朝深水处走去。到水深及大腿根的地方，白星昱不肯走了。她水性不好，还是不游泳了。就这样在水里洗一洗，已是很好了。谭春阳不勉强她，也停住脚，站在那儿扶着她。他的胳膊环在她裸露的腰肢间，一黑一白的颜色看着那么对比分明！他的黢黑衬得她的肌肤更加像是温润美玉，白皙耀眼。有了昨晚上光着身子在丈夫面前裸立的经历，白星昱此刻不那么感到羞涩不禁了。她落落大方地站在水波里，大胆地迎着丈夫的目光，晃动修臂撩水洗起脖颈肩膀来。谭春阳帮她洗着。这是洁净的肌肤，只有白日的汗迹和空气里的浮尘轻附在表层，水一涮就去掉了。很快全身洗了一遍。白星昱说："我洗好了。你要洗吗？"谭春阳不答，轻轻一拉，把妻子揽进怀抱。胳膊使劲儿箍住她的腰，嘴唇探过去，吮住了她的唇。白星昱一时间又喜悦又慌乱，欲待挣脱又做不到，任他亲吻又觉得这样站在河水里接吻实在出乎意料！她竟似木偶般不知动作了。谭春阳如饮佳酿般地吻着妻子的红唇，越吻越醉，浑然忘情了似的。最初的惊异感过去，白星昱渐渐回过神儿来。也就察觉了身体的反应，竟两乳鼓翼，口干舌燥，浑身酥软，分明欲行房事时刻生理的情形！不由得心里发急，在这河水里可做不得那事！她就使劲儿挣脱开丈夫的环搂，大口喘息着，扭身朝岸边走去。谭春阳没有阻止她，由她上岸了。

白星昱弯腰捡起衣服，也不回头看，快步走到花丛边，用半袖揩了揩身上的水珠儿，把衣服放到沙地上，背对着河，飞快地脱裤衩儿，解胸罩。它们都裹着一包水，必须得脱下来，才能穿裤子和半袖。将裤衩儿脱下扔到一旁，她手背到后边去摘胸罩的挂钩。刚刚摘开，忽然一双手从后边扳住了她的肩膀，在她察觉到的一霎儿，她已经被丈夫从背后紧紧抱住了。

湿漉漉浅粉色的胸罩掉落地上。

她简直惊呆了，四肢完全不会动了。春阳这是想干什么？难道他……她心里不由得一阵紧绷，忧惕起来。他是她的丈夫，怎样做，都是他的权力，她不能违抗。何况她是这么爱他，不可能违他的意趣儿，让他扫兴。可是，这样地在天光之下，旷野之间……实在不妥啊！

还好，接下来他没有动作，只是对着她的耳朵，轻轻地唤了一声："星昱小姐！"

白星昱猛地一激灵，瞬间眼角溢出了泪水。这是曾经人们对她的称呼，可是这发生在多么遥远的时候！遥远得恍若前世！从那个读诗书学琴棋娇滴滴羞答答花苞似的富家小姐，到此刻赤身裸体与丈夫贴立在荒野天空下的普通农妇，中间隔着怎样的万水千山！人生如何可以细想！

谭春阳轻轻扭转妻子的身体，让她面对着自己。他捧起她的脸庞，凝视着她的眼睛，深情地说："爱妻，在我心里，你永远都是星昱小姐！娇贵的，娇嫩的，娇艳的，须得像呵护鲜花一样地呵护，须得像珍惜眼睛一样地珍惜。"

"春阳！"白星昱娇羞满面，低下眼帘，亲昵地一声低唤。她忽然意识到自己的幸福，最初的爱是春阳，最终的爱，还是这个人。虽然中间有过曲折，并没有影响他俩的感情。一辈子能跟这个男人相守，还求什么呢？就觉甜甜一股暖流涌遍全身，她脸颊贴在丈夫颈项间，闭上了眼睛。

过了片刻，听见谭春阳低低地说：“爱妻，抬起头来。”

白星昱听话地缓缓睁开眼睛，将脸仰起。就看见头顶上的蓝天，那么纯洁而深邃。本是遥远的存在，却忽地显得这般逼近。那一种神秘的沉寂悠悠飘落下来，让大地上的一切笼入安宁，静谧之中。

“天在看着我们相爱啊。”她感慨地喃喃说。

“是！天在保佑着我们。”谭春阳声音里满是感动。轻轻扭动妻子的身体，让她又转过去，背对着自己，他说：“你再朝前看。”

白星昱朝前看去，越过白沙梁勾勒出的长长弧形线，远远地，罕图坝山在暮霭中深沉地微笑着。

“大山是我们爱的见证。”谭春阳说。话音落下的同时，他弯腰将妻子抱起，往前边花丛里走去。走了几步，俯身扯了几片野蕉花扇面似的叶子，把它们密密地铺在沙土上，把妻子轻轻放了上去。白星昱仰躺在野蕉花丛间了。她那被鲜红花朵映衬着的白玉一样的身子，看着妖娆妩媚，流光溢彩。谭春阳站起身，凝神端详了一下，身子前俯，朝妻子压了下去。

“爱妻，我是要让你享受到最美的爱呀！我要用所能够想到的各种方式，在任何条件允许的环境里爱你。让你沉醉，让你快乐，让你体验丰富，让你成为世界上最甜蜜幸福的女人。爱妻，你难道不懂吗？一个丈夫只有对自己的妻子爱不够他才会有这样的兴致啊！”

边缠绵着，谭春阳喃喃地说着。

白星昱越发完全放开了，任由自己的声音和情绪以自然的，所能够有的激情模样，呈现在这荒野河畔的黄昏里。这是因为她无法再做到对自己的行为理性地加以掩饰了，或者，是眼前这些恣意盛开的野花儿将情绪传递给了她，让她不由自主地回到了人性的原始状态？

在潺潺流水的伴和中，她的声息显得媚惑狂放，唤起人纵情的渴望。欲罢不能，一醉方休。

夫妻俩就在野花丛间翻滚起来，高呢低喃，流连仙境。

暮色悄悄飘落了，月牙儿在天幕上闪亮了，繁星的眼睛全都闪烁起来了。

这晚装着木炭的背篓和装着剩烤鱼的柳条篮子就一直放在河边沙地上没被动过。最后是谭春阳把妻子背回的地窝子。夫妻俩就在地窝子里酣睡到天明。次日老胡杨梢头鸟儿的啼鸣传进来，把睡乡里的人唤醒。白星昱在晨鸟啁啾中醒来，一副怔忡的样子，睁眼看了看，模糊地说了句什么，翻身又睡着了。谭春阳知道她的疲乏还没消解，就不扰她，拿着衣裤悄悄出了地窝子。天空蓝得晃眼，东方天际一片云霞蒸腾，又是个艳阳天。他穿好衣服，去拿起渔网，就朝岔河道走。赶紧去撒下网，得捕几条鱼给妻子带回去啊。这两天她的身子亏着了，尽快滋补方好。另外如华一旦生了，也是喝这鱼汤补身子复元气最好。

把网张下，去拿起背篓和柳条篮子，往回走。木炭已经干了，直接背过去又堆在了地窝子旁边。掀开覆着篮子的笼布，低头闻了闻，烤鱼块儿喷香依旧，一点儿没变味儿，完全可以搭配小米粥当早饭。谭春阳把柳条篮子放在灶台旁边，拎起水桶去水渠里担了两桶水回来，顺便薅了把小白菜。就开始点火做饭。小米粥和鸡蛋慢火煮好了，白菜洗净切成小段儿放在大木盘子里，这才去喊醒妻子。两人吃了饭。看看已快九点钟。知道宝琦今天准来的，谭春阳就不去开柴油机干活儿，妻子不知啥时候能再进来，就多跟她待一会儿吧。跟妻子边说着话洗了碗筷，拉着她朝正在灌水的台地走去。他在那块台地的西北角种了两垄胡萝卜，一直没去看过，不知长得啥样儿。这就看看去，一旦也长势好，叫妻子乐呵一下。

白星昱只觉身子发飘，如踩在云层上一般，没走几步就喘起来，身上热汗细细。不禁回想昨晚上的光景，心里暗自疚责，实在太不节制了！已经这么个岁数了，还那般放开来闹！这都是自己的错。男人总归难免顽童气，须得当妻子的规劝阻止。可是自己非但没有劝阻丈夫，还……他那么个不顾死活样子，还不是自己诱惑的！这么想着，又羞又急，更加没有力气了。谭春阳看见妻子吃力的情状，心里怜惜，侧身弯腰一下将她抱起。就那么像抱小女孩儿似的打横抱着她继续往前走。低眼笑眯眯瞅着她，说："星昱，你感觉没有力气吗？"

最初一霎儿，白星昱以为丈夫是又要行夫妻之事，慌乱挣脱着，焦急地说："春阳，快放下我！在这里可使不得呀！这么明晃晃的大太阳底下！再说宝琦就要来到的呀！"

"爱妻，别担心。我不是！"谭春阳赶紧解释，脸上露出歉意："我只是心疼你。怕这么蹚沙土行走累着你。昨晚上，累着你了呵。"

白星昱这才松了心，没有接丈夫的话，她轻轻拢上了眼睛。

忽地又将眼睛睁开，好奇的样子，看着丈夫，问："春阳，你不累吗？"

谭春阳笑了："记得咱俩新婚之夜里，你就曾这样问过呀！"

白星昱倏地羞红了脸。可不是？那时自己问过这话的。

"爱妻，我来告诉你。爱你，我不觉得累。"谭春阳情深意浓地说："真的！我也很奇怪，自己怎么会那么有长劲儿？还记得吧？咱俩初婚那日，是成宿没睡的。现在我依然行。昨晚上要不是怕你受不住，我会在那片野蕉花儿丛里爱个通宵。让你和我一起看一宿星星，再接着看朝霞似火，旭日东升。"

"春阳，谢谢你让我知道夫妻之间可以有多美妙！"白星昱也情发乎中地说："这辈子，算没有白活啊！"

"星昱，我也谢谢你！抛开品性心地，就从生理上论，我相信你在女人中也是稀有难得的！上天眷顾我，把最好的女人赐给了我。"谭春阳一脸满足。

"只是，我毕竟老了。你看，体力不济了。"白星昱喃喃道。

"没关系。今后我们不会再这样了。昨晚是过了一些。我是想让你尽可能多地体会爱的情景。"谭春阳笑着，换成说悄悄话的语气："咱俩结婚后，还没有过这么纯粹的二人世界呢，是不是？我只是想让你知道，夫妻俩在离旁人远远的，只是两人相对时候，爱会是啥样儿。"

"嗯。"白星昱抿嘴笑着点一下头："我知道了。现在我全都知道了。这就是真爱的一种吧。"

"感到满足吗？"谭春阳依旧话音悄悄。

“很满足！”白星昱真心地说。

“嫁给我，不后悔吧？”谭春阳一脸认真地问。

“不后悔。”白星昱同样一脸认真的样子：“我很庆幸，这辈子跟你相守。”

“那就好！”谭春阳欣慰地笑了：“我的心愿，就是让你快乐。一辈子快乐！”

“放我下去吧。我总得走一走，锻炼一下腿脚。待会儿就要回呢，家里活计很多的。”白星昱恳求地说。

谭春阳没反驳，轻轻把妻子两脚先放到地上，扶她站好。两人又拉着手往前走。

还离得远，就看见前边地面上，依傍着长弧形的土埂子，似谁画上去的粗粗两条墨绿色长线似的，两垄胡萝卜高举着茎叶生长在阳光下。两人不由得加快了脚步。来到跟前了，只见胡萝卜秧也跟那边的菠菜一样，长得不同寻常。茁壮的长梗儿上，一簇枝杈挤挨着，每个枝杈上都碎叶蓬蓬，墨绿的颜色看上去坚硬老气。谭春阳弯腰去拔，想看看萝卜长得什么样，谁知却拔不出来。使上力气，最后把梗弄断了，萝卜也没拔出来。他就蹲下身用手去刨。白星昱也蹲下帮忙。两人把四围的土扒拉开，只见露出了碗口粗一截褐绿色粗糙的东西，就跟一块树疙瘩似的，已经长得老掉了。谭春阳两手箍住它又是掰又是摇，使出浑身力气，终于才把它从土里弄了出来，竟是一坨丫杈遍布的怪物！

“这，这是胡萝卜？”白星昱惊愕地瞪着丈夫手里的东西，低叫道。

“这儿地力强，把它拱得变了形。”谭春阳“嘻嘻”笑着，边抠丫杈缝隙中的泥土边说：“瞧，这些丫杈都是胡萝卜的形状，还是能够认出来的嘛。”

他掰下最大的一根丫杈，掂了掂，递给妻子。白星昱接过，翻过来倒过去地看，也认真地掂了掂，说：“恐怕有三四斤噢。”

“嗯，至少有三斤。”谭春阳点头。

“这简直长成胡萝卜精了！老得不能吃了呀！”白星昱说。

“我撒下种这不过一个月样子，竟就长成了这样。”谭春阳“呵呵”笑着：“这样子人吃肯定是不好吃，给牲畜当饲料却是好东西。再长成啥奇怪样儿，终究它是胡萝卜，是蔬菜中极富营养价值的一类。”他放眼瞭望着，一脸的踌躇满志：“等圈起来的这块台地灌完水，我全都撒上胡萝卜籽儿。到上冻时候，能好好地收成一茬儿。咱去卖给养猪的人家，或是咱们自己抓些猪崽儿回来饲养，都行！都能得一笔好钱！”

“春阳，我就佩服你这看得远能盘算的脑筋。”白星昱笑道。

“星昱，我得让你跟着我不遭罪，能享福呀！”谭春阳真诚地说。

“我享福呢！我享福呢！”白星昱连连点头，眼睛湿润了。

谭春阳目光收落到手里握着的一坨儿东西上，说：“看它这个长势，亩产少不了在一吨左右。这块台地抢种下去，今年咱就能把本钱收回来。这么种过一茬儿胡萝卜，把生荒地的肥力消一消，明年咱就种啥都行了。这儿的地十年八年里都用不着施肥，咱就是投个种子钱。咱这儿还一个好处，旱涝保收。这高沙梁上，不怕雨涝，多少雨水都能渗进去。实在渗不下的，往底下流进白星渠，就顺星星河流走了。有这水渠在，咱也不怕旱。天要是旱起，咱就抽水浇地，不过是费点儿柴油钱。”

“春阳，我只是怕累坏你。我一走，就光剩你自己在这儿……”白星昱不由得哽咽，说不下去了。

“星昱，一想到你，我就浑身是劲儿。不觉得累，也不觉得孤单。放心吧！我不会累垮。没见我的身体越来越强壮了？”

一句话问得白星昱又不禁羞涩起来，擦拭着泪，低下了眼睛。

“好了，星昱，估计宝琦快来了。我去岔河道收网去，你自己回地窝子去歇着，啊？”

“我去拿铁锹来挖胡萝卜吧。挖些带回去，让如华和宁宇看稀罕儿。”白星昱说。

两人就朝放着柴油机的渠西口儿走。慢慢走着，白星昱觉得腿上有了些力气，就想跟丈夫一起去岔河道，帮他捞鱼。被谭春阳劝止了，来回要走十来里地，何必去伤体力呢？她就打消了念头。去拿起铁锹，看着丈夫走上了渠边的小路，才回身朝长着胡萝卜的地方走去。

她挖了一背篓胡萝卜，又折来薅了些菠菜白菜。回到地窝子旁，坐在老胡杨下，择起菜来。正一棵棵抖落着菜根儿上的土，择着萎叶儿，忽听隐隐地，一阵摩托车奔驰的声响，知道是宝琦来了。

孟宝琦吃惊地扒拉着看背篓里的胡萝卜时，谭春阳拿渔网兜着鲜鱼从东边走来了。这次网住了八条鲤鱼，大的有两公斤，小的也在一公斤左右。

孟宝琦带来的是炖鸡块儿和白面馒头。白星昱赶忙点火热了饭菜，三人围坐在小柳木桌前吃起来。谭春阳一口鸡汤也不肯喝，一罐鸡汤都给妻子喝了。边吃着，他叮嘱宝琦不要再进来送饭了，往后他就在这儿捕鲜鱼吃，比啥都营养！孟宝琦不应声，抬眼看岳母。白星昱刚刚领受过了这里鱼肉的鲜美滋补，知道岔河道里的鱼捕捞不尽，想到如华坐月子时候家里会格外忙，怕是宝琦的确也走不开，就点头答应了。叮嘱谭春阳往后一定要每天早点儿收工，去捕几条鲜鱼，炖汤或是烤来吃。谭春阳忙不迭点头："甭惦记我。你只记着今晚回去要熬鱼汤，如华你们娘俩儿一块喝，就行了！"

吃完饭谭春阳就催促妻子和宝琦走，如华独自在家时间长了不行的！白星昱和孟宝琦往背篓装了鱼，篮子里挎了鲜菜。跟谭春阳又一番互相叮嘱，依依不舍地告别。摩托车"突突突"地，走了。

站在那儿望着他们的身影消失在远处沙丘间，谭春阳才转过身去收拾桌凳碗筷。擦抹洗涮完，抬头看看正头顶上火烈的日头，又朝地窝子瞅了瞅。他意识到自己心里空落落的，旋着一腔对妻子强烈的思念。这时刻若去地窝子里歇息，会被思念折磨得很苦。思忖了片刻，他决定这就干活去，投入紧张的劳动中，情思慢慢就会隐退下去的。他就开始脱衣服。眨眼间半袖和长裤都脱了下来，扬手扔到旁边沙地上，他又是副只穿一条裤衩的简赤模样儿了。拿起铁锹，披着烈日照晒下黢黑皮肤隐隐泛出的一身光，他大步朝渠边走去。

柴油机的"嗡嗡"声又响起来了，谭春阳又像一个连接着机器的零部件似的，立刻挥舞铁锹，投入了奋战。

20

白星昱回去第三天傍晚，如华生下了二胎。是个女儿，取名宁新。一时谭家老宅喜气盈门。乡里的罚款单紧跟着送了来，八千元整。在庄户人家，委实是个数目！却并没把一家人的喜兴劲儿浇下去，八千块钱换这么粉嘟嘟可爱的一个孩儿，值得！谭春阳让孟宝琦先打个欠条交到乡上去，请求宽让些日子，等收拾完秋一定就去缴款。这没法儿不准许，乡上默然，就这样了。

随之而来的秋天显得格外繁忙。到收秋时候，谭春阳只好放下白沙梁里的活计，回来跟孟宝琦一块儿割庄稼、打场收粮。这时他正在白沙梁里种甘草。把灌足水平整好的约两百亩地一垄一垄撒下胡萝卜籽儿后，他就开始四下挖甘草。罕图坝山前前后后转了个遍，凡寻到的甘草，都深根长茎地挖下，运回到白沙梁上，埋进水渠旁边的湿土里。甘草是拿根茎当种子的植物。一条筷子般粗的甘草根，用刀一截儿一截儿剁开，每截儿约摸两寸长的样子。按一定间距，打横埋进沙土里，来年春天就会长出一棵棵绿盈盈的甘草秧。他刚种下两亩多甘草，就得回家去。只好把尚没剁成小截儿的一些又深培了些土继续埋在水渠旁。

等打完场，粮食都收进仓，家里没啥急重活儿了，谭春阳这才又返回西大沙来。这时白沙梁里已经上冻。好在昼夜温差大，夜间薄薄冻结的一层土，次日太阳出来一照就化开了，不影响收胡萝卜。只是没法种植甘草了。谭春阳就挥舞铁锹没命地挖起胡萝卜来，任由那一大捆没种下去的甘草继续埋在水渠旁边。反正它们也不会死掉，等明年开春再种吧。

胡萝卜都挖了出来，像小山一样堆在台地间。这时家里田园晒场间的活儿已干得差不多，只剩腌酸菜，腌咸菜了。宁新也过了“百岁儿”，脱开些手了。白星昱就打发宝琦进西大沙去给丈夫打帮手。这真犹如雪中送炭一般，谭春阳顿时松了口气，他正一个人忙不过来呢！胡萝卜这么样地都从地里挖出来，他再走开着实就不放心了。却又不能竟日守在这儿，得抓紧卖出去才行。再拖延时日，一旦来场大冻，销售上可就会大打折扣的！

孟宝琦来到，谭春阳立刻挑选了一麻袋胡萝卜，用毛驴车拉着出了西大沙。他避开熟人，直奔远僻的村落，去打听哪里有养猪的人家？那几年星河谷出了好多养猪专业户，遍布在上上下下的村庄里，不难寻到。在火星邑西北边，傍依山脚下的一个小小村庄里，他终于寻到了买主。这户人家建着个大养猪场，养着几百头猪，是敦伦城里市场上猪肉的一大供货源，大量需要猪饲料。场主见了谭春阳的胡萝卜，心里一乐，这个拿来喂猪是好东西啊！得知有四百吨之多，大喜过望！这下自己要发旺了耶！四百吨这样的胡萝卜喂两百头猪没问题。一头猪至少能卖八百元，两百头还不是十六万元整？自己可就要成星河谷里最有钱的人啦！一番讨价还价，最后以六十块钱一吨成交。说好由猪场雇拖拉机去拉货，谭春阳只帮着装车，一车一付现钱。算着这个价儿无疑是亏，但想到图的是能避开孟千秋的使坏，利利索索把胡萝卜都销掉，谭春阳也就不计较。

次日载重五吨的大拖拉机就“轰隆隆”驶进了白沙梁。一天只能拉四趟。谭春阳和孟宝琦只是帮着装车，一下就感觉松闲起来。翁婿俩心思投到了捕鱼上头儿去。哪天也捕十几条大鲤鱼。吃不了，又不能往回送，谭春阳就教孟宝琦做“土巴咸鱼”。在底下盐碱滩上寻个地方，挖个约一米深的坑，用锤子把土块儿锤细碎。像做烤鱼块儿那样把鱼沿背脊剖成扇面状。只刮掉内脏，不去鳞，也不清洗泥沙血污。就那么一层鱼肉一层土埋进坑里，踩严实。过几天取出抖落掉土，就成了。这是利用这里土壤含高强度盐碱的特质，腌制鲜鱼的古老方法。经过高盐碱土的压腌，鱼肉呈老红色，嚼着绵韧鲜香，独特的一种口感。这就可以存放了，一两年都不会变味儿的。

翁婿俩每天收着崭新的钞票，又尽兴弄鱼，自是舒畅。到满一个星期，已经攒够了还乡上罚款的数额。谭春阳数了八千块钱出来，捆成一沓，让孟宝琦去乡里办了还款手续，收回了先前打的欠条。宁新的出生至此就没有说头儿了，一家人彻底轻松起来。日子越发过得一片火旺。却是不期然间又出搅乱。到第十七天上，猪场拉胡萝卜的拖拉机没有如期到来，一直等到晌午，也不见影儿。孟宝琦猜是走在半道儿上坏了车零件，或是没了油，去买这些东西都得工夫。谭春阳心里却隐隐地升起不好的预感。到下午四点多，还是没动静，他就叫宝琦跑趟猪场去问问咋回事儿。孟宝琦跨上摩托车一溜烟儿走了。天黑透了才回来，气冲冲地告诉说，猪场不要货了。

“不要货了？”谭春阳惊异：“说好了四百吨胡萝卜他全收购的呀？”

孟宝琦恨恨地一跺脚：“准又是我爸！”就述了在猪场交涉的经过。说：“猪场主的那番言语，一听就能明白是咋回事儿！”

“他说他得罪不起人？”谭春阳“吧嗒吧嗒”吮着烟袋锅儿，思忖着问。

“嗯！”孟宝琦愤愤地点头。

谭春阳再没吱声，瞅着脚下地面默默抽烟。他已料到这一层了的。嗐，真是怕啥来啥！咋个这孟千秋就不肯放手呢？

自打谭春阳进了西大沙，孟千秋本就把他撂到了一旁去了。一头扎到了那荒凉地方去，能有啥指望？必定是落个白忙白累血本无归！独自个儿在那终日不见人影儿的大沙里待久了，恐怕不疯也得傻掉！任他自生自灭罢！他开始一心只想把宝琦三口人归拢到自己跟前来。只要宝琦和如华领着孩子回来跟自己老两口儿团聚了，祖孙三代和和乐乐过日子，那就行了！也算是得了胜。这时他对白星昱的心也放下了。已经都是步入老年的人了，啥没实现的痴心也只有认了！就图个儿孙满堂，老来有靠吧！

谁知宝琦死较劲，任凭他和老伴儿使尽心，非但不肯回来，反而离得更远了。雇了个邻居小伙子随时来家里给干重活儿，他自己干脆不登门儿了。更不叫如华和宁宇来。后来听说又生了孙女儿，老两口儿巴巴地拎着奶粉鸡蛋跑去看，竟被宝琦挡在院门外，说啥不放他们进屋。气得老伴儿王素贤老泪纵横，他自己也差点儿吐了血。

这口气就憋下了，两家的怨一下又深了许多。

见岳丈不言语，孟宝琦心里焦灼愈甚。扭身往摩托车跟前走，边说：“我找我爸去！”

还是被谭春阳用那句话喝住了：“你有证据吗？瞎胡闹！”

孟宝琦猛地站住，回过头来：“这还用证据吗？我就问他为啥盯着咱们不放？”

“能解决问题吗？！还不是落个越打越生分！他是你老子，你去找他闹，能有你的理啊？！”

孟宝琦只好返回到谭春阳旁边，一屁股坐在地上，低吼道：“就没法儿对付他吗？就这么干受着吗？！”

谭春阳深吸一口烟，缓缓吐出去，说：“咱这儿拖拉机‘轰隆隆’跑了十六七天，让他觅到风声了。”

孟宝琦忽地又站起来：“我找我哥去！”说着又往摩托车跟前走。被谭春阳一把拽住：“这黑灯瞎火的，哪能去乱跑！你哥咋向着你说话？你爸做的这些你哥不见得知情。可你爸已经做下了，这就是已经把你哥抹黑儿了呀！他现在咋管？他只要一动，那就是承认了他啥都知道，那就要领罚的呀！他是有官职的人呀！再说，他管得了你爸吗？他也是当儿子的呀！”

孟宝琦沮丧地垂下头，又一屁股坐回地上。

谭春阳蔼然地说：“凡事儿别争强。咱这已经得了两万来块钱，投进的本钱收回大半儿来了，该知足了！还剩这么多胡萝卜，咱还可以继续拿它们换钱嘛！明儿雇拖拉机把剩下这几十吨都拉回去堆在园子里。咱靠园子外墙筑个大猪圈，去抓些猪崽儿回来，咱自己养猪嘛。等养成了，咱悄悄地拉到远处去，杀肉卖掉，不是一样吗？嘁，我就不信你爸那只手能把整个天底下都遮住！”

孟宝琦脸上这才平和了，一拍巴掌，说：“对！咱自己养猪，更赚钱！明儿天亮我就去雇拖拉机！”

谭春阳将烟袋锅儿在旁边石头上使劲儿敲了敲，说：“赶紧去吃饭，怕是都凉了。”两人站起来进了地窝子。自从天气渐冷，早晚饭就都是在地窝子里吃了。

边吃着饭，翁婿俩盘算明年在这白沙梁里的种植。谭春阳想在试种过胡萝卜的地里划出一百亩来种西瓜。这般新垦的生荒沙地里长的瓜最甜，一定好卖！余下的一百亩种各样的蔬菜。到时候应季采摘下来，拉到集市上去卖。这儿长出的东西都格外清香，肯定能卖上好价钱！

孟宝琦听得“嘻嘻”笑。忽然笑容敛了，忧郁地说：“就怕我爸捣乱啊！咱的这些出产都得在星河谷里的集市上卖，我爸都能使上手呀！”

一句话说得谭春阳眉头又皱起来，不言语了。默了半晌，才又开口：“那咱就两百亩都种西瓜。等瓜熟了，雇车运到敦伦城里去卖。敦伦城要是也不行，咱就再往远走！就是费两个运费钱嘛，不算啥！”

孟宝琦没吱声。闷头吃了会儿饭，抬起头来叹口气，说：“咱就这么一味忍让，终归不是办法呀！咱得忍到啥时候呢？”

“嗐，头上有天呢！甭急！”谭春阳声腔凛凛地说。

孟宝琦又叹口气，埋下头去：“咱这儿三千亩地呢！难不成都种西瓜？种那么多西瓜，咋卖呀？”

“甭考虑这个。”谭春阳说：“明年满打满算只能再开出两百亩。把三千亩都开出来，得十多年以后了。到那时啥都变了。”

“嗯。”孟宝琦若有所思地点了点头：“还是顾好眼前的事儿吧！”

次日孟宝琦吃口早饭就跨上摩托车出了西大沙。顶晌午雇着一辆大拖拉机返了回来。运了五天半，胡萝卜小山从白沙梁移到了谭春阳家老宅的大菜园子里。

谭春阳封了地窝子。给没种下的甘草又培了一层土。把柴油机、装着柴油的铁桶、铁锹等物什放到毛驴车上捆结实，赶着毛驴车回了家。

他和孟宝琦立刻拉石头垒猪圈。随后到集市上买了二十只小猪崽儿回来，一家人朝夕辛苦地喂起猪来。忙了一冬天，到过年的时候，园子里的胡萝卜小山没有了，猪崽儿个个长成了两百斤左右的大肥猪。孟宝琦坐班车去敦伦城悄悄联系下买主，雇拖拉机一下运过去，当天带着一万六千元现金回了西邑。这也是图出手利索不得已让了价的。

这个年谭春阳一家过得格外舒心。谭守仁还是寄了孝敬父母的钱回来。谭守信还是回来过年，当面给了父母孝敬的钱。听爸说明年要在西大沙里种西瓜，他和二姐夫一起跑了几趟敦伦城，把西瓜种子、覆地的塑料薄膜、盖瓜用的草帘子等物件一一买回来。自谭如华和孟宝琦改口管谭春阳叫爸，他也随着叫了。

新中国成立后不时兴给祖上烧纸扎牲搞祭祀之类了，谭家那个拿出每年收成的三分之二用来祭祖的规矩也就不再论了。但是谭春阳并没有忘掉，他是想，凡事儿都可以变通，祭祖的方法也一样。不一定就非得拘定烧纸扎牲这一种，比如他张罗着把自家的节孝牌坊重建起来，好算是一种祭祖方式吧。他心里盘算，往后即便形势变化，又准许烧纸扎牲啥的了，自己也不循旧例进行了。每年就是依习俗四时八节去按时上坟便好，把余下的钱拢到一处，办一件大事。比如再精细雕饰下节孝牌坊，把紫微峤上云止书院里的三尊圣像再重塑起来，这一定是比一味奢靡地烧纸扎牲更会让祖上高兴！真正论起来，最根本的祖宗，是伏羲啊！现在他是家族主，他的想法就成为律令。他计划，过几年等西大沙的收入提高起来，现实中也没有啥阻碍了，他再办这两件事。所以，当年挣的钱就尽管往过日子上使，不用顾忌。孟宝琦已经是这么一副跟岳父母一心一意同生活的样儿，也就不提跟他们要那套房院钱款的事儿了，往后就是一家人了啊！

眨眼又是开春农忙。家里的地都种下后，谭春阳就赶毛驴车进了西大沙。瓜地要先深挖翻晒，然后起垄灌水。这些他都是又去雇了海王星邑的小伙子，七八个人忙了半个来月，合规中矩的斜坡式大宽垄就一条一条起好了。这是借地块儿的自然坡势所成北高南低的大垄，垄宽六十厘米，行距 1.6 米，东西行向。几百条大垄长长舒展在阳光下，看着颇有气势！灌水的时候谭春阳就让小伙子们歇工，独自个儿干了。这就是把柴油机开动后，从上到下，一条垄一条垄地移动水管的活计，不需要那么多人工了。地里灌足水，他就开始温水浸泡种子。一天的时间，西瓜子齐齐出了芽儿。从水里全都捞出来，笼进开水锅里煮过的一块块湿漉漉的大纱布里催芽儿。眼瞅着芽儿长合适了。他刚要往土里下种，孟宝琦用摩托车载着岳母来了。家里菜园已经都种好，暂时人能走开，他们帮助下种来了。西瓜下种是细致活儿，让雇工干不放心，得是自家人。

三人直忙了整整两天，把靠水渠的一百亩地种严了。打算是把这些去年开出来的地一半用来种早熟西瓜品种，另一半隔两个月后种中熟品种。给播下种子的地块儿覆了塑料薄膜后，他们又给上边的一百亩地遍撒上菠菜、白菜种子。两个月的时间，足可以收一茬儿菠菜和白菜的。收成后拿去集市上卖，或是晒干了用来养猪，都是钱。种完菠菜白菜后，谭春阳就催促妻子和宝琦回去，家里就如华带着两个孩子，叫人放心不下。得知还有一捆甘草没下种，白星昱执意帮助把甘草也种下再回。谭春阳只好应了。握铁锹去挖出埋在水渠边的甘草捆，捋着根一棵一棵剁成小截儿。挨着去年秋天种下的甘草垄一截一截儿埋进土中，各浇下一大瓢水。娘俩儿这才回去了。

这就等着瓜苗破土了。谭春阳挨着下了种的地块儿，又开起新地块儿来。还是用柴油机抽水冲沙包的法儿平整土地。只干了七天就停住，是因为瓜苗儿钻出地面来了。这就得赶忙一棵挨一棵地把覆着瓜苗儿的地膜都破个洞才行。他起早贪黑地连着干了四五天，破膜的活儿完成了。接着就是查苗，补苗，间苗，整枝，压蔓，授粉，活计一项追着一项，他再没有余暇开新地块儿了。所幸土质肥沃，不须施肥，西瓜幼苗期不用浇水。他只是在侍弄西瓜地的空闲时间，给菠菜和白菜地浇了几次水。这段时间里孟宝琦每隔十来天进来给送一次炖肉块骨头之类饭食，怕谭春阳光是吃鱼肉营养不均衡。

瓜花儿授粉的时候白星昱又来了，这个活儿光谭春阳自己忙不过来。授粉是在上午八九点钟摘取当天开放的雄花儿，把它们的花粉轻涂在雌花儿柱头上。整块瓜地里一天会有好多雄雌花儿同时开放，赶不及时，就会错过时机的。

这时菠菜和白菜都长成了。西瓜花儿授粉的空余时间，夫妻俩就薅菠菜白菜。孟宝琦还是跑进敦伦城悄悄联系了菜贩子，用低于市场几乎一半的价格售卖了出产的这些蔬菜。菜贩子欢天喜地，雇拖拉机进来，几天就把堆得小山似的菠菜白菜都运走了。紧接着就深挖翻晒这块空出的台地，开种中熟品种西瓜。这就得又请雇工。白星昱一是干这个重活儿累得坚持不下来，另外家里田间活计追上来，得回去耕耘玉米地了。她和孟宝琦就匆匆走了。

挖翻这块地的时候，谭春阳目睹了奇迹。白菜的根须竟扎进土壤里两米多长！让人知道了这里土层多么疏松深厚肥沃。谭春阳欣喜不已！白菜根儿那么细弱都能扎这么深，甘草的根儿更甭说了。甘草是靠卖根儿换钱，根儿越长越粗，就是收成越大。他就起了个主意儿，索性余下的土地都不平整开垄了，就直接往上种植甘草。甘草的根儿要是棵棵能长到两米来长，三千亩甘草收成了，得是多大一笔收入！这么琢磨着，干劲儿更大了。

这块地也是白星昱和孟宝琦来帮助下的种。因为中熟品种植株相对密，三个人忙了差不多三天时间才把地块儿种严。还是种完娘俩儿就走了，后头儿的活计都扔给了谭春阳。家里人手也是打不开点儿，如华奶着宁新，又要照看宁宇，做熟三餐饭都是拼了，根本不能顾到外边的活儿，田里、菜地里的活儿都压在孟宝琦和白星昱两个人身上。

已是夏天，刚种下去的这块瓜地不须覆膜了，半个月里可以不用管。底下的一片瓜正值晒瓜的时候，活计也不多。谭春阳一时松闲下来，得空儿就去岔河道捕鱼，想要一坑一坑地腌制些“土巴咸鱼”。今年雨水稀少，从开春到现在只淅淅沥沥下过几场小雨，没下透过。只要一星期工夫不落雨，一坑咸鱼就能成了。

他是想等做好后，拿塑料袋层层密封了，给守仁和守信寄去。这是正儿八经的塞北土特产，南方人肯定喜欢！

偏在他把十几条大鲤鱼拾掇好挖坑埋下去的次日，太阳偏西的时候，遮了半个天空的一块乌云黑压压地从北边推过来，狂风大作，霎时间大雨倾盆而下。当时谭春阳正在岔河道收网捞鱼，舍不得丢下在网里扑腾着的几条大鱼，他就顶着初来的风雨继续在河边忙碌。直到把渔网全都拉到跟前，团团将乱蹦着的鱼都紧裹住，这才拎着鱼和网朝地窝子走去。雨越下越大，沙土地泥泞不堪，傍水渠边踩出的小道儿完全没了影儿，他只好蹚着泥水艰难前行。没有带伞和雨布，浑身雨水肆流，整个成了落汤鸡一般。后来台地上来不及下渗的雨水顺坡流下来，漫漶成了小河，人就是蹚在泥河里了。

终于来到了地窝子跟前，却傻了眼。这是依坡势而修筑在半坡上的洞穴式建筑，为了让里边通风干爽，他竟日都大开着门。此刻聚集坡顶的雨水流下来，靠近处的“哗哗”灌进了地窝子，已把它变成了个小水潭样儿。所幸里边的积水刚及小腿处，床上的衣服被褥应该还没有浸泡。他估测了一下雨势和灌水的速度，觉得冲进去抢出这些东西还来得及，就把渔网去紧紧拴在老胡杨树上，飞步冲进了地窝子。蹚水奔过去扯下拉绳上的毛巾，先擦干头发，飞快脱下身上的湿衣裳。边用毛巾擦着身子，爬上床去，麻利地抓过衬衫裤子穿上，高高挽起两个裤管。抓过被褥来都叠成结实的方块形，扯一块厚塑料布严严包裹捆扎了。下了床，披上雨衣，又拿块雨布蒙住头。抱起被褥包，蹚水出了地窝子。浊水已灌进来这么多，地窝子门是关不上了，只能任由它去，人到外边去寻个高耸处挨着等雨停吧。

他费力地蹚着水往高坡上攀，直上到地势最高的一个大沙丘顶，才停住脚。弯腰把被褥包放在沙丘上，背对着风坐在上边。拉紧雨衣覆严身体，又把雨布从头上摘下来披在胸前对角系紧，就开始了泥塑木雕似的默默坐等。好在风势渐弱，只有雨水时急时缓地击打冲刷折磨着人。时间开始显得似是静止了一般，雨幕茫茫，无边的死寂。此刻的他显得那么孤弱、渺小、无奈！天色渐渐黑了，雨丝毫不见停止的意思。会下个通宵吗？他寻思着，只觉肚里越来越饿，身上越来越冷。一切都只能咬牙忍着。他开始设法分散注意力，忆想自相遇妻子以来的点点滴滴。这些回忆引发的暖意一股股从心间涌出，遍及全身。果然抵御了饥饿寒凉，渐渐不觉得那么难受了。一时心里满满的幸福感填盈充塞，他甚至不禁感激起孟千秋来。年轻时候要不是被他糟害，不得已放弃了跑坝后做生意赚钱娶星昱的愿望，自己若照着那个思路苦挣苦熬地干下去，到新中国成立时候，没准儿也就会成为被均分财产镇压掉的地主富农之类，从而完全再没有了保护星昱的能力。现在看，丧失了几根手指，换得与心爱的人一生平安相守，很值得啊！再则，若不是曾有过孟千秋的那些作恶，宝琦是不会似现在这样，完全入赘来的样子，成为自己和星昱的大帮手，带来儿孙绕膝的天伦之乐。再就是眼下，要不是孟千秋刁难使坏，自己不可能来承包下这西大沙，这么快就挣到钱。去年若是如愿承包了紫微峤，在那儿不管是种山杏树，还是柿子树，至少都得三年后才能有收成。即便有了收成，也没法儿跟这里的收入比。政策规定农民在承包的荒山上只能栽树，而且山上原有的树木不论大小一棵不得砍伐，完全没有似在西大沙开荒的这种随意垦植的自由。再说，紫微峤上的土壤哪里能有白沙梁上土壤的这种疏松肥沃呢？在紫微峤上种甘草的话，根须长到两尺到顶了。在这里，肯定能长到两米多！嗯，等这场雨后，地面干爽了，寻株长得壮实的甘草挖开看一看，究竟根须扎进去有多深？现在甘草根已长够个儿，往后就是往粗里发繁了，可以挖开看了。真要是甘草根都长得符合预期，待收成了，就又让星昱过上她小时候的那种富裕日子了。一度失去的又重新寻了回来，她一定会很开心很满足啊！

这样想着，谭春阳不由得嘴唇一抿，微笑了。忽然头一摇，不行不行！不是说过了吗？绝不可再返回去当大地主！还是要像先前跟星昱一起盘算的那样，让乡亲们跟着一块儿致富，叫大伙儿来一起干，挣的钱均分。自己所得的一份也足够花了。守仁和守信都有工资，不须家里帮衬。如云的丈夫这也转成了吃公家饭的人，咋着日子都不会太紧巴。如华两口子虽是在土里刨食儿，但他们有烙画技艺，施展开就是条大好生路。嗯，等宁新长大些，就得督着宝琦和如华再去把烙画坊开办起来。实在不行就叫他们进敦伦城里去租铺面开，不信就躲不开孟千秋的黑手！

对了，等确定种甘草赚钱有把握后，就把春明和春晖两家人也叫过来，跟着一起干。干上几年，他们各家的日子也会滋润了。到时候甘草根必定是拉到远处去卖，就叫守仁和守信在外头给联系收购的药材公司。咱的东西只要品质好，不愁销售。这个孟千秋使不上坏的！

越想心里越舒坦，浑然忘记了外边的世界。等把这篇想完了，才意识到天已黑透，自己是独自坐在茫茫夜雨里了。好在雨势渐小着。看来得这样地坐个通宵了。即便待会儿雨停了，四下里黑漆漆的，也没法儿行走呀！又往哪里走呢？地窝子里的水估计已经灌满了，得等到明儿天亮后再去排水了。

谭春阳忽然脑子里一闪，想起了那时知无先生和小先生打坐习静的事儿。自己要是会打坐就好了，这个时候正好修炼呢。这么想着，他不禁就挪动两腿，成盘坐姿势。上身直起，两手在腹前放松交叠，眼睛微微闭上，开始细数自己的呼吸。这是那时小先生曾教过的。专心数了一会儿，不知不觉地，心思悠悠跑走了。他想起了当年小先生让父亲带回的那个用来舀疗伤药粉的小小野棠木勺。记得勺柄上正面刻的是“识得祸福非”五个微尘小字，背面是“心殇为殇”四个小字。

“识得祸福非”这五字，当时在去书院请教了先生后就差不多解透了的。大略明白它的意思是说，人世间祸与福的真正涵义，跟通常人们的理解并不一致。往往看上去是祸的事情，实质其实是福。而看上去是福的事情，本质却是祸。

嗯，现在愈加认同了这句话的哲理，刚才所忆自己大半辈子亲身经历的事儿，不就是最好的例证？所有孟千秋对自己的加害，回过头去看，实质都是对自己的帮助，一步一步把自己推进了福地里。当真论起来，不应仇恨他，倒应该感激他才对呢！这么想着，他不禁咧嘴笑了。随即自嘲地摇头，可叹那时候自己迷在其中，转不过弯儿来，憋足了劲儿要找孟千秋报仇，势必让他血债血还。唉，让知无先生操了多少心啊！

知无先生的一片苦心，就是用“识得祸福非”这句话来点化救度自己的啊！

“心殇为殇”这四个字，却总没解透。先生给讲解说，浅的层面上，它们的意思是，一个人只有心灵遭受了重创才能算是受了伤。深的层面上，是说一个人在心灵尚没成熟的时候死掉了，乃是真正的夭亡。这些都牢牢记住了，可惜不能够尽懂得。有句俗话，“人怕伤心”，这自然对。但是对身体的伤害就不可怕，就不算伤害吗？比如说当年孟千秋指使人剁掉自己的四根手指，就不是让自己受了伤吗？再论深层的，也有俗话，“哀莫大于心死”，这自己懂得。但心的死也分啥夭亡与不夭亡吗？啥样的心灵能称得上是成熟的心灵呢？

唉，一晃大半辈子过去了，都没能解透彻这四个字！自己真是够愚拙啊！谭春阳在心里叹着。要是再解不透，可是就要把问号带到下辈子去喽！微拢眉头，他又苦苦思度起来。忽地就似脑子里划过一道闪电般，有了领悟。这四个字的意思，可是说，人的寿命其实是以心灵成熟的程度来论长短的？一个人心灵要是成熟了，那就不管啥时候死亡，都是有寿之人。相反，一个人心灵要是不成熟，那就任凭活多久都是个短命的，甚至活几辈子也都是短寿。

嗯嗯，没错！就是这个意思！他欣喜地点头。

却旋即又起了疑问，啥样的心灵算是成熟的心灵呢？想呀想呀，感觉就要把脑袋想破了，还是不能得其解。他只好苦恼地摇摇头，叹息一声，嗐，只有先搁下吧！日后啥时候再有时机，再琢磨吧！

雨又小了些，看样子不会下通宵，再过一会儿应该能停。他想。等雨停了就好了，自己就可以站起来活泛活泛腿脚。坐了这么久，两条腿酸胀得真是难受！念头这么一转，就觉得两条腿酸麻得简直受不了。却不能动，此刻只要一动，雨点儿就会钻进来打湿底下的塑料布包裹，自己的座处就会搞湿掉，那可是不好！

就再想点儿什么，转移开注意力吧。他跟自己说。脑子动了两动，他想起了那时知无先生叫自己抄写念诵《大学》的事儿。就凝神忆想起那些文字来，“大学之道，在明明德，在亲民，在止于至善”。使了半天劲，只想起开头这一句，后头的竟都忘掉了，真是惭愧！

他就反复背诵这个句子。边背诵着，回想先生就“明德”二字所做的谆谆教诲，说它们的意思，是指人所本具的“光明之德性”，也就是“良心”。咀嚼着“光明之德性”和“良心”这两个词，他忽然心里一动，所谓“成熟的心灵”，可就是这“明德”——人最本初的，具有光明之德性的心，也就是良心？

是了是了！就是这个意思！“成熟的心灵”就是光明遍照的良心。那么，“心殇为殇”的意思应该是，一个人的心灵没有达到光明遍照的初良状态，是为没有成熟。或者说，由真实义角度来看，人的寿命长短不是以在这个世界上活了多少年岁而论，应是以心灵成熟的程度而论的。

一刹那，他只觉似是被包裹在了无边的柔暖明亮里一般，从里到外一片乾乾光朗，辉耀明透。我解透了这四个字！我终于解透了这四个字！他在心里欢呼着，一种前所未有的喜乐之情豁然漾开，在生命中波涌溢流。

这个快乐，竟大大超越与妻子两情缱绻时刻的快乐！这是无与伦比的！体味到了这个快乐，人才算真正知道了啥叫快乐啊！

这才叫人生的幸福啊！

一个人的心灵回还到最本初的，具有光明之德性的良心状态，那才是真正得了幸福快乐！

看起来，人这一辈子，最最要紧的，是在心上下功夫啊！能仁爱信义，积极开朗，天天向上，活出满心光明，那就是对了！就是胜利了！这就不管曾经遭受过什么，都是个幸福的人。相反，一个人的心灵要是自私阴暗，诡谋充斥，那就不管拥有啥都是不幸的，都是一个受灾被伤的人。

如此说来，自己应算是个胜利者哦！因为自己心里没有那些阴私鬼诡嘛。谭春阳寻思着，忍不住“呵呵”笑了。要感激今天这场突如其来的大雨啊！把自己逼到这么个大荒野黑夜里雨中独坐的狼狈境地，才得以获有了这份明省。这是人一辈子里的最大收获啊！

更要感激知无先生，和他教给自己习诵的《大学》啊！

浓浓感恩的心绪中，他凝神念起《大学》的首句来：“大学之道，在明明德，在亲民，在止于至善”。不知念了多少遍，他停下来，发现雨声没有了。手伸出去试了下，感觉不到有雨点的滴落。雨已经停了。

站起来，抖落掉雨衣上的水珠儿，活动了下腰腿手脚。折身四望了下，他决定往下走，到地窝子旁边去倚着老胡杨睡一觉。此时不过半夜的样子，还可以睡四五个钟头呢。他就弯腰抱起被褥包，瞄了瞄方向，迈步下了沙丘。可能由于一直被包裹在黑夜里的缘故，他并不觉得夜黑得那么透，细下心来，影影绰绰的啥都能看见。沙土渗水快，雨一停，地上就没有了小河，只这一洼那一洼的有些积水，一蹚就过去了。两脚都是泥，每迈一步都艰难。这对于他都不算什么，尤其此刻，心里的光整个透出来了，更是啥也不是困难了。

来近了，就能看见老胡杨树的影子，黑乎乎地独立在宽旷沙地上。一眼看见老胡杨树，确认自己方向没有错，他的脚上更加有了力气。

到了老胡杨树底下，选了个平坦地方，把被褥包倚树干放好，他坐上去，身子往后靠住树干，闭上眼。他用起所习惯的数呼吸入眠法来，数了一会儿，就睡着了。

仍旧是在清脆鸟鸣声中醒来。睁开眼睛，天光已大亮。云层抬了上去，薄了许多，但还严覆着天空，不能看见东方天际的云霞。

谭春阳打了个哈欠，揉揉眼睛，站起身来。脱下雨衣，感觉浑身酸胀僵硬，很不舒服。但心里是欢喜的，昨夜里思想的喜乐还漾在心头，脸上掩不住地浮现一抹笑意。

他活泛了一下身体。先去看了地窝子，里面的积水已经不见了，这真令人喜出望外！看来是都顺着砖缝儿渗到地底下去了，不由得赞叹沙地的好处。走进地窝子，能清晰看见昨晚灌水留下的痕迹。由墙壁上的留痕看，及腰深了，木床曾被整个淹没掉。所幸没啥大的毁损，只是半袋子米面不能吃了。一切都湿漉漉的，只有等天晴后晒干爽再住了。自己这就又得在外边露宿了，又能看着星星月亮入眠了。他弯嘴角笑了下，出了地窝子。

柴都是湿的，没法儿点火烧饭，只有去扯些青菜果腹了。自己这还颇有些一下回到了茹毛饮血时代的意味儿了呢。他不禁又抿嘴笑了。拎起柳条篮子朝瓜地走去。底下那片瓜地旁边儿种着各种蔬菜，是种来自己吃的。记得有几个西红柿长红了，就去先摘下吃它们吧，这东西又解渴又解饿。他直奔去摘下红透了的四个西红柿，都长得小碗样儿大，一个就差不多能填饱肚子。他又去黄瓜，青椒，茄子垄上踅摸着各摘了几个，都放进篮子里。后退几步，就站在地头儿上，挑了个西红柿，也不擦上边的水珠儿，张嘴咬着吃起来。顿觉一股奇异的香甜从舌尖儿漾开，直送去肺腑间。好香甜呀！他禁不住地赞叹着。从来没吃过这么好吃的西红柿哟！边嚼着，朝西红柿垄望去，想看看还有几个能很快长熟的，等宝琦再来，得摘些让他带回去，给星昱和孩子们吃。

一个西红柿吃下本就饱了，却忍不住还想尝尝黄瓜、青椒和茄子。他就各挑了个小的，一一吃了下去。都是格外的一种清香甜美味儿。这是西大沙的赐福啊！他心满意足地擦抹着嘴，感觉少有的神清气爽。

远远近近地细瞅着瓜地，没见到有明显的损失。坡上的水都顺着瓜地两旁的排水沟走了，没殃及瓜秧垄。这场雨对刚下种的地块儿不是好事，西瓜冒苗期间不喜水。对底下正在膨瓜的一块地却是非常好！西瓜秧儿在这时节得要浇足水才行。这就免了一场自己给地灌水的活计，况且雨水比渠河里的水总是好，瓜汁会更甜。

瓜地里太湿，此刻不宜进去踩踏。他就绕瓜地慢慢地转，看见有瓜秧被雨水冲歪扭了的，就跨进去扭正过来。

近晌起了风。风的推拥下，天上的云迅速散开了，太阳烈烈地露了出来。到午后两三点钟样子，风渐停了，头上已是晴空万里，一碧如洗。

一阵摩托车奔驰的声音由远及近，孟宝琦来了。昨日雨来得急，白星昱料到谭春阳会来不及备柴，今儿没法烧饭的，就炖了一只鸡，让宝琦给送来。

翁婿俩吃了饭，去收拾了地窝子，把能搬动的东西都搬出来，摆在太阳底下晾晒。到瓜地边摘了好些黄瓜、青椒、茄子。谭春阳把它们和早上摘的另外三个西红柿一起装到纤维袋子里，捆到摩托车后架上，催促宝琦回去了。

下过透雨后，阳光格外炽烈，几天工夫地面就又干爽了。上边地块儿里瓜苗儿齐齐出了土，紧跟着就得查苗，补苗，间苗……下边一块地里，西瓜日日见长，大都定了个儿，须得开始翻晒了。这得每周都遍翻一次，连着翻三周，又是只能在下午干的活儿。还有，得搭一座存放西瓜的棚子，一开采西瓜就少不了，哪能随时都运出去呢？得有个遮阳的地方存放才好。谭春阳独自是忙不过来了，得再雇人帮工了。他就在前几次来给干活的海王星邑的小伙子里边选了两个踏实勤恳的，跟他俩签了长年佣工合同。这往后活计不会有中断的时候了，得有两个人一直在身旁帮衬才行的。

六月中旬该摘头茬儿瓜。看看时候差不多了，谭春阳叫孟宝琦赶车把白星昱、谭如华、宁宇、宁新都拉进来。这是想一家人聚拢来尝头一个熟瓜，顺便让如华娘仨儿看看西大沙的景致，她还没来过呢。家里房门和院门都锁上，出来一天没事儿。

这天孟宝琦赶车拉着岳母妻儿近晌时分来到了，带了在家里炖好的大半铝锅排骨和一篮子蒸馍。白星昱抱着宁宇，谭如华抱着宁新，满脸是笑下车来。宁宇欢呼雀跃，直奔老胡杨树冲过去，拉不住喊不住，只好由他去了。谭如华欣喜不已地折身四望着，嘴里不停地感叹，这地方能种西瓜蔬菜啊！

一家老小围坐在老胡杨树下吃了午饭。一时还不能去摘瓜，西瓜须得在早上或傍晚采摘，味道才最好。孟宝琦见瓜棚子还没搭完，想去接着干。谭春阳摆手制止，覆顶的干树枝不够了，等两个小雇工弄回来再搭不迟。趁这个工夫，还是去挖棵甘草看看根子到底多长吧！孟宝琦一听乐得一下蹦起来，就去找铁锹。谭春阳和白星昱也站起来，叫如华哄着两个孩子到地窝子里去午睡，他俩慢慢朝种着甘草的地块儿走去。

来到甘草地了，只见漫漫一大片甘草秧盎然在阳光下。棵棵跟小树似的，黑绿色的叶子闪闪发亮，看着仿佛塑料制品一般。三人慢慢踱着，把十亩来地转了一遍。都忍不住“啧啧”连声，没见过长得这么茁壮的甘草秧棵！商量后，选了一棵不高不矮的，孟宝琦打量了一眼，往后退几步，弯腰挖起来。很快整条甘草根伸展在眼前了。三人瞪眼看着，惊讶得简直说不出话。这条甘草根有井绳粗，至少两米长，分明是个甘草根精哟！

白星昱想起去年初秋在这儿挖第一根胡萝卜时的情景，不由得笑起来：“这里长的东西，都像是成了精哇！”

“不光是粗长得少见，保证它的品质也上乘！不信咱们撅下一截儿来尝尝。”谭春阳笑呵呵说着，伸手去抓过甘草根，使劲撅成几截儿，各递一截儿给白星昱和孟宝琦。自己取了一截儿，大略捋了捋上边沾的土，放进嘴里嚼起来。立即三个人同时发出赞叹声，真甜啊！都感觉隐隐一股奇异的清香由舌尖儿遍及全身。“再挖几根，给如华和宁宇嚼去。”孟宝琦说着，就要去抓铁锹。谭春阳赶忙制止：“这东西有药性的呀！嚼多了可使不得！就这根剩下的半截儿，拿过去给她娘俩儿尝尝就行了。”

孟宝琦笑着停了手。三人边细细嚼着手里的甜草根，站在那儿盘算起来。

今年收成的这些甘草根不卖，全留下当种。都种下去，至少能种三百亩。再雇人满星河谷的山坡沟谷去挖甘草。有多少都种下去，明年这里就会是一望无际的一块甘草地。只消几年工夫，咱就能把这白沙梁给变成甘草梁。那这里可就跟聚宝盆一样了！两三千亩甘草收成了，那将是啥气象！咱这星河谷里的人家可就都发了！

甘草是宿根植物，咱采挖的时候别把根都扯出来，留一小截儿在土里，次年它自己就又长出来了。通常情况下，甘草根须三年长成熟。咱就三年采挖一次呗。甘草根拿去卖给药材公司。甘草秧拿铡刀铡碎喂牛羊。往后家里一年可多养几百头山羊，年年卖笔好钱！

三人边说边笑，个个精神焕发，如饮醍醐。

现在回地窝子去也睡不着，再说那张床上也难再挤下人去了，索性就不睡午觉了，去上头儿一块瓜地里干活去。三人就朝瓜地走。晚种的这片西瓜正值压蔓时节，须每天巡看。见到有主蔓长到约五十厘米样子的，就轻轻拉起瓜蔓整齐地摆到垄上，拿湿土把瓜蔓压牢。切要让主茎蔓沿斜坡往北爬，这样一来可以接受好阳光，二来果实是结在高处，下大雨或浇水时能够不遭浸泡。

三人拉开距离，沿瓜垄从这头儿慢慢地往那头儿走，都俯身低头觑眼细看，确保不漏下每一株该侍弄的瓜秧。一块瓜地遍筛完，已近傍晚五点钟，可以去摘瓜了。他们就随手扯把青草擦着手掌上的泥，朝底下早种的地块儿走去。

要摘哪个，谭春阳心里早有数，就不再费时间挑选，直奔瞅好了的熟瓜走过去。每摘一个，他都是弯腰捧在手里，先拍几下，听见西瓜发出清脆的声响，才满意地轻轻摘下。共摘了五个，都十来公斤重，个个圆溜溜敦实实，青绿色画着细网纹的瓜身在夕阳映照下闪闪发光，招人喜爱。白星昱捧一个，谭春阳和孟宝琦各捧两个，喜笑颜开地往回走。

宁宇正匍匐在老胡杨树下兴致勃勃地筑泥沙城堡，谭如华抱着宁新守坐在旁。远远看见姥爷、姥姥和爸爸各抱着西瓜走回来，宁宇一个鲤鱼打挺从地上跃起，直冲过去，叫着喊着要接姥爷手里的瓜。他还拿不动这么大的西瓜，谭春阳只好把手里的西瓜递一个给白星昱，自己只拢着一个，弯腰把宁宇抱起来，让他在自己怀里摩挲着西瓜玩儿，继续往地窝子跟前走。

来到老胡杨树旁边了。孟宝琦把手里的西瓜放下，跑过去拿来了用皮套裹着的切瓜刀。一家人又围坐下来。谭春阳用手掌把西瓜揩擦一遍，接过孟宝琦手里的皮套，取出明晃晃的刀子，朝西瓜切下去。刀尖儿刚破西瓜的皮，就听“嚓”的一声，整个瓜裂开了。顿时一股诱人的清香在空气中水波似的漾开，红艳的沙瓤，嵌着黑玉似的一颗颗瓜籽儿，煞是好看。

“真是熟透了！”谭春阳和白星昱同时笑眯眯地叹道。

宁新小手朝西瓜伸去，嘴里发出谁也听不懂的喊声，一脸迫不及待的样子。惹得大家齐声发笑。

“快先给小猫咪吃鲜儿！”谭春阳亲蔼地说着，连忙切下一牙儿瓜，递给宁新。

然后“唰唰”几刀，把西瓜全切成了牙块儿。边拿起一牙朝宁宇递过去，边招呼大家都赶紧吃。

白星昱，谭如华，孟宝琦，各拿起一牙瓜吃起来。边吃边赞不绝口：“甜！甜！”

谭春阳合不拢嘴的样子，不顾几人劝阻，执意又一连切开两个瓜，这才也拿起一牙瓜吃起来。

到底没能把三个瓜都吃完，人人都再撑不下去了。只好各自擦着嘴巴，恋恋不舍地停了嘴。看看太阳就快落山，谭春阳赶忙催促孟宝琦套车。抓紧往回走，抢在天黑透之前能回到家才好。孟宝琦就跳起来去牵毛驴套车。白星昱把没切的西瓜留一个给两个小雇工晚上回来吃。抱起另一个，连同要带回家去的一袋子蔬菜，都放到车上。去抱起宁宇，如华抱着宁新，都坐到了车里。说好宝琦明天就带着那个西瓜进敦伦城去寻买主。谈好价钱，后天拖拉机就进来拉瓜。互相叮嘱着，毛驴车去远了，只剩谭春阳独自站在老胡杨树下凉爽的晚风里。

第三天下午近四点钟，孟宝琦引着一辆拖拉机“突突突”开进白沙梁来，停在已存了一大堆西瓜的晒棚前。谭春阳正带着俩雇工在顶上一块瓜地里忙活着，见他们来了，忙扔下活计，迎过来。

先挑了俩大个儿西瓜切开给司机师傅和瓜贩子解渴。吃得两个中年汉子一连声地喊甜！太甜了！

就装起车来。谭春阳和瓜贩子把棚里的西瓜装进麻袋，拎上大秤称重。司机带着一个雇工在底下往上递，孟宝琦带着另一个雇工在车上接。一个多钟头，棚里的西瓜都上了车。车厢里还有空余地方，斤数也不凑整。看看日头已偏西，恰是摘瓜好时候，谭春阳和孟宝琦就领着两个雇工进了底下一块瓜地。眨眼寻了三十多个瓜，拎去在秤上一过，加上刚才的那些已足三千斤。装上车去。瓜贩子掏出一叠钱，反复细数了，递来。谭春阳接过，也仔细数了一遍，三百元整。两人笑着握手，说好隔天再来拉。瓜贩子和司机麻利地进了驾驶室，“轰隆隆”一声响，拖拉机启动了。瓜贩子探出头来挥手道别，谭春阳几人也笑着挥手。站在那儿看着拖拉机拖带着一股灰白色沙尘，远去了。

“要是咱自己去卖，一车能多赚一百五十元。”孟宝琦心有不甘的样子，说。

“嗐，人家总得赚点儿嘛。不要计较这个。”谭春阳蔼然道：“咱自己雇车拉到敦伦城里，得付运费钱。咱在敦伦城里两眼一抹黑儿，谁都不认识，找地方存放瓜，到市场里占摊位，都是难题。新鲜瓜果水分大，一天斤秤一变。稍拖延了时日卖不掉，水分这块儿就有很大损耗，就是个吃亏。还有人工钱。都加到一块儿，就差不多了。”

孟宝琦这才释怀的样子，“嘿嘿”笑了。

“你这就回去，一会儿天黑了道路不好走。”谭春阳瞅着孟宝琦：“下一步就得找人趁农闲时候去给咱挖甘草根了。这个就你去办。咱就收购，哪个挖来了甘草根，咱按照斤数付现钱给他。咱的价格要定得高些，叫人都愿意卖给咱。收到的甘草根你就暂时在园子里寻个地方埋下拿水浸着。这东西只要别晒干，埋进土就能活过来。等秋天适合下种时节，挖出运进来种下。”

孟宝琦连连答应着。俩小工帮着把一袋子西瓜捆在摩托车后架上。孟宝琦跨上车，“呜”地一声驰走了。

此后运西瓜的拖拉机隔天来一次，一连几个月没有过中断。旺季的半个多月里，拉四吨重的大货车一天进来一次。底下一块地的西瓜还没售完，上头地块儿里的西瓜又成熟了，这就接上了趟儿。到秋收时，两个地块儿的西瓜全都卖光，赚了近十五万元。早种的地块儿，拔掉西瓜秧后，立即撒下了胡萝卜籽，到秋后又旺旺收了茬儿胡萝卜。今年种的胡萝卜就不再是奇形怪状了，吃着口感也好，完全能当蔬菜销售。谭春阳让孟宝琦去敦伦城联系菜贩子来拉走了几十吨，剩下的就不卖了，还是留着自己喂猪。长冬里外头儿没啥活计，人工就好投到养猪上。

这个秋天简直把人忙飞了。采挖甘草，接着又都剁成小截儿种下去。晾晒甘草秧，起胡萝卜。谭春阳把海王星邑另外几个小伙子也都又雇来，仍觉人手不够。如此他是没法儿回去帮着家里忙秋了的。所幸宁新已经磕磕绊绊地会走路了。如华不用老是抱着她了，做饭之外，能干些菜园里的活路了。这白星昱和孟宝琦光抢收庄稼就行，总算玩儿得转。

到过年时候，卖猪、卖羊的钱总到一块儿，家里收入超过了二十万元。一家人更是欢天喜地。今年谭守仁一家三口也回来过年了。看到家里日子旺成这样，谭守仁打心眼儿里高兴！不停地说，等将来自己退休，也回来跟爸一起到西大沙种地去。他见如华和守信都管谭春阳叫爸了，就也改了口。正月初六如云一家回来拜年，见哥哥、弟弟、妹妹都改口管谭叔叫了爸，也随了大家。

今年守仁的孩子得了个大红包儿，装着两万块钱的压岁钱。给守信未来的孩子准备的压岁钱包儿里也是装的两万块钱。谭春阳和白星昱解释说，这是西大沙里头一年挣大钱，这里头儿有孩子们的福分在，所以孙儿们都要分给一份。大伙儿都明知，这是感戴守仁守信前两年慷慨给钱让家里当本金的情儿。父母用这样的法儿酬还他们，他们没法儿不接受了。谭守仁只好就教给孩子满口说着敬谢祝福的话收下了。谭守信又是笑又是摇头，说：“我以后只好多给家里做贡献吧！”

谭守信大赞爸要把白沙梁变甘草梁的主张。他说咱这星河谷生长的甘草本就品质好，史上有名的。白沙梁离村庄远，不受人烟污染，长出的甘草肯定更好！必然会是药厂争相购买的抢手货。答应到时候给在上海联系买主。“你们就放开手种，销路包在我身上！”他眸子晶亮地说：“在白沙梁种甘草可是桩积德事儿！就能把那道大沙梁子给变回沃土呀！就免了星河谷被沙子吞掉的危险呀！那道大沙梁要是不治住还得了？沙漠是会扩张的呀！几年就能扑到咱西邑来呀！”他给出了个点子，让沿白沙梁边儿种一圈沙柳和胡杨树，造个锁边林带，把种植区块儿护住。

谭春阳听着，脑中闪出前年跟齐顺大哥进西大沙去勘探，说到在那儿搞种植就怕遭沙子给吞噬掉时，齐大哥说的话，跟守信给出的点子正好扣合上！又想起妻子头次进西大沙时，他俩谈论大沙梁的由来，妻子担心沙子慢慢爬过去，有一天会把西邑吞掉的忧虑。记得当时自己满怀信心地说，咱们种甘草，把它变回沃土梁子！也竟跟守信这话整个一致！一时心里说不出得高兴！他们这些老农的脑筋，跟这标示着现代高等教育阶位的大学老师的思想完全一致，说明这条路是绝对正确的！还说明人的智慧跟在学校受教育的程度并不是一定相关的！

他不由得直叫好，感觉劲头儿更大了！眨眼过了元宵节，把守仁一家和守信先后送走，谭春阳拉过孟宝琦，盘算起开春后的种植来。

孟宝琦想把家里的田地都包出去，自己也进西大荒跟岳父一起种瓜菜甘草去，那会划算得多！粮食没价格，花钱买些就是了。宁新已能脱开手儿，有姥姥在家帮着如华带她就行。谭春阳不同意，说：“家里的田地你再种一两年。咱得雇人在这趟川儿的前后山上给挖甘草呀。这是个得抓农闲工夫干的活儿，人守在村里才好，收购时候方便。不能叫大伙儿把挖得的甘草送到西大沙里去不是？”

孟宝琦琢磨着是这么回事儿，就点了下头，说：“嗯，那咱家的田我就再种一两年。等不用在外头收甘草了，我再进西大沙。”

“那我也不想让你进西大沙。”谭春阳说：“等宁新再大点儿，断了奶，我想让你和如华再去乡镇上把烙画坊去开办起来，那个技艺不能丢啊！”

孟宝琦瞪大眼睛："还去开烙画坊？先前咱开的那个咋关的呀？再去开还不是又要……"

谭春阳蔼然道："不一样了。你爸是冲着我来的。把我撵进了西大沙，他心里舒坦了，这不是就放下了？你看这两年他没再干啥嘛。"

"哼！他是干不成！"孟宝琦满脸愤愤："咱啥都是直接去敦伦城里寻的买主，他手伸不到那儿去！为着防他，咱少卖了多少钱呀！"

谭春阳"呵呵"笑："不信到时候你看，光你自己去开办烙画坊，你爸就不会再放刁使坏了。"

孟宝琦不再言语，却一脸不敢轻信的样子。谭春阳就换了话题，说起怎么样修砂石路，打机电井，等等。他的计划，今年要修一条从北道口儿直到白沙梁的砂石路，就能解决掉拉运货物的车辆进出白沙梁的困难，往后那里各种出产的价格就可以提起一大截来。还要在白沙梁中间靠北些的地方也打几眼机电井，一旦遇到天旱，就从地下抽水浇甘草地。那些地块儿泵白星渠的水浇着吃力了。

修路是头一桩，出了正月就开工最好，赶春忙之前就能完工。这就得四下去雇人工了，光海王星邑里的劳动力不够用。

翁婿俩分头行动起来。因不能不防着孟千秋，还是到远些的村落去寻的人。几天工夫就谈好了五十个青壮劳力，雇下了一辆拉砂石的卡车。看看天气回暖快，日日艳阳高照，索性就不等出正月，择日开了工。这个活儿越早干完越好！人们可以早些回去筹备春耕。

推进顺利，半个月的样子，三米宽约十一公里长平坦的一条灰白色砂石路就从北道口儿伸展到了白沙梁底下。这到地窝子跟前直线距离已不到三公里了，但筑路难度大起来，因往后就进了沙子地段儿了。须得先拉土垫出地基，用干草秸秆扎网格在道路两旁固住沙，然后再给土路厚厚密密铺上碎砂石才得行。

迎来的困难丝毫不影响劳动者们的热情，谭春阳付的工钱高，伙食也办得好，人人心里都乐呵，就都不吝惜力气。正热火朝天干着，忽然出现了情况。

一日金星邑的几个人同时辞了工，说是家里有事儿得即刻回去处理，不能再在这儿干了。谭春阳和孟宝琦没在意，谁家都保不准哪刻里有事儿，正常的。紧跟着火星邑的十几个人也不来了。这令翁婿俩不由得起了疑惑，咋都是整村的人一起不干呢？正在纳闷，这天近晌午，沿刚刚修成的砂石路“突突突”驰来一辆摩托车。远远地停下，摩托上的人也不下车，就那么仍是骑着，高声招呼苗大海。正蹲在沙地上扎网格的苗大海听见喊声，忙应着站起来跑过去。只见那人对苗大海说了些什么，苗大海紧锁着眉头返回来，直接去跟同村来的人们一一耳语。很快十几个人聚拢到一堆儿，悄声嘁喳起来。过了一会儿，一起没表情地朝谭春阳走过来，说他们村子里有急事儿叫赶紧回去，对不住只好先走了。就头也不回地都去了。一时工地上雇工只剩了海王星邑的九个小伙子。

谭春阳和孟宝琦顿时明白了是咋回事。

“你还说他放下了呢！”孟宝琦悲凉地瞅着岳父说。

谭春阳无语，摇头，叹一口气。

“这可咋办呢？活计没干完呢呀！明儿要是拉砂石的货车也不干喽，咱可就是真没辙儿啦！”孟宝琦愁闷的样子，叹道。

“甭急！天无绝人之路！不行咱就还是进敦伦城去想法儿，城里找活儿干的货车多了。咱就是多掏俩儿雇工钱嘛，没啥！”谭春阳凛声说。

孟宝琦脸上的愁云这才疏散开：“嗯，对！咱还是进敦伦城去寻帮手！”

第二天海王星邑的小伙子们带来的话儿证实了谭春阳和孟宝琦的猜测，说是村里有人找了他们，吓唬着不让再来这儿干活，哪个敢违背的话后头儿没好果子吃！他们没理茬儿。海王星邑的耕地已沙化得没法种了，家家都愁掉了眉毛。田里产不出粮食，家里又没买粮的钱，喝西北风活着吗？不让到这儿来干活你能给我们粮食和钱吗？跟着你们跑啥也捞不着！

听得谭春阳满心感激，总算人没有一下走光，让自己耍光杆司令啊！立时给九个人每天工钱都长了十块。小伙子们乐得蹦高，扑下身子去干活了。孟宝琦心乱起来，光这几个人，得干到啥时候？怕是春耕前这路修不完呀！

眼看晌午了，仍不见拉砂石的货车进来。他更惶急了，这是货车也被“策反”了啊！就把岳父拉到一旁，低声问：“咋办？货车也不来啦！”谭春阳紧抿嘴角，举目朝敦罕公路方向遥望。

“哼！这些人真势力眼！他们就能保证一辈子都用不着咱们啊？！”孟宝琦愤愤地说。

“要体谅他们。”谭春阳宽蔼地劝导：“世世代代窝在这大山旮旯里头儿，烧香拜佛也巴结不上个关系门路。这冷不丁天上掉下馅饼，有权势的人主动来找自个儿，哪有不立马扑上去抱住佛脚的？这往后不就有了门路了？人都是这么个性儿啊！”

孟宝琦仍旧一脸恨恨：“看他们靠这座山能靠一辈子！”

谭春阳眯眼儿笑：“后头儿的事谁也料不上去，咱就顾好眼前啊！我教给你那‘安住当下’四字诀，你咋老不会使呢？人呀，不管啥时候啥处境，只要自己严加把守，心里别想错，嘴里别说错，行为举止上别做错，那就安心踏实地该干啥干啥。干好自己手上的活儿，迈好自己脚下的路，甭去管旁人。头上有天呢！要相信老天是公正的，绝不会偏向哪个！”

“嗯。”孟宝琦使劲儿点一下头，长长吐出一口气。

“你在这儿领着大伙儿继续扎网格，待会儿吃了晌午饭我出趟西大沙，去找齐顺大哥。他家栓子这些年都跑广东打工。我去跟他说，叫栓子今年不出去了，来这儿跟咱们一块儿干，一年下来保准比他外出挣得多！齐大哥跟我是老交情，定不会理你爸的茬儿！主要是我考虑他得罪了你爸也没啥，他们老两口那把年纪了，哪个想整他没处下手。他就栓子一个独儿，常年在外头儿打工的人，用不着巴结乡土间的权贵，他不在这儿求前途的嘛！”

孟宝琦眨巴眼听着，说：“光栓子自己来也不够呀？”

“栓子能给叫人来嘛。”谭春阳把握十足的样子，说：“他不会是独自个儿去闯广东，肯定是跟人结伙儿的嘛。”

孟宝琦眼睛里闪起了笑意，点头说：“嗯，凡是外出打工的人，都不会惧怕村里的势力，他们只求能挣到钱。”

谭春阳抬手拍了拍孟宝琦肩膀，语调充满自信，说：“人只要自己不倒，没有事儿能把人难倒！干活去吧！”

孟宝琦“嘿嘿”一笑，刚要扭身走，忽又停住：“爸，那货车不来了咋办？”

“这还没到晌午嘛！先不忙着下定论啊！等天黑它要是还不来，那咱就认定他是不来了。明儿早饭后那你就进城再找车去。咱手里的钱足够使，不怕增添费用。”

“嗯！”孟宝琦眸光一闪，咧嘴笑着，去接着干活儿了。

谭春阳在齐大哥那儿一下招来七个佣工。栓子今年没回来过年。去年直到腊尾，他也没能拿上当年的工酬，他打工的那个广东的塑料厂拖着不给发，这样他就没有回家的路费钱。齐顺赞成谭春阳的主张，不如叫栓子回来进西大沙干去，就不会再有这种挨人宰的遭遇了。离家也近，可以时常回来看顾一下两个老人。他们老两口儿也不用再这么日夜为他悬心。老人家次日就跑去镇上给儿子打了长途电话，告诉了谭春阳说的在他那儿签常年劳动合同给付的工酬，保证每月定时发放工钱，等等。栓子听得鼻子眼窝儿都是笑，一口应了老爸，马上就收拾东西往回赶。这儿拖欠的工钱只有以后打电话慢慢催要吧，继续在这儿耗着，只能是又搭进去一年的苦力！齐顺说了谭春阳想让栓子叫上十个八个在一块儿打工的家乡人，一起回来，西大沙这儿缺人手。栓子也爽快答应了，他们在一起打工的敦伦县人共六个，都是一样的苦楚，听说老家有能挣现钱的地方，哪有不乐意往回奔的！

几天工夫，栓子领着六个青壮汉子风尘仆仆奔来了西大沙。那六人的家都住在敦伦县南部乡镇，没有星河谷里头儿的人。这令谭春阳和孟宝琦感到高兴，没有孟千秋插手处了。

谭春阳已经把海王星邑的另外六个小伙子也都签了长年劳动合同。再加上栓子七人，他就有了一支十六人组成的固定队伍，再不用受缺人手的窘迫了。孟宝琦也可以不用再那么辛苦地家里西大沙两边忙了，往后他只管顾好家里的田地菜园的耕种收割诸事就行。

谭春阳感觉肩上的挑子越发重起来！这就承担起了十六个乡人赚钱养家

的责任啊！他督领家人更加省吃俭用了，把每一分钱都花到刀刃上，得确保跟着自己干的人不吃亏呀！

挨着先前的地窝子又一连挖了三个，把佣工都安顿下。从此海王星邑的小伙子们也都住在白沙梁里，不再每日往返了。到该起坑送粪的时候，孟宝琦就回去忙春耕了，只留下谭春阳带着雇工们在西大沙里拼劳。

道路筑好，紧接着就翻晒瓜地，打垄灌水，种瓜种菜。有去年的经验，今年的种植更加顺当。垦出的地块儿，还是在底下的一百亩种早熟西瓜。上边的一百亩先种菠菜、白菜等蔬菜，等两个月后起了青菜，种中熟西瓜。空余时间就开打机井。到盛夏时节，白沙梁北边相隔二里地远的两眼机井打好了。紧跟着就在两眼井之间圈出约两百亩地，也用泵水冲沙包的方法垦荒平整了，遍撒下胡萝卜种子。这桩活儿干完，留下够侍弄瓜地的人，其他佣工们都背起大背篓去满山寻着挖甘草了。

十几个人起早贪黑忙累了一夏天，到秋收完毕，白沙梁里又种下去约五百亩甘草。谭春阳计划今年的胡萝卜一根不卖，都拿来自己养猪。去跟齐顺大哥商量，想租他家的旧羊圈养猪。齐顺一口答应了，只留三间正房自家住，把西厢房和占两亩多地的大羊圈都租给了谭春阳，让他改建成了小养猪场。边修筑着猪圈，雇拖拉机把西大沙的胡萝卜都拉到了这儿来。这个冬天，就由栓子带着八个佣工在那儿养猪。谭春阳把自家院子里先前的猪圈改修成了羊栏。买了几百只小山羊羔儿，把甘草秧都拉回来，自己领着其余佣工养羊。一冬天苦干下来，年终时候，除去佣工的工酬，奖金，谭春阳还是净剩二十多万元。这下他就比去年更觉得高兴，乐呵呵跟家人们说，今年就不光咱一家在西大沙领恩惠了，多了十五个人家了噢！白星昱和孩子们直点头，是呀！算算佣工们连工酬带奖金，每人一年得了近三万元呢！在星河谷里，这可都是发旺了呢！这儿的人家一年忙下来，除了自己吃的粮食瓜蔬，能赚几千块钱都是好的咧。

过了这个年，宁新三岁半了，完全能脱开手了。谭春阳就跟孟宝琦商量，看看是再种一年地，还是不种了，把家里的田都包出去，他和如华去镇上租铺面开办烙画坊去？孟宝琦想了想，说：“再种一年吧。等今年西大沙的钱再赚出来，秋后如华我俩进敦伦城去开画坊。”

“进敦伦城？”谭春阳冲口问道。想起自己也盘算过这个，是为了躲避孟千秋使坏不得已而为之。但他觉得，现在的情形，光宝琦去镇上开烙画坊的话，孟千秋应该是不会再整事儿了的。

“嗯，”孟宝琦使劲点下头，恳切地说：“我跟如华筹计过这个事儿，烙画这个技艺确实不能丢在咱手上，不然对不起当年教你的乔爷爷。但不能再在咱这星河谷里开烙画坊了，抛开我爸还会不会再使坏不说，这里没啥生意的呀！你看这两年，谷里的青壮男女络绎地往外走，都出去打工了。远村近庄渐渐地都只剩下些老弱病残了，谁家还置办新家具噢？咱就也进敦伦城去闯块天地！县城里总归人多，多的是上班拿工资的人，他们会喜欢这种古雅玩意儿的，咱就有生意做啊！”

见岳父不吭声儿，一脸犯思忖的样子，孟宝琦赶忙又说：“这么做还有一个好处，宁宇和宁新就能接受好的教育啊！县城里的学校老师水平高，各样条件都好，是咱这山旮旯里的学校不能比的！孩子能站到一个高一些的起点上，对他们的将来有好处些。”

谭春阳一下明醒过来似的，紧抿唇“嗯”了一声：“对！进城去！对俩孩子的教育有好处！宁宇这就快上学了，咱让他到城里学校去念书！”边说着，朝外孙子和外孙女儿玩耍的地方望去。一霎儿眼神儿里满是疼爱，语调更加慈蔼了：“那就得等秋后了。进城去租住房、租铺面啥的得一笔钱，咱现下手里的钱不能多往别处花费啊，今年还得下力气种甘草呢。”

孟宝琦连连点头，抢过话头，说：“是是！咱还得照守信给出的规划，沿白沙梁边儿种一圈沙柳和胡杨树，造个锁边林带，把种植区块儿护住。这些都得投钱啊。”

谭春阳点头：“嗯，等今年上秋一茬儿甘草再种完，咱白沙梁上甘草地就有至少一千五百亩了，暂时可以不再种了。三年后咱采收一茬儿去换成钱，然后再筹划把剩下的那些地块儿都种满种严。”

翁婿俩计议罢，扑身干了起来。

一下子比去年多出来两百亩瓜菜地，西大沙就还得早开工。得一锹一锹把四百多亩待种的地块儿都深挖一遍，翻晒了土壤才行。今年在这儿干活的人手也减数了，猪和羊都自家留了种，打算慢慢地就不再去外边买猪崽儿羊羔儿，都自己来配种繁殖，这就得投入人工。羊栏这边的活儿平时让宝琦兼顾着，只在剪羊毛等活计忙的时候调人工过来帮助干。养猪场那边留了两个人常年守着。白沙梁里的人们就仍旧是忙得一日不得闲。好在老天照应，又是个风调雨顺年景，秋天喜获丰收。

打完场，帮着把胡萝卜和甘草秧都从西大沙运回来后，孟宝琦就和谭如华动身去了敦伦城。忙活了半个多月时间，租下了傍城东郊的一个小院落，和城区商业街里的一间铺面。都打扫干净，破旧的地方做了装修，定做了烙画坊的牌匾，就回来拉行李用具等物品。那年在镇上开烙画坊时制作的家什凡能用的，都拉进城去接着使用，不必重新再做。行李家具也是，用得上的雇辆车都搬去城里刚租下的院落，往后一段时间里就是在那儿过日子了。

“呼啦”一下子孩子们都走了，最受不了的是白星昱。宁宇和宁新都是打一出生就是她帮着如华带，没离开过，这冷不丁地见不着了，实在空得慌！也惦记。才知道想孙儿的滋味儿。俩孩子也是离不开她，进城里住了不到三天，一片声儿哭着喊着要姥姥。挨不过，白星昱就赶去城里，住在了如华家。这乐坏了孟宝琦和谭如华，这就可以把家和孩子都扔给老妈，他俩只管扑身去经营烙画坊了。刚开张的店铺，活计多得叫人喘不过气来。

跟孩子们在一起，白星昱又开始惦记家和老伴儿。猪场里几百头猪，羊圈里几百只羊，光春阳自个儿领着一伙儿佣工，哪里顾得过来啊？！她只好又急惶惶往回赶。她就开始西邑敦伦城两边跑，在这儿住几天回到那儿去，在那儿住几天又回到这儿来。直到宁宇和宁新都送进了幼儿园，她才慢慢地习惯了他俩不在身边的日子。

孟宝琦着实忙了两个月，把铺面各种布置好。先前做的烙画，挑选优胜的当样品悬挂在墙壁上。和谭如华一起熬夜又做了几幅新的，迎门口摆放好。印制一些宣传单，遍城区散发了出去。都弄停当，这才琢磨要不要去看望哥哥？由于父亲的缘故，这几年孟宝琦跟哥哥简直疏远了。哥哥结婚时候他都没去参加婚礼，逢年过节哥哥领着嫂子，带着孩子回乡看父母，他也不去打照面儿。内心里，他对哥哥着实怨！都是因为你当了这么个官儿，父亲才会这么作的！不相信对他的这些行径你一点儿没有耳闻，咋就不管呢？你要是劝止他，他不会不收敛的！

正踌躇着，忽传来噩耗，孟宝瑜出了车祸。他是到南部县份去考察，进山区巡看时候，在一条山道上跟一辆四轮子迎面相遇。开四轮子的农民喝得半醉，不知死活地直朝吉普车撞来。司机赶紧打方向盘躲闪，虽是躲过了四轮子的撞击，却掉进了旁边的深沟。孟秘书当场殒命。

孟宝琦闻讯，放声大哭。后悔先前不该跟哥哥置气，躲着不肯相见。现在想见，已是永不可能了！只好让烙画坊暂停营业，把宁宇、宁新送去姥姥家里，自己带着妻子赶去奔丧。料理完一应后事，把哀哀欲绝，几近崩溃的父母送回东邑。劝慰一番，叮嘱一番，夫妻俩擦抹着眼泪去接上两个孩子，匆匆返了敦伦城。却如何呢？城里的烙画坊已经开办，就得开下去了。房租日日缴着，不得久耽搁呀！父母心里的苦，只有靠他们自己慢慢消解了。

栓子成了谭春阳的膀臂。冬天养猪羊，夏天在西大沙种瓜菜，料理甘草地，栽植锁边林，忙碌不休。小伙子一下成了星河谷里惹眼的人物，提亲的人接踵而来。他本早到了娶亲成家的年龄，就不错失机会，让谭春阳和白星昱帮忙给挑选，最后定了个家住西邑的姑娘。眉眼清秀，淳朴能干。领回家里去见父母，齐顺老两口儿都一百个中意。就择黄道吉日，置办酒席结了婚。他一娶亲成家，一块儿干活的小伙子们个个效仿。大半年的工夫，跟谭春阳签了雇佣合同的人里，没家室的都有了家室，西大沙里一派和乐融融。

孟宝瑜一没，上下村的乡邻们就变化了。次年春天，纷纷跑来找谭春阳，想在他的西大沙里找工干。谭春阳一一应下来，长年雇工不得再招了，只能是干农闲时节的短工。都小鸡啄米似的点头答应。为了让大伙儿都能挣到钱，谭春阳重新做规划，又在白沙梁上打了两眼机井，垦了几百亩瓜菜地。只好又接连着挖了几个新地窝子，搭建了几个新晒瓜棚。久久被人遗忘僻远的西大沙越来越热闹了！

孟宝琦听说那些曾经对他们落井下石的乡邻跑来西大沙找活儿干，气得专程跑回去，让岳父撵走他们。这些人没品性！势利眼！不搭理他们！被谭春阳眯眼儿笑着劝回了："不是早就说过了吗？人都是这么个性儿，哪有一生下来就是圣贤的？咱不能那么计较。他只要来了好好干就行啦。咱当初的愿望，也是让乡邻们都跟着过上富裕日子嘛！"孟宝琦这才作罢了。

这么一来，西大沙里新垦的地块儿增多了，烦劳操心处添加了，谭春阳家的收入却再没提高，年年到岁末净赚都是在二十万元左右。维持次年种植运转诸般开销后，所剩只是一小部分。好处是，一趟川儿里喜气洋洋过大年的人家越来越多。挣到了钱，总是庄户人家遮掩不住的乐呵事儿。先前总往孟千秋跟前跑的人们，转来围着谭春阳转了。一些喜好挑拨离间编排人讨欢心的，凑上来数说孟千秋的不是。添枝加叶地告诉谭春阳，曾经孟千秋咋样唆使自己调弄造治他，自己是咋样拒绝的，等等，都被谭春阳挡了回去。他正色道："那是我外孙子的爷爷呀！他纵有多少不是，你哪能来跟我叽咕他哟?！"见他这样，那些人的嘴巴赶紧都闭上了。这才再没人作贱孟千秋了。孟宝瑜去后次年，西大沙每有头茬儿瓜菜下来，谭春阳都叫人送些去给孟千秋老两口儿，让他们尝鲜。乡邻们见了，纷纷对谭春阳伸大拇指，赞叹他宽宏大量，不计旧怨，更愿意跟着他干了。

孟宝琦自哥哥没后，开始定期回家看望父母。每次回去总大包小包拎着好多东西，走时给父母留钱。父子间过往的一切不快似乎都由这场家中变故消融了。孟宝琦不再幽怨父亲，相信父亲再不会做从前那些不该做的事了。烙画坊生意一直不冷不旺，一家人生活用度和供孩子上幼儿园、上学的钱宽绰地能赚出来，但想买房子就难，他和如华就一直都是租房子住。谭春阳几次要拿钱给他们在敦伦城里买房子，他都谢绝了。孩子都这么大了，应当靠自己赚钱过日子了，不能再在岳丈门上拿钱花了！

谭春阳拗不过，只好由了他。

谭守信也是坚决不肯要家里的钱。他是做了自己大学老师的东床快婿，结婚时在单位分得了房子。他对象也是大学毕业生，爱好写诗，性情浪漫，凡事不肯循旧式古法，选择了旅行结婚的新样式。婚期一至，两人买了大大的两包喜糖在各自的单位里分撒了，就开始了蜜月旅行。近一个月的时间里，把东南沿海地区和西北沙漠地区的大城市差不多走了一遍。最后回到星河谷拜见双亲。谭春阳和白星昱好说歹说，才把一张存着五万元的存折塞进了小儿媳的皮包里。当父母的，咋也得给孩子买身新衣裳，买件新首饰呀！

守信也婚姻大事了毕，成家立业，谭春阳和白星昱感觉彻底轻松了！

见是时候修缮节孝牌坊，重塑紫微峤上云止书院里的三尊圣像了，谭春阳就着手忙起来。他把弟弟春明，和妹妹春晖的丈夫都唤来，叫他二人具体督办这项事。这主要是想让他俩也都得机会挣些钱贴补家用的意思。先前没叫他们进西大荒去跟着一块儿干，甚至那些年里他家跟他们两家绝了交似的，几乎不走动，只为的有孟千秋这么个拦路虎。怕孟千秋见他顾念他俩，也动念糟害他们，把黑手伸到他们两家去。他们各家里的孩子都在这个谷原里求生活，一旦遭遇打压，日子没办法过的！往后不用考虑这个了。

打报告请示了乡里后，先投了一笔钱，把节孝牌坊上该更换的材质更换了，该精雕细刻的地方，请能工巧匠雕刻了，让它显呈出了合乎心意的精致宏伟样貌。然后就去收拾云止书院旧址。就依先前的构想，索性原来的屋宇院墙啥的都不要了，把那些坍垣断壁全部清理掉。留下平坦些的石块儿，又去别处运了些来。将就原来的院落所占地方，砌了一个小小的椭圆形白石广场。在广场中央造起一座长方形石台，拟将三尊圣像矗设在石台上。叫守信在上海给请了设计师，依照这座石台的承载力，和谭春阳脑子里对曾经三尊圣像的记忆，重新设计了三尊圣像的造型。去选了家石刻厂，让给用上等材质精心雕刻好。雇辆载重大卡车，运到了天河谷里来。择了个吉日，隆重地把三尊圣像依照原来的次序，摆放到了石台上，高高矗立起来。

又去铸造了个大铁香炉，摆放在石台前，供有心致敬的人们上香用。又凿了个石头插花瓶，摆在石台上居中一尊伏羲圣像前，供人们献花儿用。又沿着小广场四围，把慢坡地璃松了土，漫撒下波斯菊花儿种籽。这种花儿就是野花性儿，撒下种籽就不用管了，它们会很快长得老高，烂漫地开放出五颜六色的花朵，从暮春一直开放到暮秋。这本身就是一种鲜花供圣的表意。另外，是给人们提供方便，有上山来拜圣的人，若没有带致意之物，可以就地采折一束这波斯菊花儿，去插在圣像前的石头插花瓶里，聊表崇敬之意。

因为起矗圣像那天星河谷当空悬出一团七彩祥云，颜色艳绚，形状殊丽，静静地浮在那儿，足足三个钟头才隐去。人们感觉稀奇之际，不禁生出一份敬畏心，相信这圣像是可以佑人的。这往后，一旦遇到急难事情，有人就跑上山来，给圣像敬香，磕头祷告，祈求佑护。星河谷这就有了个人们在急难之际可以投奔的地方，这让谭春阳甚觉欣慰。他想，人们肯来拜圣像就好！拜了，就能沾到些圣心的气息，总是对人有好处的！自己当年最开始就是爸爸来山上拜圣像，而得到圣心加持，随后又把自己引来的嘛！他认为被自己认作大爷爷的知无先生，还有小先生，都是圣心的一种显化。

这些工程是用了将近三年工夫才如愿完成的。整个星河谷里的人心，都或多或少为之起了震动。俨然远在事圈儿外没有受到波及的，大概唯独孟千秋。

大儿子的骤死打击太大，孟千秋一下颓老了。头发白了大半，腰杆佝偻下去，迈步似乎都没了力气。他越发受不得累，干不得活儿了。孟宝琦就跟父亲商量，把家里的田地也全都包出去，不种了。二老要是闲不住，就侍弄下菜园，以后他年年给买新粮食送回来。只有这样了！孟千秋点了头。这之后每到寒暑假，孟宝琦就把宁宇和宁新送回星河谷来，让他们去爷爷奶奶跟前绕膝承欢，带些生机。哥哥走后一年多，嫂子就带着三岁的侄女儿改嫁了。从此杳无音信，注定不可能再跟孟家有来往了的。父母能巴望上的儿孙，就是自己这一房了，自己和妻子儿女须得多付出些了。怎奈宁宇和宁新不愿在爷爷奶奶家里待，每每送去不到半天，就闹着要去姥爷姥姥家，打骂哄骗都没用，不达目的就各种使招儿地作个没完，反惹得王素贤和孟千秋惶窘难受，倒是赶忙送走了还觉得心静些。几番之后，孟宝琦和谭如华在这件事上心思淡了下来。只好万事随缘罢！

一晃白沙梁里的一千五百亩甘草长成，到秋后全部采挖了。根根都似井绳粗细，两米多长，难以描述的一种奇香异甜，清馨四溢。谭守信给联系的北京一家药材公司全部收购了，几辆大货车日夜兼程地来回跑着拉运。到把甘草根全部拉走，拢了账本一算，收入八十多万元。跟着干的人家都发旺了，家家买辆崭新的四轮子，当起了小商贩。秋天帮着谭春阳往回拉胡萝卜、甘草秧等猪羊饲料，冬腊月到他家批发猪羊肉，夏秋季进西大沙批发瓜菜，拉到乡间集市上或拉进城里去售卖。这就都有了发家致富的营生，哪有不喜笑颜开的！

人们纷纷找谭春阳，恳求把西大沙余下的几百亩地也都垦出来，或是种瓜菜，或是种甘草。显见这是块宝地，种啥都能卖上好价，白荒废着可惜！谭春阳“吧嗒吧嗒”吮着烟袋锅儿，久久拢眉不语。大伙儿都看到了白沙梁里出产的物品好卖钱，却不知道存在的隐患。岔河道里的水一年比一年见少着呢！近一两年白沙梁上的地块儿就都是靠抽机井的水浇灌了，水渠引不过来水了。就怕是照着这样天旱下去，要是岔河道哪天干涸了，怕是机井里也会抽不出水来了呀。天上的水，河里的水，地下的水，都是一个出处嘛！一处要是没了，其他各处都要遭殃及的呀！唉，只有祈祷老天多下几场雨，保佑星星河里的水不要断流吧！

一番思度后，谭春阳把尚没种植的几百亩地块儿都种上了甘草。甘草更耐旱些，维持生长不像瓜菜那么费水，还能优化土壤。另外也不须那么大的投工，相对更划算些！种上几年甘草后，要是河道里的水渐渐又充沛起来，再改种瓜菜不迟。

可惜这成为不能实现的空愿。西大沙里的三千亩地全部种严的这年，从打春到仲夏，星河谷里一滴雨没落。山坡地上的庄稼要么没长出来，稀稀落落长出的，随后也都旱死了。只有靠近星星河堰边的田地，人们纷纷引河水浇灌，总算保住了苗。西大沙里更是全靠抽几眼机井里的水搞的种植。岔河道今年从春天解冻之后，就没有了水流，只是大大小小的一个个水洼积存在河床里，似是谁从高处摔掉下来的银镜的碎片四散分落着一般。星星河里的水流太细，难以供水给分支河道了。

进入长夏，天气干热得人简直受不了，老老少少一片声儿地长吁短叹。总算忽然有一日下了雨，却是大暴雨。锅底似的黑云突兀地从西北方压过来，一阵疾风厉扫，大雨瓢泼而下。雨水来不及下渗，在地面聚集成洪流，随坡顺势滚滚而下，一股股扑进星星河。一两个钟头工夫，星星河里水波浩荡，恢复了往昔气象。这却是转瞬即逝。暴雨总是来得疾，去得快，最多下上小半天，就停了。雨一停，没多久太阳就又出来烈晒，渗进地表浅浅的一层雨水很快就蒸发完，土地恢复了龟裂样儿。

这场暴雨唯一显见的效用，是遽然而至的特大洪水，顺星星河狂泻，拔础拽墩地卷走了谭春阳当生产队长的时候，星河大队组织社员建成的那座新石桥。东邑和西邑之间一下又没有了连通的道路。

这个夏天里，孟千秋家又传噩耗，王素贤突发心肌梗死，一刻里人没了。尚没完全走出丧子之痛阴影的孟千秋，猝然又挨这一击，整个人颓废掉了。他变得不愿说话，不愿见人，终日独自躲在家里，菜园也不再侍弄，扔了荒。他对谭春阳似是突然又痛恨了起来，从西大沙送来的鱼肉瓜菜开始全部拒收。甚至边乱骂着，当着送东西人的面儿抓起来狠狠都摔烂在地上。孟宝琦想把他接到城里去，跟自己和如华住在一起，他俩朝夕侍奉他。孟千秋坚决不肯！对孟宝琦破口大骂，说他娶了媳妇忘了娘，去当了岳丈门上的看家狗，变着法儿撕咬自己的亲娘老子，整个儿一不肖子！白眼儿狼！

孟宝琦去找两个姐姐，求她们轮流照料父亲，他付钱给她们。姐姐们都不推托，但是有条件，不拘她们哪个伺候父亲，都须得把父亲接去她们的家里才行。她们都是上有公婆下有儿女的人，脱不开身回娘家去专门伺候父亲的。孟千秋也是打死不肯去，哪个女儿家他都不去，执意就要自己过。好说歹说全没用，只好由他了。东西两邑里这就有了头一个仿佛孤寡老人一般度日月的人。孟宝琦回来得更勤了，把吃的用的，各样药物等都给买齐全。细细地教给父亲哪种东西怎么使用，哪种药物针对啥症状，怎么服用，等等。逢年过节他都一定会带着如华和孩子回来陪伴父亲几天，使出浑身解数想让老父亲过得乐呵些。可惜任凭怎样，暖不了孟千秋的心。他厌烦一切来到眼前的人，对孙子孙女也不例外。似乎他彻底忘记了曾经渴望小儿子一家来团聚在身边以享天伦之乐的往事。他的心里没有了慈和爱，只有冰冷的怨憎与愤恨。

日子就这样往下过了。

一年又一年，星河谷里的干旱持续着。星星河的水越来越涓细如线，无力浇灌两岸的农田了。西大沙里的种植日益变得艰难，机井里的水时常就被抽干掉，几百亩瓜菜地的浇灌没法保证了。甘草地和锁边林带只好完全撒了手，任凭草秧树木在旱渴中枯萎。谭春阳想起了这块土地用唱《塞曲》祈祷雨旸甘霖的古老习俗，动念重拾古风，组个唱班儿。再搭台开演《塞曲》，祈求上天赐福星河谷，回到风调雨顺。奈何唱班儿组不起来，没有人肯跟着他学。就连平常最听话的栓子，一提这个事儿，也“嗖”地一下跑开。都说他是迷信，都啥时代了还去兴弄那些老掉牙的玩意儿?！谁相信几个人装神弄鬼地跳到个土戏台上去高声大嗓唱跳一番，就能赶跑旱魔，让老天洒落及时雨？早些年《塞曲》能在星河谷兴盛，是因为那时没有广播电视呀！人们没法从别处听歌看剧，只能够看那个罢了！现在啥好看的歌舞戏剧没有咧！

再说了，就算祈下雨来也不管用，这白沙梁里的种植靠的是岔河道里的河水，也就是星星河的水。可是星星河铁定不会再有足够的水了！因为它的源头坝后草原已经彻底变成了沙漠。泉源消失了，哪里还会有浩荡河流呢?！

没奈何，谭春阳只好自己站在老胡杨树下唱起来。谁知这一唱，没求下天上的雨，倒惹来了地下的灾。佣工们见状纷纷来辞工，都不想再在这儿干下去了。他们的识见，天旱成这个样儿，岔河道干了，地下的水抽不上来了，明摆着今年的西瓜难以有收成了。蔬菜也长不成势，甘草到头儿来也都得旱死。地里没出产，拿啥卖钱啊？没有钱大伙儿的工酬咋个开？在这儿要是白玩儿一年，家里的老小可就得喝西北风了！不如趁早出去打工，还到沿海富裕地方去。总能找到不那么黑心的老板。汗珠子不白白掉落就行！

雇工们以为谭春阳是愁闷极了，神经出了问题。要不七十多岁的人了，咋会这么站在烈日底下，扯开嗓子从早到晚地唱个不停哟？！

海王星邑的小伙子们也都跟着栓子领来的一伙人走了。一时白沙梁里只剩了栓子和谭春阳两个人。

谭春阳只好收起了用演唱《塞曲》救灾的痴心。

雇工们的离去，也是好，这就减轻了谭春阳的压力。他不用继续靠支取积蓄给他们付工钱了，省了好大一笔开支。这年到秋，采挖完毕，白沙梁上的收成不抵投进去的工本钱。只好吁叹着把一应使用物什都拉回村子里，把地窝子都封上，机井都盖上，做了放弃的打算。明年要还是这样干旱，星星河里的水仍旧不回来，这里就不能再搞垦种了的。

养猪场规模大缩，不再做配种繁殖。四乡八村地跑着买了些秕谷糠麸，把现有的猪育成后宰杀售卖掉，到年底就关停了。羊也是，没有足够的饲料了，靠买饲草料喂养不划算的，就只留几十只山羊，其余的全部卖掉了。

次年由开春的天气，就断定了这又是个旱年。栓子跟谭春阳商量后，拜别父母，又踏上了外出打工的路。白沙梁上不能种植了，只好还去外乡谋求衣食吧！靠家里那点儿田地，日子打不开点儿的。好在这次有妻子在家照顾二老，他心里不那么牵挂了。谭春阳不甘心，解冻后赶着毛驴车又独自进了西大沙。他是想，这休歇了长长一个冬天，四眼机井不能还是都抽不出来水吧？只要能抽出些来，集四眼井的力量，今年哪怕能种上一百亩，甚至只种五十亩，也行呀！

可惜白沙梁没有慰藉他的这个愿望，四眼机井是彻底干了，任凭抽水机咋个吼叫，深深扎进井底的水管里不见有水奔流出来。连瓜菜地翻晒后的头次满灌水都做不到，这地是没法儿再垦种了的！认了吧！他惆怅地沿着白星渠边儿走到岔河道旁，站在那儿放眼瞭望裸露在阳光下白刺刺刺眼的河床。久久站立后，长叹一声，折身往回走。他又沿着围白沙梁栽植的锁边林带走了一圈儿，心疼地看着那些俨然干枯了的树枝上又顽强钻出嫩叶的胡杨和红柳，为不能给它们些救命的帮助而伤郁难受。唉！不知道这些小胡杨树里，会不会有能够像地窝子旁边的那棵老胡杨树一样，战胜干旱，在这块大沙梁上坚持活下来的？要是有，就太好了！哪怕只有一棵。它就将跟老胡杨树一样在几百年，甚至几千年以后，成为这里的一道风景。告诉人们这里曾经有过瓜果飘香，枝繁叶茂的昌盛。让人们由它的存在知道这块土地是可以捧出绿色生命的，只要有足够的水，只要人们付出劳动和爱心。这么想着，两滴热烫的泪悄悄溢出眼角，无声地滚落。

他又走进甘草地。两千来亩广袤的地面上，这一株那一株稀稀落落的，一些灰褐色的甘草秧儿艰难地从厚厚沙土里冒出头来，仰望着天空。注视着它们，谭春阳再次泪水模糊了视线。不知它们中间有多少能熬过今年长夏的烈日，明年春天还能够这样钻出地面的？唉，只有祝福它们能够活得长久些吧！他决定不再来这里采挖甘草了。即便它们都能熬过干旱，活到秋天，也一棵都不再采挖了。能活着，它们太不容易了！就让它们永远跟土地在一起吧！

擦拭掉泪水，回到地窝子旁边，一一收捡起用具。把抽水机搬过来，一起放到车上捆绑好。套起毛驴。他走到老胡杨树前，跪下去，对着老胡杨树虔诚地磕了三个头，满脸泪水地站起来，去吆着毛驴，往回走了。

下卷

W A N G U N U A N Y A N G

1

感觉脸上一阵刺痒，谭春阳下意识地伸手去摸挠，手指湿湿的，触到的竟是泪水！一惊之下回过神儿来，察知自己又流泪了。这是整个儿回到了当时当境去了呀！他不由得苦笑了一下。确实，告别白沙梁的时候，心里不好受。苦战了八年的地方就这么一朝放弃了！曾经的所有美好憧憬都化作了泡影！这道白沙梁不能由种植甘草慢慢地变回沃土了，它只会继续恶化下去，某一天土壤彻底变成黄沙。记得那天走到北道儿口，他停住毛驴车，回望来路。看见刚刚走过的砂石路上一堆一簇漫着的沙子，忍不住心里一阵悲戚。那么多乡亲们一起流汗受累地修筑的这条进白沙梁的道路，一朝就这么作废了。用不了几年估计就会觅不到它的踪影了，黄沙会把它整个儿覆盖啊！

之后他再没去过西大沙。星星河的水紧跟着断流了，星河谷里干旱的情形一直没有改变过，还去那里干啥呢？去收获伤心吗？

谭春阳摇摇头，深深叹息一声。环顾四周，这才意识到自己是坐在节孝牌坊下的高梁垄间。刚才是不知不觉地矮身坐下了，竟坐在这儿出神了这么久！

想想刚才的一番回忆，不由得慨叹，一切都恍如梦境，初去西大沙开荒时的场景还历历在目。那时候，哪里知道一切努力都只是成效促短，只能维持八年时间，八年后那里竟然又回到从前的蛮荒模样啊！但是自己并不后悔，毕竟西大沙曾经馈赠了那么多！用在那里赚得的钱，宝琦和如华去城里把烙画坊开办了起来，烙画技艺得以重现光彩，传续下去；春明的儿子，春晖的一儿一女也都在宝琦和如华的拉扯下，陆续进敦伦城里去各自开了店铺，让外孙子、外孙女儿，侄孙子，外侄孙子、外侄孙女儿都接受了更好的教育，家族后继有望了；修整了云止书院，重塑了里面的古圣先师塑像，修缮了这座节孝牌坊，让古圣先贤和家族宗祖的德风又得以在这座山谷里高扬起来，恩泽家乡父老；自己和星昱得以这样舒畅地安度晚年。

儿孙们都求上进，有出息，有前途，当老人的才能心里舒坦自在啊！在西大沙赚的钱虽然到末了没剩下多少，但孩子们都在外头儿有了稳当营生，谋得了饭碗生计，这就是自己老两口儿有了依靠啊！宝琦和如华两个与俩侄儿、外甥、外甥女儿逢年过节都大包小包地买东西来看望，还给留钱。再加上守仁和守信不断寄回来的钱，自己和星昱真是手里宽裕呢，啥都不愁。不种西大沙后，就将自家的田地收回来自己耕种了。但星河谷里再没有过充沛雨水，田地里的收成年年减，尤其山坡地，渐渐地一年到头儿苦累下来连种子都收不回了。要是光靠田地的话，日子真是不知该咋过哩！

叫人高兴的，还有让那么多乡亲们跟着在西大沙里挣了几年钱。他们各自家里的日子一下都活泛了，小伙子们纷纷娶上了媳妇，好多人家买了四轮子。这样他们就有了过日子的本钱嘛！西大沙没生意后，他们仍旧可以用四轮子谋生计。去别处拉运货物，做小买卖都行。

西大沙赐予自己的收获更在于心灵，就是在那里的那场夜雨中的独坐，自己把半辈子没琢磨透的事儿想通透了啊。

思绪至此，谭春阳不禁埋怨起自己来。在西大沙里头心路早都已通彻了的，咋一回到村庄里来，冷不丁遇上事儿，又犯了迷糊呢？难不成之前没有宽宥孟千秋吗？他紧抿嘴角，审判起自己来。嗯，自己确实并没有做到原宥他。那一场思悟，只是让自己懂得了应该感谢他的道理。认识到正是他大半辈子一步一步的苦逼，把自己赶到了人生福地里的。但是并没有尝试从内心里原谅他曾经糟害自己的恶行。后来自己所做的一些事，比如派人给他老两口儿送新鲜瓜菜鱼肉之类，更大程度上是代替宝琦尽孝的意思。甚至不能不说其中含有看见宝琦改变了对他爸的态度，才随着也行“慈善”，以求保住翁婿相亲、家庭和谐局面的谋略意味。正因为这样，有一天，给送去的鱼肉瓜菜被孟千秋摔砸了，那老家伙还出言辱骂，就顿时激怒了自己，又跟他计较了起来。

嗯，就是这样。他神情冷峻，点了点头。

再就是，那时是派的别人去送东西，这次是自己亲自去面对孟千秋；那时隔段日子去送一次，这次是要一日三餐长年累月地送，他活多久，自己就要送多久。慢慢地，将不仅是给他送饭了，洗涮拉撒睡都要经管起来，等于就是当了他的老妈子、奴仆一般。

啥都不一样了，自己就觉得委屈了。谭春阳低声在心里说着，完成了确认。不由得哂笑起自己来：嗐，悟透了“心殇为殇”的人，还会心里有委屈啊?！忽地神色一凛，他自责道：说到底是你的“道行”浅！是你心上的功夫不够的缘故！可见人光是在理上明白了，远远不够！必得能在事儿上行出来，方才说得上够格！

唉，人这一辈子，苦乐悲喜地活一场，不过就是个炼心，就是磨出个心灵上的功夫。有了这个就是胜了。没有这个，人就是白活！

这么想着，他站起来，拍拍身上的土，弯腰去拎柳条篮子。忽停住，又直起腰来。自己得给节孝牌坊磕头谢恩呀！能够这样重新把心路打通，明明是靠的这座神圣牌坊的加持！靠的是祖上庇护啊！不表谢承咋行呢?！

他就迈前几步，跪在节孝牌坊前，虔诚磕了三个头。一时想起刚来那会儿，盘桓心里的那个强烈的沾了祖上光的念头，也就复次想起是什么在昨天促使自己下定决心担起了照顾孟千秋的重任——自己这么做是为了宁宇和宁新呀！是为了孙儿孙女在城里的学校正在读着的书不遭荒废呀！是想让他们将来也能够像守信一样跨进高等学府，去饱学知识，成为国家栋梁之才呀！忽然脑子里一闪，将来宁宇、宁新学成后或许会有办法，让星星河里的水重新返回来，把西大沙重新变成一座绿洲哩！

这么一想，不禁乐了。头就又磕了下去。求祖宗保佑宁宇、宁新，保佑所有孙子孙女、侄孙子侄孙女儿、外侄孙子外侄孙女儿都考上高等学府呀！让他们学成本事，将来能够让星星河重新波流浩荡，西大沙变成绿色沃土，星河谷风调雨顺，百姓富裕安乐呀！

嗐，那会儿还说自己能够做到宽恕孟千秋是沾祖上光的体现呢，这件事上自己何曾做得好呢？真是愧对祖上！愧对这座节孝牌坊啊！心里一阵惶恐愧疚，谭春阳又连连磕起头来。这是恳求祖上饶恕自己了。求祖上保佑自己今后能够把宽恕忍让做到最好，把祖宗的德风高举续扬下去！

觉得磕头够多了，这才停住。他站起身，去拎起柳条篮子，大步下了鹤野坡。

2

饥饿的催逼下，孟千秋心里的恨意更加炽烈起来，越发认定谭春阳此番是作弄糟害自己了！骗着宝琦信了他，把自己托付给了他，可他根本不照着答应的做，不来给送饭。照这样不是几天就把自己饿死了吗？没错！谭坏种就是存的这个心，想把自己活活饿死，那他就报了一辈子的仇了。真是歹毒啊！哼！我偏偏不死，就不叫你遂心如意！不但不死，我还要好好活着，活得长长久久。天天在这儿折磨你，让你的日子不好过！他眼露凶光，咬牙切齿。忽地心里一横，不能就这么被动地等，须得行动起来！趁着还有力气动，赶紧找建设去！让他进趟城，去把事儿告诉宝琦。叫宝琦另外想法儿，把谭春阳这个老家伙换掉。打定主意，他立即两臂肘使劲儿，朝炕沿边儿挪去。

孟建设是孟千秋表弟的儿子，亲戚里头儿，就他家住得离他最近。主要是孟千秋觉得自己对这个表侄儿有恩。新中国成立后孟千秋表弟一家跑去了东北，直到生产队解体后，才迁回来。那时全仗孟千秋跑前跑后张罗着给他们在东邑落下的户。这些年里，表弟一家可说事事都是仰仗他，就像是靠着一棵好遮阴凉的大树似的。现在他有不方便了，正该支使表侄儿给跑跑腿儿。

下了炕，抓过拐杖，孟千秋紧咬着牙使劲儿往门口挪蹭去。到了门口，拉开虚掩的屋门，刚要往堂屋迈。忽听外面“当啷”一声，分明是院门被推开的动静。他就似给突然按下开关的木偶人一般，倏地转身就往回挪。边在心里恨恨骂道：瘟神！偏偏这时候他来了！好不容易挪回到了炕沿前。慌慌爬上炕去，忙不迭顺墙倒身又躺在炕头儿上，随手扯被子搭在腰间，闭上眼睛，装起睡来。笃定来的是谭春阳！既然他来了，那就只好还是按照先前的计划进行了。不搭理他，不吃他送来的饭，以此逼迫宝琦另外设法儿。忿忿地想着，他倾耳听着门外的声音。

“嚓嚓嚓”的脚步声穿过院子来到房门口，一个人推门走了进来。却在堂屋里停住了。随即传来涮锅舀水声，扣锅盖声，“噼噼啪啪”的柴火燃烧声，“呱嗒呱嗒”的拉风箱声，分明是在烧火做饭的样子！

孟千秋狐疑起来，不是谭老家伙来给送饭啊？却是哪个呢？这是来给做饭来了？嗯，或许是老天不允谭坏种来作弄自己，叫他临时出了事儿，他们只好另安排别人来照顾自己了。却又感到奇怪，这人咋不进里屋来打个照面儿，知会一声儿呢？想爬起来出去看一看，又怕所猜不对，怕是在外边忙碌着的正是谭春阳。或许谭坏种是把原定的按时来给送饭，改成了来这儿给自己做饭呢！

暂且忍着吧。他劝自己。不管是谁，总归他得进里屋来。等他进来了，确定不是谭春阳，再起来吧。

没多会儿，外边拉风箱的声音停了。随后是掀锅盖声，碗碟撞击声。就听屋门一响，人进里屋来了。

孟千秋神经一下绷紧。调匀呼吸，一动不动，立耳倾听。

他听见把方木饭桌搬来放到自己旁边炕上的声音，往饭桌上摆放盘碟碗筷的声音，往自己的搪瓷缸子里倒开水的声音，把搪瓷缸子端来放到饭桌上的声音。一股饭菜的香气钻进鼻孔，诱得肚里肠子“咕噜噜”一阵疾速蠕动。他不禁口水逸出，赶忙吞咽了下去。

一霎儿没动静了，只隐隐听见一个人的喘气声。

默了片刻，响起谭春阳的声音，语调善蔼，道：“老秋子，别睡啦，快起来吃饭！”

这是谭坏种的声音，没错！隔多少年不见，也能一下听出来。孟千秋一霎儿只觉忿气逼心，血往上涌，恨不得忽地坐起来对着地下的人破口大骂，同时抓过碗碟盘子劈头盖脸地砸过去，直砸得他个坏种头破血流。但他拼命克制住了，毕竟现在自己病弱体虚，力不敌人。一旦激怒谭春阳，动起手来，自己打不过他的，就只落个吃大亏！

见他不应，谭春阳声音更加善蔼地道：“我知道你没睡着。快起来趁热吃吧！这都是热了一回的了，再热可就不好吃了啊！”

见还是没动静，谭春阳摇摇头，轻轻叹息一声，明白这是在跟自己置气呢。也是，他心里有结儿嘛！哪里一下子就解开了？那他这是接受不了自己来给送饭照料他的现实？认为这是一朝落在了自己手里，受了辱没？嗯，应该是这样。原本他就是个逞强好胜的人呀！想想自己这一上午内心的挣扎，靠祖德护佑才终于压下去的委屈感，不禁苦笑。真是一个人一种心呀！

一时不禁对孟千秋又是悲悯又是气恼。人哪能强过天哪？走到哪步就得说哪步呀！你这不是得了病，必须得有人照顾了吗？到了这一步，咋还这么较劲呢？

那自己还是赶紧走吧。自己走了，他一准儿就起来吃了。这么一想，他就冲着孟千秋后背，说：“那我先回去了呀。你吃完后把碗筷就都放在那儿甭管。下午我来收拾着洗。”

拎起装着四个空饭罐的柳条篮子，他带上门走了。

听着外边脚步声去远了，孟千秋才翻身爬起来。觑眼朝饭桌瞅去，看见上边一碗黄澄澄的小米粥，一盘子白面馒头、煮鸡蛋，一碟切片薄薄的酱牛肉，一碟香油芥菜丝儿，都袅袅地冒着热气，诱人流涎。本能地，他想凑过去抓起筷子开吃，但腔里陡起的一股恶气牢牢控制住了食欲。这分明是早上饭，谭坏种竟拖延到现在才送来！这是咋回事儿？他是带着这些饭菜在外头儿逛了一上午，才给自己送来吗？这不是戏弄是啥？！一刹那间他不禁又血涌上头，“呼呼”喘着，挪过去手一抬，狠狠地把饭桌掀翻到了地下去。只听“稀里哗啦”一阵瓷碗碟盘的碎裂声，一时屋子里小米粥和热水四溅纷飞，箱柜上，沙发上，窗帘上，到处都迸沾了汤汁水渍。

谭春阳出了孟家院子，大步往回赶。想到这么久不见自己回去，星昱一定急坏了，更恨不得两步就迈到家门口。忽地急中生智，就不再往南去绕远路了，直接穿过河道回去。在自己家和孟千秋家之间这段陡峭的河岸底下，寻些石块儿来搭个阶梯不就行了吗？他就直奔到河边，瞅准一处河岸较低缓的地方，小心地出溜了下去。踩着河床里的乱石堆去到对岸底下，站在那儿打量了下，选了个坚固处，搬石头垒起阶梯来。约摸一袋烟工夫，垒砌起的石阶足够让人踩着爬上河岸去了。他就直起腰，擦了擦额头上的汗水，拎着柳条篮子爬了上去。

爬上来就看见了自己家的房顶。心里说不出得高兴！这样往后给孟老家伙送饭往返着就省劲了！甩开大步，他朝家里奔去。这才在心里犯起琢磨来，回家后咋说呢？寻思了半天，叹口气，只好说谎了。就说自己是给孟千秋侍弄菜园耽搁了时间的吧！反正他那菜园终归得自己去给他侍弄去。

星星河与西邑之间，矗着一段一段石头墙。拐过最北边的那段石头墙的墙角，谭春阳一眼看见正在自家院门口翘首张望的老伴儿，不由得加快了步子。白星昱也看见了他，大声问道："咋才回来呢？"谭春阳就照着刚才编的答了。说着来到了家门口。白星昱接过篮子，挨个儿打开饭罐，见都空了。心里一块石头落了地似的，欣喜地说道："都光了。这挺好！我还怕那老倔种不吃呢！""不吃他挨饿呀？"谭春阳轻描淡写地应道。两人进了院子。"你早上没吃饭的呀！饿着肚子干了一上午活儿？"白星昱埋怨地问。谭春阳仍旧轻描淡写的语气："菜园里的活计又不累人。一早上不吃饭没啥的呀。""就是不知道顾惜自己的身体！"白星昱又是疼爱又是埋怨地白了丈夫一眼："晌午饭我已做好了，你赶紧进屋去吃呀。这还没到十二点呢，吃完你再去给他送吧！"谭春阳答应了。进屋洗了手，抓暖瓶倒杯热水喝下，去坐到饭桌前。白星昱把热腾腾的饭菜端来，一一摆在桌上。谭春阳这才感觉到了饿，大口吃起来。

吃完擦了擦嘴。本想抽袋烟，思及已是正晌，若不赶紧去给孟千秋送晌午饭，老伴儿会焦急的。就站起来往外屋走，边问："给孟千秋的饭菜装好了吗？""装好了！"白星昱说。瞅着丈夫，心疼地道："你不歇一下呀？这刚回来就又走！""去他那儿歇晌吧。别误了他的晌午饭！"谭春阳说着拎起柳条篮子出了门。边走着边大声说自己得下午三四点钟回来，让老伴儿吃完饭就歇午，甭惦着自己。

白星昱直把他送到院门口，关了院门才返回来吃饭。

谭春阳把柳条篮子放在河边大柳树的树荫底下，坐在那儿悠悠抽了一袋烟，才下河道去四下寻石头。刚才垒的那个石阶是临时将就用的，得重新再垒个结实耐久的才行。好在天上起了层薄云，笼住了日头的烈光，人不觉得那么晒得慌。忙了两个多钟头，两边的石阶都砌好了，踩着坚稳牢固，完全可以放心。他这才爬上岸，擦了满身满脸热汗，拎着柳条篮子往回走。

轻轻推开院门进去，蹑手蹑脚地先拐到猪圈前，把四个饭罐里满满的饭菜都倒进猪食槽子里，看着两头黑壳郎猪大口大口地抢着吃光了，他这才往院里走去。

房门敞开着，他径直迈进了屋。见老伴儿戴着围裙正在灶前案板上揉面，他脱口道："对！早点儿做饭，我早点儿给他送过去！"

"我是想早点儿和上面，好让面团醒醒，擀出的面条好吃。"白星昱说着扭过脸来，瞅着丈夫："这就擀吗？"

"擀吧。多揉一会儿就是了。煮好我就给他送去，早去早回！"谭春阳说。他是怕孟千秋早上饿空了肚子，晌前送去的那些饭食不够垫饥，他会早早觉得饿了。再说，也得给他灶堂里再添把柴火烧烧炕才行，夜里不能睡凉炕的嘛。

去脸盆前洗了手脸。进里屋去坐在窗前沙发上，抓过烟袋装满烟丝，划火柴点燃，举烟袋锅一口一口慢慢地抽。这是最好的解乏法子，从早上到现在没得闲儿，他真觉得有些累呢！边吮着烟袋嘴儿，边回想晌间在孟家的情景。庆幸自己先跑到节孝牌坊前去一顿深思细挖把心通开了。要不然，以自己尚耿耿于怀的情形，见到孟千秋的那副样子，恐怕是会一霎儿来了气的。要是搂不住火跟老家伙吵吵起来，那多不好！

一袋烟抽完，往后倚在沙发靠背上，闭上眼假寐。迷迷糊糊中，听见外间传来老伴儿的问话声："你等回来再吃吗？"

他忙睁开眼睛:“我回来再吃!”答应着,站起来往外走去。

白星昱已把白面条,肉末芹菜卤分别装进了饭罐里,正在往另一个饭罐里装刚出锅的黑木耳炒肉片。谭春阳上前去帮忙,把装好的饭罐一一放进柳条篮子里。还是用蓝花毛巾严严覆上。拎起篮子出了门。仍旧边往外走边叮嘱老伴:“待会儿你就自己吃,别等我。我不知道啥时候回呢。得给他烧烧炕啊。”

有了这两座石头阶梯,路一下近了。约摸一刻钟样子,谭春阳就来到了孟千秋家门口。

孟千秋正坐在沙发上抽烟,听见院门响,知是谭春阳又来了,忽地站起,抓拐杖拄着疾疾往炕沿边挪去。仓促之下,踩了一脚粥汁也顾不上擦。到炕前慌慌爬上去,又倒身贴墙躺在炕头儿装起睡来。

他脑袋刚落到枕头上,谭春阳推屋门进来了。一眼瞅见饭桌四角朝天掀翻在地,满地碗盘碎片狼藉的样子,不由得忽地心头火起。还是这个臭毛病!动不动摔砸东西!你不吃就不吃嘛,你砸了它们干啥?糟践粮食!拼劲儿按捺住自己。眉头拧着,放下篮子。找来撮箕扫帚打扫了屋地。馒头鸡蛋牛肉片芥菜丝儿都挑拣起来装进塑料袋里,这个得拿回去喂猪,不能瞎了。把饭桌擦抹干净又摆放到炕上去。到堂屋另找来碗盘,将面条菜卤一一从饭罐里倒进碗盘里,在桌上摆放好。瞅着孟千秋,不带表情地说:“起来吃饭吧。刚出锅的面条,粘到一堆儿就不好吃了。”

他拿起暖瓶带上门出去了。水缸已经见底儿,里边的水看着浑浊了。他拎来水桶,把缸里的水都舀出倒掉。从外边压井里打水回来,清洗了水缸,倒满新压上来的水。这才去刷锅点火。先烧了些开水把两个暖瓶灌满。然后加了大半锅水,把灶堂里的火压好。这就足够暖炕了,这个季节不需要烧太多。拎起暖瓶推门进了里屋。他想着要是孟千秋吃完了,就撤下饭桌,把盘碟碗筷洗了再走。却见炕桌上的盘碗筷子尽是刚才摆放的样子,没曾动过。

唉!这个人是拗上了!他不禁气恼地摇头。

把暖瓶放在茶几上,站在那儿瞅着假睡的孟千秋,想劝说几句,话到嘴边,又咽了回去。为时尚早。等明天来了,他要还是这样,再开口吧。转身拎起篮子，带上门走了。

次日早上七点半，谭春阳准时来到孟家院门外。推大门进来的时候，孟千秋正在堂屋里洗脸，听见动静，忙不迭抓过拐杖往里屋奔。总算来人进屋时候，他头挨在了枕上。

谭春阳做好了再次见到一地狼藉的准备，进屋来见饭桌没有掀翻在地，只是碗筷都原样放着，一点儿没动过的样子，不由得舒了口气。心里说，这老家伙还是有转变啊！这就好！

他拿出塑料袋，把已经粘成坨儿的面条和菜卤倒进去。去堂屋把碗盘洗干净，进来把饭罐里滚热喷香的早餐一一倒进盘碗里，又摆在饭桌上。

去坐在沙发上，点燃一袋烟，“吧嗒吧嗒”抽着，他瞄着孟千秋，平心静气地说：“我知道你心里有气。再咋有气也得吃饭呀？老不吃不是要饿坏吗？你那病要是好好调养，能好转。要是这么任性造下去，可就会恶化，到末了就是个瘫痪。那你可就遭罪喽！你好好想想。”

顿了下，语气变得微微硬了些，他接着说：“你要是存心用这个法儿逼着孩子们改变打算，实话告诉你，那是妄想！我不会让宝琦和如华知道你闹绝食的，你就是落个白白饿死。我不能让我的外孙儿外孙女儿念不上书呀！”

说完，在烟灰缸上磕了磕烟袋锅，站起身走了。

往回走的路上，快到河边时候，一眼瞥见路旁边一坨快要干了的牛粪上，几只黑色的粪牛牛正奋力探寻地钻爬着，谭春阳灵机一动，有了个主意。中午拎着柳条篮子出家门时，他随手拿了个空罐头瓶。过干河道来，走到牛粪坨旁边。他蹲下身，捉了几只粪牛牛，放进罐头瓶里。用尼龙网兜网了罐头瓶，拎着继续前行。

准十二点，来到孟千秋家院门前。他推开院门跨了进去。这回孟千秋是正在炕头儿倚墙坐着，听见外边的声响，赶忙倒头装睡。

谭春阳进屋来，看见饭桌上碗盘里都满满的，饭菜原样摆放着，还是没有动过，孟千秋仍旧脸冲墙躺着在装睡，庆幸自己带来了“武器”。他不急不躁地，把篮子放下。去收拾了饭桌上早上的饭菜，洗了碗碟，把刚带来的热烫的饭菜倒进碗碟里，还在桌上摆放好。瞅着孟千秋，语调沉稳地问：“睡着了？”见不应声，他轻轻俯身往孟千秋脸上看去，见那双紧闭着的眼睛果然睫毛轻颤着，眼珠儿在打皱的眼皮下骨碌滚动。他就返身去拎过网兜，取出里边的罐头瓶，轻轻放在孟千秋枕头旁边。

粪牛牛们争先恐后爬出罐头瓶，往孟千秋身上脑袋上乱爬去，有几只上了他的脸。孟千秋痒得挨不住，猛地伸手抓起一只，举在眼前觑目端详。一霎儿认出了，满腹狐疑地扭过脸去。一眼看到放在枕头边尚有粪牛牛往外爬着的罐头瓶，顿时明白了是咋回事儿。忽地坐起，抓了罐头瓶狠狠地冲谭春阳砸过来，边大骂道：“谭春阳你个老尿脬儿！”

谭春阳笑着一躲。罐头瓶“砰”的一声落在地上，骨碌碌连着翻了几个跟头。

孟千秋指着谭春阳，火星四迸，怒吼道：“我败在了你手上！遭你这样来欺辱我！”

谭春阳赔着笑脸，几分无奈的样子，说：“真是一人一条理儿！站在我这边儿看，是我窝囊了呢！你欺负了我一辈子，到头儿来还是落得个我给你当老妈子，来伺候你！我心里多少憋屈啊！”

孟千秋一怔，显然这是他的脑筋没想到的。

那么说，是自己歪想谬猜了他了？他这并不是为的辱戏作践自己？他想。就感觉心里塞着的黑黑一坨东西豁地通开了些。气却不消。

谭春阳看在眼里，心下一阵窃喜。老家伙肯搭茬儿就好！人跟人只要肯过话，就有办法。没有说不通的理儿。他就展开攻势，说道：“知道为啥昨天我迟延到近晌才来吗？就是因为想不通呀！咋个我要来给你这个一辈子的老对头送饭，来伺候你呢？心里的淤堵逼得我跑到了节孝牌坊跟前去。在牌坊底下坐了几个钟头，把大半辈子的事儿在心里细细过了个遍，终于捋顺了，这才过来的。”

“你想不通，为啥要应下这个差！”孟千秋吼声更凶。

“还不是为了我的外孙儿外孙女儿！”谭春阳道，声音陡地抬高。

孟千秋似是被猛地触了心，一时没词儿了的样子。他的确是倏然间心有所动，犯了嘀咕，暗想：前儿宝琦和如华给自己讲了的，他俩是为了不耽误宁宇和宁新的读书，迫不得已走了这步棋的。不期这老坏种竟也是为了这个！他个后姥爷都……

却转瞬脖子一梗，恢复了忿激样儿，咆哮道："你给我滚！滚出去！我不用你送饭！我不愿见到你！我恨你！！"

谭春阳摇摇头，推心置腹的样子："都这岁数了，咋还这个样！满嘴恨呀恨的，不害臊吗？"

"我咋不恨你？"孟千秋咬牙切齿，眼珠子似要迸出来一般，吼叫道："要不是因为你，我哪会坐十年大牢？要不是因为你，宝琦那些年哪会那样待我？！"

"你坐牢是因为我？"谭春阳声音一下变得凛然："你拍良心好好想一想，这样说对吗？那是你做下了那些坏事，遭的报应呀！前些年宝琦对你的态度，同样是你自己的恶行恶报啊！你去问问宝琦，啥时候我不是劝他，叫他好好孝顺你？"

孟千秋一下语塞，一时找不到了下嘴处的样子，越发气得青筋根根暴起，两手哆嗦起来，暴眼怒瞪着谭春阳。

谭春阳声音又回到温蔼，说："要论恨，再咋着，也应该是我更恨你才对。"他举起左手："要不是你暴戾地剁掉我的几根手指头，我何至于年轻的时候背井离乡……你知道大半辈子里这只残手让我受了多少难窘，吃了多少苦头儿吗？！"

孟千秋眼光躲闪了，哆嗦得更加厉害，额头密密冒出一层汗珠儿。毕竟是遭饿了一天半的人，身体虚弱得不行了。嘴上却不肯让，狠歹歹地道："还不是你自己找的！哼，就因为这桩事儿，你糟害了我一辈子！还反说是我害你！"

谭春阳认真的样子，声音低沉，说道："究竟是谁糟害谁？索性今儿咱俩就好好论一论。把咱俩一辈子的恩怨刨底儿翻晒一下，看看到底是谁的过失多？"

"咱就论论！"孟千秋梗起脖子，俨然一只起了劲儿的斗鸡。

谭春阳后退几步，坐在沙发上，慢条斯理地说："那你得先吃饭。我可不想跟个饿得半死不活的人理论。一旦要是说着说着你没了气儿，那多败兴！"

"吃就吃！吃饱了我跟你讲理！"孟千秋说着，气冲冲往炕桌跟前挪去。

谭春阳心里偷偷笑着，站起来，侧身抓起暖瓶，往外间屋走。边说："先喝米汤，一口一口慢慢地喝。你饿了这么久，不能直接就吃难消化的东西。别伤了胃。"

他在堂屋慢悠悠地刷锅添水点灶火，烧了两暖瓶开水灌下，又洗净抹布从里到外擦了碗橱。估摸孟千秋吃完了，才拎着暖瓶推门进屋来。看见饭桌上几只碗盘光光的，里边满满的饭菜和汤都不见了，感觉心里一块石头落了地。到茶几前放下暖瓶，扭身去炕前收拾碗筷。孟千秋正倚炕头儿墙坐着，见他过来，倏地将脸扭向了墙旮旯。谭春阳也不理会，把碗盘筷子都拿到外间洗了，摆进碗橱里。折身进来擦抹了炕桌，搬起来去四脚朝墙倚放在木柜旁的矮凳上。抓过搪瓷缸子倒了大半缸开水，放在孟千秋面前。返身到木柜前拎起上边的柳条篮子，瞅着孟千秋，和颜悦色地说："我今儿过晌有事儿，得赶紧回去料理去。等晚上来，咱俩再理论吧。"说完，不等孟千秋开口，扭身就往门口走。孟千秋头倏地转过来，横眉立目，想要阻止，却见人已出了屋门。无计可施，只好狠狠地冲谭春阳背影"呸"了一声，作罢。

傍晚谭春阳五点钟准时来了，也是给孟千秋搬上饭桌摆好饭菜后就去灶间忙活。烧完炕，压好火，进屋来。见他吃完了，收拾起碗筷去外屋洗了。回里屋径直去拎起柳条篮子，扭过头冲炕上说："白天事儿没料理完，得赶紧回去接着弄去。我这就得走，得等明儿咱俩再唠了。饭食合你胃口不？有不合适你就说，给你调弄。想吃啥你也说，就给你做。"见孟千秋仍旧脖子使劲儿朝炕里扭着，不愿搭理的样子，他就迈步出了屋门。

3

这样一连三天。到第四日晚上，两人才一个倚墙坐在炕头儿上，一个坐在沙发上，拉开摆谈起来。这是在吃完晚饭，谭春阳刷锅洗碗烧炕，把堂屋里一应活计都干利索之后。今晚他也是在这儿吃的，把自己的一份饭菜也带了过来。怕是到炕桌旁去跟孟千秋面对面坐着吃老家伙接受不了，他就另盛了盘菜放在茶几上，自己端着碗坐在沙发上埋头吃了。这就回家多晚都不妨碍了。他是做了今晚就在这儿住的准备的，出门时跟老伴儿交代了叫她不要留门，到睡觉时候就睡甭等着。要是跟孟千秋迟迟理论不完，夜太深了，那就不能回去了。摸黑儿过干河道可是怵人，踩石阶梯怕滑脚挨摔呀！

谭春阳给孟千秋倒了半瓷缸子新烧的开水，去放在他跟前。又把烟盒烟灰缸火柴等都送过去。自己扯下块报纸铺在茶几上抖落烟灰儿用。刚开始两人都不说话，比赛抽烟似的，各自闷头"吧嗒吧嗒"吮着烟袋嘴儿。直到一袋烟抽完了，谭春阳在茶几的玻璃沿儿上轻轻磕了烟袋锅，把烟袋放在烟灰儿旁边，才先开口打破了沉寂。

"咱俩开唠吧？"他直瞅着孟千秋，商量的语气，问道："你先说？你说是我糟害了你一辈子，那就说说吧，我都是咋糟害你的？都是啥时候干的？"

孟千秋气呼呼地，脸使劲儿冲墙旮旯扭着，不吭声。

等了一会儿，听不见有动静。谭春阳又问："你不说啊？"

见孟千秋仍不搭言，他说道："那我可先说啦。"轻轻咳了下，就要开始。却见炕上的人脸猛地转过来，抢着似的凶神恶煞开了口："我告诉你！你能坐到这儿来，人模狗样地这么跟我说话，你是捡了便宜！要不是我病倒了，我哪会搭理你！"

"是是。"谭春阳连忙点头说："你肯这么跟我唠嗑，我很感激的！"

"你知道就行！"孟千秋恶狠狠地"哼"了一声，打机关枪似的吼起来："还说我残了你的手指！让你苦了一辈子！你破了我的相，你咋不说？！你知道我额头上带着这道疤瘌这辈子是咋活下来的吗？你知道我有多苦吗？"末后一句岔了声儿。

谭春阳一愣，也是呀！他脸上的伤疤没处藏，确实会心里难受……一霎儿脑际浮现出孟千秋没受伤之前英俊秀朗的脸庞。不禁就内心里软了软，生出了一丝体谅。确实是，那么帅气的小伙子，一下变成了丑八怪，哪里接受得了！偏他又是那么在意自己容貌的人，他的心理一定会扭曲的！会从此满怀仇恨，决意报复。这跟自己当年的情形是相似的呀！当年要不是幸遇知无先生用了那么慈悲的方法，把自己的心一点儿一点儿扭正过来，自己还不是也会跟他似的一辈子活在深仇大恨里，时时刻刻想着报仇？一个报仇的人哪能不作恶啊？被仇恨迷了心眼，人就会失了戥准儿的呀，在别人眼里是作恶的行为，自己却觉得理所应当。孟千秋就是这么样悲哀地过了一生啊！直到现在他的心眼还是迷着的哩！

倏地“心殇为殇”四个字跳上心头，愈加认同了其中道理。确实，人的心伤损了才是真正的受伤。孟千秋就是讲说这个道理的活教科书啊！

嗯，自己应该做的，是帮他把心眼擦亮，把心路扭过来。等他想法看法都跟自己一样了，自然就不再别楞了，日子就能顺顺服服往前过了。须得在理路上使劲儿，把道理给他讲通透。他懂得了，应该就对了。谭春阳想。那就不能软，得针锋相对地跟他论，直到他理屈词穷。打定主意，他声音一下变得凛然，质问道：“是我破了你的相？红口白牙说瞎话呀你？那不是当年你老子失手砸的吗？”

“要不是你老子跑到我家里找碴儿，我老爹咋会砸我？”孟千秋吼道，脸都气得歪扭了。

谭春阳诧谔，手指点着孟千秋，老半天话才又能出口：“不知你是装浑？还是真不明理啊？你不糟害我，我爸会上门去找你吗？那时候你家是豪富大地主，我们可是贫寒小户啊！我们敢平白无故去找你们的碴儿？！”

孟千秋一声冷笑：“亏你还知道这个！现在咱俩是扯平的身份，那时候呢？那时我是堂堂孟家少爷啊！我家财万贯，仪表堂堂，人中凤凰。你呢？你只是个穷小子！是个来给我家卖苦力的仆作！一个供我使唤的下人！你有啥资格跟我竞争呢？可你竟敢执拗违逆，跟我做对！你自己说，是不是找死？”

谭春阳呆住了，这又是个他未曾有深思的层面。可不是！若按着尊卑有别的老话来套，就是他的这个理儿呢！现在是讲究人人平等了，那时不是呀！

那时候要论尊卑的。记得当时母亲就严词厉语教诫自己，要清楚自己跟孟家少爷身份上的不同，切记不能跟身份比自己高太多的人走得太近！思绪至此，不由得心里一惊，如此说，这家伙也不是全没道理呢……

见他哑口无言，孟千秋得意地“哈哈”大笑。忽地遏止笑声，直盯过来，满脸狰狞，道：“对！我是糟害了你。谁叫你不识趣呢？我那是教你识好歹！”

谭春阳略一思忖，正色道：“你说我不识趣，指的哪桩？就是你跟我要金指箍儿，我不给你吗？”

孟千秋脸倏地又扭向墙旮旯，不言语了。

无疑这是默认了。谭春阳想，费劲儿地咽了口唾沫。克制住涌动的情绪，他又问道，声音更加低沉：“当年你设下那个栽赃的毒局害我，也是因为这？”

孟千秋脖子使劲儿地更往里边扭了下，仍旧不应声。

谭春阳见状，深深吸了口气。自己没猜错！从一开始就没猜错！确实这家伙是对星昱起了心。那时候他不择手段地谋那个金指箍儿就因为它是星昱给自己的。这么想着，五十年前的一幕幕又放电影似的在脑海里浮现出来。

就觉伴随着剧烈痛楚，一股嗔怒烈烈地从心底冲上来，要变成言语行动上狂激的发作，压也压不住。他赶忙凝神默念“安住当下”。念了百十声，感觉心里的烈焰渐次消熄了。这才伸手摸起烟袋，拎过烟口袋，装烟点燃，“吧嗒吧嗒”抽起来。缓缓地吐着烟气，想起了知无先生曾经的教诲：要学会把对别人的嗔恨转换成怜悯。要善于运用同情心、悲悯心。要知道一个可恨的人一定是可怜的！

他就努力在记忆中搜寻起来，回想初见时的孟千秋，那么一副明朗随和的样子！让自己去陪他一块儿读书。教给自己使用《康熙字典》。每天拉着自己一起诵读《幼学琼林》《千家文》。读书之余，二人并辔去驰骋山野，打野兔，看风景，纵论古今，友好亲密。丝毫不跟自己摆身份架子，惹得自己发自真心地喜欢他，视作好友。

这人并不是天生就坏。他是因为爱上了星昱，一心想得到她，为达目的不择手段，才一点儿一点儿变坏了的……

这么为孟千秋申辩着，谭春阳一时心中又生出了些体谅。一个男人为了自己心爱的女人，啥疯狂事儿都干得出来！从古到今这都不是新鲜事儿，剿杀情敌的不是多了？孟千秋只是剁了自己的几根手指，并没有戳心脏砍脖子，应说他不算最狠的呢！这么想着，不禁就咧嘴苦笑了下。他枉费了那么多心机，梦也没得圆。自己比他强的，终归跟星昱得成眷属了嘛！

抛开这些不说，就论现下情形，若捅破了这层纸实在不好！不光是会伤及星昱，会连带殃及下一辈人啊！

这么想着，他紧皱眉头，深深叹了口气，打算奉行恕道，不予追究了。谁知孟千秋不肯罢休，似是猜知了他的心曲一般，咬牙切齿地说道："我恨你！到底是你得到了白星昱！"边说着，脑袋扭过来，直视着对面炕梢儿的墙壁。

这句话入耳，谭春阳似是猛然间被利箭射中了一般，上身倏地挺直，两眼喷火，瞪向孟千秋。这个坏种竟这么口无遮拦地把事儿一语道破！忒损了！

这种人！还跟他理论啥！根本就不要搭理他！让他去死！心里怒骂着，他忽地站起来，摔门而去。

大步往院门口走着，迎面一股凉风吹来，就觉心里的热恼退了些，步子不由得慢了。谭春阳暗问自己，你是为啥来的？今儿又是为啥跟孟千秋唠嗑的？咋就这么走了呢？今晚这情形得来多么不易！就甘心前功尽弃吗？都七十多岁的人了，还要性子啊！

他就是个偷着喜欢嘛，他又没遂了心。你遂心了嘛！你是赢家了还计较？再说都这把年纪了，他喜欢或是不喜欢还能管啥用？星昱已经是老奶奶了啊，还惧怕这个吗？

他返身又往房门口走。

孟千秋以为他是走了，忙挪蹭着下了地，摸过拐杖从里屋疾往外间挪。他是憋尿得慌，要出去小解。想着顺便把尿桶拎进屋来，这是每日睡前例行之事。自王素贤走后，他都是天落黑儿就睡觉。不期谭春阳又返了回来，两人在门口直接打了个照面儿。孟千秋心里说不出得恨恼！只好没看见似的，耷拉着眼皮继续往外挪蹭去，全不搭理。谭春阳上前伸手要搀扶他，被他嫌恶地一把搡开。谭春阳就去抻胳膊给他推着外屋门，看着他走出去。等他完事，去接过尿桶，又推着门让他挪进去。把门关严，跟进里屋，重新坐在沙发上。

两人就又理论起来。

这回是孟千秋先开口，他怒瞪着谭春阳，大吼道："我一提白星昱你就这德行，不是个东西！现在她是你老婆了，当年她是白家小姐呀！咱们是在说当年呀！'一家女百家问'，那时候哪个小伙子都有权利向她求亲呀！何况那时我比你有资格啊！"

谭春阳没言语，是这么个理儿。刚才发急是自己不对。再不能犯这毛病了。心里默想着，他站起来，拎暖瓶去给孟千秋的搪瓷缸子里倒了些水。自己也倒了杯开水，坐回沙发，端起水杯，喝了一口。

没听见反驳，孟千秋更来劲儿了："就是你害了我！白星昱当年心里有了你，她才说啥不肯嫁给我的。"他就讲了自己当年怎么样先让祖庆去白家摸看白星昱的长相，随后自己假装祖庆的哥哥也去白家亲眼看了她，一眼看中，立刻改变去山外大都城寻觅娇妻的初衷，央告父母即请媒婆去白家求亲等往事。说："我们家势那么豪盛，我又才貌超众，咋就求不到她啊？你说，还不是因为她心里有你吗？！"

谭春阳抖了抖烟袋锅里的灰，扭过脸来，看着孟千秋，语调沉缓，说道："知道我当年最担心的是啥吗？就是怕星昱落在你手里。一直等星昱嫁去韩家的信儿确切了，我才动身去的汉中。"

"你混蛋！"孟千秋破口大骂："明明是你害了她！她那时要是嫁给我，何至于年纪轻轻守了寡？"

"你太坏了！太狠！"谭春阳一字一顿："她要是跟了你，一辈子罪咋遭？她守寡也比跟着你强！"

孟千秋气得一时找不到词儿了，手指直端端点着谭春阳，好半天，放下来。叹一口气，竭力让语气显得平和，说："这几天里我也是啥都想了的。我这辈子确实做了很多不该做的事。但你细辨过没？我的大错都是针对你犯的。对别人，我没做过，我没伤害过别人。"

谭春阳“嗤”地一笑：“没伤害过别人？韩家是咋败的？倾家荡产啊！”

“那还不也是因为白星昱吗？她要不是嫁去了韩家，我会费那心思去弄韩家吗？”孟千秋怒吼。

谭春阳顿住了。是呀，这人当年陷害韩家是为了星昱呀！开批斗会那年祖庆把这桩事当众抖落出来的那一刻，自己对此就有判定的。只因怕伤到星昱，当时才没有追究。唉，谁知那时的判断竟一朝这么被证实！真的“是祸躲不过”呀！那就只有追究吧！那这坏蛋是想把韩家败掉后，强逼着星昱……思及此处，不由得倒吸一口凉气！幸亏解放了，要不然星昱可就……

“说到底罪魁祸首是你！”孟千秋满脸恼恨，继续吼道：“要不是你不自量力地插在中间，搅和了我和白星昱，她哪里会嫁给韩彦峰那个笨蛋？韩彦峰根本配不上她的呀！”

谭春阳扣掉烟袋锅，把长杆烟袋放在茶几上。抬眼盯着孟千秋，低沉地问：“你败掉韩家就是想霸占星昱？”

“是！”孟千秋大言不惭：“我就是这么想的！白星昱理应是我的女人，她应该属于我！”

“可那时你已经娶妻生子了呀？”谭春阳问。

“那有什么关系？！”孟千秋理直气壮：“我让她做我的女人，跟我娶不娶妻有啥关系呢？”

“我真想狠狠扇你耳光！”谭春阳厉声大喝，两眼喷火。

孟千秋顿时像受了刺激的豹子一样嘶吼起来：“你给我滚！滚出去！！”边抓起搪瓷缸子朝谭春阳狠狠砸过去。谭春阳身子一闪，“砰”的一声，搪瓷缸子摔落到他左侧沙发扶手上，里边的水溅了他满身。

谭春阳竭力克制，不让胸腔里的火气腾起来。本能地，他默念起了“安住当下”四字诀。念了一会儿，感觉心潮渐渐平落了下去。

孟千秋继续歇斯底里地大吼着：“你根本配不上白星昱！现在看着你是个人样儿了，五十年前你是个啥？是个穷光蛋呀！那时候的你哪里配得上惦记富家小姐啊？你哪里配？！”

“你哪里配戴星昱小姐送的金指箍儿？你知不知道，你戴着它，是对她的一种亵渎！会抹黑她的名声！不光是我，任何一个做了她丈夫的人，都不会允许你戴着它的！都会剁掉你的臭手指头儿，下狠手收拾你！”

尽管难以接受，但这些话是不能辩驳的。谭春阳想，费力地咽了口唾沫。那么说孟千秋当年所为是情理之中了？思忖着，他苦涩地叹息一声，唉！至少应该说是可以理解的吧！一时不由得惊惕，说来说去，倒是自己的不是了？眨巴眼使劲儿想了一会儿，他瞅向孟千秋，恳切地说道：“确实论家境，那时候我不配惦想星昱。但穷富是可以改变的呀！我只要肯吃苦下力气干，可以变成富人的呀！我去你家做工就是想挣些本钱，跑坝后做生意起家呀！”

“还狡辩！还是这种蠢驴的脑筋！”孟千秋嫌恶地、恶狠狠地骂道：“当年我就给你讲过这个理儿了呀！你以为买卖那么好做？钱那么好赚啊？就算你命里有，能赚到钱。等你挣钱发了家，得猴年马月！白家会让自家的小姐等着你吗？可能吗？！”

谭春阳低下了头。确认那时自己年轻幼稚，想得太简单了！是呀，放在当时当境论，自己对星昱的心实在是非分之想！这个母亲当时苦口婆心反复劝诫了的，自己后来也认识到了的。只差没有站在孟千秋的立场上做过思考，而这是整个问题的关键所在！所谓事怕颠倒理怕翻……咀嚼着“非分之想”这个词语，他满心苦涩。是呀是呀，就是自己的一念非分之心，开启了自己和孟千秋的人生歧旅！害人的和被害的，同是不幸者啊！既然明醒了，那就承认错误吧！怎能在歧路上越走越远，不肯回头呢？不能让错谬延伸到下辈子去啊！

他抬起头来，看着孟千秋，语调低沉地说道：“你说的有道理。确实当年我那是非分之想。那时我不应该放任自己的心去爱慕星昱小姐，沉迷其中，以致……”

这回是孟千秋愣住了。他似是忽然间脑筋短路了一般，半张着嘴瞅住谭春阳，发不出声儿来。这却只是一霎儿，只见他瞬即恢复了愤怒样儿，狠歹歹地说道：“你总算知道错了！就是你那癞蛤蟆想吃天鹅肉的傻蠢愣，害了咱仨儿！要是当年我称心如意地娶了白星昱，我会对她好的。我会为了她而学好行善，奋发有为，而不是……”他想起了自己用烟土谋害韩家的过往，不由得心里一阵悲郁，话音变得伤戚：“要不是因为白星昱，我哪里会那么做……我会像父祖一样，守着家族规矩，只用烟土救人，给人医病……”谭春阳头更低了下去。是呀，当年孟千秋若能和星昱在一起，在星昱的朝夕熏染下，应该会是越变越好的。就像自己一样，自从与星昱成为夫妻，心中总是莫名地充满感激，只想去做能够报答别人的事，做对故土乡人有好处的事。至少，他不会肆意地去作恶了，也就不会最终积恶难返。忽地一摇头，不对！自己的手被残后，对星昱的痴心一时就死了的。她不会不知道这件事，自然她对自己的心也就丢开了。这时孟千秋不是就有机会了吗？为啥他仍旧没有如愿呢？还是他命里跟星昱没这个缘！是老天不成全他！

他就抬起头来，把这个意思讲了。神情恳切地直视着孟千秋，说：“你认为星昱理应属于你，不对的！不符合天意！”

“天意！”孟千秋鼻子里使劲儿一哼：“别往老天身上推！祸根就是你！白星昱是知道了我残了你，才不惜委屈自己，应了韩家求亲的。她就是想快点儿嫁掉，绝了我的念想。从那开始，她就恨我了。”

谭春阳抿嘴思忖着，没应声。星昱是这么说过的，当年自己也是这么推测的。难为孟千秋竟清醒地知道这一点。这越发说明了他是遭了他自己的害嘛！他要是不作那场恶，会是这样吗？他就凌厉地朝孟千秋盯去，义正词严地喝问：“还不是你自己的恶行恶报吗？！”

“又放这样的臭屁！”孟千秋似是被骤然引爆的炸药包一般，暴烈大骂起来：“他娘的！平白无故我会剁掉你的手指头吗？你说！”

谭春阳眼睛落向地面，惆怅地深深吸了口气。是呀，又绕回了这个话题！刚才已有深刻认识了嘛，自己那时与星昱身份不般配，爱恋她是一种非分之想，难免招祸的。还有，先前不是也已承认，从尊卑有别的传统观念看，孟千秋当年不是全无道理。也就是说，自己并非全无过失。那时作为他家的仆从，自己确实不应该公然对抗他，违他的意。唉，实在是自己舍不得那个金指箍儿呀！它是星昱送给自己的东西呀！哪能转送别人呢？尤其是送给一个跟自己一样的年轻小伙子，无论如何不能的呀！这么想着，当年的情景一下又浮现在眼前。那时自己也是百般纠结呀，如果是别的任何东西，千秋少爷喜欢了，跟自己要，自己都会毫不犹豫地拱手给他的……炽烈渴望的东西得不到，高高在上富家少爷骨子里的优越感发作，以致孟千秋动了设谋下狠的念头。

嗯，就是这样！谭春阳使劲儿点头。自己错在当时对卑微身份没有清醒认识，而孟千秋又怀着那么坚执的优越感，产生了冲突的。

一切的根源都是孟千秋的优越感。就是在这种自视尊贵高人一等心理的支配下，他一次又一次做了违反天规的事。

纵是觉得孟千秋可恨，一时却也对他又多了些体谅。这世间从来都不缺少倚财仗势欺凌贫弱的人，他不过是其中的一分子罢了。可见财富并不是好东西，对人的心灵成长生命成熟大有不利！富家子往往难免天生骄纵，恣意妄为，害人害己。孟千秋实在只是此中受害者之一。

嗯，在这样理论下一对比，这不就辨出是非曲直了么？要不然自己总认为理都在自己这边儿，全是孟千秋的不对呢。要是早点儿跟他这么面对面撕扯一番，就好了，或许就能避免掉后来的好多不善。他放下了对自己的仇恨，自然就不会大半辈子盯住自己不放了。他就会少作许多恶，自己也就可少吃很多苦头儿。说起来，在他的过失里，桩桩皆有自己的过失呢！

这么想着，谭春阳深深叹息一声。看向孟千秋，他由衷感慨地说："我得对你说声谢谢呀！要不是你这么样点醒我，我怕是到死也不会深刻认识到自己身上的过错呢。那样可就是一场白活了！"

孟千秋又一次愣住了，没有了戾气的眼光直直盯着谭春阳，忘记了寻找语言。

似是没有瞧见他的这情状一般，谭春阳沉思的样子，继续说："现在看，人这一辈子，重大的一桩事情，是知错。知道了自己有错，才好办啊！"

他站起来，俯身去捡起搪瓷缸子，到外屋水缸里舀水冲洗干净。返回里屋，倒了小半缸水，又去放在孟千秋面前，蔼声说："喝口水，润润喉咙吧。讲了这半天话，肯定喉咙干了。但不能多喝，这就要睡了嘛。”

不知是真渴了，还是为了掩饰内心的翻腾，孟千秋拿起缸子，吹了吹热气，一口一口喝起来。谭春阳坐回沙发上，摸过烟袋，装了小半锅烟丝，划火柴点燃，“吧嗒吧嗒”抽着，凝神思索。辩论是对的。但最对的，应该是互相认错。只有都找到自身的错误，勇敢承认，真诚地向对方道歉，求取原谅，人跟人之间才有望和解。只有和解了，人们的想法和看法才可能达成一致，活得愉快安宁。

这世间，人与人之间的和解竟是第一要紧事呀！和解了，心才能够平。心平了，人这一辈子才好论输赢。

谭春阳像猛然察觉了什么似的，他赶紧摇头，不对不对！还是要说，人生第一桩事是知错认错。唯有能够知错，肯认错，人才好改正，成为一个品质高尚崭新的人呀。两个高品质的人和解才有意义，才能称得上是真正的和解呀！

忽地一道灵光闪过，他又有了新悟，知错认错是跟自己和解呀！这是世间和解的前提呀！人得先跟自己和解了，然后才能跟别人和解嘛！

琢磨着这句话，他脑里倏地闪出一个更大的悟解：由知错认错到改正自己，成为一个崭新的品格高尚的人，这不就是“大学之道，……在亲民”的意思吗？对呀对呀，就是这个意思呀！《大学》开篇的“在亲民”三个字，就是这个意思呀！他连连点头，一刹那只觉心内通明，满面春风，说不出的欢喜涌动，就仿佛在西大荒雨夜里悟得“心殇为殇”真义时刻的情形一般。

他一时也就识得了知无先生当年教自己学习《大学》的苦心孤诣，是在于此啊！

原来人一切的学习，都是为了懂得做人的道理！世间一切的教育，都是为教人做人而设！

说到底，这“做人”二字，是最大的字啊！

他不禁又是欣喜又是惭愧。欣喜自己在有生之年终究识得了这些！惭愧自己把《大学》念了那么多遍，抄写了那么多遍，竟直到今天才悟到了其中奥义！

他陡然生出一股感激之情，感激知无先生，感激生身父母，感激养育自己的热乡热土，感激日月星辰，感激天地万物！是这一切帮助自己，最终获得了这份生命感悟啊！

也要感激孟千秋，是他跟自己的一番言语交碰，撞击出了自己这珍贵的“石中之火”啊！

他就转向孟千秋，发自肺腑地说：“老秋子，谢谢你！让我彻底看清楚了自己，活了个明白！”

这弄得孟千秋再次愣了神儿。他疑惑了。先是谭春阳的称呼让他感到惊异，他喜欢他这样称呼自己，这让他陡然间感到一种莫名的亲切，心里巨大的冰山似是顷刻就融化了一般，一阵前所未有的舒爽感受弥漫开来。

再就是谭春阳所说的话，他的情感，均是发自真心，丝毫没含着讥刺嘲讽的意思。这一点他能够确定。

但为什么呢？自己话说得够狠，毫不留情，他理应生气呀？咋个反倒感激起自己来？不会是他被气糊涂了吧？他下意识地朝谭春阳脸上看去，眼睛里的憎怒神情不觉间改换成了探究。

“刚才我就说过了的，感谢你点醒我，让我认识到了自己身上的过错。”谭春阳蔼然恳切：“真的！能够认识到自己身上的过错太重要了！这就能从自己身上找原因了呀。然后就能明白自己大半辈子的路为啥是这个样走的了。这就能想开了呀！想开了，心里自然就没有怨恨了嘛。理解了自己才好理解旁人呀。”

孟千秋眼睛眨巴着，显然听进去了。

谭春阳看在眼里，心里一动，要是能让这人也做到知错认错，那自己不是就获得了更大胜利？脑子迅疾转了几转，他有了主意，须得自己先做出来才好。自己做到了，对他自然就会有股感化的力量。再说，自己做到了，才有资格说服引导别人呀。

就见他神情倏地冷峻，郑重说道：“我现在认识到了自己头一桩大错，在于放任贪心。

“当年对星昱心生爱慕，本质是一种贪心作怪。贪恋她的清纯美貌，妄图占有。只那么看了一眼，就痴狂地爱上了，不是贪恋她的容颜是啥呢？光是喜爱倒还罢了，竟开始一心想着娶来为妻，这又是多么贪婪！”

孟千秋倾耳听着，眼神儿警惕。

谭春阳眼睛看着地面，自顾自地说下去：“第二桩是私心大，只顾自己，不管旁人。

“见到星昱长相美好，就起贪占心，全不想想自己配不配得上她。这是一桩。

“刚才咱们议得对，我当时的情况，根本就配不上星昱，就不该不自量力，生那非分之想。

“再一桩是我外出务工的时候不该把星昱送给我的金指箍儿戴在手上——说到底这是一种自私。只知道这样做是自己乐意的，不考虑这对星昱有多么不利。你刚才说得非常对，这会抹黑星昱的名声，影响她日后嫁人，甚至影响她婚后的生活。

“第三桩是愚蠢。把金指箍儿是星昱送给自己的这件事告诉你，是天大的愚蠢！不然，你不会对那金指箍儿起竞争心的。

“你起了竞争心，那么想要它，我就该遂你的愿，把它送给你才对。不应该命根子似的舍不得，死活不肯给你——这是不懂得礼让，不知道退让——这是第四桩大错。”

谭春阳不禁地叹息一声，自责地摇头，抬眼朝孟千秋瞅去：“我那时太不明智了！那时候我是仆从，你是主子啊。主子看上的东西，仆从哪能抗拒不给呢？世间常理，一样东西，得知主子看上了，那不须主子开口，仆从就该赶紧拱手送上的，自古到今都是这样呀。要知道，当仆从的，巴结讨好主子都还来不及啊！

“唉！我当时就是太年轻了！不懂得利害，不识时务！你刚才说得对，不识趣，就是不识趣！”

孟千秋面无表情，不语不动，仿佛化作了木雕一般。

谭春阳低下头，思忖了一下，抬起头，认真的样子，继续说：“追究原因，我想，应该是我当时把你当成了好朋友的缘故。既是朋友，那就是平等的嘛，是不是？”

随即使劲儿点一下头，语气肯定：“不错，根本原因就在这儿！因为你对我好，我就把你视为知己，当作好朋友，生出了平等心。而这是不对的，是不知礼，不懂事儿。

“要是懂事儿，那就应该不管主子对自己多好，自己内心都得有分寸。知道这是主子的体恤仁厚，不能得意忘形，忘记了自己的身份。竟把尊卑之理全抛开，觉得自己跟主子一样了。

“是的，我那时致命的错误就在这儿，恃宠而骄，逾越了尊卑之礼。”

谭春阳神情似铁，声音沉痛。

略顿了一下，又接着说：“再就是，我不知道念恩。我有读书的本领，是靠你的帮助啊！那时是你给我机会，让我进入你的书房，跟着你一块儿读书，你又耐心地教会我使用《康熙字典》，我才能够慢慢地通读无碍，一本接一本地读了那么多书。这真是大恩！这个恩德惠及我一辈子啊！就光是念这个恩，我也应该让着你的，凡事都对你忍让三分。唉！可见我是个只知记仇不知念恩的人！”

谭春阳叹息着连连摇头，真心懊悔的样子。

又停顿了好半天，才思忖着，继续说道：“我那时不明智还在于，不肯动脑筋想一想，男女之间的姻缘，岂是一个金指箍儿就能决定的？即便我把它给了你，你得了它，也不是就意味着你一定能得到星昱小姐呀！何苦为了那么个东西伤了和气？招来祸厄咧？”

孟千秋眼光倏地一跳，显然内心的什么地方被击中了。

对此谭春阳没有察觉，他整个沉浸在自己的思绪中。脸上漫起一层悲戚，他继续说道：“若是肯这么想，至少被伤之后，我不会那么焦灼地想着失而复得，哭死哭活地哀求父亲立即去你家讨还金指箍儿，说啥也要把金指箍儿要回来。

“你伤了我后，我理应幡然醒悟，好好反省，认错认命。养好伤后，该咋生活还咋生活，主动修复咱俩的关系。至少做到相互间不记仇结怨。而不是仇恨满腔，咬牙切齿地一心只想伺机复仇，血债血还。

“唉，这是嗔恨心大——第五桩错。”谭春阳神情严肃得俨然一个正在宣判的法官一般。

他这末后的一句话，使得孟千秋一时眼光发直，恍了神儿。他这是深埋着的记忆也被骤然唤起了。那时伤残了谭春阳，如愿得到了金指箍儿后，静下来，他心里也是不好过的。记得那天把那几截儿血淋淋的断指埋掉后，自己在书房里闷闷地对灯独坐了整整一夜。虽然不是后悔自责，却也颇盘算了些补偿谭春阳的法儿。想着等事情过去，就商求母亲多多送些钱财去给谭家，改善他们的家计。日后但凡有事儿遇着，不管明里暗里尽可能地多照顾谭春阳，让他少受难窘。他想干啥，能帮上的，就帮他。要是他愿意，就从自己家里丫鬟中选个出众的，丰丰盛盛地陪送一份嫁妆给他当媳妇。是从谭春阳的父亲来找，惹得自己遭父亲打残后，自己的心一霎儿变了的。从此满是仇恨，对谭春阳再无一丝善意……

他的这番思绪被谭春阳又起的话音打断。只听谭春阳说道：“我最大的错，是给你烙上了‘坏人’字样儿，一辈子不肯把这两个字从你身上擦抹掉。

“自打你使阴招儿伤残了我，我就恨你。认定你是坏人，不肯原谅你。虽然在知无先生的劝教下，放弃了立刻报复你的念头，但没有原谅你。后来，从汉中返乡，你已经是被斗垮掉的人，彻底落魄了，没有了被报复的价值。这应该是我复仇心没有死灰复燃的缘故。虽然不再想着复仇了，但我仍旧没有放下仇恨，内心深处始终不原谅你。不愿再跟你结缘，不想再跟你有任何瓜葛。

“后来运动中你被揭批，罪行一桩桩给亮出来，被判刑入狱。我感到那么痛快！就像头顶上久久阴沉的天一下子开了晴似的，难以形容的心花怒放。这不是一般性的幸灾乐祸，这是一种大仇得报后的终于释怀。这我承认。

“但我要告诉你，那天批斗会上揭批你并不是我的主意。那些站出来指责揭发你的人没有一个是我指使的。这是真话。你心里对那场事儿要是有猜疑我，那你得消解掉。不然你就是落得自个儿苦自个儿。要是往深里追究的话，只能说那是天意安排。由这件事，咱们应当看懂，真的善恶有报，上天有公！

“自你进了大牢，我对你的仇恨就清底儿了。这时觉得你遭到了应有的报应，自己的心自然也就平了。我从内心里，开始放下了跟你的恩怨。我全心全意地享受着与星昱恩爱相伴的生活，渐渐地，不再能够想起你了。

“唉，谁知老天弄人，偏偏把如华跟你的小儿子撮弄到了一块儿……

“得知如华跟你的小儿子搞对象，我简直气死了！说啥不同意这个事儿。星昱把如华关起来，直在家里关了三四年，我赞成的。实话告诉你，后来宝琦到麦田里去下跪求我，我答应了他，虽然是被他软化，生了怜悯心，但我也是为了星昱才那么做的。我知道如华要是一辈子不嫁人，就这样老在家里，星昱心里会难受！这会成为她到死都治不好的一块心病……

“星昱怨你，虽则在于你弄败了韩家，她更恨的是你当年糟害我，让我落下了一辈子的残疾，这个我心里清楚。她是认定了你是我这辈子的头号大敌人。她咋能准许她的闺女做我大仇敌的儿媳妇呢？所以，要是我不吐口儿，宝琦是没指望的。宝琦当时知道去求我，这孩子有智性。”

孟千秋又似被什么东西猛然击中了一般，眼神儿疾速一跳。是愣住了？还是被定住了？他的眼光直直瞅向谭春阳，但是他什么也没有看见。心脏“咚咚咚”地响起来，似是在击鼓，又似是在打雷。声音倏尔迫近，倏尔遥远。他感觉自己成了另一个人。

谭春阳对此仍旧视若无睹，他着力在平息自己心里泛起的波澜。他的心一时也被自己的话语搅动了。不错，当时自己终于点了头是为顾惜星昱，但确实也是怜惜如华和宝琦啊！是两个孩子互相的那份真心打动了自己呀！这不就像自己与星昱之间一辈子的感情一样的吗？自己那是为了如华一辈子的幸福着想啊！

好在自己做对了，后来的事实证明，宝琦是个好孩子，他没有遗传孟千秋的恶性，他完全配得上如华。这真要谢天谢地呀！

忽然心里一动，莫非老天是想让自己跟孟千秋真正和解才安排了这一出的？嗯，应该是这样！孟千秋坐牢后，自己感觉解恨了，能忘掉他了，但却不是真正意义上的理解和原谅。自己仍旧没有真正原谅他，因为那时候自己还没有真正认识自己，理解自己。只有在今天，此时此刻，自己才算是做到了啊！

唉，却原来，自己的孩子、女婿，包括外孙儿、外孙女儿……生活里的一切都是老天安排来帮助自己明理的呀！

老天是多么仁慈啊！慨叹着，心里一阵热烫滚过，他不觉眼睛湿润了。自己得好好做，不辜负天慈才行啊！这样想着，他重重叹息一声，看着孟千秋，更加恳切地说："说到底，都是我的错。是我气量小，不容人，不饶人，不念恩……做人上不及格。老秋子，我真心地向你道歉，请求你原谅我吧！"

孟千秋脸上神情复杂难言。他想说什么，嘴唇动了动，终是没开口。他侧转身去把烟盒、烟灰缸、搪瓷缸子等都推到炕中间去，探身去扯拽被褥，要铺炕睡觉。

谭春阳见状，忙起身去把烟盒等物一一拿去放在柜子上。抬眼瞅瞅墙上的挂钟，见时针已指向九点钟，时候儿不早了。他就低声下气地说："谢谢你听我唠叨了这么长时间，累着你了啊！肯定我还有'笤帚'没扫到，没认识到的地方，明儿找工夫你再给指出来。我彻底把自己认个清，好统统改正。"

见孟千秋耷拉着眼皮不言语，知道他是不想说啥了。谭春阳也就不勉强，说："泡泡脚再睡吧。外屋锅里热着水呢。"边折身四下踅摸着，问："洗脚盆在哪儿？"

"不洗！"孟千秋硬腔硬调，态度坚决。

听声辨音，谭春阳知道不可更改，就不再寻找脚盆。他眼睛朝炕梢儿的被褥垛瞧去，说："今儿我在这儿睡了。这么晚了不回去了。"

孟千秋没听见似的，自顾自铺展了褥子，脸冲墙侧身躺下，扯薄被盖在身上。

谭春阳扯下被褥垛上的一床棉褥，跟孟千秋拉开些距离铺在炕上。脱下外衣，爬上炕去，又拽下个枕头，一条薄棉被。伸胳膊去使劲儿一拽电灯拉绳，熄了灯。随后头落在枕上，盖上被子。他怕自己有呼噜梦话啥的，搅扰了孟千秋，不敢先睡着。瞪眼瞅着顶棚，直待孟千秋鼾声起了，这才合眼睡了。

4

这次交谈后，孟千秋虽没明说啥，神态举止大有改变，不再见到谭春阳就一副怒火中烧的样子了。谭春阳送烟递水过来时，他也不再倏地把头扭到一边去，明显地嫌恶赌气了。却还是不肯好言好语地说话，没乐呵样儿。直到两个月后，由一场陡降的暴雨，情形才又有了大幅改变。

这之前出了件囧事。下暴雨前十来天，一日谭春阳来给送午饭时，带来了几个刚下秧的香瓜，是头晌从进村来叫卖的瓜贩子手里买的。伺候孟千秋吃了饭，拾掇完碗筷，他拿起俩香瓜舀水洗干净，用茶盘托着放到炕上。告诉说这是今年的头茬儿瓜，让孟千秋睡晌午觉起来后掰着吃，尝尝鲜儿。就带上门走了。谁知竟就埋下了雷。孟千秋是在下午快四点钟时候吃的香瓜。贪图那股鲜香，收不住嘴，一口气把俩瓜都吞下了肚。就着了凉，约摸过了半个多钟头，肚子里闹腾起来。情知不妙，他连忙往炕沿边儿挪蹭想下地去外边上茅厕，却是两条腿刚从炕沿上耷拉下去，就再撑不住，肠子一阵绞痛，拉了稀。一时真急得人要白头！却无可奈何，去茅侧已是来不及了，只好认命吧。急迫之下，能够扯过来接稀屎的只有棉褥，他就探身去炕里一把扯过褥子，垫在了身下。

“吭哧吭哧”地使着劲，情状实在不堪！总算肚子里一股一股的扭痛停歇了！他艰难地站起来，四下踅摸着，把能扯过来使用的毛巾、枕巾等物都用上，把身上揩抹干净。去柜子里掏出条干净裤子穿上。抬头瞄一眼挂钟，见时针就要指向五点钟，着急起来！默叨着但愿今儿谭春阳能迟些来送晚饭，惶惶地就去收拾屎摊子。却在这时，只听外边“哐当”一响，传来院门被推开的声音，谭春阳准点儿来了。眼看没法儿了，他只好胡乱地一卷，把兜着屎的裤子、弄脏的毛巾、枕巾统统裹在褥子里边，拢成一团，攮着爬上炕去。一只手往炕旮旯塞着屎褥子包，一只手去扯被单想来遮盖住。

正当这时，谭春阳推屋门进来了。扑鼻一股屎臭味儿已叫人发愣，孟千秋的举止更令他起疑！一霎儿猜知了一二，下意识地朝炕上的大茶盘瞧去，见已空空如也，越发心里有数。忙不迭地把柳条篮子搁到柜子上，一步跨到炕跟前，伸手去抢孟千秋手里的被单，边抢边说："别盖了！多弄脏一样不是就得多洗一样啊？"孟千秋似是被逮个正着儿的贼一般，急得眼睛通红，越发拼命要销赃似的使劲儿把被单盖了下去，死死摁住不放。两人撕掳起来，一个要扯开被单，拽过底下的一团东西，一个不肯松手。都一脸倔强地看着对方。

见僵持不下，谭春阳只好责问的口气，低声道："咋的？你拉了一褥子，还拍张电报让你小子回来给你收拾啊？！"

孟千秋这才松了手。颓丧地往后一倚，靠在墙上。

谭春阳也就不再往下扯被单，就用它将褥子包裹紧，两手掐着送出门外。放在了西山墙的墙根儿，回屋洗了手。把窗扇全都大敞开。拿过大塑料洗衣盆，打了半盆凉水，把两个暖瓶里的热水倾底儿都倒进去，端进屋，放在地上。去被褥垛里拽了条枕巾，想权当毛巾用，边招呼孟千秋来洗身子，说："光洗洗下身吧。等晚上再烧水全身洗个澡。"他从柜子里又找出一条干净裤子，搭在炕沿儿上。站在水盆边等着，想帮孟千秋洗濯。见炕上的人迟疑着不肯动弹，猜知是不愿自己候在旁边，他就转身带上门出去了。

谭春阳麻利地刷锅添水，蹲在灶堂前续柴点火烧起来。很快锅里的水"吱吱"响了。他去拿来脸盆，掀开锅盖把热水舀进脸盆里，端着进了屋。孟千秋刚好洗完了，正在穿裤子。他把冒着热气的脸盆儿放在炕跟前，说："在这个盆里再把手洗洗，好吃饭。"猫腰去端起洗衣盆，走到院子里，顺菜园墙根把脏水泼了。随手把洗衣盆放在压水井旁边，这才大步往屋里走。

孟千秋已经洗完手，又倚墙坐在了炕头儿。谭春阳径去搬起小方桌放在炕上，从外屋碗橱里拿来盘子碗筷，把饭菜从柳条篮子中的瓷罐里分倒进盘碗中，一一摆在桌子上。说:“赶紧吃吧，再耽搁看凉喽。吃完你就退后抽烟，甭管。等我进来收拾。”说着，把烟盒烟缸等放到孟千秋旁边，端起脸盆出去了。

从井里压上来大半盆清水，去西山墙根儿拿过被单包。打开，扑鼻一股臭气薰得他直要作呕。强忍着，不禁皱起眉头，心里嘀咕骂道：狗日的老家伙！终究还是碰上了给你抓屎尿的事儿！算来这辈子自己头次干这个活儿呢！父母亲都是直到终了自个儿都能送屎送尿，没苦着儿女们。自己的儿女们幼小时候都是星昱经育的，也没让自己操心过这些。

裤子、毛巾、枕巾扔进水盆里，一遍一遍洗就行。褥子却咋办呢？睨着糊在棉褥中间的一摊稀屎，谭春阳犯了难。苦恼地琢磨了半晌，有了主意。河堰边有道沙檩子，去那儿用沙子搓去吧！把稀屎搓掉，然后把褥子拆了，洗干净褥里褥面，弄脏的棉絮只好揪下来扔掉吧。

他就从井里压水先把裤子上糊着稀屎的地方洗得只剩污渍，使劲儿搓了毛巾、枕巾，浓浓兑了洗衣粉水泡上。又把褥子抟起来，拎着往院外走去。

出了院门大步流星地就往河边赶，心想可别碰到哪个，不好解释！谁知怕啥来啥，一抬头，就见两个扛着锄头的老汉远远地往这边走来，显见是刚从田里收工回家的。偏偏两人也看见了他，都满脸笑地扬手向他打招呼。谭春阳不禁暗暗叫了声糟糕！情急之下，只好佯装没看见，忙不迭转身拐上一旁的小路，大步紧跑起来。直跑到顺星河边垒着的一截石墙后面，蹲身藏了起来。

两个老农走近了，都不禁一脸奇怪的样子。四下里踅摸着觅找，一个说：“刚才明明看见老谭走过来，咋一眨眼没影儿了呀？”另一个说:“我也看见了呀。这老汉，长了飞毛腿了！”

两人嘀嘀咕咕地往前去了。

估摸着他俩走远了，谭春阳这才往起站。不料猛不丁地背后传来一个童音:“谭爷！你蹲这儿干啥呢？”谭春阳全无防备，被吓得不由得浑身一个激灵。倏地扭过头去。见是村里羊倌儿家五六岁的男孩儿二毛，手里举着根树枝正咧嘴站在自己身后，稚气地瞪眼看着。

他舒一口气，脸上现出亲昵的神情，蔼然答说：“爷爷系鞋带儿呢。你个小淘气！跑到这儿来玩耍呀？”边说着，站了起来。

“我来接我爸呀！”男孩儿“嘻嘻”笑着说，下意识地朝谭春阳脚上觑去。显然一眼看清楚那两只大脚上穿着的是一双并没有鞋带的布鞋，男孩儿清亮的眼眸里一霎儿浮起不解的神色，又朝谭春阳脸上望来。这令谭春阳一时不禁着慌，怕他再追问，赶忙大声说：“快回家去呀！不能乱跑呀！”边说着，攮紧褥子，故作镇静地迈步往河堰边去了。只把小男孩儿独自留在了一团疑惑中。

沙子果然是好东西，大把大把抓起来，扔在稀屎滩上，使劲揉搓，很快糊在褥子上的屎团都除掉了，只剩下一块污渍。谭春阳把褥子又抟起来，拎着回去了。

进院来到压水井前，放下褥子。蹲到洗衣盆旁先使劲儿把裤子、毛巾、枕巾搓洗干净，一一捞出来拧干抻平晾在晒衣绳上。进屋去寻来铁剪子，用剪尖儿挑着线拆了褥子。把棉布褥里、褥面都泡进洗衣盆，抓洗衣粉使劲搓洗。费了半袋洗衣粉，总算污渍洗掉了。换干净水反复洗涮过，捞起拧干都晾到晒衣绳上。去摸过剪子把浸了屎汤的一坨棉絮铰下来扔进垃圾筐里，把剩下的棉絮也抻开晾晒上，谭春阳才边擦着手，走进屋去。

孟千秋早已经吃完饭了，倚炕头儿墙坐着抽烟。见谭春阳进来，下意识地抬屁股往里挪了挪，投过来的眼神儿里破天荒地含着一抹感激。谭春阳却没看见，他径直去撤下饭桌，到外屋麻利地洗了碗筷。烧开水把两个暖瓶灌满，拎进里屋来。给孟千秋的搪瓷缸子里倒了半缸子开水，送去放到他跟前。从小药箱里找了几片黄连素，递过去让他吃下，说：“防着夜里再闹肚子。”又找了两个大塑料袋搭在炕沿上，嘱咐一旦再有类似情况，就往这塑料袋里拉。

孟千秋一如惯常地不吱声，眼睛却不自觉地随谭春阳的身影动着，里边的感激越发显得浓了。

次日来送晌午饭回去时，谭春阳取走了已经晒干的棉布褥里褥面和棉絮。

这后头儿的活儿得辛苦星昱了，得再添些棉花把褥子重新缝好。

三天后，谭春阳就把拆洗一新的褥子带了过来。叠得方方正正的棉褥放在炕上。褥里褥面仍旧是先前的花格棉布，看着却干净了许多，也柔软蓬松了，散发着一股阳光的味道。孟千秋见了，心里猛地一触，这是白星昱给重新缝的！这么想着，就觉肚里似有五味瓶打翻了一般，各种滋味儿齐涌上来，说不出得难受。不能让谭春阳察觉到这些心思，只好使劲儿克制着。耷拉着眼皮挪到方桌跟前匆匆吃了饭，退回到炕头儿去倚墙闭眼假寐，盼着谭春阳快点儿走。终于院子里传来谭春阳离去的脚步声，他忽地睁开眼，探身去一把扯过褥子。疾疾展开，觑眼细细瞅着那上面一行行细密的针脚，情不自禁地，两滴浊泪缓缓溢出了眼角。这是白星昱的针线活儿啊！果然是好啊！想不到自己这辈子能够铺上她亲手缝的褥子啊！只可惜是在这种情况下享上这个福的呀！

孟千秋连连叹息着，俯下去，把脸孔埋在褥子间。任凭泪水潸潸而下，将褥子打湿。

不知那样过了多久，感觉心情平静了些。他抬起头，抓过枕头旁边的手绢，擦拭着眼睛，狠狠数落起自己来：你个老坏种！还起这些歪心思！谭春阳这么对你，咋就换不出你的一颗人心啊？！

明摆着这辈子白星昱跟你没缘，人家该当就是谭春阳的妻，咋就认不清这一点呢？！

想想你这一辈子，就是误在了这份贪恋心上呀！一切苦头儿不都是从对白星昱起念开始的吗？谭春阳说得对，当年你费尽心机打碎了他和白星昱的梦，到头来你的梦也没做成呀？终末了还不是人家两人做了夫妻啊？这个毛病再不改，你可就带着它进坟墓了呀！

这样骂着自己，他胳膊一抻，把褥子推到了炕中间去。

侧头看看挂钟，时针对着晌后一点了。得赶紧睡午觉了！他催促着自己，歪身躺了下去。闭上眼睛，迟迟却睡不着。不觉念头又转到了白星昱身上去。嗐！要说自己也该知足了！现在日日吃着她亲手做的饭，这又要铺盖她缝的被褥，往后还会穿她缝的衣裳。最重要的，她是自己小儿子的丈母娘，自己孙子孙女儿的姥姥，跟自己是至近的亲戚。这不就行了吗？谭春阳做了她丈夫又咋样呢？他俩都没有一个亲生的孩子！如华不是谭春阳的亲闺女呀！论起来，如华跟自己比跟他亲呢，自己是如华的亲公爹呀！

这样想着，心里不由得生出一股满足的欢喜。却只是一霎儿，他眉头又皱起，自嗔起来：咋这么想啊？！对不住谭春阳这些天伺候你付出的辛苦呀！嗐，就把对白星昱的心彻底撂下吧。以后就一心认她是亲家婆，再不掺杂任何念头，好好相处。这对儿孙们也有好处！

就觉心里豁地敞亮了。不由得慨叹，人还是把心放正当了最舒坦呀！

却还是翻来覆去睡不着。干脆不睡了吧，等晚上再睡吧。心说着，他翻身坐了起来。自是头昏脑胀地颇不得劲儿。往前挪蹭着去摸过烟盒烟袋，打算抽袋烟醒醒脑。正往烟袋锅里装着烟丝，忽听院门“哐啷”一响，有人“啪嗒啪嗒”走了进来。神经不禁倏地拉直，来人了！是谁呢？飞快转脑子猜想起来。不可能是谭春阳！离晚饭还有几个钟头呢，又没啥事儿，他不会这么早过来的。那会是谁呢？打从自己病倒后，除了儿女和谭春阳，没人来过。来的这个人也不可能是哪个儿女，宝贞、宝良、宝琦姐弟三个谁都不会这时候回来的。一霎儿想到了表侄儿孟建设，是他来了？随即摇头，脸上一寒，不可能！自己病倒这就快仨月了，这个兔崽子就没登过门儿。今儿太阳又没打西边儿出，他咋会来啊？

他就探头紧盯着屋门口。眨眼人进来了，竟正是五大三粗的孟建设！只见他满脸堆笑地瞅着他，大声说：“表叔！我给你拿来捆儿韭菜。放在外屋锅台上了。刚从园子里割下的，新鲜着呢！”

孟千秋一时只觉气不打一处来，睨了孟建设一眼，掉过脸，冷声冷调地说：“我连饭都做不了的人，你给我割韭菜干啥？！”

孟建设一霎儿明省过来，不由得笑得尴尬，连忙说：“噢对对！是我疏忽了！”接连眏了几下眼，一脸讨好地又说道：“下回我给您带现成儿的！”边说着，一屁股坐在窗前沙发上。

孟千秋鼻子里一“哼”，没好气儿地道：“行了！‘无事不登三宝殿’。你来我这啥事儿？说吧！”

“叔，真是逃不过您的法眼噢！”孟建设笑得更加巴结，搓搓手，眼睛滴溜滴溜转着，道：“叔！那我就不拐弯直说了呀！是这么回事儿，您也知道，现在咱农村靠种地真不行！嗯，我想买辆四轮子，能进点儿货，做点儿小买卖啥的……嘿嘿，就是一下凑不够钱。想着跟您借点儿……”

孟千秋“嗤”的一声冷笑，果不其然！这个孬种是为刮油儿来的！心里越发忿恨了，拉腔扯调地说：“我这把年纪了！还成了半个人！我倒是想借给你，没那能力呀！”

孟建设像是看不出眉眼高低，也听不出好赖歹似的，脑袋往前探着，“嘿嘿”笑道：“宝琦哥和嫂子不是在城里干得挺好吗？他们哪能不给您往回拿钱哟！”

“他们供着两个娃娃念书啊！”孟千秋仍旧拉着长腔儿。

孟建设脸上倏地现出忿恨的表情，嚷道：“您说他跟什么洋风呀！把您丢家里不管，带着老婆孩了去住了城里！啧啧！他自己去打工，让媳妇儿在家照顾您，也像个为人子的样儿嘛！那农村的学校才花几个钱儿呀！要那样，您说您哪能过这种日子呀？竟连点儿买四轮子的钱都拿不出来！”

孟千秋倏地沉下脸，怒喝道：“闭上你的狗嘴！你还有事儿没事儿？”

孟建设赶紧改口，低声下气地说：“叔，您别生气呀！我这不是替您鸣不平吗？”

“没事儿就快滚！少在这儿嚼舌根子气人！”孟千秋厉声说。

孟建设始觉脸上挂不住了。一时不免红头涨脸，使劲儿翻了孟千秋一眼，嘴里嘟嘟囔囔道：“喊！咋这么大脾气？！真是的！越老越讲不得话了！！”

情知借钱一事是没指望了，赖在这儿不走只能赚个被骂得更难听，实在没意思！这人就蔫头搭脑地站起来，直往屋外走去。一脚迈出里屋门了，忽地想起了什么似的，停住脚，扭过身来，大声说：“叔，您看您现在也不喂牲口了，您那山芋能不能借我一袋子？等秋天新山芋下来了我还您。”

孟千秋简直气得要炸，吼道：“园子里地窖自己取去！拿上赶紧走！”

“好好好！我这就去！”孟建设一霎儿鼻子眼窝儿都是笑，边说着，大步出屋去了。

孟千秋也没心思再接着抽烟了，挪蹭着下炕来，拄拐杖挨过去坐到沙发上。倾斜身子抓起暖瓶往自己的搪瓷缸子里倒了些开水，端起缸子，吹着热气慢慢喝起来。喝了几口，听见院子里传来孟建设的喊声："表叔，我取好了呀！我就不进去了呀！"

孟千秋往沙发靠背上一倚，没应声。院门被带上的声音传进来后老半天，他才咬着牙齿，一字一顿地骂道："狗日的！六月的韭，臭死狗！"

次日近晌，出去晒太阳的时候，他拄着双拐挪蹭着进园子里去察看地窖，行到旁边，一眼瞅见地窖口黑洞洞敞开着，厚厚的木头盖板儿扔在一旁，不禁气得血往上涌，狠狠骂道："奶奶的个龟孙儿！"想去拽过盖板儿把地窖重新盖上，竟是困难。只好任由地窖口那么洞开着，摇摇头，叹口气，扭身出了园子。

谭春阳来送晌午饭时，他把这件事告诉了。叫谭春阳待会儿走时记着拐进园子去给把地窖盖上。谭春阳应下了，去看了地窖，却没有就拉上木板盖儿。因觉得地窖里已经没东西了，索性敞开口晾晾，通通风吧！反正这些日子都是晌晴的天气，没有雨。等晾上几天，感觉差不多了，再盖不迟。

谁知过了没几天，竟就突然下了大雨。一如惯常的情形，这天是午后起的阴云。约摸一个钟头工夫，沉厚的云层就把星河谷上头儿的天空覆严了。紧跟着雨点落下来，越下越大。到晚饭时候，雨势俨然似瓢泼一般了。孟千秋一直半躺在沙发上，不时抬头瞄一眼墙上的挂钟。见时针已经转过了五点，外头仍是不闻有动静。不禁犯了愁，叹息一声，心里嘀咕道：看来这雨是不打算停了呀！今儿老谭是没法来了的！看来得挨顿饿了哟！就打算早点儿上炕去歇了。躺在那儿，多迷糊一会儿，就睡着了，就不知道饿了。他就挪过去爬上了炕，坐在那儿俯身拽扯着铺被褥。却是刚把褥子顺炕头儿墙铺下，就听外边"哗哗哗"的雨声中隐隐地传来"哐当"一响，分明是大门被推开的声音。不禁倏地停了手，心里猛地起了股热烫。却嗔责的样子，嘀咕道："嗐，这么大的雨咋还是来了呢！"扭身挪到炕沿边儿，疾疾地下炕去穿鞋。

拄拐杖挪到门口，站在那儿不错眼儿地盯着外屋的板门，等待谭春阳进来。却是迟迟不见人影。不禁起了焦急，就挪过去，趴在窗玻璃上瞪眼往外面张望。奈何看了半天，只有满眼雨水在院子暮暗的天色里注落着，并无期望中的身影！不禁生了疑窦，咋这半天不进屋来呢？转眼珠儿猜着。忽地想起了什么似的，浑身一个激灵，猛然被不祥感攫住！急忙转过身去抓起帽子戴上，拄了拐杖着急忙慌就往屋外挪去。

他是想到了地窖。以为谭春阳是去园子里盖地窖，不小心出了啥意外。越想越觉得一定是这样！一定是谭春阳遇到了麻烦！不然咋会这么长时间还不见影儿啊！

简直不知是怎么样蹚着雨水来到了园子里的。离地窖已经不远了。他拼命地张眼四望，觅不到谭春阳的身影，越发认定他是踩滑脚掉进地窖里去了！不禁就哀叹起来，他也是七十多岁的人了呀！腿脚没那么灵活了呀！这可咋办呀?！下了这半天雨，地窖里准灌满了水呀！人掉进去哪能得好呀！越想越怕，心急如焚，不由自主拄着拐杖往前冲去。哪知脚下一滑，“砰”的一声摔倒在地。索性扔了双拐，两条胳膊一齐使劲儿往地窖跟前爬去。眨眼间人滚得似个泥猴儿了。总算爬到了地窖边上。任凭雨水顺着脸颊流淌，他顾不得擦一把，对着地窖喊起来:“老谭！老谭！谭春阳！谭春阳！”声音越来越大，渐至歇斯底里了。

“嗨！干啥呢你？”忽然有略带嗔责的声音从背后传来。是谭春阳！声音入耳，孟千秋嘴巴倏地闭住，惊疑地回过头来。真的是谭春阳！只见他身着雨披，头戴遮雨帽，正大步朝他奔过来。一时满脸惊恐无措换作悲喜交加，孟千秋一下说不出来话了。

眨眼间谭春阳来到了跟前。他摘下遮雨帽扣在孟千秋头上，弯腰将他背起，疾步朝园门口走去。

谭春阳是去地里干活儿，雨来了赶紧往家跑，才耽搁到这会儿的。来到后他是直奔院东角的粮仓去了。粮仓门底下开了个缝子，一直没顾上修。他怕这么大的雨，水灌进去把仓里粮食给淹了，想着拿块塑料布去先把缝子堵上。

刚刚弄完，就听见园子里传来孟千秋的呼喊声。

这晚谭春阳就又在这儿住的。这回是孟千秋留的客。谭春阳烧热水给他洗了澡，换上干爽衣裳。伺候他吃了饭，收拾完，又把他刚才换下弄脏的衣裳洗干净晾上，已经快八点钟了。外边雨一直时大时小地下着，实在也是没法儿走。孟千秋话出口，谭春阳笑了，说："你不留今晚我也不走了呀。"

把地下一应活计都忙完，谭春阳也上了炕。两人都只穿着件白背心，面对面坐着，各举着长柄烟袋慢悠悠地相伴抽烟。一时时光如许安宁！顶上电灯的光融融地洒下来，屋子里一片暖意，更衬得外面雨夜潇潇冷凉。似是都在深深寻味这份环境的对比，两人都不说话。

抽了半袋烟的样子，孟千秋轻咳一下，先开了口："脑血栓没要了我的命，我差点儿让你给吓死！"

谭春阳往烟缸里轻轻抖了下烟灰，才沉声缓调地应道："吓死了，也是你那表侄儿害的！"

"这么大的雨你不赶紧往屋里走，还去弄那仓房！那点儿粮食淹就淹了，值啥！"孟千秋似嗔不嗔地说。

"粮食哪里敢糟蹋啊！"谭春阳一声慨叹。

孟千秋深深吮一口烟袋嘴儿，边缓缓往外吐着烟气，叹息一声，感触地说："人只有到了自个儿不行的时候才能看出来谁亲谁近！平时说得多好听，有事了一个也指望不上！"

谭春阳一笑："你是指望上你孙子孙女儿了！"

孟千秋瞅了瞅谭春阳，一脸认真的样子，说："老谭，在这俩娃娃身上我是真佩服你！你从西大沙挣的那点儿辛苦钱都花在他们身上了！要不是为了宁宇和宁新受到好的教育，你不会打发宝琦和如华进敦伦城的！"

"你不埋怨我支持宝琦去了远处就行。"谭春阳深深看了孟千秋一眼。

"嗐！宁宇和宁新是我的亲孙子亲孙女儿啊！我哪能不知好歹啊?！"孟千秋掏心窝子的样儿。

“对！”谭春阳欣慰地点头，恳切地说：“得为孩子们的前途着想啊！咱这星河谷里眼瞅着就变沙子窝儿了。他们不念上书，一辈子要是窝在这儿，哪行啊！咱们还指望他们学成本事后，回来治好咱这儿的土地沙化呢！”

孟千秋一竖大拇指：“服你！”

两颗心没有了距离。

自在地唠起嗑来。三言两语，孟千秋话头转到上次谭春阳在这儿住时说的话上：“那晚你说当年是知无先生教劝得你放弃了立刻复仇的念头，就是那时紫微峤上云止书院里那个院长大先生吗？”

“是。”谭春阳点头，脸上一霎儿满是尊敬。

“他是咋样教劝的呢？”孟千秋好奇地眨着眼问，显然这是个在他心中盘桓已久了的问题。

谭春阳把烟袋锅在烟缸沿儿上轻磕了磕，扣下。下地给孟千秋的搪瓷缸子里倒了些水，自己也拿个杯子倒了些，端过来放在炕上。又爬上炕，边喝着水，边说起来。

这就一下子又回到了往昔的时光。

那时候，他手上的伤是靠先生给的药粉慢慢康复的；期间心里日夜煎熬，渴望报仇雪恨；熬着终于满三个月后，立即让父亲领着去书院拜谢先生，恳求教给复仇的本事；后来带着先生给的《大学》回家，从此严格按照先生的要求，每日诚心摹写、念诵《大学》；在即将完成任务的一个雨天里，摹抄着《大学》时忽然动念，强烈地想去跟白家讲明真相，让星昱知道自己是被冤枉的。不由自主就戴上草帽出了家门。却在快到东邑的时候迎面碰上在白家打短工的刘大强，得知了星昱就要出嫁的消息。痛苦之下，只想尽快报仇，当即扭头上了紫微峤；又在小先生的谆谆教诲下终于按捺住火气返回家去，将摹抄《大学》的任务全部完成。然后带着一百天里所抄写的厚厚一叠稿笺又上紫微峤；这次终于见到了大先生，坐在莲花座垫上听大先生讲解《大学》，最后听从乔儒老伯的劝告，跟他去了陕西汉中。

孟千秋凝神听着，手里装满烟丝的烟袋锅干举在那儿，浑忘了划火点燃。

直至谭春阳说到跟乔老伯去了“足以忘掉伤痛的远处”后，放下手里的杯子，捏了烟袋锅儿去装烟丝，显出告一段落的样子，他才长长叹息一声，恳切地说：“‘你放下复仇心，才能圆成心愿。’大先生这话真说得对啊！可不是吗？你若当时顽固地留在这谷原里跟我斗法，决计胜不了的！只会吃更大的苦头儿！激怒之下，我必定对你下手更狠！你那么悄没声儿地去了远处，就形同放下了仇恨呀。隔了十多年时间吧？你返回来，心愿不是自然就实现了？刚才你说当年你要报仇的内容，不就是叫我说出真相，承认我设计陷害你的罪行，受到应有的惩罚吗？那年那场批斗会上，不就一切都大白于天下啦？我也受到了应有的惩罚啊，十年大狱啊！”

孟千秋不堪回首地摇头，重重叹息：“唉！回想那时，我对你真是满腔仇恨！情形应该就是你失掉了手指时刻对我仇恨入骨的样子。真的是应了那句话，‘凡你给别人的，会同样回到自己身上。’唉！”

“现在不了。”他眼神儿真诚，瞅着谭春阳：“现在我懂得了，那都是应该的！是自己罪有应得！”

谭春阳想说句什么，却不待开口，孟千秋抢着似的又说道：“这《大学》就是《四书》里头儿开篇的段落啊。《四书》我打小读熟了的，咋就不知道它有这个神力，能医治人的仇恨心呢？”他脸上的神情一下变得疑惑。

谭春阳面露惭愧，说道：“我虽年轻时候抄写读诵了那么多遍《大学》，也是大半辈子后才终于真懂了它的意思。想起大先生曾说的‘等你懂了，心愿就实现了’，真是令人佩服！可不是吗？我就是直到在西大沙的那个雨夜里，想明白了‘心殇为殇’四个字的意思……”

“在西大沙的雨夜里想明白的？”孟千秋打断谭春阳的话，饶有兴趣地看着他，一副探问究竟的样子。

谭春阳就细细地给他讲述了多年前自己在西大沙经历的那场荒野里的雨夜独坐。

孟千秋听着，脸上愧疚渐深，垂下头去，歉痛地说：“逼你去了西大沙，受那么多苦！对不起呀！”

谭春阳豁达一笑："'识得祸福非'！在西大沙那段儿，是我一生中所过的最酣畅的一段时光啊！我就是在那儿把自己的心整个弄通的啊！所以说，我应当感激你哩！"

孟千秋脸上闪过一丝尴尬窘迫的神情。

默了会儿，他认真思忖的样子，嘴里小声儿地，一字一顿地念起"心殇为殇"来，念着念着，忽抬起头，豁然有悟似的说道："真的噢！人的心遭了伤损，才是真正受伤，真正不幸！我就是个活例证啊！我这辈子就亏在年纪轻轻地，自个儿把自个儿的心给扭歪曲了啊……"就见他满脸郁痛，复低下头，说不下去了。

"认识到了就好！"谭春阳赶忙劝说："人在活着时候能明白过来就好！孔圣人不是说：'朝闻道，夕死足矣'？"

"对呀！"孟千秋一拍巴掌，沉郁顿扫："孔子这句话就是这个意思呀！"

"少年时懂得背诵文字，却不懂得其中真义啊。"他面现惭色，摇着头说："想想那时候，学习的好多东西，都只是会读会念了而已，并不会用。须得会用了，才能说是真的学会了啊！"

"就是呀！"谭春阳使劲儿点头，犹如欣逢了知音一般，笑道："年轻时候读书，只是汲取文化知识，不懂得必须能够把那些书本上的话一句一句都应用在生活里，才算是真有了学问。"说着，脸上也起了惭愧，自哂地摇头，说："我在西大荒通透了的道理……"

话语又被孟千秋打断，他一副忽然有悟的样子，急急说道："都怪我那时候年少轻狂啊！竟认为'四书五经'之类都太古老了，是老掉牙的玩意儿，不适用了。只对年代近的书兴趣浓厚，一味扎在历代演义、小说类书籍中孜孜汲取。唉，谬误啊！"

谭春阳的记忆也被唤醒，笑道："记得那时你豪迈地跟我说，发誓要把天下的书都读尽，要做一个世界上读书最多的人，让我好一个钦敬！"

孟千秋难为情地一笑："可见读书不在多，最重要的，在于所读的是什么样的书啊！果真读对了，只念一本就好。你看，那位知无大先生只教你念薄薄几页纸的一段《大学》，你靠了这个，不是就活出了自己觉悟的人生啊？”

谭春阳认真思忖着，说：“你这话有道理。不过，多读书也是好的。我那时候在你家里跟着你一起读了那么多书。后来去汉中后，也一直苦读不倦。有了这个底子，我才成了今天的我啊。”忽一脸真诚地直视着孟千秋，恳切地说：“我真的得感谢你，是你教会我使用《康熙字典》，学会读书的呀！”

孟千秋本来边倾听边思考着，听见这一句，连连摇头，说道：“缘分缘分！这是咱俩的缘分！”

谭春阳的神态越发认真，说道：“就像那天晚上我对你忏悔时说的，我的一个大短处，是只知道记仇不懂得感恩。你糟害了我后，我把你曾经的好一霎儿全忘掉了，满心里就只剩下憎恶仇恨。这是很致命的一个短处！”

孟千秋眼神儿苍凉，连连摇头，摆着手，道：“嗐，不说那些了！不说那些了！”

他深深地叹息一声，道：“你是情有可原啊！”

谭春阳也深深叹息一声。默了一会儿，他又接上先前的思路，说：“我在西大荒想通了的道理，回到村庄里来，迎面遇上事儿，还是迟迟过不了关呢。说起来，直到那天在节孝牌坊底下静坐苦思，想明白了《大学》里‘在亲民’三个字的意思那一刻，我才算是真的从内心里放下了对你的仇恨啊。这就正是大先生曾说的‘等你懂了，心愿就实现了’的意思啊！唉，却原来，彻底放下仇恨，乃为报仇的最高境界啊！”

两人都想起了谭春阳第一天来送饭时，烦恼地跑去节孝牌坊前打坐的事儿，不由得相视大笑。孟千秋边笑着，思及这段时日里谭春阳对自己无微不至的照顾，和前次在这里住那晚所做的自我反省，不禁又伸出大拇指，由衷赞叹道：“老谭，我佩服你！”

他收住笑，直视着谭春阳的眼睛，一本正经地说：“别看你有那么多家人、亲戚、乡邻故旧。我敢说，这天底下，最知道你的人是我！”

谭春阳“哈哈”笑着说：“这又应了一句话，‘不打不相识’啊！”

两人又笑起来。孟千秋笑出了眼泪。

边拭着眼角的泪水，他边发自肺腑地说：“你能得到知无先生帮助，好啊！你比我有福，最体现在这上头！”

谭春阳也止住笑，微微点下头。一口一口轻轻吮着烟袋嘴儿，他看着孟千秋，等待下文。

孟千秋却欲言又止的样子，脸上神情遽然黯淡，眼睛落下去，直直地瞅着烟缸，迟迟不再言语。

他如何道出心中痛悔？当年自己到处寻找祛除疤痕的药物，咋就没去云止书院呢？若是去了，没准儿从知无先生那儿能如愿以偿啊！显然知无先生就是那种世外高人，他会一视同仁地对待每一个去拜求他的人的。他能赐给谭春阳具有神奇疗效的药粉，就一定也会赐给自己对症神药的！那他也会在恩赐祛疤神药的同时，像巧妙引导谭春阳跳出心灵深坑一样地，引导自己驱散心灵的迷雾，让自己认识到自身错误，及时悔改修正。教自己逐渐懂得，心灵上不要留下疤痕才是至关重要的！

是的，知无先生一定会这么做的！他会用尽一切办法，教自己懂得，其实人的额头上落下疤痕没有什么，最最要紧的是心灵上不要落下疤瘌！

如果是这样，自己就会少造多少孽呀！那就不会有后来去糟害韩家的恶行了。也不会对谭春阳那样深仇大恨了，自然也就不会有后来大半辈子对他穷追不舍，种种使坏……自己就不会到头儿来变成一个坏人了！

没法否认，一辈子算下来，自己是一个坏人啊！毕竟做过那么多坏事啊！

唉，自己就是个心上落下了丑陋大伤疤的可怜人啊！

见他久久出神，谭春阳轻唤似的，又慨叹道：“是呀！我这辈子的福分，第一桩应就是年轻时候幸得知无先生的教导啊！”边说着，边往烟缸里抖了抖烟灰。

孟千秋回过神儿来，一时满脸惆怅，瞅着谭春阳的眼睛，重重叹息一声，道：“唉！可惜我土生土长在这星河谷里，竟跟知无先生没有一面之缘啊！”

“你没有见过知无先生？”谭春阳问。

孟千秋点头：“我从没去过云止书院。那时候我们家里有私塾的嘛。”

谭春阳思忖着，说："细想来，我也是托我爸的福啊！要不是他跑到山上去取回了先生赐给的药粉，我怕是也不会去那书院的呀！唉，咱们谷原里的人不懂得知无先生的可贵啊！"

"'古来圣贤皆寂寞'啊！从知无先生身上，清楚看到了这句古话啊！"孟千秋感慨深深的样子。

略顿了下，他不无满足地说："我也算沾得他老人家的恩惠了！这不是从你这儿，我把他当年教给你的，都学来了吗？"

谭春阳眼皮一跳，深深地看着孟千秋。俄倾，竖起大拇指，赞叹道："不愧是千秋少爷！悟性高！"

孟千秋一时触动又愣怔，直觑着谭春阳。所感触者，是隔了这么多年，一朝又听见有人叫自己千秋少爷，陡然唤起万千心潮！愣怔的是不懂谭春阳何以说这么一句话？又瞬间明白过来，他不禁仰头大笑，手指点着谭春阳，道："嘿！一样一样的！最知道我的人，是你呀！"

两个人又一齐笑起来。

外边雨什么时候停了也不知道，两位老人沉浸在两颗心真实和融所独有的那种暖暖的喜乐中，浑忘了外部世界。

谭春阳毕竟牵挂着时间，笑了一会儿，抬头看看挂钟。见已经快到十一点了，连忙说："瞅瞅咱俩，唠了半宿！话也说透了，今儿就打住吧！快睡吧！"边说着，边放下长柄烟袋跳下炕去，忙不迭往下拿水杯烟缸等物。

"睡吧睡吧。"孟千秋乐陶陶地说，侧转身去扯被褥铺炕。铺着铺着忽地停住，扭过脸来，冲着谭春阳，说道："我承认了的，白星昱这辈子是跟你有缘。她嫁给你是最对的！只是，我心里还有一个扣儿……"

"嗯？"谭春阳正往茶盘里摆放水杯，听见这句话，回过身来，问："心里还有没解开的扣儿？"

"嗯。"孟千秋点头。

"说说看，咱们能把它解开不？"谭春阳把杯子放下，转过身来，迎着孟千秋的眼光。

“我说了你得不生气才行。”孟千秋一脸认真的样子。

“我不生气，你说吧。”谭春阳神情严肃，矮身坐在沙发上。

孟千秋眨巴眨巴眼睛：“那我就直说了呀！就你娶白星昱这事儿，早年出身贵贱这些都抛开不论。你不可能给她全面的幸福，因为……”

毕竟还是觉得碍口，他支吾起来。

“你说！直说！”谭春阳鼓励地看着他，语调真诚。

孟千秋又疾速眨眨眼，试探道：“你肯定是个‘老丝瓜’，软蛋蛋儿……你知道我指的啥吧？”

他眯眼儿觑着谭春阳。见对方一头雾水样子，又紧眨巴了两下眼睛，下了决心，粗声大嗓说：“你四十多了才结婚，一个正常的男人咋能呢？还有，你跟白星昱结婚时她才三十出头儿。这么多年过下来，你俩都没有孩子……这不是你生理有缺陷，那上头儿无能，又是啥呢？”

谭春阳听明白了，神情冷峻起来。

孟千秋见了，顿时一脸紧张，疾疾地说：“讲好了你不准生气的哟！”

“我没生气。”谭春阳语调沉缓庄凛：“我是在寻思该不该兜底儿跟你讲。”

“当然你得兜底儿！”孟千秋眼睛一翻：“真心拿真心换呀！”

谭春阳低头思忖了下，抬起头，看着孟千秋，说：“我们俩新婚之夜里，一宿没睡，直到天亮。”

一刹那，孟千秋脸上羡慕嫉妒赞赏怨恨莫名的疼痛，种种情绪似播放幻灯片似的轮番演过，最后定格在惊愕上。只见他张大嘴巴，满脸匪夷所思，问道：“你，能一宿不睡地……”谭春阳面容庄重，点了点头：“我到现在都还行。”

孟千秋眼光又直了，盯着对面墙壁，半天不吱声。他是想起了自己曾经的那些淫思邪想，恶念翻涌。那时候自己竟一心妄想借助大烟的力道享受白星昱的肉体！竟盘算逼着她跟自己一起抽大烟，任自己逞淫纵欲，蚀骨销魂。多么罪恶啊！难怪老天爷不成全自己呀！一时似有刀尖儿戳着心脏一般，只觉愧疚得心口生疼，他难受地低下了头。

谭春阳虽不知他心里真实境况，但见这情状，知道是他哪一处被触动，又心生惭愧了。就想索性再多说一句，打掉他的胸间块垒，让他再通开些，彻底透朗。略思忖了下，他沉声缓调说道："我保持着自己的体魄健壮，就是为了让星昱这一辈子在情爱这桩事上没有缺憾。让她得到全面的幸福。"

"没说的了，你才配得上她！"孟千秋喃喃道："得承认，老天安排得对呀！"

沉默了一会儿，他又有了疑惑，转过脸来，看着谭春阳，直接问道："你这么雄壮，为啥不能让她怀上孩子呢？是你有不孕不育的毛病吗？"

谭春阳微一抿唇，告诉了他自己不想妻子再生孩子的苦心。说："我是怕星昱身体吃不消。我娶她时，她已经生过五个孩子了呀！再生育的话，哪能不伤元气呢？"

"这样你就没有自己的亲生孩子呀？"孟千秋说："你就不怕老了没人养老吗？"

谭春阳一笑，神情恳切，说道："你有四个亲生孩子，还不是我在这儿伺候你啊？我这样待你，还用怕将来老了没人善待我吗？这些不是该自个儿考虑的呀！有老天呢！"

"对！对！"孟千秋使劲儿点头，露出会意的笑容。

忽地又起疑惑，他收住笑，瞅向谭春阳，问道："白星昱对你的心，跟你对她的心是一样的。这谁都看得见！你这样处处为她着想，咋个她一点儿不为你想呢？她咋会不知道不给你生个孩子……"

不待他说完，谭春阳"呵呵"笑着开了口："嗐，怕是只有老天知道她有多想生个我俩的孩子啊！"

"是你没跟她讲实话？"孟千秋眨巴着眼睛，猜问。

谭春阳点头，略显难为情地笑着，说："费了多大劲才打圆这个谎啊！"

"嗯，有智慧！"孟千秋笑了，深深慨叹："你真是煞费苦心啊！"

随即摇着头，一脸不可思议的样子，说："你那么强壮，能做到这个，得有多大的控制力啊！那你直熬到四十多岁不成家，就是为的等着娶白星昱吗？"

谭春阳思忖了下，恳切地说："不能这么讲。那时我并不知道自己这辈子还会跟星昱有这个缘分。只是，我的心里装着她，我就再容不下别人了呀！嗐，身体的苦总是好熬的，心上要是苦着才不好过呀！”

“你是真君子！”孟千秋猛地伸出大拇指，两眼炯亮，大声赞叹。他满脸真诚，情发乎中，说道：“白星昱该当是你的！就只有你配得上她！唉，只庆幸我的小儿子娶到了她的闺女做媳妇儿，有了你这位老丈人啊！”

谭春阳笑了下，一脸认真地说：“你要感谢你的小儿子啊！由他看，我更确定你本质上不是个坏人啊。这么多年观下来，宝琦是个好孩子！一个真正的大坏蛋，咋可能生出这么好的孩子呢？孩子都是投着父母的缘来的，是父母德行招来的呀！这个理儿咱们都是懂得的呀！”

孟千秋一震，深受感动地看着谭春阳，低声说：“谢谢你！老谭！”

“嗐，咱们都谢承宝琦吧。”谭春阳谨正地说：“要不是这孩子，咱俩怕是也没有这番能坐在一起，都亮敞开心扉，重新认识对方，解开各自心头一辈子死结儿的机会啊！”

“是呀是呀！”孟千秋满脸是笑，连连点头。

谭春阳朝挂钟瞧去，“嗐”了一声，站起身来：“都快十二点了！快铺炕睡觉吧！”

这晚两人的褥子紧挨着。脱衣躺下了，谭春阳又不无感激地说：“说到底，还是该我感谢你，能跟我聊，能聊得透。由跟你的‘理论’，我通开了脑筋里的好多东西啊！”

孟千秋“嘿嘿”笑道：“是呀，老天是捉对儿生的咱俩。让咱俩一个住在河东，一个住在河西，一辈子做对头，相互磨炼。到最终双双都蹚过了这条恩怨大河！要知道，多少人白白活一辈子，过不了这条河的哟！”

“说得好！”谭春阳拍手赞叹：“咱俩都蹚过了恩怨大河！这是老天对咱俩的偏爱呀！”

“是，这是老天偏爱咱俩！”孟千秋语调衷恳。

“说实在的，人生哪有怨，原本都是恩啊！”

谭春阳感慨万千地说着，探过身子去拉灭了电灯。屋子里瞬即与外边茫茫的夜色融为一体。

“对对！都是恩都是恩！”孟千秋深有领悟地连声赞同。

他的话音里睡意渐浓，就听鼾声响起了。

窗外房檐上积存的雨水“滴答滴答”的滴落声，增加了夜的静谧。在一片美好的寂静中，谭春阳也很快沉入了睡乡。

5

从这往后谭春阳就时常留宿在这儿。逢到阴雨天气，只要不是有特殊急着办的事儿，他白天也待在这边。陪孟千秋唠嗑，两人下棋，屋里屋外地忙活着洗涮打扫。后来凡待在这边，他就不再回家去取饭，就在这儿做两人的饭食。他炒的菜每每让孟千秋惊奇不已地大声叫好。白星昱得知后也就放心了，由他们去了。每当有好菜，孟千秋就闹着非要喝两盅儿。谭春阳劝不住，只好立下规矩，每次最多只喝一两。孟千秋答应了，他才听着他的指挥，去掏出孟千秋在柜子里珍藏了十来年舍不得喝的瓶装五粮液。两人隔炕桌坐下来，慢慢地对酌，悠悠地拉话。

完全不隔心了，又有好酒助兴，每每越说越长，一唠半宿，各自都一大段一大段地坦述往事。谭春阳细细讲了自己在汉中十年里的见闻经历，在西大荒八年垦荒的苦乐得失。孟千秋细说了早年自己如何布局下套儿陷害韩家，如何熬过十年牢狱生活等。悠悠回顾中，不免检视审查，互相警醒。哪些事情做得对，哪些事情做得不对，错误的根源在哪儿，自是一次一次或仰头哈哈大笑，或捣胸懊恼嘘叹。话到不是处，谭春阳每每即刻恳切地做一番检讨，孟千秋虽也不掩愧疚之情，但始终不曾深入骨髓地进行过反省自责。谭春阳也不刨究，他心里知错认错就行了！却不知孟千秋是要等着到紫微峤云止书院旧址上的三圣像前去做洗心忏悔。

自岳父代替自己来照顾父亲后，孟宝琦频频回来。见所担心的事情并没有发生，父亲对岳父日日送饭照顾他这件事非但不抗拒，渐渐地，像是发自内心地喜欢这样似的。俩老头儿看着越处越融洽，他就放下了心。回来的间隔逐次就拉长了，将心思倾投到了自己的事情上去。烙画坊生意始终不见兴旺，眼见光靠这个肯定不行。他跟妻子商量另寻了一条赚钱路子，搞室内装修。这对他来说一点儿不难，会画画的人哪能搞不了装修设计？至于粉刷墙壁，砌瓷砖之类活计，他一学就会。就这么的，他干起了装修，烙画坊主要靠谭如华打理了。巧在他们租住的房子隔壁邻居家的姑娘对烙画兴趣浓厚，巴巴儿地求谭如华教给她画道技法。谭如华喜欢这姑娘的淳朴灵气，收做了徒弟。师徒俩一边教学相长地授艺研学，一边经营店铺，弄得井井有条。孟宝琦只在装修活儿断档的间歇，做些店里的事情。

这么着，忙起来的时候，孟宝琦会一两个月不回家，把给父亲和岳父母买的东西托人捎回去。

一日，谭春阳搀扶着孟千秋在院子里遛达时，孟千秋提出要去云止书院看看。他说："我咋着这辈子也得去那儿看看去啊！到那三尊古圣先师塑像前去拜上几拜，也算我感激知无先生的表意吧！咱俩能有今天，得感谢他！感谢三位古圣先师啊！"他言辞恳切，听得谭春阳喜笑颜开。这真好！他也正想着去山上拜拜圣人呢。

这就得赶毛驴车去了。田里没活儿的日子，选了个好天气，带上两大背壶凉开水，两个蒲垫，两袋饼干，一些新摘下的青苹果，和一大纸箱做供品的糖果瓜子等物，两人吃过早饭，锁上院门出发了。

正是稼穑飘香时节，一路上树绿花红，鸟飞蝶舞，衬着金色朝阳辉映下宽阔田野里的绿浪翻涌，说不尽的风光晴好！毛驴似是也乐意上紫微峤的样子，不用吆喝驱赶，轻快地一路昂首飞蹄，"嘚嘚"奔跑。很快来到了山脚下。上坡时速度慢下来。坡势渐陡，谭春阳只好跳下车，跟在旁边走，以减轻毛驴的负载。到谭春阳初见知无先生那个山路拐弯处，他吁住了毛驴。这往上路太陡，车不能行了，得走着上去了。

当年让他停下脚步的那棵杏树还在。长高了许多，仍旧枝叶繁茂，绿森森的叶子间隐约可见一颗颗外皮萎黄的杏子挂缀着。谭春阳望着杏树，感觉那么亲切！心里生出一股浓浓的感激，就像是面对着知无先生一样。他忽然想起了在这里初次见到先生时，先生所问的那句话："你知道这山间每年春天为啥总是杏花先开放吗？"一时不由得发起呆来，哎呀还有这么个题目自己没解开呢！整个都给忘记了噢！他就凝神思琢起来，浑忘记了孟千秋还坐在车上。

孟千秋见谭春阳忽然间盯着前边的杏树似是入了定的样子，不禁心生奇怪，问道："你在瞧啥呢？"一句话唤谭春阳回过神儿来，连忙转身去扶孟千秋下了车，边告诉了他自己跟这棵杏树的缘分。孟千秋听得认真，下车来拄拐杖站在那儿，觑着杏树也琢磨起来。好半天不得要领，说："听着挺简单的一句话，还真不好解呢！"谭春阳笑道："就是，我也还是解不了。只好咱们日后慢慢琢磨吧，哪天没准儿经什么东西一触，豁地一下就解开了。"孟千秋点头"嗯"了一声。谭春阳让他赶紧活泛下腿脚，坐了这半天车，两条腿想是半麻了。他就去给毛驴卸套。待会儿在书院里肯定得耽搁些时候，松开套绳让毛驴吃草去。把驴缰绳长长放开，绳端头儿在远处一棵粗壮的山榆树树干上拴系牢实。扭过头来，看见孟千秋凑在那棵杏树前在探着身子摘杏，他就不急着过来。折身四望，一眼瞄见那边有丛粉艳大朵的野花儿，迈步过去采折了，握着花束，这才回转来。上边圣像小广场的四围虽然种了供人敬圣用的波斯菊花儿，他觉得还是在这儿远远的地方采束野花儿更好。

"我见着这杏树咋就像是见着个老朋友似的呢？"孟千秋扭头看着返来的谭春阳，笑呵呵地大声说。

"原本它就是咱们的老朋友啊！"谭春阳笑应着，来到跟前。忽然悟到了什么似的，神色一正，说："应是上辈子它跟你和我是好朋友，这辈子才这样互相遇见，互相成全。——细想来，当年它是帮了我呀，初来这里那天，要不是它那一树开得格外繁艳的花儿吸引我停下步子，那我就跟知无先生错过了呀！"

"嗯，有道理！"孟千秋思忖着点头。他端身站直，恭恭敬敬地对杏树鞠了一躬，说："老朋友，谢谢你呀！"

谭春阳乐了:“对！要给它鞠个躬。”说着，几步迈上前去，也端身恭敬地给杏树鞠了几躬。

两人相视而笑。孟千秋瞅着谭春阳手里的野花儿高兴地说:“你这是要去供奉圣像的吧？咱俩真想到一块儿了！我本想从家里花圃折一些花儿来着，也是觉得不如来到这里采些野花儿更好，就没折。”谭春阳听了，笑道:“咱俩想到一块儿了！”

“我这些杏子也是要拿去供奉圣像的呢！”孟千秋举着手里的半捧山杏，认真地说。

“好，好！‘礼轻情意重’。”谭春阳点头赞成:“咱们往上走吧，先把你送上去，我再返回来拿这些东西。”

孟千秋应着，把杏子装进衣兜里，拄起双拐，跟谭春阳往坡上攀去。行不多远，他就大口喘起来。爬这陡坡，真是艰难哪！

“来，我背着你吧。越往上越陡了，你那双拐忒吃力！”谭春阳说。把手里花束朝孟千秋递过去，另一只手去接他的拐杖。孟千秋躲闪着不肯给:“不用你背，我沉着呢！我自己走吧。”

“嗐，就落个白白耽搁工夫啊！上头陡着呢，你上不去的。来吧！”谭春阳说着，又去接拐杖。

孟千秋仍不肯给:“不行！累着你啊！”

“嗐！你能有多沉呢？我扛两百斤都没事儿。来吧！”谭春阳说。

见孟千秋还是躲闪，他就严肃起来，一本正经的样子，说:“就当我是背着杏树朋友一起去拜圣吧。它帮了咱们，咱们该当也帮它呀！得知恩感恩呀！”

孟千秋一愣，低头看了看装着杏子的衣兜，思忖了下，把拐杖递了过来。

“这就对了！”谭春阳说着，一手接过拐杖，边把另一只手里的花束递到孟千秋空出的手中，又去接过另一只木拐。把两个拐杖放到山道旁边，上前一步，蹲下身背起孟千秋往前走去。

直进了圣像小广场，到大香炉前，他才放他下来，扶着去坐在地面一个较大的石块上。四周的波斯菊花儿在烂漫盛开，衬托得小广场就像是个镶着花边儿的硕大玉盘似的，沉静雅美。三尊圣像高高矗立在白色石台上，在阳光下熠熠生辉。一路过来，孟千秋眼睛不够使似的四下里观看着，只觉小广场周围的波斯菊的花朵是未曾见过的一种芬芳鲜艳，花丛外的树木是格外的一种郁绿苍碧，三尊圣像更是难以言说的一种慈祥庄严，就连远远近近传来的鸟鸣都分外悦耳动听。他心里一时情景奇异，说不清是一下阒然杳寂了，还是忽而情潮翻涌起来，喜而又悲，如痴如醉，豁然惘然。直待谭春阳的话声响起，这才似是倏然被唤醒了过来一般，回到当下。

“哎呀应该把你直背到供台前去，把花儿供奉在圣像前呀！”谭春阳瞅着孟千秋手里握的花束，后悔的样子。解释说他是想让他在这儿等着，一会儿把檀香拿上来，他先敬香。

孟千秋眼睛落在手里的花束上，一时应不上话来。

“来，我扶你过去。你就先敬花儿，待会儿再敬香。”谭春阳说着，俯身来搀扶孟千秋。孟千秋反应了过来，把花束举过去，说：“那就你去敬花儿吧？”“还是你敬，你头次来嘛！”谭春阳说，不接花束，手臂使劲儿拉孟千秋起来。孟千秋听话地收回花束，两肘用力配合着站了起来，由谭春阳扶着慢慢朝供台前挪蹭去。一霎儿到了，两手捧着鲜花，恭敬地在头上举了举，插在了圣像前的石头插花瓶里。又把衣兜里的山杏掏出来，也两手捧着，在头上举了举，恭敬地放在石头插花瓶旁边的供台上。谭春阳把他又扶回到香炉前，还是让他坐在那石块上。直起腰，边抬手抹着额头上的汗，谭春阳瞅着他说：“你在这儿歇着，我下去拿那些东西啊。”

“你去你去！”孟千秋连忙说。谭春阳上前一步，至诚地两手胸前合十对着圣像鞠了三个躬，回身循原路大步走了下去。

孟千秋仰起头，细细地观瞻圣像。这么近地相对着，每尊圣像的眉眼神情都看得清晰。他一时觉得他们个个都那么亲！就像是自己失散了多年的亲属似的。他们都那么慈恕地注视着他，像是尽知他所有的遭遇予以理解同情又满含着箴诫期望似的。他忽然感到那么委屈，仿佛一个饱受颠沛流离之苦后终于来到了可以倚赖的父辈面前的孩子一样，不禁鼻子一酸，眼睛湿润了。

这是陌生的情绪。自他渐渐成人，他就没有对什么人产生过倚赖了。也许是自己读的书较多的缘故，他觉得包括父兄在内的所有亲朋乡邻都思想僵化，脑筋愚钝，昧陋固封，不堪共语心志胸襟。他的人生一直都是完全靠自己的思考努力，从而形成了强梁习气，有愤怒，有忌恨，有躁烦，有苦痛，却没有委屈抑郁之类感受。

他沉溺于这种情绪，静静享受着，就觉得在它的浸润中，心胸悄悄变得柔软宏阔起来。有一种想诉说深埋已久的心事的欲望，有一种想跟圣像所散发的那种慈恕威严气息相融入的愿望。正痴迷着，背后传来脚步声，谭春阳返回来了。他赶忙用手背抹去泪水，闭眼静心。

谭春阳来到跟前，把怀里抱着的大纸箱和两个拐杖放下。又摘下挎着的鼓囊囊的大挎包和两个背壶。先扶着孟千秋站起来，把拐杖一一递给他。又转来蹲下身打开纸箱，取出放在上边的一捆檀香。送过去让孟千秋抽出三支，从裤兜里掏出打火机，给他把香点燃。帮助他躬身行礼后，去一一插进香炉里。又扶着他挪过去站在香炉和圣像之间。这才返身又去纸箱里取自己用的檀香。

他也是抽了三支香。点燃了，去端身正立在香炉前，至诚地两手拈着，举过头顶，闭上眼睛默祷了一番，上前去仔细地一一插在香炉里。直起身来，对着圣像又深深一揖，这才转向孟千秋。见他正在圣像前磕头。那样子看着真是费劲！扶着拐杖一点儿一点儿矮身蹲下去，半跪下，磕一个头，哆哆嗦嗦站起来。再蹲下去，磕一个头，再站起来。谭春阳看得感动，并不上前去帮忙。心想，这行礼就让他靠自己吧，也好显出他的心诚。直待孟千秋三磕头完毕，站在那儿作揖鞠躬，他才去端起大纸箱，快步走到圣像前。取出里边的东西，挨着孟千秋摆上去的杏子，一一摆放在供台上。

他并肩站在孟千秋旁边，也虔诚地磕起头来。还是一连磕了九个，三鞠躬，然后端身合十仰望着圣像，诚敬地默述了自己和孟千秋前来拜圣谢恩的话，表达了诸般祈愿。尽讲完了，见孟千秋站立不动，似没有就离开的意思，也不催促，拎起空纸箱走开了。他拎起大挎包和背壶到一旁去，寻了个地方放下，即从挎包里往外掏里边的水果饼干蒲垫等物。心想：待会儿就在这儿喝水吃东西歇着吧，也好跟三位圣师多待一会儿。

东西都取出来摆在地上了，谭春阳扭过头看孟千秋。见这人竟摇晃着又跪了下去，猜想他应该是忽然想起了还有什么话没对三位圣师说的，就不言语。来一次不容易，让他掏心底儿说吧！这么想着，自顾自在一个蒲垫上坐下。拿起一个背壶，拧松盖子，放在对面的蒲垫前。把饼干、苹果都归弄好。把自己的背壶盖子也拧开握着，扭头又朝孟千秋瞅去。见他还跪在那儿，仰头望着圣像，在说着什么的样子。不禁心生纳闷儿，咋还没说完哪？不觉留神听了起来。

孟千秋的声音不高，留心听，就句句都能够听清楚。谭春阳很快弄清了他的话意，不禁又惊又喜！这人竟是在做检讨！他一时屏息敛气，更听得入神。

“……我妄自尊大，目中无人。使心逞能，好勇斗狠。器量窄小，常生恶念……这可恶的性格伴随了我一生啊！我深受其害啊！”孟千秋语调悲慨，痛心疾首：“可叹我始终不知悔改，在错误道路上越走越远。做下一桩又一桩谬事，一次又一次地恣意行恶，连累妻儿遭殃受报……宝贞和宝良俩闺女家里的日子都过不起来，个个一身是病，诸般不顺。宝瑜竟英年横死……这都是我的报应啊！啊哼哼呀……”孟千秋哭了起来，泣不成声。

谭春阳脸上的惊喜慢慢变成悲戚。站起来，他本能地要过去搀扶劝慰孟千秋，却是往前迈了两步就停住了。还是不要打断他吧！难得他能这样地自剖自白，袒露衷曲！就让他尽情地倾诉吧！把心里大半辈子的积存都翻晒出来，审一审，往后他就能轻快了！这么想着，他就退步回去，又轻轻坐在蒲垫上。一时赞赏起孟千秋来，这个法儿真好！跪在圣师面前认罪伏法，这就能把心洗得更干净彻底啦！

他又倾耳听了起来。

“……为啥我动辄用恶心，就不知道用一用善心啊？就拿对待白星昱这个事儿说吧，当年我要是一味只用善心真心去求恳感化她，不一定就不能如愿呀！虽说她因为听了谭春阳唱《塞曲》一下钟情了他，但正如那天晚上我和谭春阳分析的情况，那时候他俩是没指望的呀！那时候他俩的家境太悬殊啊！无论如何没有可能性的！她父母不准她嫁给谭春阳，她是没办法的啊！再说谭春阳挣不到足够的钱，他就是不敢去她家求亲的呀！只要过上几年，他两人见不上面，各自的心思就都淡了嘛！那时白星昱也老大不小了，见自己一直心好行好，对她真心不变，她又见不到比自己条件更好的人，她哪会还倔拗着不允自己呢？

“我咋就那么糊涂，想着去挖坑儿陷害白家，逼着白星昱无奈之下嫁给自己？为啥不是想法儿在白家困难的时候送上帮助，让白星昱感动，心甘情愿地嫁给自己呢？！唉！自己整日狂妄，自认是天下第一聪明人，谁知却是最愚笨的蠢材！我不会转脑筋啊！会转脑筋的人是不会乱动歪脑筋的呀！”

孟千秋边哭边说。声泪俱下，痛彻骨髓。

“我习惯起恶念，动歪脑筋，这是我最大的一桩错！

“我另外一个大缺点是嗔恨心大。动不动就怒火爆燃，大发脾气，伤人殄物，祸害自己……我不是犯错，我是一次一次地作恶啊！因为我都是有意为之，是苦心孤诣地挖坑儿下套，蓄意糟害别人啊……我是一个罪人啊！啊哼哼呀……我不可饶恕的罪过，更在于不孝。我竟在私欲妄念支配下违背祖上的训规，把家里给人们治病疗疾炼制的大烟膏滥用，拿着去谋害别人，让人家倾家荡产。牵连整个家族跟着一起遭殃！新中国成立后我们一族人财产一空，人丁四散，我的父母和妹妹在凄苦困厄中相继悲惨死去，到最后我的哥哥也畏惧革命洗礼而自杀，这都是报应啊！……先前我竟还埋怨老天，认定是上天不公。唉！我糊涂啊……我还能活着，这是老天对我开恩啊！感谢老天宽恕我的罪行啊……我今后一定好好反省！时刻忏悔，洗赎自己的罪孽！教育子孙好好做人，一定不能重蹈我的覆辙……”院子里一丝风都没有，偶尔一只鸟轻扇着翅膀从半空中飞过。远处山坡上的鸟鸣一波一波传过来，灵婉清丽，呼应着头顶上晴空万里，阳光似金。清新纯粹的大自然作为烘托的背景，强力焕显着人心忏洗的美丽。

谭春阳感慨动容，呆呆坐着，心里涌动着难言的意绪。时间“滴答滴答”流逝着。过了约摸半个钟头，终于渐渐地听着没动静了。谭春阳扭过头去，见孟千秋又在那儿磕起头来了。连着磕了几个头后，他作势要往起站了。谭春阳忙起身奔过去，伸手把他扶起。搀到这边来，安顿坐在给他摆好的蒲垫上。这个样子肯定是不能立即喝水吃东西的，他就不劝让他。掏出自己的手绢递过去，让他擦眼泪。孟千秋接了手绢，慢慢擦起来。待他把泪水擦拭干，谭春阳这才开口，衷恳地称赞说："还是你智性高！到这儿来对着三圣师检讨认错，最好呀！"

孟千秋惭愧地一摇头，说："是我没有你道品高……在家里总觉舍不下面子来，开不了口。来到这儿，面对了几位古圣先师，不知咋的，一下子就……"他环顾着四周，语气肯定地说："这个地方有股力量！必就是书上所说的那种道场的力量！人一到了这儿，好似心一下就安生了，敞亮了呀！"

谭春阳一下想起自己在节孝牌坊下的感受，点头"嗯"了一声，说："是呀！论这个，我对鹤野坡上那座石牌坊最有感触！这些年来，全靠它的帮持我才一次次迈过深沟大坎儿的。……这样的地方都有一种氛围。先前我把这叫'场'，还是你说的'道场'这个词儿更准确！"

"这道场里确实有股力量，能够把人心拉到正道儿上。"边说着，他也四下瞭望着："别看围墙房舍啥的都没有了，这个力量还存在着呢。"

孟千秋惊异："那座节孝牌坊也有这样的力量？"

谭春阳确定地点头。

孟千秋侧脸朝三尊圣像望去。眯眼寻思了一会儿，说："应该就是立着这三尊圣像的缘故了！你把这三尊圣像又重新塑立起来，功德大啊！"

"嗨呀，哪敢言功德！"谭春阳连忙摇头，神情一霎儿庄谨："要论功德，那是知无先生的功德呀！要不是他那时候费尽辛苦重建起了这山上的书院，咱们哪有朝圣的去处呀！"

"是呀是呀！"孟千秋连连点头："在这山上建这么大个院子，不容易呀！说是这座书院是个古老地方，有几千年的历史呢。是吗？"他问询地看着谭春阳。

谭春阳就娓娓地给他讲了书院里曾经立着的两块石碑上的刻文内容，告诉说这座书院的初始，跟鹤野坡底下的那座星星河遗址是同一个年代，都是四千年前的建筑。初始只塑有伏羲一尊圣像。是在八百年前修缮复建的时候，添加了老子和孔子的塑像，成为三圣相彰的情形。后来书院又被损毁了，慢慢地只剩了两棵古树，两座石碑。是知无先生某年里又来重建恢复了的。

“知无先生是哪里人？他是哪年来重建这座书院的？”孟千秋意趣盎然的样子，问道。

谭春阳摇摇头，说不知道知无先生是哪里人。那年他来拜望时，记得知无先生是住在这儿的第五个年头儿。说是他去汉中五六年后，知无先生就走了。算起来知无先生在这山上住了不过十来年样子。

“他为啥要来这儿建这个书院呢？听说一直也没咋有人来这儿跟着他学习呀！”孟千秋蹙着眉，不解的样子。

“可能他就是为了来度我吧。”谭春阳“呵呵”笑着随口应了一句。

话出口，一时恍然惊觉似的，他怔住了。真的呢！知无先生就是来度自己的呢！如此一念，就觉心中翻涌起来。不禁抬头朝天上望去，一下愣住！只见刚才还碧蓝如洗的天空中，忽地白云朵朵，那些硕大的云朵，酷似正当盛放的莲花的形状，静静地嵌在澄澈蓝宇间，宛似生长在涟涟清波里一般。

他就痴了。

痴瞅了一会儿，眼睛湿润了。这些云朵是知无先生吧？他知道自己在追念怀想他，就这么以悠悠白云的样子出现了。一定是这样！想着，他就爬起来，双膝跪地，对着天上的云朵连连磕头。

孟千秋在旁看着，满心奇异。却不好就问，使劲儿眨巴着眼猜度其意。

磕罢头，谭春阳跪地合十仰对着天空，说：“先生！学生感谢您哪！”

孟千秋这就知道谭春阳是把云彩认作了知无先生，心里称赞地点头，也对！不是说天神常常就现出白云的样子来跟世上的人见面吗？知无先生肯定是去做天神了！我们在这儿念叨追忆他，他感知了，就来跟我们相见了。这么想着，他仰头看着云，也两手抱拳，连连地作揖致敬。

谭春阳坐回了蒲垫上，眼角沾着泪滴。孟千秋把手绢递过去，说：“我也相信这些天上的云是知无先生来受咱们的礼拜了。”

他又抬头眯眼朝天上看去。忽然发现了什么似的，低声叫道：“你瞧，这云朵不动呢！”

谭春阳边擦拭着眼角，边抬头望天。望了一会儿，确认几朵云真的久久悬浮在上空，一动不动。忽然他心里一闪，得了领悟，大声说道：“云止！这不就是云止吗？！”

孟千秋乍听没明白，直盯盯看着谭春阳。一霎儿省悟了，咧嘴笑起来，道：“是呀是呀！白云静止，就是云止耶！”

“咱们知道了知无先生化作了白云，白云又化作了知无先生，知无先生和白云竟没有分别，这就是‘云止’的意思吧？！”谭春阳面颊生光地说。

孟千秋连连点头：“嗯，是这个意思！但也不止这个意思。我想，也可以理解为，我们的心里明白了，白云就会为我们静止，不再飘游了。”

忽然摇头：“嗐！‘云止’二字的涵义，说不完的呀！嗯，说不完的，说不完的！”他眸仁光炯，满脸喜悦不禁。

俩老头儿一时“心有灵犀一点通”的样子，四目相对，“哈哈”大笑起来。

笑了一阵，见孟千秋郁气尽扫了，谭春阳拿起一个苹果递过去，说：“吃点儿东西吧，垫垫饥。咱俩儿就好不急着下山去，在这儿多待会儿。”孟千秋接过苹果，大口咬着吃起来。吃喝毕，谭春阳搀扶孟千秋满广场转了一圈儿，一一指着告诉说哪处当年是客堂，哪处当年是讲堂，哪处当年是先生们的起居室。院坝里先前哪儿长着棵什么树，那两座石碑先前是矗立在哪儿等。都看完了，两人又到三尊圣像前，各行了跪叩礼，这才收拾起东西离去。

回返是一路下坡，孟千秋能拄双拐挪蹭着走，就说啥不肯再让谭春阳背着自己。拗不过，谭春阳只好依了他，拎着挎包背壶跟在一旁，两人慢慢往下挪行。

来到停放毛驴车的地方了。谭春阳让孟千秋站在那棵他们认作了朋友的杏树前等着，把手里提着的东西放到车上，即去牵过毛驴，扯辔套车。孟千秋侧身面对着杏树，觑眼端详着，想起了他们尚没解开的知无先生给出的那个题，凝神琢磨起来。忽地脑子一动，觉得捉住了答案。他就转过身来朝谭春阳望着，笑眯眯地说：“我琢磨出来为啥这山上每年春天总是杏花儿最先开放了！”谭春阳正在给毛驴拴笼套，听见这句话，停住手。抬头瞅着孟千秋，惊喜的样子，他问：“你琢磨出来了？是啥啊？”孟千秋笑嘻嘻地，侃侃然说道：“就因为杏树最有爱呀！你看，树木里头儿，开花儿的尤其美，令人赏心悦目，而杏树在其中；开花儿的树木里，花朵芬芳好看又益人的为少数，而杏树在其中（杏花儿可以泡水喝，有养肤疗疾之效）；花朵香艳又宜人的树木里，能结出甜美果实的为少数，而杏树在其中（杏子是具有极好医药价值的一种水果啊）；能结出好吃果实的树木里，其果实的核养肤疗疾又美味的为少数，而杏树在其中（杏仁儿既可入药又能当美食）；果实果核都甜美宜人的树木中，不择土壤，不惧冷寒，不须养护，生命力极顽强的为少数，而杏树在其中……凡此种种，可以说杏树是德品最完备的一类树木。德品不就是爱吗？植物和动物都是生命。一个生命，他（它）内里有了爱，他（它）自然会具有优胜德品。反过来，他（它）必得具有优胜德品，他（它）才会具备足够爱的能力啊！”

谭春阳凝神听着，用心想着。待孟千秋话音落下，他一脸由衷赞叹的样子，冲他竖起大拇指，说：“不愧是千秋少爷！解得好！”

“我说的可能不够全面，但大意应是这样的。”孟千秋神情认真地说。

“很好很好！谢谢你呀老秋子！帮我解开了这道题。”谭春阳言出肺腑的样子。

孟千秋倏地一脸庄重严谨，说道：“这应要感谢知无先生！我是从他教给的话中，觅得的灵感啊！”

谭春阳一愣：“你是从知无先生教给的话中得到的灵感？”

孟千秋点点头：“还记得你临要去汉中前，跟你爸去书院找知无先生告别，在书院院子里，知无先生对你说的那番话吗？”

谭春阳眨巴着眼睛，不明所以。孟千秋就说道：“就是知无先生教给你要学习爱的那些话呀！他教你要学会爱所有人，爱万物。爱世间一切，犹如爱自己一样。”

经他这一说，谭春阳想了起来，当年的那幕场景一时清晰浮现在眼前——

年轻的自己站在云止书院的院子里，满眼渴盼地望着知无先生，冲口道：“大先生，我觉得您就是我的大祖父呀！真的，我心里老是盘桓着这个念头。见到您的第一眼，我就想到了我大祖父呢！”

知无先生目光深远地看过来，说：“我是不是你的大祖父并不重要。重要的是我讲给你的话，对你真正有益。而你能够领会其中道理，记住它们，并把它们运用于自己的生活。即便我就是你的大祖父，我能够给予你的长辈之爱，也就是这些吧！

“你尽可以把我视作你的大祖父，如果这能唤起你心中的爱。但须知道，千古圣贤，本是一体。其实，世间的所有人，本都是一人。甚至，世间万物，本都是一物。所以，你要学习爱，爱所有人，爱万物，爱世间一切，犹如爱自己一样！”

谭春阳恍然大悟的样子，连连点头，瞅着孟千秋：“对呀对呀！你的领悟对！知无先生所教的就是爱！他所推崇的事物，一定是有爱的存在！是爱心的化身！”

见他明白了，孟千秋心中欣然。略默了片刻，他神情越发认真的样子，直迎着谭春阳的目光，说道：“咱俩之间呢，论起来，应该我说谢谢你才是噢！抛开从你这儿间接领受到知无先生的教诲这一点不论，我刚刚得的这领悟，也是跟你有关的呀！我这是直接由你身上获得的呀！”

谭春阳又是一愣，不解地看着孟千秋的眼睛。

“你看嘛！你就是因为心里最有爱，最不吝付出，你才活明白，得了觉悟的嘛！你用熟了‘安住当下’四个字，通达了‘心殇为殇’四个字，解开了《大学》第一句里的‘在亲民’三个字，这你就是活明白了，得了觉悟呀！”孟千秋情真意恳，语调沉切：“老谭！说句掏心窝子话，你是我所接触过的人里头儿最有耐性，最没私心，最不吝付出，最一心只为别人着想的人！我是真心佩服你！”

谭春阳笑了：“瞧瞧，你把我说成神了。就只怕我没有你说的那么好啊！”

他面容一下子庄重了，道:“就算你说的这些我都有一丝丝儿，可我还差得远呀！我没有你的这份知性嘛！”

“嘿！”孟千秋摇头:“你是指解开了这句话吗？你是因为没工夫用脑筋呀！从来到这儿你就一直忙乎，要操心我，要操心咱俩的一应使用物，不像我，可以啥都不管，专心用脑子。再说了，我是跟你在一起，我的脑子才能这样往这条路上用劲儿的。真的！正像书上那句话，‘石中有火，不敲不出’。跟你在一起，我才会这样地‘敲’自己呀！还有那句话，‘不是知音不与弹’，我说的这些话，是只有面对着你才能够说出来的呀！你想想看，我要是面对着的，是咱村邑里的其他老农，我这些话能够出得了口吗？出不来的呀！别的不说，就光咬文嚼字这一项，我就得被他骂个狗血喷头啊！”

谭春阳被他末后这一句逗得“呵呵”笑出了声儿。

孟千秋也不禁咧嘴笑了，恳切地继续说道:“活到这把岁数，算是懂得了！说真格儿的，人的话语，并不是尽由自己的，实在是跟讲给什么样的听众有关！你面对着什么样的人，你就会说出什么样的话呀！”

谭春阳越发乐了，深深点头，表示认同。

“可见，人一辈子，跟什么样的人在一起，是太要紧的一桩事！”孟千秋严肃地说。

“嗯，是。”谭春阳又点头认同。抿唇略思忖了下，他说:“行了，这个题也解开了。这辈子里，现在看，没有啥积存不消的东西了。这一趟拜圣来得值啊！”抬头瞄了眼太阳，他语调一下加快:“正晌了，咱俩得抓紧往回走了！你得睡个晌午觉啊！”

孟千秋“嗯”了一声，拄双拐往毛驴车跟前挪过来。谭春阳拴好毛驴笼套，把鞍子弄端正。扶孟千秋上车坐好。吆喝着一扬鞭梢儿，赶毛驴车顺山道往下行去。

一路往回走着，孟千秋只觉心神畅朗，一种难以描摹的愉悦爽快感觉在胸间涌漾流溢，映照得触眼所见的一切越发都成了美景。这感觉前所未有，却又似曾相识。他凝神想了半天，终于想了起来，五十年前，他和谭春阳都是青年的时候，一起骑马去山上打野兔，回来时，心情就跟这相仿。不过是相似，并不一样，那时的快乐里没有此刻快乐里的这种俨然受洗后的洁净。这么想着，他就意识到了忏悔的好。人得知错认错啊！不然任凭怎样，活不出来的！算起来，人这一生，竟就是个知错认错，把丢失的快乐重新寻找回来的过程啊！只有哪天真正知道自己错了，肯回头了，才算是活出来了！

快乐，我终于把你寻了回来！他在心里高兴地喊。喜悦之下，不由得似年轻时骑马归来的有些时刻那样，高声吟诵起来：

“大江东去，浪淘尽，千古风流人物。故垒西边，人道是，三国周郎赤壁。乱石穿空，惊涛拍岸，卷起千堆雪，江山如画，一时多少豪杰。”

不知是早年的记忆也被唤醒了，还是受到孟千秋这情绪的感染，只见谭春阳甩了甩鞭梢儿，也跟着放声吟诵起来：

“遥想公谨当年，小乔初嫁了，雄姿英发，羽扇纶巾，谈笑间，樯橹灰飞烟灭。故国神游，多情应笑我，早生华发。人生如梦，一樽还酹江月。”

两人越吟声音越大，竟把路两边草丛树丛里的虫吟鸟鸣都压了下去。在这苍老却亢亮真挚的合吟齐诵声中，田野里的庄稼似是都陡然精神起来一般，片片叶子高举舒展，在晌午的阳光里闪闪生辉。

回到家已过十二点钟。谭春阳把孟千秋安顿到炕上歇下，赶紧去灶间忙乎做饭。好在米菜鱼肉早上出门前都已备好，就是个烧煮的工夫。很快饭菜好了，香喷喷端上来。孟千秋显然饿了，少见的一种吃得香。吃完他退到墙根儿去抽烟，谭春阳麻利地撤桌洗涮。灶间活儿都忙完，进屋来。两人各搭了薄被躺下去歇睡时，已经午后两点钟了。

6

这以后孟千秋换了个人儿似的，性格明显开朗了，不再躲着不愿见人了。只要不下雨，谭春阳来送饭的时候，他都是坐在院子里的藤椅上在等待。两人索性就把圆桌支起，晚饭在院子里吃。饭后谭春阳去洗碗筷，孟千秋自己拄着双拐在院子里遛达。慢慢就挪出院门，上了村街。迎面碰上人，哪个打招呼，他都笑眯眯地点头答应。有拉话的，就大声地聊上几句。他脸上的线条变得柔和了，看着是一位慈眉善目、平和温蔼的老人了。

谭春阳尽可能抽时间过来陪他。每每歇午起来，两人边抽着烟，下一盘棋，就出去了。有时高兴走得远了，往回返时孟千秋渐渐显得吃力，谭春阳就弯腰背起他慢慢走回来。开始人们见了，都瞅稀罕儿似的，眨巴着眼睛，交头接耳。很快看习惯了，都忘记了他俩曾是几十年的大对头儿这桩事儿。先前为傍孟千秋损害过谭春阳的人，见两人这么亲近了，也就不再忐忑，直上前来满脸笑地跟谭春阳搭讪，泯了恩仇。有些不愿搭理孟千秋的人，见谭春阳这样殷切地跟在旁边照顾他，也抛却了前嫌，对孟千秋热络起来。谭春阳和孟千秋的面容看着都更加阔朗了。

一个满头白发的老头儿背着另一个满头白发的老头儿蹒跚地走在村街上，在孩子们眼里显然是稀罕的风景。远远瞅见了，就撒着欢儿跑过来，“嘻嘻哈哈”地跟在后边，一直送到院门口，见他俩进了院子，才哄嚷着散去。

后来谭春阳捎信儿，让宝琦给买了辆小小的脚蹬三轮车回来。这以后谭春阳就蹬着三轮车拉孟千秋村里村外地转悠。有天顺河沿儿往东走着，孟千秋提出要去瞻拜节孝牌坊。谭春阳抬腕看看表，下午三点钟刚过，时间来得及，车上也带着水和零食，他就脚上加劲儿往前蹬去。

一路过来都是平路，很快就到了鹤野坡下。经过星星河文化遗址的时候，孟千秋眯眼儿瞭望着眼前青草显得格外茂盛的辽阔大草甸子，思度着说："这里这么开阔，为啥咱们祖上当年不就在这儿筑房屋建村子呢？那时候也没有啥遗址保护的说头儿。"

谭春阳闻言，松脚停住车，也朝遗址里望去。瞭望了半天，思忖着，说："想来是忌讳这里残垣断壁，是个败落地方吧？！几千年前倒掉的一个邑镇，谁知道是咋倒掉的呀？要是像电影里演的那样，是给别的部落灭绝的，那这儿还不是就跟个乱葬岗一样的啊？"

"不可能！"孟千秋语调肯定："这地方的场气好！一团瑞气。你看，这儿的空气里有一种格外的香味儿，这不光是野花儿野草儿庄稼之类散发的香气。"

谭春阳闭上眼睛，深深呼吸一下，用心闻了闻，确实香得不一样。他就夸赞说："还是你心细，见到了这个。真的呢！"

他抬腿下车来，环身四望了下，朝开得正好的野花丛走去。采了一把野石竹和铃兰，返回车跟前，递给孟千秋。

孟千秋边伸手接花束，边说："你们家祖上立这座节孝牌坊的时候一定是认真挑选了一番，才最后选定在这儿的！这就证明这里是个吉祥地方！"

谭春阳想起了前次自己来时，站在这儿的那番思索，点头道："是，这个我也想过的。"

"唉！东邑最早来筑屋居住的人家，看来不是懂讲究的呀！"孟千秋叹息一声。

谭春阳没接话。迈腿回到车座上，一蹬踏板，又往前行去。

"我这些天就在琢磨，人是一茬儿一茬儿进步着呢？还是退步着呢？要是从咱这星河谷里来看，可不是进步的呀！你看咱这儿的土地，一年不如一年了！天气也是，越来越变得恶劣了！任凭你城市里楼房建得再多，汽车跑得再快，只要是人，你就得吃饭呀！土地不行了，庄稼不长了，没有了粮食，你咋活呀？"

"唉，是呀！"谭春阳叹息着应和。

"哎，记得《塞曲》上唱的就是这个理儿嘛！咱这个地方遭了旱魔，英勇的小伙子弥尔循着梦里神仙的指引径直朝西北方向走去。终于在西北辽阔的荒原上寻了神松的松子回来，拯救了濒临死绝的土地。这里又重新变得山清水秀，树绿花红，鸟语花香。”孟千秋笑着说。

谭春阳又重重一叹：“唉！可惜现在没人肯唱《塞曲》了！这个剧要失传了啊！”他就把在种植西大荒时候，临末了自己想重演《塞曲》解除干旱拯救危局，竟把佣工们都给唱跑了的旧事讲了。孟千秋听着直摇头，说：“赶明儿咱俩唱吧！咱俩天天唱，没准儿能把咱这星河谷里盘踞的旱魔给赶跑呢！咱这儿旱这么多年了，还不是旱魔又回来了吗？”

谭春阳笑了。他是想起当年教孟千秋唱《塞曲》时的费劲。这个人唱不了歌的呀！看来他是自己一时把这搞忘了。难得他有这份为公的心！这么慨叹着，也就不点破，顺口说一句：“行呀！”

说着话，攀到了高粱地旁边。小路本是一直穿进田地里去的，但正当高粱灌浆时节，棵棵秧苗将宽长的叶片伸出来，密密实实地遮挡着，三轮车无法通过。只好把它停在这儿，两人走着过去。他俩下车来，孟千秋拄着双拐，谭春阳在一旁搀扶着他，顺蜿蜒小路进了高粱地。也是行了没多远，孟千秋就吃力了，谭春阳矮身背起他，慢慢走到了节孝牌坊跟前。

太阳的光从西边照过来。高矗的牌坊拖出长长的阴影，映照在一旁的高粱田里，看着别有一股图画似的韵味儿。风儿微微吹着，小树似的高粱秧棵似动不动，喜气洋洋，仿佛在轻轻耳语着什么乐呵事儿一般。牌坊底下小小一方石砌场坝已被高粱叶子遮去过半。傍牌坊根儿密密环着一圈儿青草，似是谁特意给这建筑物做的装饰一样。孟千秋满脸恭敬地径直去把手里的花束供放在牌坊前。两人似在紫微峤上三圣像前行礼那般，虔恭地行了叩拜礼。各自跪地对着牌坊说了前来礼叩致谢朝拜等话语，又磕了头，谭春阳扶着孟千秋站起来。孟千秋觑眼细瞅着牌坊上镌刻的图纹字迹，“啧啧”称赞，不愿意走。谭春阳见状问道：“咱在这儿待一会儿？”孟千秋点头：“嗯，待一会儿。这儿确实有股场气，有种力量。极好！”谭春阳蹲下身摸了摸脚下的石块儿，温热热的，完全可以直接坐，就扶孟千秋坐了下来。

孟千秋仰头瞅着牌坊，由衷地说："你们家对咱星河谷的贡献大啊！让这儿矗立起了这座牌坊，这等于是给一块土地佩戴了一枚荣誉勋章。"

一句话唤谭春阳又想起了往昔情景，当年在云止书院里，恭对知无先生，谈说自家节孝牌坊时，知无先生所说的那些话清晰回响在耳边。

孟千秋的这句话跟知无先生的那些话语多么相近啊！难得他能够说得出啊！这是这么多年里，自己头次从本土乡亲嘴里听见这样的对牌坊的赞辞呢！这么想着，谭春阳不由得竖起大拇指，由衷赞道："不愧是千秋少爷！咱这星河谷里，咱这一茬儿人里头儿，怕是只有你才说得出这样的话啊！"

孟千秋不置可否的样子，摇了摇头。谭春阳的这一称呼，不再像前两次那样让他耳闻之下，横生感触，内心顿即波澜万千了。他坦然地接受着，却也不免暗自惭愧。从那时玉树临风的"千秋少爷"，到此刻老迈半瘫的自己，中间嵌着多少悲哀荒唐啊！所幸现在明醒了！却何其醒来得太迟！唉，人这一生，竟就是绕个大弯儿，回到最初的自己！他却不道出这些感想，眯眼儿上上下下打量着眼前高大的牌坊，不经意似的问道："说是你们家祖上是从京城来的？"

"嗯，是。"谭春阳点头。

"你知道为啥吗？"孟千秋又问："这儿不是你们老家呀。"

谭春阳抿唇思忖了下，觉得现在道出实情已经没关碍了，就轻轻舒口气，娓娓讲述了自己家族当年来到星河谷的因由。

孟千秋凝神听着。听完了，摇着头叹息一声，感慨道："不幸呀！人人都羡官慕权，岂知高处不胜寒哪！平头百姓遇到祸事，不过一人遭罪罢了。位高权重者一旦有难，就是全族遭殃噢……你们家族估计就只剩你们这一支了，那些去了齐齐哈尔的恐怕没人活得出来呀！"

"是，我问过母亲。后来高祖母也让人去寻找过，没有找到……"谭春阳神情哀戚。

沉默了一下，谭春阳问："大伙儿都知道我们家是从京城来的吗？"

孟千秋抿嘴眨巴了几下眼睛，说："应该不是都知道。这件事上我父母管得可严呢！从小严禁着不许我们议论，不让跟任何人说起。”

“你们家里的人知道？”谭春阳问，面色微诧。

“我父亲说，听我曾祖父讲过，当年我高祖父就猜过，说是从你高祖母的言行举止上看出来，她不是寻常人家出生的女儿，不是小地方的人……”

“谢谢你家父祖啊！”谭春阳诚恳地说。忽然想起了什么似的，神情一变，愧疚的样子，说道：“记得母亲告诉过我，你们家对我们家有恩的。当年我家祖上能在这星河谷里落下脚，全仗得你家祖上帮忙呀！后来，我高爷爷离世，我高奶奶独自拉扯我尚年幼的曾爷爷长大成人，也是靠你家祖上的帮助……”

孟千秋闻言，不觉心里一动，那自己这是得了祖德荫庇啦！一时不禁满心感慨，思忖起来。说真的，要不是谭春阳这样来照顾自己，捧着一片真心暖化了自己心里的寒冰，解开了互相之间大半辈子的死结，自己是没几天活了的！甭说别的，就那种阴冷的心境就把自己毁了！那样的心态下，病情会很快加重，人就完了。死没啥可怕，可怕的是带着满心怨愤不甘地死去啊！那可就是跌进了一个无底黑洞里永远出不来了！嗐，说起来，人最大的病，所有病的根儿，是在心里头哇！须得把心里的病根拔除，人才真正有康复的希望哇！

这么一恍神儿，就漏掉了谭春阳的一段话。等思绪被谭春阳深深的一声叹息拉回来，他一时不禁有些发怔。瞅着谭春阳，这才又听见了他的话音。只见谭春阳垂下头，又闷闷地低叹一声，说：“咱俩真不该闹了那么多年啊！”

孟千秋一霎儿明白过来，摇摇头，也低低叹了一声：“嗐，缘分吧！恩怨都是缘啊！”

“缘分”二字出口，竟自惊心！瞬而他想到了自己早年因白星昱而起的，与谭春阳的反目成仇，不禁凄惕。是自己的错啊！现在更明白为啥老天把白星昱配给谭春阳了，原本人家出身就比自己高贵啊！人家祖上是京城里的达官显贵啊！只不过是受到牵连遭殃罹祸，流落到了这里！虽是家道没落了，人家的精气神还在。人家的高祖母竟靠自己一字一句地教出了这深山僻谷里的第一个举人，多么了不起！……可见家族里的女性太重要！女性要是高贵，这一支人就有品性，有前景！这么想着，又庆幸起宝琦娶了谭如华来，这样自己家的血统跟谭春阳家的血统就融合在一起了，自己家的后代就会有出息了！

忽然蹙起眉头，在心里惋叹了一声，唉！只可惜如华不是谭春阳的亲生闺女呀！一霎儿不禁越发深恨起自己来，为啥当年要阻挠谭春阳跟白星昱在一起呀？！要不然，白星昱的女儿就是正宗的谭家后代了。唉！可恨年轻时自己轻狂，仗着家里有钱有势，全不把谭春阳瞧在眼里，当他是穷家小子肆意欺负。无知啊无知啊！

一时念头又转，不以为然起来。论事儿不能这么拘泥的！当真说，谭春阳也不是正宗谭家后代啊！他曾爷爷是随的母亲姓氏嘛！他曾爷爷的生父，也就是他的高爷爷，是他高奶奶家里曾经的管家，不姓谭的嘛！可见，后代儿孙能否有出息跟血统关系不大。真正要紧的，是看在谁的教育下成长起来的。……如华是谭春阳和白星昱两人一手养育教大的嘛！这样，她品性里就都是他们二人的特质。她只要把这些都传承给宇儿和新儿，那自己的后代就形同跟谭家血脉相融了的！这么一想，心下宽慰起来，他不禁露出了笑容。

谭春阳浑不知他这内心流转，连连称赞道："是呀是呀！恩怨都是缘！"边说着，抬眼瞧过去。正瞅见孟千秋脸孔上似喜似愁，阴晴不定的神情。一下愣了，显然这是被触动了什么伤心事了！自己哪句话拨动了不该拨动的弦呢？他一时疾转脑筋，寻觅症结所在。半天不得要领。只好略略思忖，轻咳一声，说："这么论起来，这座节孝牌坊上也有你家的功呢！我家祖上是靠你家祖上帮助才留在这里的嘛。"

"啊？"孟千秋下意识地应了一声，收回思绪。一霎儿反应过来，更加咧嘴笑得舒畅，又把刚才的话重复一遍，说道："嗯嗯，咱们两家有缘呢！"

谭春阳见他忽又心花怒放的样子，就也不再追究，顺了他的思路，慨叹无限地说："是呀！咱们有缘。有缘好啊！有缘的人要互相感谢啊！"边说着，边朝远处望去，正当夕阳柔柔涂染着山川大地，前方田野上空，浅金色流闪的晖光中，两只鸟悠然啼鸣着翩翩飞过，衬得景色越发显得活泼美好。

孟千秋也投目远望，却没有迷陷于眼前美景，他认真思索的样子，说："你大爷爷弃官隐居，自然是不想重蹈祖上覆辙的意思了。高明呀！入了皇选，把祖上当年所受冤屈伸洗了，给母亲挣得了节孝牌坊，孝道上圆满了，可以无牵无挂地去‘得大自在’了。他这做人做得好啊！只不知他是去了哪里？他退隐后再没有跟家里联系过吗？”

“没有，他没有告诉我父母他去了哪里。”谭春阳说，收回目光。审慎地眨了几下眼睛，刚要开口。孟千秋似是忽然想起了什么，抢先道：“对了你说过，你那时候总觉得知无先生就是你的大爷爷？”

谭春阳点头：“我心里始终有个直觉，知无先生就是大爷爷。”

孟千秋瞅住谭春阳的眼睛。

两人不错眼珠儿地对视了半天。

孟千秋目光移开，两眸更显得深邃。他点了点头，赞许地说：“嗯，如果真是这样，那你大爷爷做人可谓更做得圆全了！他把子孙后代的路都给修出来了呀！他当年救下了你的心灵，就等于是救下了你们整个谭姓家族的前途命运啊！”

“说得好！说得好！”谭春阳两手使劲儿一拍，连连称赞。投向孟千秋的目光里闪着浓浓的感激，难得这人能这么懂啊！

孟千秋慢声慢语地继续说道：“那你大爷爷退隐的意义就比当官更大！他若是继续当官，任凭怎样都没意思的。一个县令，能干得了啥？一举一动都得听从州府调控，丝毫不敢违背。州府让他干坏事，他也不敢违拗的。想不被摆布，就只有往上爬。可爬得再高有啥用啊？他能越过皇帝吗？他阻挡得了清朝的完蛋吗？就算他置身朝廷，能做到不跟那些贪官污吏同流合污干坏事吗？生不逢时啊！

“建了这云止书院，他可就真正做了件救世的事儿！他这就是救了一方土地呀！归根结底，救人得从心上救！把一个人的心救过来，才说得上是救了他……”

谭春阳听得激动。等不及他说完，就开口打断道：“你这话真说到了我的心坎儿里！我一直都是这么琢磨的，土地跟人的心是息息相关的。心田心田嘛！人的心是一块田，跟种庄稼的田地是相呼应的。必是人心里先起了‘沙子’，外边的大地田野才会出现沙化啊！”

孟千秋眨巴眼思忖着，点头“嗯”了一声：“是这么个理儿。”

谭春阳像灵泉被掘开了似的，语调兴奋，继续说道：“现在我知道为啥唱《塞曲》能改善山川大地环境，唤来风调雨顺了。《塞曲》唱的是神仙的慈悲呀！是弥尔的英勇和担当，百姓的勤劳和团结一心呀！唱的人必定心志跟这些相和，他才能够唱得好。听的人潜移默化地受到影响，内心自然而然播种下慈悲、英勇、担当、勤劳、团结这些‘种子’，这不是人心就变好了吗？人心变好了，天地就会跟着变好，一方山川大地就风调雨顺了嘛！”

孟千秋喃喃地念着慈悲、英勇、担当、勤劳、团结几个词语。忽然神情一戚，低下了头：“唉！我五音不全，唱不了《塞曲》，原来是这个缘故啊！”

谭春阳打住话头，一时不解的样子，瞅着孟千秋。孟千秋抬起头，直朝节孝牌坊望去，满脸悲凄地说：“是因为那时候的我心不正啊！那时候，我的心里全是贪念、私欲。一旦心不得遂就顿生恶念。总以耍阴诡施伎俩为能事。我整个人跟《塞曲》不相应的呀！我如何能够唱得了它呢？！……我这也就明白了为啥《塞曲》成为你和白星昱之间的‘媒人’，她会因为你《塞曲》唱得好一下就深深喜欢上了你……实则都是你们的心在互相感召啊！”

谭春阳佩服孟千秋的脑力，本能地想竖起大拇指夸赞，又觉不妥。思忖了一下说：“难得你能有这样的见识！这倒叫我一霎儿明白了古人为啥力倡‘耕读世家’，为啥我家祖上叫后代儿孙只可耕读，不许别务了。你就是好答案啊！你读了那么多书，又当着地地道道的农民，这才能够有今朝的这些觉悟啊！读书和种田，这两样缺一不可的！”

“你还不是一样吗？”孟千秋瞅着谭春阳，显然满心赞同他的这个想法。

一霎儿两人相视着，笑了。

略默了一会儿，孟千秋回到先前的思路，说：“真的你大爷爷建下云止书院，是做了件救世的事儿。他是直接从人的心上着手施救呀！一定不只是你一个人得到了他的救助！他在这山上住了十来年呢嘛！”

听他这么一说，谭春阳的思绪又飞回了往昔，想起那时自己几次去书院，除了两位先生，见到的就只有外地来的乔老伯一个人。不禁摇头叹息了一声，道："唉！可惜跟着知无先生学习的人不多呀！"他毕竟不能就此便管知无先生叫起大爷爷来，所以还是使用既往的称谓。

孟千秋深长地一叹："唉！'流俗众，仁者希'。没办法，古来如此啊！"

"是呀，没办法！'古来圣贤皆寂寞'。咱们用大半辈子的经历，印证了这句话呀！"谭春阳同样感慨深深。

两人就又回到了唠嗑的状态。

略顿了下，谭春阳瞅着孟千秋，不掩艳羡地问道："刚才你说的这句，是《弟子规》里头儿的吧？瞧你记性多好！"

"嗐！年少时念的那些书，全都就饭吃了！"孟千秋惭愧地摇头。

"等孙儿们放假回来，你要教他们呀。你读的书多，又记性好，正该当儿孙的老师啊！"谭春阳一脸郑重地说。

孟千秋摇头，语调越发惭愧："可叹青少年时候只知道死记硬背，枉自读了那么多书，不会用。唉，非但不会用，反而成祸害，自认读的书多，生出一肚子骄慢，总觉得高人一等，养成了坏脾性……说真的，读书要是摆不好心思，不如不读！"

"是呀！咱们都误在了这上头，只知道死记硬背。我也是嘛，从小一本《弟子规》倒背如流，遇到事儿还不是糊涂虫一条！学的全用不上！"谭春阳笑得尴尬："后来知无先生让我把《大学》念了那么多遍，抄了那么多遍，也没把我的孬脾性治去根儿啊。"

"死记硬背倒在其次，根要在摆好心思！也就是发心！"孟千秋纠正道，语调显出少见的严正沉切："究竟为了啥而读书？这是关键点！就说我吧，年轻时读书，竟然为的是成为全天下读书最多的人！多么可笑！昭然一派虚荣心！应该是为了学做好人而读书啊！读书理应志在圣贤君子，成为好人啊！"

谭春阳眸仁一亮，一副醍醐灌顶的样子，满面惊喜，连连称赞："这话说得好！说得真好！读书志在圣贤君子！对的呀！要把这个教给咱们的孙儿们啊！”这般说着，忽地思及自身，不由得惭愧而低头。自己当年发奋苦读，汲汲向学的动力，乃是心中对星昱的爱，是为的能够与星昱相般配。也是发心太小啊！

略一思忖，即释然，这说明了女性重要啊！一位女性有文化有学识，自然地就生发良好带动作用，爱慕她的人就必得自我激励，下番功夫勇求上进呀！不然哪里敢开口表白呢？这就是见贤思齐的意思了嘛，就含着志在圣贤，学做好人的意蕴在其中了。

他就道出了自己的思悟，说：“论起来，女性重要啊！一个家庭里，有位什么样的女主人，决定着这个家庭的未来！‘相夫教子’，这四个字意思太深！一个丈夫，是靠妻子帮助把握方向的。一个儿子，是靠母亲熏陶教育成才的……”“对！对！”不待谭春阳说完，孟千秋即连连称道，一副欣逢知音的样子。这个话题他刚才已经很深入地思考过了的。忆及刚才的思考，就想起自己对于年轻时候因谭春阳是穷家小子而肆意欺负他的无知行为所做的反省。一霎儿满面严肃，直视着谭春阳的眼睛，恳沉地说：“当年，是我不对！不该生那歪心思！更不该下那样的狠手！”说着两拳一抱，语调越发沉痛：“对不住了！”

谭春阳一愣！思绪一时转不了弯儿，瞅着孟千秋。

瞬即明白过来，不禁心下喜慰！慨叹着这人又进境了，连忙温蔼地劝道：“嗐，早都过去了，还提它干啥！”

孟千秋悔恨地垂下头，一字一叹地说：“可恨时光不能倒流啊！”

深深叹息一声，他抬起头，朝远处望去：“说真的，我那时就认为是你的错。我想，要是你也是个富家少爷，跟我一样的身份，那我去抢夺你心爱的女人是不对！可你是个穷家小子呀，根本就不配爱恋富家小姐！咋能让白星昱落到你手里呢？让她跟着你一辈子受穷吃苦吗？你想娶白星昱的心不唯是白日做梦，更是害人害己！我一直都是这么想，一直都扭不过这个劲儿来。直到今天，在这节孝牌坊前，我才算彻底认识到了，人尊贵与否不在钱财，在德！你家祖上有德，你有德啊！”

谭春阳凝神听着，紧抿嘴角思忖了下，认真地说："老孟！听了你这番话，我有了重新的认识。你确实也有你的道理！那时候，从你的角度看，确实是这么回事儿！论事儿不能离开当时情境的，这咱们先前就反复说过了。

"其实我早就有认识了。那天从紫微峤回来后，我一直在琢磨。当年的事儿，不能一锤子敲定你都是有意为恶。就咱俩之间的这个事儿来说，你那么做不能说是故意为恶，算是一种据理力争罢了！错在做过了头儿。"

孟千秋一刹那感动了，抬起头，目光炽热地看着谭春阳，说："老谭，谢谢你能这么看！"

谭春阳也满脸恳切，语调低沉："我的错处，先前在你家已经都说了，现在也不改变。我就不该跟你竞争。应该退让。'是你的别人争不去，不是你的你抢也抢不来。'这话咱们都知道的嘛！唉，怪只怪那时咱们都年轻，不懂事啊！"

"是呀，那时咱们太年轻啊！"孟千秋深深叹息。默了一霎儿，他瞅着谭春阳，真诚地说："你已是不错了！说实在的，不管是当年相处的时候，还是现在，你都是我见过的人里最懂事儿，能扛事的一个！"

谭春阳想说谢谢，话到嘴边没出口。他知道孟千秋这是发自真心的话语，这就不能用寻常的谢辞去应对的。他就没吱声儿。侧转身去，伸手折了根草茎儿。轻轻拈着，又转过来。瞅着手里的草茎儿，他嘴角浮一抹笑，悠悠地说："人得学《弟子规》啊！我们家兄妹几个的品性，都是由《弟子规》打磨出来的。我家虽然有些祖上遗留下来的书籍，但父母都不教我们读。打小父母就只教我们学《弟子规》。严着呢！不光要会写会背，还得照着书上教的能做到才行呢！记得那时我们兄妹三个，哪个犯了错，就要自己去跪在墙根前。捧着《弟子规》，找出里边相对应的一句话，拿来跟父母做检讨。检讨通过了后，要去趴在桌子上把这句话写上几十遍，才能行呢！"说着"呵呵"笑起来。

"多好啊！家教就应该这样啊！"孟千秋由衷赞叹的样子。随即"唉"了一声，说："现在回想，那时我家里，父亲心思整天都在生意上……"话到此处，猛地想起"子不言父过"之训，忙将后边的半句吞住了。停顿片刻，他才又开口:“得告诉宝琦和如华，不能认为孩子进了城里的学校，就万事大吉了。就把孩子交给老师，自己再不管了。这不行的！父母照样得尽心尽力！有些东西，怕是现在城里的学校也不教的呀！”

“对呀！”谭春阳深沉点头:“得讲给宝琦和如华。”

孟千秋仰头瞅着牌坊，眼里忧虑深深，叹息一声:“唉！说起来，做人的根本就在咱这山谷里头，就在这座牌坊上呀！咱把孩子送到山外去，可别是学了一大堆五花八门的新鲜玩意儿，到头来丢了做人的根本啊！那就是重演了我的悲剧啊！”

“思虑得是！”谭春阳点头赞同，一时也不禁起了忧思。却迅疾点头，语气坚定地说:“虑到了就好！咱就能想法儿防范嘛……嗯，等宇儿和新儿放假回来，咱们领着他们来这儿拜牌坊，给他们讲祖上的故事，教他们知道啥是做人的根本。训导激励他们，切记做人不能丢掉根本……再领着他们上紫微峤山去拜三圣像去，教他们学习古圣先贤……”

“对！咱们领着他们来拜牌坊，去拜圣像……”孟千秋接过话来，脸色凝重，语调深沉，说:“一定要好好教导咱们的孙儿们！让他们懂得做人的重要，知道咋做人！”

谭春阳看着孟千秋，由衷地说:“我就佩服你这脑筋！料事如神！”

“嗐，不是说过了吗？我这是跟你在一起，脑子才转得开呀！”孟千秋也一脸衷恳:“说真格儿的，你一声千秋少爷，把我的自信和雄心全都叫回来了呢！”

谭春阳意味深长地拍了拍孟千秋的肩膀，啥也没说。

显然孟千秋领会了这举动的含义，两人的心一霎儿更相知了。

“太阳落山了，咱们往回返吧。”谭春阳一边说一边就往起站。

“嗯，得回返了。”孟千秋应着，下意识地朝西边天际望去。一眼看见斜上方的天宇上，呼应着西天边漫起的晚霞，静静浮着一团耀眼的白云。只觉心里一触，他冲口说道:“其实也不用追问你家大爷爷去了哪儿？不管是去了哪儿，最终他都是化成了白云啊！”

谭春阳一愣，直朝孟千秋瞅来。

孟千秋却不看他，继续仰望着天空，幽幽地说："不管你大爷爷是不是知无先生，本质上他们都是一个人。他们最终都要化成白云的嘛！圣贤都是不死的，他们的身躯离开了这个世界，他们的心还在呢！这不是，这样抬头一眼看见白云，就看见了他们啊！"

说着，他伸手去摸拐杖，也往起爬。

谭春阳俯身去一把攥住他的手，情浓意切地说："老弟！谢谢你呀！"

孟千秋眼睛一翻，佯嗔道："我只比你小半岁，就是你当兄，我当弟，就得叫你老哥，亏得慌！"

谭春阳大笑。

他搀扶着孟千秋站了起来。孟千秋又抬眼瞅着天上，寻思地，絮絮叨叨说："圣贤离世后，都回了天上，那咱们呢？咱们将来去哪儿呢？老书上都说有阴曹地府，六道轮回。现在不兴这样说了。也不知道是老书上说的对？还是现下时兴的这个说法对？……反正我是觉得，人并不是死了就啥啥都了了。不是那么简单的！人死了是一定会去另一个地方的！至少是还要在一个什么地方再另行投胎做人吧……唉，咱们这辈子完了后，就还继续在这个世间兜转吗？有啥办法到终了咱们也能够到天上去呢？"

谭春阳也朝天空望去，点头"嗯"了一声，说："一定有办法！"

他扶着孟千秋迈前两步，两人在牌坊前恭敬地叩拜道别，缓缓离去。

一边顺着来时的小路往回走着，孟千秋又回到刚才的思路。他眯眼儿思忖着，说："圣贤们到这世间来，是为啥呢？就是来教咱们咋样做人的吗？"

"嗯，应该是！"谭春阳点头应道。

"那咱们就照着他们教的做，最后应该就能也到天上去了。"孟千秋思忖着说。

谭春阳又点头："是！"

见孟千秋的双拐在这田间小径挪动着甚吃力，谭春阳就跨前一步，矮下身，说："还是我背着你走吧。"孟千秋也不推拒，上身往前一倾，趴在了谭春阳后背上。谭春阳直起腰，背着他往前走了。

孟千秋的思路没有中断，继续说："记得我年轻时候看过一本古书，说咱们这个世间的人原本都是在天上的，……是在天上做错了事，被打到这尘世来了的。"

谭春阳眨巴着眼睛，道："我也琢磨过这个事儿呢。"

孟千秋说："那咱们只要改正错误，就能回到天上啊。"

谭春阳笑了，说："嗯，是的呀。"

两人一时都觉得有了盼头似的，满心高兴起来。

走出高粱田，来到小三轮车跟前了。谭春阳把孟千秋放到车上，安顿好。自己去跨上前座，缓缓踩着脚蹬，往坡下去了。正是一天中花草树木香气最浓酽的时候，蜿蜒山道两旁高矮飘拂的植物所融混的芳馨一股一股扑面袭来，熏人欲醉。

两人像是身心都沉浸在漫山遍野流布的香芬里似的，一时都不说话。远远近近的鸟鸣虫吟鲜亮起来。

默默行了好长一段路，直到把星星河文化遗址远远甩在后头儿，拐上通向东邑的大路了，孟千秋才又开口。他眨巴着眼睛思忖着，一脸郑重地说："说起来，改错是人生最大的一桩事啊！"

"嗯，是！"谭春阳点头。

孟千秋眼睛眨得更快了，说："改正错误，首先得能认错。这有两层意思，一是知道啥叫错，二是承认自己错了。认错之后，就是痛下决心改正了呀。"

"说得好！"谭春阳朗声赞叹。

孟千秋获得了鼓励似的，眼神一霎儿炯亮："圣贤们就是来帮助咱们回去的哦——重新回到天上的老家去！"

"对，圣贤们就是来帮助咱们回老家去的！"谭春阳越发高兴。

孟千秋眼光悠悠投向远处，说："认错改错之后，还得像圣贤那样积德行善，多做好事吧！"

谭春阳连连点头，叮嘱说："你把这些都记下来呀。等孙儿们回来，教给他们呀。"

孟千秋认真地点头答应:“嗯,回去我就记下来啊!”

回到家后,孟千秋真的让谭春阳给找来纸笔,把这天在节孝牌坊下两人的对话记录了下来。填补了两点内容。一是关于悔过的。说:我在紫微峤山上的三圣像前,和在鹤野坡上的节孝牌坊前所做的忏悔都还不够,漏下了一个重点,就是我这一辈子,从来不反思自己的对错。一贯的态度都是,过去的就认了,只求打赢下一场!这是在做人上始终不能提升的原因。

二是关于祖规的。说:我和谭春阳的一个共同点,是都在年轻时候违背了祖训,从而遭受了惩罚。谭春阳是想去经商赚大钱,从而违背了他家祖上所立的后代儿孙只可耕读不得别务的规矩。我是违背了自家祖上所立下的只可用大烟膏治病救人,不可做享烟抽的规矩。

他给这篇记录文字起了个标题,叫《春秋谈心》。

从这以后,孟千秋有空儿就坐在桌前写字,写他能够想起来的年少时候背诵过的古文章。忙了好多日子,只写了不满十页纸,都是些零散段落,一篇完整的也没有。连幼时背得最熟的《三字经》都不能完全写出来,不免沮丧。到了秋忙时节,谭春阳得去田里收割庄稼。这就匆忙起来,每日来了把饭搁下他就疾疾走了。孟千秋又开始了独自面对漫漫时光的生活,竟觉得不好适应了。好在病症转轻了些,右腿上渐觉有了些力气,能够屋里屋外自如地挪行了。只要不刮风下雨,他就待在院子里。遛达累了,就去坐在圆桌旁边的藤椅上,或喝茶抽烟,或伏在桌子上写字。谭春阳用钢丝和雨布做了个宽大结实的遮阳棚,高高撑举在圆桌和藤椅的上边,除了清早和傍晚,阳光照射不到这里边来。

孟宝琦和谭如华领着孩子们回来过中秋节,看见父亲喜欢上了写字,简直惊喜!见到他是在写《三字经》,孟宝琦皱起了眉头。这个是不提倡了的呀!不好直接劝阻,他就不让宁宇和宁新单独跟爷爷待在一起,怕父亲会教给俩孩子这些老掉牙的玩意儿,让孩子们受了毒害。两个孩子跟爷爷本就生疏,心里存着先前爷爷厌烦他们的记忆,孟宝琦很容易即达成了目的。却不知这伤了父亲的心，等他们走后，孟千秋好些天蔫搭搭地提不起精神。谭春阳费了好大劲儿，弄清原委，劝道：“他们只在家里待两天嘛，时间短呀！他们打小都是姥姥哄大的，自然跟姥姥亲呀！咋能断定是宝琦教唆的噢！”孟千秋这才作罢了。

看看粮食入了仓，秋收忙完了，谭春阳陪孟千秋的时间又多起来。两人蹬着小三轮车在村里转悠时，孩子们围上来，孟千秋就拉着长腔儿教他们念《三字经》。孩童们觉得好玩儿，都大声地跟着念，稚嫩的童声伴随着“咯咯咯”的笑声在村庄清朗的空气里传荡。村民们听了，只是抿嘴笑，没人说什么。现在啥啥都放开了，应是学念这个没关碍了的。孩子学些古时候的诗文，总比扎在一堆儿打架说脏话强啊！

孟千秋为自己写不出完整的《三字经》而懊恼。谭春阳就琢磨着去买一本回来，现在书店里应是有卖的了。知道让宝琦给在县城里的书店买肯定难，写信的时候他就说给了守信。让留意着，一旦在哪儿看见有卖的，给买一本邮回来。没多久守信的邮包就来到了，竟是新崭崭一套中国古代蒙学教材，《千字文》《千家诗》《幼学琼林》《三字经》《弟子规》《百家姓》《增广贤文》，共七本。把孟千秋喜得眉开眼笑，一本一本摩挲着，翻看着，半夜了也不肯睡。

这以后，他教孩子们更起劲儿了！想出了个鼓励学习的法儿，每次临出门的时候，抓些糖块儿在兜里。哪个孩子学得快，就奖励给几块儿糖。孩童们更热烈了！老远地一眼见到他俩的三轮车，家里大人拉不住喊不住地奔拢来，争先恐后地大声背诵各人学会的三字经。瞪着清亮亮的小眼睛瞅着孟千秋，认真地再学新的句子，迫切等待着由努力学习换得的甜甜糖块儿。有时连着几天他俩不到街上去，会有孩子三五拉帮儿地跑到他家院门口，探着头往里瞅。孟千秋看见了，就招手喊他们进院子。让他们围在他的藤椅旁边，他一句一句地教他们念诵《三字经》。

奖品逐渐升级，由糖块儿到洋娃娃、积木、小汽车、坦克、火箭等玩具。学习内容也慢慢添增，由单一的学念《三字经》，到念《弟子规》《千字文》。

孩子们的热情被激发出来，个个比赛似的学。孟千秋整天乐得脸像一朵盛开的菊花儿，俨然忘记了病痛忧恼。

转眼寒假了，孟千秋紧盯着日历盼孙子孙女回来，他急切地想教会他俩背诵《弟子规》和《三字经》。村里的好多孩童们都学会了，自个儿的后人咋能不会呢？越念这些古书他越觉得它们好！尤其他觉得《弟子规》好！这是人一辈子不能不学的，越早学越好！学会了这个，垫下底儿，那就再学啥都不妨了。

学校一放假，孟宝琦立即把宁宇和宁新送了回来。谭春阳早说通了孟宝琦，让他认识到了教孩子们些古代蒙学知识的益处。跟他和如华讲好，切切叮嘱宁宇和宁新，回来后一定都要对爷爷亲！

宁宇和宁新都听话，这次回来，团团围绕在爷爷身边，争抢着给爷爷揉肩捶背，递烟递水，亲昵乖巧。凡爷爷教给的，都认真学。他俩在学校里受过了严格训练，懂得遵守纪律。每日爷爷只要一开教，立刻像在课堂里那样规矩端正地笔直坐好，小脸儿满是恭敬，专心致志地听讲。这是村童们无法比拟的，孟千秋见了，心里乐开了花儿。教得更加用心，神情日益庄重。临到过年，两个孩子都能够完整背诵出《弟子规》了。大年夜的晚上，孟千秋就让孙子孙女用齐声背诵《弟子规》，作为给自己和他们爸爸妈妈拜年致敬的方式。看着两个晚辈一脸庄严地并肩站在地上，朗朗地同声背诵《弟子规》，他的面庞现出前所未有的慰藉与骄傲神色。

这是最热闹的一个年。谭春阳家里，谭守仁、谭守信两家人都回来过团圆年了。年初二这天，谭春阳领着老伴和儿孙们一起过河沟来，他和白星昱接受孟千秋的拜年问好，让儿孙们纷纷给孟千秋拜年致敬。两家二十多口人儿聚在一起吃了顿饭，融洽和睦，欢天喜地。随后是孟千秋的两个女儿孟宝贞、孟宝良各领着丈夫孩子回娘家来给老爹拜年。接着是谭春明一家、谭春晖一家先后来拜年。村邻们见状，也拉儿领女，满脸是笑，簇拥着前来拜年玩耍。直闹到元宵节过，才慢慢消停下来。

谭守仁、谭守信、孟宝琦三家人陆续都回城里去了，又恢复了白星昱起早贪黑忙碌一日三餐，谭春阳按时准点儿过河沟给孟千秋送饭，拉着他村里村外转悠的宁静生活。这个春天，谭春阳把家里的田地又全都包了出去，往后他就专心照顾孟千秋，再不干地里的活计了。

孟千秋又像青年时候那样，让谭春阳跟他一起读书。有时是在家里读，有时是出去时带着本书，走着走着，一眼觉得哪棵树或是哪段河岸好，就靠过去，两人并肩坐在树下或河岸边，一起朗声诵读。孟千秋现在就喜欢念《弟子规》《三字经》《千家文》，两人逐册一遍一遍地念诵，乐此不疲。他跟谭春阳说，其实人一辈子不用读旁的书，念会这三本书就足够了！谭春阳眯眼儿笑着，不吱声儿。人老到这个份儿上，说啥都不关碍了，也不用认真了，任由他说吧，天天乐呵就好！小孩子们还是跑来围着他们转。有些会背诵《弟子规》了，他俩就一人发给一个本子、一支笔，教他们抄写。去请木匠做了些小桌子、小板凳，拉溜儿摆在晒棚底下，让孩子们挨肩膀坐下来，伏到小桌子上，一个字一个字地学着书写《弟子规》。孟千秋有时在旁边守着守着，就睡着了。

有的时候，外边连日大风扬沙，出不得门，小孩子们也不得来，两人在屋里念诵累了，孟千秋就让谭春阳给唱《塞曲》听。谭春阳的嗓音不行了，有些高音地方唱不上去，孟千秋就扯开喉咙帮着往上拔。他一开口调儿就跑到一旁去，本是搞笑，却因那一脸严肃认真的神态，颇显出一副情景庄重。两人就都煞有介事地一口气唱下去，每每直唱到谭春阳嗓子眼儿干得似冒火，实在不行了，才打住。

日子就这么一天一天过去着。寒暑假宁宇和宁新都是回到星河谷来过，爷爷家和姥爷姥姥家两边跑，有时一天里跑几个来回。眨眼宁宇长成了半大小伙子，一回来，就是他给爷爷洗脚洗澡理发刮胡子等，连同一天三次往返河两岸取饭送饭。宁新有时会帮助他。兄妹俩说笑着一阵风儿似的来了，一阵风儿似的去了，看得孟千秋一脸舒心，谭春阳和白星昱也都笑眯了眼睛。

逢年过节孟宝琦和谭如华必定回来团聚。带的东西一次比一次丰盛，年节一次比一次过得开心。孟千秋对孟宝琦显然放了心，不再左叮咛，右嘱咐，凡事任凭他去做主安排了。只在宁宇十七岁这年的夏天，暑假将尽，孟宝琦回来接儿子女儿回城时候，孟千秋把他喊到一旁，神情庄重地叮嘱了两桩事。一是叫孟宝琦答应，等自己过世后，就把这座祖宅的房屋院落卖掉，他和如华在城里买套房子，预备着一旦谭春阳只剩了自个儿时，他们要把他接去一起生活，朝夕在旁伺候，给他养老送终。白星昱要是先走了，切不可让谭春阳继续住在这里！这儿的一事一物都会让他想起白星昱，他会痛苦得受不了！他两人的感情不一般！

再就是，等谭春阳过世后，要把他跟孟宝琦的姑姑，也就是他的妹妹孟千盈合葬一处。他对孟宝琦说："你岳母必定是要去跟她的前夫韩彦峰合坟的！你岳父就得守孤坟啊！咋能叫他守孤坟噢！正好你千盈姑姑是守孤坟的，她年纪轻轻就死了嘛，她没嫁过人的。唉，说起来，当年你千盈姑姑是喜欢你岳父的。她可喜欢听他唱《塞曲》呢！她后来打死不肯出嫁跟这个有关系的……咱们就成全她吧！虽是迟了几十年，总算让她遂心如愿了不是？长兄若父，我是她的哥哥，做得了这个主！你姑姑人才儿品貌都好，不委屈谭春阳的！"

前一桩孟宝琦不假思索就应了。原本他和如华已经攒够在城里买房子的钱了，拖延着没买，是考虑父亲年事已高，又在病中，不知啥时候会突然有事儿急用钱。手里现钱不够咋行？！肯定他是要给岳父养老的，这个不用父亲嘱咐啊！

后一桩却听得他浑身直起鸡皮疙瘩。他佩服父亲料事周全，这是自己没想到的呢！可不是，将来岳母要跟亲岳父合葬的，到时候后岳父就落单儿了。但是，把后岳父去跟姑姑合葬，成吗？就算姑姑如父亲所说的，乐意这样。自己也觉得没问题。可后岳父肯吗？他就犹豫着迟迟不表态。惹得孟千秋冒了火，怒瞪着两眼狠歹歹盯着他，不达目的不罢休的样子。孟宝琦只好马虎地点了头。心里想，先应下，到时候再说吧！

这时，谭春阳来照顾孟千秋就已整五个年头了。

这次把宝琦、宁宇、宁新爷仨儿送走后，孟千秋忽然不喜欢读书了，也不再让谭春阳给唱《塞曲》听了，他甚至不愿意说话了。就倚坐在那儿，抽着烟，沉思默想。有时大半天里就是干坐着，不摸烟袋，不动弹，似是啥也不思不虑的样子。谭春阳就也在一旁静静地坐着，享受这份独特的时光安谧。

晚饭后总得走一走。两人或是在院子里兜圈子遛达，或是慢慢踱挪到院外村路上去。这样的时候，孟千秋时常会突兀地冒出一句话来，让谭春阳知道他的心日益在往深邃处探去着。有一天他们说到了《大学》的“大”字，谭春阳认为整个“大学”篇里全部文字内容，都是阐述的这个字，教导人学习这个字。他说：这个“大”，就是人最上最好的德性、心量和行为。人应该努力，使自己的德性、心量、行为都符合“大”的标准，成为一个“大人”。

孟千秋凝神听了，点一点头，纵目向远，说：“嗯！这个‘大’，就是包裹着宇宙的那个东西啊。”

谭春阳不置可否的样子，也朝远处望去。他微蹙起眉，思忖着说：“只是不知包着宇宙的那个东西是不是也叫天啊？”说罢立即摇头：“不对，天应该是在宇宙里头儿的哟！”

孟千秋不言语，显然一时拿不准。

谭春阳一霎儿又有了认识，说：“要是由《千字文》看，包着宇宙的那个东西应该也是叫天。你看它打头儿的句子‘天地玄黄，宇宙洪荒’，是‘天地’排在前边，‘宇宙’排在后边的嘛！这就是说，宇宙的外头有一层天，乃是最高的一层，就是那‘天外有天’的意思。其余的‘天’，就都包含在宇宙里头儿。你不是说古书上讲，天上有分层的吗？”

孟千秋还是没接话。默了一会儿，他语气肯定地说：“宇宙里一定有比咱这个世间更差的地方！”

谭春阳一下想到俗语里所说的地狱，那就是比这个世间更差的嘛。却没道出。

又沉默了一会儿，孟千秋仰头望着天空，说：“论到一辈子做人的意义，就是到终了能回到天上去啊！”

“是，是！”谭春阳连连点头。这个问题那天拜节孝牌坊回来时候他俩已究底儿做过探讨了的，确实就是这样！

过了些日子，也是晚上遛达时候，孟千秋下意识地仰头朝天空中望去。恰头顶的天上悠悠飘浮着几团云彩，他凝神地注视着它们，幽幽地说：“‘云止’两个字，还有另外一层意思，就是教人遏止住自己的妄念。相对于一碧如洗的天空而言，飘来飘去的浮云，乃是一种虚妄。把人最真最纯的心比作一碧如洗的天空，那么浮云就是妄念啊！”

谭春阳听了，眨眼琢磨。一时领会了，情不自禁地冲孟千秋竖起大拇指，赞叹说：“真悟得好！太好了呀！”他满面喜悦，引申其义似的说道：“这么说来，凡是人心里所起的念头，都是浮云而已！只不过这云分为善云、恶云罢了。善云就是白云，就是善念。恶云就是乌云，就是恶念。不管善念还是恶念，统统把它遏止住，使它不得生发，最美最好的纯粹真空就现前了！”

孟千秋点头，连着“嗯”了两声，一时脸上也荣光焕发，欣悦喜乐的样子。

又一日，孟千秋也是仰头望着天空，说他能听到天上的声音，就是从自己的内心深处发出来的。这回谭春阳没搭茬儿，是因为觉得这话里的玄机深得不可以言语道。

这天孟千秋说夜里梦见有人告诉他，星河谷里依着星星河散落着的这一溜儿村庄，是天上一种“九星连珠”景象在地上的演示。谭春阳听了，觉得有趣，就打电话去问守信，有没有“九星连珠”这回事儿？是个啥意思？谭守信认真查阅了资料后，回电话说，有“九星连珠”，是一种天文奇观。就是天空中的某九颗星星在一个特定时间里，从地球看上去大约排成了一条直线。研究玄学的人管这叫“天垂象”，很吉祥的。谭春阳转述给孟千秋，孟千秋听得两眼放光，说：“咱这谷原里要出大人物啊！嗯，一准应在咱家后代身上！”

一晃中秋节又临近了。这天歇晌儿起来，两人隔茶几坐在沙发上喝水抽烟。谭春阳说想下盘棋，好些日子没摆局对弈了呢。孟千秋扭头瞅着窗外，说：“今儿太阳好，咱去外头晒太阳去吧！”“也行！”谭春阳应着，站起来，跨上一步伸手去扶孟千秋。孟千秋不用他扶，让他把拐杖递给自己就行。谭春阳也不勉强，侧身去抓过倚放在门框旁边的木拐，递了过去。孟千秋接过，一手扶一个站起身来，朝门口挪去。谭春阳抢先出门，到院子里把圆桌支起来，拉过两个藤椅围在旁边。又返回屋去把烟灰缸烟袋暖壶水杯搪瓷缸子等物一一拿出来，摆放在圆桌上。

两人在圆桌旁的藤椅上坐下。谭春阳抓起暖壶往搪瓷缸子里倒了半杯水，递到孟千秋面前。刚要往自己的水杯里倒，听见孟千秋说想洗头，不觉有些奇异。这人是头一次主动提出要洗头呢！每次都是自己劝了又劝，他才肯洗呢。可这才洗了不到两天呀？头洗得太勤不好的哟！他就把暖壶放下了，看着孟千秋。刚想劝，孟千秋抢先开口道："我今儿想洗呢！"

谭春阳就把话咽了回去，站起来，说："好吧，我去热水去。"

"还是把水盆放在太阳下晒就行啊。"孟千秋说。

"那样太慢！晒得的水温度总是有限，还是去灶堂添把火烧些热水吧。"谭春阳说着进屋去了。不到一袋烟工夫，端着大半脸盆热水出来了，直接放到孟千秋面前，说："你伸手试一下，看水温行不？要是觉得烫，我再往里添凉水。"孟千秋俯身把手伸进袅袅冒着热气的脸盆里，说："刚刚好。"

谭春阳去拎起个小凳子，摆在阳光朗照的地方。把脸盆端过去放在凳子上边，拉过自己的藤椅放在水盆前。去扶孟千秋过来坐在藤椅上。快步进屋去拿了木梳、毛巾、肥皂、水瓢等物出来。就站在那儿，一只手用水瓢舀着水，弯腰给孟千秋洗起头来。换了三盆水，把头发、脖颈、耳朵，逐一都清洗了。拿毛巾一一擦去水珠儿。又扯块儿干毛巾递给孟千秋，让他自己再反复擦擦头发。他又快步进屋去了，眨眼握着剃刀和一块前天从供销社新买回来的细纹白布走出来，说："咱就顺便把胡子也剃剃吧。又冒出茬子来了。"说着，把白布抖抻开，俯身给孟千秋往脖子上围系。孟千秋顺从地挺直脖颈，让他系。一霎儿弄好了，谭春阳拿起剃刀，压着刃，觑眼细细地在孟千秋下巴上推起来。这是早已熟稔的活儿。很快剃完了。谭春阳打量了一眼，说："干脆把头发也理理吧！"也不等孟千秋吱声儿，俯身举起剃刀又理起头发来。孟千秋一副任摆布的样子配合着。

院子里一丝儿风也没有。前边菜园子里沙果树上几只麻雀“叽喳喳”地在叫唱，越发显出日月的悠闲。谭春阳边轻轻推着剃刀，打趣儿似的，缓声慢调说道：“到底是当地主出来的人，会享受！洗头刮脸也挑日子！瞅这天气，多好！”

孟千秋嘴角微微一扯，笑了。

过了一霎儿，他感慨深深，说道：“人这一辈子呀好多事儿想不到！怎么也猜不到，最后的这些年会是你伺候我呀！”

“有缘嘛！”谭春阳仍是逗趣儿的腔调。

两人笑起来。

理完发，解下孟千秋脖子上的围布，使劲儿抖落掉上边沾着的头发茬儿，晾在拉绳上。收拾了剃下的头发和胡茬儿，谭春阳把一应使用物都送回到了屋里去。正想着把孟千秋还扶到晒棚底下去坐着，听见他说：“你也来，咱俩一起在这儿晒太阳呀！”他就答应一声：“行！”去圆桌旁边搬过另一把藤椅，挨放在孟千秋旁边，坐了上去。

“想喝水，想抽烟，吱声儿哈！”谭春阳说：“待会儿咱再去切那个西瓜呀！”

孟千秋含混地应了一声。他侧脸瞅来，眨巴着眼笑了，凑趣似地说：“今儿咱俩穿的一样呢！”谭春阳朝自己身上瞅瞅，又朝孟千秋瞅，也笑了。确实他俩今天穿着同款的白色棉布汗衫，深灰色棉布裤子，不知不觉撞衫了。孩子们给买衣裳，从来都是他俩的一样，穿撞衫了难免的。

“不知道的人，打远处一望，会以为咱俩是双胞胎老头儿呢！”孟千秋“呵呵”笑着，好心情的样子。谭春阳也“呵呵”笑了。边笑着，他往后一靠，半躺在藤椅上，眯起了眼睛。

孟千秋却没有往下躺。他环身踅摸了会儿，把院子里的各个角落都瞄了一遍。然后把手伸进怀里，掏出个小巧的檀香木盒儿来。轻轻拉开盒盖儿，就见露出一个小小的白色缎子包儿。他用指尖儿轻轻把缎子包儿掀开，小小一枚金指箍儿烁烁焕闪在阳光下。

是的，这就是五十年前曾经戴在青年谭春阳手指上的那枚他当作护身符的心爱之物。隔了这么久，它终于又出现了！

孟千秋眯眼儿瞅了一会儿，把檀香木盒儿朝谭春阳递过去，说：“那时候抄家啥都没剩下，独这个金指箍儿没被注意……我从来没戴过……这是该当属于你的东西啊！”

话音入耳，谭春阳上身猛地坐直，睁开了眼睛。他难以置信，愣愣地看着递过来的木盒儿。世界似乎一下静止了，所有的声音都忽而隐去，只剩下了浑身血液贲流的响动。过了多久呢？一分钟？还是一个世纪？似是终于回过了神儿来，他用力抿了下嘴角，将万千狂澜收拢心底。佯做一副浑不在意的样子，抬眼朝孟千秋瞅了瞅，他接过木盒儿，淡淡地说：“我就知道那时你说把它扔进星星河里了是撒谎的啊！”

手指打战终是抑制不住，他抖抖地，拈起金指箍儿，细细端详着，长叹一声，说：“你能把它保留下来，不容易啊！”

直视着孟千秋的眼睛，谭春阳用自己独有的恳挚声调，说：“老秋子，谢谢你把它还给我呀！”

孟千秋胳膊抬起挥了挥，啥也没说。他的心里也是波涛汹涌的吧？可他脸上一点儿痕迹也没有。他已经能够把惊涛骇浪化作一泓平静了。

他缓缓后倾，靠在藤椅上，拢上了眼睛。

谭春阳也不再说话，捧着金指箍儿，久久凝视着。

过了好大一会儿，孟千秋说：“给我唱段《塞曲》听好吗？”这么说时，他的眼睛没有睁开，身子也没动。

谭春阳说：“好！想听那段？”

“嗯，就是弥尔立志去寻找神树解救家乡干旱那段吧。”孟千秋说。

谭春阳小心地把金指箍儿戴在右手中指上。他将身子坐端正，清了清喉咙，唱了起来：

“纵然此去路陌途荒多艰险，
弥尔我怎能畏惧退缩不前！

正当故乡热土大旱罹苦患，
义勇男儿慨然挺身为承担！
……”

孟千秋静静听着，一抹笑意在嘴角悄然漾开。

一段儿唱完，谭春阳舔舔嘴唇，摇着头，无奈何的样子，说：“老了老了！唱一会儿就唱不动了呢！歇会儿呀，我去切西瓜呀！咱俩吃了西瓜，我再接着唱啊！”

却不闻孟千秋有回应。

谭春阳下意识地扭过头去，见孟千秋紧闭着眼睛，嘴角含笑，睡着了的样子，不禁道：“这老汉倒是好觉头！”他身子探过去对着孟千秋低喊：“屋里睡去吧！一会儿有风了呀！”

孟千秋依然沉睡着似的，一动不动。

谭春阳猛然像是惊觉到了什么似的，一把抓住孟千秋的手，焦急地大声喊道：“老秋子！孟千秋！孟千秋！”

没有回应。眼前的人再不会应声，不会动了。

明白发生了什么，谭春阳蹲下去，眼泪扑簌簌地滚落下来。他攥住孟千秋的手，哽咽地叨叨起来：“老秋子，你要到天上去哈……我相信你一定会回到天上去的！……你是晒着太阳，听着我唱《塞曲》，含着笑走的呀！这是你最喜欢听的歌儿呀……

“噢，我再接着给你唱啊！送你一程，直把你送到那最高处去！”谭春阳说着，立起身，去扯下拉绳上的白布，轻轻盖在孟千秋脸上。把自己坐的藤椅拉转来正对着孟千秋，泪水纵横地，他又大声唱起来：

“纵然此去路陌途荒多艰险，
弥尔我怎能畏惧退缩不前！
正当故乡热土大旱罹苦患，

义勇男儿慨然挺身为承担！

……”

苍老悲怆的歌声似孤独的鹰，带着无限的哀痛伤郁，和至深的祝祷祈愿，飞出孟家院子，在村庄的上空旋荡。

尾声

“姥爷！您看呀，今天毛主席笑得格外欣慰噢！”

孟宁宇的话音把谭春阳从恍神儿中拉回现实，他一时还有些反应不过来似的，眼神儿怔怔地，扭过头来瞅着在一旁搀扶着自己的外孙子。

是的，他刚才恍神儿了。一来站到这里，这天安门广场北缘正对着悬挂在天安门城楼上巨幅毛主席画像的地方，他就被自己内心的激潮弄得不禁恍然起来。这是真的吗？自己真的置身在北京天安门广场上了吗？这可是做了大半辈子的梦啊！下意识地，他使劲儿攥了攥宁宇的手，确认眼前一切是真实的，不是梦，不由得长长舒了一口气，笑了。

显然为了这场奔赴，他破例地在穿着上用了心思，一件浅咖色亚麻衬衫，一条深蓝色纯棉布长裤，整个人看上去儒雅洁净，仙风道骨。比较十五年前唱《塞曲》为孟千秋最终送行时候，此刻的他背略显得佝偻了，额头上的皱纹也深了、密了，但精神依旧旺盛，丝毫不见耄耋老者们暮气沉沉的样子。

他这举动把孟宁宇弄得发了蒙。姥爷这是咋了？不搭话，竟使这么大劲儿攥自己的手！心里嘀咕着，他一时不禁有些紧张，探询地看过去，轻唤了声：“姥爷？”

这是个浓浓一股书卷气，身材高大，三十五六岁的中年男子。一套灰白色运动装，使他看上去越发显得精敏干练，英气逼人。不管是身材，还是眉眼轮廓，神韵气度，他的身上都隐约可见年轻时候的孟千秋和谭春阳的影子，俨然是集他二人之长的一个优化生命的延续。

谭春阳知道自己让外孙子摸不着头脑了，更笑得眯了眼睛。脸转过去又望着马路对面，他问道：“你刚才说的啥？今天毛主席格外欣慰？往日他老人家不是这样吗？”话落音，即恭谨地遥对毛主席画像双膝跪下，至诚至敬地磕起头来。孟宁宇见状，已来到嘴边的答话不由得吞住。一时不知道该怎样好似的，瞪眼看着姥爷。想去阻止，又觉不妥。但不阻止，又觉得姥爷这个举动甚不相宜！现下不讲究这种磕头的礼拜方式啦！下意识地，他环顾身侧，果然人们的目光纷纷投来。急迫之际，倏然转念，姥爷年已耄耋，行事自然要用他所习惯的方式，想来人们都能理解的！这么一想，就见到了姥爷举动的美好，这更能显出人心里的虔诚啊！这是只有姥爷这一代人才会有的人性的珍贵啊！就此思绪翩翩起来。他想，现代人的一大弊病，是倨傲骄慢。若能懂得在伟大存在面前跪叩俯首，自认谦卑，心怀敬畏，势必能克服缺点，完善人格，对自我提升大有裨益！思索着，他不禁生发出也像姥爷那样跪地磕头的冲动。毕竟感觉不习惯，也克服不了在众目睽睽之下行古老旧礼那份犹如另类的惶窘，他就灵机一动，做了变通，挺身直腰，用鞠躬的方式，遥对毛主席画像行起礼来。一连三鞠躬罢，见姥爷也磕完头，作势往起站了，忙跨上一步，俯身把姥爷扶起来。这才一本正经地开口道："是呀！今天不一样的呀！今天您来拜望他老人家呀！他看见他一手缔造的新中国人民幸福快乐，健康长寿，他得多欣慰呀！——我敢保证您是来到这里虔诚礼敬跪拜他的人里边最长寿的一个！九十六岁，老寿星哇！"

谭春阳嘴一撇，笑道："人家活过一百岁的多了！我哪算得上最长寿的哟！"

"我是说来到这里瞻拜毛主席，给他磕头致敬的人呀。"孟宁宇认真的样子："这些人里头儿肯定您是最长寿的！"语罢，见谭春阳神情仍是不以为然，他就又说道："百岁老人的确不少，他们能有您这么硬朗的身板吗？还能像您这样走长途，出远门儿，来到这天安门广场吗？来到后会像您这样至恭至虔地给伟大领袖毛主席跪地磕头吗？"

谭春阳这才眨巴眼思忖着，"嗯"了一声，不再争了。

"我爸说他的一个遗憾，就是没能带爷爷来北京看看天安门呢。"孟宁宇说，眼神儿里闪出一丝抱憾："说是爷爷的一个心愿，是来逛北京天安门。可是我爸之前条件不好，做不到。等条件转好了，唉，爷爷动不了啦……"

谭春阳点了下头。孟千秋想逛北京天安门，这他知道的。那时他俩在一块儿唠嗑儿时几次叨叨过这个事儿。

略一思忖，他说："甭愁憾，宇儿！咱们来了，你爷爷就也来了啊！他的心跟我的心是连着的，我一想啥，他立时就知道。那不就是我到了哪儿他也到了哪儿吗？"

孟宁宇咧嘴笑了下，没吱声儿。姥爷年纪大了，常会说出些让人听不懂的话，不用较真儿的。爷爷活着时候跟姥爷好得跟一个人儿似的，心连心，这谁都知道。爸爸妈妈提起来就笑，说他俩斗了大半辈子，到末了却成了第一知己，是“不打不相识”的范例。

他忽然脑里一闪，生出个念想儿。姥爷既是这样说了，那索性就当作真的罢！这样子，领着姥爷来逛了天安门，那就是同时也领着爷爷逛了，爷爷的未竟之愿便就了却了，爸爸妈妈从此也就不用再感到遗憾了。他就展颜笑了，一时感激起姥爷来，能够终于答应自己，来北京瞻礼天安门，要是他仍旧拗着不肯来，还真是没办法哪。

他就望着姥爷，真诚地表达了谢意。

谭春阳眯眼“呵呵”地笑。来看北京天安门的心，他也一直炽盛。拖到现在才来，是怕给孩子们增添负担，上岁数的人出门儿费钱的。宁宇毕业后一上班，就要接他来，那时哪行啊！孩子刚刚参加工作，挣的点儿钱哪能大手大脚地破费啊？在北京生活，啥啥都要花钱的。这两年看着他的事业是真的做起来了，走得稳当了，时间和钱上花费点儿都不致影响了，他这才答应来了的。

“唉！可惜你爷爷不肯再等几年，不然他就也能亲眼看见你有出息、有作为啦，这才是他最大的心愿啊！”谭春阳叹息着说，脸上漫起一缕愁意。

孟宁宇歪头一笑，解慰道：“您不是说，凡是您看见的，爷爷就也都能看见吗？”

“噢噢，是是！”谭春阳连连点头，愁容消了。

“姥爷，咱们转一转吧，这广场可大呢！”孟宁宇侧身朝远处指着，介绍说：“您看，广场中央高高矗立的那个雄伟建筑，是人民英雄纪念碑。西边隔马路矗立着的那座建筑，是人民大会堂；它旁边的那个，看着格外肃穆庄严的，是毛主席纪念堂；东边隔马路矗立的那座是国家博物馆。这些都是新中国成立之后修建的。您瞅南边那两座大城楼，一个是正阳门，一个是前门箭楼，那都是古建筑了，几百年前的……”

边说着，他扶谭春阳往前走去。谭春阳也就凝住心，觑眼细细观赏起来，他的眼神儿还行，远远近近的，都能瞄望清楚。

祖孙俩先瞻拜了人民英雄纪念碑，然后从东侧开始，沿广场边儿慢慢踱绕着，隔马路依次远瞻国家博物馆、正阳门和前门箭楼、人民大会堂、毛主席纪念堂……这些先前经日在电视上观看的景物，一朝这样实地面对了，谭春阳感觉到一种说不出得熟悉与亲切。阳光似金，空气清朗，广场如此宽敞洁净！迎风招展的红旗，绚丽馥郁的鲜花，隐隐飘传着的悦耳乐音悠扬歌声伴和着孩子们的欢笑。或三五相伴，或成群结队的游人往来熙攘，不同服饰、不同年龄的人们呈现着相似的爽朗笑颜。眼前的一切多么美好！这是祖国的心脏，这是全世界唯一的地方。徜徉在这里，人的心里是这样得自豪庄严哦！这个地方也像星河谷里紫微峤上云止书院旧址改成的小小圣像广场，和鹤野坡上小小的节孝牌坊场坝一样，具有一种对人心的神奇加持力量啊！

孟宁宇时而会停下来给姥爷拍照，大声地喊逗让姥爷笑，更使得这一刻时光显得暖融幸福。

绕着广场踱了一整圈儿，具有国家象征意义的标志性建筑一一遍瞻了，有了整体轮廓上的印象。孟宁宇觉得该找个地方坐下歇一歇，喝点儿水，然后再有选择地、有细节地观看，毕竟姥爷这么大年纪了，得考虑他的体力。他就道出了这个意思。谭春阳同意，表示想还去那很近得正对着毛主席画像的地方歇着。孟宁宇就扶着他又朝广场北缘走去。

边走着，孟宁宇边说："这就要到爷爷十五周年祭的时候了。得跟祭奠奶奶时候一样，隆重些办一办。到时候还是叫家族里所有人都回星河谷去呀！"

"对对！"谭春阳点头赞成："好好办办！最好跟镇上说说，把《塞曲》班儿拉过去，唱上三天。你爷爷爱听这个啊。"

孟宁宇笑："行！再说这个剧也吉祥，本身就是祈福禳灾的嘛，唱一唱对星河谷有好处的。"

"嗐，一晃你爷爷走了都十五年了哦！过得真快呀！"谭春阳长声喟叹，下意识地仰头朝天上望去。一下呆住了，只见头顶上净若琉璃的蓝空中，几朵绚白的云静静飘浮着，那样子像极了硕大莲花曼举在涟涟清水上的情景。

“老秋子，是你吗？果真你来一起逛天安门了呀！呵呵呵……”谭春阳冲口说着，咧开几乎没有了牙齿的嘴巴笑起来。

他就停住脚，立在那儿仰望着白云，嘁声叨咕起来：“老秋子，你肯定是都知道的。宁宇考进的是北京的中国人民大学，宁新是考进了上海的复旦大学。大学毕业后宁新去了新加坡，在那儿的一所大学里当中文老师。宁宇进了首都的一家大报社当记者。后来宁宇辞职创业，在一位华侨富商的支持下办起了一座书院，教授国学的，就叫云止书院呢。他说他喜欢‘云止’这俩字儿，说它们可以代寓国学哪。

“国学，就是咱老祖宗留给咱们的那些学问。咱俩一块儿念诵的那些《弟子规》《三字经》《千字文》啥的，都是国学的内容哪，是根基哪！

“宁宇的书院办得好呢！国内国外的，来学习的总有上千人。老、中、青、少，哪个年龄段的人都有呀。宁宇说要做曾大外祖父的接班人呢！——他认定了知无先生就是我的大爷爷，他的曾大外祖父呀！他说当年咱们教他和宁新学诵的那《弟子规》《三字经》，永远会是最时尚的书，里头儿所讲的是永远不会过时的学问。

“……对了，前几年宁宇张罗着，把咱们那儿的《塞曲》申报了非物质文化遗产了。还有烙画，也申报了哪。咱县上前前后后申报上去的项目，批下来的就只有这两个。咱给县上争光了呀……现在咱星河谷里又有了《塞曲》班儿了，里头儿的角儿个个都是我教会他们唱的呀。他们不再像中华人民共和国成立前那样是专门干这个的了。他们哪，平时种地卖菜，都是该干啥干啥。一旦有需要时候，就召集起来穿上戏装，精神抖擞唱起来。个个唱得好呢！这样《塞曲》就不会断绝了呀。《塞曲》不断绝，天气就不会老是干旱下去的，总有一天能好转的！

“对了，宁宇也曾经为治沙奔走过。他当了记者后，热心于沙漠化治理事业。对了，不光是咱星河谷土地沙化了，现在整个国家，甚至全世界的土地都在沙化着呢。这个你肯定也是知道的！宁宇用自己手里的笔讴歌赞扬治沙人，大力呼吁人们都行动起来治理沙漠，修复土地，建设保护生态环境，唤醒人们热爱花草树木，热爱大自然，与自然和谐共处的意识。他还邀约了些赞助商，去投资咱星河谷的治沙工程。他们打算漫山遍野地栽树，认为只要树木长起来，慢慢气候就会好转的，土地也就会改良了。在谷原里打了好多机电井，想着抽地下水浇灌栽下去的树。可惜花费了好大的心思力气，却收效不大。咱星河谷的症结就在星星河干涸了呀！这个问题不解决，啥都难！可是星星河的源头在坝后草原，非得从源头上治理才行。坝后草原的治理是巨大的工程，一时难以奏效。

“星河谷里头的土地沙化虽说没能根治，宇儿却另有收获。通过这些年治沙上的忙碌，他发现了跟咱俩探讨悟出的那个理儿一样的道理，就是土地跟人的心灵是息息相关着的。必是人的心灵里先起了‘沙子’，外边的大地田野才会沙化荒瘠。用他的话，是这么说，土地沙漠化的根本致因在于人心的先行‘沙化’。自私、狭隘、贪婪、嫉妒、纵欲，这些是人心‘沙化’的显见症候。对于沙漠化治理工作而言，在沙漠上栽树只是治表治末，在人心里‘栽树’才是根本。他也摸索到了在人心里‘栽树’的良方，就是恢复咱们国家的传统文化教育，教人知道做人，力行好好做人。就因为这个，他抛却了铁饭碗，创办了北京云止书院。他立志要做一个勤勉果敢的‘心灵治沙人’，由医治人心以求根治土地沙漠化，救治国土，救治地球，从而利益宇宙世界。他说宇宙世界是跟生活在这地球上的每一个人息息相关的。地球上的人心能够真、善、美，宇宙世界就会美好安宁。地球上的人心如果恶、毒、坏，世界就会灾害频发，殃及宇宙自然。他很喜欢咱们给他起的名字，宁宇。他说这就是咱们希望他能够勇敢担当，卓绝努力，以使宇宙自然获得安宁为己责的意思。呵呵呵……所以呀，咱们老家星河谷，还有咱们国家别的那些地方土地沙化的情形，慢慢都会得到改善的！咱们的后代儿孙在努力呀！你就放心吧！

“还有一个宇儿的发现跟我的悟处相合的地方，就是对伏羲智慧的认知。

“那时咱俩一起琢磨过的，紫微峤上云止书院里三尊圣像何以那样摆放这个事儿，你还记得吧？你说那应该是表意老子的学说理论和孔子的学说理论加在一起等于伏羲的学说理论。你走了之后，我有空儿就琢磨你的这个话。

为了确定，我让守信给我买来了老子的著作《道德经》，记述孔子教言的《四书》，和记述伏羲所留无字天书先天八卦智慧的《白话易经》这三本书。你知道的，最本初的《易经》就是伏羲的先天八卦，后世人们根据自己的理解，撰写了一本本阐释先天八卦义理的文字之书。流传中的，计有《连山易》《归藏易》《周易》三个版本。咱们现在所奉学的是《周易》，这部书是合周文王、周公、孔子三位圣人之智，阐释伏羲先天八卦的真义。有人说，《连山易》和《归藏易》都失传了，现在世上承载伏羲智慧的书籍只有《周易》。如果真是这样，我想，《连山易》和《归藏易》应该是都被囊括进了《周易》里头了。你想呀，周文王当年画后天八卦，尤其作卦辞的时候，他总得有所依凭嘛！想来他是弄到了《连山易》和《归藏易》这两部书，把它们通读研究之后，在它们的基础之上，又对伏羲八卦进一步做出自己的理解，而有了后天八卦和一篇篇卦辞的。至于他的理解是不是到位，是不是精准，那就另当别论了。

“嗯，这就说到了我的疑惑上来。我下苦心研读了这几本书十来年，得到的领悟是，《白话易经》，也就是记述周公父子和孔子三位圣人对伏羲先天八卦认识理解的《周易》一书，没有能够道尽伏羲所画八卦的真义。

“知道吗？这印证了我年轻时候的那个疑问噢！好像我曾跟你说过的，二十二岁那年由乔老伯而初知伏羲有画先天八卦留世这件事，我心里即产生了疑问。我那时想的就是，天尊伏羲创这八卦的用意应不是就为给人们算卦用，解读八卦的后世人弄错了也未可知。

“现在知道了，天尊伏羲是生活在八千年以前，文王周公父子和孔子是生活在距他的时代五千多年之后。中间隔着如此漫漫遥迢的时光，文王周公父子俩猜度伏羲之心不能尽得其奥，实属可以理解！孔子也是一样。

“我想把我的领悟告诉别人，奈何没有人听。有些人是嗤之以鼻，认为我一个种了一辈子地的大山旮旯里的老农民，哪里能够懂得《易经》?！有些人是压根儿不愿意听，认为现代文明已经走得这么远了，谁还枉费工夫去听那七八千年前老掉了牙的玩意儿?！再有一些人，是根本听不懂，甭管咋使劲儿都没有办法让他们懂得伏羲八卦是怎么回事！

“我就想把自己悟到的东西写出来，落到纸上，存放在那儿。没准儿哪年哪月就会被一个有缘人看见，使它得以发挥作用。却恨没有笔杆子上的能耐，心里的东西倒不出来！体力、精力也都不行了。只好叹息一声作罢，留下了遗憾。

“谁知这份心憾竟一朝得解补了！前年宇儿回去过年，有天晚上他翻弄我桌子上的书，发现了《白话易经》，我俩就聊起来。我本是试探试探，生怕我的这套东西他听着听着也生出讥笑，或是不耐烦啥的，谁知这孩子越听越就着迷，到后来竟喜得两眼生光！他说我的悟处，跟他的读书心得简直太相似了！他说他也是发现了后世许多人都错解了伏羲八卦的真义。不仅是误会先天八卦，人们对《道德经》《四书》等古老圣典，也都多有曲解错会，言不及义之处。

“他说他正在实修，想把自己由中华传统文化圣典和世界古老文化典籍中获得的诸多领悟融会贯通，然后身体力行地在生活和工作中实践以印证。等到修证圆满之后，他就落笔成文，把自己的觉知悟思写成文章，撰著为书，发表于世。矫正人们这类认知上的错谬，还中华民族珍贵无价的古代文化圣典一个正解精读！让伏羲、文王、老子、孔子这些古圣先师们不再因为被误解而无奈地苦笑，要让他们在天庭中展露欣慰笑颜。

“你能想象听了这些话后我的快乐吗？我的未竟之志这就将得以实现了啊！

“知道吗？年轻时我是立下过宏伟志向的，就是希望能够成为伏羲的知音，不偏差地解读出他的先天八卦，给后世的人们留下一个通向真理的正确路标。我没告诉过你这个，是怕你听了后会笑话我，骂我说大话不怕风闪了舌头，呵呵。

“对于自己有关伏羲八卦的悟处，原本我也不是特别有信心的，也怕不过是另一种错读谬解罢了。跟宇儿这样一交碰，我才信心十足！他是名牌大学毕业，一直奋斗在首都北京的国家高端文化圈。他对一项事情所做出的理解，是具有文化性和时代性的。而我，因为年龄的缘故，拥有生命岁月深厚的沉淀，可以说一切认识都是出自实修，是从生活大熔炉里提炼的黄金。我们两个的觉知认识合在一块儿，该当就是圆满的！

“宇儿也是这么想呢！他连声地说谢谢我，说我讲给他的这些十分重要！他说像我这么大年纪的人，本身就是一个生命智慧的载体，一部活的教科书。从我的人生历练中，完全可以直接提取生命智慧的。由我道出的对伏羲智慧的解读，他得以印证了自己的觉知思悟，这让他更加自信了！

“你看，我们祖孙俩竟互相成全，成了知音呢！这多叫人高兴！

“等到宇儿把他对伏羲智慧的正解公之于天下，他就堪称天尊伏羲的知音啦！那么，我也就聊以慰藉，可以视自己为伏羲的知音了。对不对？

“我知道看见咱宇儿这么有出息，你会得意非凡！但你任凭怎样欣慰快乐，你超不过我的！知道吗？靠着宇儿的这大有作为，半辈子压在我心头上不孝的大山搬掉了哪！你说这有多么畅快！

“靠着咱宇儿，压在我身上‘不孝有三，无后为大’这座山也搬掉了！后人有出息，有作为，能够光宗耀祖，报效国家，做出利益社会世界的贡献，这才真正叫‘有后’嘛！对不对？

“……

“嗯，还有个事儿，我也得跟你说说。你让宝琦到末了把我跟他姑姑孟千盈合葬的事儿，你的心意我领了！谢谢了啊！但是不行的呀！那哪儿行噢！我哪，有我自己的打算。现在兴的是火化嘛，我也不要啥坟头儿，省得还占个地方，我就学咱周恩来总理的样儿，到时候让孩子们雇条大船，把我的骨灰儿扬到大海里头去！干净！哈哈哈……

“那年，把你安顿完后，就照着你的意思，把你那套房屋院落卖啦。留着没用啦！孩子们也不会再回村里去了。你走后第十年，星昱也走了。她一走，宝琦和如华就把我接去了他们敦伦城里的家。守仁、守信、如云，都回来了。办完他们母亲的丧事，孩子们就坐下来商议咋给我养老，都争抢着要接我去家里跟着一起生活。最后宝琦争了来，说是你临走前特意叮嘱了他的……

“宝琦和如华对我可好呢！我是享福啦！你看眼瞅着就要一百岁啦，天天吃得饱，睡得香，啥病没有，自个儿到处遛达。外孙子和外孙女儿都孝顺，好吃的，好穿的，不断给我往家里邮寄。宁新天天闹着要接我去新加坡观光……

这不是，宁宇到底接我来了北京，咱们逛了天安门啦……

“我还是天天要念几遍《弟子规》《三字经》，隔三岔五抄写一遍《大学》，这些是我只要活着就必定日日做的功课。你放心吧，我能回到天上去！时候到了，我就回了。你在咱那真正的老家好好地，等着我哈……”

话到此处，那张皱纹遍布的脸庞上已然热泪纵横。在一旁静静倾听着的孟宁宇也早已泪眼婆娑。他知道这是不可打扰，不能阻止珍贵神圣的隔空交谈，所以他就默不作声，连呼吸都变得轻轻，任由姥爷散漫地说着、聊着，只是搀扶着他的手臂更加用力。

谭春阳嘴巴闭住不再说了，但仍旧举头朝云空凝望着。他陷入了沉思。他在想，这些白云里，哪朵是星昱呢？星昱肯定是也回到天上去了！化作白云了！他对此深信不疑！那今天宇儿接自己来逛天安门，礼拜毛主席，她一定就知道！知道了她哪能不来呢？她一定会来的！那不就是，她正在那明晃晃的高处瞅着自己笑呢！嗯，得给她唱段《塞曲》听，她最爱听这个了。

他就开口唱了起来：

“纵然此去路陌途荒多艰险，
弥尔我怎能畏惧退缩不前！
正当故乡热土大旱罹苦患，
义勇男儿慨然挺身为承担！
……”

略显嘶哑，苍老雄浑的歌声，在这个美好的秋日上午，汇入了天安门广场笑语喧声欢乐的海洋里。

2022 年 8 月 24 日定稿于北京房山城关小镇

后　记

研读中国传统文化代表性典籍《易经》《论语》《道德经》《诗经》等文著时，发现对这些经典所作的注释有错谬之处。思忖之下，我认为这大多是由于一些后学没有抵达先圣的心灵境界的缘故。社会前行的步伐越来越快，诱惑越发显得普遍巨大，日新月异，裹挟其中的人心，欲不浮躁几乎是不可能的。人们难以做到昔日的平静，就很难识得那般的清净，于是便各在一己的层次上进行了想当然的解读。

谬会经典之失，最在于误导后人，耽延千秋。经典，是先哲以他们丰富的人生经验，超卓的人生智慧为后人举起的指路明灯，留下的引领路标。如果将其错会了，势必造成方向上的偏离。毋庸置疑，这是最大的错讹和不敬。对于人类而言，第一要紧的，是人生旅途的方向，一旦方向出偏，后果岂堪想象！

这些思量，使我忧虑。

如何把自己所见到的那些之前行者们的曲解偏弄之处扭正过来，回还“路标”的本来模样，以利后人的前行？这也是中华优秀传统文化创造性转化、创新型发展的题中应有之义。这般一想，内心中文化人所固有的责任意识陡然强烈起来，胸间满满充盈了一种使命在身的庄严感。

正当思度用什么样的方式表呈之际，一位导演朋友来邀约剧本，表示希望写两个电影剧本，一个是关于孝道的，一个是能够对治当下“结婚的没有离婚的多”之堪忧社会现状的。当开始构思这两部电影剧本时，我意识到时下这一社会症候的凸现，恰是人们心灵偏离了方向的结果。帮助人们扭转心向，回归正途显得如此迫切！于是，匆匆拿起了笔。

我却是选择了长篇小说的文本样式作为思想的载体，并没有直接就写成剧本，因为我觉得电影尽管有诸多艺术上独特的美好，但载重力毕竟不能跟长篇小说同日而语，文字艺术自有一股表演艺术难以企及的直指人心的力量。另外，一册在手，人们可以反复研读，深深玩味，竟至从中找到自己。

我认为中国还是一个以农村人口为多数的国家，相对而言，中华传统文化的根脉深深地扎根于中国的农村。众所周知，日寇侵华战争是造成近代中国传统文化百年之伤的罪魁祸首。这是我让小说故事发生地星河谷是一座没有遭受日本军队铁蹄践踏的幸运地方的缘故，唯有如此，更宜乎小说主人公的最终迎来生命圆满，获得觉悟。因为，一直活在没有被戗伤的传统文化那种细腻无形而浑圆浩大的熏染浸润之中，一个人才更可能在持续的勤勉努力下，一朝破译宇宙密码，链接到那股无垠大爱的能量，而走向觉醒，拥抱真我。

这也是我让星河谷里有一座四千年前的古文化遗址，有一座静卧在清远山岭上，供奉着中华人文始祖伏羲塑像儒道兼容之书院的缘故。这表明，主人公的文化传承是源于伏羲的，是丝毫不打折扣的中华正宗正统学派。

有识之士都知道，中华文明最深的根，乃为伏羲之学。可憾表意宇宙真谛的伏羲八卦，竟被一些后辈们大道小用，作了占卦卜筮的术行。这种歪扭具体发生于何时不能考证了。现今所能溯寻到的中华文明最早的文字式载体，甲骨文，其内容便大多是“殷王室占卜的辞语以及和占卜有关的记事”。

周文王做出努力，重新认识和解读伏羲八卦，一定程度上恢复了道统的庄严，可惜没有做到位。不知他是由于自身领悟能力的问题，还是当时身处的社会环境有限制所致，或者他存心就是独辟蹊径，别出心裁？他另画了一幅八卦，即后天八卦，亦称文王八卦。

不言而喻，这又是一种文明大河流向的被偏移弯折。这一偏弯又是漫漫几千载，后学认祖归宗的脚步几乎全部止于《周易》，而将伏羲道理罔置于旁。这是这条大河奔流过程中分支越来越多的缘故。支流纷呈，势必削弱河流的力量，存在有朝一日不可避免地发生断流、干涸的隐患。

所以，返本归源，将中华文化恢复到伏羲学理的高度，使中华文明大河始终以最初的巨力流奔，涤荡时空，清洗万象，润泽人心，是当务之急！是当代中国文化人不容推卸的责任！

《万古暖阳》着意，在回到有伏羲微笑照耀的地方——那深涵美丽的中华文化源头，即因为此。

这便是这部书用力倾情地凝视“幸福”这个词语的缘故。

幸福，无疑是人类所面对的最大命题，生生世世所奋追的目标不外乎此二字，这是最根本的渴望。而从究竟义上论，幸福只来源于内心的和谐安宁。这建立在人与环境之间的和谐友善之上，必得所身处其中的环境是美好的，是没有冲突争斗而圆融通透的，人的自心才会得到真正的安和，幸福感才会降临。

所以环境问题首当其冲。这就落到一个显得老生常谈的话头上了，人自身的和谐，人与人之间的和谐，人与自然的和谐。可憾这个古老的题目始终没有觅得理想答案，因为人类的生存环境持续地朝恶劣走去着，当下世界性的自然环境问题，灾害频发，气候失常，瘟疫横扫，土地、水源、空气污染等，便是力证。一个居于和谐状态的世界，一定不是这样的！那必将是风调雨顺，鸟语花香，万象丰足，一派祥和的胜境！

如何求得这种和谐？怎能不是所有来到这个世界的生命都孜孜以求的答案。而且，这种苦苦追寻一直在进行中。和谐的难为，在于我们所身处的这个物质世界的特征，是一切万物都具有矛盾对立性，即所谓一个对立统一的矛盾体。这意味着，矛盾是天然的存在，它根深蒂固地伴随着人及一切的生命。这种宿命的悲哀使得人类简直难以规避生活中矛盾冲突的发生，因为它们是从每个个体的内部发作出来的，那种发作就像呼吸那么自然。

这，是我把“和解”二字作为《万古暖阳》笔锋着力点的缘故。对于具有存在天然性的“矛盾”而言，狭义理解上的那种消除是不可能的，唯一的可能是合二为一，是归元。让它们都仍然在着，但它们都不再是先前的它们了，它们都是全新的，是非有非无的了。

归元的事物，于彼在此中，此在彼中的同时，没有了孰此孰彼的分别。

这就说到了为什么我要让小说主人公谭春阳把剑锋指向自己了，因为这是人与自己和解的必经之路。必须长剑回锋，凛厉直指，自省自审，自我鞭笞，消解掉一己所有幽阴晦昧，内部块垒，做到彻底通透，使生命中先天的与后天的一切矛盾对立皆达成统一，才能求得身心的和谐，进入真我状态。

所有的和解，总以人跟自己的和解为前提。唯有跟自己和解了，将生命中反向对立的两个我协调成为一个，活出真我，才谈得上与他人和解，与环境和解。

这就是我让《万古暖阳》的两个主要人物直到耄耋之龄，两颗心才终于完成了和解的缘故。这是最难的，因而也是最美的。从这个意义上说，《万古暖阳》不啻是“中国版的《百年孤独》”。

所以，归根结底，《万古暖阳》是一部写爱的小说，呼唤人们经由爱而达到和解，由和解而达成化解——消弭一切困厄灾难，生存危机。一个真实爱着的心灵是自具化解能力的，它能够悄然无痕地化解掉所面临的和潜在的任何困厄、灾难，使生活呈现出遂心所愿，清宁安好。

这是可以解决人类苦难的一道方程式，如果能够推而广之，当今困惑人们的很多问题均可以迎刃而解。

一切的根源皆在于人心。人心清正了自会回还宇宙的安宁，地球的康泰，人类生活的幸福美好。

真正的勇士，手中宝剑的剑锋不是指向他人，而是对准自己的。

真我状态，即是温暖遍在，阳光普照，皎皎辉耀的大光明界域。

——这些，是《万古暖阳》一番娓娓长谈中的弦外之音，言外之义。正是在它们的灌沐下，主人公谭春阳成为中华传统文化的化身，传统美德的载体。

真爱，是天然的，也是有抵达方法的，《万古暖阳》细致周到地给出了有关法则。

读罢《万古暖阳》之后，我们可以自信地说，只要彼此圆融于真心之爱中，就是置身在了大同世界。

因为根本而言，人类共有着一颗心灵，只要人人回归到这个金色原点，就是“世界大同”的愿景实现了。

金色原点，世界大同，是伏羲理念的代名词或同义词。

真的，伟大的祖先羲皇早已经为我们高高擎起火炬，这支由他生命化作的火炬一直在那里照耀着、召唤着，只要我们肯抬起头来仰望，肯朝它所在的方向走去，肯倾听来自自己内心的声音，救赎就将完成。

确实，《万古暖阳》深刻书写了救赎，它对谭春阳和孟千秋这两个同龄男人由相互友爱到反目成仇，又到一笑泯恩仇，最后成为知己近八十年漫长岁月的描述，由这生活在中国北方大山深处，却可以成为人类代表的两个人的人生故事，委婉地示意了人生的根本意义在于救赎——通过这一世为人，完成对自己的救赎——解开所有心结，放下全部执着（是非恩怨），化入阳光中。

人一旦完成了自我救赎，就是拯救了生存环境，拯救了世界。

谭春阳的人生过程，是典型的一个人由小我走向大我的路径，因此可以说，《万古暖阳》这部书揭示了宇宙人生的真理大道，具有直呈人类大救赎命题的意义。

另外，作品从“父慈子孝”的层面深刻诠释了孝道，并参究完解了婚姻的美化建设、子孙后代的教育要义和正确方法等关乎社会安定和谐，繁荣兴旺的重大课题。由对俗世生活点滴碎屑细致入微的描写刻画，诠释宇宙之爱真义，探寻人类幸福路径。

现在，让我们真心地发出祈愿：愿所有人都会聚而来，重逢在金色原点，这个静静闪烁着伏羲理念光芒温暖明亮的地方，演绎、乐享世界大同的美好景象！

2022 年秋于北京房山